Nouveau
Tle

FOCUS BAC avec SCHOOLMOUV

HGGSP

Spécialité

Anne Doustaly
Professeure agrégée d'Histoire
Enseignante au lycée Charlemagne à Paris

Avec la participation de
Stéphan Arias, Caroline Boyer, Matthieu Charrier, Bruno Cinq, Stéphane Nissant

et

Cécile Ghienne (fiches Coaching Bac)
Docteure en sciences du langage et professeure en didactique

Marion Petipré (fiches Grand Oral)
Conceptrice et directrice du programme D.U. ParéO
(Passeport pour réussir et s'orienter) à l'Université de Paris

Belin: ÉDUCATION
SCHOOLMOUV

Sommaire

170 bis, boulevard du Montparnasse, 75680 Paris Cedex 14.

ISBN : 979-10-358-1944-6

Thème 3

HISTOIRE ET MÉMOIRES

Thème 4

IDENTIFIER, PROTÉGER ET VALORISER LE PATRIMOINE : enjeux géopolitiques

Sommaire

Thème 5 L'environnement, entre exploitation et protection : un enjeu planétaire

Thème 6 L'enjeu de la connaissance

Coaching BAC

Grand Oral

Ton **KIT DE SURVIE** pour le **BAC** avec SCHOOLMOUV

Vidéos

Quiz en ligne et fiches de révisions

Liste des sujets de Bac corrigés

Tout ce que tu dois savoir sur l'épreuve d'HGGSP au Baccalauréat

QUAND SE DÉROULE-T-ELLE ?

L'épreuve écrite terminale de spécialité HGGSP se déroule généralement au **retour des vacances de printemps**. C'est ton lycée ou ton académie qui fixe les dates, donc n'oublie pas de te renseigner !

COMBIEN DE TEMPS DURE-T-ELLE ?

- L'épreuve écrite de spécialité HGGSP dure **4 heures**

QUEL MATÉRIEL DOIS-TU APPORTER ?

- De quoi écrire et effacer
- De quoi dessiner une carte ou un schéma (crayons de couleurs, gomme, règle)

NB : le papier est fourni.

SUR QUELLE PARTIE DU PROGRAMME VAS-TU ÊTRE ÉVALUÉ(E) ?

Année paire 2022 2024 2026 ...	Thème 1 La conquête de nouveaux espaces Thème 2 Faire la guerre, faire la paix Thème 3 Faire la guerre, faire la paix Thème 5 L'environnement entre exploitation et protection
Année impaire 2021 2023 2025 ...	Thème 2 Faire la guerre, faire la paix Thème 4 Identifier, protéger et valoriser le patrimoine Thème 5 L'environnement entre exploitation et protection Thème 6 L'enjeu de la connaissance

Ceci n'exclut pas de devoir remobiliser des notions présentes dans le programme d'HGGSP Première.

QUELS TYPES D'EXERCICES DOIS-TU MAÎTRISER ?

Le sujet de l'épreuve écrite terminale de spécialité HGGSP se compose de **deux exercices que tu devras obligatoirement traiter** :

La dissertation

Le sujet est présenté sous la forme d'un court libellé.

Tu devras montrer que

- tu maîtrises et sais sélectionner des connaissances ;
- tu sais organiser tes connaissances pour traiter le sujet ;
- tu as acquis des capacités d'analyse et de réflexion.

L'étude critique de document(s)

Le sujet se compose d'un titre et d'un ou deux documents accompagné(s) d'une consigne, qui vise à orienter ton travail. Un nombre limité de notes explicatives peut également y figurer.

Tu devras montrer que

- tu es capable de construire une problématique à partir du sujet indiqué par le titre et abordé par le (ou les) document(s) ;
- tu comprends le sens général du (ou des deux) document(s) ;
- tu es capable de sélectionner les informations, de les hiérarchiser, de les expliciter ;
- tu sais prendre un recul critique en réponse à sa problématique, en t'appuyant d'une part sur le contenu du document et, d'autre part, sur ses connaissances personnelles.

NB : Les deux exercices de l'épreuve écrite ne peuvent porter sur le même thème du programmc.

COMMENT LES POINTS SONT-ILS RÉPARTIS ?

L'épreuve écrite de spécialité HGGSP est notée sur 20 (**10 points pour la dissertation, 10 points pour l'étude critique de documents**). Son coefficient est de **16 (sur 100)**.

La dissertation

→ La dissertation évalue **la maîtrise des connaissances et la capacité à les organiser, ainsi que la capacité à rédiger une réponse construite et argumentée pour répondre à une problématique**.

→ **Le sujet** porte sur l'un des axes ou sur l'objet de travail conclusif d'un thème.

→ Pour cette épreuve, tu as besoin de **connaissances précises** et de **rigueur méthodologique**.

5 conseils pour le jour J

- Prends le temps de **bien lire le sujet** pour ne pas le déformer.
- Répartis ton temps **de façon équilibrée** :
  - brouillon : 20-30 min
  - rédaction : 1 h 30 environ
  - relecture : 15 min
- **Écarte le hors-sujet** (sois critique envers vos idées, élimine les éléments trop éloignés).
- Pour argumenter, cite des **dates**, des **auteurs**, des exemples précis.
- **N'utilise pas le futur** (illogique pour évoquer des événements passés).

1 Pour commencer : les bons réflexes !

> Lis attentivement le sujet : repère ses limites dans le temps et dans l'espace.

> Souligne les termes forts à définir ou à expliquer.

> Note au brouillon les connaissances qui te viennent à l'esprit à la lecture du sujet. Elles doivent être en rapport direct avec le sujet, sinon tu risques le hors-sujet.

2 Traite le sujet

Construction du plan

> **Trouve deux ou trois idées principales**, qui seront chacune l'axe d'une grande partie. Ces parties peuvent être suggérées par le sujet et doivent se succéder logiquement.

> Pour chacune des deux ou trois grandes parties, trouve deux ou trois sous-parties. **Chacune expose un élément de réponse au sujet**, fondé sur un exemple ou une connaissance (chiffre, événement, citation...).

> Réalise au brouillon l'ensemble de ton plan détaillé.

Réalisation d'un schéma (facultatif, c'est un élément de valorisation)

> **Il apporte, sous forme graphique, une partie de réponse à la problématique, et doit être directement lié au sujet. Il peut remplacer ou étoffer une sous-partie du plan.**

> Il occupe environ une demi-page de copie, légende comprise. Réalisé d'abord au brouillon, **il est simple et synthétique, surtout très lisible**.

> Indique son titre et sa légende : 3 à 5 figurés utilisant des couleurs.

Rédaction

> L'introduction (15 à 20 lignes)

C'est la seule partie du devoir que tu peux choisir de rédiger d'abord au brouillon. Importante, **elle doit être soignée et claire**.

Les éléments qui la composent :

- tu peux commencer par **une accroche**, citation ou exemple pour entrer dans le vif du sujet ;
- **l'analyse du sujet** : elle indique les limites chronologiques et géographiques, et définit le(s) terme(s) fort(s). Tu peux remarquer un singulier, ou un pluriel, un terme ou une forme interrogative qui orientent le devoir. Elle précise le contexte si besoin ;
- **la problématique :** c'est la question que pose le sujet, on peut l'exprimer sous forme interrogative. Il faudra la garder en tête tout au long de la rédaction et ne pas s'en éloigner. En formulant la problématique, veille à ne pas déformer le sens du sujet ;
- **l'annonce du plan** : en une phrase ou deux, annonce les deux ou trois grandes parties.

Remarque : il faut éviter de trop répéter les termes du sujet. Entraîne-toi à reformuler les sujets sans les déformer, et à enchaîner sans répétition, problématique et plan.

> Le développement

- suivre le plan détaillé à l'aide du brouillon qui sert de conducteur ;
- mettre en valeur l'enchaînement des idées et des arguments par les connecteurs logiques (Ainsi..., Cependant..., On le voit..., En effet..., Finalement...) ;
- ne pas oublier pas que tu réponds à la problématique, tu argumentes pour le lecteur, qui doit suivre facilement le raisonnement ;
- fais une phrase de transition à la fin de chaque grande partie : elle explicite l'enchaînement des parties et guide le lecteur dans l'argumentation.

> La conclusion

- Elle présente un bilan du devoir : résume la réponse apportée à la problématique.
- Elle propose une ouverture : évoque rapidement une actualité ou une référence qui prolonge le sujet.

3 Soigne la présentation

> Marque les changements de parties par des sauts de lignes visibles et proportionnés. À titre indicatif : saut de 2-3 lignes après l'introduction, entre les grandes parties et avant la conclusion.

> À l'intérieur d'une partie, fais des paragraphes. Le correcteur doit distinguer clairement la structure du devoir en feuilletant la copie.

> En cas d'oubli, trouve une astuce ! (trait, astérisques)

> Soigne l'orthographe, particulièrement celle des noms propres.

> Souligne les titres d'œuvre.

> N'abuse pas du correcteur blanc, les ratures discrètes sont acceptées.

4 Dernières minutes !

> Numérote les pages de la copie.

> Achève les relectures et corrections.

> Un oubli ? une information à ajouter ? Utilise l'astérisque : * !

L'étude critique de documents

→ L'étude critique de documents est un **exercice fondamental en sciences humaines, politiques et sociales**, qui nécessite une bonne approche méthodologique.

→ Les documents proposés abordent **un aspect des thèmes étudiés** et sont accompagnés d'une consigne, qui guide l'analyse et suggère la problématique.

→ Le sujet étudié est **moins vaste qu'en dissertation**, et demande une approche différente : **les connaissances sont au service du (ou des) document(s)**.

5 conseils pour le jour J

- Répartis ton temps **de façon équilibrée** :
  - brouillon : 20-30 min
  - rédaction : 1 h 30 environ
  - relecture : 10 min
- **Évite la paraphrase** (répétition, sous une forme voisine des éléments du texte, sans explication réelle) ou la simple description de l'image.
- **Pars des documents** : cite des termes, des phrases, des extraits ou des numéros de lignes, des éléments visuels ; puis explique ces éléments en apportant des connaissances, chiffres, exemples qui l'éclairent ; enfin analyse.
- Fais des **analyses complètes et argumentées** ;
- Porte un **regard critique** quel que soit le document.

1 Pour commencer : les bons réflexes !

> Numérote les lignes du texte de 5 en 5.

> Observe la légende du document visuel : date ? contexte ? nature ?

> Lis/observe attentivement **l'intégralité des documents**, les titres, les auteurs, les sources.

> **Lis attentivement la consigne** qui accompagne les documents : repère les aides qu'elle apporte, l'orientation qu'elle donne aux documents, l'éventuelle suggestion de problématique et de plan.

> **Marque en couleur les termes forts** qui devront être définis, les dates ou événements à expliquer, tel détail de l'image, tout élément qui mérite une analyse, qui alerte, qui évoque une connaissance.

2 Approfondis ta compréhension des documents

Pour un texte, tu dois :

> **comprendre le point de vue de l'auteur** : que sais-tu de lui ? sa relation à l'événement ? son regard sur l'événement ou le phénomène observé ? son niveau de neutralité ou d'engagement ?

> **situer son contexte** ;

> **sélectionner** des termes, citations courtes ou passages éclairants que tu intègreras au devoir.

Pour un document visuel, tu dois :

> **comprendre l'intention de cette image.** Qui la produit et dans quel but : témoigner ? immortaliser un événement ? schématiser ? cartographier ? alerter ? proposer un regard politique ? un regard satirique ?

> **situer son contexte** ;

> **quels éléments composent l'image ?** les différents plans ? les couleurs ? les symboles, etc.

3 Traiter le sujet

Introduction

Présente le ou les documents.

> la nature :
- texte politique (discours, déclaration, loi...) ;
- texte journalistique (article, interview...) ;
- texte d'expert (extrait d'un ouvrage ou article d'histoire, de géographie...) ;
- texte littéraire (récit de voyage, mémoires, journal intime...) -document visuel ou iconographique : photographie, dessin de presse, carte, œuvre d'art...

> l'auteur, la date et la source grâce aux éléments de légende(s)

> le contexte historique ou (géo)politique : contexte général (période, relations internationales ...) et/ou particulier (événement lié au document)

Résume le ou les documents en une phrase : elle doit dégager l'essentiel, et se dispenser de tout commentaire.

Annonce la problématique et le plan.

Le développement

> Il apporte les réponses à la problématique, en partant des documents.

> Chaque paragraphe cite des extraits ou des éléments visuels, les explicite par des connaissances et en propose une analyse qui répond à la problématique.

> Il propose un recul critique, soit au fil du devoir, soit dans un paragraphe spécifique.

> Les paragraphes sont clairement séparés par un saut de ligne(s).

> Les paragraphes se suivent logiquement, et le passage d'un paragraphe au suivant est annoncé par une phrase de transition, en fin de paragraphe (ne pas la séparer du paragraphe précédent).

La conclusion

> Elle apporte une réponse à la problématique résumant les étapes du raisonnement.

> Elle propose une ouverture (événement, citation, donnée) qui élargit sur le sujet.

4 Soigne la présentation

> Soigne l'orthographe, particulièrement celle des noms propres.

> Sépare clairement l'introduction, les grandes parties du plan et la conclusion.

> Fais 2 ou 3 paragraphes à l'intérieur des parties.

> Souligne les titres des œuvres que tu cites.

> N'abuse pas du correcteur blanc, les ratures discrètes sont préférables.

5 Dernières minutes !

> Numérote les pages de la copie.

> Achève les relectures et les corrections : plutôt une relecture par paragraphes, au fil de la rédaction, pour éviter d'être pris(e) par le temps.

> Un oubli ? une information à ajouter ? Utilise l'astérisque : * !

Réviser et s'entraîner toute l'année

1 Mobilise tes connaissances de Première

- **Le programme de Spécialité de Première doit avoir été fiché ou classé rigoureusement**, de manière à pouvoir en réviser les contenus lorsqu'une notion contenue par ce programme est utile. En effet, les programmes de Première et de Terminale sont complémentaires, et les bases de Premières peuvent être mobilisées en Terminale.
- **Des fiches de synthèse (donc courtes)** te permettront de te maintenir à niveau (les textes officiels indiquent que ces connaissances peuvent être sollicitées ponctuellement lors des épreuves du bac, écrit et/ou oral).

Une fiche par thème

Pour revoir d'un coup d'œil le programme de Première, tu pourras te créer une fiche de synthèse pour chacun des cinq thèmes :

- Comprendre un régime politique : la démocratie
- Les puissances internationales
- Les frontières
- S'informer
- Les relations entre États et religions

Fiche-exemple

Thème 1
Comprendre un régime politique : la démocratie

Lexique / Notions à connaître
démocratie directe / représentative / libérale
referendum / dictature / régime autoritaire / démocraties populaires
libertés fondamentales / souveraineté / État de droit
souverainisme / fédéralisme

Acteurs / auteurs majeurs /citations
Aristote / Alexis de Tocqueville / Benjamin Constant
Montesquieu / Jean-Jacques Rousseau / Pierre Rosanvallon

Exemples précis
la démocratie à Athènes / la démocratie aux États-Unis
le coup d'État de 1973 au Chili / la transition démocratique au Portugal et en Espagne
le régime politique de la Chine / la démocratie européenne

1 ou 2 phrases qui résument le thème dans chaque discipline de la spécialité

La démocratie : une histoire	- -
Géographie de la démocratie dans le monde	- -
Géopolitique de la démocratie	- -
La démocratie comme système politique	- -

Organisation de chaque fiche

Les contenus de chacune de tes fiches pourront s'organiser de la façon suivante :

- Lexique / notions à connaître
- Acteurs / auteurs majeurs / citations
- Exemples précis issus du cours ou que tu as trouvé dans l'actualité
- 1 ou 2 phrases qui résument le thème dans chaque discipline de la spécialité

2 Planifie ton année en vue des épreuves du Bac

Pour la préparation de l'écrit, l'épreuve ayant lieu mi-mars, il faut compter 20 semaines pour traiter les 4 thèmes. On dispose donc de 5 semaines par thème.

Pour l'oral : il reste 10 semaines environ, pour étudier les 2 thèmes restants et préparer l'oral.

L'écrit et l'oral dans ton année de Terminale

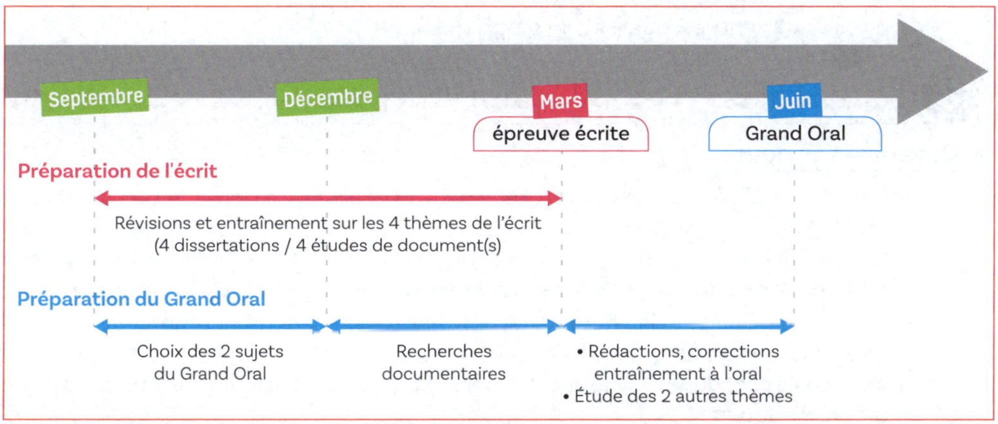

Entraînement à l'écrit

Il faut que tu te familiarises au format de l'épreuve en 4 heures, afin de tenir la durée, en termes de

- **concentration** ;
- **capacité à gérer ce temps** (micro-pauses ; boisson, grignotage).

Si l'établissement ne prévoit pas de bac blanc en 4 heures, tu peux t'entraîner avec des sujets, à enchaîner chez toi, les deux exercices de 2 heures.

Mais les entraînements les plus fréquents peuvent se dérouler en 2 heures puisque deux exercices seront à réaliser en 2 heures chacun et sont indépendants.

Prévoir 4 entrainements pour chacun des 2 exercices (dissertation / étude critique de documents). **En tout, pour être bien entraîné, il faudrait que tu aies réalisé en temps limité au moins 4 dissertations et 4 études critiques de documents entre septembre et mars.**

Préparation du Grand Oral

Dès la Première, tu as pu t'entrainer à la prise de parole en HGGSP (présentation d'exposés, de revues de presse, etc.). En Terminale, tu devras te préparer dès septembre à l'épreuve du Grand Oral selon les modalités officielles prévues et planifier des entraînement(s) devant du public (voir Fiches Grand Oral p. 340 et suivantes).

Voici le calendrier de cette préparation :

> Septembre - décembre

- Tu devras choisir deux questions (sujets) dans le respect des textes officiels. Celles-ci doivent être **en lien avec les programmes**. Le sujet doit être adapté à 5 minutes de présentation.
- Tu prévoiras à ce stade de ton travail :
  - des **discussions** sur tes sujets avec les professeurs concernés
  - des **lectures** et des **recherches** aboutissant à une problématique précise.

> Décembre - février

Tu feras les recherches nécessaires pour regrouper la documentation liée aux deux sujets, à la sélection des idées, au choix des exemples, des auteurs...

> Mars - juin

Tu devras
- rédiger des deux présentations orales ;
- effectuer les relectures et corrections ;
- préparer l'éventuelle réalisation graphique.

3 Écrit : révise de septembre aux vacances de printemps

a. Organise tes cours

- Les traces écrites des cours et exposés présentés en classe doivent être rigoureusement relues et organisées pour permettre les révisions efficaces. Certains élèves en font des fiches, mais ce n'est pas une obligation. **En effet, des fiches trop résumées perdent des contenus, à l'inverse recopier tout le cours n'est pas très utile.**
- On pourra privilégier **des fiches très compactes** portant uniquement sur les données courtes ou chiffrées, à connaître par cœur (dates, définitions). On reverra alors ses cours dans leur support d'origine pour mémoriser les raisonnements et problématiques.
- **Des fiches « lexique » sont indispensables** sur chaque thème. Elles prendront la suite des fiches de lexique élaborées sur le programme de Première.

b. Consulte des ressources

En plus des cours et exercices, **le travail personnel** consiste à consulter des ressources et à en garder une trace synthétique. Les habitudes initiées en Première doivent être régularisées et approfondies en Terminale.

> Lis la presse pour connaître les sujets politiques et géopolitiques, et suivre leur actualité.

Exemples de Journaux et revues utiles sur l'actualité et la géopolitique : *Le Monde, Le Monde diplomatique, Courrier International, Questions internationales, Carto,...*
En ligne : Revue géopolitique Diploweb.com
https://www.diploweb.com/spip.php?page=auteur_liste

> Consulte très régulièrement des atlas

- *Atlas* géopolitique mondial, Éditions du Rocher (2019 ou 2020)
- Grand Atlas, Autrement (2019 ou 2020)
- Atlas des crises et des conflits, A. Colin, 2019
- Atlas de l'anthropocène, Presses de Sciences Po, 2019.
- Atlas de la mondialisation, L. Carroué, Autrement, 2018.
- Atelier de Cartographie de Sciences Po en ligne
  https://www.sciencespo.fr/cartographie/

> Nourris ta réflexion par la consultation de différentes ressources

Ouvrages

Olivier Zajec, *Introduction à la géopolitique*, Argos, 2013
Xaxier Pasco, *Le nouvel âge spatial*, 2017
Bruno Tertrais, *La guerre*, Que sais-je ? PUF, 2014
Mathieu Duchâtel, *Géopolitique de la Chine*, Que sais-je ? PUF, 2017
Henry Rousso, *Face au passé, essai sur la mémoire contemporaine*, 2016
Jacques Sémelin, *Purifier et détruire*, 2017
Philippe Bénéton, *Les régimes politiques*, Que sais-je, PUF
Emmanuel Leroy-Ladurie (dir.), *Les fluctuations du climat, de l'an mil à aujourd'hui*, 2011
Bernard Vincent, *Histoire des États-Unis*, Champs Flammarion, 2016
Une biographie historique : De Gaulle, Mandela, ...

Émissions de radio à podcaster lorsque les sujets touchent au programme

France Culture : *Les enjeux-internationaux* (10 mn), *Affaires étrangères* (58 min)
Émissions de télévision : Le dessous des cartes (Arte)

> Garde une trace écrite des ressources que tu consultes

Prévois des fiches synthétiques par catégories (attention, reste très synthétique, une fiche recto-verso suffit) :

- Fiche « ressource » : synthèse d'un podcast, documentaire, article...
- Fiche « auteur » : les apports d'un auteur important (sa pensée, quelques citations)
- Fiche « œuvre » : les apports d'un texte important (les idées fortes, quelques citations)

c. Réalise des cartes mentales

Chaque thème peut être représenté par une ou plusieurs cartes mentales afin de **mémoriser les éléments obligatoires du programme et de nourrir le plan des devoirs**.

Exemple de carte mentale : **Thème 3**, Histoire et mémoires

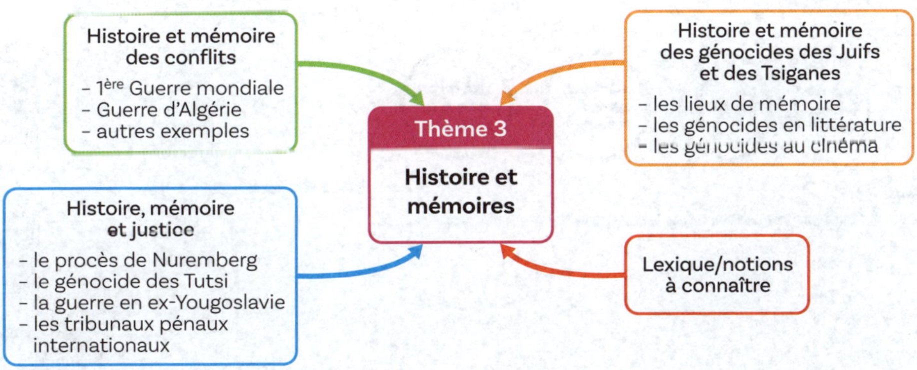

d. Réalise un suivi de tes révisions

		Fiches ou mises à jour de cours		Fiche lexique		Fiches ressources / auteurs /œuvres		Carte(s) mentale(s)	
Réalisé	mémorisé								
Thème 1 Thème 2 Thème 3 Thème 4									

Thème 1

BAC ANNÉE PAIRE

De nouveaux espaces de conquête

Test d'une combinaison spatiale dotée de moyens de communication ultra-performants (projet Gandolfi 2, mené par la société française Comex, dans le cadre du programme européen Moonwalk). Le test a été réalisé en Espagne en 2016.

Thème 1

De nouveaux espaces de conquête

Sommaire

Mots clés

→ **Puissance hégémonique :** Puissance sans rivale.

→ **Coopération :** Dans les relations internationales, politique d'entente et d'accords entre États sur des projets communs, permettant le partage des compétences et des coûts.

→ **Haute mer :** En droit, désigne les eaux internationales qui ne sont sous l'autorité d'aucun État (par opposition aux eaux sous juridiction d'un État côtier).

→ **Espace extra-atmosphérique :** Étendue qui sépare les astres entre eux et se situe, du point de vue terrestre, au-delà de notre atmosphère.

→ **Satellite :** Objet placé en orbite autour de la Terre, à des fins de recherche scientifique, de télécommunications ou d'espionnage.

→ **Martialisation :** Utilisation de l'espace au profit des actions militaires en plaçant dans l'espace des objets inoffensifs pris isolément, mais constitutifs d'un système de combat.

→ **Circumnavigation :** Navigation autour d'un lieu, couramment une île, un continent ou la Terre entière.

Dates clés

1959 Comité des Nations unies pour les utilisations pacifiques de l'espace extraatmosphérique.

1967 « Traité de l'espace » interdisant notamment l'utilisation d'armes de destruction massive dans l'espace.

1979 « Traité sur la Lune » régissant les activités des États sur la Lune et les autres corps célestes.

1982 Convention des Nations unies sur le droit de la mer (CNUDM), dite de Montego Bay.

1994 Création de l'Autorité internationale des fonds marins, sous l'égide des Nations unies.

Chiffres clés

Superficie océan : **71 %** de la surface du globe.

Plus de **2 000** satellites artificiels sont en fonction autour de la Terre.

Les câbles sous-marins transportent **99 %** des données mondiales.

Avec **62** sous-marins, la marine des États-Unis est au 1er rang mondial.

Comprendre les enjeux

1 La conquête de l'océan mondial

→ L'océan mondial, aussi appelé océan global, couvre 71 % de la surface de la Terre. R**éseau océanique et maritime interconnecté**, il est entrecoupé de golfes, de baies et de détroits qui jouent **un rôle stratégique dans son partage entre les grandes puissances mondiales**.

→ Depuis l'Antiquité, les hommes parcourent l'océan pour **découvrir de nouvelles terres et les conquérir**. Avec la première circumnavigation terrestre réalisée par l'expédition de Fernand de Magellan en 1522, l'océan devient mondial et les grandes puissances veulent se le partager.

→ L'utilisation libre des océans (*Mare Liberum*), garantie par les puissances hégémoniques britannique puis américaine, est remise en cause dans les années 1960 par l'application du principe de *Mare Clausum* qui conduit les États à s'accorder sur un partage de l'océan lors de la **conférence de Montego Bay en 1982**. En distinguant une **partie appropriée, appartenant aux États côtiers, et une partie commune** en haute mer, cette conférence reconnaît le droit d'appropriation et renforce ainsi l'enjeu de conquête que représente l'accès à l'océan mondial.

2 Espace et océans : des défis technologiques

→ **Objet de conquête plus récent, l'espace extra-atmosphérique apparaît dans la deuxième partie du XXe siècle comme une nouvelle frontière à repousser**, à l'image de ce qu'ont été les océans au cours des siècles précédents. Les deux espaces présentent des **contraintes techniques, économiques et juridiques** qui mettent à l'épreuve les grandes puissances dans leur volonté de conquête. Le risque, qu'il soit humain, économique ou scientifique, est un facteur discriminant de celle-ci : seules les plus grandes puissances sont capables de l'assumer et de le dépasser.

→ **Toutefois, ce défi peut aussi être relevé par des individus qui jouent le rôle de pionnier et permettent parfois d'accélérer la conquête.** Les nouvelles frontières océaniques et spatiales attirent ainsi les personnalités médiatiques qui s'investissent dans des projets scientifiques (James Cameron, Leonardo Di Caprio), mais aussi **les milliardaires de l'économie digitale** (Elon Musk, Jeff Bezos), qui y trouvent un terrain idéal pour investir. La coopération permet aussi de repousser la frontière scientifique et économique, comme dans le cas de la construction européenne.

3 Espace et océans : entre conquête et coopération

→ **L'attractivité de ces deux espaces s'explique aussi par le rôle nouveau qu'ils jouent :** câbles sous-marins et satellites forment la structure indispensable au réseau qui nous permet d'effectuer nos activités quotidiennes, comme les opérations les plus sensibles menées par les forces armées. **La maîtrise des océans et de l'espace est donc devenue incontournable pour maîtriser les réseaux**, ce qui explique les courses maritime et spatiale à la puissance. Toutefois, ces espaces restent difficiles d'accès et nécessitent souvent la coopération entre États et, de plus en plus, **entre États et entreprises privées**. Pour protéger l'utilisation de ces espaces, comme pour protéger les ressources qu'ils offrent, la réglementation se révèle alors nécessaire.

→ Les **formes de gouvernance**, encore limitées entre grandes puissances, doivent intégrer les entreprises qui s'engagent dans l'exploitation de ces nouveaux espaces. Cela n'empêche pas les dérives. **La marchandisation, tout comme la pollution par la surexploitation commerciale est un premier risque.** La martialisation de l'espace en est un autre car elle fait craindre le risque d'une guerre depuis l'espace.

MÉMO VISUEL

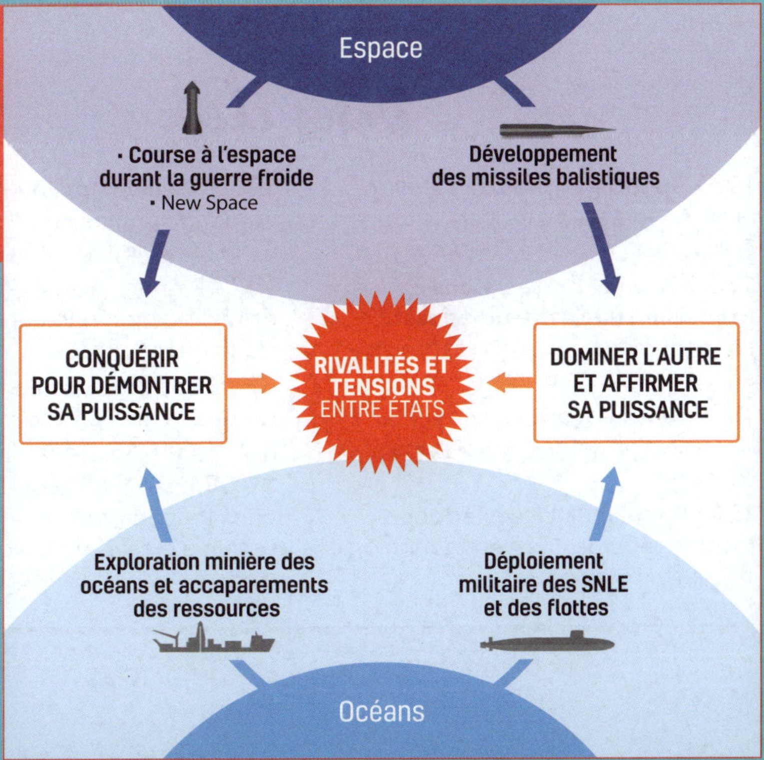

Les nouveaux espaces de conquête

Conquête, affirmations de puissance et rivalités

Lexique

- **Agence spatiale :** Organisme chargé de coordonner l'activité spatiale à l'échelle d'un pays ou d'un groupe de pays (NASA aux États-Unis, Roscosmos en Russie, ESA en Europe...).
- **Guerre froide** (1947-1991) : Période de fortes tensions géopolitiques entre les deux blocs nés à la sortie de la Seconde Guerre mondiale, le bloc communiste dirigé par l'URSS et le bloc occidental dominé par les États-Unis (monde bipolaire).
- ***New Space*** : Nouvel âge spatial caractérisé par la multiplication des acteurs, notamment privés, et la redéfinition des objectifs (ressources).
- **Arme tactique / Arme stratégique** : Arme utilisée sur le terrain d'opérations /propulsée à longue distance.
- **Capacité de projection** : Ensemble des moyens qui permettent d'acheminer avec efficience une force militaire loin de son lieu habituel de stationnement.
- **Dissuasion** : Stratégie liée à la possession de l'arme nucléaire, consistant à préserver la paix en montrant sa force à l'adversaire.
- **SNLE** : Sous-marin nucléaire lanceur d'engins.

Dates clés

1957 **Spoutnik 1**, premier satellite artificiel mis en orbite par l'URSS - Début de la course à l'espace

1960 **Premier porte-avions à propulsion nucléaire américain** - La technologie nucléaire est mise au service de la stratégie maritime

1960 **Youri Gagarine**, premier homme à effectuer un vol dans l'espace

1961 **Premier SNLE soviétique** - L'URSS s'équipe aussi en technologie nucléaire maritime

1969 **Mission Apollo XI :** Armstrong et Aldrin sont les premiers hommes à poser le pied sur la Lune

1979 Premier lancement d'une **fusée Ariane** européenne depuis la Guyane française

2001 Entrée en service du *Charles-de-Gaulle*, seul porte-avions à propulsion nucléaire non américain

2003 La Chine envoie un taïkonaute dans l'espace, devenant la troisième nation à effectuer un vol habité

2019 Création de l'USSPACECOM

Acteurs

Youri Gagarine (1934-1968) : Pilote de chasse et premier homme à avoir effectué un vol dans l'espace le 12 avril 1961, Gagarine est sélectionné parce qu'il incarne « l'idéal de l'égalité soviétique » en raison de ses origines modestes.

Neil Armstrong (1930-2012) : Pilote de chasse et premier homme à avoir posé le pied sur la Lune. Il commande ensuite la mission Apollo 11 et pilote le module lunaire qui alunit le 21 juillet 1969.

Bill Clinton (né en 1946) et **Boris Eltsine (1931-2007)** : Après la fin de la guerre froide, ces deux présidents procèdent en 1993 à la fusion des projets de station spatiale de leur pays respectif. Ce geste fondateur est à l'origine de l'ISS, exemple emblématique du nouveau contexte géopolitique et de la fin du monde bipolaire.

MÉMO VISUEL Puissances nucléaires et projection maritime

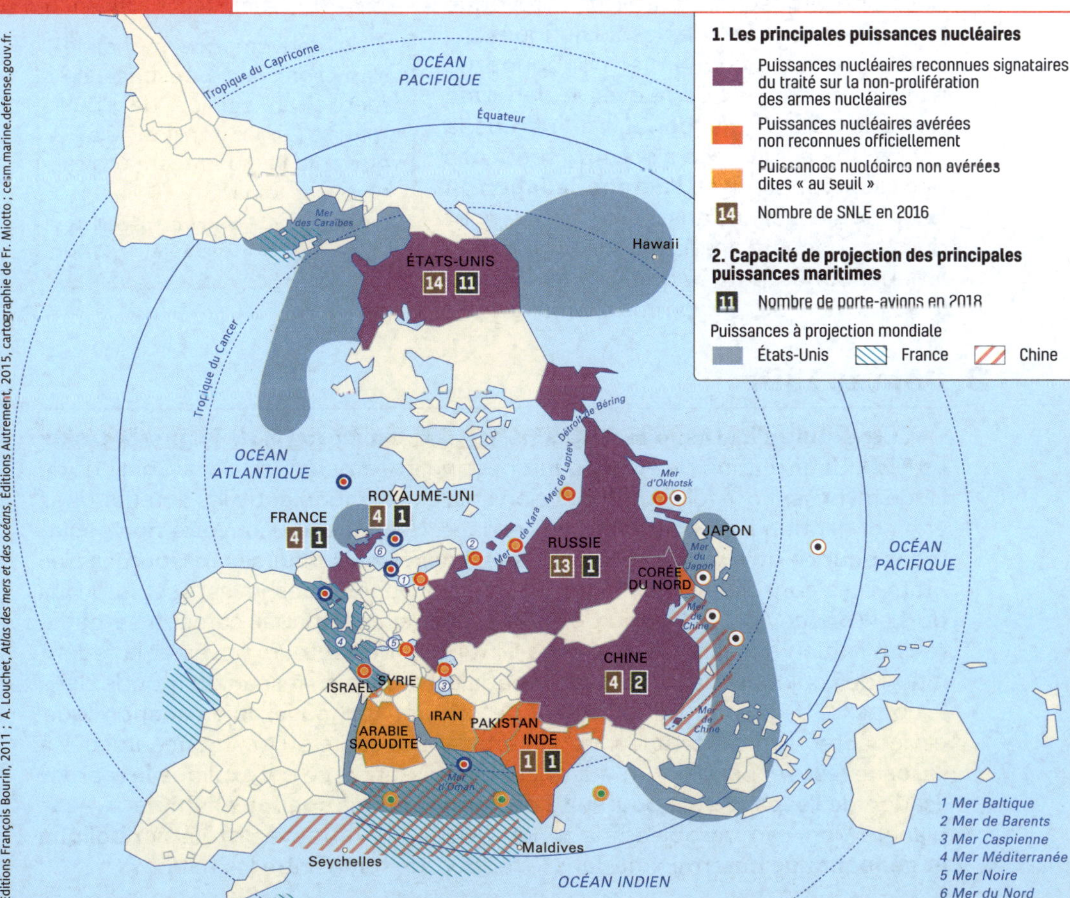

Sources : d'après P. Marchand, *Atlas géopolitique de la Russie*, Éditions Autrement, 2007, cartographie de C. Suss ; M. Foucher, *La bataille des cartes*, Éditions François Bourin, 2011 ; A. Louchet, *Atlas des mers et des océans*, Éditions Autrement, 2015, cartographie de Fr. Miotto ; cesm.marine.defense.gouv.fr.

1 Les enjeux géopolitiques de la conquête spatiale

A. Pendant la guerre froide

→ Débutée pendant la Seconde Guerre mondiale par l'Allemagne nazie avec les fusées V2, la conquête spatiale se résume ensuite à **l'affrontement entre les États-Unis et l'URSS, dans le contexte du monde bipolaire**. **L'enjeu est d'abord militaire** puisque les fusées sont indispensables à la dissuasion nucléaire. Mais **il est aussi idéologique** car les capacités technologiques que peuvent démontrer les États valident la réussite de leur modèle politique. La guerre froide impose le développement d'armes balistiques pour frapper directement un adversaire éloigné.

→ **La course à l'espace, conséquence de cette course à l'armement, devient alors un enjeu dans la guerre idéologique** à laquelle se livrent Soviétiques et Américains. En 1983, le président américain Ronald Reagan annonce le projet d'Initiative de défense stratégique (IDS). Il doit permettre d'intercepter en vol les missiles balistiques soviétiques. Très coûteux pour une efficacité aléatoire, il provoque cependant l'inquiétude des Soviétiques qui savent que leur économie moribonde ne leur permettra pas de relever le défi. Une nouvelle détente, qui conduit à la fin de la guerre froide, s'impose alors. Aux côtés des deux superpuissances, **l'Europe, le Japon ou la Chine** s'engagent aussi progressivement dans la conquête spatiale pour garantir leur indépendance stratégique ou développer leurs moyens de télécommunications.

> Si la gouvernance mondiale s'améliore, alors l'espace se mettra au service de l'humanité ; si les tensions s'aggravent, la guerre en orbite n'est pas loin !
>
> **Colonel J.-L. Lefebvre**, spécialiste en stratégie spatiale, 2010

B. Depuis 1991

→ **Cette multiplication des acteurs s'accentue avec la fin de la guerre froide en 1991.** L'affirmation de l'Union européenne et l'émergence de la Chine et de l'Inde favorisent à la fois la compétition et la coopération entre les acteurs, dans une conception plus utilitariste de l'espace. **L'espace est convoité non seulement pour ce qu'il représente mais aussi désormais pour ses ressources :** les États-Unis consolident leur avance en s'appuyant sur les investisseurs privés du *New Space Age*. Ce terme désigne le nouvel âge spatial, caractérisé par la multiplication des acteurs étatiques, l'irruption des acteurs privés et la redéfinition des objectifs de la conquête spatiale. La mise en réseau du monde dans le contexte de la mondialisation fait de l'espace **un nouvel enjeu économique**, et des acteurs privés font leur apparition dans le cadre du *New Space*. L'accès à l'espace reste cependant un marqueur de puissance, ce qui explique **la** martialisation **de l'espace et la poursuite des programmes spatiaux habités**. Avec la planète Mars comme objectif, la conquête spatiale retrouve **un rôle symbolique et géopolitique** déterminant dans le rapport de force entre les nations.

C. De nouveaux enjeux au XXIe siècle

→ **La faible réglementation favorise une conquête anarchique** qui révèle l'évolution vers un monde apolaire (sans État dominant) dans lequel les puissances ne parviennent pas à s'entendre. On observe par exemple une recrudescence des débris spatiaux, millions de fragments de fusées ou de satellites. Depuis 1993, les agences spatiales adhèrent à un comité de coordination pour échanger des informations sur les débris et éviter les collisions. En raison des contraintes techniques qu'elle impose, **la capacité de projection spatiale est un critère pertinent d'évaluation de la puissance**. Depuis le XXe siècle, l'espace devient un nouvel instrument de conquête à l'ère atomique. Comme les océans, l'espace permet à un État ou à toute autre puissance (l'UE) d'exister par-delà son territoire. C'est notamment le cas des puissances secondaires comme la France, qui pratiquent **la stratégie « du faible au fort » (P.-M. Gallois)** en se dotant d'armes capables de menacer des puissances supérieures.

Fait d'actualité

→ En 2012 a lieu **le premier voyage d'une fusée de la société Space X** vers la Station Spatiale Internationale. C'est l'arrivée d'un acteur privé dans la collaboration internationale du programme spatial, jusque-là monopole des agences spatiales nationales ou publiques. Collaborant désormais avec la NASA, l'entreprise d'Elon Musk qui emploie 6 000 personnes en 2019, développe par ailleurs des projets d'exploration spatiale vers la Lune et Mars.

→ En 2020, les opérateurs internet de nombreux pays se lancent dans **la course aux mégaconstellations de satellites** assurant depuis l'espace une couverture Internet. Si tous les projets sont menés à leur terme, plus de 50 000 nouveaux satellites se retrouveront dans l'orbite basse terrestre (moins de 2 000 kilomètres) d'ici à la fin de la décennie.

MÉMO VISUEL L'espace circumterrestre règlementé

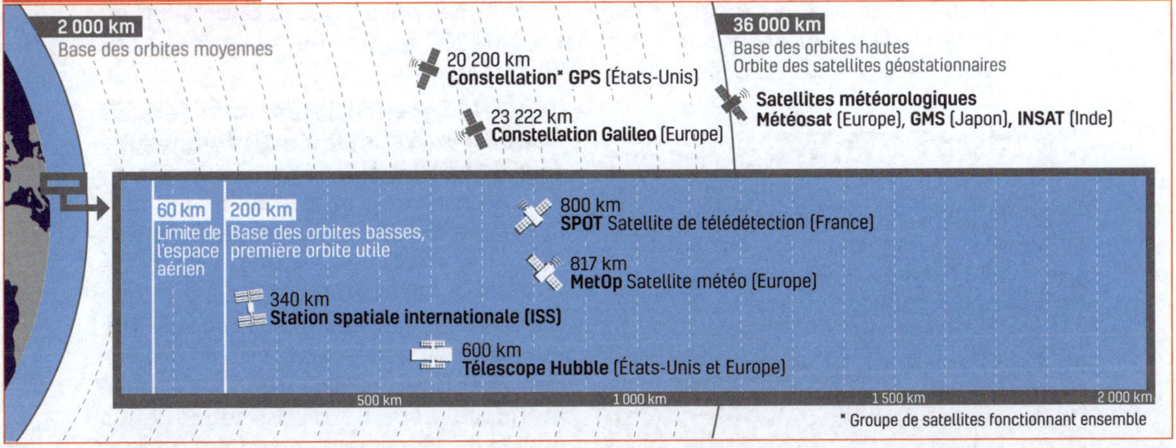

2 La puissance maritime

A. Un enjeu réactualisé

→ Au XXIe siècle, la puissance se fonde sur la **complémentarité des armes (terre, mer, air) et la projection vers les nouveaux espaces**. Toujours précurseurs, les États-Unis ont réactivé en août 2019 le *United States Space Command* (USSPACECOM) qui vient compléter les dix autres unités de commandement interarmées des États-Unis réparties par zones géographiques ou par fonctions. Cette décision s'accompagne de la **création d'une *space force*** qui s'est ajoutée en décembre 2019 aux cinq autres branches de l'armée américaine : US Army, US Navy, US Air Force, US Marine Corps, US Coast Guard.

> Qui tient la mer tient le commerce du monde ; qui tient le commerce tient la richesse ; qui tient la richesse du monde tient le monde lui-même.
>
> **Walter Raleigh,** officier et explorateur britannique du XVIIe siècle

B. La domination des États-Unis

→ **Depuis le début du XXe siècle, les États-Unis ont pris le relais du Royaume-Uni dans une position de puissance navale dominante.** À l'écart des zones de combats terrestres, les États-Unis sont pourtant intervenus dans la plupart des conflits grâce à une maîtrise des mers indiscutable.

→ **Première marine mondiale,** la puissance navale des États-Unis se compose de trois sous-ensembles : la Blue Water Navy (marine de haute mer), les Coast Guards (protection et contrôle des littoraux) et le Corps des Marines (force terrestre projetée par la mer). Cet ensemble est constitué de 400 navires de tous types dont : 10 porte-avions, 10 porte-hélicoptères et 62 sous-marins. Longtemps cantonnée à un rôle secondaire et identifiée à une « puissance douce », **l'Inde s'affirme en étendant son contrôle sur l'océan Indien**. Cette démonstration est indissociable de son émergence : en 2018, le pays est classé cinquième puissance économique mondiale. Elle détient la 7e marine mondiale. La puissance navale de l'Inde s'organise en trois zones : Ouest, Sud et Est de l'océan Indien. Cet ensemble est constitué de 100 navires de tous types dont 1 porte-avions 1 porte-hélicoptères et 15 sous-marins

→ **Depuis la Seconde Guerre mondiale, les États-Unis se sont imposés comme une puissance globale.** D'abord superpuissance en lutte contre l'URSS pendant la guerre froide, ils sont même qualifiés d'hyperpuissance après la chute de l'URSS en 1991. Leur position s'explique notamment par leur **puissance de feu nucléaire** et leur capacité de projection maritime, toutes deux à l'échelle mondiale. Leur flotte de sous-marins nucléaires lanceurs d'engins leur permet

Fait d'actualité

→ En 2020, le président Macron annonce que la France va se doter pour 2038 d'un nouveau **porte-avions à propulsion nucléaire**, un navire de 300 mètres déplaçant 75 000 tonnes, une fois et demie plus imposant que l'actuel Charles-de-Gaulle auquel il succédera.

> La compétition entre l'Inde et la Chine suggère que l'océan Indien est le lieu où les grandes batailles du XXIe siècle se joueront.
>
> **Robert Kaplan**, politiste américain, 2009

d'assurer une dissuasion sans faille grâce à leur capacité de seconde frappe. Leur flotte de surface, organisée autour de leurs porte-avions, assure en outre leur présence sur tous les océans. Ils peuvent ainsi intervenir lorsque leurs intérêts stratégiques sont menacés ou lorsqu'ils sont sollicités dans le cadre d'opérations internationales comme l'humanitaire.

C. La multiplication des acteurs

→ Face aux États-Unis, de **nouvelles puissances maritimes et nucléaires émergent** dans cette course aux nouveaux espaces de conquête, mais elles ne peuvent pas encore rivaliser avec la puissance américaine. **C'est le cas de l'Inde qui développe les mêmes types de forces à l'échelle régionale**, dans le but de sécuriser son territoire et d'accentuer sa domination sur l'océan Indien. Dans un contexte régional asiatique de forte croissance des dépenses d'armement, l'Inde se positionne au 4e rang mondial, avec un budget militaire et stratégique qui reste cependant dix fois moins important que celui des États-Unis. **Ainsi les acteurs se multiplient mais restent hiérarchisés.**

La dissuasion nucléaire

MÉMO VISUEL

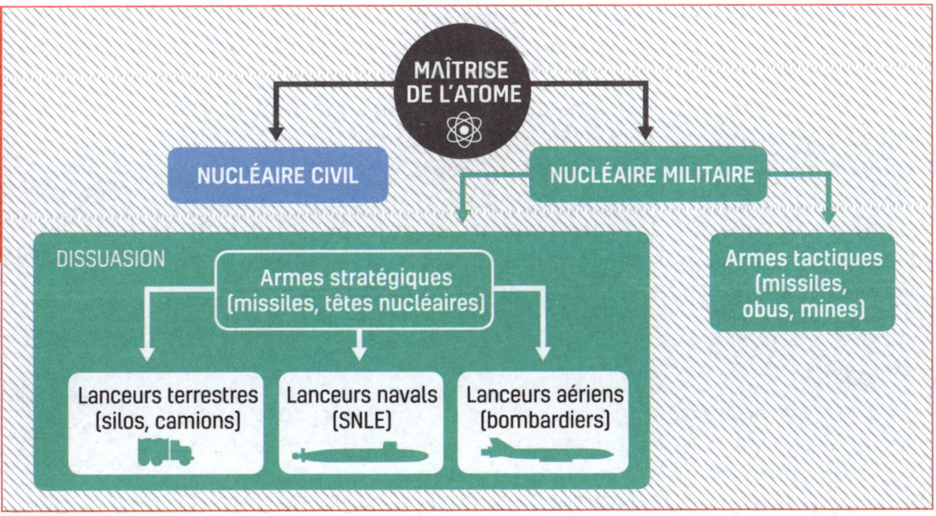

SUJET CORRIGÉ

Dissertation

SUJET 1

Les océans sont-ils les nouveaux espaces de la puissance ?

Vous appuierez votre argumentation sur des exemples anciens et contemporains.

Comprendre le sujet

Deux termes méritent d'être explicités : il faut définir la notion de « puissance » d'une part, et d'autre part discuter l'adjectif « nouveau ». En effet, si cet enjeu maritime est renforcé par la dernière mondialisation, il est cependant préexistant (puissances athénienne ou britannique par exemple).

La très bonne copie

Introduction

« Celui qui commande la mer commande le commerce ; celui qui commande le commerce commande la richesse du monde, et par conséquent le monde lui-même. » Cette citation de Sir Walter Raleigh, datée du début du XVIIe siècle, nous montre que la mer est un enjeu de puissance ancien. Pourtant, la fin du XXe siècle et le XXIe siècle sont marqués par un renouveau des tensions autour des espaces océaniques dans un contexte de mondialisation et de multipolarisation du monde. Si la puissance désigne la « capacité de faire, capacité de faire faire, capacité d'empêcher de faire, capacité de refuser de faire » (Serge Sur), les contraintes des espaces océaniques la réservent à quelques acteurs seulement.

Quels nouveaux enjeux expliquent que les océans apparaissent comme un champ d'expression privilégié de la puissance au XXIe siècle ? Les océans ont toujours été le champ d'expression de la puissance, mais le nouveau contexte fait naître de nouveaux enjeux, qui conduisent de multiples acteurs à « prendre la mer ».

Annonce la structure de ton argumentation.

1re partie

La mer est historiquement un espace d'expression de la puissance. C'est ainsi que les grandes puissances maritimes britannique puis américaine ont imposé leur conception juridique de l'usage des mers entre le XVIIe et le XXe siècle avec le principe de « Mare Liberum ».

Cite des notions de référence sur le sujet.

À partir des années 1960, les océans ont été l'objet d'une lutte pour l'appropriation qui a modifié le rapport à cet espace, sur le principe de « Mare Clausum ». Ce changement de paradigme a été généralisé par le droit international lors de la conférence de Montego Bay en 1982.

Dans le même temps, l'affrontement nucléaire a conduit les États-Unis et l'URSS à utiliser les océans comme espace de sanctuarisation de leur puissance, *via* les sous-marins nucléaires lanceurs d'engins (SNLE), seuls capables de garantir une seconde frappe depuis les profondeurs des océans.

Les océans ne sont donc pas de nouveaux espaces de la puissance, car ils en ont toujours été le support. Ce sont les modalités d'emploi de ces espaces qui sont nouvelles.

2e partie

En effet, la généralisation du principe de « Mare Clausum » conduit un nombre grandissant d'États à faire de la territorialisation une nouvelle forme d'expression de leur puissance. La défense des zones économiques exclusives (ZEE) devient alors un enjeu majeur.

La territorialisation des océans selon la convention de Montego Bay

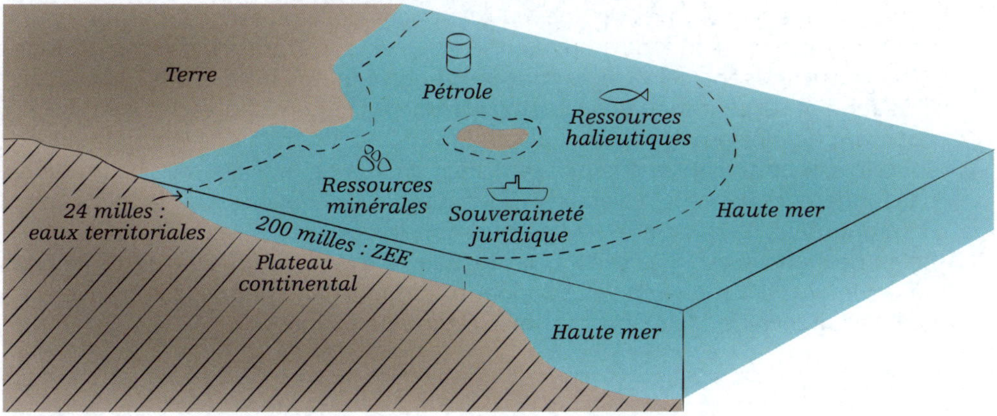

L'appropriation des océans permet aussi l'appropriation des ressources, qu'elles soient halieutiques, minérales ou énergétiques. L'exploitation des nodules polymétalliques qui contiennent les métaux rares indispensables au développement des nouvelles technologies est un exemple de ces nouveaux enjeux.

La maritimisation de l'économie liée à la mondialisation impose une surveillance des routes maritimes et des détroits. Les puissances qui veulent sécuriser leurs intérêts commerciaux doivent donc entretenir une présence océanique et coopérer, comme l'illustre la lutte contre la piraterie dans le détroit de Malacca.

> Nourris ton devoir d'exemples précis.

3e partie

Si l'océan mondial a toujours été un enjeu symbolique d'affirmation pour les nations dominantes, les nouveaux enjeux multiplient les acteurs et les formes d'expression de la puissance.

Espace d'affrontement entre les États, les océans font ainsi l'objet d'un grand nombre de conflits frontaliers. On peut ainsi relever les conflits anciens, réactivés par les tensions sur les ressources halieutiques entre le Pérou et le Chili, ou les tensions actuelles en mer de Chine, qui portent notamment sur les hydrocarbures.

Toutefois, l'affirmation de la puissance sur les océans reste contrainte par des défis techniques et financiers, ce qui réserve le contrôle de la haute mer à quelques grandes puissances. Pour la plupart des États, la projection océanique ne dépasse pas l'échelle régionale. La France, le Royaume-Uni ou la Russie sont des puissances historiques capables de se projeter loin de leurs côtes. La Chine et l'Inde se dotent d'un arsenal qui doit constituer le support de leur mutation en puissance d'échelle mondiale.

Seuls les États-Unis sont néanmoins capables d'exercer une maîtrise de l'océan mondial. Leur tonnage deux fois supérieur à celui de la Chine et leur avance technologique témoignent de leur domination. L'Us Navy est surtout la seule force présente sur tous les océans grâce à ses porte-avions, ses sous-marins et ses nombreuses bases et facilités. Si l'océan est un nouvel espace d'affirmation de la puissance, il reste soumis à une hiérarchie de puissance qui change peu.

Conclusion

Les océans ne sont pas de nouveaux espaces de la puissance mais un nouveau contexte apporte de nouveaux enjeux ainsi qu'une diversification des acteurs qui agissent, selon leurs moyens, à des échelles différentes. La territorialisation et l'exploitation des océans, comme la maritimisation de l'économie, poussent de plus en plus d'États à voir dans la mer un miroir de leur puissance. Toutefois, si cette course à la puissance est source de tensions, elle ne modifie pas fondamentalement la hiérarchie. La maîtrise des océans, en surface comme en profondeur, reste en effet un défi complexe que seules les puissances globales peuvent relever. Le théorème de Castex, qui lie la puissance terrestre, aérienne et maritime reste valable pour expliquer l'hégémonie de la puissance globale américaine. Mais pour combien de temps encore ?

SUJET CORRIGÉ

Étude critique de documents

SUJET 2

L'espace, nouvel enjeu d'affirmation de puissance pour la France

Consigne : En menant une analyse critique des documents, vous interrogerez la décision du président de la République française et déterminerez si elle fait de l'espace un enjeu de confrontation ou de dissuasion.

Document 1 > Un tweet du président de la République française, le 13 juillet 2019

Document 2 > L'analyse d'un expert de l'armée de l'air

Lors de son traditionnel discours aux armées pour les célébrations du 14 juillet, Emmanuel Macron a annoncé la création d'un *Commandement de l'espace*, accompagné d'un renforcement de la surveillance extra-atmosphérique. À terme, l'armée de l'air va être renommée « l'armée de l'air et de l'espace ». [...] Cette évolution stratégique est portée par une volonté de renforcement militaire de la présence spatiale française. Emmanuel Macron a annoncé vouloir mieux protéger les satellites « y compris de manière active ». [...] Que se cache-t-il derrière la « manière active » et l'« offensive », termes qui peuvent prêter à confusion Le colonel Cyrille Duvivier, porte-parole de l'armée de l'air, explique : « C'est de l'offensif éventuel pour protéger, cela reste bien une mission de protection. L'utilisation d'une arme dépend toujours de la doctrine dans laquelle on l'utilise. Ce peut être offensif comme défensif. En l'occurrence, l'idée d'être actif est ici d'empêcher l'agression. » [...] Il n'est *a priori* nullement question de procéder à des attaques. Le droit international est d'ailleurs censé prohiber ce genre d'actions. En 1967, le *Traité de l'espace* a été promulgué en interdisant la mise en orbite d'armes de destruction massive. Toute manœuvre militaire, tout test d'arme et toute base militaire sont également proscrits. Normalement, il ne devrait donc pas être nécessaire de se défendre dans l'espace, puisque c'est un milieu qui appartient à tout le monde. Mais alors pourquoi passer à une défense offensive ? « C'est une forme de réponse à un développement récent de l'espace. Ce n'était pas censé être un endroit de confrontations, mais il est en train de le devenir », nous explique Cyrille Duvivier. Et, en effet, une course à l'armement spatiale commence à prendre de l'ampleur. Donald Trump a ordonné la création d'une *Space Force*, tandis que l'Inde a réussi à détruire un satellite en trois minutes par un tir de missile. La Chine et la Russie se sont également engouffrées dans le développement de telles armes. Face à cette arsenalisation, la France ne veut pas « rester inactive ».

Marcus Dupond-Besnard, « Défense : pourquoi Emmanuel Macron annonce-t-il un commandement de l'espace », www.numerama.com, 16 juillet 2019

Comprendre le sujet

Les deux documents traitent, différemment, d'une même décision politique. Il faut rappeler ici le pouvoir du président en matière militaire dans les institutions françaises ; d'autre part, il convient de distinguer la nature respective des documents, l'un politique, l'autre analytique.

SUJET 2

La très bonne copie

Introduction

Le 14 juillet 2019, Emmanuel Macron annonçait officiellement la création d'un Commandement de l'espace français. Cette évolution dans la doctrine stratégique spatiale française était une décision importante et soigneusement médiatisée, d'abord par un message présidentiel sur le réseau social Twitter, puis lors de son discours solennel aux armées le jour de la fête nationale. Le texte extrait du site Numerama.com permet, grâce à l'éclairage du colonel Cyrille Duvivier, de mieux cerner les motivations de cette décision. Le document 2, analytique, permet donc de comprendre les enjeux du document 1, politique et médiatique.

Annonce la nature du document proposé.

La France s'engage-t-elle dans une confrontation spatiale avec les autres puissances ? Ou bien garantit-elle légitimement sa sécurité selon la doctrine de la dissuasion ?

Nous aborderons dans une première partie l'affirmation de la puissance militaire française, avant d'analyser la composante de *softpower* que comprend aussi cette décision.

1re partie

La décision d'Emmanuel Macron doit être contextualisée. Comme le texte l'évoque, les grandes puissances, qu'elles soient historiques, comme les États-Unis, ou émergentes, comme la Chine ou l'Inde, veulent affirmer leur poids géopolitique en montrant leurs capacités spatiales. Cela représente un danger, car le fonctionnement et la sécurité de nos sociétés passent par les satellites qui peuvent être menacés. Le choix de faire cette annonce un 14 juillet, jour de fête nationale, montre qu'il s'agit d'un enjeu de sécurité nationale, relevant à ce titre de dispositions militaires. Selon la Constitution de la Ve République, le président détient la fonction régalienne de « chef des armées ».

Citer des références précises.

Certes, la France pourrait s'appuyer sur la neutralité de l'espace, garantie par le Traité international de l'espace de 1967, « régissant les activités des États en matière d'exploration et d'utilisation de l'espace extra-atmosphérique, y compris la Lune et les autres corps célestes ». Mais les contours de ce traité sont vagues et le général Duvivier relève que l'espace est en réalité en train de devenir « un endroit de confrontations », ce qui permet de justifier la décision française. En effet, si la guerre des étoiles n'est pas à l'ordre du jour, l'« arsenalisation » évoquée par le texte, à savoir la multiplication des équipements militaires spatiaux, est réelle de la part de la Chine et de l'Inde, puissances émergentes et rivales, aux relations géopolitiques, sinon conflictuelles, en tout cas tendues. Ce fait renvoie à la martialisation de l'espace, qui consiste à installer dans l'espace des outils (satellites par exemple) inoffensifs pris isolément, mais permettant de mener des guerres au sol. L'enjeu est alors de protéger ces outils stratégiques qui peuvent faire l'objet d'attaques. Le risque de confrontation ne peut être ignoré.

→ 2e partie

Appuie ton argumentation sur des exemples précis.

La confrontation n'est toutefois pas recherchée : l'utilisation de Twitter, qui n'est d'ailleurs pas sans rappeler le mode de communication de Donald Trump, vise un effet d'annonce qui relève du soft power, afin d'influencer les relations internationales sans recourir à l'action contraignante. Le fondement stratégique de la décision française est d'ailleurs bien explicité par le Général Duvivier : « l'idée d'être actif est ici d'empêcher l'agression. » Il donne ici la définition de la dissuasion, qui justifie des équipements que l'on souhaite inutiles, à l'instar des armements nucléaires, par la recherche de la sécurisation nationale, dans un contexte géopolitique tendu.

Comme l'indique le colonel Duvivier, « l'utilisation d'une arme dépend toujours de la doctrine dans laquelle on l'utilise », ce qui sous-entend clairement que le message envoyé aux Français, aux puissances spatiales et au monde est double : nous ne nous laissons pas dépasser ; nous avons les moyens de suivre le sillage des grandes puissances et nous les renforçons ; mais, simultanément, nous médiatisons notre intention de ne pas user de façon belliqueuse de ces équipements. Ce schéma correspond à la stratégie du « faible au fort », typique des puissances secondaires comme la France, et théorisée par Pierre-Marie Gallois. Dans le contexte du New Space, faute désormais d'une puissance hégémonique, se dessine un monde « apolaire » selon Robert Kaplan, dans lequel les puissances rivales ne parviennent pas à s'entendre.

Le poste occupé par C. Duvivier ne lui autorise aucun recul critique sur la politique engagée par la France, et s'apparente donc à un plaidoyer. Les documents proposés médiatisent en fait un même discours sous trois formes différentes (le tweet, l'allocution présidentielle, l'interview du porte-parole), et forment un dispositif politique, qui, au-delà du sujet militaire et technique, indique une volonté française de maintenir sa puissance, dans un contexte global et spatial concurrentiel.

→ Conclusion

Rappelle quel est le point de vue de l'auteur.

L'éclairage proposé par Numerama permet de mieux comprendre les enjeux de la création d'un Commandement de l'espace, annoncé par le dirigeant d'une puissance moyenne, la France. Les analyses du porte-parole de l'armée de l'air française, ainsi que la dimension symbolique de l'annonce, inscrivent clairement cette décision dans une démarche de dissuasion dont les conséquences financières et stratégiques ne sont pas négligeables.

Enjeux diplomatiques et coopérations

Lexique

- **Navette spatiale :** Véhicule aérospatial réutilisable, conçu pour assurer la desserte des stations spatiales en orbite basse mais pouvant aussi assurer d'autres missions.
- **Station spatiale :** Installation spatiale en orbite ou déposée sur un astre, destinée à assurer une ou plusieurs missions déterminées avec une certaine permanence.
- **Économie bleue :** Ensemble des activités économiques créant de la richesse par l'exploitation et la préservation du milieu marin.
- **Océan mondial :** Réseau interconnecté des océans et de toutes les eaux maritimes, couvrant près de 71 % de la surface de la Terre.
- **Territorialisation des mers :** Appropriation des espaces maritimes par les États.
- **ZEE (Zone économique exclusive) :** Espace maritime d'un État côtier dans lequel il est souverain en matière d'exploration et d'exploitation des richesses de la mer. Les autres États y jouissent du « droit de passage inoffensif » (navires, avions) et de la pose de pipeline et de câbles.

Dates clés

Dans l'espace :

1984 Premier projet de Station spatiale internationale (ISS)

2009 Début du fonctionnement de l'ISS

2011 Refus de la Chine de se joindre à l'ISS et station spatiale Tiangong 1

2019 Les partenaires de l'ISS s'entendent pour qu'elle reste active jusqu'en 2030

Dans l'Océan :

1958 Convention de l'ONU sur la haute mer

1982 Convention de Montego Bay

1992 Convention sur la diversité biologique à Rio de Janeiro

2018 Première session de la Conférence intergouvernementale sur la biodiversité marine

Acteurs

L'ONU : Par le biais de ses différentes antennes, l'Organisation des Nations unies est l'acteur principal de la régulation des activités maritimes, auprès des États et des entreprises privées.

La Chine : Située au 1er rang pour le trafic portuaire, au 3e rang pour le nombre de navires navigant sous son pavillon, au 1er rang pour la pêche, elle figure parmi les États majeurs de « l'économie bleue ».

MÉMO VISUEL Les espaces maritimes entre affrontements et coopérations

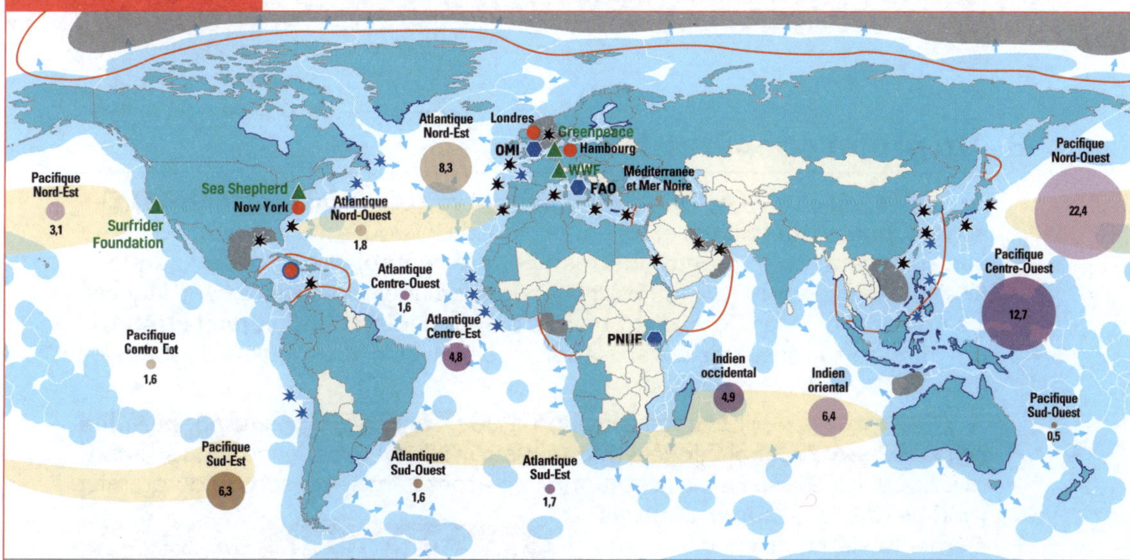

1. Des États en compétition pour le contrôle des espaces maritimes
- Espaces maritimes les plus conflictuels
- Volonté d'étendre la ZEE
- Principales zones d'hydrocarbures off shore
- Zones de pêche disputées

2. De multiples atteintes à l'environnement marin
- 00,0 Capture de poissons en 2016, (en milliers de tonnes)
- Évolution des prises entre 2005 et 2016 en % : -40 | -20 | 0 | 10 | 20
- Risque élevé de marées noires
- Concentration de déchets plastiques
- Élévation du niveau de la mer supérieur à 4 mm par an

3. Une gouvernance mondiale des espaces maritimes ?
- Définition d'un droit international de la mer
- Montego Bay - Kingston (AIFM : Autorité internationale des fonds marins)
- Agence de l'ONU impliquée dans la protection des mers
- ONG s'engageant dans la protection des mers
- Membre d'une organisation régionale de gestion de la pêche

3 La Station spatiale internationale (ISS)

A. Les origines de l'ISS

→ **Imaginée durant la guerre froide, l'ISS est devenue réalité en 1998 grâce aux efforts conjoints de seize nations.** Après la fin de la guerre froide, les présidents Eltsine et Clinton procèdent en 1993 à la fusion des projets de station spatiale de leur pays respectif. Ce geste fondateur est à l'origine de l'ISS, exemple emblématique du nouveau contexte géopolitique et de la fin du monde bipolaire. **En matière spatiale, l'expertise russe perdure**, comme le montre en 2000 la mise en service du module Zvezda qui rend possible pour toutes les nations l'occupation permanente de la station.

→ **Elle constitue aujourd'hui un exemple unique de coopération de longue durée hors de l'atmosphère terrestre**, malgré les tensions qui s'expriment parfois sur Terre entre les parties prenantes du projet.

> « Hors l'enchantement du monde et le geste symbolique, le premier pas de l'Homme sur la Lune n'a, en vérité, "servi" à rien. Il s'agit d'abord de communication politique.
>
> **Xavier Pasco**, politiste

B. Un projet coopératif

→ **L'ISS représente à ce jour le plus important projet international de recherche scientifique et technique.** Initié par les États-Unis qui assurent la majorité de son financement, le programme de l'ISS est véritablement lancé lorsque la Russie l'intègre en 1993. L'ISS est gérée comme une copropriété dans laquelle les Américains et les Russes ont un rôle prépondérant. **Conduit par la NASA**, le programme suppose une collaboration étroite avec d'autres agences spatiales (ESA, CNSA, JAXA, Roscosmos).

→ L'assemblage de l'ISS commence en 1998 et favorise ainsi **une coopération scientifique et technologique d'une ampleur inédite**. L'expérience acquise auparavant par les Russes avec la station Mir permet la mise en service du premier module de la station. D'autres éléments viennent ensuite compléter l'ISS pour en faire un outil au service de la recherche scientifique. **Européens et Japonais** conçoivent à cette fin les modules de recherche Columbus et Kibo.

Fait d'actualité

→ **La coopération spatiale à l'échelle européenne :** en 2020, 2 200 personnes originaires de 22 États membres travaillent pour l'Agence spatiale européenne (ESA) ; ce personnel hautement qualifié compte des scientifiques, des ingénieurs, des spécialistes des technologies de l'information ainsi que du personnel administratif.

C. Une réussite, pour quel avenir ?

→ **L'ISS engage la coopération entre des nations autrefois ennemies. À partir de 2009, l'ISS est constamment habitée par une équipe internationale** comprenant toujours au moins un Russe et un Américain. Les astronautes peuvent y séjourner à six et se relaient en permanence pour exécuter des programmes scientifiques divers en plus de leurs missions de maintenance. Leur apport majeur est une meilleure connaissance des effets des séjours de longue durée **dans l'espace**. D'autres exemples de coopération spatiale montrent que la mutualisation des moyens est une caractéristique du domaine spatial, même si les réussites sont aussi revendiquées par chaque partenaire comme arguments de puissance nationale. La coopération européenne, gérée par l'Agence spatiale européenne, aboutit par exemple au projet Copernicus, dont l'objectif est de collecter des données obtenues à partir de satellites environnementaux, afin de produire une vue globale de l'état de la Terre et de ses espaces maritimes.

Fait d'actualité

→ **Le robot Persévérance de la Nasa** a atterri sur Mars après une descente à 20 000 km/h, et sept mois de voyage, le 18 février 2021. Il a pour mission de faire des recherches sur d'éventuelles traces de vie passée sur la planète rouge et sera le premier à prélever des échantillons du sol martien. L'exploration martienne est le prochain défi des puissances spatiales.

→ Cependant, **d'autres projets de la NASA étant à l'étude, l'ISS devrait cesser ses activités scientifiques en 2030**. En effet, l'utilisation de l'ISS en tant que plate-forme scientifique n'a guère convaincu et la station n'a pas tenu ses promesses en termes de fabrication de matériaux et médicaments révolutionnaires, ou de base spatiale en orbite pour de futures destinations. Son coût pharaonique ampute les budgets des agences spatiales, qui rêvent désormais de se désengager du programme pour investir dans une nouvelle station spatiale qui tournera non plus autour de la Terre mais autour de la Lune, le LOP-G.

Plan de l'ISS

MÉMO VISUEL

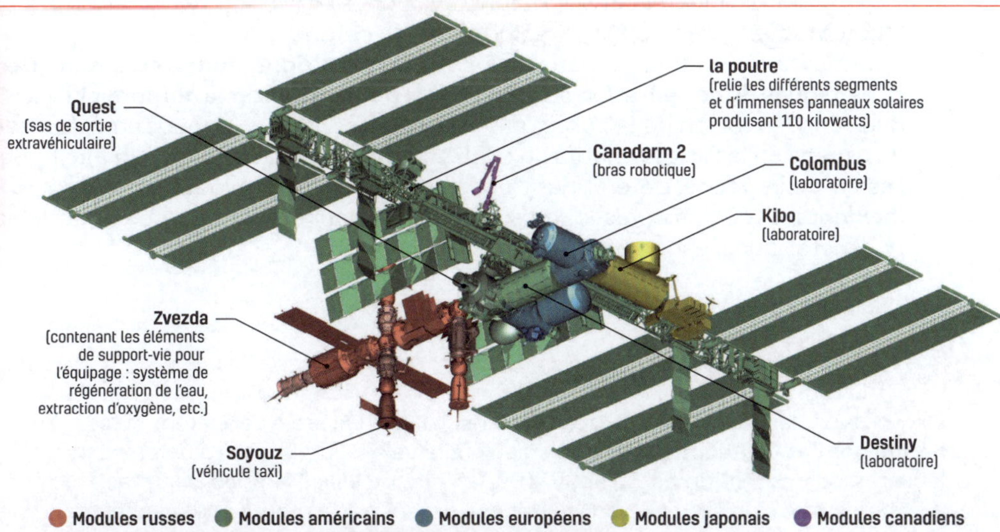

- L'ISS fait le tour de la Terre 16 fois par jour à une vitesse de 28 000 km/h.
- L'ISS en 2019 s'étend sur 110 m de longueur (équivalente à celle d'un terrain de football), 4 m de largeur et 30 m de hauteur et a une masse d'environ 420 tonnes.

4 Exploitation et préservation des ressources maritimes

A. Un océan mondial convoité

→ L'océan mondial est le réseau interconnecté des océans et de toutes les eaux maritimes, couvrant près de 71 % de la surface de la Terre. **Depuis les années 1980, les espaces maritimes font l'objet d'une appropriation et d'une exploitation accrues.** Les États aussi bien que les acteurs économiques privés s'emploient à valoriser leurs ressources côtières. Les tensions que ces actions engendrent créent une demande de régulation, rendue également nécessaire par la mise en péril des écosystèmes marins. **Malgré l'entrée en vigueur de la Convention des Nations Unies sur le Droit de la Mer, l'exploitation des mers et des océans donne encore lieu à des tensions**. En clarifiant le statut des espaces maritimes proches des littoraux, la conférence de Montego Bay (1982) y a réduit les facteurs de conflit, sans pour autant les faire disparaître.

→ **La territorialisation des mers se poursuit** en effet, de la part d'États en recherche de croissance économique, et donc désireux d'accéder à davantage de ressources maritimes. La Convention définit la notion de Zone économique exclusive, espace maritime d'un État côtier dans lequel il est souverain en matière d'exploration et d'exploitation des richesses de la mer. Les autres États y jouissent du « droit de passage inoffensif » (navires, avions) et de la pose de pipeline et de câbles.

> « À tout vouloir, on va tout perdre.
> **Campagne de sensibilisation du WWF**, ONG écologiste, 2016

B. Entre tensions et coopérations

→ Nombre de dispositions juridiques visent à encadrer l'exploitation de la Méditerranée et de l'océan Pacifique. Mais ce cadre laisse des marges de manœuvre aux acteurs locaux. **Les conflits sont donc nombreux, mais des dynamiques de coopération sont à l'œuvre pour en limiter le nombre et l'étendue.** Ainsi, en raison de la configuration des côtes, le Bassin méditerranéen est un espace où les litiges relatifs aux ZEE sont nombreux. Dans l'océan Pacifique, **l'essor de la pêche**, déterminante pour nourrir l'Asie, provoque de **nombreux incidents**. L'accès aux ressources des fonds marins (hydrocarbures, nodules polymétalliques) est un autre enjeu majeur.

Fait d'actualité

→ Depuis les années 2000, des États insulaires d'Océanie coopèrent au sein du **Forum des îles du Pacifique**, afin de mieux faire valoir leurs droits et de préserver leurs ressources maritimes. En août 2019, la visite de Mike Pompeo, secrétaire d'État des États-Unis, en Micronésie, lors du Forum est la première d'un chef de la diplomatie américaine. Désormais « Partenaires » du Forum, les États-Unis, tout comme l'Union européenne, contribuent à son budget.

C. L'action de l'ONU

→ **Portée principalement par l'ONU, la protection des espaces maritimes entre cependant dans une nouvelle phase**, qui accompagne les enjeux de l'économie bleue (Ensemble des activités économiques créant de la richesse par l'exploitation et la préservation du milieu marin). Des coopérations se développent à différentes échelles, afin de garantir un accès suffisant aux ressources maritimes entre États voisins, et pour préserver un océan mondial à la biodiversité particulièrement menacée. **L'ONU continue de favoriser des négociations et conduit une politique de sanctuarisation de certains espaces maritimes**, en soutenant notamment la création d'aires marines protégées. La surface couverte par celles-ci tend à progresser depuis les années 1970, en Méditerranée en particulier. En Océanie, les efforts diplomatiques de certaines nations insulaires (PEID) ont permis la création du Forum des îles du Pacifique, à l'origine de l'accord de Nauru. Ces nations **pèsent désormais davantage face aux grands États de la région**.

> « Mondialisation et régionalisation redonnent une place importante aux espaces insulaires sur la scène politique internationale.
>
> **François Taglioni**, géographe

→ Sensibilisées par les ONG, mieux informées par les scientifiques et mieux connectées, **les sociétés civiles de nombreux pays acquièrent une connaissance plus complète des enjeux environnementaux**. En 2015, l'ONU se fait le relais de ces préoccupations en définissant « 17 objectifs de développement durable », inclus dans l'Agenda 2030. **Mais la diplomatie reste souvent une « promotion de l'intérêt national en temps de paix » (R. Aron).**

MÉMO VISUEL Les limites des espaces maritimes selon la convention de Montego Bay

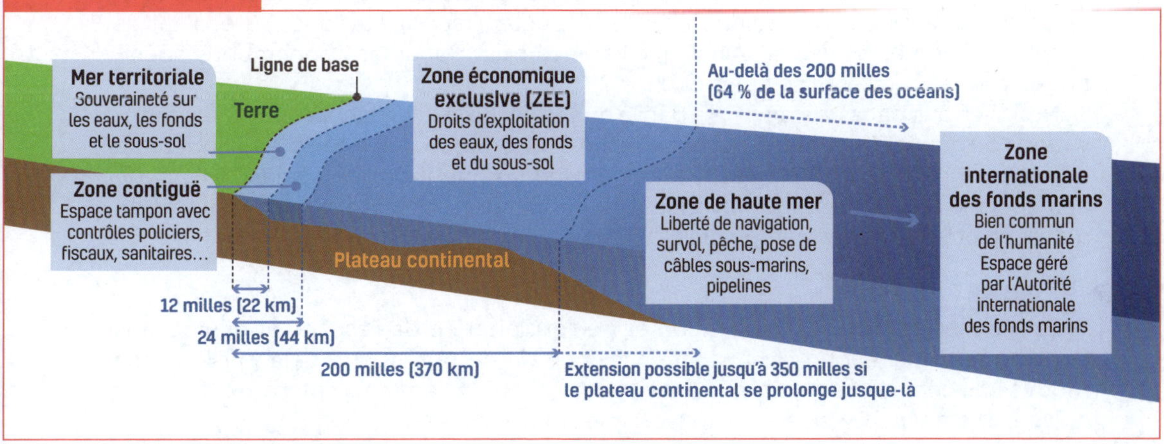

SUJET CORRIGÉ

Dissertation

SUJET 3

Comment l'exploration et l'exploitation de l'espace et de l'océan mondial peuvent-elles favoriser une plus grande coopération entre États ?

Vous nourrirez votre devoir d'exemples variés.

Comprendre le sujet

La formulation « une plus grande coopération entre États » invite à distinguer des périodes de rivalité dominante (guerre froide) et celles de projets coopératifs (l'ISS depuis les années 1990). L'enjeu environnemental est aussi à prendre en compte dans cette évolution.

La très bonne copie

Introduction

L'espace et l'océan mondial sont de natures différentes et ne sont pas régis par les mêmes statuts juridiques. Pourtant, ils évoluent dans les périodes récentes de manière comparable. Alors que les ressources tendent à s'épuiser, espace et océan sont souvent considérés comme des nouvelles « frontières », des espaces en réserve, à conquérir car susceptibles de générer de la croissance économique. À ce titre, ils sont l'objet à la fois d'exploration et d'exploitation, historiquement génératrices de rivalités et de conflits. Pourtant, ces deux types d'espace, par leurs exigences technologiques et financières qu'ils nécessitent, conduisent les États à des programmes de coopérations multiples. Pour une meilleure mise en valeur, mais aussi parce qu'ils constituent des biens communs à préserver, ces espaces voient se nouer des coopérations mobilisant la médiation de l'ONU, acteur supra-étatique, ou à d'autres échelles (Union européenne). Ainsi, quelle place existe pour les coopérations spécifiques concernant l'espace et les océans ?

Nous verrons dans une première partie que, comme sur l'espace terrestre, les motivations de conquête sont avant tout d'ordre économique : les intérêts et la quête de puissance produisent donc des rivalités et une compétition mondiale. Cependant, des spécificités existent, qui favorisent la coopération des États dans le domaine maritime et spatial (deuxième partie).

1re partie

Le premier moteur de l'exploration et de l'exploitation de l'espace et des océans est leur potentiel économique. La conscience de ce potentiel a déjà par le passé motivé des conquêtes maritimes et la construction des empires coloniaux.

Appuie ton argumentation sur des données précises.

Depuis la fin du XXe siècle, l'emprise sur les océans s'est accentuée par un double phénomène de mondialisation des échanges et d'appropriation des territoires. L'essor des flux commerciaux à l'échelle mondiale s'est produit dans les années 1980, avec la révolution du conteneur, aboutissant aujourd'hui à ce que 85 % au moins du transport de biens matériels passe par la mer. En outre, la

Convention des Nations unies sur le droit de la mer adoptée en 1982 à Montego Bay a posé les règles de l'appropriation territoriale en mer. Avec la création des Zones économiques exclusives sont apparues de nouvelles frontières maritimes, que le droit international permet de repousser encore. Les litiges sont donc fréquents, puisque toute ressource se trouvant dans la ZEE (qu'elle soit de nature halieutique ou minérale) bénéficie à l'État détenteur de la ZEE. La recherche attestant des réserves inexploitées d'hydrocarbures dans l'Arctique, ou dans le Golfe de Guinée, où se trouvent aussi, comme en mer de Chine méridionale, des ressources halieutiques, ces territoires maritimes sont l'objet de convoitises internationales.

En termes stratégiques, la présence en mer d'un État et l'importance de sa ZEE sont devenus des éléments constitutifs de la puissance. La Chine poursuit son forcing en mer de Chine, et ses occupations des îles Spratleys et Paracels, car elle bâtit une puissance maritime nouvelle et veut étendre sa ZEE, actuellement seulement 32e au classement mondial. A l'inverse, le classement de la France au deuxième rang assure sa présence dans le monde et soutien son rang de puissance moyenne.

Dans l'espace, la course à l'exploit et la compétition ont caractérisé la politique des États concernés dans le contexte de la guerre froide. Après les États-Unis et l'URSS devenue Russie, la Chine est la troisième puissance spatiale et joue à ce jour un jeu surtout national, voire nationaliste, depuis son premier taïkonaute en 2003. Avec son système de navigation par satellite Beidou, appuyé sur une constellation de 35 satellites, qui accompagne le projet des Nouvelles routes de la soie, ou la première exploration mondiale de la face cachée de la Lune en 2019, la Chine affirme la réussite de ses programmes spatiaux, provoquant l'inquiétude du grand rival étasunien.

Cite des exemples précis.

Cependant une nouvelle donne spatiale voit l'arrivée des acteurs privés, dans le *New space* qui ne se limite plus à l'exploration et à la recherche scientifique. L'entreprise Space X réalise son premier voyage en 2012, en partenariat avec le programme de la Station spatiale internationale (ISS), mais affiche dès sa naissance des objectifs commerciaux privés. La teneur en platine des astéroïdes par exemple, ou le potentiel « touristique » des vols habités motivent déjà de nombreuses start-up décidées à exploiter le potentiel de l'espace.

Pourtant, derrière cette course à l'espace où les États ou les firmes se livrent une compétition, des étapes ont souvent nécessité la coopération au sein d'équipes internationales. Les premiers pas de la Chine furent guidés par l'expertise russe (premier vol habité en 1992), et c'est ensuite que l'Empire du milieu a préféré faire cavalier seul. A l'inverse, après leur rivalité historique qui aboutit au premier vol habité de l'histoire (Gagarine, 1961) et les premiers pas de l'Homme sur la Lune (1969), les États-Unis et la Russie sont passés à des programmes de coopération qui sont désormais courants.

→ 2e partie

Les espaces terrestres, les océans et l'espace ont montré des spécificités qui favorisent voire nécessitent la coopération. En outre, on voit naître l'idée que certains espaces seraient un bien commun, à l'heure où les observateurs de l'environnement, en particulier maritime, sont alarmistes.

En effet, la CNUDM prévoit, au-delà des ZEE, une Zone internationale des fonds marins, qui a statut de bien commun de l'humanité. Gérée par l'Autorité internationale des fonds marins, elle n'est exploitable que sous conditions, comme on le voit dans l'océan Pacifique, où les richesses minérales de la zone Clairon-Clipperton sont partagées entre les États. En outre, les Aires maritimes protégées se multiplient, même si l'objectif initial de 10 % de la surface océanique mondiale n'est pas atteint en 2020. La tendance est à une prise de conscience, soit pour l'exploitation durable (30 % des espèces de poissons sont en surpêche), soit pour la préservation des milieux marins (normes renforcées).

La question environnementale est d'actualité aussi dans l'espace. En effet, des millions de débris encombrent déjà l'espace circumterrestre. Là encore, la coopération semble s'imposer, par exemple avec le programme européen e-Deorbit, projet de nettoyage de l'espace.

La station spatiale internationale (ISS) représente à ce jour le plus important projet international de recherche scientifique et technique. Initié en 1984 par les États-Unis qui assurent la majorité de son financement, le programme est véritablement lancé lorsque la Russie l'intègre en 1993. Conduit par la NASA, le programme suppose une collaboration étroite avec d'autres agences spatiales (ESA, CNSA, JAXA, Roscosmos) et favorise ainsi une coopération scientifique et technologique d'une ampleur inédite, nourrie de l'expérience acquise auparavant par les Russes avec la station Mir. Européens et Japonais conçoivent à cette fin les modules de recherche Columbus et Kibo. Depuis 2009, l'ISS est constamment habitée par une équipe internationale comprenant toujours au moins un Russe et un Américain. L'ISS devrait cesser ses activités en 2030 et être désorbitée. À cette date, la Chine prévoit que sa station spatiale sera en fonction, et sera partagée avec d'autres États.

Le volume des moyens engagés autant que l'image positive d'une bonne entente internationale motivent ces coopérations spatiales. Tournés vers d'autres projets spatiaux (Mars en particulier), les États-Unis ont décidé de ne pas poursuivre le financement de l'ISS. On peut remarquer que les projets les plus innovants, qui repoussent les frontières, restent souvent nationaux...

En mer, l'organisme supranational qu'est l'Organisation des Nations Unies, impose progressivement son autorité en se dotant de nombreuses institutions spécialisées : CNUDM, PNUE (Programme des Nations Unies pour l'environnement), Tribunal international de la mer, BBNJ (Conférence pour la biodiversité des ZEE, en cours de constitution). Des coopérations se développent à différentes échelles, pour préserver un océan mondial à la biodiversité particulièrement menacée. L'ONU continue de favoriser des négociations et conduit une politique de sanctuarisation de certains espaces maritimes, en soutenant notamment la création des Aires marines protégées. En Océanie, les efforts diplomatiques de certaines nations insulaires (Petits États Insulaires en Développement) ont permis la création du Forum des îles du Pacifique, à l'origine de l'accord de Nauru qui limite la pêche au thon. Ces nations pèsent désormais davantage face aux grands États de la région.

Conclusion

La volonté qu'ont les États de s'approprier les ressources de l'espace et de l'océan mondial les incite à d'abord faire valoir leurs intérêts nationaux. Il leur est cependant nécessaire de coopérer pour pouvoir bénéficier collectivement du potentiel que recèlent ces espaces.

De même que les grandes découvertes avaient stimulé la réflexion philosophique et juridique, la conquête spatiale et la poursuite de l'appropriation de l'océan ouvriraient-elles un nouveau chapitre de l'éthique et du droit ? Alors que le rover Persévérance a réussi son « amarsissage », il apparaît clairement que les frontières sont encore repoussées et que les territoires convoités n'ont pas fini de susciter les rivalités, mais aussi de permettre des coopérations fructueuses.

SUJET CORRIGÉ

Étude critique de document

SUJET 4

Quels succès et quelles limites pour l'ISS en tant qu'outil de coopération spatiale ?

Consigne : En analysant le document, vous vous demanderez si l'avènement de l'ISS peut être considéré comme une rupture dans l'histoire de la conquête spatiale, et vous porterez un regard critique sur la façon dont est ici envisagé son rôle dans la coopération spatiale contemporaine.

Document

L'accès à « l'espace » a constitué l'une des avancées les plus déterminantes de l'évolution des sociétés humaines du XXe siècle ; progressivement tous les pans de l'activité humaine ont été profondément marqués par les bouleversements qui en ont découlé, et dont le moteur principal fut la compétition stratégique. Enjeux d'influence, de prestige, de suprématie. Sans la Seconde Guerre mondiale, pas de fusée. Sans la Guerre froide, pas de Spoutnik, de Gagarine, de premier pas sur la Lune. Désormais, l'Europe trouve sa place dans le club des puissances exploratrices. La Chine et l'Inde affichent leurs ambitions. Aujourd'hui, l'activité spatiale ne constitue plus le facteur dominant de développements technologiques, offrant une suprématie à qui les maîtrise. Cela ouvre à la présence continue de l'homme dans l'espace un champ inédit de potentialités, dégagées des contraintes de rentabilité ou de domination. Pour l'ISS, le mot clé devrait être celui de coopération, tant la résolution des enjeux du XXe siècle est conditionnée à la capacité qui sera ou non acquise, de voir celle-ci remplacée par la logique de domination. Forger des pratiques de coopération, entre nations « spatiales » ou non, ayant des niveaux très distincts d'accès aux technologies innovantes, tout en participant à la richesse de notre planète, est central pour les activités humaines des décennies qui s'ouvrent ; l'ISS peut et devrait y jouer un rôle moteur, tout en maintenant et en amplifiant sa capacité de réalisation de projets scientifiques et technologiques, avec l'objectif central de préparer des vols de très longue durée (deux années), dans la perspective de l'exploration habitée du système solaire. L'ambition première devrait être plus avant, d'utiliser l'ISS comme vecteur de culture, d'éducation et d'échanges, offert aux nations dans la diversité de leur histoire, de leur présent, de leurs besoins. L'histoire de la conquête spatiale est aussi celle de la transformation d'un conflit global en coopération internationale.

Jean-Pierre Bibring, « L'ISS », dans Arlène Ammar-Israël et Jean-Louis Fellous, *L'exploration spatiale, au carrefour de la science et de la politique*, CNRS éditions, 2011.

SUJET 4

La très bonne copie

Introduction

Qualifie la nature du document.

Au cœur de la puissance et des rivalités géopolitiques de la guerre froide, la conquête spatiale est devenue dans la seconde moitié du XXe siècle un sujet central dans l'histoire du monde et de ses acteurs. Capables de témoigner de l'excellence scientifique et technique, comme des ambitions politiques et économiques des États, elle a cristallisé aussi une part de rêve, dont témoignent le cinéma, les bandes dessinées, la littérature. Le texte est extrait d'un ouvrage qui dresse le bilan de l'exploration spatiale, dans ses deux domaines d'intervention, la science et la politique. C'est un texte d'expert, en partie prospectif qui exprime le point de vue scientifique. En 2011, lorsque paraît l'ouvrage, l'ISS (Station spatiale internationale) est opérationnelle depuis peu. Quelques missions scientifiques avec un équipage complet de six astronautes ont déjà eu lieu et montrent que la collaboration entamée depuis les années 1990 peut être poursuivie. La station internationale est donc un succès, qui laisse présager d'autres réussites. On peut alors se demander en quoi ce projet a pu constituer une étape nouvelle de l'exploration spatiale (I) et en exposant son histoire, constater ses limites, comme celles du document (II).

1re partie

Cite le document régulièrement.

Dans ses premières lignes, l'extrait rappelle la place prise par la conquête spatiale dans l'histoire du XXe siècle. Marquée par de grandes dates, comme 1960 avec le premier vol habité par le soviétique Gagarine, puis 1969 et les premiers pas de l'homme sur la Lune (Apollo XI), l'auteur montre d'entrée comment les avancées scientifiques et les enjeux géopolitiques s'entremêlent (« Enjeux d'influence, de prestige, de suprématie »). À partir d'« Aujourd'hui », le texte montre une rupture, un recul des enjeux de suprématie et une évolution vers un autre regard des décideurs comme des citoyens sur les expéditions spatiales. En effet, une rupture historique majeure est intervenue avec la fin de la guerre froide en 1991 actée par la disparition de l'Union soviétique. Dès lors, les motivations purement scientifiques et l'idée d'une coopération internationale entre nations « spatiales », d'une mutualisation des forces en lieu et place de la concurrence, se fait jour.

L'auteur insiste sur la rupture : « le mot clé devrait être celui de coopération ». En effet, initié en 1984 par les États-Unis qui assurent la majorité de son financement, le programme de l'ISS est véritablement lancé lorsque la Russie l'intègre en 1993. Conduit par la NASA, le programme concrétise aussi une collaboration étroite avec d'autres agences spatiales : européenne (ESA), japonaise (JAXA), et russe (Roscosmos). L'assemblage de l'ISS commence en 1998 et favorise ainsi une coopération scientifique et technologique d'une ampleur inédite. L'expérience acquise auparavant par les Russes avec la station Mir permet la mise en service du premier module de la station. D'autres éléments viennent ensuite compléter l'ISS pour en faire un outil au service de la recherche scientifique. Européens et Japonais conçoivent à cette fin les modules de recherche Columbus et Kibo. Ainsi, on le voit, l'ISS engage la coopération entre des nations autrefois ennemies. À partir de 2009, l'ISS est constamment habitée par une équipe internationale comprenant toujours au moins un Russe et un Américain.

La station démontre peu à peu « sa capacité de réalisation de projets scientifiques et technologiques » : les six astronautes qui y séjournent et se relaient en permanence exécutent des programmes scientifiques divers en plus de leurs missions de maintenance. Leur apport majeur est une meilleure connaissance des effets des séjours de longue durée dans l'espace. L'avènement de l'ISS est ainsi vécu comme une pause dans la quête de la suprématie spatiale, ouvrant « un champ inédit de potentialités, dégagées des contraintes de rentabilité ou de domination ». En effet, libérées de l'obligation de l'exploit, les équipes se consacrent à des missions de recherche désintéressées, ou plutôt intéressant une humanité sans frontières.

→ 2ᵉ partie

Montre le sens politique du projet ISS.

Pourtant, il semble aujourd'hui que le bilan de l'ISS soit plus mitigé. Si les pratiques internationales, collaboratives et pacifiques, évoquées par le texte ont bien eu lieu, on peut remarquer, dix ans après, que les pays contributeurs forment plutôt un « club de puissances » qu'un réel échantillon représentatif des nations. En effet, les États évoqués comme « ayant des niveaux très distincts d'accès aux technologies innovantes » n'ont finalement pas été intégrés au programme, et outre les deux principaux États co-pilotes de la station (États-Unis et Russie), les autres partenaires sont le Canada, l'Union européenne, le Japon. En 2011, année même de parution de ce texte, la Chine refusait finalement de se joindre à l'ISS, pour lancer son propre projet de station spatiale, Tiangong. L'association est donc en réalité formée de puissances anciennes, majoritairement démocratiques, et occidentales. En outre, lorsque le texte évoque « l'ambition première (...) d'utiliser l'ISS comme vecteur de culture, d'éducation et d'échanges, offert aux nations dans la diversité de leur histoire, de leur présent, de leurs besoins », il montre un certain optimisme quant à la variété et à l'impact culturel des activités de l'ISS. Astrophysique, chimie, neurosciences, cardiologie ou mécanique des fluides sont logiquement le quotidien des expériences effectuées à bord. Si les agences insistent, par médias interposés, sur la cohabitation à bord de nations diverses, reconnaissables aux drapeaux qui apparaissent dans les différents modules de la station ; si les astronautes à leur retour font partager l'enthousiasme de l'aventure spatiale internationale et sans agressivité, comme ce fut le cas du français Thomas Pesquet en 2017, les apports « d'éducation et d'échanges » sont limités, et pas toujours exempts de fierté nationale.

En outre, même l'utilisation de l'ISS en tant que plate-forme scientifique n'a guère convaincu, mise à part l'expérience technologique acquise dans la fabrication de modules dans l'espace, et les études comportementales des hommes et des femmes en milieu spatial. La NASA a dû avouer les avancées très limitées en termes de fabrication de matériaux et médicaments révolutionnaires dans l'espace, ou d'utilisation de la station comme « hub » ou base spatiale pour vaisseaux et satellites. Ses détracteurs, dont les Russes, n'hésitent pas désormais à affirmer que dans l'ISS, les astronautes tournent en rond depuis vingt ans... C'est ainsi que pour se consacrer à d'autres projets, les coûts de l'ISS étant pharaoniques, la NASA a décidé de cesser ses financements, le démantèlement de la station étant programmé pour 2030.

→ Conclusion

Pense à critiquer le document.

Le document offre une lecture de l'histoire de la conquête spatiale, qui permet de souligner l'originalité du projet ISS. Il s'en dégage toutefois une vision optimiste du potentiel de l'ISS, alors que celle-ci n'a finalement que partiellement répondu aux attentes de la communauté spatiale internationale sur le plan scientifique et politique. En février 2021, la réussite du programme américain Persévérance sur Mars, alors que la Chine annonce pour 2022 une station spatiale opérationnelle, montre que la concurrence des nations spatiales reprend. Pacifique jusque-là, elle suscite des inquiétudes, exprimées par le Colonel Lefebvre : « Si la gouvernance mondiale s'améliore, alors l'espace se mettra au service de l'humanité ; si les tensions s'aggravent, la guerre en orbite n'est pas loin ! » (2010).

La Chine, à la conquête de l'espace et des océans

Lexique

- **Le « rêve chinois » :** Depuis 2012, programme de Xi Jinping pour la Chine. Visant au renouveau de la nation chinoise, il prévoit qu'elle devienne d'ici à 2049 - centenaire de la république populaire de Chine - un « pays socialiste modernisé, riche, fort, démocratique, civilisé et harmonieux ».
- **Belt and Road Initiative (BRI ou OBOR) :** Lancé en 2013 par Xi Jinping pour promouvoir une « ceinture économique de la route de la soie », le projet s'est depuis développé sous la forme de six routes terrestres et d'un réseau portuaire, ce dernier formant la 21st Century Maritime Silk Road.
- **La *ligne en 9 traits* (ou *ligne en U*, ou encore en *langue de bœuf*) :** Délimitant le territoire maritime que la Chine revendique depuis 1947 en Mer de Chine, elle englobe les îles Spratleys (disputées par le Vietnam, la Malaisie et les Philippines) et Paracels (par le Vietnam).
- **Politique des quatre modernisations :** Lancée par Deng Xiaoping en 1978 visait à faire de la Chine une grande puissance économique à l'orée du XXIe siècle.
- **Banque asiatique d'investissement pour les infrastructures (BAII) :** Banque internationale alternative aux institutions onusiennes, créée par la Chine en 2015 et basée à Beijing. Elle est un outil de soutien financier aux « routes de la soie » orienté sur l'Asie.
- **Chinafrique :** Système de relations politiques, diplomatiques, économiques et sociales entretenues par la Chine avec l'Afrique.

Dates clés

1947 Première revendication chinoise des **îlots de la mer de Chine méridionale**
1964 Premier engin nucléaire chinois
1970 **Premier satellite artificiel** chinois mis en orbite
1996 La Chine ratifie la **CNUDM**
2004 Lancement du premier SNLE de conception entièrement chinoise
2011 **Première station spatiale** chinoise
2016 La CPI de La Haye déboute la Chine de ses revendications en mer de Chine méridionale
2017 **Premier porte-avion** de conception entièrement chinoise
2019 Yutu-2 est le premier robot à explorer la face cachée de la Lune

Acteurs

Xi Jinping (né en 1953) : Il adhère au Parti communiste chinois (PCC) dans les années 1970 et en devient Secrétaire général en novembre 2012. Président depuis le 14 mars 2013, il a axé sa politique sur l'affirmation du « rêve chinois », renforcé le pouvoir présidentiel et a affirmé la place de la Chine dans le monde.

Yang Liwei (né en 1965) : Premier taïkonaute de l'histoire. Le 15 octobre 2003, il adresse un message « aux populations de la Terre » et à « ses collègues présents dans l'espace » en montrant les drapeaux de la Chine populaire et des Nations unies. Avec ce vol habité, la Chine devient le troisième pays à mettre un humain en orbite.

MÉMO VISUEL La Chine se cartographie au centre du monde

1. NOUVELLES AMBITIONS MARITIMES D'UNE PUISSANCE CONTINENTALE

- **Principales routes maritimes :** 90 % du commerce et 40 % des importations pétrolières chinoises dépendent du transport maritime
- **Route maritime annoncée par Pékin** en 2013, composante des « nouvelles routes de la soie »

Installations portuaires construites ou en projet

- que la Chine possède ou loue
- où la Chine dispose de facilités d'attache

2. MER DE CHINE MÉRIDIONALE : UN HORIZON « VITAL » OÙ IMPOSER SON HÉGÉMONIE

- **Récifs contestés** occupés militairement par Pékin et transformés (poldérisation, construction de ports et pistes d'atterrissage)
- **Mer de Chine méridionale**

3. ARCTIQUE, ANTARCTIQUE : DES PÔLES SI PROCHES

- **Station polaire** chinoise
- **Expédition antarctique** (33 expéditions, la dernière en 2016)
- **Conseil de l'Arctique**, que Pékin a intégré en 2013 comme observateur permanent
- **Route du Nord**, raccourci stratégique rendu possible par la fonte prolongée de glaces, emprunté par l'armateur national chinois Cosco en 2013, 2015 et 2016

Source : *Le Monde*, 2017.

5 Une volonté politique d'affirmation

A. Une puissance maritime tardive

→ La Chine a longtemps été présentée comme uniquement continentale. Elle possède une ZEE faible qui la place au 32e rang mondial, et ne dispose que d'une seule façade maritime. De ce fait, l'appropriation et l'extension de cette zone représentent un **enjeu stratégique pour le pays, à l'échelle régionale** (mer de Chine).

→ **Longtemps repliée sur elle-même dans une logique de sécurisation de ses frontières terrestres, la Chine s'affirme en s'ouvrant au monde.** En 1978, Deng Xiaoping lance d'abord la politique des quatre modernisations qui vise à faire de la Chine une grande puissance économique. Elle ouvre le territoire chinois depuis le littoral vers l'intérieur, avant qu'une politique commerciale océanique ne soit lancée dans les années 1990.

> Alors que la Chine de Mao est encore peu développée et marginalisée dans les Relations internationales, l'écrivain et homme politique français effectue en 1971 une visite en Chine à la tête d'une délégation parlementaire.
>
> « Quand la Chine s'éveillera… le monde tremblera »,
> **Alain Peyrefitte**, 1973

→ **Au XXIe siècle, cette stratégie s'appuie sur une territorialisation des mers de Chine orientale et méridionale.** Elle trouve sa légitimité dans l'histoire plus que dans le droit international, et passe par la poldérisation d'îlots et la stratégie du déni d'accès. Cette dernière consiste à contraindre la projection de forces appartenant à un pays tiers sur un théâtre d'opérations. La ligne en 9 traits (ou en langue de bœuf) délimite le territoire maritime que la Chine revendique depuis 1947. Elle englobe les îles Spratleys (disputées par le Vietnam, la Malaisie et les Philippines) et Paracels (par le Vietnam). En 2016, l'arrêt de la Cour permanente d'arbitrage estimant que la Chine n'a pas de « droits historiques » sur ces eaux de Chine méridionale ne met pas fin aux ambitions chinoises.

B. La politique spatiale chinoise

Fait d'actualité

→ **La Chine partagera sa station spatiale** : prévue pour accueillir trois habitants dès 2022, Tiangong 3 (« Palais céleste 3 ») devrait alors être la seule station habitée en orbite si l'arrêt de l'exploitation de l'ISS est confirmé. La Chine envisage d'ouvrir l'accès de sa station spatiale à d'autres pays, notamment les pays en développement.

→ **La Chine développe depuis les années 1990 un programme spatial indépendant,** en marge de la coopération internationale. Par un ambitieux programme national qui semble en décalage avec les logiques du *New Space*, elle suit la même trajectoire que celle des États-Unis et de l'URSS durant la guerre froide.

→ **Cette affirmation à l'échelle mondiale ne saurait exister sans un programme spatial ambitieux pensé dans une logique nationaliste.** En effet, la Chine développe son propre réseau de navigation par satellite (Beidou), indispensable pour exercer son contrôle sur les grandes routes maritimes mondiales. La conquête spatiale est aussi pensée comme un symbole de l'essor technologique d'un pays qui entre en 2003 dans le club fermé des puissances capables d'envoyer un vaisseau habité en orbite. Depuis 2010, le programme *Human Space Technology Initiative* donne accès à l'espace aux pays en développement et renforce la Chine dans sa position de leader des « Suds ». Avec la mise en orbite de Tiangong 3 en 2022, elle sera aussi le seul pays à disposer d'une station spatiale. **L'espace incarne bien une des formes du « rêve chinois » proposé par Xi Jinping à son peuple.**

> Il est peu probable que l'essor de la Chine se fasse de façon pacifique.
>
> **J. J. Mearsheimer**, politiste américain, 2014

→ L'affirmation chinoise peut être comprise comme une revanche. Le défi technologique de la maîtrise de l'espace et des océans devait donc être relevé pour signifier le retour de la Chine au premier plan. C'est aussi une **mutation historique** pour un pays longtemps classé dans les puissances continentales.

MÉMO VISUEL Répartition des forces armées spatiales et navales en Chine (RPC)

6 Des enjeux économiques et géopolitiques

A. Le « rêve chinois » à l'échelle mondiale

→ Les enjeux de l'affirmation océanique chinoise sont nombreux, comme l'illustre la diversité des accords signés par ce pays dans le cadre de la *Belt and Road Initiative*. Celle-ci concerne 60 % de la population mondiale et un tiers de la richesse comme du commerce de la planète. Avec l'avènement de Xi Jinping, le temps de « l'émergence pacifique » (Deng Xiaoping 1978-89) puis du « développement pacifique » (Hu Jintao 2003-13) est révolu. **L'heure est au « rêve chinois » de Xi Jinping.**

→ La Chine aspire à développer sa puissance maritime, intervenir là où ses intérêts sont en jeu, se prémunir contre les menaces, avoir un droit de regard sur les règles qui régissent l'économie mondiale. **Cependant, elle ne vise pas à une hégémonie « à l'américaine » qui l'obligerait à exercer des responsabilités mondiales.**

B. Les conséquences internationales

→ **L'océan se révèle un moyen d'affirmation de la puissance.** La Chine doit sécuriser ses approvisionnements en matières premières, indispensables à la poursuite de la croissance de son économie, mais elle doit aussi ouvrir des routes pour élargir les marchés de consommation pour ses produits. **C'est le sens de la *21st Century Maritime Silk Road*, volet maritime des nouvelles routes de la soie**, colonne vertébrale de sa diplomatie commerciale et outil au service de son *soft power*. Le fonds souverain *Silk Road Fund* et, surtout, la Banque asiatique d'investissement pour les infrastructures (BAII, Banque asiatique d'investissement pour les infrastructures, créée en 2015 et basée à Beijing.) **apportent des financements qui assurent de solides amitiés diplomatiques à la Chine**.

→ **Il en va de même pour l'espace, où la Chine souhaite développer des partenariats après avoir longtemps fait cavalier seul.** En 2018, Shi Zhongjun, ambassadeur chinois auprès des Nations unies, a ainsi annoncé que « la CSS (China Space Station) n'appartient pas qu'à la Chine mais au monde entier ». Le pays a déjà signé un accord de partenariat avec l'Agence spatiale européenne (ESA).

> « En 2021, année du centenaire du Parti communiste chinois, Pékin veut se positionner comme le meneur de la reprise mondiale et risque d'accélérer sa diplomatie à deux vitesses : virulente avec les pays qui critiquent sa politique, tout en séduction avec les autres, notamment les pays émergents.
>
> **Alice Ekman**, sinologue

C. La confrontation avec les États-Unis

→ **Bien que revendiquée comme « pacifique » et comprise dans une approche multilatérale des relations internationales, cette affirmation chinoise est source de tensions.** Elle provoque une militarisation croissante en Asie du Sud-est et l'inquiétude des puissances établies (États-Unis, France), fragilisées dans leurs zones d'influences respectives. La Chine dispose désormais d'une base militaire à Djibouti pour sécuriser la Chinafrique. En Amérique latine, ses investissements dépassent ceux des États-Unis. S'ajoute à cela la crainte d'une militarisation chinoise de l'espace qui entraverait la coopération. **Bien que la puissance américaine reste très supérieure, sur les mers comme dans l'espace, cette menace pourrait accentuer les tensions dans la course à l'hégémonie.**

→ À l'échelle mondiale, la montée en puissance de la Chine réactive les débats sur l'hégémonie et les théories des réalistes. Que ce soit chez John Mearsheimer, qui défend la thèse de l'hégémonie régionale, ou pour Kenneth Waltz qui voit dans l'affirmation des États la recherche de l'équilibre des puissances, **l'hypothèse d'un conflit entre la Chine et les États-Unis n'est pas écartée**. Face à ce risque, l'essor militaire de la Chine se poursuit, alors que Liu Mingfu, auteur du Rêve chinois en 2010, la voit surpasser prochainement l'Amérique, dans une compétition qui implique aussi les civilisations. Quels que soient le domaine et l'angle de lecture, la **Chine se confronte au monde et bouleverse les équilibres établis. On peut donc se demander si l'avenir du monde ne se joue pas sur une « sino-mondialisation »**.

Les étapes de l'affirmation chinoise

MÉMO VISUEL

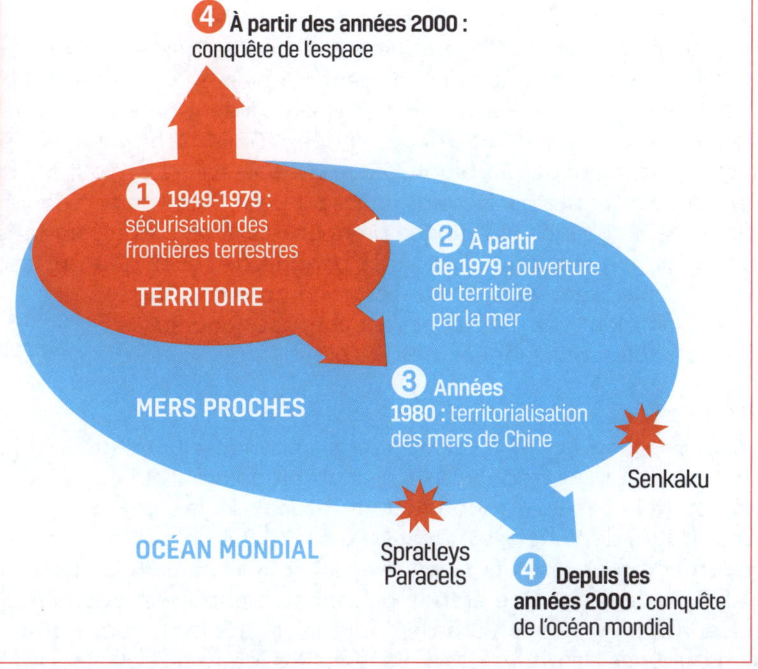

SUJET CORRIGÉ

Dissertation

SUJET 5

L'affirmation de la puissance chinoise par la conquête des océans et de l'espace

Le devoir s'appuiera sur des exemples variés.

Comprendre le sujet

Le sujet ne mentionne pas de bornes chronologiques, il faut donc les introduire et appuyer le plan sur la charnière majeure ici : la fin du XXe siècle.

La très bonne copie

Introduction

Malgré un passé prestigieux, la Chine du XIXe siècle a connu une période de déclin, marquée par la corruption du pouvoir, les famines, la domination des puissances étrangères (Europe, Japon). La République est proclamée en 1912 et s'ouvre alors une période marquée par la volonté de s'affranchir de la domination étrangère et de retrouver la puissance perdue. Sur le plan politique, Mao Zedong s'impose à la tête de la République populaire de Chine en 1949, et met en place une dictature communiste, qui échoue économiquement. À partir de 1978, la Chine opère un redressement économique spectaculaire : Deng Xiaoping met en place les « Quatre modernisations » et fonde le « Socialisme de marché » qui suppose l'ouverture à la mondialisation. Après des décennies de croissance à deux chiffres, la Chine est aujourd'hui parmi les principales puissances mondiales.

Les territoires de conquête participent de cette quête de puissance : d'abord continentale, la puissance chinoise devient de plus en plus maritime, au risque de conflits durables avec ses voisins ; en outre, elle s'inscrit dans la conquête spatiale et en devient un acteur majeur à partir des années 2000. « Affirmation », « puissance » et « conquête » suggèrent des ambitions, voire une agressivité, en tout cas des revendications, qui sont soutenues par le poids croissant de la Chine dans l'économie mondiale.

Quelle place les océans et l'espace prennent-ils dans cette affirmation de la puissance chinoise ? Après avoir observé la période de l'éveil à la puissance maritime (second XXe siècle), il conviendra d'observer comment la Chine se tourne résolument vers la mer et l'espace, pour poursuivre sa montée en puissance (années 1990-2020).

Montre la structure de ton argumentation.

1re partie

Sous Mao Zedong, la Chine est trop fragile économiquement et stratégiquement pour concrétiser des ambitions maritimes. L'invasion du Tibet assure une conquête territoriale, et la rupture avec l'Urss (1960) diminue ses moyens. Puis la Chine définit le concept de « défense active des mers proches » : dès son arrivée au pouvoir en 1978, Deng Xiaoping souhaite que la Chine redevienne une grande puissance maritime et augmente fortement le budget de la marine. Il souhaite défendre le territoire chinois contre d'éventuelles agressions américaines, mais aussi préserver les intérêts commerciaux du pays dans

Cite des acteurs majeurs.

un contexte d'ouverture à la mondialisation. Il crée ainsi les Zones économiques spéciales, favorables au commerce international, sur les côtes de la Chine qui deviennent progressivement le centre de gravité du commerce mondial (9 des 10 premiers ports mondiaux sont chinois en 2017).

La Chine se lance alors à la conquête de nouveaux territoires maritimes. L'État veut retrouver son autorité sur des espaces qu'il estime lui revenir historiquement. Refusant de respecter la juridiction internationale en mer de Chine méridionale, les Chinois occupent les îles Paracels dès 1974 et les îles Spratleys à partir des années 1980. Forts de leur propre cartographie, élaborée depuis 1947, qui représente les îles revendiquées entourées de la « ligne en 9 traits » ou en « langue de bœuf », ils convoitent ces territoires pour de multiples raisons, comme le montre ce croquis.

Non seulement les terres émergées (parfois simples îlots) permettent des bases militaires et donc une présence stratégique, mais ces eaux sont riches en ressources halieutiques et en hydrocarbures, et la Convention des nations unies sur le droit de la mer de Montego Bay (CNUDM 1982) attribue les Zones économiques exclusives de 200 miles marins autour des côtes. Ainsi, la Chine espère à la fois accroître sa ZEE et sécuriser son territoire. Le président Hu Jintao, arrivé au pouvoir en 2003, veut faire de la Chine une puissance maritime de premier plan. Il considère que le contrôle du détroit de Malacca (25 % du commerce mondial) est une condition indispensable à la croissance économique du pays. En effet, de nombreuses menaces pèsent sur ce détroit (piraterie, terrorisme) et les puissances concurrentes, en particulier les États-Unis, y jouent un rôle majeur.

Le contrôle des espaces maritimes représente pour la Chine un enjeu stratégique : en quelques décennies, elle est devenue le premier exportateur (produits manufacturés) et le troisième importateur (énergie, matières premières) mondial. Elle investit aussi massivement à l'étranger, et cette ouverture au monde passe par la mer.

2e partie

Au tournant du XXe vers le XXIe siècle, l'émergence spectaculaire de la Chine est actée, elle est le leader des BRICS et devient un poids lourd géopolitique, alors même que

Appuie ton argumentation sur des exemples précis.

son blocage politique reste patent, comme l'a montré le sort de Liu Xiao Bo, prisonnier politique dans son pays, malgré le prix Nobel de la paix qui lui est attribué en 2010.

Depuis les années 1990 la Chine développe un programme spatial indépendant, en marge de la coopération internationale. Par un ambitieux programme national qui semble en décalage avec les logiques du *New Space*, elle suit la même trajectoire que celle des États-Unis et de l'URSS durant la guerre froide. Devenue une grande puissance spatiale à partir des années 2000, elle en fait une vitrine de la réussite chinoise : première sortie extravéhiculaire en 2008, lancement de la première station spatiale chinoise en 2011, première taïkonaute, en 2012. Dans une optique de compétition avec les leaders du secteur, sa force de frappe économique et financière lui permet une entrée fracassante dans la conquête spatiale, très médiatisée et servant son *soft power*. En 2011, elle dépasse pour la première fois les États-Unis en nombre de lancements d'engins spatiaux dans l'année.

La mythique exploration de la Lune n'est pas en reste, avec la première exploration de la face cachée en 2018-2019. Dans un avenir proche, la Chine prévoit de lancer une sonde sur Mars, d'effectuer des missions vers des astéroïdes et sur Jupiter ; enfin une mission habitée sur la Lune est en projet. Cette progression inquiète les États-Unis, dont le budget consacré à l'espace reste de loin le plus élevé dans le monde, et qui ont interdit tout projet spatial en collaboration avec les Chinois par crainte d'espionnage. L'Europe adopte une posture différente, et prévoit de coopérer avec la Chine lorsque la station spatiale chinoise sera alors opérationnelle. Dans le domaine en pleine expansion des satellites, qui constituent une forme majeure de la conquête de l'espace circumterrestre, le système de navigation chinois Beidou s'appuie sur une constellation de 35 satellites, mis en orbite par des lanceurs chinois.

Le programme « Nouvelles routes de la soie » comprend un vaste réseau maritime, prolongeant le « collier de perles » jusqu'en Afrique, *via* le Moyen-Orient, et jusqu'en Amérique latine. Cette expansion se heurte toujours, en mer de Chine, aux résistances du Vietnam, des Philippines, de la Malaisie, qui affirment leurs droits, et aux instances internationales (la Cour permanente d'arbitrage de La Haye a récusé les fondements historiques des revendications chinoises en 2016). Enfin, la rivalité avec l'Inde dans l'océan indien fait de cette zone maritime l'une des plus conflictuelles. Cependant, la Chine poursuit la poldérisation des îlots et son forcing économique qui lui permet d'acheter des alliés. En outre, elle poursuit ses investissements maritimes, avec par exemple en 2017 le premier porte-avions « made in china ». La même année, Djibouti devient la première base militaire chinoise d'outre-mer de l'histoire. La Chine y rejoint les États-Unis, la France, le Japon et l'Italie, qui disposent déjà d'une base dans un pays qui utilise à plein son positionnement stratégique sur les grandes routes maritimes. La base chinoise devient une étape sur le parcours des routes maritimes de la soie vers l'Afrique et l'Europe.

Conclusion

On le voit, la Chine investit massivement dans l'affirmation de sa puissance, par la conquête des territoires maritimes et spatiaux. Le tournant de cette affirmation se produit à la fin du XXe siècle, alors que son décollage économique fulgurant permet à la Chine ces programmes coûteux, mais très rentables en termes de *hard* comme de *soft power*. Cependant, elle reste isolée d'une partie des acteurs internationaux par son système politique autoritaire et oppressif, et adopte « une diplomatie à deux vitesses : virulente avec les pays qui critiquent sa politique, tout en séduction avec les autres » (Alice Ekman). Son grand rival étatsunien forge en réaction la notion de *sharp power*, typique des régimes non démocratiques qui usent de leur poids financier pour neutraliser des partenaires choisis, quitte à défier les anciennes puissances.

SUJET CORRIGÉ

Étude critique de documents

SUJET 6

Les ambitions maritimes de la Chine au XXIe siècle

Consigne : En vous appuyant sur les documents, vous montrerez que la Chine conçoit désormais sa puissance à toutes les échelles et par tous les moyens.

Comprendre le sujet

– Le dessinateur utilise un monument symbolique, la grande muraille, que vous devez reconnaître pour comprendre le fait d'actualité concerné. Cette référence à l'histoire ancienne de la Chine pour illustrer la géopolitique actuelle est aussi une allusion à l'histoire de la puissance chinoise.

– Le document 1 n'est pas neutre, il est donc impératif d'exercer votre esprit critique avec nuance.

Document 1 > « La Chine marque son territoire »

Dessin de Chappatte, paru dans *The International New York Times*, 20 mai 2015.

Document 2 > D'une puissance continentale à une grande puissance maritime

Traditionnellement centrée sur ses frontières terrestres et sur des problématiques régionales, la géopolitique de la Chine se déploie de plus en plus dans les espaces maritimes et dans le cadre mondial, contrainte par sa rivalité de puissance avec les États-Unis, et, de plus en plus, leur allié japonais.

Au moment de la fondation de la République populaire en 1949, la Chine possède des capacités navales très limitées. Elle doit faire face à de nombreuses disputes frontalières avec ses voisins terrestres. [...] Au tournant du XXIe siècle, l'importance de la géopolitique continentale diminue. [...] Malgré sa relance par le projet de Nouvelle route de la soie de Xi Jinping, l'orientation eurasiatique et continentale de la géopolitique chinoise apparaît aujourd'hui comme une survivance du XXe siècle dans le XXIe, tant la Chine s'est déjà tournée vers la mer - ou plutôt, [...] vers les mers de l'Asie orientale. [...]

La géopolitique maritime de la Chine ne s'arrête pas à l'Asie orientale. Depuis 2012, le Parti communiste a fixé comme objectif officiel au pays de devenir une « grande puissance maritime » (jianshe haiyang qiangguo). [...] À partir d'un ancrage hautement stratégique dans les mers de l'Asie orientale, la Chine de la globalisation procède au XXIe siècle à un véritable pivot maritime vers les grands océans pour donner un second souffle à son expansion économique.

Mathieu Duchâtel, *Géopolitique de la Chine*, Que sais-je ? 2017

SUJET 6

La très bonne copie

Introduction

En 2014, le politiste américain J. J. Mearsheimer annonçait dans un article : « Il est peu probable que l'essor de la Chine se fasse de façon pacifique. ». La Chine a longtemps été présentée comme une puissance uniquement continentale. Or elle se situe aujourd'hui au premier rang mondial pour le trafic portuaire et pour la pêche, au troisième rang pour le nombre de navires navigant sous son pavillon, et figure donc parmi les États majeurs de « l'économie bleue ». Mais elle possède une Zone Économique Exclusive faible, qui la place au 32e rang mondial. De ce fait, l'appropriation et l'extension de cette zone représentent pour le pays un enjeu stratégique, qui se heurte aux résistances de ses voisins, inquiets de ces ambitions, et au-delà, aux institutions et aux règles du droit international.

Les documents soumis à notre étude sont un dessin de presse et un texte d'expert. Le document 1 est signé Chapatte, dessinateur française reconnu pour ses caricatures aux sujets géopolitiques. Publié dans le New-York Times, ce dessin est donc un regard doublement occidental sur l'essor de la puissance maritime chinoise. Le document 2 est extrait du *Que sais-je ?* consacré à la géopolitique de la Chine, à savoir l'ensemble de ses relations avec le monde, et ses stratégies de puissance. Comment la Chine poursuit-elle la consolidation de sa puissance au XXIe siècle ? Nous verrons dans un premier temps comment elle a pris le virage d'une puissance continentale vers une ouverture à la mer ; et dans un second temps, qu'elle assure sa domination maritime à l'échelle régionale, et au-delà.

> Dans la présentation des documents, qualifie leur nature et leur origine.

1re partie

Le texte de Mathieu Duchâtel rappelle (l. 1 et 2 : l. 9 et 10) que l'histoire de la Chine a d'abord été celle d'une puissance continentale : « Traditionnellement centrée sur ses frontières terrestres (...) En 1949, la Chine possède des capacités navales très limitées. » En effet, historiquement soucieuse des incursions de ses voisins du Nord, en particuliers Mongols, la Chine impériale a construit ses frontières, dont la grande muraille, pendant près de vingt siècles. L'édifice de plus de vingt mille kilomètres de long, aujourd'hui fleuron du tourisme national et international, qui est devenu un de ses symboles, contribue à son *Soft Power*. C'est pourquoi Chapatte utilise ce symbole pour évoquer la Chine (document 1), en fusionnant sa forme avec l'autre symbole de la Chine, le dragon. Ainsi rappelle-t-il qu'on a affaire à une puissance ancienne, dont l'histoire est chargée de conflits frontaliers. En outre, la Chine a subi des défaites navales au XIXe siècle : contre les Britanniques, qui lui imposent le traité de Nankin (1842), soumettant la Chine aux puissances occidentales ; puis en 1895, par le traité de Shimonoseki avec le Japon, par lequel la Chine lui abandonne la Corée et Taïwan.

> Analyse les éléments visuels du dessin.

Plus tard, le texte précise bien que sous Mao Zedong et les premières décennies de la République populaire (1949-1976), les urgences étaient à la politique intérieure et aux conflits terrestres ; d'ailleurs la Chine procède à « l'incorporation » du Tibet dès 1950. Constatant le retard économique pris sous l'ère Mao, c'est son successeur Deng Xiaoping qui fait prendre à la Chine un tournant majeur, effectif en 1978, celui du « socialisme de marché », c'est-à-dire de l'ouverture économique au monde. Dès lors, avec la création des Zones économiques spéciales, la Chine commence à tirer parti de sa façade maritime pour opérer un essor économique spectaculaire, marqué par une croissance à deux chiffres. Ce virage économique est un tournant majeur de l'histoire chinoise (l. 14 à 19). Ainsi, selon M. Duchâtel, si on retrouve dans le nom des Nouvelles routes de la soie, lancées en 2013, une référence à l'histoire ancienne de la Chine, puisque ces routes caravanières reliaient l'Asie à l'Europe entre le IIe siècle avant Jésus-Christ et le XVe siècle après, ces nouvelles voies terrestres ne seront qu'un aspect du projet. Et de fait, la « 21st Century Maritime Silk Road » est bien le volet maritime de ce projet d'expansion mondiale.

2e partie

Montre l'ancienneté de ces tensions géopolitiques.

Or il apparaît que les ambitions chinoises en mer vont avec des tensions géopolitiques fortes, car cette stratégie s'appuie sur une territorialisation des mers de Chine orientale et méridionale. Depuis 1947, la ligne en 9 traits délimite le territoire maritime que la Chine revendique, englobant les îles Spratleys, disputées par le Vietnam, la Malaisie et les Philippines, et Paracels, réclamées aussi par le Vietnam. Sur l'archipel des Paracels, la Chine poursuit son déploiement militaire, par la poldérisation, stationne des forces navales, aériennes et sous-marines. En juillet 2016, un arrêt de la CPA de La Haye estimant que la Chine n'a pas de « droits historiques » sur les eaux revendiquées en mer de Chine méridionale, a été qualifié par la Chine de « feuille de papier bonne à jeter à la poubelle ».

Comme le suggère le dessin, la Chine cherche sa légitimité dans l'histoire et la force militaire plus que dans le droit international, et mène une stratégie de déni d'accès, qui consiste à empêcher ses adversaires d'accéder à ces zones. Le navire militaire, le drapeau planté et l'affichage « Territoire chinois » sur ce « mur maritime », indiquent la militarisation de la mer de Chine, en violation du droit international qui impose le libre passage. Chappatte utilise l'humour pour poser la question de la légitimité de la stratégie chinoise du déni d'accès.

Au-delà, comme le précise le texte, c'est à l'échelle mondiale que la Chine poursuit une politique d'expansion : « la Chine de la globalisation procède au XXIe siècle à un véritable pivot maritime vers les grands océans pour donner un second souffle à son expansion économique ». En effet, la Mer de Chine méridionale, mais aussi l'Océan indien, sont situés sur le passage de la principale route commerciale mondiale. Et le texte rappelle la « rivalité de puissance avec les États-Unis », dont la marine est à ce jour incomparablement plus puissante. Cependant, les incursions des sous-marins chinois dans l'océan indien sont récurrentes depuis 2013. Les enjeux dépassent donc l'échelle régionale. En 2017, la Chine a inauguré à Djibouti sa première base outre-mer. Elle rejoint les États-Unis, la France, le Japon et l'Italie déjà présents dans un pays qui utilise à plein son positionnement stratégique sur les grandes routes maritimes vers l'Afrique et l'Europe.

Conclusion

Porte un regard critique sur les documents.

Ainsi, les deux documents proposés permettent-ils de constater que la puissance chinoise a connu des mutations depuis la fin du XXe siècle : elle s'est renforcée et maritimisée. En outre, elle s'exerce à deux échelles, d'abord régionale, assumant des conflits persistants en Mer de Chine, zone maritime la plus disputée aujourd'hui, mais aussi mondiale. Si le texte est neutre, le dessin suggère une certaine critique de ce qui est considéré en Occident comme une attitude unilatéraliste de violation du droit international. Alors que la Chine talonne les États-Unis au classement du PIB, et qu'elle semble se remettre de la crise du Covid 19, les experts parlent de sino-mondialisation et la spécialiste Sophie Boisseau du Rocher risquait en 2019 cette formule : « La Chine e(s)t le monde ».

SUJET CORRIGÉ

Dissertation

SUJET 7

Océans et espace, des territoires de conquêtes entre rivalités et coopérations (1947-2020).

La très bonne copie

Introduction

Depuis l'Antiquité, les hommes parcourent l'océan pour découvrir de nouvelles terres et les conquérir. Avec la première circumnavigation terrestre de Magellan en 1522, l'océan devient mondial et les grandes puissances veulent se le partager. Objectif de conquête plus récent, l'espace extra-atmosphérique apparaît dans la deuxième partie du XXe siècle comme une nouvelle frontière à repousser. Ces deux espaces, progressivement territorialisés, présentent des contraintes techniques, économiques et juridiques qui mettent à l'épreuve les puissances. La coopération permet de repousser la frontière scientifique et économique, mais les rivalités restent fortes.

Entre la sortie de la Seconde Guerre mondiale et les années 2020, s'est opérée une recomposition des enjeux géopolitiques sur ces territoires de conquête. Comment ont évolué ces enjeux et comment s'articulent les tensions et coopérations sur les océans et dans l'espace ? Deux époques spécifiques sont identifiables dans la période proposée. Dans une première partie, nous verrons la place accordée aux espaces de conquête dans la guerre froide (1947-1991). Dans un second temps, et dans le contexte de la mondialisation, nous aborderons les évolutions récentes de ces territoires et de leurs enjeux.

1re partie

Cite des auteurs de référence.

À partir de 1947, la guerre froide inscrit les deux superpuissances dans une course à toutes les formes de conquête. Repousser les frontières, terrestres, maritimes ou aériennes, projeter son modèle vers un espace dans le but de se l'approprier, et ainsi démontrer sa puissance, sont les enjeux du monde bipolaire. Depuis le début du XXe siècle, les États-Unis ont pris le relais du Royaume-Uni dans une position de puissance navale dominante : ainsi, l'écart des zones de combats terrestres, ils interviennent dans la plupart des conflits grâce à une indiscutable maîtrise des mers. Cette hégémonie maritime installée suit les théories de l'amiral américain Alfred Mahan (1840-1914), selon lesquelles seule la maîtrise des mers garantit la puissance. Elles restent en vigueur à Washington durant tout le XXe siècle, s'accompagnant du développement d'armes balistiques pour frapper directement un adversaire éloigné. Cette stratégie de « thalassokrator » permet aux États-Unis de sécuriser leurs intérêts à l'échelle mondiale.

Historiquement, le droit de la mer a longtemps été régi par le droit coutumier et le principe de *Mare liberum*. Mais les tensions récurrentes imposent progressivement l'idée de règles nouvelles et de *Mare clausum*. Pour fixer dans le droit international des règles d'utilisation des espaces maritimes, l'ONU réunit une conférence à Genève dès 1958, mais il faut attendre 1982 pour voir l'adoption d'une convention unique à Montego Bay. Entrée en vigueur en 1994, la Convention des Nations unies sur le droit de la mer (CNUDM) précise les règles d'exploitation des océans pour la grande majorité des pays qui l'ont ratifiée et encadre la territorialisation des zones côtières. L'abandon du principe de *Mare liberum* favorise, dans un monde multipolaire, la compétition entre puissances, y compris émergentes. D'instrument de conquête, l'océan devient aussi objet de conquête, notamment sur les nœuds géopolitiques que sont les détroits et canaux.

La course à l'espace, autre forme de la course à l'armement, devient aussi un enjeu dans la guerre idéologique à laquelle se livrent Soviétiques et Américains. L'enjeu est d'abord militaire puisque les fusées sont indispensables à la dissuasion nucléaire. Avec le premier homme en orbite (Y. Gagarine, 1961) l'URSS affiche son excellence technologique, talonnée par son concurrent américain qui réussit à atteindre la Lune en 1969 (mission Apollo XI).

Dans ce contexte de concurrence extrême, le « traité de l'espace » de 1967, qui interdit notamment l'utilisation d'armes de destruction massive dans l'espace est une ébauche de coopération. Il est complété en 1979 par l'accord régissant les activités des États sur la Lune et les autres corps célestes, dit « traité sur la Lune ». Mais la tonalité dominante jusqu'à la fin de l'URSS reste celle d'une rivalité de puissance.

→ 2e partie

Les années 1990, tournant géopolitique du fait de la fin de la guerre froide, sont aussi un tournant géographique et économique, marqué par la mondialisation et la maritimisation. L'affirmation de l'Union européenne, et l'émergence de la Chine et de l'Inde favorisent à la fois la compétition et la coopération, dans une conception plus utilitariste des mers et de l'espace. Alors que la fin de l'affrontement Est-Ouest permet des programmes de coopération, la compétition entre États les conduit à vouloir tirer parti des richesses désormais accessibles.

Cite des chiffres en appui de tes arguments.

La puissance navale des États-Unis reste hégémonique, forte en 2019 de 400 navires, dont dix porte-avions, autant de porte-hélicoptères et 62 sous-marins. La Chine suit cet exemple, à son échelle, avec un premier sous-marin nucléaire en 1987, et multiplie depuis 2013 les incursions dans l'océan indien, dans le contexte de rivalités profondes avec ce grand voisin.

L'exploitation des mers et des océans donne encore lieu à des tensions : en clarifiant le statut des espaces maritimes (ZEE), la conférence de Montego Bay a réduit les facteurs de conflit, sans pour autant les faire disparaître. Dans l'océan Pacifique, l'essor de la pêche, déterminante pour nourrir l'Asie, provoque de nombreux incidents. L'accès aux ressources des fonds marins (hydrocarbures, nodules polymétalliques) est un autre enjeu majeur qui motive la création en 1994 de l'Autorité internationale des fonds marins, par l'ONU.

La mise en réseau du monde fait de l'espace un nouvel enjeu économique, et des acteurs privés font leur apparition dans le cadre du *New Space Age*, nouvel âge spatial caractérisé par la multiplication des acteurs, publics et privés. Initié en 1984 par les États-Unis qui assurent la majorité de son financement, le programme de la station spatiale internationale (ISS) intègre la Russie en 1993. Conduit par la NASA, le programme suppose une collaboration avec d'autres agences spatiales (ESA, CNSA,

SUJET 7

JAXA, Roscosmos). C'est une incontestable réussite diplomatique, qui offre l'image d'une coopération internationale enfin possible, même si les objectifs scientifiques sont loin d'être atteints, ce qui motive la fin programmée de la station en 2030. Cependant, elle a ouvert une voie : la Chine annonce déjà que sa station spatiale, en activité autour de 2022, acceptera des occupants d'autres nations. En effet, depuis 2003, elle est la troisième nation « spatiale » après son premier vol habité.

Montre les évolutions récentes du sujet.

En réalité, désormais l'espace est convoité pour ce qu'il représente mais aussi pour ses ressources (platine des météorites) : les États-Unis consolident leur avance en s'appuyant sur les investisseurs privés comme Space X. La faible réglementation favorise une conquête anarchique qui révèle l'évolution vers un monde apolaire, sans État dominant, dans lequel les puissances ne parviennent pas toujours à s'entendre. L'industrie des satellites pèse désormais plus de 210 milliards de dollars, soit deux fois plus en 2017 que dix ans auparavant.

Les ambitions de la Chine s'affichent aussi dans le cadre des Nouvelles routes de la soie. Concernant 60 % de la population mondiale et un tiers de la richesse comme du commerce, le programme lancé en 2013 est une nouvelle donne géopolitique, qui alterne coopérations et tensions. La montée en puissance de la Chine, visible sur le schéma, présente un risque de confrontation.

Tu peux réaliser un schéma montrant l'affirmation de la puissance chinoise dans le temps et l'espace en t'inspirant de celui proposé p.53.

Conclusion

Ainsi, au XXIe siècle, la puissance suppose la projection vers les nouveaux espaces. « Les États sont interdépendants dans l'espace. Mais ils sont aussi, encore, en compétition » écrit Xavier Pasco. En mer, la donne est comparable, alors que la Chine a qualifié en 2016 un arrêt de la CPA récusant ses revendications en Mer de Chine de « papier bon à jeter ». Des pratiques de coopération existent, mais font figure d'exception alors que les rivalités de puissance restent la règle.

POUR TRAVAILLER EN AUTONOMIE

→ Localiser les territoires du thème

Atlas / ouvrages généraux

- Frank Tétart (dir.), *Grand Atlas 2021*, Autrement
- André Louchet, *Atlas des mers et des océans*, Autrement, 2015
- Alexandra Monot, Franck Paris, *Géographie des mers et des océans*, Bréal, 2018

→ Approfondir et préciser tes connaissances

Ouvrages spécialisés

- Antoine Frémont, Anne Vanacore, *Géographie des espaces maritimes*, La Documentation française, mars 2015
- Collectif, « Qui tient la mer tient le monde », Revue *Conflits*, n° 4, janvier-février-mars 2015
- Xavier Pasco, *Le nouvel âge spatial. De la guerre froide au* New Space, CNRS éditions, 2017
- Mathieu Duchâtel, *Géopolitique de la Chine*, Que sais-je ? 2017
- Serge Brunier, *La conquête spatiale de A à Z*, Gallimard Loisirs, 2019
- Sophie Boisseau du Rocher (dir.), *La Chine e(s)t le monde*, 2019

Articles

- Colonel Jean-Luc Lefebvre, « L'espace est stratégique », *La revue géopolitique*, diploweb.com, 29 décembre 2010
- Wang Yiwei, « Le rêve chinois incompris », *Courrier international*, 29 avril 2013, en ligne
- Sébastien Colin « La Chine, les États-Unis et le droit de la mer », *Perspectives chinoises*, 2016/2, p. 59-64
- Alain Lamballe, « L'Inde, puissance mondiale ? », diploweb.com, 7 mars 2017
- Isabelle Sourbès-Verger, « Les puissances spatiales », *CNRS Le Journal*, 1er août 2017
- André Louchet, « Les océans, eldorado économique de demain ? », *Les grands dossiers de Diplomatie*, n° 46, septembre 2018
- François Godement, « Chine/USA. Être le premier », *Conflits*, 16 mars 2018
- Paul Tourret, « Puissance maritime américaine : la maîtrise des mers est-elle toujours possible ? », *Les grands dossiers de diplomatie*, janvier 2019
- Anne Bauer, « Satellites : l'Europe veut éviter un *Far ouest* dans l'espace », *Les échos*, 7 Août, 2019.
- Pierre Barthélémy, « La ruée vers Mars », *Le Monde*, 15 janvier 2020

→ Visualiser, apprendre et réviser autrement

Vidéos

- « À qui appartient la mer ? », chaîne Youtube de *Mister Geopolitix*, 24 mars 2016, 9 min 26
- « Comprendre la géopolitique des océans en 10 min », chaîne Youtube *Le Monde en carte*, 29 juin 2018
- *Les nouvelles routes de la soie*, reportage Arte, 2016, 53 min
- « L'espace, état des lieux », *Le Dessous des cartes*, Arte, 2018, 12 min
- « Mer de Chine, bataille navale », *Le Dessous des cartes*, Arte, 12 min

Podcasts

- « Station spatiale internationale : un labo là-haut », *La méthode scientifique*, France culture, 6 juin 2017, 57 min
- « Mer de Chine : une bataille, combien de dimensions ? », *Enjeux internationaux*, 8 juin 2018, 10 min, France Culture
- « La Chine à la conquête de l'espace », France Culture, 4 janvier 2019, 1 min 21

Ton **KIT DE SURVIE** pour le **BAC** avec SCHOOLMOUV

Thème 1

De nouveaux espaces de conquête

Tu viens de voir le thème sur les nouveaux espaces de conquête. Pour t'aider à retenir l'essentiel et t'entraîner pour le Bac, voici ton kit de révisions clé en mains conçu par SchoolMouv !

Vidéo

Pour mieux comprendre et t'en souvenir à coup sûr, regarde la vidéo, c'est parfois plus clair en images.

Vidéo **Les spécificités de l'espace et des océans**
https://flashbelin.fr/focusbacschoolmouv/hggsp/1

Contenus additionnels

Voici quelques bonus sur le thème 1. La curiosité n'est pas toujours un vilain défaut. Il te suffit de créer ton compte pour avoir accès à plein de contenus supplémentaires.

La Chine à la conquête des mers, des espaces et des océans

Quiz
https://www.schoolmouv.fr/eleves/cours/la-chine-a-la-conquete-de-l-espace-des-mers-et-des-oceans/qcm

Fiche
https://www.schoolmouv.fr/eleves/cours/la-chine-a-la-conquete-de-l-espace-des-mers-et-des-oceans/fiche-de-revision

Tchat avec un prof

Pour poser toutes tes questions à un prof particulier, découvre l'abonnement tchat. Tu peux le tester gratuitement pendant 7 jours : fini les questions sans réponses, tu vas devenir incollable.

https://focusbac.schoolmouv.fr/offre

Le Focus de SchoolMouv

Chronologie de la course à l'espace pendant la guerre froide

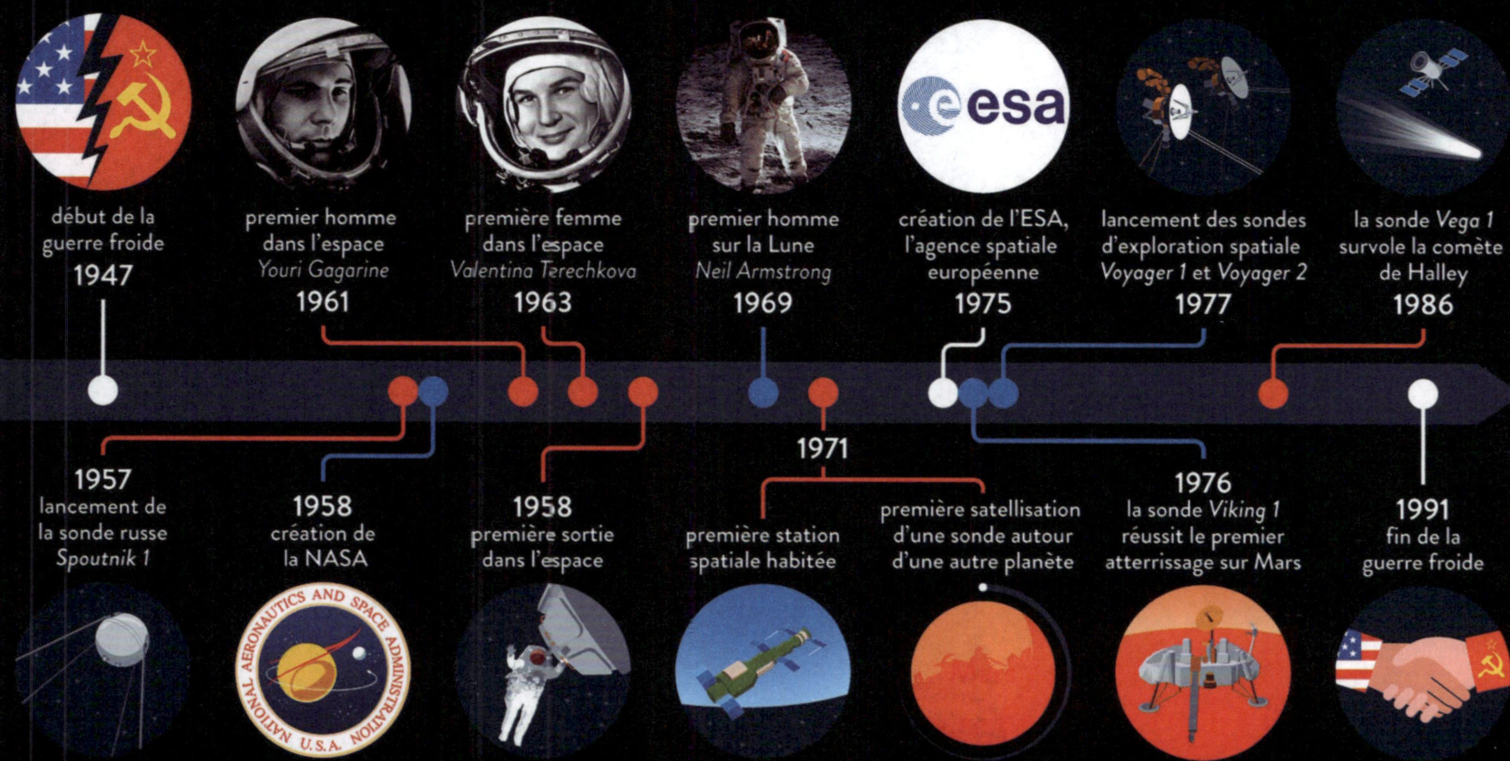

Thème 2

BAC
ANNÉE PAIRE

Faire la guerre, faire la paix

Casque bleu pakistanais dans une mission de maintien de la paix au Congo (MONUSCO) en 2020.

Thème 2

Faire la guerre, faire la paix : formes de conflits et modes de résolution

Sommaire

Mots clés

- **Guerre régulière** : Guerre qui implique des armées nationales usant d'armes conventionnelles.
- **Guerre irrégulière** : Guerre qui implique un acteur non étatique, des armes ou des méthodes non conventionnelles (guérilla, insurrection, terrorisme…) ou des cibles civiles.
- **Guerre asymétrique** : Guerre qui implique des acteurs de puissances ou de natures différentes (étatique, non étatique).
- **Guerre d'intervention** : Guerre menée sur un théâtre éloigné du territoire d'un des belligérants.
- **Guerre industrielle** : Guerre privilégiant la puissance de feu, qui mobilise toute l'économie (État, entreprises, main-d'œuvre).
- **Cyberattaque** : Attaque menée au moyen du cyberespace et ciblant les infrastructures, les logiciels ou les contenus échangés.
- **Sécurité collective** : Système interétatique visant à garantir la paix en son sein. Il dépend d'organisations internationales.
- **Guérilla** : Combats d'unités réduites et mobiles, pratiquant une guerre de harcèlement et d'embuscades.
- **Unilatéralisme** : Relations internationales dans lesquelles les grandes puissances prennent des décisions sans les soumettre à la discussion et à l'approbation des autres pays.
- **Multilatéralisme** : Relations internationales qui favorisent les décisions collectives et la concertation, notamment dans le cadre d'organisations internationales.

Dates clés

1947-1991 **La guerre froide**

1991 **La guerre du Golfe**

11 septembre 2001 Attentats suicides aux **États-Unis**, perpétrés par **Al-Qaïda**

2001 **Intervention des États-Unis en Afghanistan** avec accord de l'ONU

2003 **Intervention des États-Unis en Irak** à la tête d'une coalition internationale, sans l'accord de l'ONU

2011 Début de la guerre en **Syrie**

Chiffres clés

Sur les 385 conflits politiques recensés dans le monde en 2017 par le HIIK (Heidelberg Institut für International Konfliktforschung), **187** font un usage de la violence, mais seulement **20** ont pris la forme de « guerres », c'est-à-dire d'un affrontement armé ayant causé **au moins 1 000 morts au cours d'une année**, et **16** de guerres limitées (occasionnant **moins de 300 morts par an**).

Comprendre les enjeux

1 Du conflit à la guerre, quelques repères

→ La guerre est **un conflit armé**, opposant au moins deux groupes humains (tribus, villes, États, Empires, alliances militaires, voire des organisations régionales), limité dans le temps et dans l'espace et provoquant parmi les forces armées des pertes humaines.

→ L'université d'Uppsala et l'université de Harvard ont établi des définitions quantitatives de la guerre qui sont souvent reprises. Le terme de « guerre » ou de « conflit majeur » est réservé aux **conflits ayant pour enjeu le territoire ou le gouvernement**, et ayant causé la mort d'au moins 1 000 personnes au cours d'une année du fait de l'usage des armes. Entre 25 et 1 000 morts par an, le conflit est qualifié de « mineur ». Le SIPRI de l'université de Stockholm distingue les « conflits armés majeurs » (au moins 10 000 morts annuels), les « conflits armés de forte intensité » (de 1 000 à 9 999 morts) et les « conflits armés de faible intensité » avec 25 à 999 morts.

→ **L'intensité du conflit dépend également de l'extension spatiale du conflit, de sa durée,** de sa fréquence et de ses modalités (de la guérilla à la guerre industrielle ou à haute intensité technologique).

2 Des guerres et des acteurs multiples

→ **La guerre dite classique ou conventionnelle** oppose des armées nationales en uniforme, organisées en unités militaires. En revanche, la guerre est qualifiée de non conventionnelle lorsque sont employés des moyens tels que la guérilla, le terrorisme, les missiles balistiques, les armes chimiques ou les cyberattaques.

→ La guerre, lorsqu'elle est **interétatique**, oppose au moins deux États. Elle est qualifiée d'intraétatique (ou civile) lorsqu'elle concerne des acteurs appartenant à un même État. Elle peut prendre la forme de conflits séparatistes (Tchétchénie), ethniques (Rwanda), d'un mouvement de rebelles contre un pouvoir en place (FARC en Colombie), de guerre civile. **L'État national ou étranger est souvent un acteur de ces guerres** où il affronte des civils en armes, des mercenaires, des groupes terroristes.

→ **Une guerre d'intervention** se déroule sur un théâtre éloigné du territoire de l'un des belligérants, contrairement à la guerre autochtone qui concerne les seuls acteurs où se trouve le théâtre des opérations du conflit. Dans les guerres d'intervention, les États jouent un rôle important (exemple de la guerre du Golfe en 1991).

3 Évolutions des guerres et de la paix depuis 1990

→ **Après une augmentation du nombre de conflits de 1945 à 1990** due à la décolonisation et à la guerre froide, **la conflictualité dans le monde a commencé à décroître**. Mais, depuis quelques années, le nombre de morts et de conflits augmente à nouveau du fait des guerres liées aux suites des Printemps arabes de 2011 (Syrie, Libye, Égypte…) et des conflits locaux liés au terrorisme islamiste.

→ **La plupart des guerres sont aujourd'hui intraétatiques**. **La privatisation et l'hybridation de ces guerres sont de plus en plus marquées.** Si la stratégie classique des États qui déploient forces terrestres, maritimes et aériennes demeure, elle se diversifie avec l'apparition de nouveaux moyens (forces spéciales, drones) et de nouveaux espaces (espace, cyberespace).

→ Les organisations internationales jouent un rôle croissant dans le processus de résolution des conflits, en **instaurant une sécurité collective**, mais les diplomaties et les gouvernements nationaux restent le plus souvent les décideurs majeurs de l'issue ou de la persistance des conflits.

MÉMO VISUEL Les formes de la guerre et de la paix

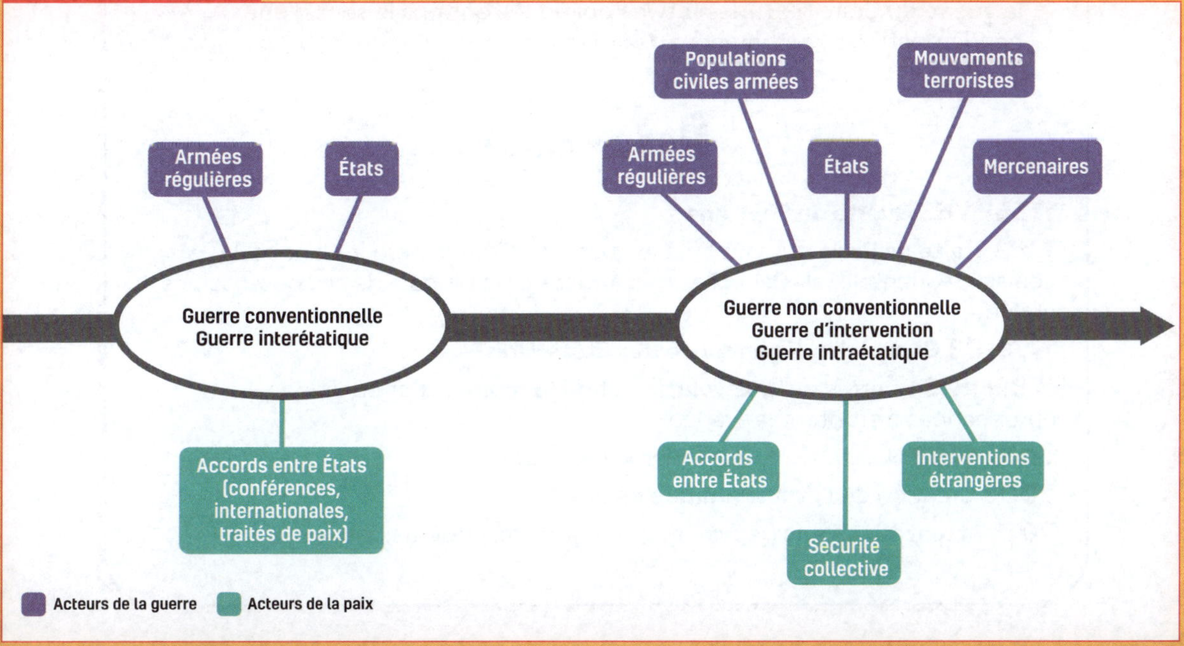

La dimension politique de la guerre

Lexique

- **Conscription** : Obligation d'inscription et de participation des citoyens au service militaire.
- ***Jus ad bellum* (« droit de la guerre ») :** Ensemble des conditions qui justifient le déclenchement d'une guerre.
- ***Jus in bello* (« droit dans la guerre ») :** Ensemble des limitations à respecter dans la conduite de la guerre.
- **Terrorisme :** Attaque à but politique visant de façon indéterminée les civils et les armées.
- **Islamisme** : Courant politique qui vise à imposer une islamisation de la société.
- **Panislamisme** : Mouvement politico-religieux militant pour l'unification des musulmans.
- **Salafisme** : Branche fondamentaliste de l'islam répandue dans les pays du Golfe.
- **Djihadisme :** Courant de l'islamisme favorable à la diffusion de la guerre sainte.
- **Fatwa** : Avis juridique donné par un spécialiste de la loi islamique. Depuis la guerre du Golfe (1991), les fatwas politiques ont pris le sens d'une condamnation à mort au nom de l'islam.

Dates clés

1756-1763 Guerre de Sept Ans

1763 Traité de Paris qui met fin à la guerre : la France perd le Canada, la Louisiane orientale, plusieurs îles des Antilles et la plupart de ses possessions en Inde.

1775-83 Guerre d'indépendance des États-Unis

1792-1815 Guerres de la Révolution et de l'Empire : sept coalitions européennes affrontent la France.

1980-1990 Naissance du **terrorisme islamiste**

2006 Création de **l'État islamique** en Irak (EI)

2015 Attentats à Paris (janvier et novembre) revendiqués par l'EI

Acteurs

Frédéric II, roi de Prusse (1712-1786) Agrandissant notablement le territoire de ses États aux dépens de l'Autriche et de la Pologne, il fait entrer son pays dans le cercle des grandes puissances européennes. Sa politique a fait dire au révolutionnaire français Mirabeau « La Prusse n'est pas un État qui possède une armée, mais une armée qui possède un État. »

Carl von Clausewitz (1780-1831) Prussien, cadet d'infanterie, il participe aux guerres révolutionnaires contre la France (1792-94). Il intègre ensuite l'Académie militaire de Berlin et participe à la bataille d'Iéna (1806), défaite prussienne où il est fait prisonnier par les Français. À partir de 1809, il est associé à la réorganisation de l'armée prussienne et écrit un traité de théorie militaire, *De la guerre*.

MÉMO VISUEL Les guerres de la Révolution et de l'Empire

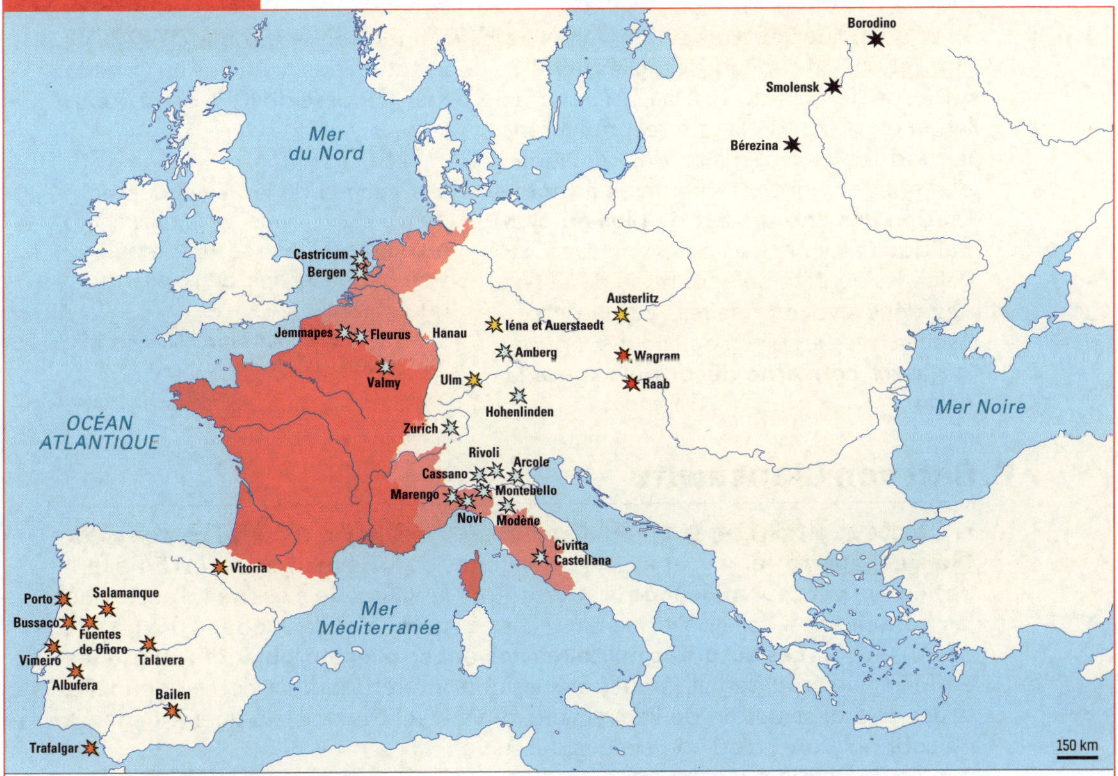

1. Étendue du territoire français
- République française en 1792
- Empire en 1812

2. Guerres révolutionnaires (1792-1802)
- Principales batailles : Angleterre, Autriche, Prusse, Espagne, Russie, Suède, Naples et Empire ottoman

3. Guerres napoléoniennes (1803-1815)
- Principales batailles : Angleterre, Autriche, Russie, Suède, Naples, Prusse et Russie
- Guerre dans la péninsule Ibérique (1807-1813)
- Cinquième coalition (1809) : Angleterre et Autriche
- Campagne de Russie (1812)

1 De la guerre de Sept Ans aux guerres napoléoniennes

→ La guerre de Sept Ans (1756-1763) est un conflit armé interétatique à dimension mondiale. Elle consacre la puissance montante du Royaume-Uni aux dépens de la France, tandis que la Prusse s'affirme. Le conflit prend des formes de guerre totale, par la mobilisation générale des forces et un bilan humain qui annonce les guerres conventionnelles du XXe siècle.

A. La guerre classique apparaît au XVIIIe siècle

→ Régulière et interétatique, **elle oppose deux États après une déclaration de guerre** et s'achève par la signature d'un traité de paix. Les armées sont encore composées de soldats professionnels d'origines diverses. L'enjeu du conflit est de **gagner des territoires et/ou en puissance**, ce qui contribue à alourdir les bilans humains (civils et militaires).

→ La guerre de Sept Ans et les guerres de la Révolution et de l'Empire (1792-1815) illustrent cette conception de la guerre. La déportation des Acadiens au Canada en raison de leur fidélité à la France, ou la perte par la Prusse de 10 % de sa population en raison de la guerre, préfigurent les formes et l'intensité des violences des guerres contemporaines. **La mobilisation des acteurs est de plus en plus politique** : les armées deviennent nationales, les conflits défendent ou diffusent des idées révolutionnaires, nationalistes... Avec la mise en place de la conscription, **la guerre concerne désormais toute la nation**.

> Les guerres de la Révolution et de l'Empire nous apparaissent aujourd'hui comme une répétition générale des deux guerres du XXe siècle
>
> **Raymond Aron**, historien et politologue, *Penser la guerre*, 1976

B. Carl von Clausewitz

→ Soldat et officier prussien du début du XIXe siècle, **il a théorisé cette évolution de la guerre**. Témoin et acteur des guerres de la Révolution et de l'Empire, il devient **un penseur majeur de la guerre**. Pour lui, la guerre n'est rien d'autre que la « continuation de la politique par d'autres moyens ». Elle est donc un moyen, et non une fin. **Les autorités militaires doivent se plier aux objectifs politiques** et non l'inverse. Il définit la guerre classique, interétatique et conventionnelle, vouée à la destruction de l'adversaire, mais inscrit surtout la guerre dans un objectif politique, d'où son succès aussi auprès des leaders révolutionnaires. Son traité, ***De la guerre*, devient une référence**, qui influence, au XXe siècle, les stratèges des guerres mondiales comme De Gaulle ou Churchill.

> La guerre est un acte de violence engagé pour contraindre l'adversaire à se soumettre à notre volonté.
>
> **Carl von Clausewitz**

C. Les théories réalistes

→ Formalisées par les penseurs Machiavel (1468-1527) et Hobbes (1588-1679), elles consistent à penser que les logiques politiques et les logiques morales sont indépendantes, **la guerre étant considérée comme un acte politique avant d'être un acte moral**. La guerre ne peut donc pas être une question de morale. Les « réalistes » n'affirment pas que toute guerre est juste, mais plutôt qu'aucune guerre n'est injuste. Clausewitz est rattaché à l'école réaliste.

Fait d'actualité

→ **Un exemple de conflit hybride (intra et interétatique) : La seconde guerre du Haut-Karabagh** (septembre-novembre 2020) oppose la République du Haut-Karabagh, soutenue par l'Arménie, à l'Azerbaïdjan, soutenu par la Turquie, pour le contrôle du Haut-Karabagh, État autoproclamé indépendant en 1991. L'accord final valide les conquêtes de l'Azerbaïdjan, suscitant les protestations de l'Arménie.

MÉMO VISUEL

La guerre régulière

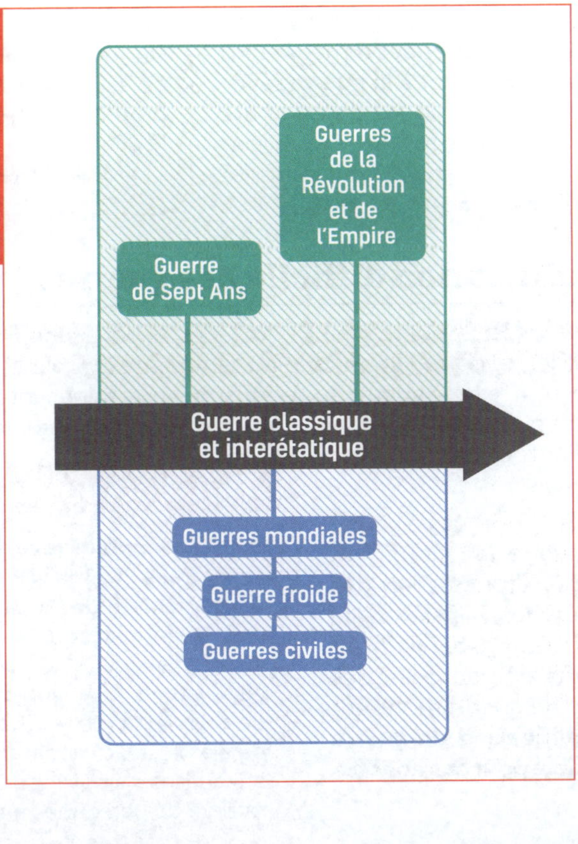

2 Les « guerres irrégulières », d'Al-Qaïda à Daech

→ Le terrorisme islamisme djihadiste se développe dans les années 1990 avec la création et le développement d'Al-Qaïda. Si les mouvements djihadistes sont aujourd'hui divisés entre Al-Qaïda et l'État islamique, **leurs modalités d'action relèvent toutes d'actes terroristes assez proches de celles des guerres irrégulières du XXe siècle**.

A. Après la Seconde Guerre mondiale

→ La guerre évolue vers **des formes nouvelles** : guérillas et attentats se multiplient, tandis que les guerres régulières se raréfient. Le terrorisme islamiste naît dans les années 1980-1990. Mis en œuvre par des groupes et des organisations comme Al-Qaïda, l'État islamique, les Talibans et Boko Haram, il vise, au nom d'une théorie politique, l'islamisme, à déstabiliser les États d'Occident, mais aussi d'Afrique, du Moyen-Orient et d'Asie identifiés comme ennemis.

→ Les actions menées par ces organisations relèvent des **guerres irrégulières**. Elles n'opèrent pas de distinction entre les populations civiles et militaires, tant dans le recrutement des combattants que dans les cibles choisies. Elles ne sont pas menées par des États et des armées régulières. **Elles empruntent à la guerre révolutionnaire** des techniques de combats (actes terroristes), une forme de mobilisation idéologique des soldats et la volonté de déstabiliser des États contestés.

> Un prince doit n'avoir d'autre objet ni d'autre pensée, ni s'approprier d'autre art, que celui de la guerre.
>
> **Nicolas Machiavel**, *Le Prince*, 1532

B. Une qualification difficile des guerres

→ Les États visés, et notamment l'Occident, usent d'**une rhétorique guerrière** pour mobiliser leur population face au terrorisme islamiste. Ils affirment « être en guerre » et « faire la guerre au terrorisme ». Certaines interventions relèvent de la guerre classique : interventions d'armées régulières et **constitution de coalitions** autour d'un objectif militaire précis.

→ Toutefois, l'absence de déclaration de guerre, le recours fréquent à des drones et à des unités spéciales, ainsi que le traitement des prisonniers terroristes différent de celui des prisonniers de guerre montrent que la **qualification de guerre est discutable pour ces conflits**.

Fait d'actualité

→ **Un conflit irrégulier en Afrique** : Le 29 mars 2021, la ville de Palma, dans l'extrême nord du Mozambique, subit une violente attaque des militants d'un groupe djihadiste appelés « Al-Chabab » (« les jeunes »). Au soir du sixième jour de cette attaque, le bilan se montait déjà à plusieurs dizaines de victimes, auxquelles s'ajoutent des dizaines de milliers de personnes en fuite.

C. La notion de guerre « juste »

→ Un des courants les plus anciens de la réflexion sur la guerre est la **théorie de la guerre juste**. Les écrits d'Augustin d'Hippone (Ve s. ap. J-C), Thomas d'Aquin (XIIIe s.) et Grotius (XVIIe s.) fondent cette théorie. Elle permet de qualifier de « justes » des guerres conformes au « droit de la guerre » (*jus ad bellum*) et au « droit dans la guerre » (*jus in bello*). Ce courant de pensée permet tout autant de combattre le pacifisme que les théories de l'école réaliste.

→ **Au XXIe siècle, la conflictualité se transforme encore**, et au lendemain des attentats du 11 septembre 2001, l'administration du président américain G.W. Bush construit un discours belliciste, suscitant nombre d'interrogations et d'ouvrages sur la guerre juste.

> Le 11 septembre, les ennemis de la liberté ont commis un acte de guerre contre notre pays.
>
> **George W. Bush**, président des États-Unis, 20 septembre 2001

La guerre irrégulière

MÉMO VISUEL

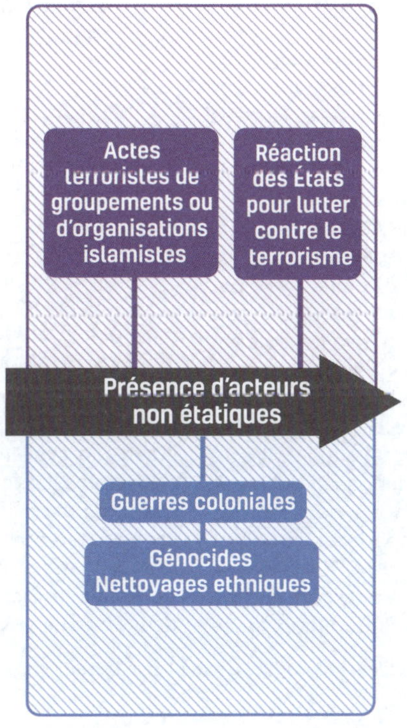

SUJET CORRIGÉ

Étude critique de documents

SUJET 8

La guerre, « continuation de la politique par d'autres moyens » (Carl von Clausewitz)

Consigne : Après avoir présenté les documents dans leur contexte, montrez comment la formule de Clausewitz s'applique aux formes variables de la guerre. Vous montrerez aussi que le terme de guerre est l'objet de débats.

Comprendre le sujet

- Les documents demandent de restituer le contexte historique des guerres révolutionnaires et napoléoniennes.
- La citation de Clausewitz invite à présenter cet auteur, son parcours et son apport à la connaissance de la guerre par son traité De la guerre (1831). On pourra dire en conclusion qu'il est encore étudié aujourd'hui comme une référence en matière de stratégie militaire.

Document 1 > L'armée pendant la Révolution française

Généraux, si nous aimons à reconnaitre les services que quelques-uns d'entre vous ont rendus, nous ne dissimulerons pas aux autres les fautes qu'ils ont commises. On a crié à l'insubordination des soldats ; l'in- subordination des généraux est ce qui a fait le plus de tort à la chose publique. Aucun n'a fait le sacrifice de son amour propre. Presque tous se sont jetés dans des plans particuliers, soit par manie mal entendue de gloire personnelle, soit par avidité de pouvoir, soit par rivalité, soit par ignorance. Il faut qu'ils sachent qu'ils sont eux-mêmes soumis à une discipline sévère, que le gouvernement exerce sur eux. Dans un État libre, le pouvoir militaire est celui qui doit être le plus astreint ; c'est un levier passif qui meut la volonté nationale [...]. Nous ne sommes plus au temps où des despotes jouaient contre d'autres despotes 400 000 hommes, où la victoire restait après cet effort à celui qui perdrait le moins. Ici, la République, en se déployant tout entière, tombe de son poids sur les tyrans ; douze armées les pressent ; ces armées ont des mouvements séparés, mais elles en ont aussi de communs. La science du gouvernement consiste à déterminer ce mouvement, commun ou séparé selon les besoins [...]. On a remarqué que le succès a toujours suivi l'obéissance aux arrêtés du Comité, que les revers étaient nés de leur inexécution.

Généraux, le temps de la désobéissance est passé. Si vous continuez de vous isoler, de suivre ce système liberticide, vous devenez coupables. La loi l'a déclaré, et le gouvernement saura maintenir la loi. Il n'est qu'un seul moyen de vous rendre digne du choix d'une grande nation : c'est de respecter sa volonté. Attendez-la. Bientôt elle vous confiera sa vengeance et la ruine de tous ses ennemis.

Circulaire du Comité de salut public aux généraux, frimaire an II, décembre 1793

Document 2 > La guerre vue par Goya

En 1808, les troupes de Napoléon Ier envahissent l'Espagne, et Joseph Bonaparte, frère de l'empereur, est installé sur le trône. Frappé par la violence du conflit et le bilan humain, Francisco de Goya réalise des gravures sur ce thème entre 1810 et 1820, *Les Désastres de la guerre*.

SUJET 8

La très bonne copie

Introduction

L'année 1793 en France est celle de la mort du roi Louis XVI, jugé et guillotiné, celle aussi de la première guerre révolutionnaire et de la première coalition européenne qui s'oppose à elle. Le niveau de violence et d'affrontement politique est extrême : guerres de Vendée, exécution des Girondins, c'est la période de la Terreur. Dans ce contexte exceptionnel, le pouvoir révolutionnaire, par la voix du Comité de Salut public, adresse aux généraux un commandement à obéir. Le document 1 est donc un texte politique qui définit quelle autorité politique s'exerce sur l'armée et les généraux. Le document 2 aborde un autre aspect de la guerre, les victimes civiles et les destructions, par l'exemple des guerres napoléoniennes, ici en Espagne (1808-1809), qui ont inspiré au peintre Goya des gravures intitulées *Les désastres de la guerre*. Les deux documents peuvent illustrer la définition de la guerre par Clausewitz : « la continuation de la politique par d'autres moyens », dans son traité *De la guerre*, publié après sa mort en 1831.

Après avoir présenté les documents dans leur contexte (1re partie), nous verrons que la formule de Clausewitz peut s'appliquer aux deux situations (2e partie), malgré leurs différences. Enfin, elle appelle à souligner les ambiguïtés du terme de guerre, qui fait débat (3e partie).

> La consigne qui accompagne le sujet te donne des indications de plan, il faut s'en servir !

1re partie

Les documents qui sont soumis à l'étude portent sur la période révolutionnaire et napoléonienne (1789-18015). Le texte témoigne de changements que la révolution entend opérer dans le fonctionnement militaire de l'État. Le Comité de Salut public est le premier organe du gouvernement révolutionnaire mis en place par la Convention pour faire face aux dangers qui menacent la République au printemps 1793. Dans cette période de violence générale, et en particulier d'opérations militaires, ce texte montre la volonté du Comité d'imposer fermement aux officiers (ici les généraux) une chaîne de commandement. Le message oppose clairement l'avant et le présent révolutionnaire : sous la monarchie, selon le texte, ils se sont rendus coupables de « fautes », d'« insubordination », soit par recherche « de gloire personnelle, soit par avidité de pouvoir, soit par rivalité, soit par ignorance ». La signification politique de ces affirmations est claire : les militaires étaient souvent contre-révolutionnaires. Mais au-delà, souvent issus de la noblesse, ils étaient autonomes de leurs décisions, et d'une fidélité fluctuante au pouvoir politique, y compris celui du roi. Ici, au nom de la République, le Comité impose « l'obéissance aux arrêtés du Comité ». Il s'agit donc d'un texte de recadrage très ferme : « le temps de la désobéissance est passé. Si vous continuez de vous isoler, de suivre ce système liberticide, vous devenez coupables. ».

Le document 2 a été produit par le peintre espagnol Goya, après les exactions commises par l'armée de Napoléon lors d'une guerre d'occupation. L'empereur entendait, dans son projet de conquête européenne, installer son frère sur le trône et faire de l'Espagne un royaume inféodé à la France. Face à la résistance des populations, les violences des troupes françaises se sont multipliées.

Contemporain de ces événements, Goya en a rendu compte dans ses peintures, parmi lesquelles le *Tres de Mayo*, qui montre des soldats fusillant des civils, mais aussi dans des gravures. Ici, l'image accentue l'opposition entre un soldat satisfait, détenteur de la force, qu'il a exercée contre le personnage central, un enfant pendu. On distingue à l'arrière-plan deux autres silhouettes de pendus, dans un paysage désolé où les arbres sont quasiment nus, comme les enfants en chemise, alors que le soldat est vêtu de son uniforme. L'image indique que la guerre ne tue pas seulement des soldats, mais aussi des civils innocents, et détruit les régions où elle s'abat. La guerre, dans les deux documents, est au cœur de projets politiques.

> Si tu as des connaissances sur l'artiste, tu peux citer celles qui sont en rapport avec le sujet.

→ 2e partie

En effet, selon Clausewitz, la guerre est une autre manière de faire de la politique. Sous la Révolution française, les armées opposées, de la France devenue une république, et des monarchies européennes qui la combattent, incarnent chacune un idéal et un régime politique. De la victoire des uns ou des autres dépend l'issue politique des événements, c'est pourquoi une bataille telle que celle Valmy (septembre 1792), remportée par la République, est considérée comme un tournant de la Révolution. Le texte dit : « Nous ne sommes plus au temps où des despotes jouaient contre d'autres despotes ». En effet, en réussissant à regrouper une armée, efficace et victorieuse, la République a non seulement vaincu ses adversaires mais rendu viable son projet politique (la victoire a permis de supprimer toute forme de monarchie, d'arrêter le roi, de radicaliser le projet révolutionnaire). Les généraux doivent donc se soumettre avant tout au pouvoir politique en place, et à ses intermédiaires, qui commandent au nom de la nation : « Il n'est qu'un seul moyen de vous rendre digne du choix d'une grande nation : c'est de respecter sa volonté. ».

Dans le dessin de Goya, la dimension politique de la guerre est celle de la conquête, du projet d'expansion. Rencontrant une résistance, l'armée d'occupation est prête à tout pour exécuter son projet, pensé par un chef d'État, Napoléon 1er, qui a restauré à son profit un régime de type monarchique (l'empire) mais en lui ajoutant la dimension des conquêtes territoriales. En outre, contemporain et héritier de la Révolution, Napoléon prévoit d'exporter aux territoires conquis les avancées révolutionnaires, comme le Code civil. Quoique éphémère et irréaliste, c'est bien une motivation politique qui produit le conflit dépeint par Goya.

→ 3e partie

Enfin, on constate par ces documents que le terme de guerre est polysémique. À la fois civiles donc intraétatiques, et interétatique, les guerres révolutionnaires sont en outre parfois conventionnelles (des armées qui s'affrontent) parfois irrégulières (les violences armées en Vendée). La guerre a donc pris différentes formes, souvent hybrides, difficiles à définir.

Le texte énonce une conception militariste et ordonnée de la guerre : « qu'ils sont eux-mêmes soumis à une discipline sévère, que le gouvernement exerce sur eux. Dans un État libre, le pouvoir militaire est celui qui doit être le plus astreint ». On pense donc ici à des méthodes de guerre conventionnelle, menée par une armée nationale, entraînée et commandée selon des règles. Mais le dessin montre que souvent les armées s'écartent des

> Pour un terme complexe comme la guerre, il faut rester nuancé, ne pas chercher à fermer le sens, mais au contraire montrer les adaptations du mot à des circonstances variées.

méthodes conventionnelles et de leurs adversaires initiaux. En Vendée, ou à Paris et ici en Espagne pendant la campagne napoléonienne, on peut aussi parler de « terreur », pour reprendre le nom de cette période en France. Ainsi, les situations de guerre se montrent variables et la définition du mot fluctuante.

Conclusion

Pour conclure, les deux conflits abordés par les documents se prêtent pleinement aux analyses de Clausewitz, dont ils sont contemporains. Il a même participé lui-même aux combats avant de devenir enseignant et théoricien de la guerre.

> Pour un auteur de référence, on peut évoquer l'actualité de sa pensée sur le sujet étudié.

Mais la pertinence de ses observations ne se limite pas à son époque. Depuis sa publication, *De la guerre* a inspiré de nombreux hommes politiques, au pouvoir ou désirant s'y trouver. De Mao Zedong à Churchill, ou plus récemment Daesh, il semble que les principes énoncés par Clausewitz, et en particulier le rôle politique de la guerre soient encore d'actualité.

SUJET CORRIGÉ

Dissertation

SUJET 9

Les guerres d'aujourd'hui (depuis 1991) sont-elles les mêmes que celles d'hier ?

Vous appuierez votre argumentation sur des exemples variés.

Comprendre le sujet

– Le devoir doit insister sur la dimension historique de la guerre, ses variations et ses permanences.

– Face à une interrogation directe, la réponse ne doit pas être forcément tranchée : la guerre a changé, mais certains conflits gardent des aspects traditionnels.

– Des exemples variés dans le temps et l'espace permettent de nuancer ainsi la réponse.

La très bonne copie

Introduction

Martin Van Creveld, historien israélien, affirme dans *La transformation de la guerre* (1991) que les guerres conventionnelles entre États sont en voie de disparition. Dans une observation historique des mutations des conflits, on peut donc se demander si les guerres d'aujourd'hui (depuis 1991) sont les mêmes que celles d'hier. La guerre peut se définir, avec Bruno Tertrais, comme « un conflit armé à grande échelle opposant au moins deux groupes humains ».

Par « guerre d'hier », on comprend la forme la plus répandue prise par les conflits armés depuis le XVIIe siècle, à savoir la guerre interétatique et régulière qui oppose des armées nationales en uniforme. Depuis 1991, avec la fin de la guerre froide et du processus de décolonisation, les guerres sont plus diverses. Des formes non régulières se développent avec l'apparition de nouveaux acteurs et de nouvelles armes. Dès lors, les guerre interétatiques et régulières sont-elles remplacées par d'autres formes de guerres ? Si depuis 1991 de nouvelles formes de guerre apparaissent, la guerre interétatique n'a pas disparu, elle a dû se transformer.

> Analyse les termes du sujet : ici définis « guerres d'hier » afin de t'en servir de référence pour la comparaison.

1re partie

Un conflit interétatique est un conflit qui oppose les forces armées d'au moins deux États différents. Avant 1945, quatre guerres sur cinq appartenaient à cette catégorie. Depuis 1945, la proportion s'est inversée. Les conflits sont de plus en plus nombreux entre gouvernements et groupes armés qui peuvent être séparatistes (guerre au Soudan de 1983 à 2005) ou islamistes (opposition entre l'État du Nigeria et le groupe Boko Haram). C'est notamment le cas dans le cadre de la guerre civile, mais les guerres sont de plus en plus des guerres hybrides, en partie conventionnelles, mais empruntant également les formes de la guérilla. La stratégie choisie par le Hezbollah au Liban relève de la guerre hybride, comme les « intifadas » en Israël et Palestine, ou encore le conflit du Haut-Karabagh (2020). Face à la supériorité de certains États dans la conduite de la guerre conventionnelle, la guerre hybride s'impose comme seul moyen à des acteurs nettement moins puissants que les États.

De nouvelles menaces sont liées aussi à l'intensification des échanges maritimes. L'essor de la piraterie au large de la Somalie, près de Malacca, entre les Philippines et la Malaisie, en attestent. La prolifération nucléaire fait également apparaître de nouveaux risques de conflits avec la Corée du Nord, mais aussi avec l'Iran, malgré les accords internationaux signés en 2015 pour brider ses capacités, remis en cause par le retrait des États-Unis de cet accord décidé par Donald Trump.

Ne te limite pas au terrain terrestre de la guerre.

La faiblesse des États est également un facteur de mutation de la conflictualité, parce qu'ils ne parviennent plus à exercer leur autorité sur leur territoire ou à faire vivre ensemble des communautés différentes. La disparation d'États multinationaux s'est parfois accompagnée de conflits armés, comme en Yougoslavie entre Serbes, Croates et Bosniaques de 1990 à 1995. Au Soudan, l'État central mène en vain deux guerres entre 1955 et 1972 et entre 1983 et 2005 afin d'éviter l'éclatement du pays. On le voit, les conflits prennent des formes très variées, qui ne correspondent plus à la définition antérieure de la guerre « classique ».

2e partie

Il faut dater les exemples cités et respecter globalement l'ordre chronologique.

Le modèle de la guerre interétatique « classique » entre deux États, débutant par une déclaration de guerre, opposant deux armées régulières sur un champ de bataille et prenant fin avec un traité de paix négocié après un armistice ou une capitulation semble aujourd'hui moins répandu qu'avant. Ce modèle, observé et décrit dans *De la guerre* par Clausewitz, s'est construit dans l'Europe post-westphalienne (après 1648) et s'est épanoui, des guerres révolutionnaires à la fin de la Seconde Guerre mondiale.

Le recul des guerres interétatiques, commencé après 1945, s'est accéléré depuis 1991. Les guerres interétatiques ont quasiment disparu dans certaines régions du monde. Ainsi, une seule guerre se déroule en Amérique, celle des Malouines en 1982 entre l'Argentine et le Royaume-Uni, si on exclut les affrontements aux frontières entre l'Équateur et le Pérou dans les années 1980 et 1990 n'ayant pas débouché sur de véritables guerres. En Europe, aucune guerre interétatique ne s'est déroulée depuis 1945.

De nombreux facteurs expliquent le recul des guerre interétatiques. La dissuasion nucléaire et la bipolarisation du monde dans le cadre de la guerre froide a pu favoriser l'absence de conflits entre grandes puissances. De même, la création de l'ONU et l'institutionnalisation d'une sécurité collective ont parfois permis d'éviter une radicalisation des relations qui aurait pu conduire à un conflit armé.

La guerre interétatique conventionnelle continue à être celle des États cherchant à être de grandes puissances militaires. Ils doivent veiller à moderniser leur armement, à professionnaliser leur armée et à développer leurs capacités de projection. Il en est ainsi pour la Chine depuis une vingtaine d'années. Les conflits interétatiques hérités sont toujours des facteurs de tensions lorsque l'antagonisme demeure encore très important. C'est le cas entre la Corée du Nord et la Corée du Sud, ou entre l'Inde et le Pakistan.

Cependant, si les formes de la guerre se sont démultipliées, il reste des constantes et en particulier l'implication étatique dans le déclenchement ou l'évolution des conflits.

3e partie

Les États s'impliquent de plus en plus dans des guerres d'intervention et de coalition. Les États-Unis mènent par exemple une guerre en Afghanistan en 2001 à la tête d'une coalition internationale. Après les attentats de 2001, apparaissent les notions de guerres préventives ou préemptives. La guerre préemptive consiste à prendre l'initiative face à l'imminence d'une agression, elle est reconnue par le droit international comme un recours légal de « légitime défense selon certaines conditions ». Les guerres préventives sont des interventions devant la possibilité d'une agression future, sans preuve, et donc interdites par le droit international. C'est ce que font les États-Unis et leurs alliés en intervenant en Irak en 2003.

Définis les termes importants que tu utilises.

Les États mènent des guerres de plus en plus privatisées. La guerre contre l'Irak en 2003 témoigne de cette privatisation, tant par l'emploi d'un dixième de contractuels au sein du contingent déployé que par les intérêts économiques liés au déclenchement et à la reconstruction de la guerre.

Les États doivent également développer des moyens leur permettant de toucher au cœur leurs ennemis sans avoir recours aux armements conventionnels. Le recours aux cyberattaques relève de ce registre. En Estonie, en 2007, plusieurs sites sont pris pour cibles. Les soupçons se portent sur la Russie, qui aurait riposté au déplacement du monument à la mémoire des soldats russes morts lors de la Seconde Guerre mondiale. Des virus ont été utilisés par les États-Unis en 2010 et en 2012 contre le nucléaire iranien.

Les États élargissent le spectre de la guerre, en développant des pratiques et une rhétorique de plus en plus guerrière à propos de guerre économique et de guerre contre le terrorisme. Au Mali, la France intervient dans une guerre locale depuis 2013 (opération Serval puis Barkhane) aux côtés des troupes de la CEDEO et du groupe G5 Sahel. Le travail simultané de la MINUSMA (mission de l'ONU) montre un cas de guerre qui tente de construire la paix, autre évolution récente de la conflictualité.

Conclusion

Incontestablement, les guerres interétatiques ont reculé face aux guerres intraétatiques et non conventionnelles. La multiplication des guerres civiles, la mobilisation d'armées irrégulières, le recours à la guérilla et aux armements non conventionnels en témoignent. Toutefois, si elle subit des transformations, la guerre conventionnelle reste présente dans le fait guerrier et militaire depuis 1991, par exemple en Syrie. Les formes de guerres interétatiques et régulières évoluent, et coexistent avec des guerres intraétatiques plus nombreuses.

« L'âge des guerres s'achèvera-t-il en une orgie de violence ou en un apaisement progressif ? » demandait Raymond Aron en 1962 dans *Paix et Guerre entre les nations*. L'apaisement progressif semble aujourd'hui peu probable.

Comme dans l'introduction, une citation est bienvenue en conclusion.

Le défi de la construction de la paix

Lexique

- **Guerre de Trente Ans** : Série de conflits armés qui déchirent l'Europe entre 1618 et 1648, elle est due principalement à l'affrontement religieux entre catholiques et protestants au sein des possessions des Habsbourg (Saint-Empire romain germanique et Espagne).
- **Ordre géopolitique westphalien** : Fondé sur la souveraineté des États, avec l'idée de hiérarchie entre les puissances et de stabilité, il s'impose en Europe au lendemain des traités de Westphalie.
- **Traité de paix** : Accord reconnu par la communauté internationale, conclu entre plusieurs États, mettant fin à une guerre.
- **Équilibre des puissances** : Situation géopolitique dans laquelle les relations internationales visent à contenir les puissances qui pourraient remettre en cause l'ordre géopolitique établi.
- **Souveraineté des États** : Principe selon lequel un État est reconnu par la communauté internationale comme l'autorité unique et légitime pouvant s'exercer sur son territoire et sa population.
- **Sécurité collective** : Système interétatique qui prévoit, en cas d'emploi de la force, que tous les États participants entreprendront une action commune de prévention du conflit.

Acteurs

Thomas Hobbes (1588-1679) Philosophe anglais, il publie en 1651 *Le Léviathan*, ouvrage de philosophie politique qui traite de la souveraineté de l'État et des relations internationales. C'est un auteur majeur du courant réaliste en relations internationales.

Louis XIV (1643-1715) Roi de France dont le règne long de 72 années, connaît 46 ans de guerre et 26 ans de paix.

Kofi Annan (1938-2018) Originaire du Ghana, il entre à l'ONU en 1962 et devient en 1993 secrétaire général adjoint aux opérations de maintien de la paix. Il peut constater la difficulté à prévenir les conflits dans l'ex-Yougoslavie et le génocide au Rwanda, avant de devenir pour deux mandats secrétaire général de l'ONU.

Dates clés

1618-1648 Guerre de Trente Ans

1648 Traités de Westphalie mettant fin à la Guerre de Trente ans

1945 Création de l'ONU et adoption de la charte des Nations unies

1997-2006 Kofi Annan secrétaire général de l'ONU

MÉMO VISUEL L'Europe divisée par la guerre de Trente Ans

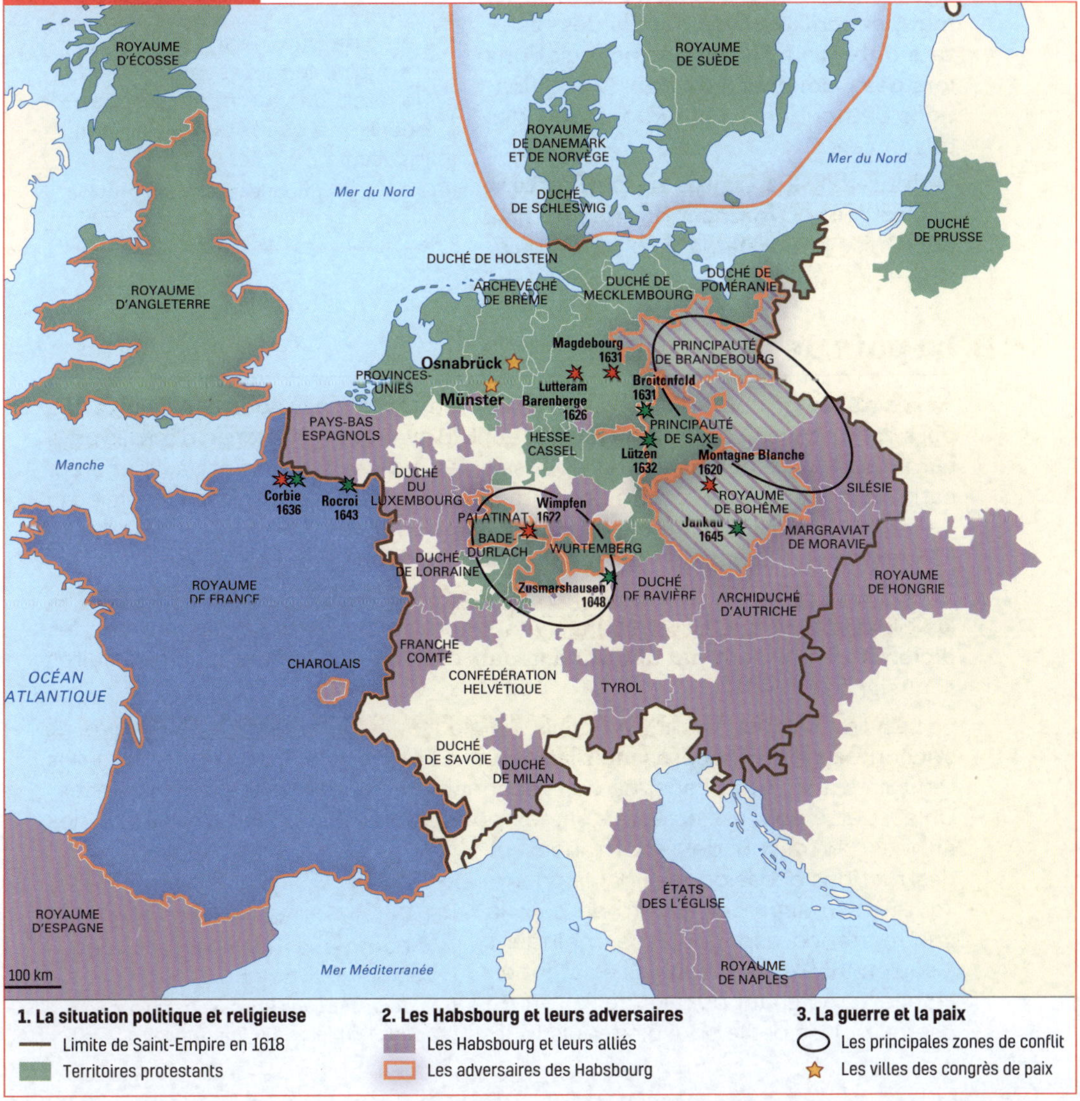

3 Faire la paix par les traités : les traités de Westphalie

A. Depuis le XVIe siècle, la paix est issue de congrès qui décident par traités

→ D'abord en latin, **les traités sont rédigés en français, qui devient la langue de la diplomatie** à partir du traité de Nimègue (1679). Le traité de paix ne doit pas être confondu avec un armistice, un cessez-le-feu ou une capitulation qui ne sont qu'un arrêt des combats. **C'est un document long et précis, qui met par écrit tous les détails des résultats obtenus à l'issue des négociations lors des « congrès » de paix** (modifications de frontières, réparations, sort des prisonniers…).

→ Toutefois, **les traités ne permettent pas toujours d'imposer durablement la paix**, mise à mal par la volonté de puissance des États.

> L'état de paix n'est pas un état de nature, lequel est au contraire un état de guerre, c'est pourquoi il faut que l'état de paix soit institué.
>
> **Emmanuel Kant**, philosophe des Lumières, 1795

B. La paix de Westphalie

→ Les traités de paix de Westphalie (1648) mettent fin à **la guerre de Trente Ans** qui a commencé dans le Saint-Empire en 1618 avant de s'étendre à d'autres pays européens. Au départ, le conflit opposait des princes protestants à l'empereur catholique. L'entrée en guerre des autres États renforce la dimension religieuse de la guerre, mais en fait aussi **un conflit de puissance**, opposant les Habsbourg (d'Autriche et d'Espagne) à la France, la Suède, et certains États allemands.

→ Dès 1643, deux congrès se tiennent à Osnabrück et à Münster afin de négocier les conditions d'une paix générale. Alors que les combats se poursuivent, **les diplomates finissent par aboutir à la paix** de Westphalie dont les deux traités sont signés en 1648.

→ Les traités instaurent une paix religieuse au sein du Saint-Empire et s'accompagnent d'**accords multilatéraux**. La France et la Suède obtiennent des territoires alors que l'Espagne doit reconnaître l'indépendance des Provinces-Unies. Cette paix est célébrée par les populations dès la démobilisation des armées, en raison des souffrances et destructions occasionnées par la guerre. Toutefois, malgré cet accord de paix, la guerre franco-espagnole se maintient jusqu'en 1659 et des troubles éclatent en France, témoignant du rejet de l'effort de guerre imposé par le pouvoir depuis 1635.

> La guerre n'est pas une relation d'homme à homme mais une relation d'État à État.
>
> **Jean-Jacques Rousseau**, philosophe des Lumières, *Du Contrat social*, 1762

C. L'ordre westphalien

→ De nombreux spécialistes des relations internationales ont fait de ces traités l'origine d'**un nouvel ordre géopolitique, dit westphalien**. Il repose sur l'affirmation de la souveraineté intérieure et extérieure des États qui doivent avant tout garantir la sécurité de leur population. Ainsi, une paix armée se construit, chaque État veillant à se préparer pour le prochain conflit et à maintenir **l'équilibre des puissances.** Les frontières deviennent l'enjeu majeur des conflits et les nouveaux tracés sont déterminés par les traités de paix, l'élargissement du territoire devenant le symbole de l'affirmation de sa puissance.

→ La succession des traités depuis 1648 en Europe rappelle que **la paix reste avant tout une paix armée**. Elle est analysée par Raymond Aron (1905-1983) comme un système de relations internationales où, en l'absence d'arbitre suprême, chaque État dispose du droit de recourir à la violence.

Fait d'actualité

→ **En février 2020, un accord historique entre les États-Unis et les talibans** a été signé à Doha pour mettre fin à la plus longue intervention militaire américaine de l'histoire. Le calendrier établi prévoit un départ complet des troupes américaines à la mi-2021, **en échange de garanties de sécurité, de progrès dans les pourparlers de paix et d'une réduction de la violence**.

MÉMO VISUEL

La paix à l'issue de la guerre conventionnelle

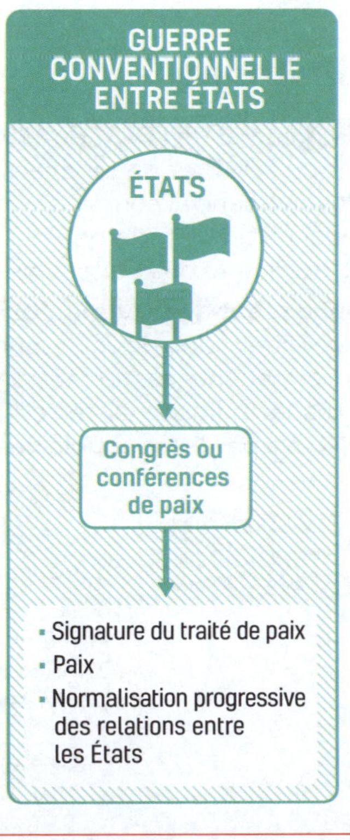

4 La paix par la sécurité collective : les actions de l'ONU de 1997 à 2006

A. Le rôle de l'ONU depuis les années 1990

→ Pendant la guerre froide, le Conseil de sécurité de l'ONU était paralysé par l'opposition entre les États-Unis et l'URSS ; ainsi, peu de missions de paix pouvaient être mises en œuvre. Avec la fin de la guerre froide et **une posture plus multilatéraliste** de l'hyperpuissance américaine (1990-2003), **l'ONU peut déployer des opérations de maintien, de rétablissement, d'imposition et de consolidation de la paix.**

→ L'ONU est le principal acteur des opérations de maintien de la paix de 1997 à 2006. Elle intervient dans les trois grands foyers de conflictualité, l'Afrique, le Moyen-Orient et l'Europe balkanique. En 2006, avec 73 500 militaires, et 14 000 policiers et personnels civils déployés dans 20 missions (sur 60 dans le monde), **l'ONU demeure le plus grand contributeur pour les opérations de maintien de la paix**. L'ONU s'engage de plus en plus dans des **missions hybrides** dans lesquelles elle collabore avec d'autres acteurs (armées nationales, OTAN, organisations régionales comme l'Union européenne et la Communauté économique des États de l'Afrique de l'Ouest).

B. Les mandats de Kofi Annan

→ **Kofi Annan est secrétaire général de l'ONU de 1997 à 2006.** Sa volonté de réformer le fonctionnement de l'ONU et de repenser ses missions de paix se heurte toutefois aux grandes puissances soucieuses de maintenir le *statu quo* et à un contexte international fortement marqué par les attentats de 2001 et le changement de politique extérieure des États-Unis.

→ **Les actions de l'ONU connaissent donc des limites.** Tout d'abord, le Conseil de sécurité est affaibli par la contestation des puissances émergentes contre le droit de veto des membres permanents, renforcée par l'intervention des États-Unis en Irak en 2003 hors du cadre multilatéraliste de l'ONU. Ensuite, les missions hybrides rappellent que **l'ONU n'a pas le monopole des opérations de maintien de la paix**.

→ Enfin, la paix ne parvient pas à s'imposer dans certains territoires comme au Kosovo ou dans les territoires occupés de Palestine.

> « En régime de paix démocratique, les citoyens et les peuples raisonnables pourraient vivre paisiblement, ensemble dans un monde juste.
>
> **John Rawls**, politologue (1921-2002), *Paix et démocratie*, 1999

C. Les théories de la paix

→ Depuis le xviiie siècle, des penseurs comme Emmanuel Kant (1724-1804) théorisent la « **paix perpétuelle** », qui, n'étant pas un état naturel, **doit être instaurée de façon volontaire**. Ce sont les prémices de la **théorie de la paix démocratique.** L'idée de sécurité collective s'impose comme une nécessité au lendemain de guerres mondiales particulièrement meurtrières, par la création de la SDN en 1919 et de l'ONU en 1945.

→ Pendant la guerre froide, la promotion du désarmement tente de faire vivre **un droit international garant de la paix**. La fin de la guerre froide permet le renouveau du rôle de l'ONU et la réactivation d'une réflexion sur la paix démocratique (John Rawls). Le triomphe apparent et fragile de la démocratie libérale depuis 1991 conduit certains penseurs à s'interroger sur sa capacité à maintenir la paix.

Fait d'actualité

→ **Des négociations de paix en 2020 :** Le secrétaire général des Nations unies, Antonio Guterres, a annoncé le 9 décembre qu'un accord avait été trouvé entre l'ONU et l'Éthiopie, qui a longuement empêché l'accès aux ONG malgré la pression internationale. Il vise à organiser des missions dans la région en guerre du Tigré, afin d'acheminer de l'aide humanitaire.

MÉMO VISUEL

La paix à l'issue d'une guerre non conventionnelle

SUJET CORRIGÉ

Étude critique de documents

SUJET 10

L'ONU face à l'hyperpuissance des États-Unis sous les mandats de Kofi Annan

Consigne : Vous montrerez la place particulière des États-Unis dans les relations internationales au début des années 2000.

Comprendre le sujet

- Les documents mettent en lumière les difficultés de l'ONU à affirmer son autorité et le maintien de la paix à parti d'un exemple, la guerre d'Irak. Il faut clairement identifier les acteurs en présence lors de cet événement : ONU, États, chefs d'État.
- Le sujet aborde la paix par le biais d'une la guerre qui aurait pu/dû être évitée : il faut rechercher les causes de cet échec de l'ONU et de la paix (recherche de puissance, rivalités, alliances).

Document 1 > **Dessin de Chappatte, *Le Temps*, 30 janvier 2010**

En 2003, les Britanniques participent à la coalition menée par les États-Unis contre Saddam Hussein en Irak sans mandat de l'ONU. En 2016, un rapport concluait à « l'absence de menaces imminentes » et rappelait que cette décision avait « sapé l'autorité du Conseil de sécurité de l'ONU ».

Document 2 > Interview de Kofi Annan

Romuald Sciora : – Quels ont été selon vous les échecs les plus importants de l'Organisation [des Nations unies] depuis votre élection ?

Kofi Annan : – L'Irak, bien sûr... J'avais toujours gardé l'espoir que les Nations unies pouvaient éviter la guerre en contrôlant la crise de façon pacifique. Hélas, cela n'a pas été le cas et de profondes divisions entre les États sont apparues. Elles se résorbent lentement, mais l'épisode irakien a incontestablement rompu l'harmonie qui prévalait auparavant entre les États membres. L'autre échec est représenté par l'incapacité d'intervenir dans des situations désespérées. Après la tragédie du Rwanda on avait dit « plus jamais ça ». Pourtant l'histoire se répète aujourd'hui au Darfour, où nous avons tant tardé à agir. [...] en revanche, nombreux sont ceux qui estiment que les Nations-Unies ne prennent en compte que les intérêts des pays en développement. Comment expliquez-vous ces sentiments contradictoires ?

R. S. : – Une partie de l'opinion mondiale reproche à l'ONU d'être inféodée à l'Amérique. Aux États-Unis

K. A. : – Du fait de leur poids politique, les États-Unis jouent un rôle très important au sein des Nations unies, mais ils ne sont qu'un pays sur centre quatre-vingt-dix. Ils doivent souvent aller plaider leur cause auprès des autres nations ; cela s'est particulièrement vérifié dans l'affaire irakienne, où Washington n'a pas réussi à convaincre certains des autres membres du Conseil de sécurité de soutenir la guerre en Irak. [...] Les États-Unis, qui contribuent à hauteur de 22 % au budget de l'ONU environ, ont un vote égal aux pays qui contribuent à 0,1 % de ce même budget.

Romuald Sciora (dir.), *L'ONU dans le nouveau désordre mondial*,
Les éditions de l'Atelier/éditions Ouvrières, 2015

SUJET 10

La très bonne copie

Introduction

Les documents abordent la crise entre les États-Unis et l'Irak, conduisant à l'intervention d'une coalition en 2003 afin de renverser Saddam Hussein. Les États-Unis accusaient l'Irak de détenir des armes de destruction massive et d'être un relais du terrorisme international, dans le contexte post 11 septembre 2001. Malgré les conclusions négatives des inspecteurs de l'ONU, Washington maintient cette intervention sans l'aval du conseil de sécurité. Le Royaume-Uni suit, alors que d'autres alliés historiques comme la France refusent.

Le premier document est un dessin de presse signé Chappatte, paru dans le journal suisse *Le Temps* à la suite de l'audition de Tony Blair par la commission d'enquête sur la participation du Royaume-Uni à cette coalition. Le second document est une interview de Kofi Annan, secrétaire général de l'ONU de 1997 à 2006, publiée en 2015 par Romuald Sciora, spécialiste des relations internationales. Kofi Annan y fait le bilan de son action et revient sur la crise irakienne. Les deux documents sont de nature politique.

En quoi témoignent-ils d'une impuissance de l'ONU face à l'hyperpuissance des États-Unis au début des années 2000 ? Nous verrons d'abord que le Conseil de sécurité de l'ONU n'a pas pu empêcher l'intervention des États-Unis ; puis que l'ONU a été affaiblie par cette crise, et enfin que la toute-puissance des États-Unis a peu de limites dans le cadre de l'ONU.

> Pense à qualifier la nature des documents, ne recopie pas simplement les légendes.

1re partie

L'ONU n'a pas pu empêcher l'intervention des États-Unis en Irak et Kofi Annan y voit un des « échecs les plus importants de l'Organisation » depuis son élection, en 1996, puisqu'elle n'a pas pu contrôler la crise « de façon pacifique » malgré l'envoi d'inspecteurs du désarmement dès mars 2002. Les rapports des services secrets et les discours officiels des États-Unis insistaient sur le maintien d'un arsenal d'armes de destruction massive, qui motiva leur décision d'intervenir sans l'aval du Conseil de sécurité en mars 2003. La commission d'enquête menée au Royaume-Uni confirme en 2016 « l'absence de menaces imminentes » : la capacité des États-Unis à trouver des alliés et à conduire la guerre reposait donc sur des informations infondées et sur une rhétorique de « guerre juste » dénoncée par la caricature.

Théorisée depuis le Moyen Âge par le « Jus ad bellum », la guerre « juste » comporte des conditions : la droite intention (rétablir le droit violé), l'ultime recours après des tentatives diplomatiques, la proportionnalité et l'espérance du succès. Ces conditions n'étant pas remplies dans le cas présent, les États-Unis parlaient de « guerre préventive », concept qui a depuis été très contesté. Pour favoriser un règlement pacifique de la situation la France, au contraire de la Grande-Bretagne, avait annoncé sa préférence pour une poursuite des inspections de l'arsenal irakien (« profondes divisions entre les États »). Il est clair que la politique menée par le président Bush cherchait à (ré)affirmer la puissance américaine, mise à mal par les attentats de 2001, d'autant qu'en 2003 Ben Laden n'avait pas été retrouvé. Dans ce contexte, l'impuissance de l'ONU, rappelée par K. Annan sur d'autres terrains (Rwanda, Darfour) est manifeste.

> Analyse le concept de « guerre juste » employé dans le dessin.

2e partie

L'ONU a été affaiblie par cette intervention car elle a montré l'incapacité à s'unir pour la paix. Kofi Annan rappelle que « de profondes divisions entre États sont apparues », faisant allusion aux deux camps qui se sont affrontés au sein du Conseil de sécurité. Parmi ses quinze membres, cinq sont permanents et disposent du droit de veto sur les décisions arrêtées par le Conseil. Or ces cinq pays étaient divisés : les États-Unis et le Royaume-Uni plaidaient pour une intervention armée, la France, la Russie et la Chine la refusaient, préférant épuiser toutes les solutions pacifiques. Par ailleurs, l'ancien secrétaire général estime que « l'épisode irakien a rompu l'harmonie ». En effet, la fin de la guerre froide en 1991 avait mis fin au blocage dû à l'opposition entre les États-Unis et l'URSS. Ce renouveau avait permis à l'ONU de devenir un acteur majeur d'un « nouvel ordre mondial » de plus en plus multilatéraliste.

L'ONU et son secrétaire avaient reçu en 2001 le prix Nobel de la paix, qui couronnait ce renouveau. Lorsque le rapport conclut que cette décision a « sapé l'autorité du Conseil de sécurité », il souligne qu'elle met fin au multilatéralisme affiché depuis une décennie. En effet, la fin de la décennie d'hyperpuissance américaine est marquée par le retour à une politique unilatéraliste : les États qui soutiennent l'intervention sont rares, ce qui accroît la responsabilité du premier ministre Tony Blair, en décalage avec la plupart des puissances.

Pense à employer du vocabulaire géopolitique dans tes analyses (ici multi/unilatéralisme).

3e partie

La toute-puissance des États-Unis à l'ONU semble nuancée par ces deux documents. Le dessin rappelle qu'une enquête a paru nécessaire pour revenir sur cette décision de suivre les États-Unis dans une décision grave, la guerre. L'ironie est sensible dans les propos attribués par Chappatte à Tony Blair (« inutile, meurtrière, mais juste »). En rappelant que « les États-Unis contribuent à hauteur de 22 % au budget de l'ONU environ, ont un vote égal aux pays qui contribuent à 0,1 % de ce même budget », Kofi Annan insiste maladroitement sur l'« égalité » des pays membres à l'Assemblée générale au nom du principe « un État, une voix » (« Ils ne sont qu'un pays sur 190 »). Il peine toutefois à convaincre car si cet apport financier est notable, il oublie de rappeler qu'ils sont membres du « club » très restreint des permanents du Conseil de sécurité.

Par ailleurs, leur richesse est également une arme économique (*hard power*) qui peut permettre de se faire des alliés à l'Assemblée générale. Par cette réponse, il conforte son image de candidat des États-Unis lors de son élection en 1996. En prétendant que les États-Unis doivent « souvent plaider leur cause auprès des autres nations », il laisse entendre que les États-Unis ne peuvent rien faire sans l'accord de certains pays. Or, l'intervention en Irak prouve le contraire. Il faut se rappeler alors qu'il est un diplomate, et que son discours est très politique.

N'oublie pas de porter un regard critique sur le ou les documents.

SUJET 10

Conclusion

Ces deux sources convergent, malgré les précautions de langage de K. Annan, vers l'idée d'une réelle puissance des États-Unis, tant par leur position au sein de l'ONU que par leur capacité à passer outre ses décisions. L'histoire autant que l'économie ont donné à la puissance américaine une place à part, même si son hégémonie est clairement discutée depuis 2001. Dans un monde devenu multipolaire au début du XXIe siècle, cette puissance évolue mais ne faiblit pas vraiment, ce qui rend persistant le problème d'autorité de l'ONU.

Si une réforme de l'ONU et du Conseil de sécurité est parfois évoquée, afin d'équilibrer mieux les prises de décision, elle n'est pas encore d'actualité.

La conclusion peut refermer le devoir sur l'actualité de ce sujet : ici les limites de l'ONU.

SUJET CORRIGÉ

Dissertation

SUJET 11

Faire la paix depuis les traités de Westphalie (1648-XXIe siècle)

Vous veillerez à varier les exemples et à les équilibrer sur la période donnée.

Comprendre le sujet

– L'expression « faire la paix » invite à étudier le processus politique, ses acteurs.

– Ce sujet de longue durée demande un plan chronologique : il s'agit d'analyser une évolution. Cependant on peut associer une thématique à chaque période (plan chrono-thématique).

– Il faut prendre des exemples précis (localisés et datés) mais ne pas faire seulement une liste : réfléchir aux évolutions de la paix, liées à celles de la guerre.

La très bonne copie

Introduction

Dans les relations internationales, la paix se définit surtout par la négative, comme l'opposé de l'état de guerre. Elle suppose au moins l'absence de combats et de violences politiques. Elle est interrompue par les conflits, et doit donc être « faite » lorsqu'ils se terminent. « Faire la paix » est un processus qui engage des acteurs et des méthodes, qui sont au cœur de ce sujet.

Les traités de Westphalie signés en 1648 sont considérés comme une étape, une référence, dans l'histoire des conflits et de leur règlement. Signant la fin, attendue, de longues années d'une guerre destructrice, ils marquent le début d'une conception moderne de la paix, qui accompagne la construction politique des États souverains. Depuis le XIXe, et surtout le XXe siècle, les guerres contemporaines ont logiquement fait évoluer les processus de paix, et la naissance d'organisme internationaux dédiés à la résolution des conflits a modifié les méthodes et les acteurs de la paix. Sur cette longue période, de 1648 à nos jours, comment les processus de paix ont-ils évolué ?

Nous verrons dans une première partie comment les traités de Westphalie initient une méthode qui perdure jusqu'au XXe siècle. Puis, dans un second temps, comment les guerres mondiales et les organismes internationaux font évoluer la paix vers un processus collectif de sécurité, qui se maintient jusqu'à nos jours.

1re partie

Rappelle le contexte des traités de Westphalie et leurs acteurs (États, diplomates).

Les traités de paix de Westphalie mettent fin à la guerre de Trente Ans qui a commencé dans le Saint-Empire en 1618 avant de s'étendre à d'autres pays européens. Au départ, le conflit opposait des princes protestants à l'empereur catholique, mais les enjeux de puissance étaient présents aussi. Dès 1643, deux congrès se tiennent à Osnabrück et à Münster afin de négocier les conditions d'une paix générale. Alors que les combats se poursuivent, les diplomates finissent par aboutir à la paix de Westphalie. Ces congrès sont des rencontres bi- ou multilatérales entre diplomates qui représentent leurs chefs d'État, et négocient sur plusieurs semaines. Les traités instaurent une paix religieuse au sein du Saint-Empire et s'accompagnent d'accords territoriaux (la France et la Suède obtiennent des territoires alors que l'Espagne doit reconnaître l'indépendance des Provinces-Unies).

La méthode des congrès et des traités était en construction depuis le XVIe siècle (guerres d'Italie et guerres de religion). D'abord en latin, les traités étaient rédigés en français, qui devient la langue de la diplomatie. Ils ne permettent d'imposer durablement la paix que si elle n'est pas compromise par la volonté de puissance des États, qui en sont les acteurs centraux. La succession des traités depuis 1648 en Europe rappelle que la paix reste avant tout une paix armée, analysée par Raymond Aron comme un système de relations internationales où, en l'absence d'arbitre, chaque État dispose du droit de recourir à la violence.

Les spécialistes des relations internationales ont fait de ces traités l'origine d'un nouvel ordre géopolitique, dit westphalien. Il repose sur l'affirmation de la souveraineté des États qui doivent avant tout garantir la sécurité de leur population. Ainsi, une paix armée se construit, chaque État veillant à se préparer pour le prochain conflit et à maintenir l'équilibre des puissances. Cet ordre reste en vigueur jusqu'au premier conflit mondial, qui se termine par les derniers traités de type westphalien (Versailles, Saint-Germain, Sèvres) dont les clauses seront en partie contestées, et qui marque un tournant des relations internationales, dont la Société des Nations (SDN) est le symbole.

2e partie

> Pour les XXe et XXIe siècles, il faut présenter les nouveaux acteurs mais insister surtout sur leur multiplication, liée aux évolutions des conflits (asymétriques, non conventionnels).

L'idée de sécurité collective s'impose comme une nécessité au lendemain de guerres mondiales meurtrières, par la création de la SDN en 1919 et de l'ONU en 1945. Si la SDN fait rapidement la démonstration de son impuissance, avec dès le départ le refus d'adhésion des États-Unis, puis la marche vers la guerre des années 1930, elle pose toutefois un principe : la paix ne se discute pas seulement entre belligérants. Les autres États et les négociateurs neutres ont leur rôle à jouer. Après 1945, le nouvel organisme de paix, l'Organisation des Nations unies, est souvent paralysée par l'opposition des deux superpuissances de la guerre froide. Disposant chacune d'un droit de veto au conseil de sécurité, qui détient le pouvoir exécutif, elles neutralisent l'action internationale, et mènent des guerres périphériques et idéologiques (Vietnam, Afghanistan). Ainsi, peu de missions de paix pouvaient être mises en œuvre. Cependant, la promotion du désarmement, dans le contexte des nouvelles armes nucléaires, fait naître un droit international garant de la paix (accords de non-prolifération). La fin de la guerre froide en 1991 permet le renouveau du rôle de l'ONU, mais parallèlement les conflits asymétriques se multiplient : en Palestine, ex Yougoslavie, lors des attentats terroristes ou au Mali depuis 2012.

La posture plus multilatéraliste de l'hyperpuissance américaine (1990-2003), permet à l'ONU peut déployer des opérations de maintien, de rétablissement, d'imposition et de consolidation de la paix. En effet, l'ONU est le principal acteur des opérations de maintien de la paix sous les mandats de Kofi Annan, de 1997 à 2006. Elle intervient dans les trois grands foyers de conflictualité, l'Afrique, le Moyen-Orient et l'Europe balkanique. Les casques bleus ont acquis un statut reconnu de tous, même si ces « soldats de la paix » ont parfois un rôle paradoxal ou discutable, comme le montre leur impuissance à Srebrenica en Bosnie (1995). En 2006, avec 73 500 militaires, et 14 000 policiers et personnels civils déployés dans 20 missions (sur 60 dans le monde), l'ONU était le premier acteur des opérations de maintien de la paix, et s'engage dans des missions hybrides dans lesquelles elle collabore avec d'autres acteurs (armées nationales, OTAN, organisations régionales comme l'Union européenne et la Communauté économique des États de l'Afrique de l'Ouest).

Les actions de l'ONU connaissent toutefois des limites. Tout d'abord, le Conseil de sécurité est affaibli par la contestation des puissances émergentes contre le droit de veto des membres permanents, renforcée par l'intervention des États-Unis en Irak en 2003 hors du cadre multilatéraliste de l'ONU. De plus, la paix ne parvient pas à s'imposer dans certains territoires comme les territoires occupés de Palestine. La paix onusienne fondée sur l'ambition de la sécurité collective et globalisée, se montre très fragile.

Conclusion

Dans son ouvrage de référence, *Paix et guerre entre les nations*, Raymond Aron avait proposé l'image de « La paix à l'ombre de la guerre », désignant ainsi le danger imminent qui plane plus particulièrement sur le monde depuis l'invention de l'arme atomique. Pour lui, deux figures structurent les relations internationales : le diplomate, qui représente l'État en temps de paix, et le soldat, qui porte les couleurs de la nation en temps de guerre. De la paix westphalienne à la sécurité collective, ces deux figures restent présentes, mais leurs méthodes ont profondément évolué.

Pour répondre à l'introduction, on peut revenir sur le rapport entre guerre et paix, par le biais d'un auteur qui a étudié ces deux situations géopolitiques.

Le Moyen-Orient : conflits régionaux et tentatives de paix

Lexique

- **Moyen Orient** : Région située entre Turquie et péninsule Arabique et de l'Égypte à l'Iran.
- **Sionisme** : Mouvement politique ayant pour but la création en Palestine d'un État pour les Juifs du monde entier.
- **Juifs** : Membres du peuple juif et/ou pratiquants de la religion juive.
- **Palestine** : Territoire situé entre le Liban et l'Égypte, et entre la Méditerranée et le Jourdain.
- **OLP** : Organisation de la libération de la Palestine créée en 1964 et qui reconnaît aujourd'hui l'État d'Israël.
- **Hamas** : Mouvement islamiste palestinien (deux branches : politique et armée), créé en 1988 dans la bande de Gaza, qui ne reconnaît pas l'État d'Israël.
- **Autorité palestinienne** : Elle a autorité sur la Zone A de la Cisjordanie. Elle devait céder la place à un État palestinien de plein exercice, mais le processus est bloqué depuis 2000.
- **Al-Qaïda** : Organisation terroriste islamiste née en 1987, qui a revendiqué une série d'attentats contre l'Occident. Ralliée par de nombreux groupes terroristes.
- **État islamique (Daech en arabe) :** Issue d'Al-Qaïda en Irak, structure djihadiste née en 2006. L'EI a contrôlé un territoire, aux confins de l'Irak et de la Syrie, entre 2014 et 2017.

Dates clés

1948 Création de l'État d'Israël sous l'égide de l'ONU. Première guerre israélo-arabe

1967 Guerre des Six jours

1973 Guerre du Kippour

1990-1991 Invasion du Koweït et première guerre du Golfe

1993 Accords d'Oslo. L'OLP reconnaît l'État d'Israël et création de l'Autorité palestinienne pour administrer les territoires de Cisjordanie et de Gaza

1995 Assassinat d'Yitzhak Rabin, premier ministre d'Israël, par un extrémiste sioniste

2003 Victoire militaire américaine en Irak après 40 jours de guerre ; capture de Saddam Hussein, jugé et exécuté en 2006

Acteurs

Anouar el-Sadate (1970-1981) Président de l'Égypte, il déclenche la guerre du Kippour en 1973. Changeant de cap en reconnaissant l'État d'Israël, il provoque la mise au ban de l'Égypte par les pays arabes. Assassiné par des frères musulmans.

Yasser Arafat (1929-2004) Chef historique des Palestiniens et dirigeant de l'OLP à partir de 1969, il abandonne la lutte armée et le terrorisme pour s'engager dans un processus de paix. Premier président de l'Autorité palestinienne, il ne parvient pas à tempérer la montée d'un extrémisme palestinien incarné par le Hamas.

MÉMO VISUEL Le Moyen-Orient, une région de tensions et de conflits

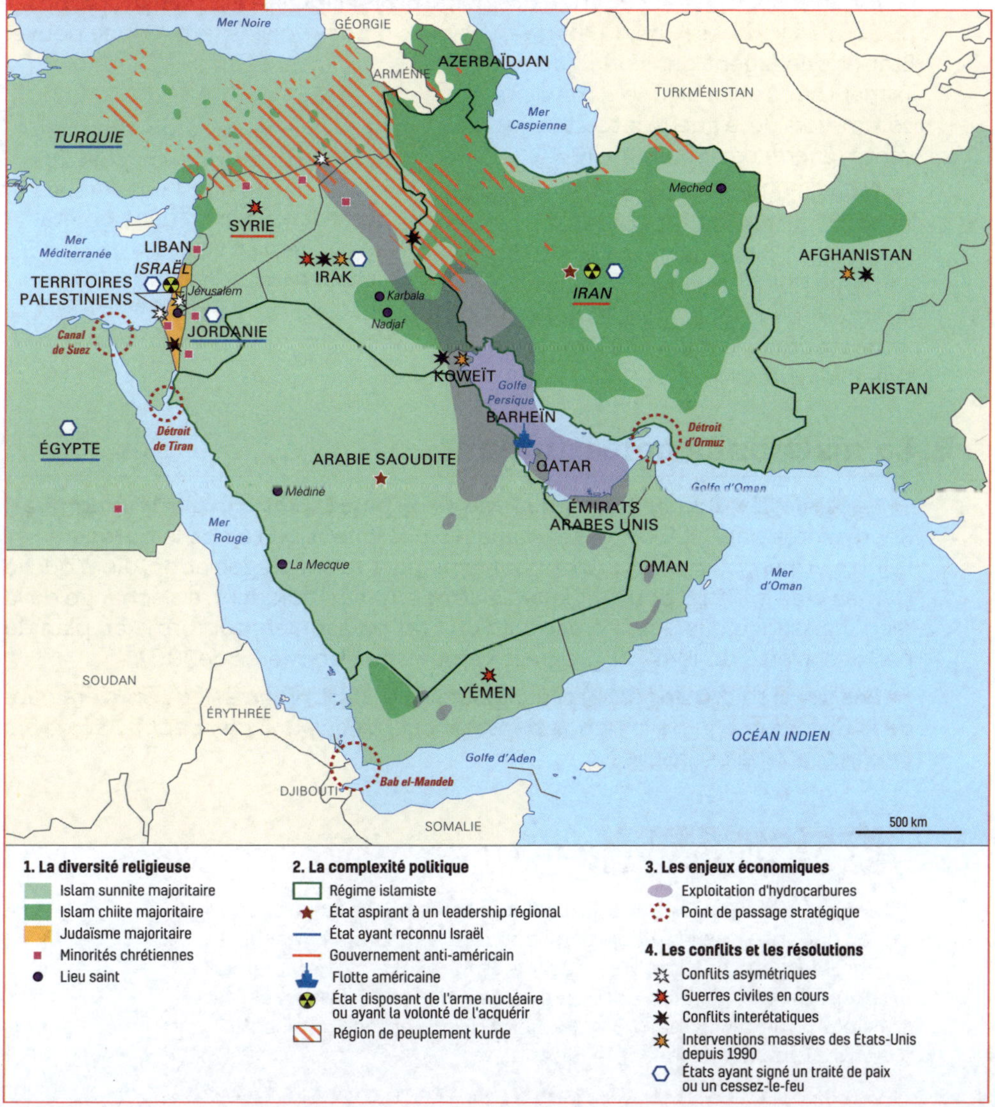

5 Du conflit israélo-arabe au conflit israélo-palestinien

→ Depuis la fin de la Seconde Guerre mondiale, les peuples du Moyen-Orient vivent dans **un climat de violence et de guerre**. Les désaccords qui opposent les belligérants sont de différentes natures : conflits territoriaux et frontaliers (guerre Iran-Irak, invasion du Koweït), conflits interethniques (question kurde), conflits interconfessionnels (juifs et musulmans en Israël, chiites et sunnites en Irak).

A. La naissance de l'État d'Israël

→ En 1948, avec la proclamation d'Israël, **le projet sioniste est réalisé** : proposer une terre à tous les Juifs du monde. Les pays arabes voisins refusent ce nouvel État et s'engagent dans une guerre dont Tsahal, l'armée israélienne, sort vainqueur, comme lors de la guerre interétatique suivante (guerre des Six Jours, 1967).

→ En revanche, la guerre du Kippour en 1973 n'a pas de vrai vainqueur. La reconnaissance d'Israël par l'Égypte (1978) et la Jordanie (1994) change progressivement la nature du conflit qui, **d'Israélo-arabe (interétatique), est devenu israélo-palestinien (asymétrique).**

> Dès lors que nous sommes obligés de réaliser nos objectifs contre la volonté des Arabes, nous devons vivre dans un état de guerre permanent.
>
> **Moshe Dayan**, ministre de la Défense israélien, 1967

B. La résistance palestinienne

→ **Les Palestiniens, peuple sans État et dispersé, poursuivent leur combat.** Représentés par l'OLP et Yasser Arafat, ils pratiquent un temps le terrorisme et la lutte armée, puis se tournent pour la plupart vers la négociation, alors que le Hamas créé en 1985 poursuit la lutte armée. Ils revendiquent, en échange de la reconnaissance d'Israël, la création d'un État palestinien, conforme au plan de partage avorté de 1947 ou, progressivement, aux frontières de 1967.

→ **Les accords d'Oslo (1993)** prévoient un transfert progressif de souveraineté de la Cisjordanie et de la bande de Gaza (occupées par Israël depuis 1967) vers une autorité palestinienne.

Fait d'actualité

→ **Le Moyen Orient aujourd'hui :** trois puissances ascendantes de la région sont non arabes – l'Iran, Israël et la Turquie. Leurs interactions façonnent le Moyen-Orient. Israël conforte son alliance anti-iranienne avec les Arabes : c'est la diplomatie d'Abraham. Les Iraniens dominent le « croissant chiite » incluant l'Irak et le Liban.

C. Le processus de paix à l'arrêt

→ Mais, très vite, **le processus de paix est stoppé par la violence des extrêmes**, israéliens (assassinat de Rabin en 1995) comme palestiniens (attentats du Hamas). De plus, malgré le vote à l'ONU de résolutions condamnant la politique israélienne de colonisation en Cisjordanie, celle-ci se poursuit activement, soutenue par l'allié américain. Cette présence de plus en plus massive d'Israéliens en Cisjordanie rend la résolution du conflit plus difficile. **En 2011, l'autorité palestinienne fondée en 1993 est reconnue comme État observateur non-membre de l'ONU.**

→ Les guerres moyen-orientales opposent le plus souvent des États et sont donc **considérées comme interétatiques** : conflit israélo-arabe, conflit irako-iranien, guerres du Golfe. Mais ces guerres peuvent aussi être asymétriques dès le départ (Kurdes réclamant leur indépendance) ou le devenir après plusieurs années de conflits (question israélo-palestinienne). Elles prennent alors un autre visage, **celui de la violence quotidienne et du terrorisme.**

> N'oublions pas qu'après avoir gagné la guerre, il faut construire la paix.
>
> **Dominique de Villepin**, ministre des Affaires étrangères français, discours à l'ONU du 14 février 2003

MÉMO VISUEL Palestine : d'un conflit à l'autre

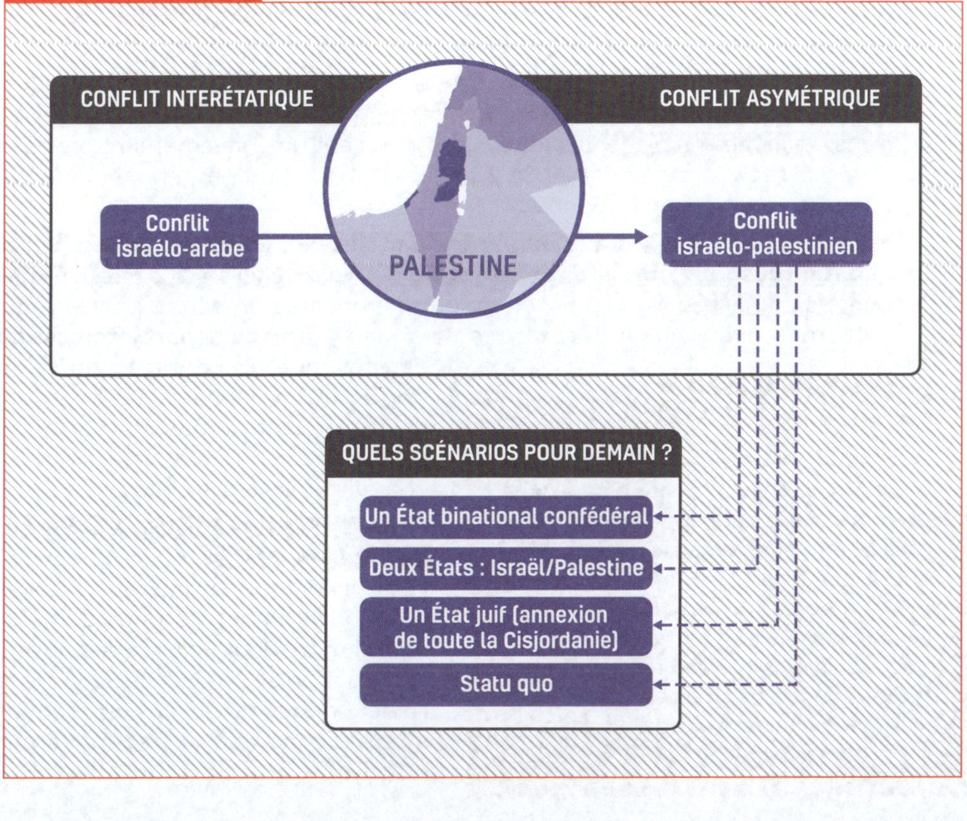

6 Les guerres du Golfe et leurs suites

A. La première guerre du Golfe

→ **En août 1990, Saddam Hussein envahit le Koweït** en comptant sur l'inaction de la communauté internationale. Mais les Nations unies mettent sur pied une coalition, rapidement victorieuse des Irakiens en février 1991. Saddam Hussein évacue le Koweït mais se maintient au pouvoir, et l'Irak est soumis à un embargo et à des contrôles réguliers de son armement. **Cette guerre est emblématique d'un nouvel ordre mondial, dans lequel le droit doit triompher**.

> La guerre est finie. C'est une victoire pour tous les pays de la coalition, pour les Nations unies [...]. C'est une victoire de la loi et du droit.
>
> **George H. Bush**, président des États-Unis, discours devant le Congrès, le 6 mars 1991

→ Les États-Unis, dès la fin des années 1990, accusent le dictateur irakien de détenir des armes de destruction massive et de soutenir le réseau terroriste Al-Qaïda.

B. La seconde guerre du Golfe et ses conséquences

→ Les États-Unis parviennent à mettre sur pied une nouvelle coalition qui cette fois n'a pas l'aval de l'ONU. **Les coalisés occupent l'Irak (2003)** et capturent Saddam Hussein, qui est jugé et exécuté en 2006.

→ Le pays est débaasifié : dissolution du parti Baas (socialiste, panarabe et laïque, au pouvoir depuis 1963) et démantèlement de l'armée et des administrations irakiennes en place. Les États-Unis installent un gouvernement provisoire et rétablissent la démocratie. En 2005, c'est l'adoption par référendum d'une nouvelle constitution irakienne.

→ **Les États-Unis apparaissent cependant très vite comme une armée d'occupation et sont victimes d'attentats**, perpétrés de plus en plus fréquemment par des islamistes. Ils ne peuvent en outre empêcher un conflit confessionnel entre musulmans sunnites et chiites. Ainsi, **une guerre au départ interétatique est devenue un conflit asymétrique** opposant Américains et patriotes irakiens, avant de mettre face à face l'État irakien et les islamistes. Tout cela conduit l'Irak vers le chaos.

→ En 2006 débute la guerre civile entre sunnites et chiites. En 2013 est créé l'État islamique en Irak et au Levant (Daech en arabe). Le pays doit alors choisir entre deux voies : une phase de stabilisation et de reconstruction (avec l'aide financière de la communauté internationale) ou le fractionnement du pays.

Fait d'actualité

→ En février 2021, à peine entré en fonctions, **Joe Biden s'est engagé dans la confrontation qui oppose les États-Unis à l'Iran et aux milices chiites** qui lui sont loyales en Irak. Dans ce conflit amorcé sous son prédécesseur, le nouveau président américain a tracé sa ligne rouge en ordonnant des frappes contre ces milices, tout en veillant à éviter une nouvelle escalade sur le territoire irakien.

C. Des guerres de civilisations ?

→ Les guerres du Moyen-Orient sont considérées par certains **comme une des manifestations du choc des civilisations**. Samuel P. Huntington (politiste, 1927-2008) parle de « guerre intercivilisationnelle », mais ces conflits opposent surtout les communautés de la région.

→ Ces guerres montrent aussi l'**impuissance de l'ONU dans son rôle de médiateur**, et révèlent **le jeu des grandes puissances** qui défendent leurs intérêts (les États-Unis en particulier), ou la **capacité d'influence de puissances régionales** comme l'Iran, l'Arabie Saoudite ou la Turquie. La multiplication des acteurs complexifie la résolution des conflits en cours.

> Le terrorisme est « l'arme du faible » par laquelle il vise à obtenir ce qu'il ne pourrait pas obtenir autrement.
>
> **Mathieu Guidère**, universitaire, 2015

MÉMO VISUEL Irak : d'un conflit à l'autre

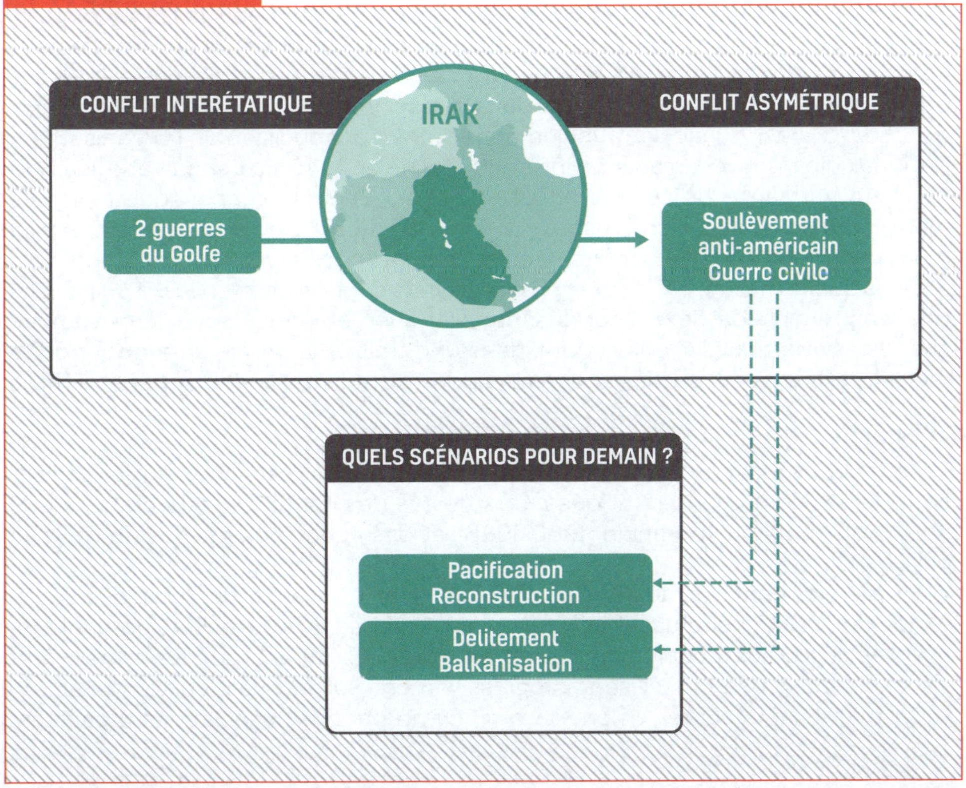

SUJET CORRIGÉ

Dissertation

SUJET 12

Conflits interétatiques et conflits asymétriques au Moyen-Orient depuis 1948

Vous nourrirez votre devoir d'exemples variés.

Comprendre le sujet

- La date de 1948 doit être justifiée dans le contexte du Moyen-Orient : c'est l'année de la naissance de l'État d'Israël.
- Le sujet demande de qualifier les conflits, en reprenant des catégories qui sont communément admises : les termes du sujet, « interétatiques » et « asymétriques » doivent être définis et illustrés d'exemples.
- Étant donnée la complexité de certains conflits qui échappent aux définitions, on abordera le cas des conflits hybrides.

La très bonne copie

Introduction

Située entre l'Égypte et l'Afghanistan, la région du Moyen-Orient est considérée comme une poudrière depuis les deux guerres mondiales. En effet, les conséquences de l'éclatement de l'Empire ottoman (création de la Turquie en 1922) et de la décolonisation, ont créé des frontières nouvelles et des États multiculturels, qui sont parfois discutées. En outre, la Seconde Guerre mondiale et le génocide des Juifs ont conforté le projet sioniste de création d'un État d'Israël, qui advient finalement en 1948, par décision de l'Organisation des Nations unies, nouvel organisme international né en 1945. La période étudiée s'ouvre donc sur naissance de ce nouvel État, qui bouleverse la géopolitique régionale et même mondiale, et s'étend jusqu'à nos jours. En outre, en mentionnant explicitement deux catégories de conflits, le sujet invite à spécifier les affrontements.

Dans quelle mesure ces deux types de conflits sont-ils différents ? Si on peut identifier en première partie des conflits interétatiques, et dans un deuxième temps des guerres asymétriques, il conviendra, dans une troisième partie, de montrer qu'ils se mêlent parfois, générant des guerres hybrides, dont la résolution apparaît difficile.

1re partie

Les guerres moyen-orientales opposent souvent des États entre eux et sont donc considérées comme interétatiques. C'est le cas des conflits israélo-arabes de 1948 à 1973, du conflit irako-iranien (1980-1988), et des guerres du guerres du Golfe (1991 puis 2003).

Le premier conflit israélo-arabe fait suite à la naissance de l'État d'Israël, sous l'égide de l'ONU, que refusent les États voisins arabes du nouvel État (Jordanie, Syrie, Égypte). Jusqu'aux accords de Camp David (1978-79), les guerres israélo-arabes s'enchaînent, en se cristallisant progressivement sur la question territoriale entre l'Égypte et Israël. Leur règlement à Camp David par des négociations tripartites, où les États-Unis jouent le rôle d'arbitre, montre qu'il s'agit d'un conflit interétatique, dans lequel les enjeux sont politiques et territoriaux. La ligne suivie par le président Anouar El Sadate défend spécifiquement les intérêts de son pays, et le collectif des pays arabes manifeste son désaccord en excluant l'Égypte de la ligue arabe. Il s'agit donc, sur fond de clivage culturel et religieux, d'un conflit interétatique dans lequel les acteurs qui s'expriment sont les États.

Les deux guerres du Golfe répondent aussi à cette catégorie. En 1990, l'agression du Koweit voisin par l'Irak de Sadam Hussein est internationalement dénoncée, et la réponse à l'invasion illégale du Koweït, soutenue par l'ONU, est concrètement apportée par les États-Unis et leur armée, à la tête d'une coalition.

On le voit, les logiques qui entraînent des guerres au Moyen-Orient sont souvent étatiques dans la seconde moitié du XXe siècle. Pourtant, on voit évoluer la conflictualité à la fin du siècle, avec l'essor d'acteurs non étatiques.

Rédige une phrase de transition qui annonce la partie suivante.

2e partie

Les guerres moyen-orientales peuvent aussi être asymétriques, lorsqu'elles n'opposent pas seulement des États entre eux, mais voient intervenir d'autres acteurs, minorités, groupes, guérillas. Les Kurdes revendiquent leur indépendance, ou en tout cas des formes d'autonomie, alors que ce peuple de 40 millions d'habitants est divisé sur les territoires de quatre États (Turquie, Syrie, Irak, Iran). Leurs forces très disproportionnées avec les armées étatiques, même si des troupes kurdes sont constituées et efficaces (Peshmergas), les inscrivent dans des conflits asymétriques. En outre, des guerres ont évolué en conflits asymétriques, au Palestine par exemple, où la question israélo-arabe est devenue israélo-palestinienne, c'est-à-dire interne à l'État d'Israël. Le conflit oppose Israël aux Palestiniens qui réclament leur droit à un État. À la résistance palestinienne qui passe par la voie armée puis par la voie diplomatique s'oppose la politique de colonisation des territoires occupés menée par Israël.

En Irak, l'intervention américaine de 2003, dans le but de renverser Saddam Hussein, oppose à nouveau les États-Unis et l'Irak, mais voit aussi intervenir dans le conflit de groupes, résistants à l'occupation, islamistes, puis le basculement progressif dans la guerre civile. La montée en puissance de Daech, qui n'est pas considéré comme un État malgré son nom, en fait un acteur majeur. En Palestine, les Intifadas (1987 puis 2000) sont aussi des cas typiques de guerres asymétriques. Pourtant si des conflits sont conformes aux définitions, d'autres sont plus inclassables.

3e partie

Au-delà de ces catégories interétatique/asymétrique, on constate que les types de conflits s'entremêlent parfois du fait des complexités géopolitiques. Par exemple en Israël, où la situation politique et juridique des Palestiniens évolue lentement, mais vers une reconnaissance de la Palestine tout de même. L'autorité palestinienne a aujourd'hui le statut d'observateur à l'ONU, et représente l'État d'Israël. Le territoire de cet État reste source de conflit, c'est pourquoi on peut considérer que la guerre persiste, mais elle oppose désormais un État à un quasi-État, ce qui en fait un conflit hybride. En Irak, on peut aussi défendre l'idée d'un conflit interétatique qui a évolué en conflit asymétrique. Et la guerre du Haut-Karabagh en 2020 est, elle aussi, complexe, puisqu'elle fait intervenir, outre les deux États voisins constitués (Arménie et Azerbaïdjan), la République

N'hésite pas à montrer que les définitions ont leurs limites et peuvent être nuancées.

SUJET 12

autoproclamée du Haut-Karabagh (l'Artsakh), État non reconnu par la communauté internationale.

Au-delà des questions de classification, cette complexité et la multiplication des acteurs qui n'ont pas de statut officiel rend difficile la résolution des conflits. Comme en Afghanistan, les négociations de paix s'éternisent en raison de l'émiettement des entités politiques, de leurs divisions. Le cadre de l'ONU ne suffit pas toujours car son autorité n'est pas systématiquement reconnue, par des organisations qui échappent aux usages étatiques traditionnels de la géopolitique.

Le schéma suivant peut alors résumer l'évolution des conflits au Moyen-Orient depuis 1948, à partir des deux exemples majeurs :

Conflit interétatique	→	**Conflit asymétrique**
Guerres israélo-arabes	→	Conflit israélo-palestinien
Guerres du Golfe	→	Soulèvement anti-américain et guerre civile

La réalisation d'un schéma dans la dissertation peut permettre de clarifier ta démonstration. C'est un élément qui valorisera ta copie, il peut être simple.

Conclusion

Le glissement d'un type de conflit à l'autre aboutit aujourd'hui à une situation d'entre-deux, qui remet même en cause les termes de guerre ou de paix. En effet, la conflictualité s'installe, et semble échapper aux moyens de régulation que la communauté avait mis en place au XXe siècle, en particulier l'ONU. Mais n'est-ce pas la volonté, justement, des belligérants, d'échapper au contrôle, alors que la géopolitique du monde multipolaire fractionne la puissance entre de nombreux acteurs ? Le politiste américain Robert Kaplan a théorisé dès 1994, dans son ouvrage *The Coming Anarchy*, l'évolution vers un monde « apolaire » où l'absence d'autorité favorise des conflits toujours différents et imprévisibles.

SUJET CORRIGÉ

Étude critique de documents

SUJET 13

Deux conflits du Moyen-Orient

Consigne : Après avoir présenté chaque document que vous replacerez dans son contexte, vous montrerez en quoi ils sont représentatifs des différents conflits du Moyen-Orient.

Comprendre le sujet

– Il s'agit d'un sujet comparatif : les deux conflits ont des points communs, en particulier le clivage culturel et religieux qui oppose les belligérants. Ils montrent aussi l'évolution de guerres interétatiques en conflits asymétriques.

– Cependant, il faut d'abord présenter séparément le contexte de chacun.

Document 1 > L'intervention des États-Unis en Irak, dessin de Plantu, *Le Monde*, 18 janvier 1991

Dessin inspiré de la photographie *Le drapeau flotte sur Iwo Jima*, de Joe Rosenthal prise en 1945, lorsque que les *Marines* américains prennent cette île japonaise

Document 2 > Discours d'Anouar el-Sadate

Vous voulez vivre avec nous dans cette partie du monde et je vous le dis en toute sincérité : nous vous accueillerons avec plaisir parmi nous, en sûreté et en sécurité. Ce point en lui-même constitue un tournant historique et décisif, car nous avions coutume de vous rejeter et nous avions nos raisons [...]. Je vous le dis, en vérité, que la paix ne sera réelle que si elle est fondée sur la justice et non sur l'occupation des terres d'autrui. Il n'est pas admissible que vous demandiez pour vous même ce que vous refusez aux autres. Franchement, dans l'esprit qui m'a poussé à venir aujourd'hui chez vous, je vous dis : vous devez abandonner une fois pour toute vos rêves de conquête. [...] Il y a de la terre arabe qu'Israël a occupée et qu'il continue à occuper par la force des armes. Nous insistons sur un retrait complet de ce territoire arabe, y compris Jérusalem arabe, Jérusalem où je suis venu comme dans une cité de paix, la cité qui a été et qui sera toujours l'incarnation vivante de la coexistence entre les fidèles des trois religions. [...] Si vous avez trouvé la justification légale et morale de l'établissement d'une patrie nationale sur un territoire qui n'était pas le vôtre, alors il vaut mieux que vous compreniez la détermination du peuple palestinien à établir son propre État, une fois de plus, dans sa patrie.

Anouar el-Sadate, extrait du discours prononcé devant la Knesset (Parlement israélien), à Jérusalem, le 20 novembre 1977

SUJET 13

La très bonne copie

Introduction

> La consigne invite à faire en première partie la présentation des contextes. Il ne faut donc pas s'y attarder en introduction.

Les documents soumis à l'étude portent sur deux conflits qu'il est possible de comparer, pour en identifier les points communs malgré des acteurs et des contextes différents.

Le document 1 est un dessin de presse, de nature politique, publié par le dessinateur Plantu à la une du journal *Le Monde*, le 18 janvier 1991. Il illustre l'intervention américaine en Irak lors de la première guerre du Golfe, par le biais d'une référence à une photographie de guerre célèbre, datant de 1945, *Le drapeau flotte sur Iwo Jima*. Le document 2 est extrait d'un discours historique prononcé par le président égyptien Anouar el Sadate devant le parlement Israélien en 1977. Les deux conflits évoqués, le conflit israélo-arabe et la première guerre du Golfe, se situent géographiquement dans « l'Orient compliqué » selon la formule du général De Gaulle, et mettent en présence des États, acteurs classiques des relations internationales.

En quoi ces conflits sont-ils comparables, et quels sont leurs points communs ? Nous verrons dans un premier temps les enjeux et le contexte de chaque document, afin de définir quels types de conflits ils illustrent. Dans une seconde partie, nous aborderons leur évolution vers des formes différentes de conflictualité.

1re partie

> Il n'est pas possible de revenir en détail sur tout l'histoire des conflits liés à Israël. Tu dois te concentrer sur le contexte des années 1970.

Dans l'histoire du conflit israélo-arabe qui a débuté en 1948 après la création de l'État d'Israël, le discours du président Sadate, et plus généralement son voyage à Jérusalem, constituent un « tournant historique décisif » comme le souligne le discours. En effet, les guerres israélo-arabes de 1948 et 1967 se sont conclues sur des nettes victoires israéliennes et en 1973 par un statu quo. La tension reste donc vive, le Sinaï est occupé, et l'ensemble des États arabes, à dominante musulmane, n'admet pas la création de l'État Hébreux sur des terres occupées par des musulmans, la Palestine. Au milieu des années 1970, le conflit semble bloqué. « Nous avions coutume de vous rejeter et nous avions nos raisons » déclare Sadate, employant symboliquement le temps du passé. Or dans l'intérêt de son pays et pour récupérer des territoires, le président Sadate accepte de négocier avec Israël. Il va même jusqu'à des termes très pacifiques : « Nous vous accueillerons avec plaisir parmi nous, en sûreté et en sécurité », même s'ils rappellent l'antériorité des Arabes dans la région. Sa démarche de paix, arbitrée ensuite par les États Unis du président Carter, débouche en 1978-79 sur les accords de Camp David, qui valent aux deux président Sadate et Carter de recevoir le prix Nobel de la paix. Premier État à reconnaître l'existence d'Israël en tant qu'État, l'Égypte en subit les conséquences diplomatiques puisqu'elle est exclue de la ligue arabe, Sadate étant désormais accusé de faire cavalier seul. Il s'agit donc d'une paix israélo-égyptienne plus qu'israélo-arabe. Toutefois le conflit interétatique s'éteint.

La guerre du Golfe est aussi un conflit interétatique, qui se double d'une guerre d'intervention. En effet, l'agression du Koweït par Saddam Hussein en 1990 déclenche une protestation internationale qui se concrétise à l'ONU par le vote pour une coalition, dirigée par les États-Unis, ayant pour mission de neutraliser l'Irak. La force de frappe américaine, et son rôle de gendarme du monde, sont évoquées par le dessin grâce à une référence à une photo célèbre. Prise sur l'île d'Iwo Jima en 1945, l'image des *marines* hissant le drapeau américain en signe de victoire, est ici détournée, le visage couché de Saddam Hussein remplaçant le sol de l'île japonaise. Plantu souligne ainsi la place de la puissance américaine (sans rivale puisque l'URSS est en cours de dislocation). Sans doute fait-il aussi allusion à la place accordée par les Américains à la communication de guerre, en 1945 comme en 1991, propagande fondée sur des images fortes (l'opération « tempête du désert » fut très médiatisée), au service de leur volonté de puissance.

Les deux conflits abordés n'ont pas connu l'issue que les deux documents laissent supposer, et ont évolué dans le temps, vers de nouvelles formes de conflictualité.

2e partie

Contrairement à ce que laisse penser Plantu, Saddam Hussein est vaincu mais maintenu au pouvoir à l'issue de la première guerre du Golfe. Cette guerre courte, destinée uniquement à libérer l'État attaqué, porte en germe un conflit suivant, la seconde guerre du Golfe. En effet, dans le contexte post-11 septembre 2001, le régime de Saddam Hussein est soupçonné de protéger des réseaux djihadistes et de fabriquer ou abriter des armes de destruction massive. Des missions d'inspection de l'ONU en Irak ne parviennent pas à persuader les États-Unis de l'inoffensivité du pays et de son dictateur. En 2003, lorsque le président George H. Bush décide d'une nouvelle guerre en Irak, il n'est plus suivi que par quelques alliés et n'a pas le soutien de l'ONU.

Cette stratégie de « guerre préventive », refusée par la France par exemple, confirme l'apparition de nouvelles conflictualités, le terrorisme et la réponse de Bush, la « guerre contre le terrorisme ». En ce sens, le parallèle du dessin avec 1945 est anachronique, le contexte de la Seconde Guerre mondiale est totalement différent, mais en partie pertinent aussi. Dans les deux cas, les États-Unis entendent punis des adversaires qui les ont attaqués sur leur sol.

> Pense à utiliser et expliquer le vocabulaire spécifique de la guerre, et de ses variantes, car il permet d'analyser les différents conflits.

Quant au conflit israélo-arabe, il est devenu israélo-palestinien et donc asymétrique. Sadate se fait ainsi la voix des Palestiniens au cœur même de sa démarche de paix (l. 14 à 19). Usant de toute sa force persuasive (l. 26 à 29), il ne remporte en fait qu'une victoire éphémère. Si l'Égypte récupère le Sinaï, le conflit s'enlise et, de nos jours, s'enkyste même. Jérusalem n'est plus véritablement internationale, Israël reste un pays surarmé, les colonies mitent toujours plus la Cisjordanie, le conflit asymétrique est persistant.

En Irak, la fin de Saddam Hussein (2006) que le dessin de Plantu semble annoncer, et la nouvelle constitution ne peuvent empêcher les progrès de Daech, qui multiplie les attentats et s'implique dans la guerre en Syrie. La guerre civile remplace la guerre d'intervention, alors que l'occupation américaine est très contestée.

Ces deux documents montrent ainsi des étapes trompeuses des conflits, qui pourraient être un dénouement, mais ne le sont pas. Les deux conflits interétatiques se sont transformés en conflits asymétriques, conformes en cela à la nouvelle donne géopolitique mondiale qui voit ce type de guerre se propager (au Mali par exemple).

Conclusion

Malgré des acteurs et des enjeux différents, les deux conflits étudiés ont des évolutions comparables. D'un côté, le basculement vers la guerre asymétrique est la conséquence d'un accord de paix ; de l'autre, il est le fruit d'une guerre provoquée par une intervention extérieure.

Au Moyen-Orient, comme dans l'Europe de Clausewitz, la guerre demeure « la continuation de la politique par d'autres moyens ».

SUJET CORRIGÉ

Dissertation

SUJET 14

Faire la guerre et faire la paix dans le monde depuis 1991.

Comprendre le sujet

– Le sujet englobe toute la question des conflits et de leurs résolutions depuis la fin de la guerre froide.

– Le verbe « faire » insiste sur les processus, des acteurs, des méthodes.

– La borne chronologique de 1991 doit être expliquée : c'est un tournant géopolitique entre les XXe et XXIe siècle.

La très bonne copie

Introduction

La fin du XXe siècle a été marquée par la fin d'une époque historique marquante : la guerre froide (1947-1991). En effet, après la chute du mur de Berlin en 1989, la réunification de l'Allemagne en 1990, l'URSS, se disloque en 1991, ce qui met fin à son affrontement avec l'autre superpuissance, les États-Unis. De plus, le siècle avait connu auparavant deux conflits mondiaux qui ont changé l'histoire de la guerre et de la paix. Les relations internationales ont donc été profondément modifiées par trois conflits différents en un siècle, et les modes de résolutions divers eux aussi. Depuis, les conflits se sont diversifiés encore, et les spécialistes parlent plutôt de désordre que d'ordre mondial, de guerres irrégulières ou asymétriques, de sécurité collective plus que de paix.

Comment ont évolué les processus de guerre et de paix depuis la fin de la guerre froide ? Si les deux phénomènes sont étroitement liés, il apparaît nécessaire de les observer séparément pour les comprendre. Nous verrons dans un premier temps que les guerres des trente dernières années sont le plus souvent non conventionnelles, et mettent en scène des méthodes et des acteurs nouveaux. Dans une seconde partie, nous verrons que les acteurs de la paix sont obligés de s'adapter à ces changements, et que la paix elle-même est souvent un entre-deux fragile.

En histoire, on étudie les événements et les changements au cours du temps : c'est pourquoi la problématique pose souvent la question de l'évolution.

1re partie

Après 1991, des conflits se prolongent, d'autres apparaissent. Au Moyen-Orient, région de forte conflictualité, le conflit interétatique israélo-arabe est refermé par les accords entre l'État hébreux et l'Égypte (1979, accords de Camp David), et par la suite, la question palestinienne devient un conflit interne à Israël, même si les enjeux internationaux restent forts. Les Intifadas (en 1987 puis 2000), exemple de guerre asymétrique et non conventionnelle, et d'autres actions isolées, maintiennent la région en état de guerre permanente. C'est en Irak que le niveau de guerre est le plus élevé à cette date, puisque le régime de Saddam Hussein a envahi brutalement le Koweit, au mépris de tout droit international. La guerre du Golfe qui en est la conséquence, voit une coalition approuvée par l'ONU et menée par les États-Unis remporter une victoire éclair (janvier 1991). Le conflit est de nature interétatique mais s'accompagne de l'action onusienne, par définition multilatérale. Dans ce cas, les Américains et leurs alliés considèrent qu'ils doivent « faire la guerre » pour faire advenir la paix, face à une puissance qui bafoue ouvertement les usages internationaux. Le quasi consensus s'est fait derrière la seule superpuissance qui demeure après la guerre froide, et pour laquelle le ministre français Hubert Védrine propose désormais le terme d'« hyper-puissance ». Cette hégémonie américaine, qui voit en particulier le président Clinton s'afficher en négociateur, dans plusieurs conflits (Palestine, ex-Yougoslavie), ne dure que dix ans, interrompue brutalement par les attentats du 11 septembre 2001, événements d'ampleur planétaire et annonciateurs de nouvelles conflictualités.

En effet, le terrorisme devient alors une forme majeure de la guerre à l'échelle mondiale. Après Al Qaïda (dont la première frappe a lieu au Yémen en 1992), d'autres groupes islamistes comme Daech (créée en Irak en 2006), Aqmi, Boko Haram, adoptent la voie du terrorisme pour frapper des cibles civiles ou patrimoniales au Moyen Orient, en Afrique et en Europe. Du Kenya (en 1996) à la France (en 2015 et 2016), le terrorisme islamiste est la nouvelle forme de la guerre irrégulière.

On voit aussi des conflits ethniques qui sont en limite du concept de guerre (au Rwanda en 1994, en Birmanie actuellement) mais contribuent à son évolution, et la plupart des guerres sont aujourd'hui intraétatiques.

> Il faut montrer que les concepts évoluent avec les événements : la « guerre » n'a plus le même sens, ce qui fait débat.

Face à cette forte variabilité des conflits, comment réagissent les acteurs traditionnels des relations internationales : États et organismes internationaux ? Après le XXe siècle très conflictuel, le XXIe siècle commence par des menaces nombreuses à la paix mondiale.

→ 2e partie

À l'époque moderne, la paix avait pris le plus souvent, depuis la paix de Westphalie en 1848, la forme de traités, signés après des congrès de paix qui mettaient en présence les équipes diplomatiques des États belligérants. Les guerres conventionnelles et interétatiques étaient réglées par des traités interétatiques eux aussi. Mais au XXe siècle, les deux guerres mondiales ont embrasé des continents entiers, complexifié les enjeux, et abouti à des bilans humains sans précédents. L'idéal de paix mondiale est alors apparu, avec un organisme capable de réunir les acteurs et d'édicter des cadres. La Société des Nations, fondée en 1919, a échoué dans ses missions, face à l'absence d'adhésion des États-Unis et à la montée des totalitarismes dans les années 1930.

L'organisation des Nations unies est donc créée en 1945 pour relever le défi de la paix mondiale, se dotant d'organes représentatifs (l'Assemblée générale), exécutifs (le Conseil de sécurité) et des troupes spécifiques de « soldats de la paix », les Casques bleus. En partie paralysée par la guerre froide, l'ONU a pu déployer ses missions beaucoup plus largement après 1991. La posture plus multilatéraliste de l'hyperpuissance américaine (1990-2003), permet à l'ONU de déployer des opérations de maintien, de rétablissement, d'imposition et de consolidation de la paix. En effet, l'ONU est le principal acteur des opérations de maintien de la paix sous les mandats de Kofi Annan, de 1997 à 2006. Elle intervient dans les trois grands foyers de conflictualité, l'Afrique, le Moyen-Orient et l'Europe balkanique. Les casques bleus ont acquis un statut reconnu de tous, même si ces « soldats de la paix » ont parfois un rôle paradoxal ou discutable, comme le montre leur impuissance à Srebrenica en Bosnie (1995). En 2006, avec 73 500 militaires, et 14 000 policiers et personnels civils déployés dans 20 missions (sur 60 dans le monde), l'ONU était le premier acteur des opérations de maintien de la paix, s'engageant dans des missions hybrides dans lesquelles elle collabore avec d'autres acteurs (armées nationales, OTAN, organisations régionales comme l'Union européenne et la Communauté économique des États de l'Afrique de l'Ouest).

Les actions de l'ONU connaissent toutefois des limites. Le Conseil de sécurité est affaibli par la contestation des puissances émergentes contre le droit de veto des membres permanents, renforcée par l'intervention des États-Unis en Irak en 2003 hors du cadre multilatéraliste de l'ONU. Le « club » des cinq membres permanents (États-Unis, Russie, Chine, France, Grande-Bretagne) reflète la géopolitique de 1945, aujourd'hui dépassée. De plus, la paix ne parvient pas à s'imposer dans certains territoires comme les territoires occupés de Palestine et les missions de l'ONU échouent parfois à protéger les populations civiles, comme à Srebrenica en 1995. La paix onusienne fondée sur l'ambition de la sécurité collective et globalisée, donc sur une capacité des États membres à s'entendre, se montre très fragile.

> Pense à établir un bilan nuancé des actions de l'ONU, acteur devenu incontournable et pourtant très critiqué.

Conclusion

La multiplication des conflits irréguliers au XXIe siècle ne doit pas cacher une décroissance globale de la conflictualité depuis 1991 et de son bilan humain, par rapport à la période précédente de la guerre froide. De plus, la politique de sécurité collective, et son organe principal qu'est l'ONU, parviennent à protéger en partie les populations civiles. « Faire la guerre » prend des formes nouvelles, souvent plus limitées dans l'espace, et parfois plus technologiques que physique, c'est la cyberguerre. C'est pourquoi « faire la paix » doit prendre aussi des formes nouvelles, celles de la défense et de la sécurité, qui interviennent en prévention.

Avec une large place accordée au renseignement et aux technologies, il s'agit désormais plutôt de préserver la paix, sans cesse menacée. C'est pourquoi Emmanuel Macron déclarait en 2020 devant les élèves de l'École de guerre : « La frontière entre compétition et confrontation, qui nous permettait de distinguer le temps de paix du temps de crise ou de la guerre, est aujourd'hui profondément diluée. ».

POUR TRAVAILLER EN AUTONOMIE

→ Aborder le thème dans sa globalité

Atlas

- Frank Tétart (dir.), *Grand Atlas 2019*, Autrement, 2018
- Pascal Orcier, *Atlas du Moyen-Orient, le nœud du monde*, Atlande, 2018
- Bruno Tertrais, *Atlas militaire et stratégique*, Autrement, 2019
- Pascal Boniface et Hubert Védrine, *Atlas des crises et des conflits*, Armand Colin, 2019

Ouvrages généraux

- Bruno Tertrais, *La Guerre*, PUF, Que-sais-je ?, 2014
- Amaël Cattaruzza et Pierre Sintès, *Géopolitique des conflits*, Bréal, 2016
- Catherine Hass, *Aujourd'hui la guerre*, Fayard, 2019

→ Approfondir et préciser tes connaissances

Ouvrages spécialisés

- Arnaud de la Grange et Jean-Marc Balencie, *Les guerres bâtardes*, 2009
- Bertrand Badie et Dominique Vidal, *Nouvelles guerres. Comprendre les conflits du XXIe siècle*, La Découverte, 2016
- Kader A. Abderrahim, *Daech, Histoire en jeux et pratiques*, Eyrolles, 2016
- Benoît Durieux, Jean-Baptiste Jeangène Vilmer et Frédéric Ramel, *Dictionnaire de la guerre et de la paix*, PUF, 2017
- Jean-Paul Chagnollaud, *Israël/Palestine, la défaite du vainqueur*, Sindbad-Actes Sud, 2017
- Myriam Benraad, *L'Irak par-delà toutes les guerres, Idées reçues sur un État en transition*, Le Cavalier Bleu, 2018

Articles

- Serge Sur, « R. Aron, *Paix et guerre entre les nations*, un demi-siècle plus tard », *Diploweb.com : la revue géopolitique*, 2 juin 2013
- Ronald Hatto, « Géopolitique du maintien de la paix des Nations unies », *Diploweb.com*, janvier 2018

→ Visualiser, réviser, apprendre autrement

Vidéos

- « Comprendre les guerres au Moyen-Orient », *Le Dessous des cartes*, 2016, 12 min
- *La guerre de Sept Ans*, chaîne YouTube, histoire-géo, 2019, 2 min 10
- « La France face aux coalitions », Musée de l'Armée en complément de l'exposition « Napoléon et l'Europe », 2013, 8 min 01
- « L'Afrique dans le maintien de la paix », *Le Dessous des cartes*, 2016
- « Comprendre l'opposition entre chiites et sunnites au Moyen-Orient », *Le Monde*, 2016
- Anne-Clémentine Larroque, « Existe-t-il plusieurs islamismes ? », *Les Experts du Dessous des cartes*, octobre 2018, 9 min 34
- Une vidéo de l'ONU : « Qu'est-ce qu'une opération de maintien de la paix ? », 1 min 06
- Une vidéo du *Monde* : « Kofi Annan, une vie au service de la paix », 20 août 2018, 4 min 48

Podcasts

- France Culture, *La fabrique de l'histoire*, « La guerre de Trente Ans » :
  - Entretien avec Hervé Drévillon, spécialiste d'histoire militaire, 3 septembre 2018
  - « Les traités de Westphalie ont-ils mis en place un nouvel ordre européen ? », 5 septembre 2018
- « Qu'est-ce qu'une guerre ? Hobbes et Clausewitz : l'essence de la guerre », *Les chemins de la philosophie*, France Culture, 2015, 53 min

Ton **KIT DE SURVIE** pour le **BAC** avec SCHOOLMOUV

Thème 2

Faire la guerre, faire la paix

Tu viens de voir le thème sur la guerre et la paix. Pour t'aider à retenir l'essentiel et t'entraîner pour le Bac, voici ton kit de révision clé en mains conçu par SchoolMouv !

Vidéo

Pour mieux comprendre et t'en souvenir à coup sûr, regarde la vidéo, c'est parfois plus clair en images.

Vidéo **Guerres et paix au Moyen-Orient**

https://flashbelin.fr/focusbacschoolmouv/hggsp/2

Contenus additionnels

Voici quelques bonus sur le thème 2. La curiosité n'est pas toujours un vilain défaut. Il te suffit de créer ton compte pour avoir accès à plein de contenus supplémentaires.

Conflits et tentatives de paix dans le monde contemporain

Quiz

https://www.schoolmouv.fr/eleves/cours/conflits-et-tentatives-de-paix-dans-le-monde-contemporain/qcm

Fiche

https://www.schoolmouv.fr/eleves/cours/conflits-et-tentatives-de-paix-dans-le-monde-contemporain/fiche-de-revision

Tchat avec un prof

Pour poser toutes tes questions à un prof particulier, découvre l'abonnement tchat. Tu peux le tester gratuitement pendant 7 jours : fini les questions sans réponses, tu vas devenir incollable.

https://focusbac.schoolmouv.fr/offre

L'Organisation des Nations unies

Conseil de sécurité

5 membres permanents
(avec droit de véto)

Chine – États-Unis – France – Royaume-Uni – Russie

10 membres non permanents
(élus pour une durée de 2 ans)

2019-2020 : Afrique du Sud, Allemagne, Belgique, Indonésie, République dominicaine
2020-2021 : Niger, Estonie, St-Vincent-et-les-Grenadines, Tunisie, Vietnam

Organisation interne de l'ONU

Assemblée générale

1 État = 1 voix

Secrétaire général·e
élu·e pour 5 ans (rééligible)

António Guterres (depuis 2017)

Principaux organismes de l'ONU

unicef – ONU FEMMES – UNDP – WFP Programme Alimentaire Mondial PAM – UNESCO – Organisation mondiale de la Santé – Fonds monétaire international – OIT – FAO – BANQUE MONDIALE

Organisations apparentées

IOM UN MIGRATION – CTBTO – WTO OMC

Principaux organes de l'ONU

Cour pénale internationale – Conseil économique et social – Cour internationale de justice

Thème 3

BAC
ANNÉE PAIRE

Histoire et mémoires

À l'intérieur du mémorial de Gisozi (Rwanda), créé pour commémorer le génocide de près d'un million de Tutsi en 1994.

Thème 3

Histoire et mémoires

Sommaire

Mots clés

- **Histoire** : Récit des événements passés, fondé sur des sources vérifiées et des méthodes critiques recherchant l'objectivité.
- **Mémoire** : Souvenirs d'événements vécus ou racontés par des individus ou des groupes, dont la transmission est subjective, partielle et évolutive.
- **Lieu de mémoire** : Lieu, objet ou symbole participant à la construction d'une mémoire collective du passé.
- **Génocide** : Acte commis dans l'intention de détruire, tout ou partie d'un groupe national, ethnique, racial ou religieux.
- **Crime de guerre** : Assassinat, mauvais traitements ou déportation de populations civiles ou de prisonniers de guerre, pillages de biens publics ou privés et dévastations que ne justifient pas les exigences militaires.
- **Crime contre l'humanité :** Assassinat, extermination, réduction en esclavage, la déportation, et tout autre acte inhumain commis contre toutes populations civiles, ou bien les persécutions pour des motifs politiques, raciaux ou religieux, ayant un caractère systématique et planifié.

Dates clés

1904-1908 Génocide des **Hérero** et des **Nama** en Namibie.

1915 Génocide des **Arméniens** dans l'Empire ottoman.

1943 Le juriste américain Raphaël Lemkin forge le terme de **génocide**.

1945 **Tribunal de Nuremberg** pour les crimes commis par les nazis pendant la guerre.

1946 **Tribunal de Tokyo** pour les crimes commis par les Japonais pendant la guerre.

Chiffres clés

80 % du peuple herero et 50 % du peuple nama vivant sur le territoire de l'actuelle Namibie ont été exterminés par les troupes des colonisateurs allemands.

Le génocide des Arméniens dans l'empire ottoman a provoqué la mort de **1,7 million de personnes**.

Les procès de Tokyo inculpent **28 personnalités** et en **condamnent 7 à la peine capitale** pour les crimes commis entre 1928 et 1945 par les Japonais en Asie.

Le régime des Khmers rouges, au pouvoir au Cambodge de 1975 à 1979, est responsable de la mort de près de **2 millions de ses habitants (25 % de la population)**.

Comprendre les enjeux

Histoire et mémoire ne sont pas synonymes. L'histoire est d'abord le récit des événements, fondé sur des méthodes rigoureuses. La mémoire est avant tout plurielle et subjective.

1 Transmettre le passé

→ **L'histoire et la mémoire sont des formes différentes et complémentaires de relation au passé**. L'histoire cherche à produire un récit objectif des événements. Ses objets et ses questionnements évoluent, mais se fondent sur **des méthodes scientifiques** qui permettent d'établir des faits en utilisant des archives et des sources différentes, confrontées à une étude critique.

→ Le récit des témoins du passé est une source, mais **témoignage et histoire ne sont pas synonymes**. La mémoire est portée par les groupes humains, témoins du passé ou leurs descendants. Ainsi est-elle plurielle, subjective et évolutive.

→ **L'histoire et les mémoires des violences de masse du XXe siècle** portent des enjeux politiques et sociétaux. Souvent institutionnalisée par des associations qui valorisent la parole des témoins, réclament la reconnaissance des victimes et le jugement des coupables, **la mémoire occupe une place importante dans l'espace public (lieux de mémoire)**. Les affirmations mémorielles peuvent être source de tensions ou de conflits.

2 Massacres de masse et prise de conscience

→ La première moitié du XXe siècle est marquée par des violences de masse contre les populations civiles. Les preuves de la responsabilité allemande dans **le génocide des Herero et des Nama** (1904-1908) sont présentées à la conférence de paix de Versailles (1919), permettent de justifier la confiscation du territoire, mais n'entraînent ni condamnation des coupables ni reconnaissance des victimes.

→ **Les Alliés dénoncent en 1915 les massacres dont sont victimes les Arméniens**. Une commission des responsabilités auprès de la conférence de la paix préconise la création d'un tribunal international pour juger les criminels turcs. Arrêtés, ils sont par la suite libérés et participent à la construction de la nouvelle république de Turquie.

→ L'arrivée des nazis au pouvoir entraîne l'application d'une politique raciale, visant notamment les Juifs. À partir de 1941, ils mettent en œuvre **une politique d'extermination** à l'échelle de toute l'Europe occupée. La nature des atrocités nazies est détaillée par des rapports envoyés aux autorités alliées qui prennent progressivement conscience de l'ampleur des crimes.

3 Crime contre l'humanité et génocide : nommer et juger

→ **Les Alliés expriment leur volonté de punir les criminels de guerre**. Annoncé lors de la conférence de Moscou en 1943, le procès de criminels nazis est organisé à Nuremberg et prévoit quatre chefs d'accusation : complot, crimes contre la paix, crime de guerre et crime contre l'humanité. **Le concept de crime contre l'humanité** est précisé par le juriste Hersch Lauterpacht. Il sera repris lors du jugement des criminels japonais au procès de Tokyo.

→ **Le crime de génocide** n'est pas retenu par les Alliés. Toutefois, **le mot forgé en 1943 par Raphael Lemkin** s'impose progressivement dans le cadre de l'ONU à partir de 1948. **La notion de génocide caractérise les massacres dont furent victimes les Herero et les Nama, les Arméniens, les Juifs, les Tsiganes et les Tutsi**. Sa définition et son usage donnent lieu à des interprétations divergentes, nourrissant toujours des attentes mémorielles et judiciaires.

MÉMO VISUEL Face au passé : histoire, mémoire, justice

LA MÉMOIRE

- Souvenirs individuels ou collectifs du passé
- Récit subjectif et évolutif qui dépend d'un point de vue sur l'événement
- Production de témoignages

↓

- Aspiration à la reconnaissance et à la justice
- Commémorations

L'HISTOIRE

- Écriture du récit des événements passés
- Analyse des traces matérielles et immatérielles d'un événement

↕

- Démarche intellectuelle et scientifique
- Confrontation et critique des sources

LA JUSTICE

- Prise de conscience des violences et crimes de masse
- Recueil de preuves et témoignages

↓

- Formulation de concepts et qualifications juridiques
- Mise en place de tribunaux nationaux ou internationaux

↓

- Verdict et espoir de réparation

Histoire et mémoires des conflits

Lexique

- **Balkans** : Région du sud-est de l'Europe entre Croatie, Bulgarie et Grèce, connue pour son morcellement politique.
- **Impérialisme** : Politique de domination extérieure, avec ou sans possession territoriale.
- **Nationalisme** : Idéologie qui exalte le sentiment national et la conviction de supériorité d'une nation.
- **Pangermanisme** : Projet politique d'union de tous les peuples considérés comme germaniques.
- **IVe République** : Régime politique français en place de 1946 à 1958.
- **Appelé du contingent :** Soldat non professionnel effectuant son service militaire.
- **Pied-noir** : Rapatrié Français d'Algérie.
- **Fellagha** : Combattant pour l'indépendance.
- **Harki** : Soldat algérien supplétif de l'armée française.
- **Mémorial** : Lieu ou écrit dédié à la mémoire d'un groupe ou d'un événement.

Dates clés

Première Guerre mondiale

28 juin 1914 **Attentat de Sarajevo**, le Serbe Prinzip assassine l'héritier d'Autriche-Hongrie.

28 juillet L'Autriche déclare la guerre à la Serbie et bombarde sa capitale Belgrade.

3 août L'Allemagne déclare la guerre à la France.

28 juin 1919 **Signature du Traité de Versailles.**

Guerre d'Algérie

1954 **« Toussaint rouge »**, attentats indépendantistes du FLN, début de la guerre d'Algérie.

1957 **Bataille d'Alger**, usage de la torture par les renseignements français.

1961 **Échec du putsch des généraux à Alger contre de Gaulle.** Création de l'OAS

1962 **Accords d'Évian**, indépendance de l'Algérie, départ des pieds-noirs, massacres de harkis.

1999 La qualification de **« guerre d'Algérie »** est reconnue par la loi française.

Acteurs

Guillaume II (1859-1941) Empereur d'Allemagne, il se rapproche de l'Empire ottoman et de l'Autriche, dans une hostilité partagée aux revendications des nations balkaniques.

François-Joseph Ier (1830-1916) Empereur d'Autriche-Hongrie, affaibli par les revendications nationales nombreuses dans son empire, il inscrit l'Autriche dans une rivalité avec la Russie.

Charles de Gaulle (1890-1970) D'abord opposé à l'indépendance de l'Algérie, il est appelé au pouvoir en 1958 en pleine crise algérienne, puis élu président de la République. Son opinion évolue au cours du conflit et il admet finalement l'idée de l'indépendance algérienne.

Front de libération nationale (FLN) Principal parti indépendantiste algérien, dont l'Armée de libération nationale était la branche armée. Après l'indépendance, il exerce le pouvoir.

MÉMO VISUEL L'Europe à la veille de 1914

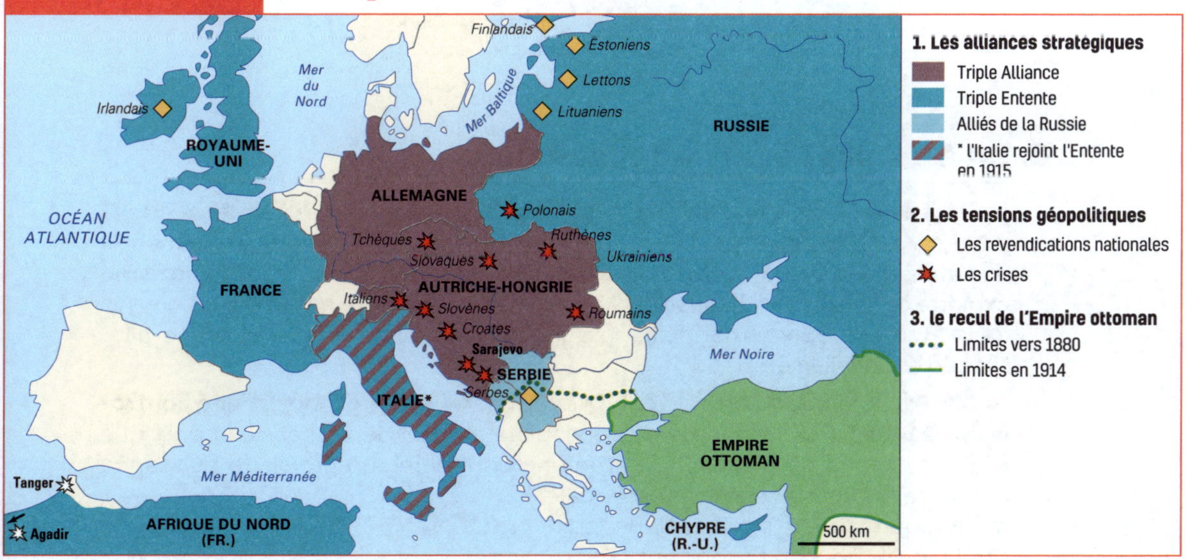

1 Un débat historique et politique : les causes de la Première Guerre mondiale

A. L'histoire des causes de la guerre en France

→ **Comment établir la responsabilité des États** dans le déclenchement de la guerre ? Cette question, qui anime les débats historiques et mémoriels depuis 1914, n'est pas neutre : historiens, porteurs de mémoires et citoyens sont concernés par cette première guerre totale, qui a causé près de 20 millions de morts, dont la moitié de civils. **Elle est considérée comme la matrice du XXe siècle.**

→ En France, l'après-guerre est marqué par les travaux de Pierre Renouvin, historien et ancien combattant, qui insiste sur **les causes multiples** (rivalités coloniales, économiques) et conclut à la responsabilité immédiate de la Triplice. Depuis, **la plupart des spécialistes de la Grande Guerre s'accordent sur un partage des responsabilités** entre les États belligérants.

> La crise qui a entraîné la guerre de 1914 était le fruit d'une culture politique commune.
>
> **Christopher Clark**, historien australien né en 1960

B. En Allemagne, un sujet sensible

→ Cependant, en Allemagne, la question des responsabilités est un débat autrement sensible et politique. Blessée par le traité de Versailles, **l'opinion allemande des années 1920-1930 refuse la responsabilité** de l'Allemagne, et **le nazisme exploite ce sentiment d'injustice**. Après la Seconde Guerre mondiale, les causes de la Première Guerre mondiale passent au second rang, l'amitié franco-allemande est privilégiée.

→ Mais les travaux historiques de Fritz Fischer (1961) provoquent **une controverse durable**. Réaffirmant la responsabilité allemande, il analyse la politique belliciste des IIe et IIIe Reich comme une continuité, un projet de puissance depuis la fin du XIXe siècle. Le scandale médiatique et les interventions politiques qu'il provoque montrent la sensibilité de l'Allemagne face à une lecture critique de son histoire.

> Les autorités allemandes portent une part de responsabilité décisive devant l'histoire du déclenchement d'une guerre généralisée.
>
> **Fritz Fischer**, historien allemand (1908-1999)

C. Le débat aujourd'hui

→ **Aujourd'hui, le débat n'est pas tranché et la thèse des responsabilités largement partagées** (Christopher Clark, Les somnambules, 2012) s'oppose toujours à celle de la responsabilité austro-allemande, défendue par l'historien Gerd Krumeich (*Le feu aux poudres. Qui a déclenché la guerre en 1914 ?*, 2014). **L'histoire des causes de la guerre se poursuit.**

→ **L'histoire et les mémoires des conflits, sont des sujets sensibles qui risquent l'utilisation politique, par le biais de leur enseignement et de leur médiatisation. Selon les lieux et les époques, l'événement n'est pas étudié ou commémoré de la même façon.** Dans leur ouvrage, *Penser la Grande Guerre* (2004), Antoine Prost et Jay Winter montrent que la guerre a été, depuis un siècle, **un sujet d'histoire politique d'abord**, puis sociale, enfin culturelle.

Fait d'actualité

→ **Des mémoires encore divergentes** : Le 28 juin 2014, pour le centenaire de l'attentat de Sarajevo, les Bosno-Serbes, considérant Princip comme un héros national, boycottent la cérémonie commémorant l'assassinat de l'archiduc d'Autriche comme déclencheur du premier conflit mondial.

MÉMO VISUEL Conflit, histoire et mémoires

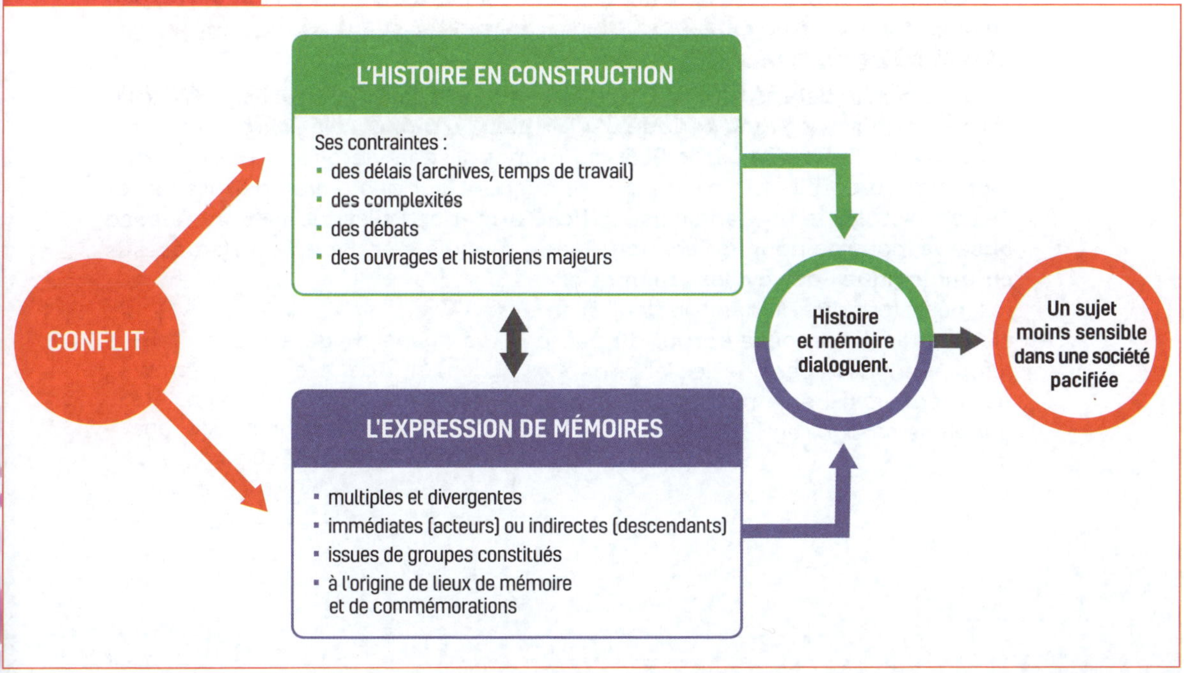

2 Mémoires et histoire d'un conflit : la guerre d'Algérie

A. Une guerre, des mémoires

→ En 1962, au terme d'un long conflit de guérilla, l'Algérie obtient son indépendance par les accords d'Évian. **La France**, humiliée de la perte de sa principale colonie, **ne parle pas officiellement de guerre**, et les actes commis en Algérie sont amnistiés (1964-1968). **Les mémoires du conflit sont multiples et parfois fluctuantes** : une part des Français, les pieds-noirs, les harkis refusaient l'indépendance, ainsi que l'OAS qui l'a combattue par la violence ; une partie de la gauche et les indépendantistes algériens ont lutté au contraire pour l'obtenir. Ainsi, **les mémoires se sont forgées dans le combat et la violence**, pour les militaires, engagés ou appelés du contingent, les fellaghas ou encore les victimes civiles. Enfin, nombre de Français ont évolué sur le sujet, comme le général de Gaulle, qui est passé de l'« Algérie française » à l'acceptation de l'indépendance.

> Les mémoires ont toujours une dimension subjective. Elles fonctionnent comme un discours de légitimation. L'historien ne peut ni les dédaigner ni s'y soumettre.
>
> **Benjamin Stora et Mohammed Harbi**, *La guerre* d'Algérie, *la fin de l'amnésie*, 2004

B. Le temps du déni

→ **Jusqu'aux années 1980, la France reste dans le déni de cette guerre, peu commémorée ou étudiée**, alors que pieds-noirs et harkis, contraints de s'installer en métropole, doivent s'adapter dans l'indifférence.

→ Le conflit, la défaite française, forgent des mémoires honteuses ou traumatiques, conduisant à **une période d'oubli plus ou moins volontaire**. **En Algérie, la guerre est héroïsée par le FLN** qui monopolise la victoire, le pouvoir et la mémoire du conflit. Les mémoires se crispent sur des récits identitaires, et l'étude historique du conflit est difficile à mener. **L'historien Henry Rousso observe**, comme pour la Seconde Guerre mondiale en France, **un processus chronologique de cycles mémoriels** : l'amnésie (période de déni, ou deuil silencieux), puis l'anamnèse (retour du passé refoulé), enfin l'hypermnésie (l'abondance des mémoires). Benjamin Stora publie *La gangrène et l'oubli* en 1991.

> La guerre d'Algérie a si profondément déchiré la communauté nationale qu'il n'a pas été possible de reconstituer une mémoire nationale consensuelle.
>
> **Guy Pervillé**, historien

C. L'histoire au travail, les mémoires entendues

→ **En 1992, l'ouverture des archives publiques permet le travail de l'histoire**, et c'est en 1999 que l'État français requalifie les événements en « guerre d'Algérie », ouvrant la voie à des commémorations. Un mémorial national de la guerre est inauguré à Paris en 2002, et les travaux historiques se multiplient, conduisant à **des récits de plus en plus complets, et à la reconnaissance de la torture**. Entre 2001 et 2016, les présidents de la République français reconnaissent la responsabilité de la France dans l'abandon des harkis. En 2002, le président Chirac inaugure à Paris le mémorial national de la guerre d'Algérie et des combats du Maroc et de la Tunisie, monument commun à toutes les victimes. En Algérie, on observe des travaux historiques moins nombreux et des crises politiques plus urgentes. Mais **la mémoire algérienne et les relations franco-algériennes restent marquées par ce conflit.**

Fait d'actualité

→ **Une reconnaissance tardive :** En mars 2021, le président de la république Emmanuel Macron reconnaît au nom de la France que l'avocat et chef nationaliste algérien Ali Boumendjel a été « torturé et assassiné » par l'armée française en 1957. À l'époque, le meurtre avait été maquillé en suicide.

Les chiffres clés de la guerre d'Algérie

MÉMO VISUEL

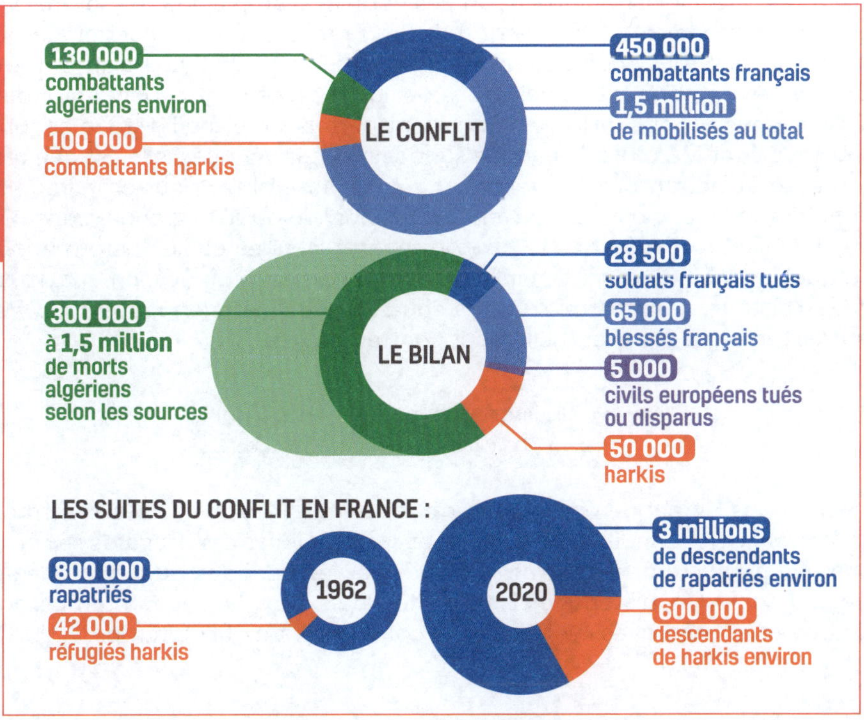

SUJET CORRIGÉ

Dissertation

SUJET 15

Les sociétés face à leur passé : histoire et mémoires des conflits.

Vous appuierez votre devoir sur des exemples variés choisis dans l'histoire du XXe siècle.

Comprendre le sujet

– Il faut définir les deux termes clés, « histoire » et « mémoire », soit en introduction soit dans le développement, afin d'en montrer les différences et les complémentarités.

– En limitant le sujet aux conflits du XXe siècle, le sujet permet de développer quelques exemples choisis.

– Le terme de « sociétés » invite à situer les deux regards sur le passé dans leur contexte : médiatisation, débats, ou au contraire silences.

La très bonne copie

Introduction

Le XXe siècle a vu la multiplication des conflits, d'ampleur et de natures variables. Des guerres mondiales à la guerre froide, en passant par les guerres de décolonisation, l'histoire et la mémoire de l'humanité se sont chargées d'affrontements et de violences nombreux. Ces deux regards sur le passé sont cependant à distinguer, même si nous verrons qu'ils se complètent parfois. En effet, l'histoire est un métier, comme l'a écrit Marc Bloch. Fondée sur des sources vérifiées, elle est une recherche rigoureuse et neutre des éléments du passé, rassemblés pour en faire le récit. La mémoire est l'ensemble des souvenirs d'un individu ou d'un groupe, transmis par un regard subjectif, et affectif, et comportant des lacunes et des déformations. C'est pourquoi les mémoires sont plurielles. Ainsi le témoin d'un événement peut-il aider à faire l'histoire, mais parmi d'autres sources que l'historien rassemble, y compris d'autres témoignages éventuellement contradictoires.

Définis sans tarder les deux termes forts du sujet, ta démonstration sera plus claire.

Nous nous demanderons comment l'histoire et les mémoires transmettent la connaissance des conflits du XXe siècle, et comment ces deux regards se complètent. Dans une première partie, il s'agira d'observer les périodes qui suivent les conflits, le regard immédiat, historique et mémoriel ; puis dans un second temps, comment l'histoire et les mémoires évoluent et se construisent au fil du temps.

1re partie

L'histoire étant un métier, une activité rigoureuse, elle se fait difficilement à chaud, ou du moins reste alors incomplète : il s'agit de repérer des événements notables, qui devront ensuite être analysés avec du recul. Les mémoires se construisent dans le feu de l'événement. L'exemple des causes de la Première Guerre mondiale est éclairant : acteurs et témoins ont raconté dès l'époque la montée des périls, des nationalismes, ou l'attentat de Sarajevo, mais les historiens débattent encore des causes majeures et des responsabilités.

Ne cherche pas à faire un catalogue des conflits du XXe siècle, quelques exemples suffisent.

En effet on peut se risquer à dire que les mémoires ont tendance à simplifier, puisqu'elles ne prennent en compte qu'un point de vue. C'est ainsi que les Serbes voient en Prinzip, assassin nationaliste de l'archiduc d'Autriche, un héros de la nation serbe, alors que les reste de l'Europe et du monde voient en lui le déclencheur du conflit. Aujourd'hui encore, lors du centenaire de l'événement, la Serbie ne s'est pas jointe aux commémorations organisées par les Européens, car elle ne donne pas le même sens à l'événement. L'histoire au contraire donne souvent un tableau complexe, car elle essaie de prendre en compte tous les acteurs, au travers de sources les plus variées possibles. C'est pourquoi Christopher Clarke, Stéphane Audoin-Rouzeau ou Gerd Krumeich, historiens australien, français et allemand, débattent encore des buts de la guerre, approfondissent les sources, tentent d'en trouver de nouvelles, se refusent à conclure et à simplifier tant que subsiste le doute.

D'autres conflits sont suivis, dans un premier temps, d'un silence que l'on peut analyser comme révélateur du traumatisme enduré. En étudiant l'évolution des mémoires de la Seconde Guerre mondiale, concernant la résistance, la collaboration, la déportation et la Shoah, Henry Rousso a théorisé des « cycles mémoriels », à savoir des périodes successives qui montrent des rapports différents à la mémoire : silence, ou déni, suivis du réveil des mémoires, et parfois ensuite d'hypermnésie, ou surabondance des mémoires. Il note que les rescapés de la guerre n'étaient pas entendus lorsqu'ils témoignaient, et qu'eux-mêmes ne désiraient pas toujours le faire à l'époque. Pour la guerre d'Algérie, Benjamin Stora fait le même constat en parlant d'amnésie en France ; le conflit douloureux et perdu a été tenu sous silence pendant au moins vingt ans, jusqu'au « réveil » des mémoires dans les années 1980. Ainsi, dans les années qui suivent, les sociétés n'ont que des regards incomplets, qu'ils soient mémoriels ou historiques, sur le conflit passé.

2e partie

Après le temps de l'histoire immédiate et des mémoires silencieuses, on observe que l'histoire de met en marche, et parfois simultanément, que les mémoires s'expriment davantage. Henry Rousso comme Benjamin Stora font ce constat : après deux ou trois décennies, le régime de mémorialité change et les études historiques se multiplient. Pour les historiens, les sources sont plus disponibles car les archives ouvrent l'accès aux documents, après une période règlementaire qui varie selon les États et la nature des documents. En France, les archives publiques sur la guerre d'Algérie s'ouvrent en 1992, quoique partiellement, ce qui explique une abondante production historique sur le sujet depuis. Le recul dans le temps permet aux historiens de croiser les témoignages, analyser la

Poursuis le raisonnement en traitant à la fois l'histoire et les mémoires.

documentation, et confronter leurs travaux puisque les pratiques scientifiques comportent la confrontation entre chercheurs.

En Allemagne, dans les années 1960, la controverse Fischer sur les origines de la Première Guerre mondiale est vive, et n'est pas éteinte complètement aujourd'hui. À partir d'une documentation, surtout allemande, que les historiens de l'après-guerre n'avaient pas, Fischer, historien de l'université de Hambourg, affirme la responsabilité de l'Allemagne dans le conflit, ce qui déclenche à la fois un débat d'historiens, et des réactions mémorielles très vives en Allemagne, une grande part de l'opinion refusant cette responsabilité. Ici, on voit que l'histoire et la mémoire s'entremêlent et s'expriment en public, le débat est visible dans la presse, y compris grand public.

On observe donc que les témoins s'expriment plus, à distance des événements douloureux, alors qu'ils vieillissent, et parfois parce qu'ils ne risquent plus rien à faire des aveux terribles. C'est le cas du général Paul Aussaresses qui publie en 2001 *Services spéciaux*, ouvrage dans lequel il décrit l'usage et les motivations de la torture en Algérie, sans exprimer de regrets. Pour la Seconde Guerre mondiale, on peut citer aussi les anciens résistants ou déportés, devenus âgés, qui témoignent dans les classes où ils sont invités, pour transmettre à des élèves de tous âges leurs souvenirs de la guerre, qu'ils ont à peine racontés à leurs propres enfants. Ce « réveil » des mémoires est aussi une source pour les historiens, prise en considération parmi d'autres, depuis que la « nouvelle histoire » a admis les mémoires comme matériau de l'histoire.

Conclusion

Le regard des sociétés sur leur passé, qu'il soit celui des historiens ou des porteurs de mémoires, semble donc facilité par le recul chronologique. Le parallèle établi en France entre la Seconde Guerre mondiale et la guerre d'Algérie, pourtant deux conflits très différents, semble indiquer une loi assez générale. À propos du génocide du Rwanda, dans son ouvrage *Une initiation*, l'historien des conflits Stéphane Audoin-Rouzeau, écrit « En historien, je crois à la règle des 50 ans », pour désigner le laps de temps nécessaire à la mise en marche de la vérité. Vérité de l'histoire, qui ne rejoint jamais complètement celle des mémoires, mais avec lesquelles elle peut établir un dialogue.

Essaie d'utiliser une citation que tu connais en rapport avec le sujet.

SUJET CORRIGÉ

Étude critique de document

SUJET 16

Faire l'histoire de la guerre d'Algérie

Consigne : Vous montrerez comment les mémoires plurielles de la guerre d'Algérie complexifient le travail de l'histoire et ont pu le ralentir.

Comprendre le sujet

– Le sujet permet de montrer comment histoire et mémoires se distinguent tout en se complétant.

– Pour la guerre d'Algérie, il faut penser à la multiplicité des acteurs, qui fractionne les mémoires et complique le travail historique.

Document > La responsabilité de l'historien

La guerre d'Algérie réveille sans cesse de vieilles blessures qui n'en finissent pas de cicatriser. Cette guerre livrée contre des Algériens qui réclamaient leur indépendance apparaît comme un mélange tragique de souvenirs cruels, de regrets, peut-être de remords… […] Ils sont nombreux, en France, les groupes porteurs de cette mémoire diffuse : combattants désespérés de l'OAS, et déserteurs ou insoumis rangés du côté du FLN ; soldats du contingent ou officiers de l'armée française ; fils de harkis de nationalité française, ou jeunes enfants de nationalistes algériens ; partisans de l'Algérie française, ou défenseurs de l'indépendance algérienne ; et bien sûr, la masse des « pieds noirs », chrétiens ou juifs, de droite ou de gauche… Au total, plus de cinq millions de personnes, dans la France de ce début du XXIe siècle, sont directement concernées. Avec des expériences très partielles, très différentes : l'Algérie du début d'une guerre qui ne veut pas dire son nom, en 1954, n'est pas l'Algérie de la folie, de la haine ou de la liesse de l'année 1962. Dans la France actuelle, les groupes porteurs d'une mémoire enfouie se sont longtemps réfugiés dans le non-dit. La France, attentive à célébrer ses gloires, répugne à découvrir ses blessures. […] Mémoires blessées et hésitantes, lenteur à prendre du recul, pour écrire une histoire sans complaisance ? Longtemps, la mémoire des acteurs a pesé lourdement sur l'écriture de l'histoire de cette période. Les mémoires ont toujours une dimension subjective. Elles fonctionnent comme un discours de légitimation de sorte qu'elles sont à la fois rappel d'événements et miroir déformant. L'historien ne peut ni les dédaigner ni s'y soumettre. Le propre des souvenirs c'est d'être à la fois une évocation d'un vécu passé mais aussi un discours sur le contemporain. Ainsi les différentes évocations ne s'organisent pas comme un tout explicatif mais comme une rhapsodie des plaintes des victimes. Le rôle de la critique historique c'est de les entendre tous et d'analyser les conditions réelles qui furent celles d'une guerre d'indépendance avec des excès partagés mais sans que soient escamotées la légitimité d'une révolution et l'injustice du statu quo colonial.

Benjamin Stora et Mohammed Harbi,
La Guerre d'Algérie, 1954-2004 : la fin de l'amnésie,
Robert Laffont, 2004.

SUJET 16

La très bonne copie

Introduction

Au début du XXIe siècle, la mémoire de la guerre d'Algérie reste un sujet d'actualité. C'est la fin de l'amnésie, comme l'affirment les historiens Mohammed Harbi et Benjamin Stora dans *La Guerre d'Algérie : la fin de l'amnésie*. Le premier a été un membre du FLN. Le second, Benjamin Stora, pied-noir émigrant en France en 1962 avec ses parents, est un spécialiste reconnu de l'Algérie contemporaine. En 2004, ils rassemblent les articles d'une vingtaine d'historiens afin de participer au passage de la mémoire à l'histoire. Mais comment concilier histoire et mémoires ? Compte tenu de la diversité des acteurs (I), les mémoires, par définition subjectives, ont bien sûr été très rapidement plurielles (II). Dans ces conditions, le travail de l'historien consiste à tout mettre à plat pour favoriser la vérité et l'apaisement (« des vieilles blessures qui n'en finissent pas de cicatriser »), sans occulter, comme le rappellent les auteurs, les raisons de cette violence (III).

> Présente les auteurs, en insistant sur leur travail et leur apport à la connaissance de la question.

1re partie

Dans la première partie du texte, les deux historiens énumèrent les différents porteurs de mémoire. Du côté français, ils citent les anciens membres de l'OAS (Organisation de l'armée secrète), Français qui refusent l'indépendance algérienne et ont à ce titre commis en Algérie mais surtout en métropole de nombreux attentats ; à l'opposé, les déserteurs et les insoumis qui ont choisi le camp des indépendantistes (« les porteurs de valise » tel Maurice Audin torturé et assassiné par l'armée française). Sont évoqués aussi les appelés du contingent (jusqu'à 28 mois de service, ce qui laissait amplement le temps de se faire son opinion sur la question ou de commettre des actes irréparables, « souvenirs cruels et remords »), les officiers engagés ou d'active, dont certains ont encadré ou pratiqué les tristement célèbres « corvées de bois » (torture).

> Rappelle clairement quels étaient les acteurs du conflit.

Enfin, les près d'un million de pieds-noirs (dont une forte proportion de juifs) qui ont fui l'Algérie au lendemain des accords d'Évian (« la valise ou le tombeau »), pour échapper aux massacres comme celui d'Oran. Du côté algérien, les porteurs de mémoire sont les membres du FLN, combattant pour l'indépendance, les « harkis », supplétifs algériens ayant choisi la France dont beaucoup ont été massacrés à l'indépendance, alors que les plus chanceux, ceux qui ont pris le bateau avec leurs familles, ont été installés dans des camps du sud de la France. Enfin, la masse du peuple algérien, aspirant à l'indépendance, mais n'ayant probablement pas connaissance des affrontements que cela impliquait.

2e partie

Les deux historiens évoquent, dans un deuxième temps, que les mémoires de la Guerre d'Algérie ne peuvent par conséquent être que multiples. Il y a d'abord la mémoire des irréductibles des deux camps : d'un côté ceux qui refusaient l'indépendance comme les pieds-noirs, les « harkis », les membres de l'OAS. De l'autre côté le peuple algérien dans son immense majorité, conduit par le FLN mais aussi la gauche française. Entre les deux, la majorité silencieuse, c'est-à-dire les Français de métropole ayant du mal à prendre parti, souvent influencés par des médias très orientés. Dans tous les cas, on le voit, des mémoires qui fracturent les nations et qui peuvent aussi être « enfouies », teintées de honte ou de nostalgie (la « nostalgérie » des pieds-noirs).

> Montre que le temps n'a pas affaibli les mémoires douloureuses.

Ces mémoires sont aussi fluctuantes car la position de certains acteurs n'a pas été figée. Déjà en 1943, Ferhat Abbas avait montré comment on pouvait changer d'avis, passant du désir de citoyenneté française à la revendication de l'indépendance (Manifeste du peuple algérien) ; citons surtout le général de Gaulle qui a évolué, de l'Algérie française (ce pourquoi il a été porté au pouvoir) à l'Algérie indépendante ; un président de la République que la plupart des Français, mais pas tous, ont suivi dans son évolution, du « je vous ai compris » (1958) jusqu'aux accords d'Évian (1962).

Ces mémoires, enfin, traversent la Méditerranée dès l'indépendance, en même temps que beaucoup fuient l'Algérie (« harkis » et pieds-noirs) ; l'expérience de la guerre est aussi dans l'esprit des travailleurs algériens envoyés en France, en vertu d'accords entre les deux États et qui ont eu du mal à comprendre comment, ayant gagné leur liberté, il leur fallait pour survivre, travailler dans les usines françaises. Ainsi, la question de l'intégration des populations venues d'Algérie dans des conditions différentes, renforce les divergences mémorielles.

3e partie

Devant une telle complexité des mémoires, porteuses de ressentiments et parfois d'amnésies, « devant cette rhapsodie des plaintes des victimes », la responsabilité de l'historien est engagée pour Mohammed Harbi et Benjamin Stora. Il doit, tout en prenant en considération le poids des différentes mémoires, faire œuvre critique et évoquer tous les aspects de cette guerre jusque dans ses « excès partagés ».

> Montre que l'historien exerce un métier, par des méthodes rigoureuses, et cherche à rester neutre.

Jusqu'aux années 1980, la France est restée dans le déni de cette guerre, peu commémorée ou étudiée ; il est vrai que ces « événements » se sont déroulés loin et que la France « répugne à découvrir ses blessures », nombreux sont les anciens appelés qui n'aiment pas parler de leur expérience. Les amnisties des années 1960 ont notamment été utilisées pour dissimuler les « remords » (1re loi d'amnistie en 1964, grâce présidentielle accordée aux membres de l'OAS). C'est l'époque « de la gangrène et l'oubli » pour reprendre une expression de Benjamin Stora.

Dans les années 1980-90 apparaissent en Algérie comme en France des témoignages et des travaux historiques qui commencent à rompre le silence, les États accompagnant timidement le mouvement en créant des lieux de mémoire (à Alger, par exemple, le monument du martyr de la guerre d'Algérie en 1982, à Paris, le mémorial national de la guerre d'Algérie et des combats du Maroc et de la Tunisie en 2002). Il est vrai qu'à la différence de la France « les événements d'Algérie » ont été là-bas une guerre fondatrice. En France, à partir de 1992, les Archives publiques sont ouvertes, l'Assemblée nationale reconnaît seulement en 1999 le terme de « guerre d'Algérie »). De leur côté, les présidents de la République s'engagent progressivement vers une reconnaissance de la responsabilité de la France : dans l'abandon des harkis, dans la conduite de la guerre ; Emmanuel Macron reconnait officiellement l'usage de la torture par la France.

Conclusion

Dépassionner le débat, est une fonction de l'historien à propos de la guerre d'Algérie. Si 17 ans après la publication de ce livre, la parole s'est libérée, les tensions entre communautés sont fréquentes, les propos de chacun scrutés à la loupe.

En 2021, Benjamin Stora a rendu au président Macron un rapport sur la mémoire de la colonisation et de la guerre d'Algérie. Il contient une trentaine de propositions (commémorations, publication d'un guide des disparus, accès aux archives, etc.) qui doivent contribuer à la poursuite de l'apaisement mémoriel.

Histoire, mémoire et justice

Lexique

- **Population au Rwanda :** La notion d'ethnie au Rwanda est très discutée, mais la société est organisée en groupes sociaux : les **Hutu**, majoritaires (85 % en 1994), et les **Tutsi** minoritaires (15 % en 1994 ; 4 % aujourd'hui).
- **Gacaca :** Au Rwanda, tribunal villageois présidé par des anciens, permettant à l'origine de régler des conflits de voisinage ou familiaux. Recréés en 2001 pour juger les auteurs présumés du génocide de 1994.
- **Nettoyage ethnique :** Politique et pratique visant à éliminer d'un territoire un groupe de personnes identifiées par leur ethnie.
- **Yougoslavie** (1918-1992) : Ancien État de l'Europe méridionale, composé à partir de la Seconde Guerre mondiale de six républiques : Bosnie-Herzégovine, Croatie, Macédoine, Monténégro, Serbie et Slovénie.
- **Tribunal pénal international** : Juridiction internationale créée par l'ONU avec mandat limité dans le temps et dans l'espace (ex : TPIR, TPIY).

Acteurs

Forces armées rwandaises (FAR) Armée du Rwanda, composée presque exclusivement de Hutu.

Jean-Paul Akayesu (né en 1953) Enseignant et maire de Taba (Rwanda), où 2 000 Tutsi furent massacrés, il est arrêté en 1995, jugé pour crime de génocide et condamné par le TPIR à la réclusion à perpétuité.

Ibuka (Souviens toi !) Association créée en 1994 et présente dans plusieurs pays, qui œuvre pour la mémoire des victimes du génocide perpétré contre les Tutsi en 1994.

Ratko Mladic (né en 1942) Commandant en chef de l'armée serbe de Bosnie pendant la guerre de Bosnie (1992-1995). En 2011, après quinze ans de cavale, il est arrêté afin de comparaître devant le TPIY. Reconnu coupable de génocide, de complicité de génocide, de crimes contre l'humanité et de violations des lois et coutumes de la guerre, il est condamné à la prison à perpétuité en 2017.

Dates clés

1992-1995 Guerre en ex-Yougoslavie. Crimes de masse contre les musulmans à Srebrenica."

1993-2017 Activité du Tribunal pénal international pour l'ex-Yougoslavie (TPIY), créé par l'ONU.

7 avril-16 juillet 1994 Génocide de 800 000 à 1 million de Tutsi.
1994 Création du Tribunal pénal international pour le Rwanda (TPIR) par l'ONU.
2001 Création des tribunaux gacaca, actifs jusqu'en 2012.

MÉMO VISUEL Mémoire du XXe siècle et justice internationale

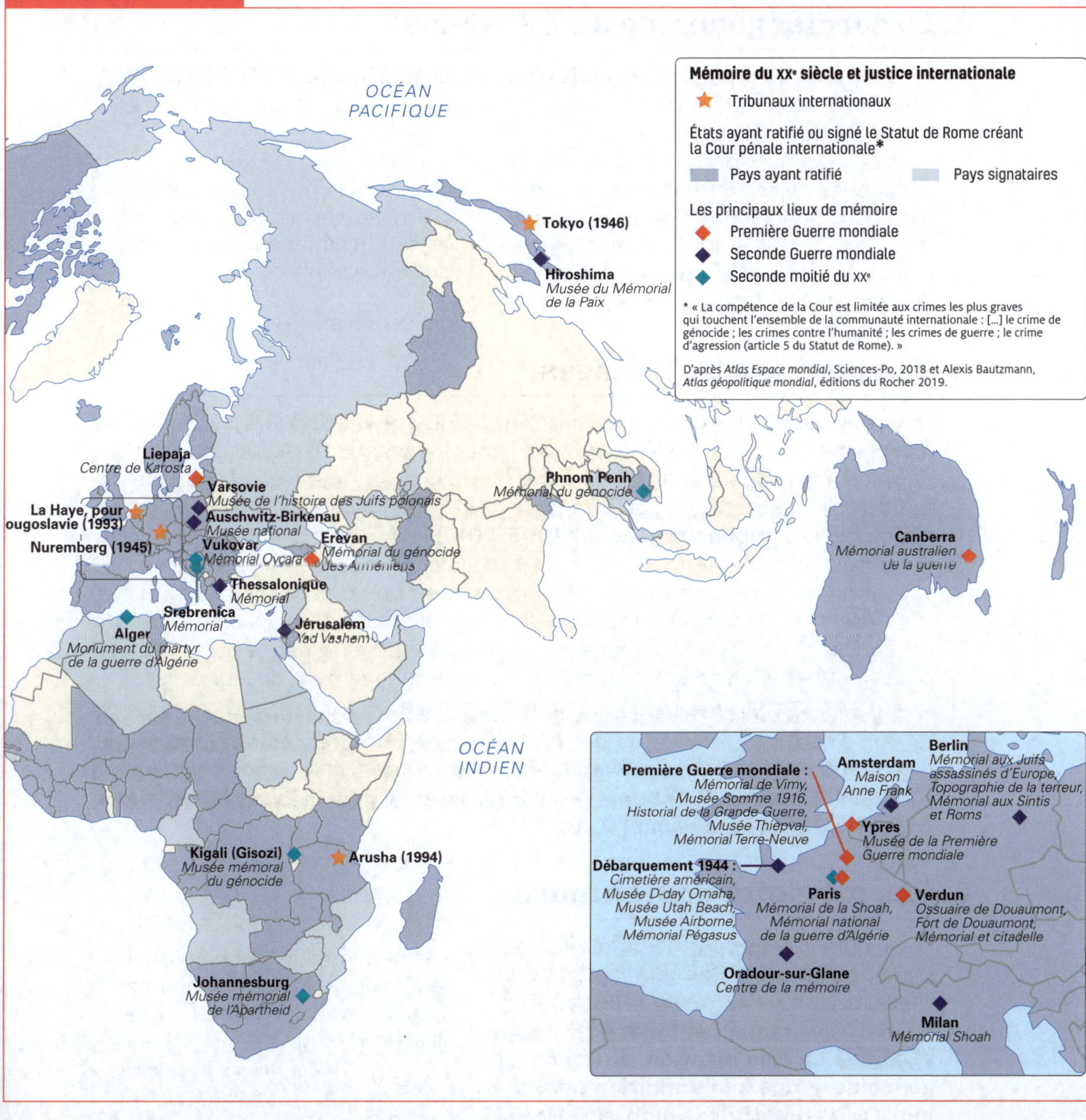

3 La justice face au génocide des Tutsi

Face aux crimes de masse du XXe siècle naît une justice pénale internationale, d'abord militaire (Nuremberg), puis civile et fondée par l'ONU (tribunaux pénaux internationaux et CPI), complétée à l'échelle locale ou nationale. Après la destruction de tout ou partie d'un peuple ou d'une civilisation, les actions de justice cherchent à réduire l'impunité, et à favoriser la reconstruction nationale.

A. Le dernier génocide du XXe siècle

→ **Le Rwanda a connu le génocide le plus radical de l'histoire, d'avril à juillet 1994.** Une partie des Hutu (85 % de la population) organise des attaques meurtrières contre les Tutsi (15 % de la population) et les Hutu qui s'y opposent. Si les racines historiques de cet affrontement interethnique sont anciennes, ces trois mois de violences, attisées par certains médias rwandais, **se soldent par un bilan sans précédent (800 000 victimes au moins).**

> J'ai longtemps cru que la mémoire servait à se souvenir, je sais maintenant qu'elle sert surtout à oublier.
>
> **Pierre Chaunu**, historien français (1923-2009)

B. Une justice à trois étages

→ **Cet événement exceptionnel entraîne la mise en place d'une justice à trois niveaux :** le Tribunal pénal international pour le Rwanda (TPIR), la justice rwandaise (chargée des crimes d'homicide ou de viol), et, au niveau local, plus de 12 000 tribunaux gacaca sont créés en renfort de la justice pénale rwandaise débordée. **Les tribunaux gacaca (2005-2012**), composés de citoyens choisis et formés, sont chargés d'auditionner et de juger publiquement des personnes soupçonnées d'avoir causé des atteintes graves aux personnes ou aux biens, sans intention de donner la mort. Les aveux publics favorisent l'accès à la vérité pour les survivants ; les suspects qui collaboraient pleinement avec le tribunal pouvaient bénéficier d'une réduction et d'un aménagement de leur peine.

→ Sur la scène internationale, les principaux responsables du génocide ayant fui vers l'étranger, et notamment en France, **de nombreuses arrestations et jugements ont lieu hors du Rwanda**, et les planificateurs inculpés de génocide sont **déférés devant le Tribunal Pénal International pour le Rwanda, deuxième tribunal de ce type créé par l'ONU**.

C. Une mémoire douloureuse

→ Aujourd'hui, les commémorations toujours douloureuses, le mémorial national de Gisozi, et de nombreux autres lieux de mémoire, perpétuent la mémoire des victimes. **La qualification du crime de génocide, grâce à la définition adoptée par l'ONU en 1948, les nombreux procès,**

> « Prises entre un État criminel et leur monde social, les victimes furent privées de toute possibilité de protection. »
>
> **Hélène Dumas**, historienne française, née en 1981

et un travail mémoriel soutenu permettent au Rwanda de poursuivre sa reconstruction.

→ La multiplication des crimes de masse au xxe siècle interroge sur le rôle et la responsabilité de l'État moderne. **Jacques Semelin constate dans les crimes de masse un principe commun de « nettoyage ethnique »,** consistant à rendre homogène une population, à éliminer les minorités, grâce aux outils modernes d'identification et d'organisation (administration, médias, transports). **Pour lui, cette ardeur à « purifier » traverse toute l'histoire du XXe siècle**.

Fait d'actualité

→ **Le travail d'histoire :** Le 26 mars 2021 à Paris, est remis au Président de la République le Rapport sur les archives françaises relatives au Rwanda et au génocide des Tutsi. Un groupe d'historiens dirigés par Vincent Duclert pointe dans ce travail des « responsabilités accablantes » de la France mais souligne l'absence de complicité de génocide.

MÉMO VISUEL Histoire et justice des crimes de masse

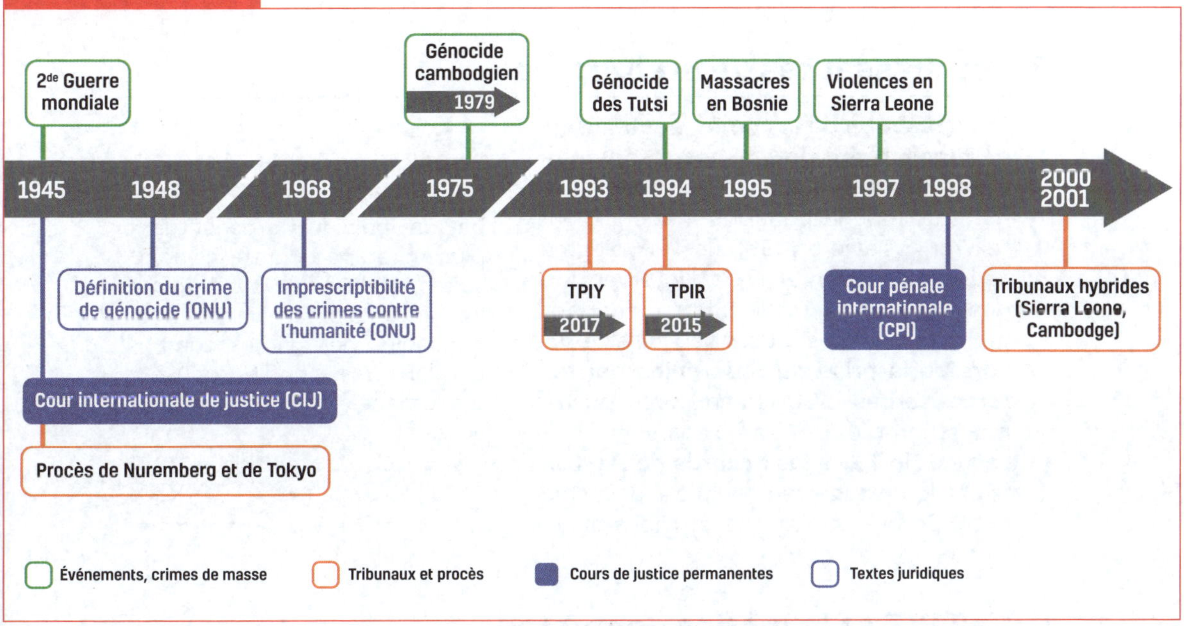

4 La construction d'une justice pénale internationale : le TPIY

A. La guerre de Bosnie

→ Après 1991, la Yougoslavie qui existait depuis 1918 se disloque, sous l'effet de revendications nationales et d'appartenances religieuses différentes. **Les tensions ethniques complexifient la délimitation territoriale des nouveaux États.** Après la proclamation d'indépendance de la Bosnie-Herzégovine, des attaques meurtrières sont menées par les forces serbes, à majorité chrétienne, contre les musulmans de Bosnie. **Dès avril 1992, des milliers de musulmans sont exécutés à Srebrenica** et des centaines de villages sont détruits dans sa région, **dans une intention de « nettoyage ethnique »** et d'annexion de la région, convoitée par la Serbie.

> « L'État franchit une nouvelle étape au XXe siècle : celle de purifier et chasser les populations âgées indésirables ou dangereuses.
>
> **Jacques Sémelin**, historien des crimes de masse : *Purifier et détruire*, 2005

B. Les massacres de Srebrenica

→ **La réaction de la communauté internationale n'est alors ni assez rapide ni assez dissuasive.** Malgré la création par l'ONU du Tribunal pénal international pour l'ex-Yougoslavie en 1993 (le TPIY, siège à La Haye jusqu'en 2017) et l'intervention des Casques bleus, le point culminant des massacres est atteint en juillet 1995. **Lors de la prise de Srebrenica par les forces serbes**, 8 000 Bosniaques musulmans, hommes de 15 à 50 ans, sont massacrés. **Fin 1995, les accords de Dayton** fixent le partage territorial de la Bosnie entre Serbes et Croates, et mettent un terme aux combats.

> « Les hautes fonctions occupées par un individu ne constituent plus un rempart contre les poursuites judiciaires. Aujourd'hui, les individus présumés responsables des crimes commis pendant les conflits peuvent être amenés à répondre de leurs actes.
>
> **Site officiel de l'ONU**, page du TPIY, 2020

C. Le TPIY et la justice contestée

→ **L'échec de l'ONU et la conscience d'une impuissance internationale à Srebrenica** accompagnent ensuite les travaux du TPIY, **premier tribunal pénal créé par l'ONU**, qui condamnera plus de 90 personnes, pour génocide, crimes contre l'humanité ou violations des lois ou coutumes de la guerre. Sous la pression internationale, la Serbie livre les principaux suspects, mais, comme son alliée russe, ne reconnaît pas la qualification de génocide adoptée par le TPIY. Le **mémorial de Potocari est le principal lieu de mémoire, près de Srebrenica**, aujourd'hui peuplée à 80 % de femmes. **Globalement, l'action du TPIY est**

critiquée et les tensions interethniques persistent. Les controverses sur la qualification de génocide, l'alliance historique de la Serbie avec la Russie et les insuffisances de l'ONU ont compromis une justice sereine et efficace, et **ralentissent encore le travail de mémoire**.

→ En effet, établir une justice des crimes les plus graves, admise et reconnue de tous, porteuse ainsi d'une autorité indiscutée, nécessite **une commune idée de justice (Amartya Sen)**. Les débats sur la qualification des crimes ou la partialité des juges montrent que la justice des crimes de masse est encore en construction, et imparfaite. **Elle suscite pourtant de fortes attentes mémorielles, politiques et historiques de la part des victimes, des descendants et plus généralement des citoyens.**

Fait d'actualité

→ **En 2017, Radko Mladic est jugé coupable par le TPIY pour son rôle dans le massacre de Srebrenica.** Condamné à la prison à perpétuité pour génocide, crimes de guerre et crimes contre l'humanité, il fait appel de son jugement. En 2018, il donne depuis sa prison une interview à une chaîne de télévision serbe, au cours de laquelle il plaisante avec V. Šešelj, autre condamné pour crime contre l'humanité et présent sur le plateau. Son procès en appel s'est ouvert en août 2020 devant la justice internationale à La Haye.

Le bilan humain de la guerre de Yougoslavie

MÉMO VISUEL

Total de personnes tuées dans la guerre de Yougoslavie : environ **140 000**

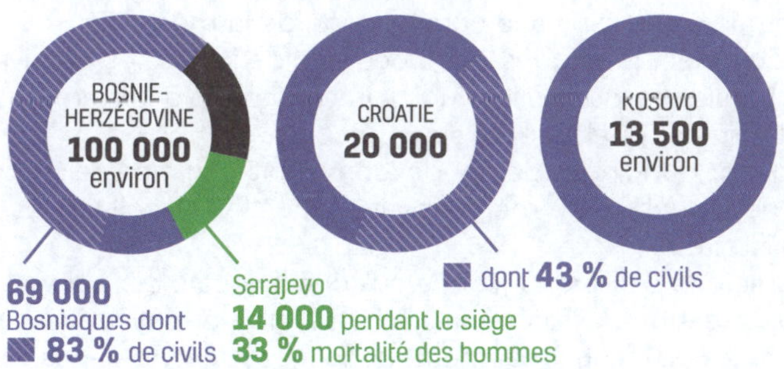

SUJET CORRIGÉ

Dissertation

SUJET 17

Comment la justice participe-t-elle au travail d'histoire et de mémoire ?

Vous choisirez des exemples à différentes échelles.

Comprendre le sujet

– Il s'agit ici de bien différencier les notions d'histoire et de mémoire, et d'expliquer en quoi le processus judiciaire apporte sa part aux deux processus.

– Il existe plusieurs types de justice, à différentes échelles : il faut les exposer clairement.

– Présenter les faits avec le plus de neutralité possible : il ne s'agit pas ici d'émettre une opinion mais d'expliquer les rapports étroits entre processus judiciaire, histoire et mémoire.

La très bonne copie

Introduction

Si le terme d'« histoire » désigne le récit des événements passés, fondé sur des sources vérifiées et des méthodes critiques recherchant l'objectivité, la « mémoire » quant à elle désigne les souvenirs d'événements vécus ou racontés par des individus ou des groupes, dont la transmission est subjective, partielle et évolutive. L'enjeu, dans l'étude du rôle de la justice dans le travail d'histoire et de mémoire, est de comprendre que les processus judiciaires provoquent des recherches et permettent, en officialisant la réalité des événements, de contribuer à l'histoire, menée en parallèle par d'autres sources. La justice, en se prononçant, reconnaît aussi les mémoires des victimes de crimes de guerre ou de crimes de masse, et ainsi participe à la construction de la mémoire. Ainsi, les méthodes historiques, les processus de justice et le travail de mémoire se complètent. Mais les processus judiciaires existent à différentes échelles, locale, nationale et internationale, qui se superposent.

> Distingue bien les acteurs des trois concepts clés : l'histoire est un métier, la justice aussi, alors que les mémoires concernent la société, groupes ou individus, à titre privé.

Nous pouvons donc nous demander comment la justice permet-elle, à différentes échelles, la construction de mémoires individuelles et collectives, parallèlement au travail de l'histoire ?

Nous étudierons d'abord la justice à l'échelle locale et nationale, comme un élément de construction des mémoires, individuelles et collectives ; puis nous verrons en quoi le processus de justice internationale est devenu nécessaire, alors que l'histoire, en parallèle recherchait aussi la vérité du passé.

1re partie

Dans les organisations étatiques d'aujourd'hui, la justice locale a souvent disparu. Pourtant, il existe un exemple récent et original de retour à la justice locale : l'exemple rare et parlant des tribunaux *gacaca* au Rwanda. En effet, entre avril et juillet 1994, au Rwanda, eurent lieu des affrontements inter-ethniques, requalifiés en génocide : entre 800 000 et un million de Tutsi furent tués par les Hutu. À la suite de ces événements, le Rwanda a remis en place un type de juridiction locale tombé en désuétude :

les tribunaux *gacaca*, tribunaux villageois de proximité comportant une forte dimension mémorielle, comme l'explique Hélène Dumas dans son ouvrage *Le génocide au village* (2014). Ces tribunaux locaux, tenus en extérieur et fondés surtout sur l'aveu des complices du génocide, étaient animés par des personnalités reconnues pour leur fiabilité. Les *gacaca* ont permis de compléter le dispositif juridique post-génocide, qui comportait deux autres niveaux comme le montre le schéma suivant.

Niveau de justice et compétences des tribunaux à travers l'exemple du génocide des Tutsi

NIVEAU INTERNATIONAL — **TPIR**

- Planificateurs, leaders du génocide, ceux qui ont agi en position d'autorité
- Meurtriers coupables de tortures sexuelles ou de viols

NIVEAU NATIONAL — **JUSTICE PÉNALE RWANDAISE**

- Auteurs, coauteurs ou complices d'homicide volontaire
- Coupables de tortures sexuelles ou de viols

NIVEAU LOCAL — **TRIBUNAUX GACACA**

- Coupables d'atteintes graves sans intention de donner la mort
- Coupables d'infractions contre des biens

S'il convient de porter un regard critique sur ces juridictions particulières, elles jouèrent néanmoins un rôle majeur dans le processus de réparation de la société rwandaise. Elles ont permis une justice rapide et efficace (800 000 condamnations), alors que les cours nationales étaient débordées.

La justice d'échelon national joue, plus fréquemment, un rôle primordial dans la reconnaissance mémorielle. Un exemple marquant de justice nationale comme vecteur du travail mémoriel est sans doute la réhabilitation du capitaine Dreyfus en France (1906). Les procédures de révision puis de réhabilitation ont permis d'écrire l'histoire de France et de restaurer la mémoire d'Alfred Dreyfus : d'abord conspué par ses contemporains, victime d'antisémitisme et déchu de ses titres militaires, on sait aujourd'hui, par le travail de la justice nationale, que le capitaine Dreyfus était innocent. Sa réhabilitation, et récemment la demande de le reclasser au grade qu'il aurait dû atteindre, à titre posthume, permettent de rétablir durablement sa mémoire, qui devient un cas exemplaire pour la vie républicaine, de recherche obstinée de la vérité.

Dans un autre contexte, les procès à la fin du XXe siècle des principaux collaborateurs français de la Seconde Guerre mondiale, en reconnaissant Barbie en 1987, Touvier en 1994 et Papon en 1998, coupables de crime contre l'humanité ou de complicité de ce crime, ont établi fermement une vérité qui n'existait qu'à l'état incertain. La rechercher des preuves a permis de prendre en compte et de compléter les travaux historiques ; les familles concernées ont pu entendre publiquement la

SUJET 17

reconnaissance de leur statut de victimes, ainsi la justice a fait avancer l'histoire et les mémoires.

Cependant, le changement d'échelle des conflits au XXe siècle, et la répétition de crimes de masses, ont fait naître une justice nouvelle, à l'échelle internationale cette fois.

2e partie

Développe la question de l'internationalisation du monde et la nécessité pour les acteurs de voir leur histoire reconnue, non seulement à l'intérieur des frontières de leur territoire, mais aussi par la communauté internationale.

L'histoire du XXe et du XXIe siècles montre que la communauté et l'opinion internationales prennent de plus en plus d'importance pour la construction de l'histoire et des mémoires. On assiste ainsi à la création de tribunaux internationaux, par une communauté d'États œuvrant pour la mémoire d'un groupe, considéré comme visé par un crime de masse. La première expérience succède immédiatement à la Seconde Guerre mondiale, et concerne les crimes nazis, lors des procès de Nuremberg (1945). Malgré les limites de ce procès d'un type nouveau, qui apparaît comme une justice des vainqueurs, la justice internationale est née, poursuivie ensuite par d'autres cours qui ont confirmé le besoin de jugements rendus par des juges extérieurs, portant un regard détaché du contexte local. L'adoption de textes internationaux définissant le crime contre l'humanité et le génocide (1948) a permis d'appuyer les jugements sur des textes universels.

On peut citer le Tribunal pénal international pour l'Ex-Yougoslavie (TPIY), mis en place pour juger les crimes de guerre des années 1990 ; 161 personnes furent alors mises en accusation, et 90 condamnées par cette cour installée à La Haye.

En partant du besoin mémoriel des populations de se rassembler, de recréer une unité nationale autour de la mémoire d'un événement traumatique, il est difficile toutefois de faire émerger des faits admis par l'ensemble de l'opinion, et la vérité émerge donc péniblement. Dans le cas de l'ex-Yougoslavie, la justice internationale a permis l'arrestation et la condamnation de criminels au sein des appareils d'État, qui sinon n'auraient pas été inquiétés. Toutefois ces tribunaux internationaux montrent aussi leurs limites : la création du TPIY n'a pas empêché la poursuite des massacres à Srebrenica, qui ont lieu en 1995 alors que le TPIY était créé dès 1993. De plus, le terme de génocide fait débat pour cet exemple, et ce sujet reste sensible en Serbie comme dans les relations internationales. Mais des auteurs de crimes attestés sont aujourd'hui incarcérés grâce à ce dispositif, comme Radko Mladic, le « boucher des Balkans ». L'histoire et les mémoires sont donc loin d'être apaisées dans ce cas, mais la justice, même imparfaite, fait avancer la connaissance des faits. Au Cambodge ou en Sierra Leone, des cours internationales sont aussi créées dans les années 2000 pour juger les crimes de masse.

Conclusion

Mentionne l'apport mais aussi les limites des processus judiciaires dans le travail mémoriel et historique.

À toutes les échelles, le processus judiciaire contribue à faire émerger la vérité : en cela, il favorise le travail mémoriel et historique. Mais son volet pénal n'apporte réparation, individuelle comme collective, qu'à condition que cette justice soit reconnue pour son impartialité, comme l'établit Amartya Sen en 2009, dans son ouvrage *L'idée de justice*. À l'échelle du temps historique, le XXe siècle est un tournant : les mémoires ne sont pas seules à connaître les criminels de l'histoire, la justice participe désormais à leur reconnaissance.

SUJET CORRIGÉ

Étude critique de document

SUJET 18

La notion de génocide et le travail des historiens

Consigne : Après avoir présenté l'élaboration du terme de génocide, son sens et sa valeur juridique, vous établirez la distinction entre histoire, mémoire et justice.

Comprendre le sujet

– Bien distinguer les enjeux du terme « génocide » : moraux, politiques, judiciaires et d'action immédiate.

– Repérer ce qui fait la particularité du métier de chercheur.

– Il s'agit ici d'expliquer ce qui fait la particularité du génocide et le but poursuivi en nommant un acte ainsi : le message envoyé au système judiciaire et à la communauté internationale.

Document

Le terme « génocide » a été créé en 1944 par Raphaël Lemkin, juriste américain d'origine polonaise, et institutionnalisé en 1948 sur le plan international, par la Convention pour la prévention et la répression du crime de génocide, adoptée par les Nations unies. Cette notion de « génocide » est d'un emploi malaisé en sciences sociales du fait des enjeux moraux et politiques qui lui sont associés. Enjeux de mémoire : du fait de l'existence de cette convention internationale, nombreux sont ceux qui veulent faire reconnaître que les massacres et violences subis dans le passé, de la part de tel groupe ou État, rentre dans la catégorie du génocide. Le combat le plus emblématique à cet égard est celui de la communauté arménienne. Enjeux liés à l'action immédiate : quand une population semble ou est effectivement en danger de mort, le recours au mot « génocide » constitue comme le signal ultime adressé à tous pour empêcher la tragédie d'advenir ; cela pour provoquer un choc dans les consciences et susciter une intervention internationale en faveur des victimes.

Enjeux judiciaires proprement dits : pour poursuivre en justice des responsables de violences de masse et de massacres (inculpation de Pinochet et plus récemment de Miloševic pour « génocide »). Or, tiraillé entre ces enjeux moraux et politiques, il n'est pas facile pour le chercheur de se frayer un chemin, c'est-à-dire celui de sa propre autonomie. Ces mobilisations communautaires, citoyennes ou judiciaires, si importantes soient-elles, ne relèvent pas véritablement du métier de chercheur. Son rôle premier est ailleurs. Il est de conduire des enquêtes de terrain, de recueillir des données, d'élaborer des outils d'analyse pour interpréter ce que l'on nomme « génocide » (ce qui ne va pas de soi), et plus généralement, son rôle consiste à tenter de comprendre les processus de bascule dans les pratiques de violence extrême (et les massacres). Naturellement, les résultats de ses recherches peuvent servir par la suite à l'action et à la prévention.

Jacques Sémelin, « Du massacre au processus génocidaire », *Revue internationale des sciences sociales*, 2002.

SUJET 18

La très bonne copie

Introduction

Un des points communs entre la justice et l'histoire, est leur attachement commun à la précision des termes employés. Ce souci est d'autant plus présent quand il s'agit d'événements et de crimes particulièrement tragiques, engageant un processus mémoriel douloureux. L'article dont ce texte est extrait annonce, dès son titre, « Du massacre au processus génocidaire » cette importance des mots. L'auteur, Jacques Sémelin, est un historien spécialiste des crimes de masses au XXe siècle. Cet article reflète son approche comparatiste du rôle des États et des processus collectifs lors des massacres et des génocides. C'est un texte d'expert, paru dans une revue académique. Il est aussi l'auteur de *Purifier et détruire, usages politiques des massacres et génocides* (2005), ouvrage de référence. Notre problématique posera la question des convergences et des différences entre les démarches respectives de la justice, de la mémoire et de l'histoire.

Présente l'auteur et son travail si tu les connais.

Nous étudierons d'abord la spécificité du terme « génocide », puis comment se manifestent les exigences des mémoires, pour les crimes passés, et enfin les méthodes spécifiques utilisées par l'historien et les sciences sociales.

1re partie

Comme le rappellent les premières lignes du texte, on doit à Raphaël Lemkin, d'avoir théorisé le crime de génocide. Sa première étude sur le sujet portait sur le massacre des Arméniens dans l'empire ottoman en 1915. À la sortie de la Seconde Guerre mondiale, le besoin de désigner spécifiquement les crimes commis durant cette période, en particulier les crimes de masse planifiés à l'encontre des Juifs et des Tsiganes d'Europe, s'est faite sentir. Dès 1944, Lemkin propose le terme de « génocide ».

Rappelle les origines du terme génocide et ses utilisations au cours du XXe siècle.

En 1948, la *Convention pour la prévention et la répression du crime de génocide*, adoptée par les Nations unies (ligne 2), porte ce terme à la connaissance de tous et en fait une qualification juridique reconnue : un acte visant intentionnellement à détruire, éradiquer ou affaiblir considérablement un peuple dans son ensemble n'est pas seulement un acte de violence ou un crime contre l'humanité, mais un crime de génocide.

Ce terme trouve plusieurs applications au cours du XXe siècle : la Shoah, Samudaripen (contre les Tsiganes), plus tard les massacres au Rwanda et en ex-Yougoslavie sont considérés aujourd'hui comme des actes de génocide, avec toutefois un débat concernant l'ex-Yougoslavie. En outre, l'étude rétrospective des massacres des Herero et des Nama en Namibie à partir de 1904, a conclu à leur reconnaissance comme les premiers génocides du siècle.

2e partie

La « mémoire » désigne les souvenirs d'événements vécus ou racontés par des individus ou des groupes, dont la transmission est subjective, partielle et évolutive. On peut d'ailleurs parler de mémoires plurielles : la mémoire de chacun d'un événement particulier est spécifique, et la mémoire d'un peuple, en particulier concernant un événement traumatique, des crimes de guerre ou de génocide qui leur a été infligé, se construit progressivement au cours du temps. « Le combat le plus emblématique à cet égard est celui de la communauté arménienne » : en effet, les générations suivantes ont porté la mémoire des 1,7 million de disparus, pour obtenir une reconnaissance largement partagée de la qualification de génocide. En 2021, comme 30 autres avant lui, le président Joe Biden reconnaît le génocide au nom des États-Unis ; à ce jour la Turquie refuse toujours ce terme. Pourtant, le « choc dans les consciences » qu'évoque Jacques Sémelin avait eu lieu dès le moment des massacres, puisque les forces de la Triple Entente avaient adressé, en vain, à l'Empire ottoman, un avertissement sur ces massacres de grande ampleur.

Dans d'autres cas, les mémoires sont clivées, voire concurrentes, du fait des « enjeux moraux et politiques » qui leur sont associés. La guerre d'Algérie a par exemple donné naissance à des groupes mémoriels multiples, qui complexifient encore l'apaisement plus de 60 après l'indépendance : pieds-noirs, harkis, soldats français, officiers, hommes politiques ne portent pas les mêmes souvenirs, blessures ou rancunes, pour ne lister que les français. En raison de sa subjectivité, la mémoire est par essence potentiellement clivante. C'est pourquoi, Sémelin le rappelle : « Ces mobilisations communautaires, citoyennes ou judiciaires, si importantes soient-elles, ne relèvent pas véritablement du métier de chercheur. » Depuis le « nouvelle histoire » initiée par Marc Bloch puis Jacques Le Goff, les mémoires ne sont pas exclues de l'histoires, mais restent des sources parmi d'autres.

3e partie

Reste près du texte et enrichis-le avec des exemples plus récents.

Dès lors, quels sont le rôle et les méthodes de l'historien ? Concernant les Arméniens, les historiens ont recherché des sources fiables attestant l'intentionnalité de la part du régime ottoman, afin d'étayer le dossier qui permettrait ensuite à la justice d'avancer la qualification de génocide. Ce qui fut fait, et a permis cette reconnaissance en France dès 2001. L'histoire et les sciences sociales sont des disciplines qui requièrent des méthodes rigoureuses, pour que les chercheurs se « frayent un chemin » entre d'autres logiques que sont les mémoires et la justice. « Conduire des enquêtes de terrain, recueillir des données, élaborer des outils d'analyse » sont le quotidien de l'historien dont c'est le métier, comme l'écrivait Marc Bloch. Volontairement soumis à un impératif de neutralité et d'impartialité, nécessaire pour résister aux sollicitations médiatiques ou mémorielles et exercer en toutes circonstances leur esprit critique d'analyse, ils peuvent alors accéder à l'« autonomie » dont parle Jacques Sémelin.

Les faits établis scientifiquement soutiennent les mémoires et les investigations judiciaires : en effet, même les faits les plus difficiles à accepter, une fois établis, permettent l'apaisement progressif vers une mémoire et une histoire communes, au prix d'un long processus, comme le montre l'exemple de la torture en Algérie.

Conclusion

Aujourd'hui encore des crimes de masse sont étudiés par la communauté internationale qui souhaite prendre des mesures appropriées, selon leur qualification ou non de « génocide ». On peut citer l'exemple des Rohingyas en Birmanie et des Ouigours en Chine. Les spécificités des trois démarches, historique, mémorielle et juridique, n'empêchent nullement les échanges et les enrichissements réciproques. Le texte insiste sur l'autonomie et la rigueur intellectuelle du chercheur au travail : on peut évoquer les pressions et les menaces que peuvent subir les spécialistes de ces questions sensibles, par exemple les historiens de la Shoah dans la Pologne d'aujourd'hui. On le voit, le travail d'objectivité de l'historien, ou du juge, est fragile.

Synthétise le texte et souligne la complémentarité des différentes démarches : historique, mémorielle et juridique.

L'histoire et les mémoires du génocide des Juifs et des Tsiganes

Lexique

- **Shoah** : Terme hébreux, non religieux, qui signifie la « catastrophe ». Il s'impose progressivement pour désigner le génocide des Juifs.
- **Holocauste** : Sacrifice par le feu pratiqué dans les religions antiques, ce terme s'applique au génocide des Juifs perpétré par les nazis.
- **Solution finale** : Expression nazie désignant la politique d'extermination des Juifs d'Europe.
- **Mémorialisation de la Shoah** : Mise en récit publique du génocide, opérée progressivement en Occident depuis les années 1970-1980.
- **Tsiganes :** Peuple d'Europe nomade ou récemment sédentarisé. Ils sont appelés aussi Roms, Sintis, Gitans ou Manouches.
- **Porajmos** ou **Samudaripen** : Termes en langue romani qui désignent le génocide des Tsiganes.
- **Lieu de mémoire** : Espace, monument, symbole, institution qui contribuent à la production d'une mémoire collective.
- **Devoir de mémoire** : Obligation morale de se souvenir d'un événement historique et de ses victimes, afin d'empêcher qu'il ne se reproduise.
- **Imprescriptibilité** : Fait, pour un crime, de rester passible d'une action en justice sans limite de temps.

Dates clés

Août 1939 Début de la Seconde Guerre mondiale, premiers ghettos en Pologne

1941-43 Mise en place des centres de mise à mort et destruction des principaux ghetto

Janvier 1942 **Conférence de Wannsee** qui décide « la solution finale »

Décembre 1942 Décret d'Himmler visant à la déportation des Tsiganes du Reich

1945-46 **Procès de Nuremberg**

1961 **Procès Eichmann** à Jérusalem

1968 **Convention de l'ONU sur l'imprescriptibilité du crime contre l'humanité**

1995 Reconnaissance par le président **Jacques Chirac** de la responsabilité de l'État français dans la **déportation des Juifs**

2012 Inauguration du mémorial à la mémoire des **Tsiganes** à Berlin

Acteurs

Serge et Beate Klarsfeld (nés en 1935 et 1939) Fils d'un Juif d'origine roumaine mort à Auschwitz et fille d'un soldat de la Wehrmacht, ils luttent ensemble à partir des années 1960 pour la mémoire et la justice de la Shoah, par des enquêtes, le recensement des victimes du génocide, et la dénonciation de coupables.

Ceija Stojka (1933-2013) Tsigane née en Autriche, elle est déportée à l'âge de 10 ans avec sa famille et survit à Auschwitz. Elle commence à témoigner de son expérience concentrationnaire dans les années 1980, par des poèmes et des œuvres picturales.

MÉMO VISUEL

Histoire et mémoire du génocide des Juifs et des Tsiganes

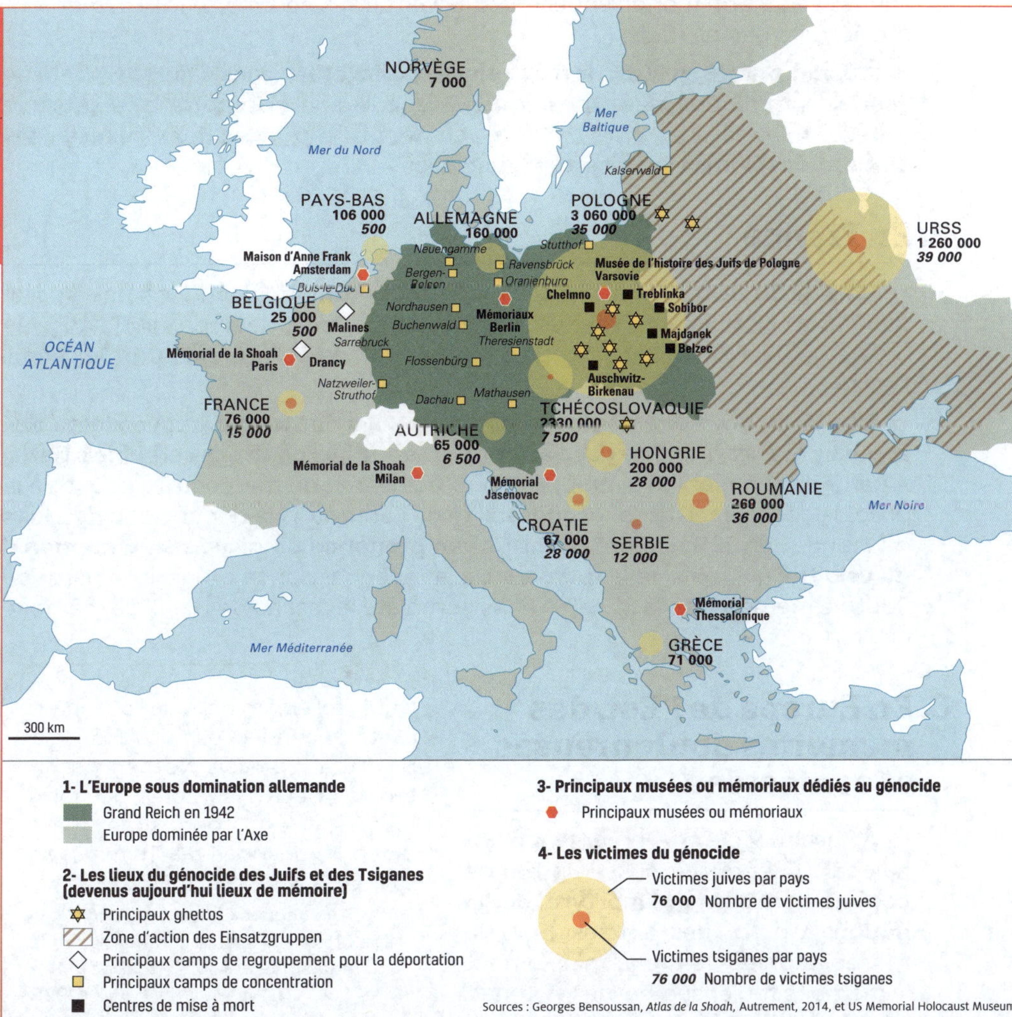

Sources : Georges Bensoussan, *Atlas de la Shoah*, Autrement, 2014, et US Memorial Holocaust Museum

5 Les lieux de mémoire du génocide

A. La mémoire est portée par les survivants et leurs descendants

→ **Les lieux de mémoire participent de la mémorialisation de la Shoah**, qui consiste à mettre en récit publiquement le génocide, comme sujet de connaissance du passé, matériau de souvenir au présent et de préservation pour l'avenir. Elle s'est opérée progressivement en Occident dans les années 1970-1980 sous des formes variées.

→ **Le complexe concentrationnaire d'Auschwitz est un lieu d'exception** par l'ampleur du nombre des victimes, mais aussi par la conservation partielle du centre de mise à mort (Birkenau). Il a été visité par plus de 2 millions de personnes venant du monde entier en 2018. Les autres centres de mise à mort ont été détruits par les nazis.

→ **À Berlin, ouvert en 2005, le mémorial aux Juifs assassinés d'Europe**, abrite un centre d'information, une exposition permanente sur l'histoire de la persécution et l'extermination des Juifs d'Europe, et, **depuis 2009, des homosexuels, des Sintis et des Roms victimes du régime nazi**.

B. En France

→ **Près de 80 000 Juifs de France périssent durant la Shoah**, victimes à partir de 1940 d'une politique d'exclusion, de persécution et de déportation mise en œuvre par l'occupant nazi et le gouvernement de collaboration du Maréchal Pétain.

→ **Dès 1943, le Centre de documentation juive contemporaine collecte des archives qui serviront de base aux procès entamés contre les criminels nazis.** À partir des années 1970-1980, un nouveau régime de mémorialité aboutit à la prise de conscience de la responsabilité de l'État dans la déportation des Juifs de France : **en 1995, le président Chirac prononce un discours au mémorial du Veld'Hiv** qui marque le tournant de la reconnaissance officielle. À partir de 2005, le mémorial de la Shoah à Paris complète le réseau des lieux de mémoire en France.

C. En Europe de l'Est, des mémoires douloureuses et contestées

→ **À Auschwitz**, le gouvernement polonais fait d'abord du musée un lieu de **commémoration du martyre de la nation**. À partir des années 1990, la muséographie y réintègre pleinement la mémoire de l'ensemble des victimes, dont **les Juifs et les Tsiganes**.

> Oui, la folie criminelle de l'occupant a été secondée par des Français, par l'État français. Ne rien occulter des heures sombres de notre histoire, c'est tout simplement défendre une idée de l'homme, de sa liberté et de sa dignité.
>
> **Jacques Chirac**, président de la République, discours commémorant la grande rafle des 16 et 17 juillet 1942 à Paris, le 16 juillet 1995

→ Les autres centres de mise à mort sont aussi dotés de musées ou de mémoriaux, le devoir de mémoire s'impose pour une partie des sociétés. Des recherches sont entreprises pour localiser et **commémorer les lieux des massacres commis par les groupes mobiles de tueries** (par exemple à Babi Yar en Ukraine). Mais les évolutions de l'histoire et des mémoires sont complexes dans des territoires qui furent au centre de l'entreprise génocidaire. Ils reflètent **des évolutions historiographiques et portent des enjeux politiques**.

Fait d'actualité

→ En 2018, le site du camp pour Roms à Lety, en République tchèque, devenu une porcherie industrielle, va être transformé en mémorial. Un terme sera mis au « locucide » - crime contre le lieu - de Lety. Parallèlement, un collectif de personnalités, parmi lesquelles Beate et Serge Klarsfeld, demande la création d'une fondation pour la mémoire du génocide contre les Roms.

→ En 2018, une loi polonaise prévoit d'engager des poursuites contre ceux qui évoqueraient publiquement la responsabilité de Polonais dans les crimes du IIIe Reich, et provoque une forte **inquiétude dans la communauté historienne mondiale**.

Lieux et bilan humain du génocide des Juifs et des Tsiganes

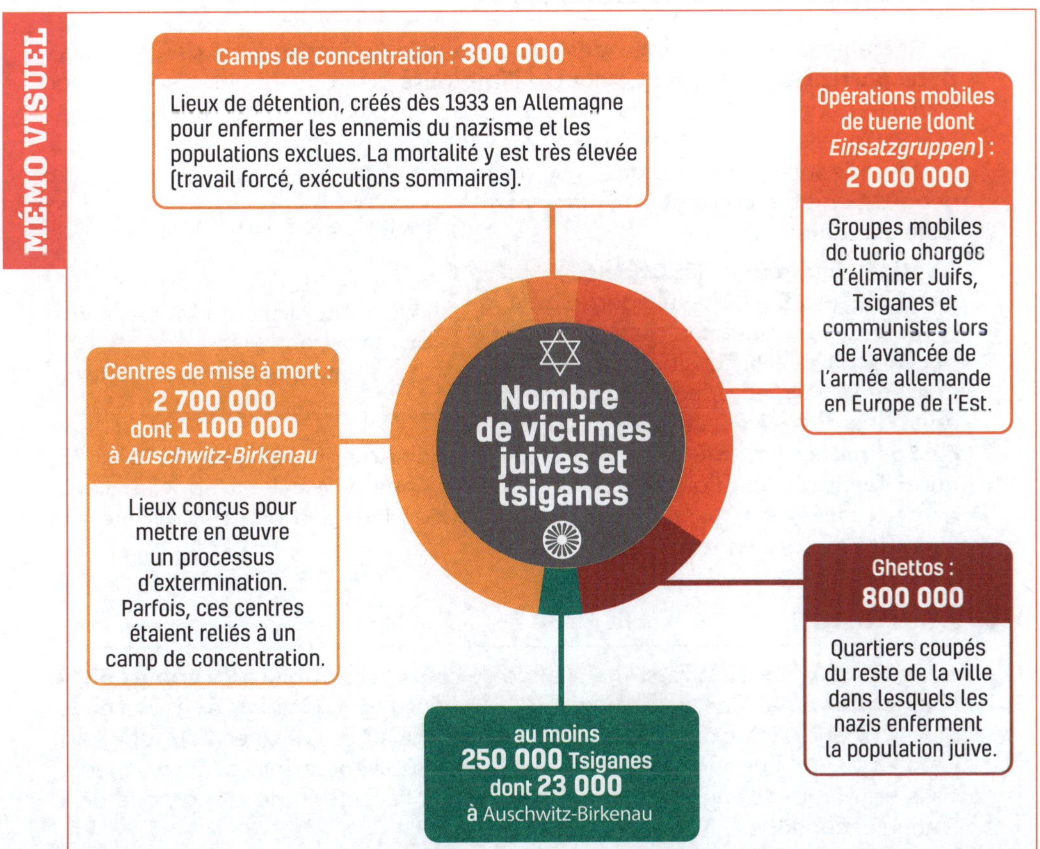

6 Juger les crimes nazis après Nuremberg

A. Les procès de l'après-guerre

→ **Après le tribunal militaire de Nuremberg (1945-46), qui juge 22 hauts responsables du régime nazi**, et aboutit à 12 condamnations à mort, d'autres procès sont organisés contre les criminels de guerre nazis. **À Varsovie, le tribunal national suprême de Pologne** fonctionne entre 1946 et 1948 pour juger spécifiquement les criminels de guerre en Pologne.

→ Toutefois le contexte de la guerre froide, les enjeux liés à la reconstruction de l'Europe et des préoccupations politiques, **limitent la portée de la justice mise en œuvre contre les criminels nazis** ; de nombreux suspects réussissent à s'enfuir hors d'Europe.

> Alors qu'à Nuremberg, la notion de crime de guerre avait absorbé celle de crime contre l'humanité, ici l'inverse s'est produit.
>
> **Pierre Truche**, procureur général au procès de Klaus Barbie à Lyon (1983)

B. Le tournant des années 1960

→ **Certains gouvernements, des descendants de victimes et des associations participent à la traque contre l'impunité.** Ils contribuent à sensibiliser l'opinion publique. De nouveaux procès marquent alors une rupture historique et mémorielle dans les années 1960-70 (procès de Francfort), contribuant à la transmission d'une mémoire juive de la déportation et **accordant une place centrale aux témoins**.

→ **Adolf Eichmann (1906-1962)**, officier supérieur SS, qui avait participé à la conférence de Wannsee puis organisé la déportation et l'assassinat des Juifs de nombreux pays européens, est arrêté en Argentine puis jugé à Jérusalem en 1961-62. **Son procès très médiatisé, suivi par Hannah Arendt (politologue, 1906-75) qui en fait le récit,** marque ce que l'historienne Annette Wieviorka appelle « l'avènement du témoin » car les rescapés se succèdent à la barre et **acquièrent l'identité de survivants**.

> Le juge est à la recherche, non du temps perdu, mais du temps retrouvé. (...) Et l'historien se révèle l'auxiliaire indispensable du magistrat.
>
> **Robert Badinter**, avocat, 2002

C. En France

→ En France, malgré la **reconnaissance de l'imprescriptibilité du crime contre l'humanité en 1964**, ce n'est que dans les années 1980 que sont mises en œuvre des procédures judiciaires contre certains responsables des persécutions antisémites. Les procès engagés contre des Français collaborateurs sont très médiatisés et marquent une étape importante dans l'évolution de la mémoire de la France occupée.

→ **Klaus Barbie**, chef de la Gestapo de la région lyonnaise à partir de 1943, est jugé après avoir été expulsé de Bolivie ; il est condamné en 1987 à la détention à perpétuité pour crimes contre l'humanité. Sa culpabilité est établie grâce à des documents d'archives conservés par le CDJC. **Paul Touvier**, chef de la milice lyonnaise à partir de 1944, est le premier Français condamné pour crimes contre l'humanité (1994). Avec **Maurice Papon**, secrétaire général de la préfecture de Gironde (1942-1944), condamné en 1998 à dix ans de réclusion criminelle pour complicité de crimes contre l'humanité, **c'est la responsabilité du régime de Vichy qui est établie.**

Fait d'actualité

→ **Bruno Dey, 93 ans, ancien gardien SS au camp de concentration du Stutthof**, a été **condamné par le tribunal de Hambourg, le 23 juillet 2020,** pour complicité d'assassinat de 5 232 personnes. Pendant son procès, plusieurs rescapés ont raconté l'enfer qu'ils ont vécu dans ce camp situé près de la ville polonaise de Gdansk, où environ 65 000 personnes ont péri.

MÉMO VISUEL Histoire et mémoires des génocides

Libération → Années 1960 : UNE MÉMOIRE BLESSÉE

- Minoration de la déportation raciale et occultation du sort des Tsiganes
- Engagement des rescapés dans des associations communautaires
- Premiers procès et épuration limitée
- Images d'archives qui fixent la représentation

→

Années 1960 → Années 1980 : UNE MÉMOIRE EN AFFIRMATION

- Renouveau générationnel et affirmation d'une mémoire juive
- Nouvelles recherches historiques et avènement de l'ère du témoin
- Imprescriptibilité des crimes contre l'humanité et relance des procédures judiciaires
- Nouvelles publications et renouveau cinématographique

→

Années 1990 → Aujourd'hui : UNE MÉMOIRE RECONNUE

- Reconnaissance du génocide tsigane et généralisation des espaces mémoriels
- Accès à de nouvelles archives et renouveau historiographique
- Ultimes procès et affirmation d'un devoir de mémoire
- Massification et mondialisation de la représentation

7 Le génocide dans la littérature et le cinéma

A. Écrire le génocide

→ À l'inverse des rares écrits des victimes tsiganes, **les œuvres littéraires consacrées à la Shoah sont innombrables**. Témoignages de victimes, de survivants, poèmes ou fictions romanesques, elles permettent d'appréhender l'événement à travers une expérience souvent individuelle, de mieux le connaître et d'en transmettre des mémoires. **Elles interrogent sur la possibilité d'écrire la réalité de la violence génocidaire**.

→ Dès le lendemain de la guerre se pose la question de la transmission, **alors que les survivants ne sont pas toujours écoutés**. Après les écrits contemporains de la Shoah (les manuscrits d'Auschwitz), de nombreux survivants prennent la parole et écrivent. Certains ouvrages relèvent du témoignage (Elie Wiesel, *La nuit*, 1955), d'autres de l'essai historique (Ivan Jablonka, *Histoire des grands-parents que je n'ai pas eus*, 2012). Le nombre de publications connaît une nette augmentation à partir du milieu des années 1970. La littérature s'empare aussi de la Shoah comme sujet de fiction.

> « Oui, j'ai survécu et je suis libre, mais à quoi bon ? Je me le demande souvent. Pour raconter l'assassinat de millions de victimes innocentes, pour témoigner d'un sang innocent, versé par ces assassins. Oui. J'ai survécu pour témoigner.
>
> **Chil Rajchman** (1914-2004), juif polonais évadé du camp d'extermination de Tréblinka, *Je suis le dernier juif*, 2009

B. Des genres variés au service des mémoires

→ Dans ***Maus*, bande dessinée fondatrice dans la transmission de la mémoire de la Shoah (1986), l'américain Art Spiegelman** raconte l'histoire de ses parents Yankel et Anja, déportés à Auschwitz et survivants de la Shoah. Dessinée en noir et blanc, construite autour d'un dialogue entre père et fils, son œuvre s'impose comme une référence, à l'égal des textes de survivants comme **Primo Levi (*Si c'est un homme*, 1947) ou Imre Kertesz (*L'holocauste comme culture*, 2009)**. Sur le génocide des Tsiganes, la production littéraire est plus rare, mais la fiction romanesque s'empare aussi de cette mémoire **(Miguel Haler *La route des gitans*, 2008)**.

Fait d'actualité

→ **Avec *La chasse aux âmes* (2020), Sophie Blandinières a fait le choix du point de vue des victimes, dans ce roman-récit** sur la vie d'un groupe d'enfants et d'adolescents du ghetto de Varsovie, où les Allemands emmurèrent 350 000 Juifs (1940-43), avant leur extermination massive, principalement à Tréblinka. Le roman se poursuit jusqu'aux années 1990 et donne un exemple de mémorialisation par l'écriture.

C. Le génocide au cinéma

→ **Les écrans sont aussi un support d'histoire et de mémoire.** Actualités cinématographiques et images d'archives rendent compte de la libération des camps. Des images accompagnent les procédures judiciaires (Nuremberg, premier procès de l'histoire à diffuser des images filmées) et sont une source d'histoire comme l'illustre le film ***Nuit et Brouillard*** **d'Alain Resnais** (1955).

→ En même temps s'impose progressivement la figure **du témoin et du survivant**. **En 1985, Claude Lanzmann leur accorde une place unique dans *Shoah*,** film documentaire de plus de 9 heures. La question se pose de la représentation de la violence génocidaire par la fiction, et **des rapports entre le cinéma, la mémoire et l'histoire.** À partir des années 1990, les films de fiction sur le sujet du génocide se multiplient et remportent des succès planétaires : en 1994 *La liste de Schindler* de Steven Spielberg (7 oscars), en 1997 *La vie est belle*, de Roberto Benigni (3 oscars). En 2015, *Le fils de Saul* de Lazlo Nemes, qui met en scène un Sonderkommando à Auschwitz, montre que le sujet continue d'inspirer les cinéastes.

> Faire un film, c'est montrer certaines choses, c'est en même temps et par la même opération, les montrer d'un certain biais.
>
> **Jacques Rivette**, De l'abjection, 1961

MÉMO VISUEL

L'écriture et la mémoire de la Shoah

- **Écriture du génocide en cours**
- **Écriture de rescapés**
- **Écriture de témoins**
- **Écriture de descendants**
- **Films documentaires**

\+

Fictions (romans, théâtre, cinéma)

↓

Un continent littéraire et cinématographique qui construit la mémoire du génocide

SUJET CORRIGÉ

Étude critique de documents

SUJET 19

L'histoire et les mémoires du génocide des Juifs et des Tsiganes

Consigne : Vous montrerez comment la mémoire officielle de la Seconde Guerre mondiale en Allemagne contribue à la reconnaissance des crimes, et mettrez aussi en évidence les limites de cette politique mémorielle.

Document 1

Le chancelier de la RFA au mémorial des combattants du ghetto de Varsovie, le 7 décembre 1970. Willy Brandt (1913-1992), maire social-démocrate de Berlin-Ouest, puis chancelier de RFA de 1969 à 1974, est le premier chef de gouvernement allemand à rendre hommage aux victimes juives de la Shoah en Pologne. Les rubans de la gerbe de fleurs portent les couleurs du drapeau allemand..

Comprendre le sujet

- Les documents abordent une mémoire douloureuse : la responsabilité de l'Allemagne dans les deux génocides de la Seconde Guerre mondiale. C'est l'Allemagne des années 1970 et 2019 qui se penche sur son passé et le reconnaît.
- La photo, très forte, est un document à part entière, non une simple illustration, il faut l'analyser.
- L'écart de presque 50 ans entre les documents permet une analyse sur le long terme.

Document 2 > À Auschwitz-Birkenau, les mots historiques d'Angela Merkel

Le déplacement d'Angela Merkel à Auschwitz-Birkenau restera dans l'histoire. Depuis son arrivée au pouvoir, en 2005, Mme Merkel a visité plusieurs camps de concentration, [...] et évoqué à de multiples reprises la « responsabilité perpétuelle » de l'Allemagne dans la « rupture civilisationnelle » que constitue la Shoah, notamment au mémorial de Yad Vashem. Aussi importants que fussent ces déplacements, aucun n'est de portée comparable à celui que Mme Merkel vient d'effectuer à Auschwitz, lieu devenu « le symbole du mal absolu dans la culture contemporaine », selon l'historienne Annette Wieviorka. Qu'une chancelière allemande s'exprime ainsi, à Auschwitz-Birkenau, dénonçant un « racisme préoccupant » et la montée d'un « antisémitisme qui menace la vie juive en Allemagne et en Europe » [...], donne à ses mots un poids sans équivalent. Mais c'est aussi un terrible aveu de la part de la dirigeante d'un pays où la mémoire du nazisme n'a jamais été aussi présente dans l'espace public et la parole politique. Car tel est bien l'immense paradoxe des « années Merkel ». En 2005, [...] son arrivée au pouvoir a coïncidé avec l'inauguration, au cœur de Berlin, d'un gigantesque Mémorial aux Juifs assassinés d'Europe. Depuis y ont été ajoutés un Mémorial aux homosexuels persécutés pendant la période nazie (2008), le centre de documentation Topographie de la terreur (2010) et un Mémorial aux Roms (2012). Quatre mandats plus tard, Mme Merkel s'apprête à quitter le pouvoir dans un pays qui compte 91 députés membres d'un parti d'extrême droite – AFD – dont le président a déclaré que le nazisme est « une fiente d'oiseau à l'échelle de mille ans d'histoire glorieuse » et qui réclame « un virage à 180 degrés de la politique mémorielle de l'Allemagne ». [...] « Il n'y a pas d'identité allemande sans Auschwitz », avait affirmé le Président allemand, Joachim Gauck, en 2015. « Se souvenir du crime, nommer ses auteurs et honorer dignement les victimes est notre responsabilité [...]. « Avoir conscience de cette responsabilité est au cœur de notre identité nationale », a déclaré Angela Merkel à Auschwitz. Que de telles paroles soient aujourd'hui si violemment combattues devrait conduire à s'interroger sur les moyens à mettre en œuvre pour leur donner l'efficacité qu'elles méritent.

Éditorial, *Le Monde*, 7 décembre 2019.

SUJET 19

La très bonne copie

Introduction

> Le sujet relie les deux termes par « et » : il ne faut donc pas les étudier séparément.

En 1970, le Chancelier fédéral, Willy Brandt est en voyage officiel en Pologne et rend hommage à la mémoire des victimes du ghetto de Varsovie lors d'une cérémonie publique. Le document 1 est une photographie du moment où le chancelier se recueille, à genoux. Presque cinquante ans plus tard, la chancelière Angela Merkel effectue, elle aussi, un voyage officiel et mémoriel en Pologne, sur le site du camp d'Auschwitz-Birkenau. Les deux documents sont de nature journalistique ; l'éditorial n'est pas signé, ce qui est fréquent, il exprime un point de vue partagé par la rédaction du journal.

Ce sujet et les documents qui l'accompagnent doivent nous mener à nous poser plusieurs questions. Tout d'abord, dans quelle mesure ces commémorations expriment-elles à la fois une repentance pour les crimes commis pendant la guerre et une valorisation de la mémoire des victimes ? Ensuite, quels sont les enjeux politiques et les limites de cette mémorialisation ? Ces problématiques peuvent appeler un plan en trois parties. Nous étudierons d'abord le processus de reconnaissance officielle des crimes commis pendant la guerre. Puis nous verrons comment se fait la commémoration de la mémoire des victimes. Enfin, nous nous pencherons sur les enjeux géopolitiques de la mémorialisation.

1re partie

> Analyse ici l'image dans son ensemble et explique-la en détail.

Le document 1 montre Willy Brandt, chancelier de la République Fédérale d'Allemagne de 1969 à 1974, qui s'agenouille en 1970 devant le mémorial dédié aux combattants du ghetto de Varsovie, en Pologne. À l'emplacement d'un des lieux emblématiques de la Shoah, les autorités polonaises, alors communistes, ont érigé le mémorial. Créé en 1940, pour enfermer la population juive, le ghetto de Varsovie (quartier fermé où les Juifs étaient assignés à résidence) avait été ensuite vidé de ses habitants, exterminés principalement dans le centre de mise à mort de Treblinka. Les historiens estiment aujourd'hui qu'au total 800 000 Juifs d'Europe périrent lors de la destruction des ghettos et de la déportation de leurs habitants par les nazis.

La photographie rend compte d'une cérémonie officielle ; on observe ainsi un militaire en faction et une gerbe de fleurs décorée du drapeau allemand ; elle est aussi publique et médiatisée, puisqu'elle se déroule devant des photographes. Elle marque une rupture dans la politique allemande puisque c'est la première fois qu'un dirigeant officiel de la RFA rend hommage aux victimes juives de la Shoah en Pologne, et sa posture à genoux insiste sur la solennité du moment. Cette attitude de recueillement et d'humilité chez le chef de l'État contraste avec les ambiguïtés de la RFA envers les anciens criminels nazis, dont certains ont bénéficié d'amnistie. Elle prolonge les efforts menés par certains procureurs allemands comme Fritz Bauer, qui ont cherché à lutter et engagé des procédures complexes contre l'impunité des criminels en Allemagne.

2e partie

Dans les deux cas, à Varsovie comme à Auschwitz, les chefs de gouvernement allemands reconnaissent le crime, en nommant « ses auteurs » et en admettant une « responsabilité perpétuelle », que A. Merkel qualifie même de « rupture civilisationnelle ». À Varsovie comme à Auschwitz, cette repentance concerne spécifiquement les victimes juives, clairement identifiées, alors qu'elles ont été longtemps assimilées indifféremment à toutes les victimes. En visite en Israël, Angela Merkel a visité le mémorial de Yad Vashem à Jérusalem, inauguré en 1953 pour que nul n'oublie que la Shoah était avant tout une tentative de génocide.

Montre l'aspect progressif, évolutif de la démarche mémorielle.

Toutefois, cette mémoire officielle de la guerre et de ses crimes de masse évolue. D'abord elle s'inscrit dans la géographie allemande, afin que le public soit régulièrement mis en présence de ce passé. Comme le note l'éditorial, « la mémoire du nazisme n'a jamais été aussi présente dans l'espace public », rappelant l'inauguration en 2005 d'un mémorial aux Juifs assassinés d'Europe, installé au cœur de Berlin, la capitale réunifiée.

Puis, cette mémoire est progressivement élargie à toutes les victimes du nazisme. On aborde désormais la pluralité des victimes, des camps, des moyens de la mise à mort et des persécutions. Les anciens camps de concentration allemands sont préservés et ouverts au public ; plusieurs sont visités par la chancelière depuis 2005. La mémoire du génocide des Tsiganes connaît aussi une reconnaissance officielle, d'abord sous forme de « parole publique » à travers un discours prononcé par Helmut Schmidt, successeur de Willy Brandt. Pour ce peuple beaucoup moins porté à l'écriture, à la mémoire, et beaucoup moins nombreux, la reconnaissance publique d'avoir été aussi victime d'un génocide (« Samudaripen » en langue romani) est une étape décisive. Ainsi on voit que par les actes, les cérémonies et les événements à visée mémorielle, ayant pour but de rendre hommage à la mémoire des victimes, on a contribué au rétablissement des faits et réciproquement, et que cette mémoire, désormais établie, contribue à positionner l'Allemagne sur la scène internationale comme un pays capable de se retourner avec lucidité sur son passé. Ainsi, l'Allemagne envoie eu reste du monde le message qu'elle reconnaît les heures sombres de son histoire, la réalité de ce qui s'est passé, et soutient les victimes et leurs descendants. Elle contribue donc aux deux processus, historique et mémoriel.

3e partie

Toutefois l'Europe est confrontée à un « racisme préoccupant », à « une intolérance galopante ». Ainsi, le devoir de mémoire semble nécessaire pour affirmer une communauté de valeurs face à la résurgence de l'antisémitisme, au racisme et à la progression de mouvements d'extrême droite dans plusieurs pays européens.

L'enjeu est aussi politique à l'échelle de l'Allemagne. Comme l'affirmait le président Gauck en 2015, « il n'y a pas d'identité allemande sans Auschwitz », témoignant ainsi de la permanence des faits historiques scientifiquement établis. Sur le plan des valeurs, l'Allemagne a tourné le dos au nazisme et incarne un modèle démocratique. Pourtant, l'auteur de l'article du « Monde » évoque un « immense paradoxe » : en effet, l'Allemagne est touchée par une renaissance de l'antisémitisme et le pays connaît une poussée électorale de l'extrême droite à travers la percée du parti AFD, devenu la troisième formation politique du pays. Certains de ses députés demandent « un virage à 180 degrés de la politique mémorielle », en souhaitant mettre fin à la reconnaissance officielle des crimes commis pendant la guerre, désignant même le nazisme comme un détail insignifiant de l'histoire, « une fiente d'oiseau à l'échelle de mille ans d'histoire glorieuse ».

SUJET 19

Conclusion

Depuis 1970, les gouvernements allemands expriment leur repentance pour les crimes commis par les Nazis pendant la Seconde Guerre mondiale lors de cérémonies publiques. De plus, la mémoire de toutes les victimes a été reconnue et mise en valeur en instituant des lieux de mémoire officiels. Enfin, cette mémoire redevient un enjeu idéologique en Allemagne, mais aussi dans de nombreux pays européens, où les paroles d'Angela Merkel peuvent faire écho à une actualité récente.

Explique que la parole du gouvernement allemand et sa position par rapport à la mémoire de la Shoah ne sont pas seulement importantes en Allemagne mais aussi à l'échelle internationale car elles ouvrent une voie.

SUJET CORRIGÉ

Dissertation

SUJET 20

Les formes et les enjeux de la transmission des mémoires du génocide des Juifs et des Tsiganes en Europe depuis 1945.

Vous montrerez comment l'histoire de ces génocides s'inscrit dans la mémoire des populations européennes, et quelle est son évolution depuis 1945.

Comprendre le sujet

- Il invite à traiter en parallèle les deux génocides de la Seconde Guerre mondiale, tout en évoquant leurs spécificités.
- Les « formes » désignent les diverses manifestations mémorielles, qu'il faut étudier en étant attentifs aux changements.
- Il faudra choisir des exemples, de pas essayer de tout dire sur un sujet aussi large.

La très bonne copie

Introduction

En 2005, le président de la République Jacques Chirac inaugure le mémorial de la Shoah au centre de Paris, dédié à la mémoire des 77 000 Juifs de France déportés pendant l'Occupation. Au-delà de la mémoire des victimes, le lieu cherche aussi à en transmettre l'histoire. La mémoire d'un événement historique peut être définie comme le produit de souvenirs vécus ou racontés. Elle est portée par des groupes, témoins du passé ou leurs descendants. Ainsi, la mémoire est-elle plurielle, subjective et évolutive. C'est bien le cas à propos du génocide des 6 millions de Juifs et des 250 000 Tsiganes européens, victimes de la politique menée par les Nazis et leurs collaborateurs. Les traces de l'extermination, les témoignages des survivants et de leurs familles, ainsi que les choix opérés par les États de commémorer les victimes et de juger les coupables composent un ensemble de mémoires du génocide, en évolution depuis 1945.

> Pense à être précis sur les termes employés, ne confonds pas allemands/nazis, histoire/mémoire, auteurs et collaborateurs des génocides.

Comment caractériser les mémoires du génocide des Juifs et des Tsiganes et leurs évolutions à l'échelle de l'Europe depuis 1945 ? Nous verrons d'abord comment se mettent en place des lieux de mémoire collective des génocides en Europe ; puis quel rôle joue la justice dans la constitution de cette mémoire ; enfin, dans quelle mesure on peut dire que les arts contribuent à transmettre la mémoire.

1re partie

À la Libération, la mémoire est d'abord celle des survivants et des rescapés. En France, seulement 3 % des déportés juifs ont survécu. En Europe de l'ouest, le souvenir de la déportation domine celui de la persécution raciale. Des associations de rescapés, dans un cadre communautaire, revendiquent la reconnaissance de la nation. En France, dès 1943, le CDJC (Centre de documentation juive contemporaine) collecte des archives qui serviront de base aux procès entamés contre les criminels nazis. Il contribue à diffuser l'histoire des persécutions

> Décris ici par quelques exemples les lieux de mémoires.

antisémites, s'inscrit dans l'espace public en organisant des cérémonies commémoratives à Paris avec l'inauguration du mémorial du martyr juif inconnu en 1956. En Europe de l'Est, le cadre mémoriel est marqué par la géopolitique. Ainsi, le gouvernement polonais fait-il d'abord du musée d'Auschwitz, ouvert en 1948, le lieu de la commémoration du martyre de la nation. Les victimes juives sont largement minorées dans le cadre de la propagande gouvernementale. Dans tous les cas la mémoire des Tsiganes est largement absente des commémorations.

À partir des années 1970-1980, le régime de mémorialité évolue dans toute l'Europe, selon des rythmes différents, donnant naissance à une reconnaissance nouvelle de la mémoire du génocide des Juifs et des Tsiganes. La muséographie réintègre la mémoire de l'ensemble des victimes, dont les Juifs et les Tsiganes, et permet un accès à de nouvelles archives et l'ouverture de débats historiographiques sur les formes et la responsabilité des acteurs du génocide. Les associations mémorielles obtiennent le soutien des institutions internationales pour valoriser leur action. Les espaces des centres de mise à mort font l'objet d'une valorisation patrimoniale. Des recherches sont entreprises pour localiser les lieux des massacres commis par les groupes mobiles de tueries. La construction de mémoriaux au centre de Berlin au début du XXIe siècle témoigne de cette commémoration de la diversité des victimes. En France, Jacques Chirac reconnaît la responsabilité dans la déportation des Juifs de France en 1995. L'inauguration du mémorial de la Shoah en 2005 honore la mémoire des victimes, exprime un devoir de mémoire et l'ambition de lutter contre toutes les formes de racisme et d'intolérance.

→ 2e partie

Insiste dans cette partie sur le rôle de la justice dans la consolidation des mémoires.

.Après le Tribunal militaire de Nuremberg (1945), d'autres procès sont organisés contre les criminels de guerre nazis. Toutefois, le contexte de la guerre froide, les enjeux liés à la reconstruction de l'Europe et des préoccupations politiques limitent la portée de cette justice.

Certains gouvernements, des descendants de victimes, comme Serge Klarsfeld, ou des associations participent à la traque contre l'impunité. Ils contribuent à sensibiliser l'opinion publique. De nouveaux procès marquent alors une rupture historique et mémorielle. Celui d'Eichmann à Jérusalem en 1961 contribue à la transmission d'une mémoire juive de la déportation et accorde une place centrale aux témoins. Un renouveau identitaire juif est porté par la lutte contre les campagnes antisémites lancées en Europe de l'Est, après la guerre de 1967 et dans un contexte de renaissance d'une extrême droite négationniste. L'imprescriptibilité des crimes justifie aussi la recherche des coupables ou la réouverture de procédures judiciaires.

En France, malgré la reconnaissance de l'imprescriptibilité du crime contre l'humanité en 1964, ce n'est que dans les années 1980 que sont mises en œuvre des procédures judiciaires contre certains responsables des persécutions antisémites. Après la condamnation de Klaus Barbie en 1987, les procédures engagées contre des Français collaborateurs comme René Bousquet ou le procès de Maurice Papon en 1998 sont très médiatisées et marquent une étape importante dans l'évolution de la mémoire de la « France des années noires » et la reconnaissance du sort des Juifs.

3e partie

Dès le génocide, puis aux lendemains de la guerre, de nombreuses victimes de la Shoah écrivent. Certains ouvrages relèvent du témoignage, comme *Si c'est un homme* de Primo Levi, d'autres utilisent la fiction. Ils contribuent à transmettre une mémoire des expériences individuelles ou collectives et constituent un continent littéraire encore en augmentation. Toutefois, le langage ne permet pas toujours d'exprimer la violence vécue ni d'être entendu. De plus, le sort des Tsiganes reste jusqu'à la fin du XXe siècle le « génocide oublié ».

Les écrans sont aussi un support d'histoire et de mémoire. À l'origine, les actualités cinématographiques et les cinéastes mobilisent les images d'archives. Ces images filmées accompagnent les procès de Nuremberg et sont une source d'histoire comme l'illustre le film *Nuit et Brouillard* d'Alain Resnais en 1955. Puis, à partir des années 1970, émerge dans les arts la figure de la victime juive au cœur de la mémoire collective de la guerre. Le renouveau de la recherche historique, la presse, l'édition et le cinéma contribuent à la diffusion de cette affirmation mémorielle. Des témoignages nouveaux apparaissent, des descendants écrivent (*Maus*, Art Spiegelman, 1986), la littérature s'empare davantage de la Shoah comme sujet de fiction. En 2002, le prix Nobel de littérature est accordé au Hongrois Imre Kertész, survivant de la Shoah, dont il a fait sa principale inspiration. En même temps s'impose progressivement la figure du témoin et du survivant au cinéma. En 1985, Claude Lanzmann lui accorde une place unique dans *Shoah*, qui est devenu une référence. De plus en plus d'œuvres de fiction s'inspirent du sujet, massifiant et mondialisant les références au génocide, comme *La liste de Schindler*, de S. Spielberg en 1994. Parce qu'ils introduisent de l'humour (*La vie est belle*) ou du fantastique (*Le fils de Saul*, 2015), certains films font débat, mais montrent combien le génocide inspire les réalisateurs.

> Choisis les exemples les plus marquants, auxquels tu peux ajouter un exemple plus personnel.

Conclusion

Ainsi, la mémoire de la Shoah et du génocide des Tsiganes a une histoire. Les événements passés donnent lieu à des représentations qui contribuent à des constructions identitaires et évoluent au fil du temps et selon les espaces géographiques. Au fur et à mesure, de nouveaux lieux et de nouvelles figures sont mis en avant. Portée par l'édition, un cinéma populaire et surtout de nouveaux programmes scolaires, la mémoire prend une dimension civique. Des lieux de mémoire de plus en plus nombreux marquent désormais les territoires, montrant à la fois la spécificité des violences génocidaires et leur universalité.

> Élargis ta démonstration aux liens entre histoire, mémoires et citoyenneté.

SUJET CORRIGÉ

Dissertation

SUJET 21

Dire et écrire le passé : histoire et mémoires du XXe siècle

Vous veillerez à citer des exemples variés du travail de l'histoire et des mémoires.

Comprendre le sujet

– On peut associer « dire » aux mémoires et « écrire » à l'histoire : il s'agit de comparer ces deux regards sur le passé.

– Il faut donc les définir clairement, les distinguer sans les opposer.

– Enfin il faut observer leurs évolutions, rien n'est immobile en histoire.

La très bonne copie

Introduction

L'histoire désigne le récit des événements passés, fondé sur des sources vérifiées et des méthodes critiques recherchant l'objectivité ; par « mémoires », on désigne les souvenirs d'événements vécus ou racontés par des individus ou des groupes, dont la transmission est subjective, partielle et évolutive. Depuis l'émergence de la nouvelle histoire, on considère que l'homme, dans toutes ses dimensions, est la matière même de l'histoire, et par conséquent que les mémoires sont à prendre en compte par l'histoire, parmi d'autres sources. La prise en compte de document moins officiels, plus émotionnels, peuvent permettre à l'historien d'élargir son champ de vision et de se rapprocher au mieux de la réalité. Le XXe siècle ayant été traversé par de nombreux conflits, guerres et génocides, on assiste aujourd'hui à une réminiscence et à des conflits mémoriels qui viennent parfois entraver le travail historique. Car ces mémoires dévoilent des événements tus, honteux ou traumatiques, plus ou moins vérifiables. Nous verrons ainsi comment l'histoire et les mémoires ont pu, jusqu'à présent, transmettre les événements du XXe siècle, chacune avec ses spécificités.

> Sois très précis et rigoureux dans la définition des termes du sujet.

Pour cela nous nous appuierons sur le processus chronologique des cycles mémoriels d'après Henri Rousso, en nous penchant tout d'abord sur la période de déni et de deuil silencieux qui suivent souvent les événements traumatiques, pour ensuite aborder le réveil des mémoires et finalement la période d'hypermnésie, soit l'abondance des mémoires et le besoin de justice.

1re partie

Dans son ouvrage qui a fait date, *Le syndrome de Vichy*, l'historien Henry Rousso observe en France, après la Seconde Guerre mondiale, un processus chronologique de cycles mémoriels. Le premier est une période d'oubli plus ou moins volontaire, plus ou moins marqué, pendant laquelle en tout cas les mémoires s'expriment peu. Ce phénomène d'amnésie peut se révéler très puissant à la suite d'un évènement traumatique tel qu'un génocide. Le génocide est un acte commis dans l'intention de détruire ou tout ou en partie un groupe national, ethnique, racial ou religieux, marque un peuple sur de nombreuses générations.

> Cite les noms des historiens et spécialistes qui ont fait date sur ces sujets.

Rousso constate que juste après la guerre, les survivants parlaient peu et n'étaient pas entendus. Simone Weil a vécu ce silence quasi-total, sorte de fuite vers un retour à la vie.

Dans le cas du génocide des Tutsis au Rwanda, les nombreux troubles psychologiques touchant la population et la peur d'une résurgence d'un génocide sont encore d'actualité. Un des plus « efficaces » de l'histoire, ce génocide n'a pourtant pas retenu en son temps toute l'attention nécessaire. L'historien Stéphane Audoin-Rouzeau s'interroge ainsi sur les raisons pour lesquelles les spécialistes des guerres et génocides ont mis tant de temps à s'intéresser à la catastrophe de 1994, tandis que d'autres événements accaparaient les esprits. Lors de son voyage au Rwanda en 2008, l'historien est confronté aux récits de survivants qui le plongent dans un univers traumatique inconnu et terrifiant. Il prend alors conscience de l'existence d'un réel fossé entre l'histoire contemporaine académique et la réalité du temps présent. L'utilisation de terme tel que « génocide rwandais » ou encore de « guerre interethnique » cherchent à réécrire l'Histoire, ce qui témoigne d'un déni. Ces non-dits et ces reniements sont liés à la difficile question des responsabilités au sein des conflits meurtriers contemporains.

On peut enfin citer l'étude historique et mémorielle extrêmement complexe de la guerre d'Algérie, menée par exemple par Benjamin Stora, Mohammed Harbi ou Raphaëlle Branche, qui s'accordent sur au moins vingt ans de silence après l'indépendance de 1962. Due à la fois aux violences et au morcellement des mémoires, entre communautés concurrentes, cette période d'amnésie ne cesse que dans les années 1980. S'ouvre alors une seconde étape.

→ 2ᵉ partie

Le réveil des mémoires est, dans le cas de la Guerre d'Algérie source de nombreux conflits. En effet, si cette prise de conscience et ce besoin de reconnaissance ont pour objectif un juste rétablissement des faits historiques et un apaisement des mémoires, la multiplicité de celles-ci et leurs enjeux politiques rendent la tâche délicate. La représentation du passé concernant cette guerre touche à plusieurs groupes de personnes traumatisées, les soldats, les officiers, les Algériens, les immigrés, les harkis ou les pieds-noirs. Ces représentations divergentes entrent en contradiction avec des discours dominants officiels qui souhaitaient maintenir une vision unique et édulcorée du conflit, désigné officiellement en France comme guerre en 1999 seulement.

> Montre par un exemple, que parallèlement au réveil des mémoires, les historiens se mettent au travail.

Cependant, le poids de cette mémoire à la fois douloureuse et persistante, y compris chez les générations suivantes, rend de plus en plus nécessaire une reconnaissance officielle. On observe des revendications mémorielles (harkis, anciens combattants…) et, simultanément, l'ouverture (partielle) des archives qui permet le travail de l'histoire dans les années 1990. Et de fait, si les historiens entendent les témoins, ils ne peuvent s'en contenter, car les mémoires sont faillibles, partielles, affectives. C'est donc en les croisant avec des documents multiples que les historiens peuvent approcher la vérité. Un processus s'enclenche : plus les témoins s'expriment, plus les historiens travaillent, et leurs travaux suscitent d'autres souvenirs et d'autres travaux, au risque des polémiques. Les victimes ne sont pas les seuls porteurs de mémoires : en 2001, le général Aussaresses publie *Services secrets,* témoignant de la torture pratiquée par les militaires français. En complément de témoignages de victimes, ou de présomptions sur des disparitions comme celle de Maurice Audin en 1957, son livre contribue à la levée de ce tabou.

SUJET 21

3e partie

Enfin, le dernier stade est celui de l'abondance des mémoires, ou hypermnésie. Dans le cas du génocide des Juifs en France, on peut observer la multiplication de lieux de mémoire, des commémorations, l'insertion du sujet dans le milieu scolaire, les interventions d'anciens rescapés de la Shoah et des camps. L'abondance de témoignages et d'archives tels que le *Journal d'Anne Frank* ou *Si c'est un Homme* de Primo Levi, le film documentaire *Nuit et Brouillard* d'Alain Resnais et plus généralement la multiplication impressionnante à la fin du siècle, d'œuvres cinématographiques et de romans, témoigne d'une mémoire vive. En France, bien qu'on puisse noter une recrudescence des actes antisémites ces dernières années, les faits historiques semblent acceptés. Nous pourrions ainsi donner pour exemple le discours de Jacques Chirac en 1995 durant lequel il reconnaît la responsabilité de l'État français dans la déportation durant l'Occupation.

> Développe, à l'aide d'exemples, l'abondance des témoignages, des travaux historiques, et des œuvres culturelles.

Toutefois, nous pouvons souligner que pour un même évènement, l'histoire et les mémoires ne sont pas les mêmes selon les pays. Pour cela nous pouvons parler du cas de la Pologne qui nie et refuse ouvertement une quelconque implication dans les atrocités antisémites. Les polémiques concernant la loi mémorielle de 2018 destinée à défendre l'image du pays, ainsi que l'indignation polonaise en mai 2012 après que Barack Obama a utilisé l'expression de « camp polonais de la mort » prouve que la Pologne a du mal à reconnaître une implication de certains Polonais. L'abondance du travail historique et mémoriel ne règle donc pas tout, comme on le voit aussi pour le génocide des Arméniens.

Conclusion

Pour conclure, nous pouvons dire qu'histoire comme mémoires sont essentielles pour espérer s'approcher au mieux d'une réalité passée. Mais ce double travail prend du temps. Le seul but de l'historien est d'établir une histoire sans tabous, le plus neutre et objective possible. Mais pour comprendre les enjeux de mémoire actuelle, il est essentiel de prendre en compte les souffrances vécues et transmises par l'ensemble des groupes, et ainsi s'aider de ces témoignages et souvenirs pour les mettre ensuite en lien avec l'aspect objectif de ces événements. Comme l'écrivait Benjamin Stora en 2004 à propos de l'Algérie : « Les mémoires sont à la fois rappel d'événements et miroir déformant. L'historien ne peut ni les dédaigner ni s'y soumettre. »

> Si possible, intègre à la conclusion une citation qui résume bien le sujet.

POUR TRAVAILLER EN AUTONOMIE

→ Aborder le thème dans sa globalité

Ouvrages généraux

- Henri Rousso, *Face au passé*, Belin, 2016
- Jacques Sémelin, *Purifier et détruire. Usages politiques des massacres et génocides*, Points, 2017
- Stéphane Audouin-Rouzeau et Jean-Jacques Becker (dir.), *Encyclopédie de la Grande guerre*, Bayard, 2012
- Benjamin Stora et Mohammed Harbi (dir.), *La guerre d'Algérie. La fin de l'amnésie*, bilan de plus de 20 historiens de toutes nationalités, Gallimard, 2004
- Olivier Lalieu, *Histoire de la mémoire de la Shoah*, éditions Soteca, 2015
- Henriette Asséo, *Les Tsiganes, une destinée européenne,* Découverte Gallimard, 2014

→ Approfondir et préciser tes connaissances

Ouvrages spécialisés

- Leonor Faber-Jonker, *Le premier génocide du XXe siècle*, éditions du Mémorial de la Shoah, 2017
- Hélène Dumas, *Le génocide au village*, Seuil, 2014.
- Art Spiegelman, *Maus : l'intégrale*, Flammarion, 2018
- Beate et Serge Klarsfeld, *Mémoires*, Fayard, 2015
- Annette Wieviorka, *L'ère du témoin*, Plon, 1998
- Denis Salas, *La Justice entre histoire et mémoire*, Autrement, 2002
- Collectif, *Les voix sous la cendre. Manuscrits des Sonderkommandos d'Auschwitz-Birkenau*, 2005
- Alain Goldschläger et Jacques Charles Lemaire, *Les témoignages écrits de la Shoah*, Racine, 2016
- Claire Auzias, *Samudaripen, le génocide des Tsiganes*, Esprit frappeur, 2000

Articles

- Nicolas Beaupré, « La Grande Guerre : du témoin à l'historien, de la mémoire à l'histoire ? », *Témoigner. Entre histoire et mémoire*, n° 118, 2014
- Pierre Lepidi, « Les gacaca, ces tribunaux populaires par lesquels le miracle rwandais est arrivé », *Le Monde*, 15 avril 2019.
- « L'ONU et la gestion des conflits yougoslaves (1991-1995) : faillite d'une institution, faillite des États ? » *Relations internationales*, 2006-4, n° 128
- Rémy Ourdan, « Une justice internationale à la peine », *Le Monde*, 4 juin 2019
- Annette Wieviorka, « La mémoire de la Shoah », *La Mémoire entre histoire et politique*, Les Cahiers français, La Documentation française, juillet-août 2001

→ Visualiser, réviser, apprendre autrement

Vidéos

- Interview de Benjamin Stora, Fondation Jean-Jaurès : « Algérie-France : mémoires dangereuses. », 2016, 14 min 16
- « Rwanda, le dernier génocide du XXe siècle ». Reporter, France 24, 12 min 45
- « Justice transitionnelle en Afrique, enjeux et perspectives », Centre des Nations unies pour les droits de l'homme et la démocratie en Afrique centrale, 2010, 25 min 26
- « Srebrenica, un génocide toujours controversé », entretien avec Rony Brauman, France 24, 13 juillet 2015, 11 min 55

Thème 3 Histoire et mémoires

Tu viens de voir le thème sur les liens entre histoire et mémoires. Pour t'aider à retenir l'essentiel et t'entraîner pour le Bac, voici ton kit de révision clé en mains conçu par SchoolMouv !

Fiche de révision

Le Focus de SchoolMouv : La mémoire de la guerre d'Algérie : un travail entamé par l'histoire et le cinéma

Certains historiens des années 1960 et 1970 étudient la guerre d'Algérie après y avoir pris part, comme Pierre Vidal-Naquet, qui a combattu la torture. Dès les années 1960, le récit de l'État est ainsi remis en cause par des travaux historiques. Mais ceux-ci restent limités par l'impossibilité d'accéder aux archives ou d'enquêter en Algérie.

Le cinéma s'empare également de la question avec des films comme *La Bataille d'Alger* de Gillo Pontecorvo (1966). Cette production italo-algérienne raconte la traque et la mort du chef FLN Ali Ammar, représenté comme un héros affrontant une armée tortionnaire. Le film remporte de nombreuses récompenses mais est interdit de salle en France jusqu'aux années 2000. Il dépeint en effet l'ambiguïté et la violence de la campagne de terreur du FLN tout en montrant la légitimité de son combat. Il montre la violence de façon crue, en reproduisant fidèlement les attentats et les interrogatoires.

Vidéo

Pour mieux comprendre et t'en souvenir à coup sûr, regarde la vidéo, c'est parfois plus clair en images.

Vidéo **Histoire et mémoires : l'exemple de la guerre d'Algérie**

https://flashbelin.fr/focusbacschoolmouv/hggsp/3

Contenus additionnels

Voici quelques bonus sur le thème 3.

La curiosité n'est pas toujours un vilain défaut. Il te suffit de créer ton compte pour avoir accès à plein de contenus supplémentaires.

Juger un crime de masse à l'échelle locale et internationale : les exemples du Rwanda et des Balkans

Quiz

https://www.schoolmouv.fr/eleves/cours/juger-un-crime-de-masse-a-l-echelle-locale-et-internationale-les-exemples-du-rwanda-et-des-balkans-/qcm

Fiche

https://www.schoolmouv.fr/eleves/cours/juger-un-crime-de-masse-a-l-echelle-locale-et-internationale-les-exemples-du-rwanda-et-des-balkans-/fiche-de-revision

Tchat avec un prof

Pour poser toutes tes questions à un prof particulier, découvre l'abonnement tchat. Tu peux le tester gratuitement pendant 7 jours : fini les questions sans réponses, tu vas devenir incollable.

https://focusbac.schoolmouv.fr/offre

Thème 4

BAC ANNÉE IMPAIRE

Identifier, protéger et valoriser le patrimoine : enjeux géopolitiques

Emmanuel Macron prononçant son discours devant la pyramide du Louvre, après son élection à la présidence de la République, le 7 mai 2017.

Thème 4

Identifier, protéger et valoriser le patrimoine : enjeux géopolitiques

Sommaire

Mots clés

- **Patrimoine :** Ensemble de biens hérités du passé qui sont transmis aux générations suivantes ou méritent de l'être.
- **Patrimonialisation :** Processus collectif de reconnaissance et de mise en valeur d'édifices, d'espaces, d'objets ou de pratiques hérités du passé.
- **Bien immatériel** : Pratique, représentation, connaissance ou savoir-faire transmis de génération en génération.
- **Unesco (Organisation des Nations unies pour l'éducation, la science et la culture)** : Institution de l'ONU qui a pour objectif la construction de la paix dans le monde, par l'éducation, la science et la culture.
- **Patrimoine mondial de l'Unesco** : Liste de biens culturels et naturels créée par l'Unesco à partir de 1972, augmentée à partir de 2003 par la liste de biens immatériels.
- **Restitution** : Décision politique de rendre un bien patrimonial à son pays d'origine.

Dates clés

1793 Décret faisant du **Louvre** un musée public

1887 Loi française sur la **conservation des monuments et objets d'art** ayant un intérêt historique et artistique national

1945 Création de l'**Unesco** au sein de l'ONU

1972 Création par l'Unesco de la liste du patrimoine mondial

1984 Premières **journées du patrimoine** en France

2003 Création de la liste représentative du patrimoine culturel immatériel de l'humanité.

2012 Les salafistes d'Ansar Dine détruisent les tombeaux des saints à **Tombouctou** (Mali)

Chiffres clés

En 2018, la liste du patrimoine mondial de l'Unesco comptait **1 121 biens matériels culturels et naturels**, et **508 biens immatériels**, dispersés dans **167 États sur les 193** ayant signé la Convention de 1972.

Les cinq premiers pays en nombre de sites inscrits sur la liste du patrimoine mondial de l'Unesco en 2019

Chine **55** Italie **55** Espagne **48** Allemagne **46** France **45**

Évolution du nombre de visiteurs annuel au domaine de Versailles

- 1923 **200 000**
- 1937 **1 million**
- 1980 **3 millions**
- 2018 **8,1 millions**

Comprendre les enjeux

Le patrimoine est formé d'**éléments transmis entre générations** et identifiés comme porteurs d'une valeur particulière, qu'elle soit monétaire ou symbolique. Considéré à la fois comme **propriété et symbole identitaire**, d'un groupe, d'un peuple ou d'un pays, le patrimoine peut susciter des tensions à différentes échelles.

1 Le patrimoine familial

→ Le mot patrimoine vient de *patrimonium*, « l'héritage du père », et se définit comme **l'ensemble des biens hérités de ses ascendants**. Ces biens peuvent être matériels et transmis à la mort d'un ascendant ou immatériels et transmis par celui-ci au cours de la vie d'un individu.

→ La transmission du patrimoine s'inscrit dans **un cadre légal**, comme le code de Gortyne (Ve s. av. J.-C.) ou le Code civil (1804). En France, un individu peut écrire un testament avant sa mort pour préparer la division de son patrimoine dans le cadre légal. À la mort de leurs aïeux, les descendants créent du patrimoine en distinguant certains biens qu'ils décident de **conserver** et de **transmettre**. **La transmission du patrimoine peut être l'objet de tensions** et conduire des familles à se déchirer devant des tribunaux.

→ **Les usages du patrimoine reflètent le fonctionnement d'une société.** Thomas Piketty, économiste, montre que le patrimoine accentue les inégalités sociales. Il propose donc de repenser la transmission du patrimoine afin de créer l'égalité dans la société.

2 Le patrimoine collectif, national et international

→ La découverte de monuments antiques, comme celle de nouveaux territoires par les Européens à partir du XVIe siècle, leur fait prendre conscience de **la nécessité de protéger des biens exceptionnels**. Cela conduit au développement de cabinets de curiosité conservant des **collections d'objets rares** issus du monde entier. Ce patrimoine est préservé par une élite.

→ À la fin du XVIIIe siècle, des populations en Europe se mobilisent contre la destruction de monuments, car elles considèrent qu'ils témoignent de l'identité de la nation à travers **une valeur esthétique ou historique**. C'est la naissance d'**un patrimoine collectif et national,** accessible à tous et protégé par l'État et la société.

→ La notion de patrimoine s'élargit au XXe siècle pour devenir synonyme de **biens culturels à protéger**, et se diffuse dans le monde.

3 Le patrimoine mondial de l'Unesco

→ En 1972, la **Convention pour la protection du patrimoine mondial, culturel et naturel de l'Unesco** propose de mobiliser la communauté internationale pour protéger et valoriser des biens culturels et naturels. **La conscience de partager un patrimoine commun** doit participer à la paix dans le monde.

→ En 2018, les listes du patrimoine mondial comptent au total plus de 1 600 biens. Extrêmement varié, ce patrimoine suppose **une protection et une mise en valeur** des biens. L'inscription sur la liste provoque une attractivité croissante des biens inscrits, car elle est comprise comme un **gage d'authenticité et d'exceptionnalité.**

→ Si la patrimonialisation favorise le développement touristique, l'attractivité croissante d'un site induit le développement d'infrastructures d'accueil qui peuvent participer à le dénaturer et à créer des **tensions entre l'échelle mondiale et locale**. Des tensions géopolitiques peuvent naître, liées à la concurrence entre les États ou quant à l'inscription d'un site sur la liste, comme pour Hébron (Palestine-Israël) en 2017.

MÉMO VISUEL L'évolution du patrimoine

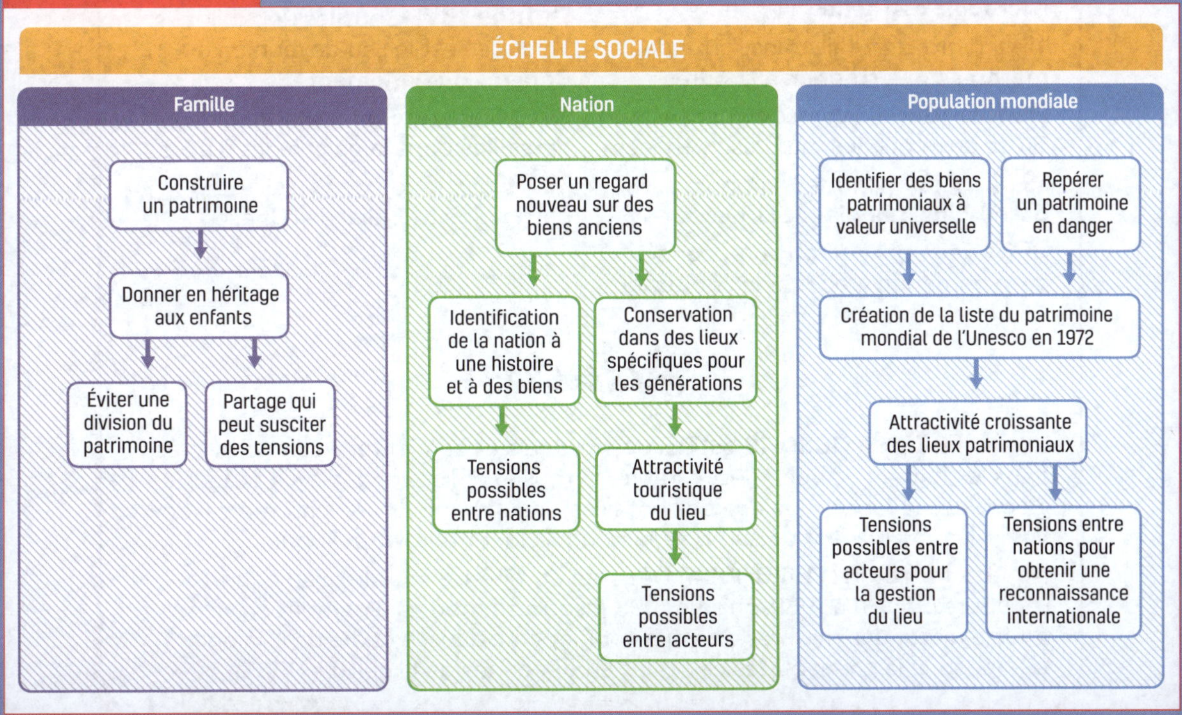

Usages sociaux et politiques du patrimoine

Lexique

- **Conservation du patrimoine** : Activité consistant à identifier, à protéger et à faire connaître les biens jugés importants pour la culture et l'histoire.
- **Restauration :** Entretien et mise en valeur d'un bien.
- **Réhabilitation :** Remise en état d'un bien qui a été dégradé.
- **Spoliation :** Appropriation injustifiée d'un bien aux dépens de son propriétaire légal.
- **Frise des Panathénées** : élément d'architecture du Parthénon, temple d'Athéna à Athènes, en forme de longue bande sculptée située au-dessus des colonnes. Ses sculptures représentent le défilé des Athéniens qui tous les ans rendaient hommage à la déesse protectrice de la cité.

Dates clés

1801 Autorisation par l'occupant ottoman de **fouilles britanniques sur l'Acropole d'Athènes**

1802 Lord Elgin fait transporter des **marbres du Parthénon à Londres**

Depuis 1834 Réclamation par la Grèce du retour des marbres à Athènes

1987 Classement de l'Acropole au **patrimoine mondial de l'Unesco**

2017 Rejet par l'Union européenne de la demande grecque de restitution

1837 Création à Versailles du **musée national de l'Histoire de France**

Depuis 1879 Sous les Républiques, Versailles est le lieu de réunion du **Congrès du Parlement**

1919 **Signature du Traité de Versailles** dans la galerie des glaces

1979 Inscription de Versailles au patrimoine mondial de l'Unesco

Acteurs

Louis-Philippe (1830-1848) Roi des Français et dernier roi en France, il crée dans le château de Versailles restauré un musée d'histoire dédié « à toutes les gloires de la France » (galerie des batailles), inaugurant l'usage patrimonial de Versailles, qui devient un symbole historique, identitaire et politique.

Melína Mercoúri (1920-1994) Députée et ministre socialiste grecque de la culture de 1981 à 1989, puis de 1993 jusqu'à sa mort, elle combat en vain pour le retour des marbres du Parthénon et crée dans le cadre de l'Union européenne le concept des capitales européennes de la culture (1985).

MÉMO VISUEL

Versailles, aujourd'hui

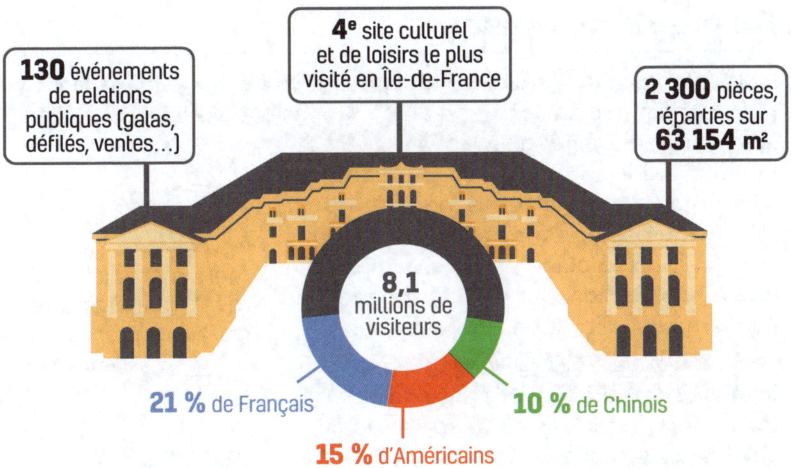

1 Réaménager la mémoire : les usages de Versailles de l'Empire à nos jours

A. Du palais au musée

→ **Le domaine de Versailles occupe une place à part dans le patrimoine français**, depuis la transformation, voulue par Louis XIV, d'un relais de chasse en somptueuse résidence royale (1682). La dispersion du mobilier pendant la Révolution française et l'abandon temporaire du domaine, composé du palais et du parc, ont laissé place progressivement à **une réhabilitation**, qui a accompagné les événements historiques et politiques.

→ Le roi Louis-Philippe y installe en 1837 **le Musée national de l'Histoire de France**, qui honore les victoires françaises dans la galerie des batailles.

> « Ce que Louis-Philippe a fait à Versailles, c'est avoir fait un monument national d'un monument monarchique ; c'est avoir installé le présent dans le passé.
>
> **Victor Hugo**, *Journal*, 1837, à propos de la création du Musée d'Histoire de France

B. Des usages politiques

→ **En 1871, la victoire de la Prusse** ouvre un autre chapitre : occupé par l'armée et l'empereur, **le château symbolise alors la défaite française**, alors que l'Allemagne proclame l'empire dans la galerie des Glaces. Les affrontements de la Commune à Paris donnent ensuite au château **une fonction de politique intérieure** : les chambres du Parlement s'y installent.

→ **En 1919, il est le lieu de signature du traité qui enregistre la fin de la Première Guerre mondiale** et, cette fois, la défaite de l'Allemagne.

→ Versailles garde une vocation politique sous les IIIe, IVe et Ve républiques, lorsque s'y tiennent les séances du **Congrès du Parlement** (réunions de l'Assemblée nationale et du Sénat). Le Congrès est réuni soit pour des révisions constitutionnelles, soit pour les déclarations du président de la République, séances exceptionnelles lors desquelles le Président s'adresse aux élus des deux assemblées (le discours peut être suivi d'un débat, non d'un vote). Ainsi, **le château abrite des temps forts de l'histoire nationale** et européenne des XIXe et XXe siècles, **cumulant des fonctions politiques et touristiques**.

C. Un fleuron du tourisme et du *soft power* français

→ **Au XXe siècle le « remeublement » Versailles est entrepris** : il s'agit de rechercher dans les collections nationales et privées des éléments de son mobilier dispersés, afin de reconstituer l'état du château voulu par ses concepteurs, dans **une démarche de conservation et de restauration**. Le parc est lui aussi restauré dans l'esprit des jardins d'origine, et augmenté d'œuvres d'art contemporain.

→ La **massification touristique et l'entrée au patrimoine mondial de l'Unesco (1979)** achèvent d'en faire un fleuron du patrimoine français, qui reste **un atout politique pour le pouvoir en place** (Sommet du G7 en 1982, réception de chefs d'État comme Xi Jinping en 2014, Vladimir Poutine en 2017). Capable d'établir un lien entre le passé, le présent et les générations futures, Versailles est **un exemple de patrimoine culturel qui rend visible l'histoire politique et la construction de la nation** au fil des générations.

Fait d'actualité

→ **Versailles et le patrimoine musical français :** Créé en 2018, le label discographique « Château de Versailles Spectacles » propose un catalogue consacré à la musique baroque, et tout particulièrement aux XVIIe et XVIIIe siècles français. Opéras, ballets, concerts, musique sacrée et récitals d'orgue (CD ou DVD), tous enregistrés à Versailles, de l'Opéra royal aux grands appartements, de la chapelle royale à la salle des Croisades, en passant par la galerie des Glaces, sont disponibles en ligne.

MÉMO VISUEL

Les usages sociaux et politiques du patrimoine

Patrimoine culturel

Usage sociaux
- classifications des biens
- exposition au public
- transmission par l'enseignement ou la médiatisation

Usages politiques
- identité nationale (discours, labels)
- réceptions, sommets internationaux
- fonctions politiques des lieux, commémorations

Le patrimoine porte un sens social et politique...
- identité nationale renforcée par l'expérience patrimoniale
- image internationale

2 Conflits de patrimoine : les frises du Parthénon depuis le XIXe siècle

A. L'origine du conflit

→ En 1801, alors que la Grèce est **sous la domination de l'Empire ottoman**, le Britannique Lord Elgin, ambassadeur du Royaume-Uni en Turquie (1799-1803), obtient par traité l'autorisation de mener **des fouilles archéologiques sur l'Acropole d'Athènes**. Désireux que son ambassade soit profitable à son pays, et conscient d'être en présence de chefs d'œuvre à protéger, **il fait transporter vers Londres une grande partie de la frise sculptée et d'autres marbres du Parthénon**, grand temple dédié à Athéna : 12 statues, 169 plaques sculptées, dans plus de 200 caisses, quittent la Grèce.

> Le patrimoine est une interprétation contemporaine du passé.
>
> **Manon Istasse**, chercheuse, 2018

→ Acquis par l'État pour être exposés au British Museum, **les marbres dits d'Elgin deviennent l'objet d'un conflit patrimonial durable**. Dès 1834, la Grèce qui a retrouvé sa souveraineté, réclame en vain les sculptures par la voix de son roi, qui est prêt à les racheter.

B. L'échec des demandes de restitution

→ Aujourd'hui, **un peu moins de la moitié de la frise du Parthénon se trouve au British Museum** ; un tiers est au musée de l'Acropole d'Athènes ; le reste est conservé dans divers musées, notamment au Louvre et au Vatican. Depuis 1834, **la Grèce multiplie en vain les recours pour la restitution des marbres**. Mélina Mercouri, ministre de la Culture de 1984 à 1989, reprend ce combat dans le cadre des institutions européennes.

→ **En 1987, l'Acropole est classée au patrimoine mondial de l'Unesco. En 2009, la Grèce inaugure un nouveau musée de l'Acropole qui prévoit l'emplacement des marbres en vue d'une future restitution, toujours repoussée**. À ce jour, **l'Union européenne a débouté la Grèce de sa demande en 2017**, et le gouvernement britannique de Boris Johnson, qui semble prêt à des négociations, a proposé en 2019 une itinérance des marbres, considérés comme patrimoine mondial. Ainsi, l'hypothèse d'un retour des marbres à Athènes n'est toujours pas d'actualité.

> L'intérêt que suscite aujourd'hui le patrimoine culturel, à la fois chez les hommes politiques et dans la population, traduit une nouvelle manière de concevoir la nation et son inclusion dans des ensembles plus vastes : l'Europe et le monde.
>
> **Kryzstof Pomian**, historien, 2010

C. Une demande de restitution qui se banalise

→ Ce conflit illustre **la valeur identitaire de certains biens culturels**, et un débat comparable est en cours sur les collections d'arts africains des musées du monde entier. Le label « patrimoine mondial » ou l'acquisition régulière pour le droit de l'époque **justifient-ils que les œuvres soient définitivement séparées des pays d'origine ?**

→ Les anciennes puissances coloniales (France, Royaume-Uni, Allemagne) et économiques (États-Unis) font valoir **leur expertise en matière de conservation et la vocation de leurs musées à exposer la diversité culturelle**.

→ Néanmoins, le débat et le droit international, portés par des initiatives comme celle du président Macron, qui envisage une restitution à terme des œuvres africaines (discours de Ouagadougou, 2017), s'orientent **vers des restitutions partielles** et une recomposition de la localisation de ces biens patrimoniaux.

Fait d'actualité

→ **Les premières restitutions en France :** les députés français ont approuvé à l'unanimité, en octobre 2020, le projet de loi permettant la restitution définitive de biens culturels réclamés par le Sénégal et le Bénin. Le Sénat, après l'Assemblée nationale, a voté le projet, et proposé la création d'une instance dédiée, pour « mieux encadrer scientifiquement, dans le futur, ce type de procédures ».

MÉMO VISUEL

Les usages sociaux et politiques du patrimoine

Le patrimoine porte un sens social et politique…
- identité nationale renforcée par l'expérience patrimoniale
- image internationale

→ **…potentiellement conflictuel (concurrence patrimoniale)**
- conflits pour biens frontaliers
- conflits de détention des biens
- conflits d'usages

↓ **Recours en justice / Polémiques / Critique des labels**

SUJET CORRIGÉ

Dissertation

SUJET 22

Protéger et valoriser le patrimoine, un enjeu politique pour les États ?

Vous illustrerez votre argumentation par des exemples variés.

Comprendre le sujet

– Après avoir défini la notion de patrimoine, le sujet demande de concentrer la problématique sur ses enjeux politiques.

– La forme interrogative du sujet suppose un débat, une autre réponse possible.

La très bonne copie

Introduction

« Le patrimoine, c'est une cause nationale » a déclaré le chef de l'État Emmanuel Macron en 2018 à l'occasion du lancement du « Loto du patrimoine ». Cet événement annuel est la principale source de financement de la « Mission de sauvegarde du patrimoine », créée en 2017 et menée par Stéphane Bern pour la sauvegarde et la valorisation du patrimoine français. Compris au sens littéral comme un bien hérité, le patrimoine a une dimension affective et identitaire. Dérivé du latin *patrimonium*, le patrimoine désigne, au sens premier, des biens privés ou publics, souvent hérités de générations précédentes, et auxquels on accorde une valeur. Devenu un enjeu politique et économique majeur, le patrimoine sous toutes ses formes, matérielles et immatérielles, participe à la construction des identités collectives des sociétés. Instrument du politique, le patrimoine peut également servir à légitimer des revendications territoriales, politiques, culturelles des États.

En accroche, cite un fait récent en rapport avec le sujet.

De quelles manières la protection et la valorisation du patrimoine sont-elles un enjeu politique pour les États ? Nous étudierons tout d'abord le processus de patrimonialisation des États pour protéger et valoriser le patrimoine ; puis nous montrerons que le patrimoine est un enjeu de rayonnement des États ; enfin nous verrons que c'est aussi une source de tensions et de conflits entre les États.

1re partie

Identifier les biens, en raison de leur valeur matérielle ou immatérielle, et prendre conscience de la nécessité de protéger des biens exceptionnels n'est pas une démarche nouvelle. À partir du XVIe siècle, les collections privées se multiplient et à la fin du XVIIIe siècle, naît la volonté de protéger les monuments considérés comme remarquables et de les conserver. Le patrimoine est alors considéré comme un témoin de l'identité de la nation à travers une valeur esthétique ou historique. C'est la naissance d'un patrimoine collectif et national, accessible à tous et protégé par l'État. La conscience patrimoniale de l'État français naît avec la Révolution française : face aux risques de

Donne de la profondeur historique en traitant le sujet à partir du XVIIIe siècle.

dégradations, des institutions de sauvegardes sont créées. Au XIXe siècle, l'État identifie et classe les biens à sauvegarder. Sous la Ve République, la politique patrimoniale relève du ministère des Affaires culturelles sous l'impulsion d'André Malraux, qui œuvre pour que le patrimoine devienne une des priorités de l'État. Cette préoccupation contribue à élargir la notion même de patrimoine qui devient synonyme de biens culturels à protéger et se diffuse dans le monde. La Convention pour la protection du patrimoine mondial, culturel et naturel de l'Unesco en 1972 propose de mobiliser la communauté internationale pour protéger et valoriser des biens culturels et naturels.

Ainsi, la plupart des États cherchent à conserver, entretenir et valoriser leur patrimoine. Ils adoptent des politiques patrimoniales qui visent à préserver et à mettre en valeur le patrimoine pour affirmer une identité, transmettre des valeurs et un passé, communs à la population. La valeur devient politique, particulièrement pour des monuments historiques liés au pouvoir : le Louvre à Paris, le Kremlin à Moscou, la Cité interdite à Pékin.

2e partie

Donne des exemples en les datant précisément.

La valorisation du patrimoine mais également son utilisation politique permet un rayonnement politique et culturel des États. En visite officielle, les chefs d'État étrangers sont souvent accueillis avec faste, dans des lieux historiques à forte portée symbolique, qui sont mis en valeur. Versailles s'est ainsi imposé comme le symbole patrimonial de la France. Ce bien patrimonial occupe une place à part, depuis la transformation, voulue par Louis XIV, d'un relais de chasse en somptueuse résidence royale. L'abandon temporaire du domaine pendant la Révolution française a laissé progressivement place à une réhabilitation qui a accompagné les événements historiques et politiques du pays : musée national de l'Histoire de France sous Louis Philippe en 1837, palais de réception et de représentation du pouvoir, sous le Second Empire. Versailles garde également une vocation politique sous les IIIe, IVe et Ve Républiques.

Le palais est le lieu où se réunit le Congrès qui associe l'ensemble des parlementaires français pour adopter une réforme constitutionnelle. Depuis 2008, le président de la République convoque annuellement les parlementaires pour y prononcer son discours de politique générale. Il est un atout politique pour le pouvoir en place avec la tenue de sommets ou la réception de chefs d'État pour conclure des partenariats culturels ou des accords commerciaux. Ainsi général de Gaulle a accueilli onze chefs d'État étrangers à Versailles en dix ans. F. Mitterrand a reçu M. Gorbatchev en 1985 et E. Macron le président russe Vladimir Poutine en 2017. Versailles est devenu un emblème du pouvoir politique, c'est un lieu politique incontournable qui montre la capacité d'influence de l'État, son soft power. À la fin du XXe siècle, la massification touristique et l'entrée au patrimoine mondial de l'Unesco achèvent d'en faire un fleuron du patrimoine français.

Le rayonnement d'un État peut aussi l'amener à revendiquer la pleine souveraineté sur son patrimoine et réclamer la restitution des biens culturels. Le patrimoine peut ainsi être l'objet de contestations et source de conflits entre les États.

3e partie

Donne des exemples en les datant précisément.

Les conflits patrimoniaux illustrent la valeur identitaire des certains biens culturels et posent la question de la restitution d'objets exposés dans des musées européens par exemple. En annonçant sa volonté de restituer certaines œuvres d'art du patrimoine africain à leur pays d'origine en 2017, Emmanuel Macron a relancé le débat sur une recomposition des localisations patrimoniales dans le monde.

Ces revendications sont à l'origine de conflits concernant des biens culturels sortis autrefois de leur territoire d'origine par un État. Ainsi la Grèce réclame au Royaume-Uni le retour des marbres sculptés et d'une grande partie de la frise des Panathénées du Parthénon d'Athènes. En 1801, alors que la Grèce est sous la domination de l'Empire ottoman, le Britannique Lord Elgin obtient par traité l'autorisation de mener des fouilles archéologiques sur l'Acropole d'Athènes. Puis il fait transporter vers Londres une grande partie des biens. Acquis par l'État pour être exposés au British Museum, les marbres dits d'Elgin deviennent l'objet d'un conflit patrimonial encore en cours. La Grèce multiplie en vain les recours pour la restitution des marbres, et inaugure en 2009 un nouveau musée de l'Acropole qui prévoit l'emplacement des marbres restitués. À ce jour, l'hypothèse d'un retour des marbres à Athènes n'est toujours pas d'actualité.

> Emploie le plus souvent possible le vocabulaire spécifique du thème (conflit patrimonial, bien culturel...).

D'autres conflits apparaissent au sein des grandes métropoles où la patrimonialisation entraîne des conflits d'usage. Le patrimoine est perçu comme une ressource que les États entendent valoriser dans une perspective de développement économique et social. Ainsi à Paris, la cohabitation dans un même espace des habitants et des touristes a des conséquences dans l'organisation de la ville confrontée à des choix entre protection et nouvel urbanisme (muséification). À Venise, la massification du tourisme culturel modifie les pratiques des habitants de la ville avec une baisse du nombre des résidents, notamment dans le centre ancien, et un déséquilibre des activités.

Conclusion

La protection et la valorisation du patrimoine sont un enjeu politique pour les États à différentes échelles. De nombreux acteurs sont désormais associés à la mise en valeur du patrimoine aux côtés des États.

Le patrimoine est aussi sources de conflits et objet d'affrontement. Certains périls menacent les biens patrimoniaux, et les destructions à Bamyan (2001), au Mali (2012), ou à Palmyre (2015), suggèrent parfois que la protection patrimoniale se retourne contre les sites, en fait des cibles pour une violence idéologique.

> Pour l'ouverture, propose un exemple ou une idée d'actualité.

SUJET CORRIGÉ

Étude critique de documents

SUJET 23

Patrimonialisation et démocratisation

Consigne : Après avoir analysé l'évolution du patrimoine et les enjeux de la patrimonialisation, vous éclairerez le concept de démocratisation du patrimoine.

Comprendre le sujet

– La définition attendue du patrimoine doit tenir compte des évolutions et des élargissements de cette notion.

– Les conséquences de la patrimonialisation sur les territoires font partie du sujet.

Document 1 > La Cité des électriciens à Bruay-La-Buissière (Pas-de-Calais)

La Cité minière, popularisée par le film *Bienvenue chez les Ch'tis*, a été réhabilitée suite à son classement aux monuments historiques (2009) et par l'Unesco en 2012. Elle accueille désormais un centre culturel, des artistes en résidence et des chambres d'hôtes.

Document 2 > Le patrimoine, un « bien commun »

La notion de patrimoine s'est imposée dans le grand public au tournant des années 1970-1980. [...] Dans ce contexte de profondes transformations économiques et sociales, la conservation et la transmission des héritages matériels (mais aussi immatériels) revêtent ainsi, dans la culture occidentale pour le moins, un enjeu mémoriel et identitaire de plus en plus affirmé. [...] Le patrimoine est l'un des vecteurs privilégiés pour accéder à ce que Michel Verret a appelé le « conservatoire de l'espace », où se joue l'affirmation, la légitimation des groupes sociaux. [...] Par rapport à la conception du monument historique au XIXe siècle, ce sont de nouveaux patrimoines qui ont été construits durant ces trois dernières décennies, notamment « portés par les enfants ou les petits-enfants des classes populaires alors en ascension sociale », qui n'avaient pas hérité d'un patrimoine reconnu, du type château, manoir... Le patrimoine rural occupe une place importante dans cet élargissement, compte tenu du nombre de Français d'origine paysanne. Comme l'a souligné P. Nora, on est donc passé d'une production monumentale par le haut, en référence à l'identité nationale et aux élites, à une construction patrimoniale par le bas, avec des références identitaires multiples. [...] De la loi de 1913 sur les monuments historiques à la loi paysage de 1993, qui affirme que le territoire national est en soi un patrimoine, on a donc assisté à une spatialisation du processus de patrimonialisation. Elle s'impose aux géographes comme une grille de lecture essentielle pour analyser les processus actuels de valorisation, d'appropriation et de transformation des espaces. [...] Si la notion de patrimoine est associée à l'idée de « bien commun », la construction de celui-ci est rarement consensuelle mais portée par certains groupes, qui cherchent à faire valoir un intérêt particulier. [...] La patrimonialisation peut être définie comme un processus de réinvestissement, de revalorisation d'espaces désaffectés. Ce qui est en jeu, c'est la construction d'une ressource.

Vincent Veschambre, « Le processus de patrimonialisation : revalorisation, appropriation et marquage de l'espace », *Vox Geographica*, novembre 2007

SUJET 23

La très bonne copie

Introduction

Selon Manon Istasse, spécialiste du patrimoine, ce dernier peut se définir comme « une interprétation contemporaine du passé ». Or le patrimoine connaît depuis plusieurs décennies un engouement qui met en lumière ses enjeux politiques, économiques et sociaux. La spatialisation du processus de patrimonialisation se traduit dans l'espace et par de nouveaux usages. Le premier document est une photographie de la Cité des électriciens à Bruay-La-Buissière, une ancienne cité minière réhabilitée en 2019, dans le Pas-de-Calais, en France. Le second document est un texte d'expert, extrait d'une publication de Vincent Veschambre dans *Vox Geographica*, en novembre 2017, qui analyse l'évolution de la notion de patrimoine.

Ton accroche peut consister en une citation en rapport direct avec le sujet.

La confrontation des documents amène la question suivante : comment le patrimoine est-il reconnu à la fois comme bien commun et comme ressource identitaire pour les territoires ?

Après avoir analysé l'évolution de la notion de patrimoine, nous montrerons les enjeux du processus de patrimonialisation et son importance dans le concept de démocratisation du patrimoine.

1re partie

Au sens premier, le patrimoine désigne des biens privés ou publics, souvent hérités de générations précédentes, et auxquels on accorde une valeur. Au sens public et collectif du terme, le patrimoine est un bien commun qui doit être préservé, pour sa valeur artistique ou culturelle.

Comme le note Vincent Veschambre, le premier patrimoine (XIXe-XXe siècles) était surtout constitué d'objets d'art et de monuments historiques. « Par rapport à la conception du monument historique au XIXe siècle, ce sont de nouveaux patrimoines qui ont été construits durant ces trois dernières décennies ». Depuis les années 1970, le sens du patrimoine s'est élargi au patrimoine immatériel, à la nature, à des biens de proximité, sous l'influence de l'Unesco. On parle aujourd'hui d'omni-patrimonialisation. La Cité des électriciens, située dans le bassin minier du Pas-de-Calais qui entre en 2012 sur la liste du patrimoine mondial reconnu par l'Unesco en est un exemple. Cette Cité, construite au XIXe siècle pour loger les familles des mineurs, est la plus ancienne cité minière subsistant dans le Bassin minier du Pas-de-Calais. Elle doit son nom au choix de La Compagnie des mines de nommer les rues de la cité des noms des grands savants ayant fait des découvertes en matière d'électricité. Avec la désindustrialisation des années 1960-1970, les mines ont fermé et les friches industrielles se sont développées, mais les mémoires conservent cette identité ouvrière de la région. Elles font aujourd'hui l'objet d'une reconnaissance patrimoniale associant des éléments culturels, matériels et immatériels mais aussi naturels. La photographie montre que le plan d'origine a été conservée, tout comme les structures et les matériaux de l'habitat minier.

Définis la notion de patrimoine en montrant qu'elle est évolutive.

2e partie

Dans son analyse, Vincent Veschambre cite Pierre Nora qui souligne, dans l'ouvrage collaboratif qu'il a dirigé, *Les lieux de mémoire*, l'importance d'une « construction patrimoniale par le bas, avec des références identitaires multiples ». Il s'agit bien, dans le cas de la Cité des électriciens, d'un patrimoine valorisé de type social et communautaire où se retrouve une identité de groupe. Le patrimoine n'est plus seulement, dans ce cadre, un patrimoine hérité mais un patrimoine revendiqué. La patrimonialisation du bassin minier participe en effet de la reconnaissance du patrimoine industriel, avec une fonction identitaire et porteuse de mémoire collective, de paysages, et d'une histoire. Cette patrimonialisation porte un enjeu identitaire et mémoriel : celui de la reconnaissance et de la sauvegarde du passé, la mémoire de la mine. En plus d'une ouverture culturelle avec l'accueil d'un centre culturel et d'artistes en résidence, des fonctions touristiques nouvelles sont attribuées à ce lieu avec des chambres d'hôtes. La patrimonialisation renforce la reconnaissance sociale du passé industriel et la volonté de se tourner vers l'avenir, répondant alors à la catégorie de l'Unesco de « patrimoine culturel évolutif vivant ». Cette reconnaissance du bassin minier a d'abord été portée par les anciens mineurs, puis par les élus locaux et l'État. C'est aussi donner une notoriété nouvelle au territoire, par exemple grâce au film *Bienvenue chez les Ch'tis*, en 2008. Vincent Veschambre évoque cet aspect fédérateur de la patrimonialisation, « la notion de patrimoine est associée à l'idée de « bien commun » dans le processus de valorisation et de développement du lieu patrimonial.

3e partie

Aborde la notion de démocratisation contenue dans la consigne.

Dans le cadre d'une « spatialisation du patrimoine », le patrimoine devient une ressource dans la mesure où il permet à un groupe social de développer son territoire. L'analyse de Vincent Veschambre s'applique à l'exemple de la Cité des électriciens : « Ce qui est en jeu, c'est la construction d'une ressource. ». Le patrimoine acquiert le statut de ressource et devient un élément important de construction et de développement de territoire du Nord-Pas-de-Calais, enjeu de valorisation territoriale qui « s'impose aux géographes comme une grille de lecture essentielle pour analyser les processus actuels de valorisation, d'appropriation et de transformations des espaces », souligne Vincent Veschambre. Le patrimoine apparaît comme un élément essentiel de structuration de cet espace et comme une ressource pour assurer un développement. Il est également un enjeu social, perçu comme un « bien commun » qui permet l'émergence de sentiments d'appartenance et d'amélioration de qualité de vie. Cette réhabilitation doit également profiter aux habitants et permet ainsi une démocratisation du patrimoine, c'est-à-dire son accès au plus grand nombre, et des références au passé collectif. Cette extension large de la définition du patrimoine a ainsi permis une démocratisation du rapport aux héritages communs à transmettre aux générations futures. Il s'agit de valoriser l'identité locale en faisant de la population d'un territoire l'héritière d'une histoire, tout en revalorisant l'image des lieux et leurs usages. Hervé Glevarec montre que le statut de bien commun revalorise un espace et le groupe qui se l'approprie. Vincent Veschambre définit ainsi le patrimoine comme un vecteur « où se joue l'affirmation, la légitimation des groupes sociaux ».

Conclusion

Réponds à la problématique annoncée en introduction

Reflet du passé minier de la région Nord-Pas-de-Calais, la Cité des électriciens est un patrimoine aux enjeux identitaire et mémoriel, celui du passé minier, à préserver comme un « bien commun », pour faire vivre les habitants avec leur patrimoine. Le patrimoine apparaît comme une ressource à préserver mais également à valoriser, dans une perspective de développement économique et social des territoires.

La préservation du patrimoine : entre tensions et concurrences

Lexique

- **Monument historique** : En France, meuble ou immeuble, recevant un statut juridique et un label destiné à le protéger de fait de son intérêt historique et architectural.
- **Muséalisation** : Transposition du musée pour une mise en scène du patrimoine.
- **Muséification** : Évolution d'espaces patrimonialisés qui se spécialisent dans des fonctions touristiques au détriment des autres fonctions urbaines avec un processus de gentrification.
- **Urbanisme** : Aménagement et organisation spatiale d'un territoire
- **Ville mondiale** : Ville qui concentre des fonctions de commandement et dont le rayonnement s'exerce à l'échelle internationale, en raison de son histoire, son patrimoine, ses productions artistiques ou culturelles, associées à ses fonctions économiques et politiques.
- **Grand Paris** : Projet d'urbanisme initié par le président Sarkozy en 2008, qui prévoit l'agrandissement du réseau de transports et la construction de logements dans Paris et sa banlieue, afin de résorber la saturation chronique de la métropole.
- **Label/labellisation** : Distinction qui atteste d'une qualité par inscription sur une liste (par exemple la Liste du patrimoine mondial de l'Unesco).

Dates clés

1913 Loi française définissant les **critères de classement des monuments historiques**

1987 Inscription de **Venise** et sa lagune sur la liste du patrimoine mondial de l'Unesco

2004 **Code du patrimoine** qui regroupe toutes les dispositions du droit français dans ce domaine, dont la loi de 1913

2019 Après l'incendie de **Notre-Dame de Paris**, adoption d'une loi pour la restauration et la conservation de la cathédrale, instituant une souscription nationale

2019 Approbation par la justice française du décret de la maire de Paris instituant la **piétonisation des quais de la Seine**

2020 Inauguration du **mécanisme Moïse à Venise** (lancé en 2003)

Acteurs

André Malraux (1901-1976) Écrivain et homme politique français, il s'engage dans les années 1930 dans la lutte contre le fascisme. Puis, pendant la Seconde Guerre mondiale, il dirige dans la Résistance un groupe de maquisards. Après sa rencontre avec le général de Gaulle, il devient en 1959 le premier ministre des Affaires culturelles jusqu'en 1969.

Ministère de la Culture Créé par le général de Gaulle en 1959, il conduit la politique de sauvegarde, de protection et de mise en valeur du patrimoine culturel dans toutes ses composantes. Sa mission est aussi de rendre ce patrimoine accessible au plus grand nombre.

MÉMO VISUEL Les sites classés du Grand Paris

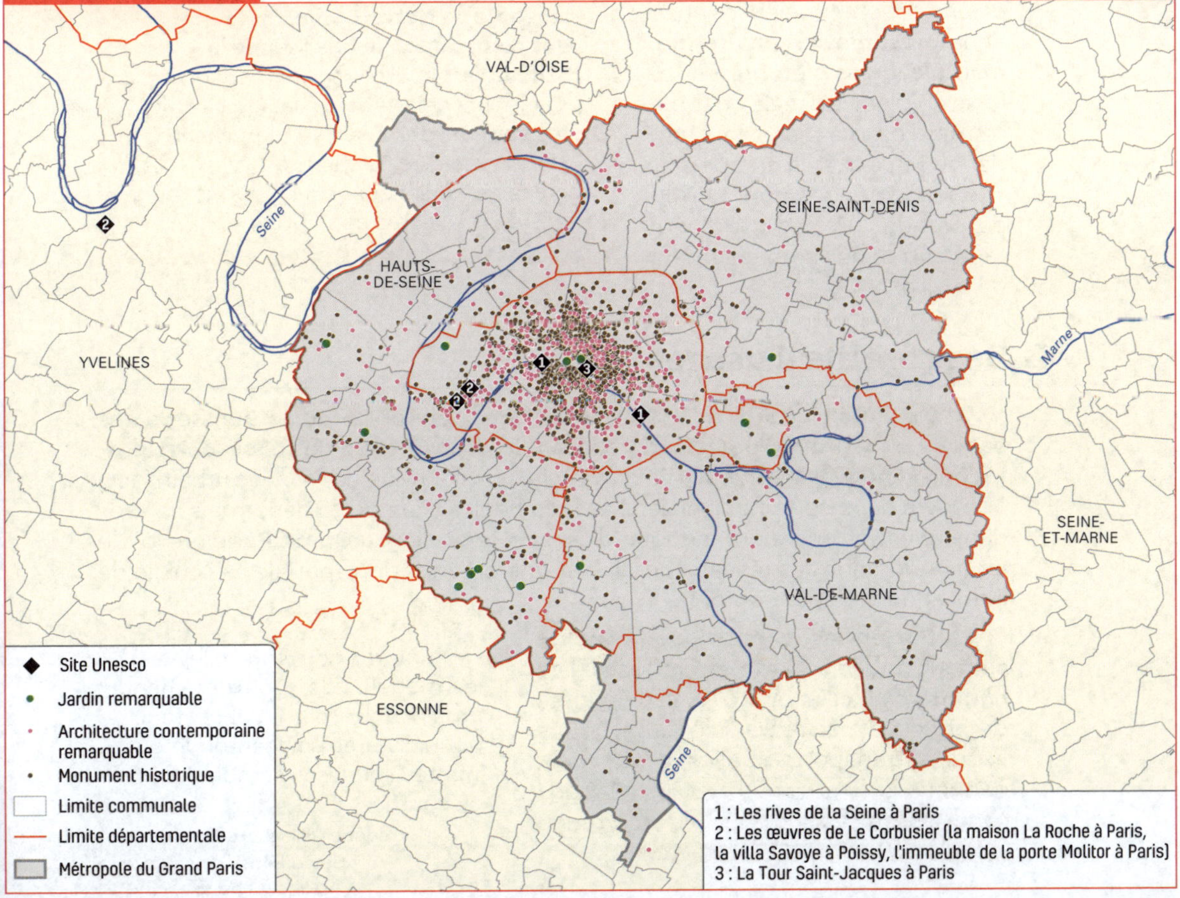

3 Paris, entre protection et nouvel urbanisme

A. Un patrimoine abondant

→ Depuis le Moyen Âge, la ville de Paris s'agrandit au fil d'aménagements successifs qui développent la richesse et la diversité de son patrimoine, attirant **des visiteurs du monde entier** et contribuant à l'influence française. Mais la volonté de préserver **un patrimoine fragile et abondant** entraîne des conflits d'usage entre les acteurs de la ville mondiale.

→ Le patrimoine parisien comprend plus de 2 000 monuments historiques, 200 musées, 1 000 galeries d'art, 14 000 cafés et restaurants dont 90 restaurants étoilés. **Le processus de patrimonialisation** répond aujourd'hui à de nombreux enjeux, tenant compte des contraintes locales comme des ambitions mondiales de la ville. Le patrimoine parisien et le tourisme massif qu'il suscite sont accompagnés par des mesures de protection, soucieuses aussi de la **préservation environnementale** (quais piétonnisés). La mise en place de règles d'urbanisme, comme dans le quartier du Marais, et la création de « zones protégées » ont permis de prendre en compte l'héritage bâti dans l'aménagement de la ville.

Fait d'actualité

→ **En avril 2021, deux ans après l'incendie de Notre-Dame, Paris veut reconfigurer le quartier de la cathédrale.** La Ville lance un concours pour repenser les abords, les quais et les rues voisines de la cathédrale. Objectifs : « faire revenir les Parisiens dans le berceau de Paris et accueillir les visiteurs dans de meilleures conditions »

B. Des conflits d'usages

→ La cohabitation dans un même espace des habitants et des touristes a des conséquences dans l'organisation de la ville, confrontée à **des choix entre protection et nouvel urbanisme**. Pour éviter la muséification de l'espace urbain (déjà à l'œuvre dans certains quartiers) et fluidifier les transports désormais saturés dans une métropole qui manque d'espace, **le projet du Grand Paris** prévoit le renouvellement des réseaux urbains et une organisation spatiale à l'échelle de Paris et de la petite couronne.

→ **La Société du Grand Paris, établissement public à caractère industriel et commercial, créé en 2010**, est chargée de concevoir et réaliser le Grand Paris Express (transports publics) et de coordonner son financement et les relations avec les autres acteurs (Île-de-France Mobilités, RATP, SNCF, élus, etc.).

> « À l'aube du nouveau millénaire, le modèle de gouvernement urbain à la fois jacobin, fonctionnaliste et polycentrique des Trente Glorieuses semble à bout de souffle.
>
> **Frédéric Gilli**, géo-économiste, *Grand Paris, l'émergence d'une métropole*, 2014

C. Un phénomène mondialisé

→ **La mondialisation accélère la circulation entre les territoires mondiaux et les hiérarchise** : ainsi se distinguent, à l'échelle mondiale, des lieux, souvent urbains, qui cumulent des fonctions politiques, économiques et patrimoniales. Leur attractivité atteint une forme d'universalité, ils sont hyperconnectés et révèlent les évolutions du monde : ce sont **les hyper-lieux**, définis par le géographe Michel Lussault.

→ Après le temps de l'inflation touristique (depuis les années 1990) vient celui du **tourisme plus raisonné**, comme à Amsterdam où le nombre de visiteurs est limité et les hébergements extérieurs à la ville favorisés. La survie du patrimoine dépend de son intégration à la société qui l'entoure.

> « Les lieux les plus fréquentés sont aussi, dans la très grande majorité des cas, les mieux entretenus. La destruction est bien plus fréquente faute de touristes qu'à cause des touristes.
> **Olivier Lazzarotti**, géographe, 2011

Les treize sites parisiens les plus visités

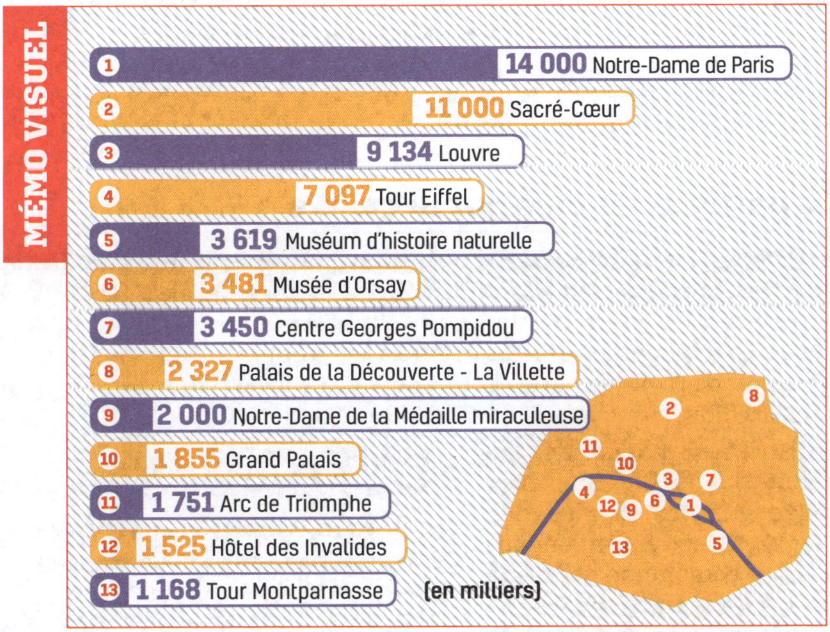

4 Au Mali, le patrimoine, enjeu de la guerre

A. Une guerre idéologique

→ Héritier de civilisations anciennes et peuplé de groupes culturels variés, le Mali commençait à exploiter son patrimoine exceptionnel lorsque **la guerre a éclaté en 2012**. Opposant des groupes djihadistes (dont Ansar Dine), des indépendantistes touareg et le gouvernement malien de Bamako, **le conflit est à la fois territorial, religieux, politique et culturel**.

→ Malgré des soutiens internationaux au gouvernement (opérations françaises Serval puis Barkhane), les groupes djihadistes occupent toute la moitié nord du territoire malien. Depuis 2013, **l'ONU mène sur place une opération de maintien de la paix** par l'action de la Mission multidimensionnelle intégrée des Nations unies pour la stabilisation au Mali (Minusma).

→ **Cible de destructions intentionnelles, le patrimoine culturel est un des enjeux du conflit**, comme le montrent les destructions volontaires de biens à forte valeur religieuse et patrimoniale (manuscrits, mosquées, tombeaux de saints considérés comme impies par les djihadistes).

> Protéger la culture, c'est soutenir les peuples, leur donner la force de se reconstruire, de regarder vers l'avenir.
>
> **Irina Bokova**, Directrice générale de l'Unesco, à propos du Mali, le 4 juin 2013

B. Le patrimoine visé par la guerre

→ Ces événements s'inscrivent dans **une vague de destructions patrimoniales** perpétrées par des islamistes radicaux à l'échelle mondiale (Afghanistan, 2001). Ils montrent les enjeux politiques portés par le patrimoine, et son poids géopolitique. C'est pourquoi les sites culturels font l'objet d'opérations de protection de la part de l'Unesco et des autres acteurs de la culture malienne à toutes les échelles (État, associations, villes et villages).

→ Ils interviennent dès le début du conflit pour protéger les sites classés des combats, et entreprennent aussi la restauration des biens déjà endommagés comme les manuscrits anciens de Tombouctou, des mausolées, des mosquées. Ainsi, **le Mali devient un laboratoire expérimental de la préservation patrimoniale en temps de guerre.**

Fait d'actualité

→ **En avril 2021, neuf ans après l'occupation de Tombouctou** par les djihadistes, des représentants de l'Unesco, du gouvernement malien et de la Cour pénale internationale visitent le patrimoine détruit à l'époque et aujourd'hui reconstruit ou restauré. Le directeur général adjoint de l'Unesco Xing Qu s'est voulu formel devant les imams des trois grandes mosquées : « Votre patrimoine est notre patrimoine. Ce qui est à Tombouctou est à l'humanité. »

C. Le droit international et le patrimoine

→ Malgré l'occupation persistante du nord du pays par les troupes armées, **réparer le patrimoine endommagé** symbolise la résistance des habitants à la guerre, aux violences et à l'intolérance.

→ Les institutions internationales les soutiennent et financent **les projets de sauvetage, en s'appuyant sur la Convention de La Haye (1954), premier traité international sur la protection des biens culturels en cas de conflits armés**. Elle vise à sauvegarder l'héritage culturel des nations, des groupes et des membres distincts des sociétés à travers le monde. Le Mali en est signataire.

→ **Avec la participation des habitants, des manuscrits anciens ont été inventoriés et numérisés** ; les tombeaux de saints détruits ont été reconstruits, les mosquées endommagées restaurées. En outre, les troupes intervenant dans le pays en soutien du gouvernement (casques bleus ou armée française) reçoivent des cartes et des instructions pour écarter les combats des sites patrimoniaux, et ainsi participer à leur préservation. **Cependant, le durcissement du conflit rend ces mesures plus difficiles à appliquer.**

MÉMO VISUEL

L'enjeu idéologique du patrimoine culturel en terre d'Islam

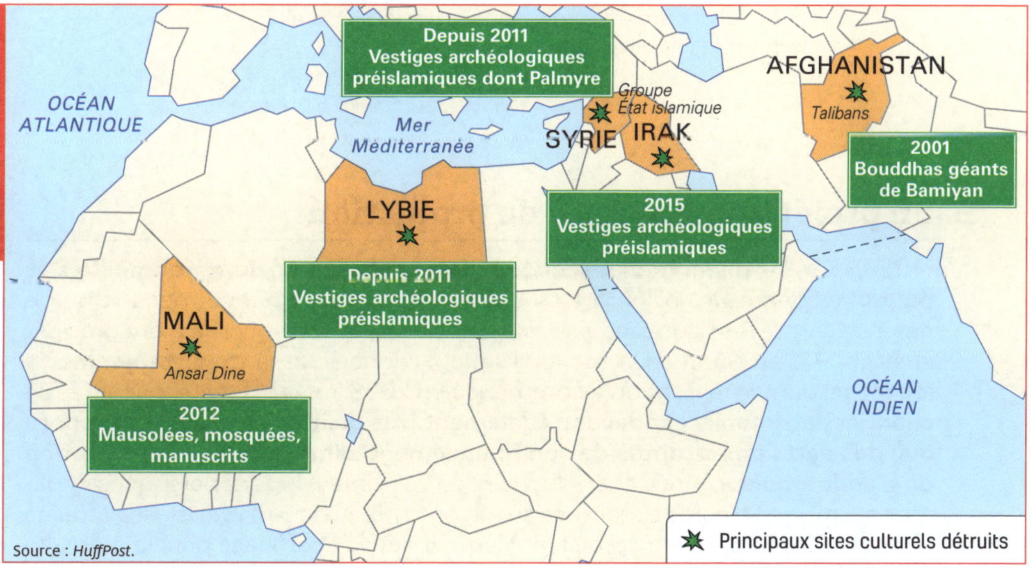

Source : *HuffPost*.

5 Venise, entre valorisation et protection

A. Un site patrimonial exceptionnel, un tourisme massifié

→ Venise et son paysage de lagune sont admis sur la liste du patrimoine mondial de l'humanité par l'Unesco depuis 1987, avec **le statut particulier de Valeur universelle exceptionnelle** (VUE). La ville doit faire face à une fréquentation touristique croissante, encore alimentée par l'essor récent du tourisme de croisière.

→ **La massification de ce tourisme culturel** modifie les pratiques des habitants de la ville. On constate une baisse du nombre des résidents, notamment dans le centre ancien, et **un déséquilibre des activités**, désormais consacrées au seul tourisme. Les contestations de ce modèle de développement se multiplient, y compris de la part des Vénitiens eux-mêmes.

> Le meilleur moyen pour protéger le patrimoine, c'est de l'occuper, de lui attribuer une fonction, de lui accorder un rôle dans la société actuelle, bref de l'habiter.
>
> **Maria Gravari-Barbas**, géographe, *Habiter le patrimoine*, 2013

B. Un projet monumental de protection

→ En outre, **les phénomènes d'*acqua alta* (hautes eaux) se sont amplifiés et multipliés** depuis le milieu du XXe siècle. L'idée d'un ouvrage mécanique de défense contre les hautes eaux s'est imposée et une loi spéciale a été promulguée en 1973 en ce sens. Cette mobilisation a donné naissance au **projet Moïse (ou Mose)** dont la réalisation a commencé en 2003, mais est resté inachevé. **Ce chantier patrimonial est devenu également très politique lorsqu'il est apparu que des parts importantes de son financement alimentaient une corruption de grande ampleur** (arrestation du maire en 2014, près de cent personnes impliquées, 1 milliard d'euros détournés sur un coût prévu de 5 milliards). Ces affaires ont ralenti la réalisation du projet, finalement activé et efficace pour la première fois en 2020.

→ **L'Unesco alerte l'Italie depuis 2017** sur le retard pris dans la préservation de Venise et pourrait classer la ville sur la liste du patrimoine en péril, ce qui attesterait de l'incapacité de l'État italien à veiller sur son propre patrimoine.

C. Les deux visages du tourisme

→ Les excès de la massification touristique et ses effets néfastes (mais le dérèglement climatique est un danger au moins aussi présent) peuvent provoquer **des réactions de rejet du tourisme**, au nom de la préservation du patrimoine.

→ **Il apparaît que tourisme et patrimoine entretiennent des rapports complexes**, et que les sites touristiques considérés à l'échelle mondiale, en dépit des flux importants qu'ils doivent supporter, sont souvent mieux préservés que les autres. Il s'agit alors de **déconstruire les idées reçues sur le tourisme et ses effets uniquement néfastes**, et de comprendre que le patrimoine aujourd'hui n'appartient plus seulement, dans la mondialisation, aux sédentaires qui l'occupent, mais porte **une mémoire commune, favorisée par l'essor du tourisme**, qui protège certains sites de la disparition. Ainsi, on ne peut réduire le tourisme à ses effets néfastes sur le patrimoine.

Fait d'actualité

→ **En novembre 2019, Venise était inondée à 80 % par un épisode particulièrement fort d'*acqua alta*,** qui aurait pû être évité si le projet Moïse n'avait pas pris tant de retard. Le 3 octobre 2020 a marqué un jour historique pour la cité : les barrières anti-inondations ont pour la première fois été mises en service. Face à la tempête Alex, les 78 digues mobiles, disposées aux points d'entrée de la lagune, ont empêché l'inondation.

Les enjeux de la préservation du patrimoine

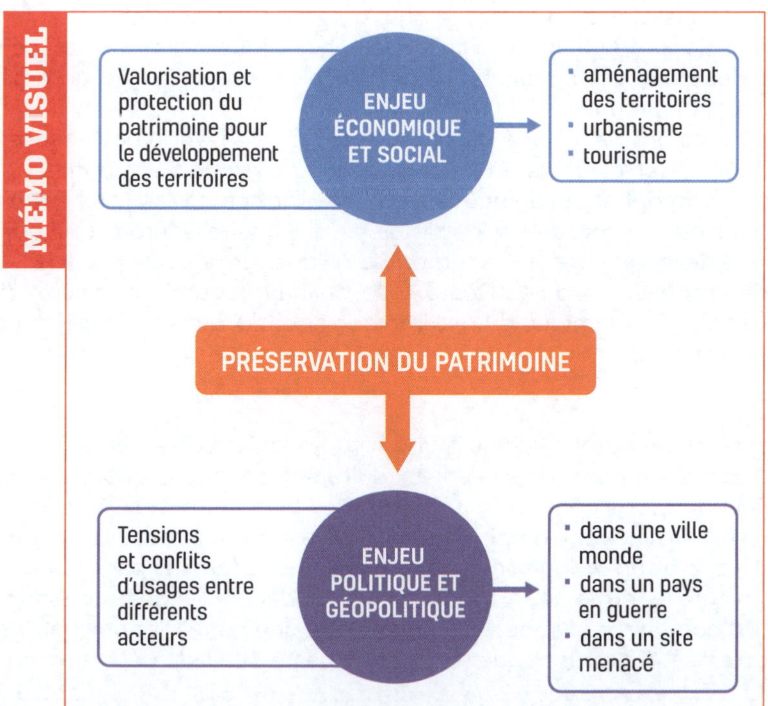

SUJET CORRIGÉ

Dissertation

SUJET 24

Les enjeux territoriaux de la préservation et de la valorisation du patrimoine

Après avoir identifié la notion de patrimoine, son élargissement et ses enjeux géopolitiques, vous présenterez sa valorisation et sa protection comme vecteurs de développement, mais aussi comme sources de tensions et de concurrences sur les territoires.

Comprendre le sujet

– La notion de territoire est à définir : un espace approprié par l'homme, par la découverte, l'occupation et l'exercice d'une souveraineté.

– Le sujet appelle essentiellement à des analyses géographiques et géopolitiques.

La très bonne copie

Introduction

Cite un auteur en accroche, si tu connais une citation en rapport avec le sujet.

Olivier Lazzarotti, géographe, définit le patrimoine comme « ce qui est censé mériter d'être transmis du passé, pour trouver une valeur dans le présent ». On peut en effet comprendre le patrimoine comme un ensemble de biens, matériels ou immatériels, qui permet d'établir un lien entre les générations. Il est le produit de l'histoire, d'un territoire ou d'un groupe social. Le territoire est aussi une construction sociale, historique. C'est un espace approprié et géré par les sociétés humaines, une portion d'espace délimitée, nommée par une société ou par un groupe.

Les territoires ont développé des stratégies de valorisation et de préservation de leur patrimoine. Cette « mise en patrimoine » ou patrimonialisation est associée à des enjeux d'appropriation, de pouvoir, et à des formes de tensions entre différents acteurs. Dans quelles mesures le patrimoine est-il une ressource et un objet de tensions pour le développement des territoires ? Nous verrons d'abord que la notion de patrimoine s'est élargie à de nouveaux sens, qui augmentent ses enjeux ; puis quelle est la dimension économique du patrimoine ; et enfin, dans un troisième temps, les tensions qu'il génère.

1re partie

La notion même de patrimoine a une histoire, qui montre une tendance à l'élargissement de la notion et de ses enjeux culturels, politiques et sociaux. En effet, le sens originel du mot s'appliquait d'abord à des biens familiaux, au sens d'une propriété privée, étymologiquement héritée du père. Ce sens s'est ensuite tendu vers le domaine public et un groupe social plus large que la famille, par exemple la nation. Lorsqu'il invente le terme de « vandalisme » pour décrire les destructions révolutionnaires et les condamner, l'abbé Grégoire montre une conception novatrice du patrimoine, partagé et à protéger, que l'on a donc pas le droit de détruire même au nom d'idées politiques valables. C'est d'ailleurs ce même personnage qui soutient la transformation du Louvre, ancien palais royal, en musée, permettant l'accès de tous à des objets et œuvres d'arts.

La seconde évolution est celle justement des objets ou biens qui composent le patrimoine. Selon l'historienne Nathalie Heinich, l'élargissement s'est accéléré ces dernières années, « de la cathédrale à la petite cuillère ». On parle alors d'omni-patrimonialisation, mouvement qui peut concernent des biens matériels ou immatériels, artistiques ou pas, luxueux ou modestes, a conditions qu'ils soient porteur d'une valeur reconnue, en général historique et/ou mémorielle. À partir de ces choix désormais très variés, le processus de patrimonialisation se met en route, comme le montre le schéma suivant.

La patrimonialisation

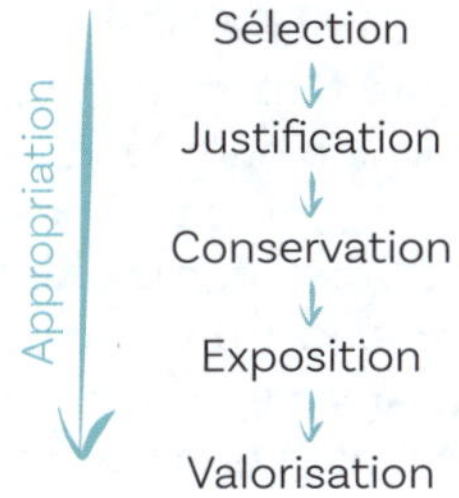

N'hésite pas à faire un schéma si ton argumentation s'y prête, c'est un point de valorisation de ton devoir.

2e partie

Le processus de patrimonialisation aboutit, on l'a vu, à un patrimoine désormais plus vaste et plus varié. L'attribution d'un statut patrimonial se fait pas des acteurs considérés comme compétents, le plus souvent publics, qui accordent des labels garantissant la valeur des biens : on pense d'abord aux labels internes à chaque État, qui mène sa politique culturelle et patrimoniale (liste des Monuments historiques en France par exemple). Mais il existe aussi des acteurs internationaux désormais majeurs, l'Unesco en tête avec sa liste du patrimoine mondial, matériel ou immatériel, et culturel ou naturel, mais aussi d'autres comme l'Union européenne, qui labellisent des sites d'exception. Les labels se sont multipliés, au point de susciter parfois des critiques car ils augmentent la visibilité et l'attractivité des sites.

Cite des exemples en précisant quels sont les acteurs impliqués et leurs intérêts respectifs.

Dès lors, outre la reconnaissance et la conservation permises par ces labels, apparaissent des enjeux économiques d'autant plus forts depuis que la mondialisation et le tourisme de masse se sont développés (années 1980). Générant des recettes qui peuvent représenter des parts importantes de leur PIB, les touristes font du patrimoine une ressource. La Grèce réalise par exemple environ 8 % de son PIB grâce au tourisme. Mais on peut penser aussi à des grandes cités considérées comme des hyper-lieux (Venise, Paris), selon le géographe Michel Lussault. Il désigne ainsi des territoires souvent urbains, où l'attractivité est à son maximum, des lieux hyper connectés au monde, et le facteur patrimonial participe à cette attractivité. Dans ces territoires saturés d'activités et de populations, les acteurs se combinent et parfois se crispent autour des différents besoins et enjeux. À Paris, le débat autour de la piétonisation des quais de Seine a vu la gouvernance de la ville faire le choix de cette option, afin de valoriser le patrimoine du centre parisien, et de favoriser toujours plus le tourisme, en permettant des promenades à pied sans les nuisances de la circulation automobile. Mais elle a dû affronter d'autres acteurs économiques, essentiellement du milieu des affaires, qui circulent encore en voiture et se plaignent de perdre cet axe de circulation.

3e partie

Enfin, les enjeux géopolitiques de la valorisation et de la préservation du patrimoine sont réels. Des tensions et concurrences sont observées à différentes échelles. Par exemple entre États, si on prend l'exemple des marbres du Parthénon ou des collections d'art colonial dans les musées occidentaux. En effet, après son acquisition au début du XIXe siècle par le britannique Lord Elgin, une part importante des sculptures du Parthénon à Athènes sont désormais visibles au British Museum de Londres. Or la Grèce, qui était occupée par l'Empire ottoman à l'époque de Lord Elgin, réclame depuis 1830, et de plus en plus fortement, le retour des marbres en leur emplacement d'origine. Malgré les actions intentées par la ministre de la culture Mélina Mercouri dans les années 1980, et le recours devant l'Union européenne, le dossier n'a pas abouti. L'UE a trouvé dans le droit international le moyen de ne pas fâcher Londres, qui ne propose à ce jour qu'une itinérance des marbres comme alternative.

> Pour les conflits patrimoniaux anciens, décris l'état actuel du dossier.

De même, il existe des tensions entre partisans et adversaires des restitutions d'œuvres aux anciennes colonies, par les grands musées des capitales européennes ou américaines. Si le principe semble acté dans les mentalités, la réalisation est complexe : quelles œuvres rendre ? toutes ? n'est-ce pas une vision nationaliste du patrimoine ? mais peut-on priver les anciennes colonies de leur patrimoine ? Autant de questions qui sont en cours de résolution, au cas par cas. En France, le président Macron a reçu en 2018 un rapport sur le sujet, et entamé des restitutions, par exemple un ensemble de statuettes au Bénin. Le processus est ralenti par le fait que légalement les biens des musées sont patrimoine national... de la France. On le voit, les restitutions ne sont qu'au début d'un lent processus.

Conclusion

Depuis les années 1980, la notion de patrimoine s'est étendue géographiquement et englobe des biens matériels et immatériels. Le patrimoine apparaît comme une ressource à valoriser dans une perspective de développement économique et social des territoires. Il est un enjeu à différentes échelles dans un contexte de mondialisation. Mais de nouvelles perspectives environnementales entraînent de nouveaux enjeux, en lien avec la durabilité du développement dans des territoires soumis à de fortes pressions. Ainsi, Amsterdam a décidé, comme Dubrovnik, de fixer un quota de visiteurs, afin de limiter les excès du tourisme de masse.

> Réponds à la problématique posée en introduction, puis propose une ouverture.

SUJET CORRIGÉ

Étude critique de document

SUJET 25

Le patrimoine, une notion évolutive

Consigne : Après avoir défini la notion de patrimoine et son élargissement, vous montrerez, en vous appuyant sur des exemples, ses enjeux sociaux, politiques et culturels.

Comprendre le sujet

- Il s'agit de réfléchir à l'évolution de la notion, et les significations nouvelles qu'elle recouvre.
- Le document aborde aussi l'attachement affectif du public au patrimoine, qu'il faudra analyser.
- Le contexte de la mondialisation et son effet amplificateur sont aussi dans le sujet.

Document > Tout est patrimoine ?

Les contours du patrimoine apparaissent flous et instables. Manoirs et demeures anciennes, reliques, châteaux, dolmens, gastronomie, langues et savoirs. Le patrimoine culturel est constitué de biens hétérogènes tangibles et intangibles dont le terreau commun est la référence à l'histoire ou à l'art. Le patrimoine est vivant, sans cesse en devenir, et son périmètre se constitue au travers des rapports qu'une société entretient avec son histoire. Le terme « patrimoine », qui désigne des monuments, des œuvres et des sites, s'est étendu au patrimoine industriel d'un côté et au patrimoine écologique de l'autre. Quant au patrimoine naturel, il est pensé comme un des éléments du patrimoine culturel : qui pourrait dénier que la physionomie d'un paysage renvoie à une culture, à des savoirs et des traditions qui ont contribué à façonner la terre et le cadre bâti qui y prend racine ? [...] Le patrimoine est l'objet d'engouements collectifs qui peuvent s'exprimer, au gré des circonstances et des événements, aux niveaux local, national et même mondial. [...] Attentats et guerres détruisent des richesses irremplaçables. [...] La préoccupation patrimoniale est d'autant plus forte qu'elle se nourrit du spectacle de ces pertes et des émotions collectives qu'elles enclenchent. En avril 2019, l'effroi et la peine sont mondiaux devant les images de la cathédrale Notre-Dame en flammes à Paris ; ils s'expriment dans les conversations privées, sur les médias et les réseaux sociaux : Notre-Dame est la propriété de l'État français, mais également celle d'une nation tout entière. Elle est aussi un référent culturel mondial, un bien public global.

Françoise Benhamou,
Économie du patrimoine culturel,
© La Découverte, 2019.

SUJET 25

La très bonne copie

Introduction

Le patrimoine connaît depuis plusieurs décennies un engouement qui se traduit par des enjeux nouveaux ou amplifiés, d'ordre économique, social, politique et géopolitique. Le document est un texte, extrait de l'ouvrage de Françoise Benhamou, *Économie du patrimoine culturel*, qui met en avant les enjeux associés du patrimoine, à différentes échelles.

Comme le suggère ce titre, l'auteure est une économiste, mais ses observations concernent aussi d'autres enjeux du patrimoine. C'est donc un texte d'expert. La problématique centrale de cet extrait est celle du sens de la notion : Comment évolue la notion de patrimoine, quels sont ses enjeux et quels sont les dangers qui le menacent ? Nous verrons d'abord comment on peut définir le terme de patrimoine, en tenant compte de ses évolutions. Puis dans une seconde partie, comment les enjeux évoluent en même temps que la notion. Et enfin, dans un troisième temps quels sont les dangers, déjà à l'œuvre ou à prévoir dans l'avenir.

> Qualifie la nature du document : ici un texte d'expert qui permet de réfléchir à la notion même de patrimoine.

1re partie

En premier lieu, le texte invite à s'interroger sur la façon de définir la notion de patrimoine. En qualifiant ses contours de « flous et instables », mais aussi en affirmant « Le patrimoine est vivant, sans cesse en devenir », l'auteure aborde la complexité de la notion et ses évolutions. En effet, formé sur la racine de pater (le père), le patrimoine est à l'origine un ensemble de biens hérités, souvent dans le cadre privé. Par la suite, on voit le mot s'appliquer aussi à des collectifs plus vastes, comme la nation. Sous la Révolution française, l'abbé Grégoire constatant les destructions de biens, les condamne (créant à cette occasion le mot « vandalisme ») et montre sa conception déjà nationale du patrimoine : les conflits politiques ne doivent pas pour lui passer par des destructions, puisque ce sont des biens communs (« Manoirs et demeures anciennes, reliques, châteaux »). Il est aussi de ceux qui défendent l'ouverture du Louvre, ancien palais royal, au public, en tant que musée. Dès lors, le patrimoine porte une histoire et une mémoire nationales qui surpassent les clivages, et doivent conduire à le protéger. Jusqu'au XXe siècle, les biens concernés sont matériels, souvent transmis en raison de leur valeur esthétique ou marchande. De même, musées et collections rassemblent des biens qualifiés d'œuvre d'art, par opposition à des objets jugés ordinaires. Mais au dans la seconde moitié du XXe siècle, le patrimoine s'élargit à des biens (objets ou lieux) du quotidien ; outils de travail, lieux industriels, qui transmettent une mémoire collective peuvent entrer dans le périmètre du patrimoine et être protégés. Créée en 1972, la liste du patrimoine mondial de l'humanité, gérée par l'Unesco, comprend des biens matériels, naturels ou culturels, puis intègre aussi des biens immatériels, « gastronomie, langues et savoirs », savoir-faire ou traditions (l'art du pizzaïolo napolitain, ou l'art des parfums dans le pays de Grasse (Côte d'Azur). On parle désormais d'omni-patrimonialisation, qui pousse certains observateurs à poser la question-tire du texte : est-ce que « tout est patrimoine ? ».

> N'hésite pas à montrer les fluctuations du sens, selon l'époque et les acteurs.

2e partie

L'élargissement de la notion de patrimoine a occasionné une amplification de ses enjeux. En effet, il existe un attachement collectif à certains lieux, objets ou traditions, qui font la valeur du patrimoine. Le texte évoque un exemple parlant : « En avril 2019, l'effroi et la peine sont mondiaux devant les images de la cathédrale Notre-Dame en flammes à Paris. (...) Elle est aussi un référent culturel mondial, un bien public global. » On sait que les promesses de dons ont afflué du monde entier pour la restauration de la cathédrale, montrant en fait le double enjeu, affectif et économique d'un tel patrimoine. Historique et mémorielle, elle est dont patrimonialisée à l'échelle mondiale, typique de cette catégorie de biens inscrits sur la liste de l'Unesco du patrimoine mondial ; bien sûr, d'autres biens moins célèbres connaissent une patrimonialisation à d'autres échelles, nationale ou locale. Le texte aborde cette dimension multiscalaire : « Le patrimoine est l'objet d'engouements collectifs qui peuvent s'exprimer, au gré des circonstances et des événements, aux niveaux local, national et même mondial ». Mais le processus est comparable, il s'agit d'identifier le patrimoine, le protéger, et le valoriser, à la fois pour le transmettre et pour en faire une ressource.

> Montre ce qui change lorsqu'un bien entre dans une liste du patrimoine.

3e partie

Enfin, le document évoque les destructions intentionnelles du patrimoine culturel liées aux violences et aux guerres : « Attentats et guerres détruisent des richesses irremplaçables. [...] La préoccupation patrimoniale est d'autant plus forte qu'elle se nourrit du spectacle de ces pertes et des émotions collectives qu'elles enclenchent ». En effet, les exemples ne manquent pas, de Palmyre (en 2015) au Mali (2012), ou bien les Bouddhas de Bamiyane (Afghanistan, détruits en 2011), de sites culturels visés par des actes de violence volontaire, qui visent justement leur valeur symbolique. Porteurs d'une culture, parfois d'une religion, ou même d'un courant religieux qu'ils combattent par les armes, ces sites sont d'autant plus vulnérables qu'ils portent une valeur identitaire. L'Unesco tient une liste du « patrimoine mondial en péril » pour les biens en zone de guerre par exemple, mais l'inscription sur une liste peut se retourner contre les sites. Pourtant, majoritairement, tout indique une prise de conscience collective, une volonté de sauvegarde qui pose la question des moyens économiques et politiques. On a vu au Mali des programmes de reconstruction des monuments détruits, ou de sauvegarde de manuscrits anciens menacés par les djihadistes. Pour Notre-Dame, l'émotion s'est exprimée « dans les conversations privées, sur les médias et les réseaux sociaux : Notre-Dame est la propriété de l'État français, mais également celle d'une nation tout entière. » : en effet, les effets de la mondialisation s'appliquent au patrimoine et la forte médiatisation amplifie encore l'attachement et les moyens mis en œuvre.

> Choisis des exemples de destructions patrimoniales que tu sais dater.

Conclusion

On le voit, le patrimoine et sa définition évolutive s'inscrivent dans un contexte politique et géopolitique mondial. Les questions de sa préservation et de sa valorisation ont des conséquences mémorielles et économiques, et impliquent des acteurs variés, à toutes les échelles. Comme l'écrit la spécialiste Manon Istasse, « le patrimoine est une interprétation contemporaine du passé » : ce qui est protégé, conservé et valorisé reflète les priorités culturelles et les valeurs d'une société.

> Tu peux intégrer une citation si tu en connais une qui s'accorde au sujet et au document.

La France et le patrimoine, des actions majeures de valorisation et de protection

Lexique

- **Politique publique :** Actions relevant de l'État et des collectivités territoriales
- **Collectivités territoriales :** Institutions de droit public renforcées avec la décentralisation (ce sont les régions, départements, communes, communautés de communes)
- **Décentralisation** : Réorganisation de l'État et de l'administration qui transfère certains pouvoirs de l'État vers les collectivités locales
- **Patrimonialisation** : Processus par lequel un espace, un bien, une espèce ou une pratique se transforment en objet du patrimoine naturel, culturel ou religieux digne de conservation et de restauration
- **Patrimoine culturel immatériel** : Patrimoine composé des pratiques ou expressions vivantes héritées du passé : traditions orales, arts du spectacle, savoir-faire, rituels et événements festifs…
- **Illimitation patrimoniale / omnipatrimonialisation** : Extension croissante du patrimoine, du fait d'une forte demande patrimoniale par des acteurs de plus en plus nombreux, et de son utilisation à des fins diverses, notamment touristiques

Dates clés

1789-90 Décret de création des **Archives nationales** (les biens de l'Église sont mis à la disposition de l'État)

1792 L'Assemblée autorise la destruction des symboles de l'ancien régime et la conservation de « **chefs-d'œuvre » menacés** ; transfert massif de propriétés et d'objets d'art à la République

1813 Création de l'inspection générale des **monuments historiques**

1962 La **loi dite « Malraux »** étend la protection des monuments aux ensembles urbains historiques et prévoit des réductions d'impôts pour leur restauration.

1996 Création de la **Fondation du patrimoine** chargée de « prendre en charge le patrimoine modeste »

2003 Décentralisation du patrimoine vers les collectivités territoriales

2017 Création d'une mission dont **Stéphane Bern** est chargé pour repérer des biens en péril (signalés par les citoyens, les lieux retenus bénéficient d'opérations de sauvegarde, financées par le « **loto du patrimoine** »)

Acteur

L'Unesco La convention de l'Unesco pour la promotion de la diversité des expressions culturelles (2005) reconnaît les acteurs et les biens culturels comme vecteurs de valeurs et d'identité, nécessitant une protection particulière dans le cadre de la mondialisation.

MÉMO VISUEL Un patrimoine valorisé et en péril

6 La gestion du patrimoine français : évolution d'une politique publique

A. Les origines du patrimoine en France

→ **La Révolution française est un moment fondateur pour la politique publique du patrimoine en France.** La violence révolutionnaire entraîne une prise de conscience de la nécessité de protéger et de restaurer le patrimoine, notamment religieux. Désapprouvant la destruction des monuments et des objets qu'il considère comme « nationaux » par les violences révolutionnaires, l'Abbé Grégoire invente le terme de « vandalisme » pour désigner ces violences contre les biens. Sa vision pionnière du patrimoine français fait la **synthèse entre le sens du passé et la volonté du renouveau**. Il appelle à la défense du patrimoine existant, englobant non seulement les beaux-arts mais toutes les productions de l'esprit humain. Il est à l'origine de la transformation du Louvre en musée (1792).

→ **Cependant, jusqu'au XXe siècle, la notion de patrimoine reste attachée surtout à des « chefs d'œuvres », mobiliers ou monumentaux.**

B. De Malraux à l'omnipatrimonialisation

→ Le premier ministre de la culture, **André Malraux (1959-69)**, décide la création de secteurs sauvegardés (1962) et lance l'inventaire général du patrimoine culturel (1964). La conception du patrimoine monumental et artistique s'élargit au cours du XXe siècle. **Les patrimoines naturel et culturel, matériels ou immatériels**, reconnus à l'échelle mondiale par l'Unesco depuis 2003, sont désormais partie intégrante de la richesse patrimoniale française et internationale.

Cette extension très large de la définition des patrimoines, dite illimitation patrimoniale ou omnipatrimonialisation, a permis **une démocratisation du rapport aux héritages communs** à transmettre aux générations futures, mais elle pose la question des financements, de la multiplication des acteurs, publics et privés, et de la dilution du sens à donner au patrimoine.

→ **La patrimonialisation est un choix de mise en valeur et de transmission du passé** qui peut soulever des débats, comme dans le cas des traditions taurines dans le sud de la France (depuis 2016, la corrida n'appartient plus au patrimoine immatériel de la France sur lequel elle était inscrite depuis 2011). Vu désormais comme un flux, un échange à la fois dans l'espace mondial et dans le futur, plus que comme un stock figé, le patrimoine est chargé de valeurs politiques d'éthique et de durabilité.

> « Une nation ne peut pas se projeter si elle ne sait pas d'où elle vient. Mais elle ne doit pas s'y laisser enfermer. J'assume une vision contemporaine du patrimoine. »
>
> **Emmanuel Macron**, président de la République, 11 novembre 2020

C. Des acteurs publics et privés nombreux

→ **La labellisation s'accompagne d'une marchandisation** des sites, désormais estampillés par des marques multiples (« Patrimoine mondial de l'Unesco » ; « Ville d'art et d'histoire » ; « Monument historique »...). Même les labels initialement conçus pour protéger les sites sont actuellement mobilisés dans des perspectives utilitaristes, au risque d'une confusion des valeurs et des missions.

→ **Actuellement, l'État revient en partie sur le choix politique de la décentralisation en termes de sauvegarde patrimoniale.** La création d'une mission et d'un loto du patrimoine dédié à son financement (2017), et cogéré avec la Fondation du patrimoine, révèle **une recentralisation du patrimoine**, hautement symbolique et politique, sur un territoire français à forte densité patrimoniale et touristique.

Fait d'actualité

→ **Pour accompagner l'entrée de l'écrivain Maurice Genevoix au Panthéon**, lors d'une cérémonie présidée par Emmanuel Macron, mercredi 11 novembre, l'État français a passé une commande auprès du plasticien allemand Anselm Kiefer et du compositeur français de musique contemporaine Pascal Dusapin, afin que chacun réalise des œuvres destinées à demeurer dans le monument.

MÉMO VISUEL Patrimoine et patrimonialisation en France

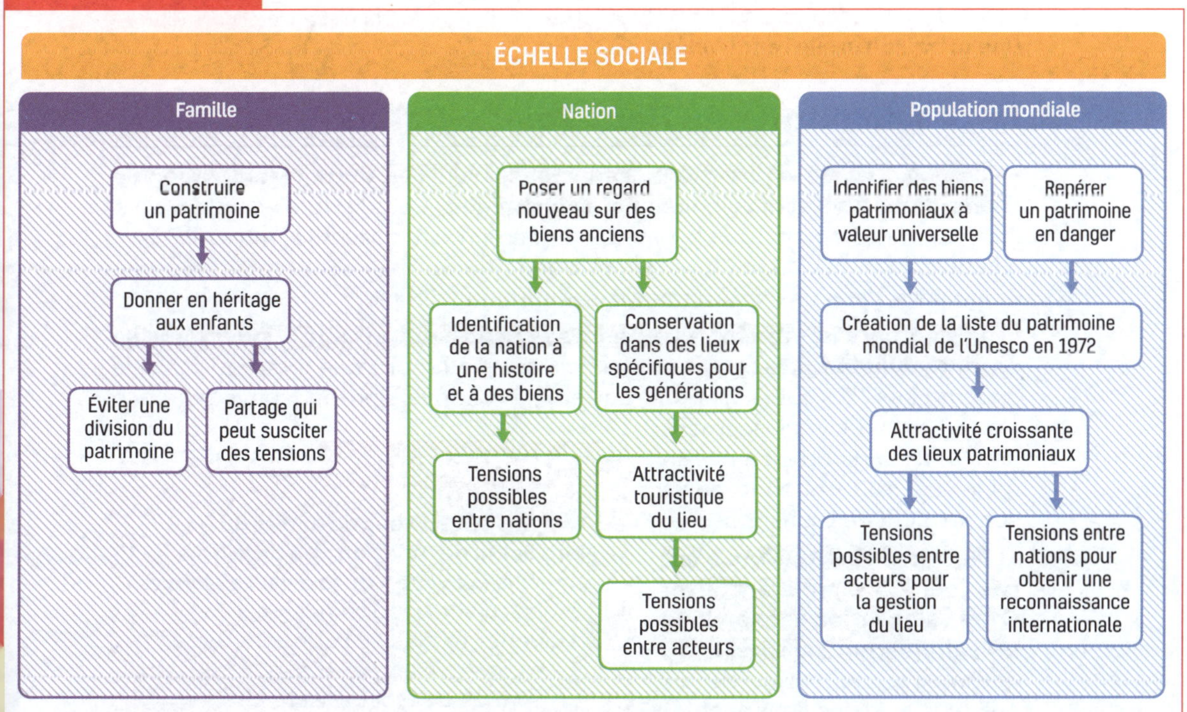

7 Le bassin minier du Nord-Pas-de-Calais entre héritage culturel et reconversion

A. La reconnaissance du patrimoine industriel

→ La démarche de patrimonialisation peut s'inscrire dans **une logique de sauvetage de sites** de la destruction, lorsqu'ils ne sont plus en activité à l'instar de certains anciens sites industriels. Elle révèle aussi **une volonté de changer le regard porté sur certains lieux**, désormais revalorisés.

→ Dans un contexte de mondialisation, la transmission des héritages matériels permet de répondre à un besoin d'enracinement, le passé industriel ayant forgé la culture et la mémoire locales. Ainsi, la reconversion des friches industrielles du Nord-Pas-de-Calais transmet-elle **une mémoire de lieux emblématiques**, déjà relayés par la littérature (*Germinal*, Émile Zola).

→ **Elle met en récit l'histoire locale** du « **pays noir** », avec ses mines, ses terrils, le charbon omniprésent pendant trois siècles, ses traditions et ses heures sombres. Il s'agit aussi de développer économiquement un territoire frappé par l'abandon de cette production (1990), **par une offre culturelle renouvelée**.

> « En permettant une valorisation identitaire, la patrimonialisation contribue à contrer l'uniformisation des cultures.
>
> **Marc Lavoie**, économiste

B. Le bassin minier du Nord-Pas-de-Calais

→ Les logiques de la patrimonialisation sont plurielles, **entre conservation de l'héritage culturel et développement économique**... Dans le Nord-Pas-de-Calais, l'activité minière a marqué le paysage et la mémoire collective, mais disparaît à la fin du XXe siècle. Que faire de ses traces, de ses lieux et de cette mémoire industrielle, dans un contexte socio-économique difficile ?

→ **Les acteurs nombreux, à toutes les échelles, ont un rôle à jouer dans sa patrimonialisation.** La création d'un musée de renommée internationale, le Louvre-Lens (500 000 visiteurs par an), la reconversion du « pays noir » en « pays vert » et le classement par l'Unesco de l'ancien bassin minier en 2012, ont contribué à son attractivité touristique.

→ Néanmoins, **l'équilibre n'est pas toujours simple à trouver entre valorisation économique et valorisation culturelle** du patrimoine, car, moins de dix ans plus tard, les lieux emblématiques de la mine attirent déjà moins de visiteurs.

Fait d'actualité

→ **En 2021, le bassin minier du Nord est la destination n° 3 de la liste annuelle « voyage » du journal *Le Monde*.** Vestiges d'une époque industrielle révolue, les terrils, ces collines formées des résidus miniers, renaissent, transformés en espaces naturels, bienvenus alors que les voyages sont suspendus par la pandémie de Covid 19.

C. Les risques de la patrimonialisation

→ La patrimonialisation cherche à la fois à préserver, à transmettre, et s'inscrit dans **une logique multiscalaire**. Il s'agit de **valoriser l'identité locale** en faisant de la population d'un territoire l'héritière d'une histoire, tout en repensant l'image des lieux et leurs usages. **Le statut de bien commun revalorise un espace et le groupe qui se l'approprie**. Le patrimoine de proximité, matériel et immatériel, est désormais mis en valeur et protégé par des acteurs toujours plus nombreux.

→ Cette démarche a un caractère symbolique : sur le bien patrimonialisé chacun modifie le regard. Mais la mise en place d'un marketing local peut néanmoins dénaturer les lieux et leur mémoire, conduisant à une folklorisation de la culture (caricature des pratiques traditionnelles, industrialisation des productions « locales », en particulier alimentaires).

> L'histoire du bassin minier du Nord-Pas-de-Calais est universelle.
>
> **Pierre Mauroy**, sénateur socialiste du Nord, soutien du projet d'inscription au patrimoine mondial de l'Unesco, 2012

MÉMO VISUEL Le patrimoine minier du Nord-Pas-de-Calais

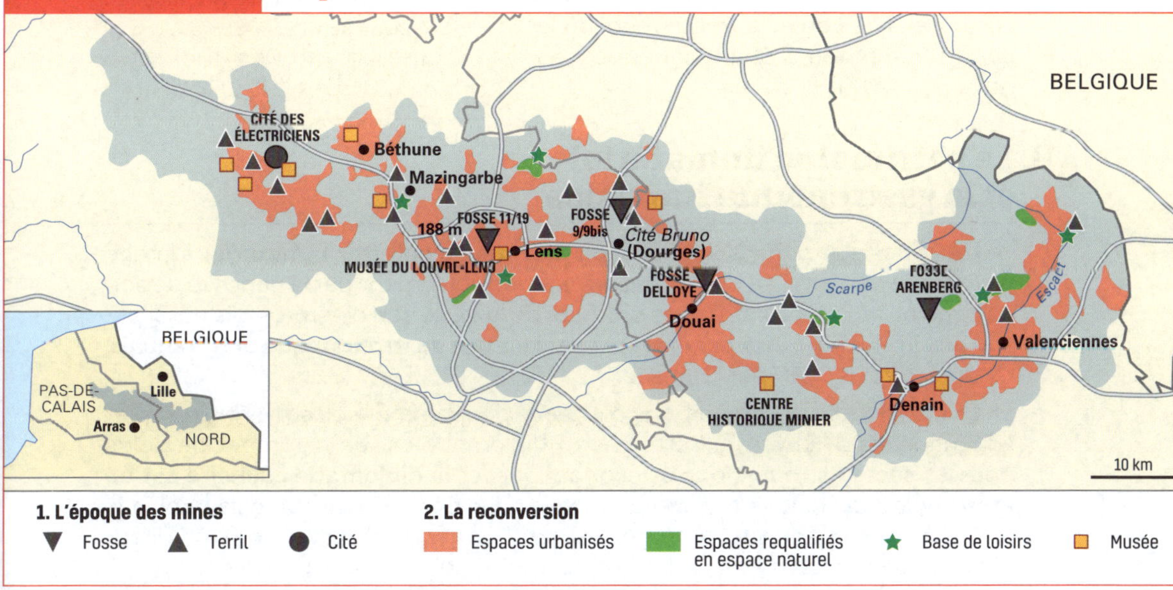

8 Le patrimoine, facteur de rayonnement culturel de la France dans le monde

A. La diplomatie culturelle, au centre du *soft power*

→ **Le rayonnement diplomatique** d'un État passe par la mise en valeur et le rayonnement de son patrimoine national, signe de puissance à l'intérieur comme à l'extérieur de son territoire. L'influence culturelle de la France à l'étranger, par les Alliances françaises, les Instituts français, et son réseau scolaire (300 000 élèves français et étrangers étudient dans 500 établissements présents dans 130 pays), est un atout indispensable en appui de la puissance militaire et économique moyenne, et se montre **un outil stratégique de *soft power*.**

→ L'adoption en octobre 2005 de la convention de l'Unesco pour la protection et la promotion de la diversité des expressions culturelles, élaborée à l'initiative de la France, illustre **l'importance que la France attache à sa diplomatie culturelle.** Différents acteurs peuvent aussi promouvoir la culture française comme les musées du Louvre à Abou Dhabi ou le centre Pompidou à Shanghaï ouvert en novembre 2019.

> Le patrimoine n'a pas de parti. Il appartient à la nation française.
>
> **Stéphane Bern**, chargé de mission patrimoine auprès du président de la République, 2017

B. Le patrimoine immatériel et la gastronomie française

→ La France s'attache à valoriser **son patrimoine culturel immatériel**. L'image de marque française se définit désormais non seulement par la richesse de son patrimoine architectural, de ses produits de luxe, de son cinéma, mais aussi par son art de vivre, incarné par exemple par **le repas gastronomique des Français**, reconnu depuis 2010 par l'Unesco.

→ La France utilise ses traditions culinaires pour promouvoir son art de vivre et son influence à l'étranger. Cette gastro-diplomatie est un argument de poids pour les secteurs touristique et économique, et **la diplomatie culinaire est un atout politique**, cultivé par la diplomatie et les chefs d'État français depuis le XVIIe siècle. Sachant que 40 % des exportations françaises concernent, directement ou indirectement, le domaine alimentaire, la gastronomie est une arme de séduction fondamentale.

> Le meilleur auxiliaire d'un diplomate, c'est son cuisinier.
>
> **Talleyrand**, ministre et diplomate français (1754-1838)

C. La diplomatie du patrimoine

→ Les hauts lieux du patrimoine permettent aux chefs d'État français de **célébrer la grandeur de la France** afin de renforcer son poids diplomatique. En 2017, Emmanuel Macron reçoit Vladimir Poutine au château de Versailles, puis le Premier ministre indien, Narendra Modi, au château de Chantilly. Ce même château accueille en 2018 le mariage d'une riche héritière indienne, puis le tournage d'un film à succès qui fait connaître la région à la classe moyenne indienne.

→ En avril **2019, l'émotion mondiale devant les images de la cathédrale Notre-Dame de Paris en flammes** montre que ce monument patrimonial français, référence culturelle mondiale, est un symbole fort de l'influence culturelle française.

Fait d'actualité

→ **Avril 2021 : après 4 ans de travaux, le chantier de rénovation de l'hôtel de la Marine**, emblématique monument parisien du XVIIIe siècle, situé sur la place de la Concorde, touche à sa fin. Confié par l'État au Centre des monuments nationaux, pour sa restauration et son exploitation, il sera en partie ouvert à la visite, mais aussi loué pour des festivités d'entreprises ou des rencontres diplomatiques.

Les exportations françaises de vin et l'intérêt de la Chine

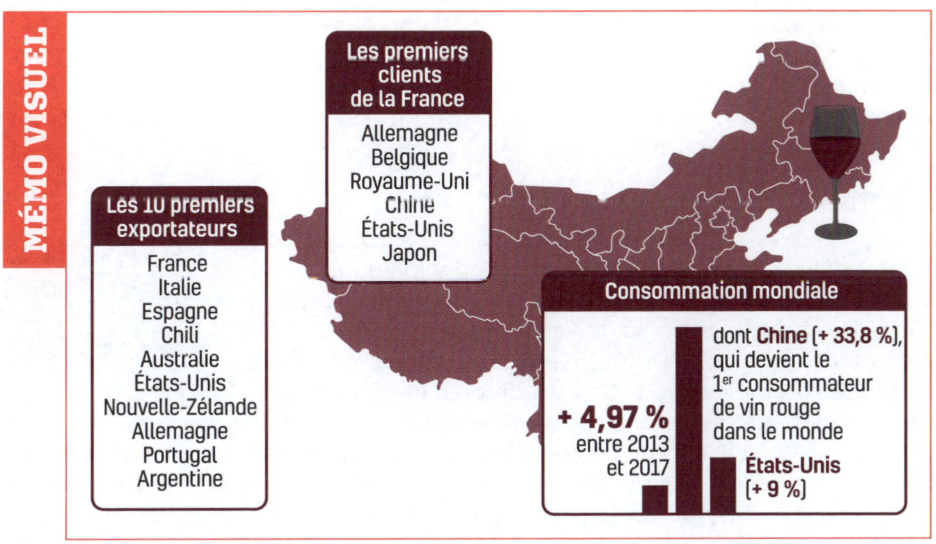

SUJET CORRIGÉ

Dissertation

SUJET 26

Le patrimoine en France, de l'histoire nationale à la mondialisation

Vous proposerez une définition du patrimoine, et prendrez des exemples dans différentes périodes de l'histoire.

Comprendre le sujet

– Le sujet est historique : il faut adopter une démarche chronologique.

– Selon les époques, il est attendu une analyse de l'évolution de la notion de patrimoine.

– Le cadre de la France doit être articulé avec l'échelle planétaire.

La très bonne copie

Introduction

Un ensemble de biens et d'éléments immatériels (savoirs, coutumes, ...) lié à l'histoire du territoire, de la nation et de la population français, peuvent définir son patrimoine. Mais ce patrimoine français n'est pas figé ni immobile ; il a un caractère évolutif. En effet, particulièrement depuis le XVIIIe siècle, il s'est diversifié et transformé. C'est ce que nous tâcherons de voir en répondant à la question suivante : comment le patrimoine français a-t-il évolué au fil de l'histoire ? Pour y répondre, nous constaterons qu'il a d'abord connu une histoire nationale ; puis avec la mondialisation, le patrimoine évolue encore, par une ouverture internationale renforcée.

> Montre que tu as compris la dimension historique du sujet

1re partie

Le patrimoine français est d'abord lié à une histoire nationale. En effet, sous l'Ancien régime, il jouait principalement un rôle de cohésion entre diverses régions qui se connaissaient peu. Même si le rôle international de Versailles, par exemple, a existé, les pratiques culturelles coûteuses (commandes de tableaux, de châteaux) ou plus modestes (traditions) impliquaient d'abord des familles, des villages, des territoires locaux. Le mot patrimoine vient de « pater » en latin, le père, car on transmettait le plus souvent les biens de père en fils, ou les titres, sous la forme de l'héritage. Il existait des exceptions, comme des cas de transmission paritaire (l'aînesse intégrale au Pays basque mettait les filles au même rang que les fils). La transmission patrimoniale ne concernait que des familles possédantes, et pouvait permettre une accumulation au fil des générations. Au XVIIe siècle, sous Louis XIV, la centralisation du pouvoir royal et le goût du roi pour les arts, sa pratique du mécénat, se caractérisent par un soutien aux savoir-faire français, dans le cadre de sa politique protectionniste (Colbertisme). Très lié à une élite sociale et économique, ce mécénat de cour qui promeut les arts « à la française », comme les jardins, l'ébénisterie, mais aussi miroirs, lustres, etc. associe le patrimoine à la notion d'objet d'art. Pour les transmissions dans les familles modestes on parlera d'héritage, plus

> Montre ce que tu sais du sujet pour la période de l'avant XXe siècle.

que de patrimoine. Mais déjà le patrimoine, même réservé à quelques-uns, portait une fierté nationale.

En 1789, survient la Révolution française, qui renouvelle la notion de patrimoine. D'un côté, la passion révolutionnaire tend à redistribuer les biens, à confisquer aux plus riches ou à l'Église, pour une société plus juste. L'abbé Grégoire parle quant à lui de « patrimoine national » et condamne les destructions de biens nobles (châteaux ou mobilier) ; il crée même le terme de « vandalisme » pour les désigner, comme des actes de barbarie. Pour lui, le patriotisme consiste au contraire à respecter ces biens, les conserver et en permettre l'accès à tous. Il est un soutien actif à la transformation du Louvre, ancien palais royal, en musée. Une partie des biens aristocratiques et ecclésiastiques passe dans le domaine public, de nombreux musées sont créés, comme à Versailles le Musée national de l'histoire de France, fondé par le roi Louis-Philippe en 1837. Le patrimoine devient plus collectif et plus accessible, il est protégé par l'États (loi sur les monuments historiques en 1913), mais reste composé de biens jugés exceptionnels, essentiellement monuments et œuvres d'arts, et ce jusqu'à la moitié du XXe siècle.

→ 2e partie

Dans les années 1980, apparaît un changement majeur des relations internationales. En effet, la mondialisation accentue la mise en réseau des territoires, populations et économies mondiales. Déjà en 1972, était créée la liste du « patrimoine mondial de l'humanité », sous l'autorité de l'Unesco (Organisation des nations unies pour l'éducation, la science et la culture). Elle permet d'identifier à l'échelle mondiale, des éléments jugés exceptionnels et dignes d'être patrimonialisés. Elle favorise théoriquement un accès au plus grand nombre. La France est un pays leader de ce mouvement, au 5e rang des États pour le nombre de sites classés par l'Unesco. Outre ses richesses, la France adopte une politique patrimoniale qui allie préservation, conservation et valorisation, cette dernière permettant l'exploitation du patrimoine comme une ressource. Depuis sa création en 1959, avec André Malraux, le ministère des affaires culturelles (devenu ministère de la culture), soutient une ouverture internationale qui place le patrimoine au centre de la diplomatie française. En 2003, l'Unesco a ajouté à la liste mondiale du patrimoine, celle du patrimoine immatériel, qui reconnaît et soutient des traditions et savoir-faire (pizza napolitaine, parfums de la Côte d'Azur, ou bouquinistes des quais de la Seine à Paris). Parallèlement, l'élargissement du patrimoine à des biens plus quotidiens, ou au monde du travail (bassin minier du Nord Pas-de-Calais, en 2012), fonde la nouvelle notion d'omni-patrimonialisation. Le critère n'est plus esthétique, mais lié au choix de transmettre une mémoire menacée ou jugée exceptionnelle. En France, la patrimonialisation touche désormais des habitations populaires, des moulins de campagne, ou des outils anciens. Le repas gastronomique à la française rejoint aussi la liste de l'Unesco en 2010 et en lien avec lui, on observe les enjeux diplomatiques du patrimoine. Depuis Talleyrand qui déclarait que le meilleur atout d'un diplomate était son cuisinier, la France développe ce soft-power gastronomique. Le patrimoine implique ainsi des acteurs et des objectifs multiples comme le montre le schéma suivant.

> Nourris ton argumentation d'exemples et de dates précis.

De ces usages multiples naissent des tensions, et des préoccupations, comme la préservation du patrimoine en période de massification du tourisme et de dérèglement climatique. En effet, la reconnaissance, et la labellisation des éléments patrimoniaux accentue leur attractivité, qui n'est pas seulement positive. Si elle permet au secteur de se développer et de fructifier économiquement, si elle donne de la visibilité à des territoires, elle entraîne parfois des dégradations, objectives ou pas, qui sont le revers de la médaille. En Italie, le cas de Venise est emblématique des risques liés à la sur-fréquentation. Pour les habitants, la ville devient vide d'activités autres que touristiques, et devient artificielle, comme un décor de théâtre. Paris est exposé aussi à ce risque, même si elle reste une métropole active par ailleurs. Les parisiens et la municipalité ont entrepris des recours pour limiter les locations de logements touristiques. Le Louvre, qui poursuit sa croissance hors de France, avec un site à Abu-Dhabi depuis 2017, est devenu une marque, qui se préoccupe surtout de son développement, aux dépens des visiteurs locaux qui peinent à y garder une place.

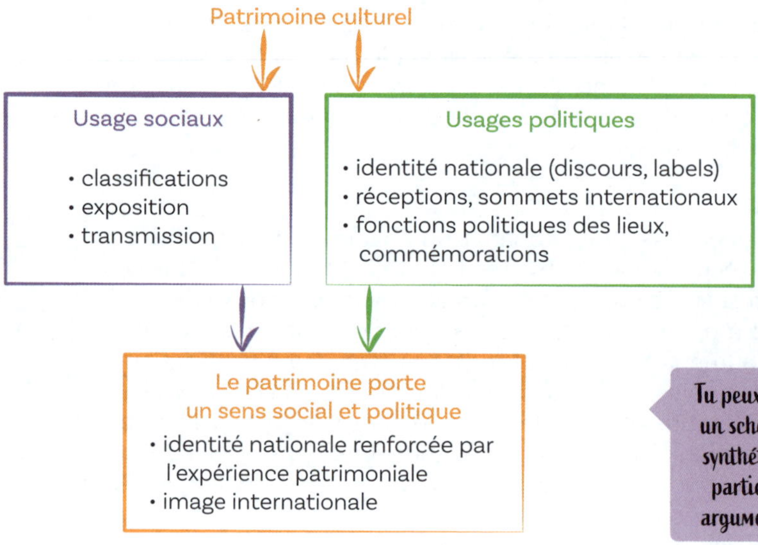

Tu peux proposer un schéma pour synthétiser une partie de ton argumentation.

Conclusion

On le voit, le patrimoine français est à la fois un atout, encore en essor, du rayonnement de la France, et un élément à protéger pour en éviter les abus et la surexploitation. Les dangers sont bien plus vifs dans des pays comme la Syrie ou le Mali, et tous les pays en guerre, mais l'hyper-fréquentation est un risque réel, auquel des villes comme Amsterdam ou Dubrovnik ont décidé de parer en instaurant un quota de visiteurs. Une meilleure répartition de l'attractivité et des visiteurs sur le territoire métropolitain et ultra-marin serait une solution, pour désengorger les « hyper-lieux » (Michel Lussault) qui à force perdent leur charme, et transférer les retombées positives de la patrimonialisation vers de nouveaux territoires en développement.

Intègre à ta conclusion une référence en rapport avec le sujet.

SUJET CORRIGÉ

Étude critique de documents

SUJET 27

Les enjeux politiques du patrimoine français

Consigne : Après avoir défini ce qu'est le patrimoine, vous insisterez sur les enjeux de sa protection, de sa valorisation et sur son utilisation politique.

Comprendre le sujet

– Les documents concentrent l'analyse du patrimoine sur ses enjeux politiques.

– Les enjeux politiques du patrimoine sont multiples : quels sont les choix du chef de l'État, quels sont les débats, ou les tensions, l'exploitation du prestige du patrimoine à son bénéfice, au bénéfice du pays, … ?

Document 1 > Emmanuel Macron au Louvre

Le Président élu prononce, au soir de sa victoire (7 mai 2017), un discours sur l'esplanade du Louvre, à Paris.

Document 2 > Enjeux et diversité du patrimoine français

Gouvernements et élus locaux de tous bords ont fait leur miel de cet attachement viscéral des Français pour leur patrimoine si bien que sa protection et sa transformation sont devenues des évidences. […] Lors d'une récente visite au musée ouvrier de Montreuil, Stéphane Bern, le nouvel ambassadeur du patrimoine auprès du chef de l'État, aura à l'endroit du numéro deux de La France insoumise, Alexis Corbière, ces mots qui résument tout : « Le patrimoine n'a pas de parti. Il appartient à la nation française. » Et ajoutons : aux historiens surtout, les mieux à même de nous éclairer sur sa raison d'être, comme sa vocation. Le patrimoine historique de notre pays a ceci d'étonnant qu'il inspire, protège et rassure. Par sa beauté, il inspire certes nos compatriotes mais aussi et surtout les touristes étrangers qui en raffolent ; par son silence, il protège nos racines par les symboles multiples qu'il déploie ; par sa stabilité, enfin, il rassure en résistant au temps, dans tous les sens du mot. Les monuments historiques sont à la France ce que les étendards de la République sont à la nation, la preuve tangible que le « roman national » se perpétue au-delà des modes, des crises et des conflits de générations. […] En ce sens, la diversité géographique et historique du patrimoine culturel national, qu'il soit modeste ou monumental, matériel ou immatériel, rural ou urbain, religieux ou républicain, écologique ou indus- triel, démontre qu'il n'a que faire des récupérations partisanes dont il est l'objet. Il est, un point c'est tout. […] Désormais, ce n'est plus à Paris que les grands chantiers patrimoniaux mobilisent les talents, mais en province ou à l'étranger. Si le musée du quai Branly fut le dernier grand établissement patrimonial consacré par un président de la République (en l'occurrence Jacques Chirac), c'est désormais à Bordeaux, Nantes, Rennes, Lyon, Marseille que le patrimoine s'invente. À Abou Dhabi et à Shanghai.

Jean-Michel Dijan, « Les vertus politiques du patrimoine », *Ouest-France*, 24 novembre 2017.

SUJET 27

La très bonne copie

Introduction

La pyramide du Louvre, inaugurée par le président Mitterrand en 1989, marque un tournant dans l'histoire du palais devenu musée, fleuron du patrimoine artistique et historique français. La photographie capture le premier discours du président Macron, le soir de son élection en mai 2017. Le document 2 est un texte journalistique, paru en 2017, qui analyse la place particulière du patrimoine en France, ses enjeux et sa diversité. Quels sont les enjeux du patrimoine en France et la part de son utilisation politique ?

Ouvre l'introduction avec un exemple factuel, en lien avec les documents.

Nous montrerons dans un premier temps que la définition du patrimoine est évolutive, et que les politiques patrimoniales mènent de front protection et valorisation. Dans un second temps, nous analyserons la dimension très politique du patrimoine en France.

1re partie

Au sens premier, le patrimoine désigne des biens privés ou publics, souvent hérités de générations précédentes, et auxquels on accorde une valeur. Au sens public et collectif du terme, le patrimoine est un bien commun qui doit être préservé, pour sa valeur artistique ou culturelle. Le premier patrimoine (XIXe-XXe siècles) était surtout constitué d'objets d'art et de monuments historiques. Depuis les années 1970, le sens s'est élargi au patrimoine immatériel, à la nature, à des biens de proximité, sous l'influence de l'Unesco. On assiste à un élargissement de la notion (« la diversité géographique […] écologique ou industriel »), étant qualifiée aujourd'hui d'omni- patrimonialisation, ou d'illimitation patrimoniale, permettant le classement de sites très variés, comme le musée ouvrier de Montreuil ou un paysage. Cet élargissement est aussi géographique, comme le note la fin de l'article.

Montre que la conception du patrimoine est évolutive, non figée.

En outre, le texte évoque « protection et transformation », à savoir les actions plurielles qui composent une politique patrimoniale. Cette dernière fait partie de la politique publique de l'État français depuis la Révolution française, moment fondateur de prise de conscience de la valeur commune de certains biens, et s'est renforcée en 1959 avec la création du ministère des Affaires culturelles confié à André Malraux. Il s'agit de déployer des moyens financiers et techniques pour préserver les monuments. Mais elle s'accompagne souvent de la valorisation, versant touristique et économique du patrimoine, qui est devenu un secteur prospère, générateur d'emplois, éventuellement support de reconversion dans des régions en déprise, comme dans le cas du bassin minier du Nord-Pas-de-Calais, classé au patrimoine mondial de l'Unesco depuis 1992.

Ainsi, la notion de patrimoine, définie puis élargie, génère des actions publiques de conservation et d'exploitation, faisant du patrimoine un secteur dynamique. Mais ce secteur n'est pas toujours neutre.

2e partie

En situant son premier discours au Louvre, Emmanuel Macron s'inscrit dans la continuité de l'histoire de France, depuis la monarchie (un ancien palais royal), en passant par Napoléon (le nom de la cour), jusqu'au président socialiste François Mitterrand. Les drapeaux français rappellent que c'est un jour historique pour la nation entière, et on remarque d'autres symboles : l'« Ode à la joie », hymne européen sur lequel il entre en scène, et les drapeaux européens. Le décor met donc en scène la synthèse entre le passé (l'ancien Louvre), le présent (la pyramide) et le futur (la politique à venir du quinquennat). Ce lien entretenu entre le passé et le futur est une des fonctions du patrimoine, comme le montre un passage du texte (« Les monuments historiques [...] conflits de générations »).

Mais en quel sens le patrimoine est-il « politique » ? Selon le texte, les politiques « de tous bords » s'en emparent, et Stéphane Bern déclare : « Le patrimoine n'a pas de parti. Il appartient à la nation française. » En effet, la démocratisation du patrimoine au XXe siècle lui a conféré une valeur de bien commun, qui dépasse les clivages partisans. La mission confiée à S. Bern est un exemple de politique patrimoniale à l'échelle nationale : dès 2017, le président Macron nomme l'animateur de télévision à la tête de cette mission pour la préservation de biens culturels en péril dans toute la France. L'opération est financée par le « loto du patrimoine », qui rapporte 25 millions d'euros pour 2 000 biens sélectionnés en 2019. La liste repose sur le signalement par les citoyens de biens menacés ; ce procédé participatif ancre encore la politique patrimoniale dans l'esprit national et confirme l'« attachement viscéral » évoqué par le document.

> Insiste sur les diverses dimensions politiques : le patrimoine peut être utilisé, manipulé, exploité politiquement.

Mais le patrimoine a aussi des enjeux internationaux : « Les touristes étrangers [...] raffolent » de la beauté des monuments. En effet, la France est la première destination touristique, le Louvre, le premier musée du monde avec plus de 10 millions de visiteurs par an. Mais le patrimoine français génère aussi de nouveaux musées dans le monde (Louvre d'Abou Dhabi ou centre Pompidou à Shanghai).

Conclusion

En France, le patrimoine fait l'objet de politiques anciennes et d'un attachement partagé par les citoyens et les hommes politiques. Cependant, on peut rappeler que le patrimoine, s'il semble consensuel, n'est pas à l'abri de récupérations politiques ou de tensions. En multipliant les opérations médiatiques dans des hauts lieux du pouvoir royal (le Louvre, Versailles), le pouvoir exécutif de la République peut aussi brouiller son image, apparaître nostalgique de pratiques monarchiques verticales, et ainsi voir les atouts du patrimoine se retourner en quelque sorte contre lui.

SUJET CORRIGÉ

Dissertation

SUJET 28

La patrimonialisation du monde : enjeux et tensions

Vous nourrirez votre devoir d'exemples variés.

Comprendre le sujet

– On entend par patrimonialisation le fait de placer des biens ou des lieux sous la protection d'une institution destinée à les protéger et/ou valoriser.

– Le sujet évoque indirectement l'omni-patrimonialisation, qu'il faut donc présenter et analyser.

La très bonne copie

Introduction

Spécialiste des questions patrimoniales, la chercheure Manon Istasse définit le patrimoine comme « une interprétation contemporaine du passé, ouverte à l'appropriation, et pouvant constituer une ressource politique et économique pour divers acteurs ».

En effet, le patrimoine est l'objet de démarches volontaires, privées ou publiques, qui sont le principe même de la patrimonialisation : un processus qui consiste à établir le patrimoine et à classifier en tant que tels des biens hérités du passé, jugés dignes d'être conservés, et transmis vers le futur. Ce processus est ancien, mais il a connu une accélération et une massification au XXe siècle.

Si tu peux, utilise une citation en accroche de ton introduction.

Nous nous demanderons en quoi la patrimonialisation est devenue un phénomène mon- dial, qui porte des enjeux politiques et économiques, mais suscite aussi des tensions.

Après avoir abordé dans un premier temps les enjeux politiques du patrimoine, nous aborderons dans une deuxième partie ses aspects économiques. Enfin, dans un troisième temps, nous évoquerons les tensions qui peuvent être liées au patrimoine, et qui sont de natures diverses.

1re partie

La patrimonialisation est le résultat de politiques, privées ou publiques, qui peuvent être décomposées en trois temps : la détection, la préservation et la valorisation. Identifier des biens dignes d'être transmis, en raison de leur valeur matérielle ou immatérielle, est une démarche ancienne et constatée dans de nombreuses sociétés. Le passage du sens à un bien public à protéger est daté en France de la Révolution française, lorsque les destructions révolutionnaires font craindre des pertes dommageables pour la nation. Intervient alors l'idée de préserver, dans l'intérêt de tous, indépendamment des aléas

Utilise le plus souvent possible le vocabulaire spécifique de ce thème (patrimonialisation, biens, ...).

historiques. Cette étape passe par des listes, inventaires ou classements, et une administration responsable. À ce titre, la création du ministère des Affaires culturelles en 1959 et le rôle d'André Malraux ont été décisifs. Depuis 2017, la mission du patrimoine confiée à Stéphane Bern par le président Macron prolonge cette politique : dirigée surtout vers des biens modestes, de proximité, elle repose sur le signalement par les citoyens et un financement participatif (loto du patrimoine). Enfin, la valorisation, spectaculaire au domaine de Versailles par exemple, consiste à transformer le site pour le rendre accessible au public et attractif.

Ainsi, la prise en charge par les États ou les collectivités locales, accompagnée d'une labellisation, distingue des lieux et des biens, qui deviennent communs à la collectivité, et incarnent une identité. C'est pourquoi leur valeur est politique, particulièrement pour des monuments historiques liés au pouvoir : le Louvre, le Kremlin ou la Cité interdite à Pékin. Le processus de patrimonialisation s'est mondialisé depuis les années 1970 avec la liste du patrimoine mondial de l'Unesco, qui distingue des sites culturels ou naturels et des biens immatériels. On assiste à un élargissement de la notion et donc des politiques du patrimoine, qui protège aussi la grande barrière de corail ou le savoir-faire du pizzaïolo. Les sites industriels, chargés d'une mémoire collective qui devient identitaire et inspire des lieux de conservation et de visite (corons réhabilités, musée de la Mine, classement du bassin minier du Pas-de-Calais par l'Unesco en 2012), accèdent aussi au statut patrimonial. Selon Krzysztof Pomian, historien, la diversification des patrimoines reflète une nouvelle conception de la nation elle-même, dans sa diversité et son ouverture.

→ 2e partie

Cette étape de la valorisation rappelle que le patrimoine est aussi traversé d'enjeux économiques. Le classement dans toute liste patrimoniale, ou labellisation, est incontestablement un atout pour les sites, qui voient mécaniquement leur fréquentation augmenter. Les hyper-lieux définis par Michel Lussault en sont la manifestation extrême (Venise, New York), mais, partout dans le monde, le tourisme devient un secteur porteur de développement à l'heure de la société de loisirs et de la banalisation des voyages. Des territoires comme l'Italie, la Grèce ou l'Égypte comptent sur leur patrimoine qui génère 5 à 10 % de leur PIB. Dans le cas d'États peu développés, les labels attirent les investisseurs privés qui contribuent, en sus des fonds publics, à la mise en tourisme des territoires. Dès lors, le patrimoine devient un enjeu économique pour le pays, les entreprises et les habitants.

Cependant, malgré les gains économiques qu'il représente, les excès du tourisme de masse sont régulièrement dénoncés. À Venise, où 30 millions de touristes se sont rendus en 2018, les dégradations de la cité et des conditions de vie de ses habitants sont attribuées en grande partie aux bateaux de croisières, qui provoquent des vagues artificielles et déversent dans le centre de la cité un nombre de touristes qui a quasiment décuplé entre 2000 et 2010. Des cités touristiques comme Amsterdam envisagent de limiter la capacité hôtelière et de fixer des quotas de fréquentation en centre-ville, afin de promouvoir un tourisme raisonné. Cependant, la patrimonialisation ne peut être accusée de trop de maux. Elle finance des préservations ou restaurations coûteuses et, selon le géographe Olivier Lazzarotti, l'oubli d'un site et sa non-patrimonialisation sont bien plus dangereux. Ainsi, la patrimonialisation génère des gains et des excès, mais semble globalement protéger les sites concernés.

Cite les travaux et conclusions des spécialistes du sujet.

SUJET 28

3e partie

En soulignant la valeur d'un bien, la patrimonialisation réveille des conflits d'attribution liés à des situations du passé non résolues : objets d'art d'anciennes colonies, détenus par des musées d'Occident (comme la collection d'art du Congo au musée de Tervuren en Belgique) ou pièces archéologiques emportées par des amateurs d'art (conflit entre la Grèce et la Grande-Bretagne sur les marbres du Parthénon dits « marbres d'Elgin » au British Museum). En France, un rapport a été commandé par la présidence de la République en 2018 pour réfléchir à des restitutions aux pays anciennement colonisés par la France. Les mentalités semblent évoluer mais les décisions concrètes restent rares.

De plus, le patrimoine peut devenir une cible lors d'un conflit armé, lorsque des belligérants s'appuient sur le statut patrimonial d'un site pour garantir la médiatisation de leurs actes et son effet sur les opinions publiques. Les destructions menées dans le monde par les groupes islamistes, depuis les bouddhas de Bâmiyân (Afghanistan, 2001) jusqu'aux tombeaux de saints à Tombouctou (2012), sont des messages adressés à la communauté internationale, prenant le contrepied de la politique mondiale de patrimonialisation. En effet, cette dernière suppose le respect des cultures et le partage de valeurs communes, outrepassant les divergences politiques ou religieuses. La reconstruction entreprise immédiatement au Mali, sans attendre la fin de la guerre, confirme la valeur identitaire et symbolique de ces biens. On le voit, la nature politique du patrimoine prend des formes multiples (actions publiques, valeur identitaire, retombées économiques) qui doivent être considérées dans un contexte de patrimonialisation mondialisée.

> Prends soin de donner des exemples précis et datés.

Conclusion

Pendant la Révolution française, l'abbé Grégoire avait créé le terme de vandalisme pour désigner les actes de destruction de biens ou monuments. Visionnaire, il incluait aussi dans sa volonté de protection des productions techniques ou linguistiques de l'humanité. Depuis, la patrimonialisation s'est diffusée dans le monde. Si elle suscite ponctuellement des conflits ou des excès, elle est généralement synonyme de développement, et véhicule une valeur des biens communs qui incite à des exploitations raisonnées dans l'avenir.

> Cite un personnage ou une anecdote qui complète le devoir.

POUR TRAVAILLER EN AUTONOMIE

→ Aborder le thème dans sa globalité

Ouvrages généraux

- *Atlas géopolitique mondial*, Alexis Bautzmann, Éditions du rocher, 2017 (régulièrement actualisé)
- Dominique Audrerie, *La notion et la protection du patrimoine*, Que sais-je ?, 1998
- Dominique Poulot, *Une histoire du patrimoine en Occident*, PUF, 2006
- Marie-Anne Sire, *La France du patrimoine, les choix de la mémoire*, Gallimard Découvertes, 2005

→ Approfondir et préciser tes connaissances

Ouvrages spécialisés

- Jean-Yves Andrieux, *Le patrimoine industriel*, Que sais-je ?, 1992
- Collectif, *Conflits armés et patrimoine*, Hémisphères, 2020
- François Roche, Bernard Piniau, *Histoire de la diplomatie culturelle des origines à 1995*, La Documentation française, 1995
- F. Roche, *La Culture dans les relations internationales*, EFRI, 2002

Articles

- Laurent Martin, « Les politiques du patrimoine en France depuis 1959 », *Politiques de la culture*, 2015 (en ligne)
- Serge Michel, « Et si l'on rendait à l'Afrique son patrimoine ? », *Le Monde*, 30 juillet 2016
- Manon Istasse, « Le patrimoine mondial est-il à tout le monde ? », *Revue Terrain*, 2018
- « Patrimoine et identité nationale », *Le débat*, 2010
- Jean-Christophe Gay, Luc Vacher, Laure Paradis, « Les nouvelles dynamiques du tourisme dans le monde. Quand le tourisme se diffuse à travers le monde », *Géoconfluences*, 2011

→ Visualiser, réviser, apprendre autrement

Vidéos et podcasts

- « André Malraux et l'architecture : de la littérature au patrimoine », *Métropolitains*, France Culture, 2008, 62 min
- « Venise, Barcelone, Dubrovnik : les ravages du tourisme de masse », Arte, 2016, 52 min
- « À Versailles, 140 grands patrons séduits par Macron et la France », France Info, 23 janvier 2018
- « Il était une fois Versailles : la galerie des Batailles » web-documentaire en ligne, 1 min 46
- « Six chefs-d'œuvre qu'on se dispute », *Les Échos*, 7 décembre 2018
- « La patrimonialisation du monde », entretien avec Maria Gravari-Barbas, mai 2016, 43 min
- « Manuscrits de Tombouctou : après numérisation, leurs mystères enfin dévoilés », France Info, 6 décembre 2016

Thème 5

BAC ANNÉE PAIRE

L'environnement, entre exploitation et protection : un enjeu planétaire

Greta Thunberg, 16 ans, prend la parole à l'ONU lors du sommet sur le climat, le 23 septembre 2019.

Thème 5

L'environnement, entre exploitation et protection : un enjeu planétaire

Sommaire

Mots clés

- **Milieu naturel** : Ensemble des conditions naturelles (atmosphère, biosphère, hydrosphère, lithosphère).
- **Ressource** : Richesse naturelle exploitée ou non par l'homme.
- **Risque** : Danger potentiel pouvant affecter une population, il est la conséquence de la combinaison d'un aléa (climatique par exemple) et de la vulnérabilité d'une société.
- **Société civile** : Ensemble des acteurs qui agissent comme groupes de pression pour influencer les politiques gouvernementales.
- **Écologisme** : Souci de protéger la nature contre les destructions causées par les sociétés industrielles.
- **Anthropocène** : Nouvelle ère géologique, caractérisée par le fait que le principal facteur de changement est l'action des hommes et non plus de la Terre (le terme émerge dans les années 1990).
- **Empreinte écologique** : Mesure de l'impact des activités humaines sur le milieu naturel.

Dates clés

1961 Création du **Fonds mondial pour la nature (WWF)**, l'une des premières ONG environnementales

1972 Le **Rapport Meadows** *Les limites à la croissance* alerte sur les dégâts de la surproduction

1974 **René Dumont**, premier candidat écologiste aux élections présidentielles en France

1979 La **convention de Berne** relative à la conservation de la vie sauvage et du milieu naturel de l'Europe désigne les espèces strictement protégées, dont le loup

1992 Adoption au **sommet de Rio** de la Convention-cadre des Nations unies sur les changements climatiques (CNUCC)

2009 Résolution du Parlement européen sur un **traité international relatif à la protection de l'Arctique**

Chiffres clés

Élévation moyenne du niveau de la mer :
- 1901-2011 : **1,7 mm/an**
- 1993-2014 : **3,2 mm/an**

D'ici à 2050, selon les scénarios, **31 à 143 millions de personnes** pourraient être forcées de se déplacer à l'intérieur de leur pays en raison du changement climatique.

Les tortues géantes des Galapagos (Équateur) sont en voie de disparition et désormais espèce protégée : leur exploitation par l'homme a fait chuter leur population de **250 000** à **15 000** aujourd'hui.

Comprendre les enjeux

1 Une construction historique, sociale et politique

→ Couramment utilisé par de multiples acteurs, le terme d'environnement est polysémique. Il peut désigner **le milieu naturel**, mais peut aussi intégrer ou non ce qui a été créé et **transformé par les sociétés**. L'environnement est donc sujet à plusieurs représentations : ressource à exploiter ou à protéger, contrainte à laquelle il faut s'adapter, ou encore risque pour les sociétés.

→ **Les opinions écologistes** ont pris progressivement de plus en plus dans le débat public. L'émergence d'une société civile mondiale et la diffusion des informations *via* les médias sociaux portent le débat à travers de nouvelles formes d'action, comme les marches pour le climat. Ces initiatives engendrent des débats et des conflits entre des acteurs aux intérêts différents.

→ **L'environnement est le théâtre de rapports de forces politiques**, qu'il s'agisse de l'appropriation des ressources, de la protection du milieu naturel ou de la gouvernance du climat. Les acteurs s'organisent cependant pour coopérer en faveur d'une meilleure protection de l'environnement, à travers de grandes conférences internationales par exemple.

2 L'histoire de l'environnement

→ Il n'existe plus sur la planète d'environnement vierge. Les réflexions scientifiques placent désormais les sociétés humaines au centre de l'environnement. Il n'en a pas toujours été ainsi. Jusqu'aux années 1970, **la conception de l'environnement reposait sur un rapport de domination de l'homme** sur le milieu naturel.

→ Aujourd'hui, on considère l'environnement comme **un ensemble d'interactions entre l'homme et les composantes naturelles**. Sa protection passe par la sanctuarisation du milieu naturel, mais également par le fait de subvenir aux besoins des sociétés. Certains scientifiques affirment que nous vivons dans une nouvelle ère géologique, l'anthropocène : l'homme serait non plus passif face aux forces géologiques, mais bien **le principal acteur des changements de l'environnement**.

→ L'histoire de l'environnement est une sous-discipline de l'histoire qui s'intéresse dans le temps long aux relations entre les sociétés et leur milieu. Ce champ de recherche né dans les années 1970 utilise des sources diverses, des récits à l'observation du paysage en passant par d'autres disciplines : géographie, géologie, climatologie. L'histoire de l'environnement se divise elle-même en sous-champs, comme l'histoire du climat ou des animaux. Tous permettent d'éclairer **notre compréhension de l'environnement actuel, nos pratiques et nos représentations**.

3 Un révélateur des inégalités mondiales

→ L'environnement est fortement lié à **la question des inégalités dans le monde**. Les sociétés à forte empreinte écologique ne sont pas celles qui pâtissent le plus des conséquences des dégradations de l'environnement. Au contraire, les sociétés les plus fragiles disposent de moins de moyens techniques et financiers pour s'adapter aux changements.

→ Le changement climatique lié à **l'augmentation des gaz à effet de serre dans l'atmosphère** aggrave ainsi la probabilité de certains risques globaux comme la submersion marine. Les conséquences déjà observables sont les migrations forcées des populations des territoires les plus vulnérables. **L'environnement est donc à la fois cause, conséquence et élément révélateur des inégalités.**

MÉMO VISUEL Deux conceptions de l'environnement

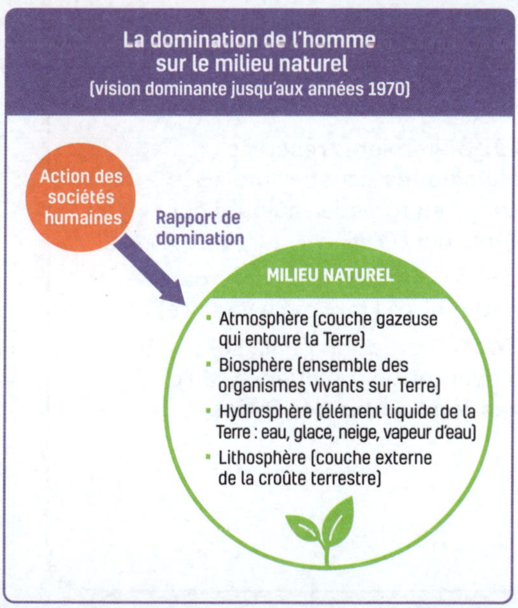

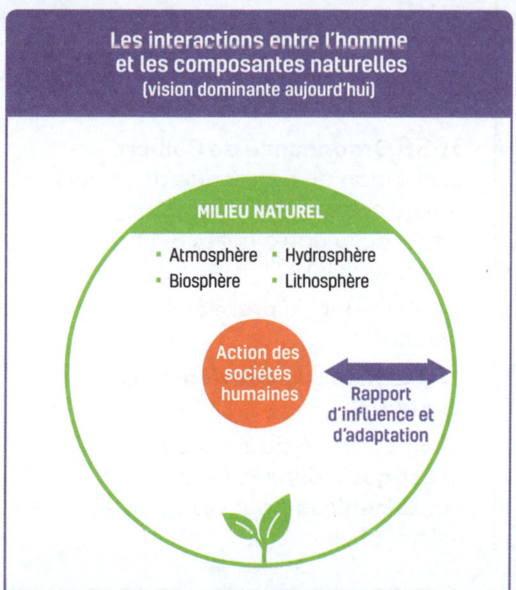

Exploiter, préserver et protéger

Lexique

- **Forêt** : Superficie de plus de 0,5 hectare présentant des arbres d'une hauteur supérieure à 5 mètres et un couvert forestier de plus de 10 % (selon la FAO, organisme de l'ONU). Sont exclues les terres à vocation agricole ou urbaine prédominante.
- **Défrichement** : Destruction de forêts par l'homme, dans le but de récupérer le bois, de mettre le sol en culture ou de créer des aménagements.
- **Forêt primaire** : Forêt d'espèces indigènes qui ne présente pas de traces d'activités humaines suffisantes pour en modifier l'écosystème.
- **Forêt domaniale** : Forêt appartenant à l'État, gérée par l'Office national des forêts.
- **Ressource naturelle** : Bien ou service fourni par la nature sans transformation par l'être humain. Les ressources naturelles renouvelables désignent les ressources biotiques dont les cycles de régénération sont supérieurs à leur niveau d'extraction, sauf si l'usage excessif en entraîne l'extinction (forêts, espèces animales, etc.).
- **Forêt en libre évolution** : Forêt où les interventions sont limitées au maximum, afin de minimiser les conséquences de l'action humaine et d'agir dans l'intérêt de la vie sauvage.

Dates clés

1669 **Ordonnance de Colbert** Législation de protection des forêts françaises à des fins stratégiques (essor de la flotte militaire et commerciale)

1750 Début du **premier âge industriel**

1780 Début du **deuxième âge industriel**

1861 Création de la « **réserve artistique » dans la forêt de Fontainebleau** pour ses qualités esthétiques

1953 Premières **réserves biologiques**, espaces protégés en milieu forestier, aujourd'hui gérés par l'ONF

1963 Création du premier **parc national** en France (La Vanoise)

2001 Promotion par la Loi d'orientation forestière (LOF) de la **gestion durable des forêts**

Acteurs

Office national des forêts (ONF) Organisme d'État français chargé de la gestion des forêts publiques, créé par une loi de 1964

Gro Harlem Brundtland (née en 1939) Médecin et femme politique norvégienne à l'origine du rapport. Brundtland (*Notre avenir à tous*, 1987) qui définit le développement durable comme un nouveau regard sur le développement humain

La diffusion de l'industrialisation dans le monde

MÉMO VISUEL

Une industrialisation inégale

- Pays moteurs de l'industrialisation
- Pays à croissance rapide
- Pays faiblement industrialisés
- Pays sous domination coloniale

Les centres de l'industrialisation

Principales villes industrielles de...

- plus d'un million d'habitants
- 500 000 à 1 million d'habitants
- Régions fortement industrialisées au début du XXe siècle
- Principaux bassins houillers

Un monde en mouvement

- Flux (marchandises, d'hommes, capitaux)

1 Exploiter et protéger la forêt française

A. Les usages multiples de la forêt

→ Pour se développer, **l'homme exploite son environnement et transforme les ressources** qu'il y trouve. La forêt lui permet de se nourrir, de construire, de se chauffer ou de produire de l'énergie. Sa surexploitation dès le Moyen Âge, les défrichements aux XIIe-XIIIe siècles, entraînent **une diminution de la surface forestière**. Le pouvoir monarchique veille alors à sa gestion, en mettant en place une réglementation qui permet de conserver les forêts. Sous Louis XIV, Colbert édicte l'Ordonnance des eaux et forêts de 1669, dans un contexte d'affirmation d'un pouvoir absolutiste et d'une administration de plus en plus centralisée.

→ Depuis l'époque moderne, **le bois devient un enjeu stratégique pour les États**, servant à la construction des navires de guerre et de commerce, mais aussi de combustible pour les industries et de matériau de construction. Ces lois cherchent à concilier exploitation et conservation des ressources dans un but utilitaire : en assurer le renouvellement. Cependant, **jusqu'au XIXe siècle, la surface forestière française continue de diminuer.**

Fait d'actualité

→ **La construction en bois est un secteur en plein essor en France.** Représentant aujourd'hui 6 % des logements neufs, elle s'élèvera à 15 % au moins selon les projections en 2030. Un bâtiment en bois peut réduire ses émissions de 15 % à plus de 45 %, et stocker jusqu'à 200 kg équivalent CO_2 par mètre carré, pendant toute sa durée de vie.

B. Le tournant

→ À partir de la seconde moitié du XIXe siècle, **la « révolution industrielle » entraîne un exode rural qui diminue les pressions sur le milieu forestier**. De plus, le bois est en partie remplacé par le charbon de terre comme combustible. Parallèlement, les impacts environnementaux amènent les sociétés à **se questionner sur les pollutions** et à lutter pour préserver une nature qui est aussi esthétisée par de nouveaux courants artistiques (romantisme, école de Barbizon).

→ En Europe et aux États-Unis, **des législations sont mises en place dès la seconde moitié du XIXe siècle afin de patrimonialiser des milieux forestiers remarquables** (création de parcs nationaux).

> « Les ressources doivent être gérées d'une façon écologiquement viable afin de répondre aux besoins sociaux, économiques, écologiques, culturels et spirituels des générations actuelles et futures. »
>
> **Déclaration du sommet de la Terre de Rio** sur l'environnement et le développement, *Principes de gestion des forêts*, 1992

C. La forêt française aujourd'hui

→ Du fait de ces choix politiques, la surface forestière française augmente, passant **de 9 millions d'hectares en 1862 à 17 millions en 2018**. La tension entre exploitation et protection devient forte : l'Office National des Forêts, créé en 1964 pour gérer les forêts publiques, comme les propriétaires privés, doivent répondre aux besoins des **différents usages de la forêt** (production de bois, contrôles étatiques, réserves biologiques, usages récréatifs).

→ Ces usages divers sont à l'origine de **nombreux conflits d'acteurs**, mais la forêt reste un **atout de l'économie et des paysages français**.

> « Une forêt en libre évolution fait ce que fait la vie : elle lutte spontanément contre le réchauffement climatique. Ce n'est donc pas une initiative pour la nature au détriment des humains, c'est une manière d'agir pour le bien de la communauté inséparable des vivants, dont les humains sont membres.
>
> **Baptiste Morizot**, philosophe, *Le Monde*, 19 juillet 2019

La forêt française aujourd'hui

MÉMO VISUEL

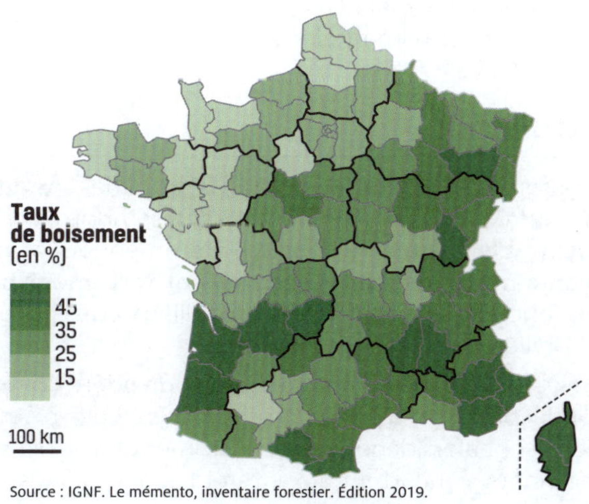

Source : IGNF. Le mémento, inventaire forestier. Édition 2019.

4e forêt européenne

30 % de la surface totale (métropole)

75 % privée
25 % publique

Composée à **72 %** de feuillus (chênes, hêtres, frênes) et **18 %** de résineux (pins, sapins)

La forêt capte l'équivalent de **15 %** des émissions de CO_2 annuelles (1 m³ de bois stocke 1 tonne de CO_2).

2 « Révolution néolithique » et « révolution industrielle », une anthropisation des milieux

A. La néolithisation

→ En se développant et en exploitant les ressources de son environnement, l'homme transforme son milieu. En retour, celui-ci a un impact sur la vie des hommes qui doivent s'adapter. **Le milieu n'a donc rien de naturel, il est anthropisé** et devient ainsi un milieu social. Cet impact se lit tout particulièrement il y a 12 000 ans, lorsque, peu à peu, **l'homme a développé une mentalité nouvelle, cherchant à dominer la nature** qui l'entoure. Commence alors la « révolution néolithique » ou néolithisation, qui se définit comme l'adoption progressive par des groupes humains de la sédentarisation et de systèmes d'agriculture et d'élevage.

→ En transformant ainsi les paysages et les espèces, végétales comme animales par la sélection, **l'homme s'en trouve lui-même changé**. Il grandit en taille, et développe de nouvelles maladies (caries dentaires, intolérances alimentaires).

> L'impact du néolithique sur l'environnement a été radical. La domestication des animaux et des plantes constitue aussi les premières manipulations sur le vivant.
>
> **Jean-Paul Demoule**, préhistorien, 2011

B. L'âge industriel

→ Ces transformations continuent de s'amplifier durant le Moyen Âge et l'époque moderne, mais connaissent une accélération notable avec **l'âge industriel qui s'ouvre à la fin du XVIIIe siècle**. Notamment du fait **des industries extrêmement consommatrices en ressources et fortement polluantes**, l'homme prend conscience de son influence sur le milieu et des pollutions qu'il provoque (paysages souillés, maladies respiratoires).

→ Au XIXe siècle, **l'environnement est déjà considéré comme essentiel pour la santé** des individus, les maladies comme la tuberculose étant encore mortelles. Les pollutions sont alors dénoncées, notamment par le biais d'actions en justice, mais ces combats se heurtent aux intérêts économiques.

Fait d'actualité

→ En février 2020, cinq mois après l'incendie de l'usine chimique Lubrizol à Rouen, le gouvernement a annoncé **un accroissement de 50 % des inspections annuelles des sites classés Seveso d'ici à 2022**. Plusieurs milliers de tonnes de produits chimiques avaient brûlé et un panache de fumée noire de 70 km de long s'était formé lors de l'important incendie avait ravagé une partie de cette usine classée Seveso.

C. L'anthropocène

→ Mais, pour Jean-Baptiste Fressoz, historien de l'environnement, la conscience dès le XIXe siècle, des atteintes à l'environnement causées par l'industrialisation, et son occultation volontaire par les sociétés productivistes, **établit la responsabilité collective de l'espèce humaine dans la crise environnementale actuelle**. **L'anthropocène est donc un événement non subi, mais politique**, car choisi et consenti au nom de certaines priorités économiques.

→ La prise de conscience des risques environnementaux dus à l'anthropisation s'accélère à partir des années 1970. Des **mouvements d'écologie politique** voient le jour, en lien avec le réchauffement climatique et les dérèglements qu'il entraîne à l'échelle globale. Une **législation internationale** commence à émerger, notamment autour du concept de **développement durable prôné dans le rapport Brundtland de 1987 et le sommet de la Terre de Rio en 1992**.

> L'histoire du risque ici technologique n'est pas celle d'une prise de conscience, mais celle de la construction d'une certaine inconscience modernisatrice.
>
> **Jean-Baptiste Fressoz**, *L'Apocalypse joyeuse*, 2012

Les relations homme-milieu

MÉMO VISUEL

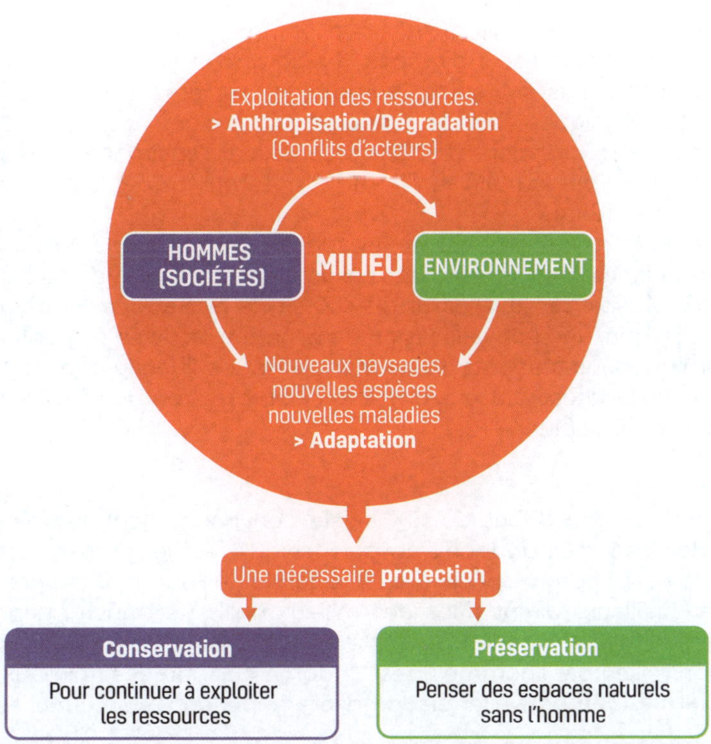

SUJET CORRIGÉ

Dissertation

SUJET 29

Exploiter, préserver et protéger l'environnement.

Vous veillerez à varier les exemples sur plusieurs périodes de l'histoire.

Comprendre le sujet

- Le terme clé « environnement » doit être défini, montrez que sa définition peut varier.
- Les trois verbes permettent de distinguer les actions de l'homme sur l'environnement, ils renvoient à des pensées politiques qu'il faut présenter.
- Les débats politiques sur le rapport des hommes à l'environnement font partie du sujet.

La très bonne copie

Introduction

Les gigantesques incendies de la forêt amazonienne brésilienne ont récemment mis en lumière la pression dont cette forêt fait l'objet : plus grand écosystème forestier de la planète, réservoir d'oxygène et milieu de vie de plusieurs peuples, elle est menacée par l'exploitation économique que l'administration Bolsonaro veut accélérer pour le développement.

La question de l'Amazonie pose la question de la protection de l'environnement, c'est-à-dire des relations d'interdépendance complexes existant entre l'homme, les sociétés et les composantes physiques, chimiques et biologiques d'une nature anthropisée. Cette question n'est pas récente, car l'environnement est marqué par la main de l'homme, notamment depuis la révolution néolithique.

Tu peux ouvrir le devoir par un exemple révélateur (l'accroche).

Comment parvenir à concilier exploitation et protection de l'environnement ? Les sociétés humaines ont pris tôt des mesures de protection de leur environnement, pour pouvoir l'exploiter (I). À partir du XIXe siècle et de l'accélération du processus d'industrialisation, une nouvelle vision de la nature et de sa préservation voit le jour (II). Aujourd'hui, dans un contexte de mondialisation libérale et d'inégalités de développement, la synthèse entre exploitation et protection de l'environnement est de plus en plus difficile (III).

1re partie

Du néolithique au début du XIXe siècle, l'environnement est perçu comme un réservoir de ressources, dont on a conscience qu'il faut les protéger. L'environnement est d'abord perçu comme nécessaire à la survie de l'homme. Les premiers hommes chasseurs-cueilleurs vivent dans des milieux qu'ils ne transforment pas radicalement. Au néolithique, vers 10 000 ans avant J.-C., apparaît un tournant dans la gestion de son milieu par l'homme : c'est la domestication des animaux et l'apparition de l'agriculture. Une nouvelle relation d'interdépendance se crée : l'environnement est nécessaire à l'homme qui, en retour, le transforme. Pour les besoins de l'agriculture et de l'habitat, la forêt est défrichée ; des parcelles sont clôturées pour l'élevage domestique ; des voies de communication sont tracées et des espaces s'urbanisent. Apparaissent alors progressivement sur tous les continents des civilisations sédentaires, dont les économies sont fondées sur l'agriculture. Ce tournant engendre une augmentation démographique continue sur plusieurs siècles. L'homme anthropise le milieu afin d'y puiser les ressources qui lui sont nécessaires pour vivre : c'est pourquoi on peut affirmer qu'il n'existe plus d'environnement « naturel ».

Cependant, cette exploitation multiséculaire de l'environnement est régulée. L'homme prend conscience de la finitude de certaines ressources et d'une nécessaire gestion de l'environnement pour conserver les ressources. La forêt est un sujet de préoccupation : en France la surface forestière a diminué de moitié entre 1000 et 1300. Les rois Philippe le Bel (XIIIe s) et Philippe VI (XIVe) tentent de réguler l'usage de la forêt. C'est 1669, avec l'ordonnance Colbert, ministre de Louis XIV, que l'État français centralisé prend la première mesure de grande ampleur de réglementation forestière : politique de plantation, surveillance par l'État des ventes de bois. L'objectif est de fournir du bois au royaume pour renforcer la marine militaire et marchande. Il s'agit de mieux gérer une ressource pour les besoins à moyen et long terme, soit préserver pour exploiter : on concilie exploitation et conservation, dans une vision anthropocentrique de l'environnement.

> Cite plusieurs exemples répartis sur des périodes successives, pour montrer ton raisonnement chronologique.

Le tournant de l'industrialisation fait apparaître un nouveau rapport à l'environnement.

→ 2e partie

Avec l'industrialisation, une nouvelle vision de la nature et de sa préservation apparaît progressivement à partir du début du XIXe siècle. L'industrialisation génère des dégradations de l'environnement, dont les contemporains prennent vite conscience. Ainsi, les régions minières et industrielles européennes sont surnommées les « pays noirs », en référence aux mines de charbon et aux fumées des usines installées près des gisements. Les médecins commencent à s'inquiéter de la pollution de l'air et notent l'apparition de maladies pulmonaires : on estime qu'au XIXe siècle 20 % des morts de bronchite en Grande-Bretagne sont dus à cette pollution. On s'inquiète également de la pollution des rivières. Les premières législations contre ces nuisances se préoccupent des questions sanitaires : en France, le décret de 1810 relatif aux manufactures et ateliers réglemente la localisation des activités industrielles en fonction de leurs nuisances pour les riverains.

Peu à peu, la vision de l'environnement change et se met en place une protection de l'environnement, dont on a conscience qu'il subit des transformations radicales. En France, sous l'impulsion d'un collectif d'artistes peintres et d'écrivains, est créé en 1861 dans la forêt de Fontainebleau le premier espace « naturel » protégé du monde, la « réserve artistique ». Aux États-Unis, le premier parc national est créé dans le Yellowstone en 1872, sous l'impulsion de philosophes et naturalistes. Ces environnementalistes s'engagent dans un mouvement de protection de la nature qui relève d'une logique de patrimonialisation esthétique : une vision idéalisée et mythique de la nature sauvage. En parallèle, se poursuivent les mesures de protection de l'environnement afin de pouvoir en utiliser les ressources à long terme : c'est

> Montre que des courants de pensée se distinguent.

le sens du Code forestier français de 1827 et de la création de la forêt des Landes en 1857 sous Napoléon III.

L'industrialisation est un tournant dans le rapport de l'homme à son environnement, désormais mis en danger. Se développent alors des politiques de préservation, avec deux objectifs qui divergent : la conservation, anthropocentrée, et la préservation, biocentrique.

3e partie

Si la conscience de la dégradation environnementale est aujourd'hui réelle, les sociétés contemporaines peinent à concilier exploitation et protection.

> Synthétise dans cette dernière partie les évolutions récentes des débats sur l'environnement.

La question environnementale est complexe car elle met en jeu des conflits d'acteurs. L'environnement doit répondre à l'ensemble des besoins des acteurs, mais il y a incompatibilité entre certains besoins : les entreprises ont besoin d'une ressource abondante, considérée comme illimitée ou en tout cas suffisante ; les écologistes cherchent à sanctuariser ces ressources… Des conflits d'usage existent depuis longtemps : ainsi, la « Guerre des Demoiselles » oppose à partir de 1829 les paysans ariégeois au pouvoir central dans l'application du Code forestier, qui contredit leurs droits collectifs ancestraux. Aujourd'hui, se pose la question de la gouvernance en matière environnementale : la gestion des ressources et des milieux est gérée à différentes échelles et par des acteurs publics et privés. C'est pourquoi une gouvernance mondiale de l'environnement a peu à peu été mise en place au sein de l'ONU depuis les années 1970, dont les accords climat (COP21 2015) sont les plus emblématiques.

En parallèle, a émergé l'écologie politique dans les sociétés démocratiques. Celle-ci apparaît dans les années 1970, sous l'impulsion de scientifiques dont les travaux ont été des signaux d'alerte : les travaux de Rachel Carson en 1962 sur les effets dévastateurs des pesticides ou plus largement les questions posées en 1972 par le Rapport Meadows sur le modèle économique capitaliste libéral fondé sur le pillage des ressources. Dans les années 1980, un nouveau principe s'affirme chez les acteurs internationaux : le développement durable (rapport Brundtland (1987), conçu comme un moyen de concilier exploitation et préservation des ressources. Apparaissent aussi des interrogations sur les modes de vie, qui donnent lieu à de nouveaux concepts : la décroissance, la démondialisation, la collapsologie ou théorie de l'effondrement.

Conclusion

L'environnement est désormais marqué par l'action de l'homme, à tel point que certains scientifiques avancent la notion d'anthropocène (nouvel âge marqué par l'impact significatif et global de l'homme sur le système planétaire). Il apparaît désormais nécessaire de développer un nouveau rapport à l'environnement pour préserver l'avenir de l'homme dans cet environnement qu'il a transformé. L'annonce de Joe Biden, le jour de son entrée en fonction (janvier 2021), du retour des États-Unis dans les accords de Paris est reçu comme le signe d'une nouvelle mobilisation mondiale pour le climat.

SUJET CORRIGÉ

Étude critique de document

SUJET 30

Exploiter, préserver et protéger la forêt

Consigne : Vous montrerez comment ce texte révèle une prise de conscience des dégradations que subit la forêt, et ce qui est proposé pour agir au lieu de subir ce processus.

Comprendre le sujet

– Le document permet d'étudier des précurseurs de la protection de la nature en France, peintres et écrivains soucieux de la dégradation de la forêt, qui est une source d'inspiration pour eux.

– La politique est présente aussi dans le texte, puisque la pétition s'oppose à une intervention de l'État qui veut réguler la forêt

– Il faut analyser le message politique du texte, au-delà de l'exemple de la forêt, dans le contexte de l'industrialisation.

Document

Les pétitionnaires [George Sand[1] soutient une pétition pour la forêt de Fontainebleau] [...] invoquent avec raison le besoin des artistes et la satisfaction des touristes [...]. On peut, je crois, prendre la question de plus haut encore et appeler les savants à démontrer que les forêts séculaires sont un élément essentiel de notre équilibre physique [...]. La rage de la possession individuelle doit avoir certaines limites que la nature a tracées. Arrivera-t-on à prétendre que l'atmosphère doit être partagée, vendue, accaparée par ceux qui auront les moyens de l'acheter ? [...] Réagissons un peu. Ne réduisons pas notre horizon aux limites d'un champ ou à la clôture d'un jardin potager. Ouvrons l'espace à la pensée de l'enfant ; faisons lui boire la poésie de cette création que notre industrie tend à dénaturer complètement avec une rapidité effrayante. [...] Car il est temps d'y songer, la nature s'en va. Sous la main du paysan les grands végétaux disparaissent [...] et il faut aller loin des villes pour trouver le silence. Les forêts qui subsistent sont à l'état de coupes réglées et n'ont point de beauté durable. Les besoins deviennent de plus en plus pressants, l'arbre est abattu sans respect et sans regret. [...] Il n'y en a plus, il faut inventer des charpentes en fer, on ne pourra plus trouver ni poutres, ni chevrons. Partout le combustible renchérit et devient rare. [...] Irons-nous chercher tous nos bois de travail en Amérique ? Mais la forêt vierge [...] s'épuisera à son tour. Si l'on n'y prend garde, l'arbre disparaîtra et la fin de la planète viendra par dessèchement sans cataclysme nécessaire, par la faute de l'homme. [...] Il y a un grand péril en la demeure, c'est que les appétits de l'homme sont devenus des besoins impérieux que rien n'enchaîne, et que si ces besoins ne s'imposent pas [...] une certaine limite, il n'y aura plus de proportion entre la demande de l'homme et la production de la planète.

George Sand, « Impressions et souvenirs »,
Le Temps, 1872.

1. Femme de lettres du XIXe siècle, auteur de romans naturalistes.

SUJET 30

La très bonne copie

Introduction

Ce texte est extrait d'un article écrit par George Sand, femme de lettres du courant naturaliste, en 1872, pour le journal *Le Temps*. Elle y défend, avec d'autres artistes, une pétition pour la protection de la forêt de Fontainebleau, dans le contexte de la création en France de la « réserve artistique » en 1861. Cette dernière doit faire face, en 1872, à la volonté de l'État de rattraper les coupes qui n'ont pu être réalisées durant les années précédentes. L'article témoigne, dans un style littéraire, d'une conscience environnementale, dans le contexte des dégradations entraînées par l'industrialisation au XIXe siècle. C'est une tribune, écrite par une écrivaine connue en son temps, qui plaide pour la défense de la forêt et de la nature en général.

En quoi ce texte nous donne-t-il à voir la prise de conscience d'une dégradation des milieux, qui fait émerger une nouvelle vision de la protection de l'environnement à partir du XIXe siècle ? Nous verrons dans un premier temps la prise de conscience de la dégradation des milieux liée à l'anthropisation ; puis, dans la seconde partie, la naissance d'une conscience « environnementale ».

1re partie

George Sand témoigne ici d'une prise de conscience de la dégradation des milieux liée à l'anthropisation.

Si tu connais l'auteur, donne en introduction quelques éléments de présentation.

Les milieux naturels - ensemble des conditions naturelles (atmosphère, biosphère, hydrosphère, lithosphère) - se modifient sous l'action de l'homme. L'auteur souligne les menaces récentes et anciennes qui pèsent sur la forêt, à commencer par l'industrialisation, dont la conséquence est de « dénaturer » la forêt, qui subit des « besoins [qui] deviennent de plus en plus pressants ». En effet, la France s'industrialise progressivement depuis le début du XIXe siècle, c'est-à-dire que la production passe de méthodes artisanales à des ateliers ou usines, ce qui engendre l'urbanisation, évoquée ligne 13, les pollutions, et l'étalement urbain : ce sont là les causes récentes de la dégradation de la forêt. Le texte dénonce également aux lignes 12-14 la surexploitation des ressources forestières liée aux différents usages de la forêt depuis longtemps : usages du bois comme matériau de construction et ressource énergétique, auxquels on peut ajouter les usages coutumiers comme la cueillette et le pâturage. La dégradation de la forêt française soulignée par les auteurs est réelle : sa superficie est passée de 22 millions d'hectares au XVIe siècle à 7,5 millions en 1827.

G. Sand est inquiète de la rapidité de cette dégradation : « la nature s'en va ». Il y a prise de conscience du caractère global de cette dégradation due à la pression de la demande, puisque celle-ci risque de se mondialiser, avec l'exploitation des forêts vierges d'autres continents - la « forêt vierge » de l'Amérique, l'Amazonie, est évoquée l. 16. Autre préoccupation : « la fin de la planète viendra par le dessèchement ». Le texte montre ici une bonne connaissance scientifique sur la gravité de processus de déforestation, puisqu'il s'agit ici des conséquences climatiques de la déforestation.

Cependant, en appelant à réagir (ligne 7) et à « imposer [...] une certaine limite », les auteurs semblent oublier les actions passées du législateur en matière forestière. En 1669, *l'Ordonnance des eaux et forêts* de Colbert a permis de réguler les usages de la forêt. Plus tard, le Code

Rappelle en quoi consiste l'industrialisation et ses conséquences sur les territoires.

forestier de 1827, puis la forestation des Landes en 1857, témoignent d'une volonté de l'État de limiter la disparition de la forêt française. Cependant, ces mesures visent à protéger la forêt à des fins stratégiques (flotte militaire pour Colbert) et commerciales, donc à préserver des ressources utiles pour l'activité humaine. Cette conception de la protection de la forêt diffère de celle que défendent ici les auteurs de la pétition.

→ 2e partie

Ce texte témoigne de la naissance d'une prise de conscience « environnementale ».

Ici, la protection de la forêt est motivée par les qualités attribuées à la nature, d'où la « réserve artistique », première réserve naturelle au monde décrétée par l'État en 1861 avec le soutien des peintres de paysages. La forêt est recherchée pour sa beauté et « pour trouver le silence » (ligne 13), et le texte déplore « l'état de coupes réglées [des forêts, qui] n'ont point de beauté durable. » La forêt est patrimonialisée, recherchée parce qu'elle constitue un refuge par rapport aux sociétés humaines, et parce qu'elle incarne la nature à l'état brut. Cette conception romantique de la forêt rejoint la *wilderness* des Américains : la nature sauvage, originelle, vierge de toute corruption. La forêt de la promenade romantique est conçue comme un lieu de réflexion et d'admiration du paysage sauvage qui risque de disparaître : on y recherche des points de vue, propices à la réflexion et à la mélancolie. D'où le « besoin des artistes » évoqué ligne 2, car c'est dans cet état d'esprit et sous leur impulsion – écrivains et peintres comme Théodore Rousseau – qu'a été lancé en 1852, l'appel à préserver la forêt de Fontainebleau par la réserve artistique.

Cependant, cet appel à la protection peut générer des conflits d'acteurs. Le texte évoque les artistes et les touristes. Ces derniers commencent à fréquenter la forêt de Fontainebleau grâce à des sentiers, des grottes, des tours d'observation qui transforment les lieux en espaces récréatifs, pouvant entrer en conflit avec la nature « silencieuse » et brute que G. Sand défend. D'autre part, ces nouveaux usages de la forêt – artistique et touristique – entrent en concurrence avec ses usages anciens, d'ordre économique : les premiers appellent à une patrimonialisation de la forêt quand les derniers relèvent d'une préservation des ressources en vue de son exploitation à long terme.

Montre que les arguments des auteurs sont bien fondés.

Enfin, l'auteure propose une vision environnementaliste de la nature lorsqu'elle évoque « les forêts séculaires [...], élément essentiel de notre équilibre physique » (lignes 3-4). Elle exprime ici une nouvelle vision de la relation homme/nature, dans laquelle l'homme fait partie d'un tout et appartient à un écosystème. Elle révèle une nouvelle conception de l'environnement, qui pose la question de la gestion des ressources et de la redéfinition des besoins réels de l'homme.

→ Conclusion

La dégradation visible des milieux par l'homme, notamment par le processus d'industrialisation, pousse certains acteurs, dès le XIXe siècle, à défendre la nature, afin de conserver notamment les paysages. Pour George Sand, l'impératif de conservation devient même une nécessité pour assurer la survie des hommes. En femme de lettre politisée et engagée, elle accepte de mettre sa notoriété au service de cet avertissement, montrant ainsi des idées en avance sur son temps, qui annoncent les écologistes du XXe siècle.

Le changement climatique : approches historique et géopolitique

Lexique

- **Changement climatique** : Processus attribué aux activités humaines.
- **Variabilité climatique :** Phénomène dû à des causes naturelles.
- **Climat** : Moyenne des données météorologiques relevées sur une période d'au moins trente ans.
- **Météorologie** : Science qui étudie les conditions de l'atmosphère (températures, précipitations, ensoleillement...) au-dessus d'un lieu à court terme.
- **Gaz à effet de serre (GES)** : Gaz (vapeur d'eau, gaz carbonique, méthane...) absorbant le rayonnement infrarouge émis par la Terre et le réémettent, piégeant la chaleur autour de la Terre
- **Climatoscepticisme** : Opinion qui doute du changement climatique en cours et/ou de l'influence des activités humaines sur ce changement.
- **Convention entre les Parties** (COP) : Conférence internationale sur le climat qui réunit chaque année les États signataires de la Convention-cadre des Nations unies sur le changement climatique (CCNUCC).

Dates clés

900-mi-XIVe siècle Optimum médiéval : période de températures douces en Europe

mi-XIVe-mi-XIXe siècle Petit âge glaciaire : période de températures froides en Europe

1972 À **Stockholm** création du Programme des Nations unies pour l'environnement

1992 À **Rio**, adoption de la Convention-cadre des Nations unies sur les changements climatiques (**CNUCC**)

2015 COP21 Accord de Paris

2019 « Green Deal » de la Commission européenne visant la neutralité carbone d'ici 2050

Acteurs

Emmanuel Le Roy Ladurie (né en 1929) Historien du climat. Son ouvrage *L'Histoire du climat depuis l'an mil* (1967), est une référence majeure. Il contribue à définir la période du « Petit Âge glaciaire » qui touche l'Europe entre le XIVe et le XIXe siècles.

GIEC Fondé en 1988 dans le cadre de l'ONU, le Groupe d'experts intergouvernemental sur l'évolution du climat rassemble rassemble des experts chargés d'évaluer les informations scientifiques, techniques et socio-économiques pour analyser, comprendre et prévenir les risques de changements climatiques imputables à l'homme.

MÉMO VISUEL Les risques accentués par le réchauffement climatique

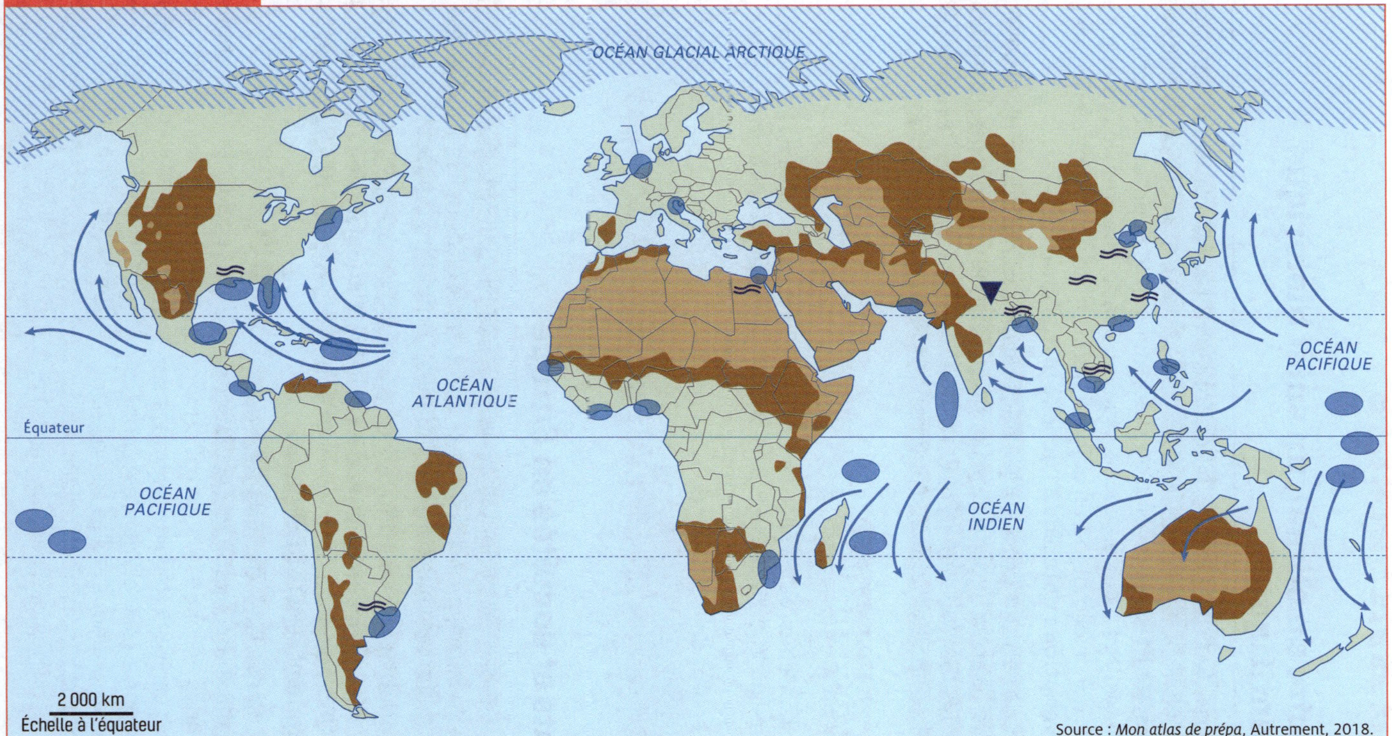

Source : *Mon atlas de prépa*, Autrement, 2018.

- Dégel : fonte de la calotte glaciaire et du pergélisol
- Trajectoire des cyclones
- Zones basses touchées par l'élévation du niveau des mers
- Fonte des glaciers continentaux
- Inondations
- Déserts, zones menacées de désertification

3 Les fluctuations climatiques et leurs effets du Moyen Âge au XIXe siècle

A. L'histoire du climat, un sujet historique et scientifique

→ L'histoire du climat est le fruit de travaux interdisciplinaires : historiens, géographes, biologistes, climatologues. Leurs constatations se fondent sur **des sources scientifiques** (évolution des glaciers, des cernes de bois) et sur des récits (mauvaises récoltes, sécheresse, inondations, dates des vendanges). Elles montrent que le climat, perçu aujourd'hui comme une permanence, a connu en fait **des variations notables à l'échelle historique**.

→ Ils ont repéré **en Europe des fluctuations climatiques du Moyen Âge au XIXe siècle** : d'abord une période douce et peu humide appelée optimum médiéval (900-1300) ; puis une longue période de froid, le Petit Âge glaciaire (1300-1860) ; et enfin une période d'augmentation des températures.

Fait d'actualité

→ **Les Alpes, et la vallée de Chamonix, ont gagné plus de 2 °C depuis le milieu du XIXe siècle, soit un réchauffement climatique deux à trois fois plus rapide que pour le reste du globe.** Désormais, les températures augmentent de 0,5 °C par décennie et, de 2015 à 2020, cinq étés ont été caniculaires.

B. Climats et sociétés en Europe

→ Ces périodes ne changent toutefois pas fondamentalement le caractère tempéré de la majorité des climats européens, et ont elles-mêmes été traversées par de fortes variations climatiques et météorologiques.

→ **Les variabilités climatiques** – ou accidents météorologiques – observées dans l'histoire **s'accompagnent de crises de subsistance** : caractérisées par des disettes, voire des famines, elles peuvent entraîner **des agitations sociales (crises frumentaires) et politiques**.

→ C'est dans l'un de ces épisodes qu'ont éclaté les grandes révolutions européennes (Glorieuse Révolution en Angleterre en 1688, Révolution française et révolutions du XIXe siècle). Les réponses des sociétés préindustrielles témoignent des mentalités (pratiques religieuses de protection, prières dédiées aux saints) et

> « Les accidents climatiques à répétition, hivers froids et étés pluvieux, ont eu des impacts sur l'architecture, les modes vestimentaires et la culture.
>
> **Jean-Baptiste Fressoz** (*et alii*), *Introduction à l'histoire environnementale*, La Découverte, 2014

du degré d'organisation politique (mesures municipales ou seigneuriales de stockage, contrôle royal des prix).

→ Elles montrent **les capacités de résilience des sociétés humaines** (capacité d'adaptation à la suite d'un événement difficile).

C. La prise de conscience écologiste

→ Longtemps, le climat a été considéré par les savants (Montesquieu par exemple) comme un facteur explicatif des sociétés humaines, ce qui a conduit à **la théorie des climats**. Depuis le XIXe siècle, le déterminisme climatique est largement abandonné par les penseurs et, dans la seconde moitié du XXe siècle, la question climatique et environnementale engendre **un nouveau mouvement : l'écologie**.

→ D'abord champ de recherche scientifique, l'écologie entre **dans le domaine politique** à partir des années 1970 en Occident, pour défendre des modes de production plus durables.

> « Plusieurs choses gouvernent les hommes : le climat, la religion, les lois, les maximes du gouvernement.
>
> **Montesquieu** (1689-1755), philosophe des Lumières, *De l'Esprit des Lois* (1748)

MÉMO VISUEL Climats et sociétés

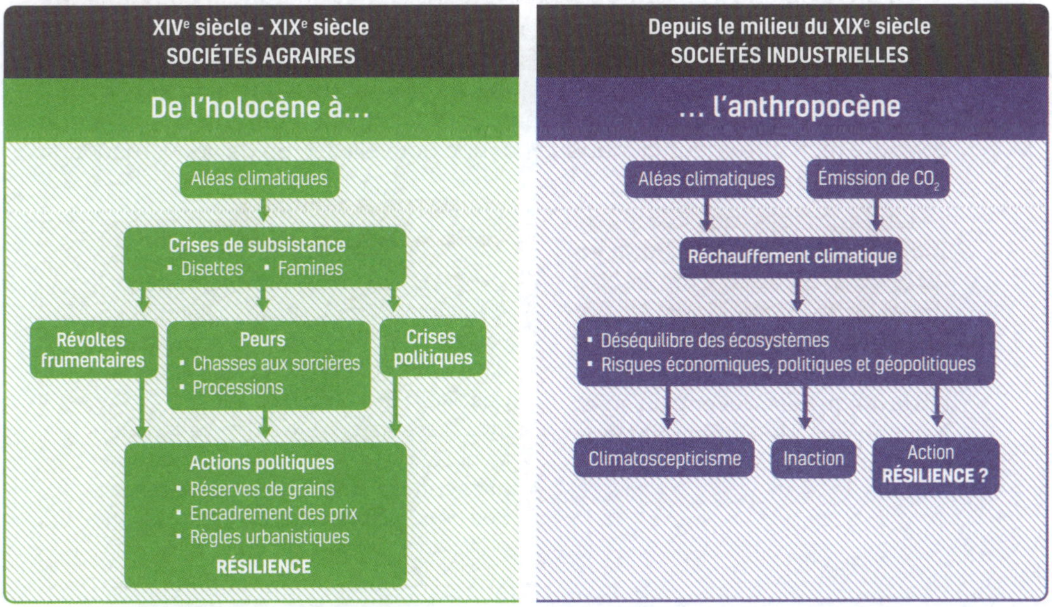

4 Le climat, enjeu des relations internationales

A. Le constat scientifique du réchauffement climatique

→ Les scientifiques mandatés par l'ONU depuis 1988 dans le cadre du GIEC observent **un réchauffement climatique depuis l'industrialisation** (+ 0,6 °C au XXe siècle) et une accélération de celui-ci depuis les années 1970 (en moyenne + 0,17 °C par décennie).

→ Les spécialistes du climat alertent sur les **multiples conséquences déjà visibles** localement (réchauffement rapide des régions polaires, multiplication des épisodes méditerranéens, montée du niveau des eaux, assèchement de certaines zones comme le Sahel, ralentissement de certains courants marins comme le Gulf Stream) et sur leurs conséquences humaines (appauvrissement, crises sociales, migrations). **Tous en appellent à des politiques adaptées.**

> Le concept de réchauffement climatique a été créé par et pour les Chinois pour rendre l'industrie américaine non compétitive.
>
> **Donald Trump**, 1er juin 2017

B. Un sujet des relations internationales

→ **La prise de conscience du réchauffement climatique par la communauté internationale apparaît dans les années 1970/1980** et s'inscrit dans un contexte plus général de réflexion sur les risques environnementaux générés par le modèle de croissance des sociétés industrielles. **Le sommet de la Terre de Rio de 1992 est un tournant** : les États s'engagent alors plus concrètement dans l'action contre le réchauffement climatique par une nouvelle forme de gouvernance, la Conférence des parties (COP).

→ Le protocole de Kyoto de 1997, puis **la COP21 de Paris en 2015** sont d'autres étapes clés de la lutte internationale pour limiter le réchauffement climatique. **Le changement climatique anthropique est devenu un sujet permanent des négociations multilatérales.**

Fait d'actualité

→ En juin 2020, l'ONU lance son plan Objectif zéro (*Race to Zero*), campagne mondiale visant à rallier les dirigeants et le soutien des entreprises, des villes, des régions et des investisseurs en faveur d'une reprise saine, résiliente et sans carbone, qui prévienne les menaces futures, crée des emplois décents et débloque une croissance durable et inclusive.

C. Des acteurs nombreux et complémentaires

→ En outre, **la gouvernance climatique implique désormais des acteurs diversifiés** : acteurs institutionnels (États, grandes métropoles organisées en C40, groupes d'États comme les États insulaires directement concernés par la montée des eaux), acteurs non institutionnels (FMN, ONG, présentes et réactives lors des sommets pour le climat) et institutions multilatérales (FMI et Banque mondiale pour le financement). **C'est un système de gouvernance inclusif et représentatif.**

> « Des écosystèmes entiers s'effondrent, nous sommes au début d'une extinction de masse, et tout ce dont vous parlez, c'est d'argent, et des contes de fées de croissance économique éternelle ? Comment osez-vous !
>
> **Greta Thunberg** à l'Assemblée générale des Nations unies, 23 septembre 2019

→ Mais **ces décisions connaissent de nombreux obstacles** liés aux difficultés de changer de modèle économique et aux inégalités de développement : les États-Unis annoncent en 2017 leur retrait de l'accord de Paris ; les COP suivantes n'ont pas abouti à des engagements nouveaux. Aujourd'hui, **les penseurs de la collapsologie (ou grand effondrement) voient comme issue au réchauffement climatique la disparition des espèces vivantes de la planète**. Ils s'opposent aux penseurs de la résilience (capacité de réparation), qu'ils accusent d'être trop libéraux.

La COP (Convention entre les parties) depuis 2015 : une synergie d'acteurs multiples

MÉMO VISUEL

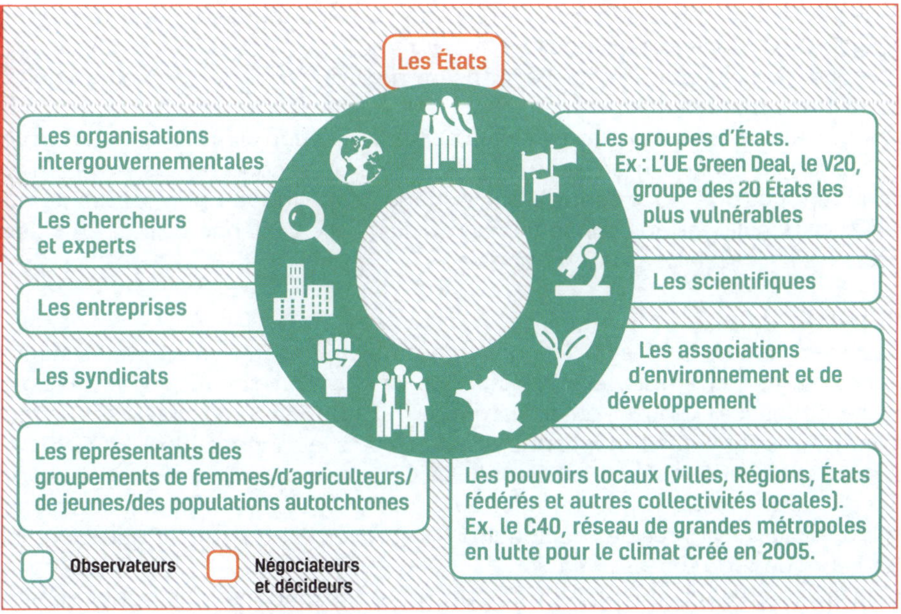

SUJET CORRIGÉ

Dissertation

SUJET 31

La question climatique est-elle au cœur de la géopolitique mondiale ?

Vous appuierez votre argumentation sur des exemples anciens et contemporains.

Comprendre le sujet

– Le sujet ne fournit pas de borne chronologique, il est nécessaire de fixer un point de départ en le justifiant.

– Sur cette longue période chronologique, distinguer des fluctuations dans l'engagement climatique des différents acteurs internationaux.

La très bonne copie

Introduction

Après son élection de justesse et sa prise de fonction en janvier 2021, le nouveau président des États-Unis Joe Biden a mis ses annonces de campagne en application, sur le sujet environnemental, en annonçant le retour de son pays dans les Accords de Paris, puis en initiant un sommet multilatéral en ligne sur le climat.

Pour l'accroche, mentionne un élément récent de l'actualité

Par « géopolitique mondiale », on entend ici les accords, les réglementations multilatérales concernant la lutte contre le réchauffement climatique, mais aussi les équilibres mondiaux qui se dessinent face à l'enjeu climatique.

Il convient de traiter le sujet à partir des années 1970, décennie des premières études et des premiers sommets internationaux sur la question environnementale. Le sujet se prolonge jusqu'à nos jours.

La question climatique est-elle suffisamment au cœur des préoccupations de la géopolitique mondiale ?

Nous verrons dans une première partie que la question climatique émerge progressivement sur la scène internationale ; puis dans un second temps, qu'elle n'occupe cependant pas une place centrale sur la scène géopolitique. Enfin, le caractère global de la question climatique implique désormais qu'elle devienne de plus en plus structurante dans les relations internationales

1re partie

Dans les années 1970 et 1980 convergent divers travaux scientifiques sur les problèmes environnementaux, en particulier sur la question climatique : les glaciologues, les climatologues (J. Jouzel) et les historiens (E. Le Roy Ladurie) observent un réchauffement climatique dans l'hémisphère Nord depuis les années 1860. En 1995, la communauté scientifique réunie au sein du GIEC évoque dans son deuxième rapport un changement climatique anthropique. La communauté scientifique a donc lancé des signaux d'alarme auprès des décideurs de la gouvernance géopolitique mondiale, qui met cependant du temps à réagir.

Malgré la création en 1972 du Programme des Nations unies pour l'environnement (la même année, paraissait le rapport Meadows, *Les limites de la croissance*), les instances internationales peinent à s'organiser pour faire face à la question du réchauffement climatique. Le GIEC n'est créé par l'ONU qu'en 1988. Le sommet de Rio de 1992, premier sommet sur le climat, adopte la Convention-cadre des Nations unies sur les changements climatiques, qui prévoit la création des COP (Conférences des parties, c'est-à-dire de l'ensemble des États) sur le climat. Mais les accords entre les États tardent. Les seuls accords notables sont le protocole de Kyoto en 1997, sur la limitation des gaz à effet de serre, et l'accord de Paris de 2015, qui fixe un cadre universel de coopération internationale.

Cite les noms de spécialistes et d'institutions qui contribuent à la prise de conscience.

2e partie

Les grandes puissances peinent à respecter les timides engagements des COP. Le protocole de Kyoto n'entre en vigueur qu'en 2005. La COP de Copenhague de 2009 est un échec. Les États-Unis annoncent en 2017 leur retrait de l'accord de Paris de 2015, qui visait une limitation globale du réchauffement climatique. Depuis, les différentes COP n'ont guère avancé. Le respect du protocole de Kyoto est symptomatique des tergiversations des grandes puissances les plus polluantes, qui tardent à y entrer (Russie, Chine), ne le ratifient pas (États-Unis) ou s'en retirent (Canada). Cela tient à la difficulté, pour les grandes puissances du Nord, à changer de modèle – et à le faire accepter aux opinions publiques. Pour les pays émergents comme la Chine, l'Inde, le Brésil ou l'Afrique du Sud, il est difficile de renoncer à un modèle de développement économique auquel ils commencent tout juste à accéder.

La lente mise en place de la gouvernance climatique

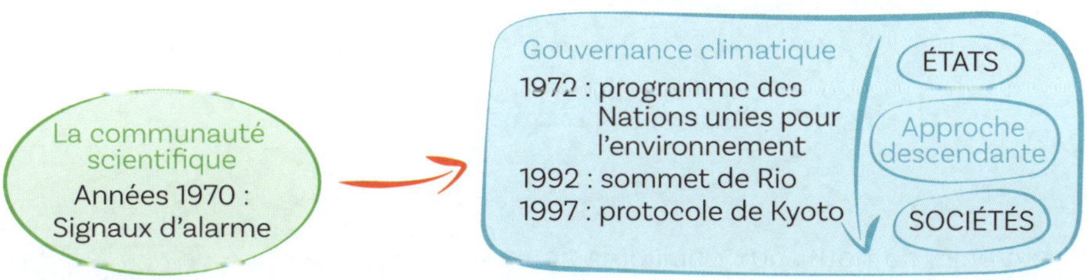

De manière générale, les décideurs étatiques opposent l'efficacité économique à la question climatique, malgré les avancées de la réflexion scientifique sur le développement durable (rapport Brundtland, 1987). Le poids des lobbies sur les décideurs politiques, acteurs essentiels de la gouvernance politique mondiale, explique également les réticences des grandes puissances à s'engager dans un changement de modèle économique. C'est pourquoi la géopolitique mondiale n'a pas privilégié, pendant longtemps, la question climatique, d'autant que la crise économique de 2008 a changé les priorités de la gouvernance mondiale.

Pointe ici les limites dans la réalisation des objectifs annoncés.

3e partie

Le réchauffement climatique a d'ores et déjà des conséquences économiques et sociales évidentes dans les pays les moins développés (progression du Sahel, archipels du Pacifique et de l'océan Indien menacés par la montée des eaux) engendrant des migrations économiques dont la cause climatique s'ajoute à d'autres facteurs ; l'ONU prévoit 250 millions de déplacés climatiques en 2050. Les États peu développés sont d'autant plus vulnérables vis-à-vis du dérèglement climatique, alors qu'ils ne participent que peu à ses causes (l'Afrique a émis 2,5 % des GES entre 1980 et 2005).

Les crises agricoles et les migrations régionales des pays en développement sont un facteur de déstabilisation géopolitique : la guerre du Darfour de 2003, conséquence de l'extension du Sahel, avait été considérée par Ban Ki-Moon comme la « première guerre du changement climatique ».

Donne des chiffres récents à l'appui de tes arguments.

La société civile (ONG, associations), les regroupements de pays (UE, G20) ou les pouvoirs locaux (villes du C40) pèsent de plus en plus fortement sur les acteurs traditionnels de la gouvernance climatique mondiale. La géopolitique mondiale s'en trouve transformée : au sein de la COP, la décision est plus intégrée et adopte une logique ascendante (de la société civile vers les décideurs étatiques) comme le montre le schéma.

Une nouvelle gouvernance

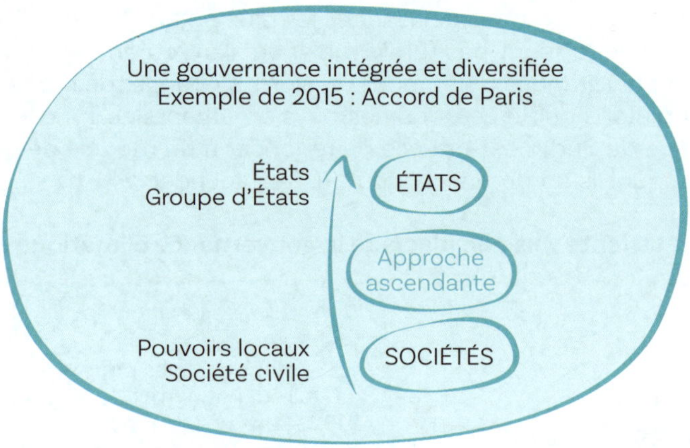

Face à cela, de nouveaux équilibres se mettent en place : Union européenne, Chine et Inde se présentent comme de nouveaux acteurs de poids dans la géopolitique climatique, tandis que le nouveau président Biden adopte une politique climatique opposée à celle de son prédécesseur.

Schématise la nouvelle gouvernance pour la différencier de l'ancienne

Conclusion

La question climatique, malgré les apparences (mobilisation de l'ONU sur la question, organisation annuelle de COP...), n'a pas été une préoccupation centrale de la géopolitique mondiale des trente dernières années. Les modèles de société et de développement économique sont privilégiés par des États qui pèsent dans la gouvernance mondiale. Mais la mobilisation de la société civile face aux catastrophes climatiques fortement médiatisées et les migrations climatiques pèsent sur les acteurs de la géopolitique mondiale.

SUJET CORRIGÉ

Étude critique de documents

SUJET 32

Les fluctuations du climat

Consigne : En quoi ces documents sont-ils révélateurs de l'impact des fluctuations climatiques sur les sociétés européennes préindustrielles ?

Comprendre le sujet

– Les documents permettent de montrer que le climat jouait un rôle central dans la vie quotidienne des populations du passé.
– Les aléas climatiques ont aussi des conséquences politiques, qu'il faut analyser.

Document 1

Le départ de Fribourgeois pour la colonie suisse de Nova Friburgo au Brésil (1819) Fribourg, musée d'Art et d'Histoire.

La disette de 1816-1817 accélère l'émigration suisse. Ce tableau votif de 1819 représente des migrants de Fribourg sur le lac de Neuchâtel, rejoignant le Brésil par le Rhin et la Hollande.

Document 2 > L'année sans été

Au cours de « l'année sans été » – en fait un bouleversement climatique long de trois ans –, les récoltes ont partout été détruites par le gel et la sécheresse ou noyées sous des pluies diluviennes. [...]

C'est seulement à partir des années 1980 et grâce aux avancées techniques permises par la collecte de données paléoclimatiques que les dimensions écologiques de cet événement sont clairement apparues. Comment expliquer cette brutale détérioration du climat à l'échelle mondiale puis le retour, tout aussi soudain, à un relatif équilibre ? La réponse se trouve à l'autre bout du monde. [...] Un événement géologique aux retombées apocalyptiques se produisit le 10 avril 1815 : l'éruption du Tambora [Indonésie]. L'explosion du volcan projeta des colonnes de gaz et de cendres à quelque 43 km dans la stratosphère. [...] Ce nuage, suffisamment compact pour dissimuler le Soleil, fit le tour de la Terre [...] en quelques semaines.

En Europe occidentale, les années 1816 et 1817 correspondent à la dernière grande crise de subsistance du continent. La destruction des récoltes a entraîné un déficit démographique jusqu'en 1818 et un accroissement de la mendicité. Le théoricien militaire Carl von Clausewitz raconte qu'au printemps 1817, alors qu'il parcourait la région rhénane à cheval, il vit « des peuples décimés, ayant perdu toute humanité, fouillant les champs à la recherche de pommes de terre à demi pourries. » [...]

Dès mai 1816, des révoltes éclatèrent dans les comtés de l'Est-Anglie (en Angleterre). Des ouvriers armés, porteurs de drapeaux revendiquant « Du pain ou du sang », marchèrent sur l'évêché d'Ely, retinrent les magistrats en otage et livrèrent une bataille acharnée contre la milice. [...] Face à l'inflation de crimes et de révoltes, les prisons provinciales du royaume entier furent vite pleines à craquer – des dizaines d'émeutiers furent pendus ou déportés.

Gillen d'Arcy Wood, « 1816, l'année sans été », *L'Histoire*, janvier-mars 2020.

SUJET 32

La très bonne copie

Introduction

Le document 1 est un tableau datant de 1819, illustrant un épisode de l'émigration suisse, causée par la crise économique de 1816-1818. C'est un tableau votif, réalisé pour accomplir un vœu, ici celui de protéger les migrants pendant leur voyage. Le document 2 est extrait d'un article publié en 2020 dans le magazine *L'Histoire* par Gillen D'Arcy Wood, historien australien. Spécialiste d'histoire de l'environnement, il se penche ici sur le refroidissement climatique des années 1816-1818 et ses conséquences en Europe. L'Europe fut touchée par des crises de subsistance. Le tableau évoque l'une des conséquences de la crise en Suisse : l'accélération de l'émigration.

En quoi les documents sont-ils révélateurs de l'impact des fluctuations climatiques sur les sociétés européennes préindustrielles ? Nous étudierons d'abord La grande fluctuation climatique de 1816-1818 ; puis, dans une seconde partie, l'ampleur de la dernière crise de subsistance qu'ait connue l'Europe ; enfin, les conséquences sociales et politiques multiples de ce refroidissement climatique.

1re partie

L'année 1816 a été surnommée par les contemporains « l'année sans été », ce qui témoigne d'une période de froid ressentie comme anormale. Les documents nous donnent l'exemple de trois régions d'Europe occidentale : l'Angleterre, la Rhénanie et la Suisse. On sait aujourd'hui que ce refroidissement a touché tout l'hémisphère Nord. La large période climatique dans laquelle il s'inscrit a été nommée « Petit Âge glaciaire » par l'historien du climat Emmanuel Le Roy Ladurie, dans les années 1960 : c'est une longue période de refroidissement climatique qui touche l'Europe entre le XIVe et le XIXe siècle, et qui connaît des fluctuations, comme celle de 1816-1818. Les causes de cet aléa climatique sont alors inconnues des contemporains.

L'auteur rappelle que c'est « à partir des années 1980 » que le refroidissement de 1816-1818 trouve son explication : la collecte des « données paléoclimatiques » (étude des couches géologiques, des glaciers, des faunes et des flores des différentes ères géologiques) permet aux climatologues d'identifier un forçage volcanique (période de refroidissement climatique) dû ici à la gigantesque éruption volcanique du mont Tambora en 1815. Le témoignage horrifié de Clausewitz, officier prussien connu pour son traité sur la guerre, illustre l'étonnement des contemporains face à l'ampleur de cet aléa climatique. Il est corroboré par d'autres sources relevées par les historiens : écrivains et artistes, dont William Turner, qui peint ces années-là des ciels brumeux et assombris, avec un soleil voilé.

> Relie le contenu des documents à ce que tu sais sur l'histoire du climat.

Le document 2 permet de comprendre la démarche de l'histoire des climats, qui s'appuie à la fois sur des données scientifiques et sur les témoignages des contemporains.

2e partie

La « destruction des récoltes » évoquée par le texte est le point de départ de la crise de subsistance : succession de gel, de sécheresse et de précipitations abondantes. Les récoltes sont directement touchées et le phénomène, « long de trois ans », aggrave la situation agricole : au printemps 1817, au moment de la soudure (juste avant la récolte), les réserves étant épuisées, la pénurie est là. C'est pourquoi Clausewitz voit des populations qui mangent des « pommes de terre pourries ». C'est la crise frumentaire, la disette et le « déficit démographique » (hausse de la mortalité) dus à la faim, à l'affaiblissement des organismes et aux épidémies. En Europe, c'est la plus grave et la dernière grande crise de subsistance du siècle.

Relève dans le document la description de la crise alimentaire due au climat.

L'auteur rappelle cependant l'aspect multifactoriel de la crise : la cause climatique aggrave une situation économique déjà très fragilisée en Europe par les guerres napoléoniennes. Il est donc nuancé, ne réduit pas l'événement à des causes climatiques.

3e partie

Le document 2 décrit la violence sociale : les révoltes en Angleterre sont des émeutes frumentaires (« Du pain ou du sang »), émanant de la population ouvrière de l'Angleterre, la première à souffrir de la pénurie et de la montée des prix du pain, alors la base de l'alimentation. Les révoltes frumentaires, qui traversent les sociétés préindustrielles, suivent le même schéma : pillage des boulangeries ou des réserves, révoltes contre les accapareurs et les pouvoirs publics (ici les « magistrats anglais »). Ces révoltes montrent aussi la forte attente de la population vis-à-vis des pouvoirs publics. Ceux-ci, depuis des siècles, organisent des réserves (greniers à grains) pour prévenir les aléas climatiques, comme celui de Metz.

Les documents évoquent une autre conséquence de la crise : les migrations. Le document 1 relate un épisode de l'émigration suisse : en 1819, 2 000 habitants du canton de Fribourg fuient la misère vers la colonie brésilienne de Nova Friburgo dans la région de Rio. On peut les considérer aujourd'hui comme des migrants climatiques. Le tableau votif est par nature religieux : les voyageurs du canton catholique de Fribourg partent sous la protection de la Vierge, représentée au-dessus des navires. Le recours aux manifestations religieuses (processions, prières publiques) lors des crises est classique. Le tableau complète le témoignage de Clausewitz qui évoque mendiants, indigents et vagabonds jetés sur les routes par la misère.

Montre à partir des documents les réactions des populations à cet événement.

Conclusion

La publication du texte en 2020 s'inscrit dans la prise de conscience actuelle de l'urgence climatique, qui pousse la communauté scientifique à s'intéresser à l'histoire du climat. Ces épisodes d'aléas climatiques passés, ayant eu des conséquences économiques et sociales documentées par les historiens, permettent de retracer l'histoire de l'environnement. Ils rappellent que l'homme ne lui est pas extérieur, et qu'il subit, dans le passé déjà, les conséquences des dérèglements climatiques, qu'il les ait provoqués ou non.

Les États-Unis et la question environnementale : tensions et contrastes

Lexique

- **Environnementalisme** : Terme utilisé aux États-Unis pour désigner le militantisme consacré à la défense de la nature (équivalent de l'écologie en Europe)
- **Lobbying :** Stratégie d'entreprise ou de groupe de pression (appelé lobby) cherchant à défendre ses intérêts auprès des décideurs politiques pour mettre en place des législations favorables
- **Wilderness** : Terme d'origine biblique qui désigne la nature sauvage, non conquise, le lieu des bêtes sauvages, un chaos désordonné et inculte, échappant à l'activité et au contrôle de l'homme
- **Gouvernance** : Conception flexible de l'exercice du pouvoir, reposant sur l'ouverture du processus de décision, sa décentralisation, la mise en présence de plusieurs statuts d'acteurs
- **Écocide** : Acte criminel consistant à détruire délibérément une part d'un écosystème
- **Dumping environnemental :** Stratégie d'entreprise visant à tirer avantage de la faiblesse des normes et des taxes environnementales dans certains pays

Dates clés

1859 Premier **forage pétrolier** en Pennsylvanie

1872 Création du **premier parc naturel américain**, le parc national de Yellowstone

1963 Loi sur la **qualité de l'air**

1972 Lois sur la **pollution des eaux et du littoral** ; loi sur les pesticides, actualisée en 1988 et 1994

1997 Les États-Unis ne ratifient pas le **protocole de Kyoto**, par lequel 37 pays développés s'engagent à limiter leurs émissions de gaz à effet de serre

2017 Donald Trump annonce qu'il ne ratifiera pas **l'accord de Paris** de 2015

Acteurs

Theodore Roosevelt (1858-1919) Président des États-Unis de 1901 à 1909, à l'origine des premières mesures de protection de la nature (forêt, parcs nationaux et réserves ornithologiques)

John Muir (1838-1914) Écrivain américain, militant de la protection de la nature, fondateur de la pensée écologiste moderne. Il défend la conception de la préservation de la nature, qui limite l'intervention de l'homme sur la nature sauvage.

Agence de protection de l'environnement Créée en 1970, elle finance des travaux scientifiques, propose une réglementation et informe les politiques et le grand public. Donald Trump avait nommé à sa tête un climatosceptique puis un lobbyiste favorable à l'industrie pétrolière.

MÉMO VISUEL Les Américains entre protection et menaces environnementales

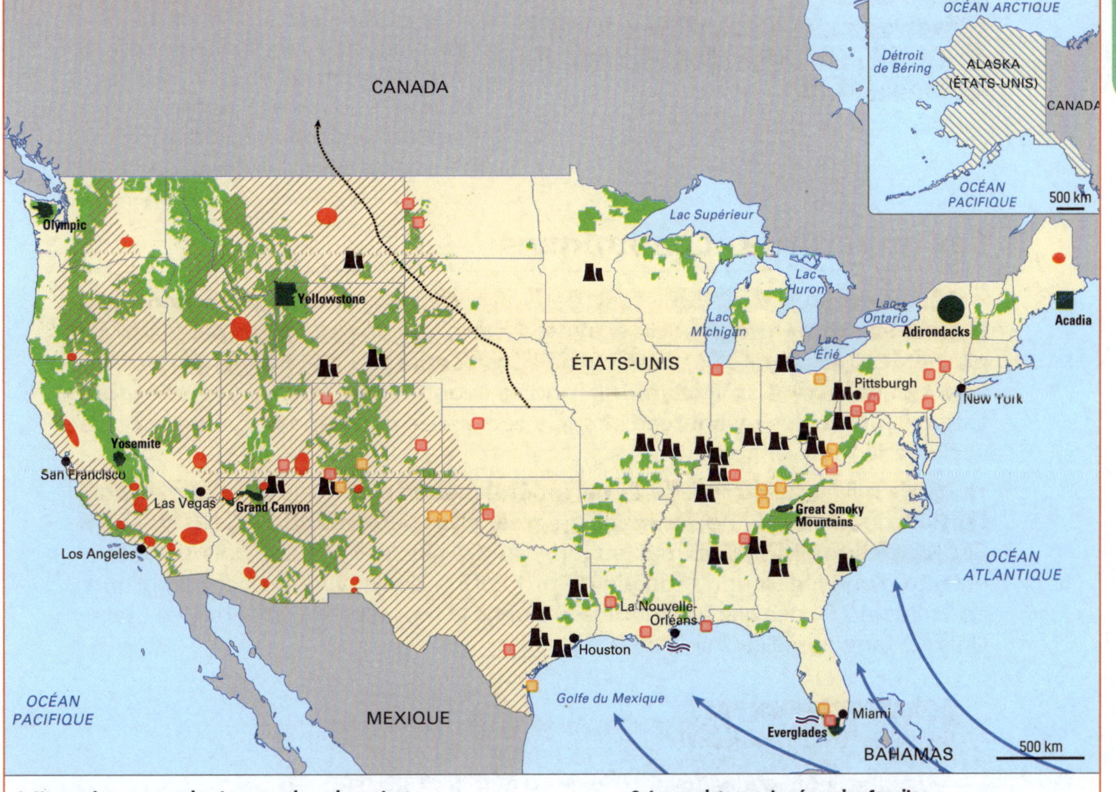

1. Un système centenaire de protection mis en doute

- Parc ou monument naturel
- Forêt

Aire protégée...

- établie par un décret présidentiel et remise en cause par Donald Trump
- menacée par des exploitations pétrolières et gazières en cours
- avec ressources pétrolières et gazières, potentiellement menacée si la législation actuelle est remise en cause par Donald Trump

2. La persistance des énergies fossiles

- Centrale électrique à charbon avec émission de CO_2 très élevée (plus de 10 millions de tonnes par an)
- Projet d'oléoduc contesté car polluant

3. Des risques accentués par le changement climatique

- Dégel
- Cyclones
- Inondations
- Désertification

5 Les États-Unis, entre protection et exploitation de l'environnement

A. Les précurseurs de la pensée sur l'environnement

→ Les États-Unis sont **un des premiers pays à s'être préoccupés de la préservation de la nature**. Au XIXe siècle, alors que la conquête du territoire n'est pas terminée, certains Américains prennent déjà conscience des dangers qui le menacent : **des philosophes et écrivains naturalistes** comme Henry D. Thoreau (1817-1862), John Muir (1838-1914) ou Gifford Pinchot (1865-1946) sont considérés comme les précurseurs de la pensée environnementale.

→ Cependant ils développent **deux approches différentes : la préservation** (garder la pureté originelle, Muir) ou **la conservation** (une économie maîtrisée des ressources naturelles, Pinchot) de l'environnement.

> Le rapport à l'univers naturel est très ambivalent. L'homme peut l'exploiter de manière immodérée et éprouver dans le même temps le souci de le préserver de cette attitude aussi prédatrice.
>
> **Paul Arnould**, géographe, 2005

B. Les impératifs économiques

→ La nature des États-Unis est perçue comme une **source de richesse** : l'immensité du territoire et de ses ressources, sa mise en valeur par les pionniers et les immigrants participent à la construction de la puissance du pays et à l'entretien du rêve américain. Son modèle économique, fondé sur **une l'exploitation illimitée des ressources** et sur la société de consommation, transforme et dégrade l'environnement.

→ Dès le milieu du XIXe siècle, **l'État fédéral met en place une politique de protection** de la nature, notamment en créant les parcs nationaux (1872) et un Service des forêts (1905). Tout au long du XXe siècle, les États-Unis se dotent ensuite d'une législation fédérale de protection de l'environnement. Pourtant, en 2020, 14,7 % des gaz à effet de serre dans le monde sont émis par les États-Unis (2e rang après la Chine, 28,2 %).

Fait d'actualité

→ **Plusieurs penseurs américains d'aujourd'hui proposent un changement de modèle économique : parmi eux, Jeremy Rifkin** envisage la troisième révolution industrielle comme une transition énergétique, nécessaire à la lutte contre le réchauffement climatique. Il a contribué à faire que le *Green New Deal* soit un élément du programme de Joe Biden.

C. La gouvernance locale du climat

→ La question environnementale est aussi prise en main **au niveau local**. Aujourd'hui, des États et des villes mènent **une politique de transition énergétique** : c'est le cas de la Californie, ou de la ville de Pittsburgh. Présentes à la COP21, certaines d'entre elles, organisées en United States Climate Alliance, sont des acteurs de poids de la gouvernance mondiale. Nombre de gouverneurs et maires démocrates, ainsi que des entreprises, ont promis d'agir, à leur niveau, pour tenir les objectifs initiaux de l'accord de Paris.

→ En cela, ils s'opposent à la politique anti-environnementaliste et climatosceptique de l'administration Trump. **En 2021, à peine élu, le nouveau président Joe Biden prend comme première décision internationale le retour des États-Unis dans les accords de Paris.**

> Le « trumpisme » est une innovation en politique comme on n'en voit pas si souvent et qu'il convient de prendre au sérieux. Pour la première fois, le climato-négationnisme définit l'orientation de la vie publique d'un pays.
>
> **Bruno Latour**, philosophe, 2017

Les acteurs de l'environnement aux États-Unis

MÉMO VISUEL

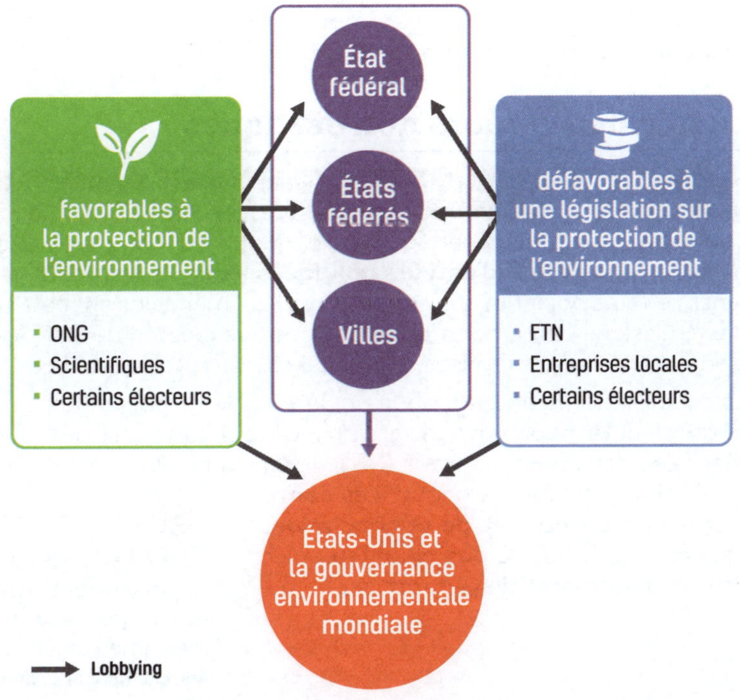

6 Les États-Unis et l'environnement à l'échelle internationale

A. Une forte méfiance envers les décisions internationales sur le climat

→ La position des États-Unis sur la question climatique **a fluctué au gré des alternances politiques**. Le **contraste est fort entre Al Gore**, vice-président de Bill Clinton (1993-2001) et militant de la cause écologique, **et Donald Trump**, qui a retiré les États-Unis des accords de Paris en 2017. En effet, l'engagement étatsunien dans la gouvernance climatique mondiale est marqué par une suspicion à l'égard des institutions multilatérales, par des décisions contradictoires et imprévisibles, à l'instar du refus de signer ou du retrait de certains accords (Kyoto, COP21).

→ Au moment du **premier Sommet de la Terre de Rio (1992)**, George Bush père déclarait ainsi « Le niveau de vie des Américains n'est pas négociable ». Après l'élection de Donald Trump s'est ajouté un « climatoscepticisme » à l'égard notamment des experts scientifiques du GIEC.

> La planète a été beaucoup plus chaude au cours des 1 000 dernières années. Cela n'a pas rendu la planète inhabitable.
>
> **Déclaration de l'administration Trump**, 2019

B. Le rôle des acteurs non étatiques

→ Cette position de l'État fédéral américain laisse à d'autres États **un espace dans le leadership environnemental**, que cherchent à occuper d'autres pays comme la France (Emmanuel Macron, Make our planet great again, 2017) et favorise l'implication **d'acteurs politiques locaux comme de la société civile**. Ainsi, certains objectifs que se sont fixés les Américains en matière de réduction des émissions de carbone pourraient être respectés du fait de l'engagement d'acteurs privés (entreprises, ONG, maires et gouverneurs d'États fédérés).

La mobilisation d'acteurs de la société civile et notamment des ONG a été déterminante pour sensibiliser l'opinion publique aux pratiques environnementales des grandes firmes (Nike, Texaco) et notamment à leurs stratégies de dumping environnemental. **Les campagnes de boycott et de dénonciation** peuvent contribuer à des changements de comportements des entreprises.

> *Make America smart again.*
> Ce slogan des manifestations anti Trump, parodie son slogan *Make America great again.*
>
> **Marche pour la science**, février 2017

C. L'évolution lente des méthodes de production

→ **La pression des lanceurs d'alerte** donne lieu à des actions légales pour sanctionner les pratiques polluantes et demander réparation. Elle favorise aussi l'adoption d'engagements éthiques dans le cadre de la RSE (responsabilité sociale des entreprises). La médiatisation des mauvaise pratiques complète les actions en justice.

→ Ainsi **la campagne « Detox » lancée par Greenpeace en 2011** a eu pour but de prouver comment certaines grandes marques internationales travaillent avec des fournisseurs chinois qui polluent les rivières en rejetant des produits chimiques toxiques reconnus comme perturbateurs endocriniens et se répercutant sur tout l'écosystème. Nike s'est rapidement engagé à pousser ses sous-traitants à de meilleures pratiques. **Depuis, 80 entreprises et fournisseurs (soit 15 % de la production textile mondiale) se sont engagés à éliminer d'ici 2020 leurs rejets de produits chimiques dangereux dans les rivières ou les canalisations.**

Fait d'actualité

→ **Les premières mesures environnementales de Joe Biden** : Une semaine après son investiture (20 janvier 2021), Joe Biden s'attaque à l'héritage laissé par son prédécesseur avec un moratoire sur les forages pétroliers et gaziers. Le nouveau président va également organiser un **sommet climatique international** et il s'engage sur la biodiversité en amont de la COP15 de Kunming (Chine), en soutenant l'objectif de 30 % des terres et eaux fédérales protégées.

MÉMO VISUEL Le faible engagement des États-Unis pour le climat

1997 – **Protocole de Kyoto : les** 37 pays développés s'engagent à limiter leurs émissions de gaz à effet de serre. **Les États-Unis ne ratifient pas ce protocole.**

2009 – **Sommet de Copenhague (COP 15).** Les États-Unis conditionnent leurs efforts à une participation active des pays en développement, dont la Chine, devenue en 2006 le premier émetteur de CO_2 au monde

2014 – **Accord climatique États-Unis/Chine** qui ambitionne une réduction sensible des émissions de CO_2 d'ici 2030 .

2015 – **COP 21** à Paris et signature de l'**accord de Paris**, premier accord universel (195 pays) sur le climat avec pour objectif de limiter l'augmentation des températures mondiales à 1,5°C d'ici la fin du siècle.

2017 – **Retrait des États-Unis de l'accord de Paris.**

SUJET CORRIGÉ

Dissertation

SUJET 33

Les États-Unis, un rapport paradoxal à l'environnement ?

Comprendre le sujet

– Il s'agit de montrer par des exemples les deux tendances contraires de la politique environnementale américaine sur la longue durée.
– Il faut en analyser les significations politiques, intérieures comme internationales.

La très bonne copie

Introduction

En 1989, le président Bush renonçait aux négociations multilatérales sur la question climatique, mettant fin à une longue tradition de protection de la nature, qui avait été initiée par le président Theodore Roosevelt, sensibilisé par les environnementalistes américains au début du XXe siècle. À partir des années 1990, et très fortement sous la présidence Trump, ses successeurs ont freiné l'implication de l'État fédéral dans les accords internationaux sur la question environnementale. On constate ainsi deux forces contraires parmi les Américains, dans leur rapport à l'environnement.

Comment les États-Unis entretiennent-ils depuis le début de leur histoire un rapport ambivalent à la nature, partagés entre exploitation et protection de leur environnement ?

Les États-Unis sont les précurseurs de la préservation de l'environnement, tout en surexploitant celui-ci, perçu comme source de puissance, ce qui les conduit à mener une politique environnementale contradictoire à plusieurs échelles.

Cite des présidents américains qui ont marqué par leur choix de politique environnementale.

1re partie

Les États-Unis sont les précurseurs de la défense de l'environnement au XIXe siècle, à une époque où l'on prend conscience du tournant que constituent l'industrialisation et l'urbanisation pour la nature.

Les États-Unis ont un rapport singulier à la nature, qu'ils nomment depuis les origines de leur histoire la *wilderness*, c'est-à-dire la nature sauvage, originelle, vierge de toute corruption, offerte par Dieu aux pionniers américains. C'est dans ce contexte philosophique que se développent et s'industrialisent les États-Unis dans la deuxième moitié du XIXe siècle.

Au moment où la conquête de l'Ouest bat son plein et où le pays s'industrialise et s'urbanise, naît la prise de conscience d'une disparition inéluctable de la nature sauvage : les intellectuels américains ont été les précurseurs de la pensée environnementaliste, à la fin du XIXe siècle. Celle-ci se décline en deux approches différentes : la préservation de l'environnement,

Il faut évoquer les penseurs américains de la nature au xixe siècle.

pensée par J. Muir, cherche à protéger la nature de toute action de l'homme. De son côté G. Pinchot propose la conservation, qui conçoit la défense de l'environnement comme une préservation des ressources pour en faire un usage à long terme (ce qui a inspiré le concept de développement durable). Dans la deuxième moitié du XXe siècle, la pensée environnementaliste s'enrichit de travaux scientifiques (Rachel Carson). Aujourd'hui, les études scientifiques sur la question environnementale sont les premières du monde.

La pensée environnementale conduit l'État fédéral à adopter une législation protectrice de l'environnement : en 1872 est créé le premier parc national du monde, le Yellowstone. En 1970, sous la pression des scientifiques et de la société civile (manifestation du Jour de la Terre, 24 avril 1970), est créée l'Agence pour la protection de l'environnement (EPA) et sont ensuite votées des lois de protection de l'air, des sols, du littoral, des eaux. Aujourd'hui, le pays est au 5e rang mondial pour les superficies et aires protégées et compte 27 parcs naturels classés au patrimoine mondial de l'UNESCO.

Les États-Unis sont donc précurseurs en matière de protection environnementale. Mais cette législation entre en contradiction avec le modèle économique et sociétal américain.

→ 2e partie

Si les États-Unis apparaissent comme les premiers défenseurs de l'environnement, ils sont également le pays le plus destructeur de l'environnement, car la construction de leur puissance s'est faite sur la surexploitation de celui-ci.

Le mythe de l'abondance entretenu par la *wilderness* porte un autre volet de la perception américaine de la nature : celle-ci est offerte aux pionniers américains, qui ont réussi à exploiter une nature sauvage et brutale, grâce aux valeurs du travail et de la volonté individuelle. Ce mythe rejoint celui de la *Destinée Manifeste* (1845), selon laquelle les Américains auraient la mission quasi-divine de repousser la frontière par la conquête et l'exploitation des territoires vierges et offrant des ressources illimitées : le bois pour la construction, les terres pour l'agriculture et l'élevage, les ressources minières et pétrolières – le premier puits de pétrole est exploité en Pennsylvanie en 1859. Ainsi les États-Unis deviennent la première puissance industrielle en 1880.

Mais si tous les habitants de la planère vivaient comme les Américains, il faudrait cinq Terres. Ceux-ci vivent dans une société de surconsommation, urbanisée à 82 %, en maisons individuelles, ce qui conduit à l'étalement urbain (Los Angeles s'étend sur 100 km), à la multiplication des autoroutes urbaines (le pays détient le record mondial du taux de motorisation avec 821 voitures pour 1 000 habitants) et au plus fort taux d'émission de gaz à effet de serre par habitant. L'environnement américain s'est dégradé : déforestation, dégradation des sols dans les openfields des Grandes Plaines et *Dust Bowl* (tempêtes de poussière, dans les années 1930), quasi-disparition des troupeaux de bisons et des Amérindiens. À cela s'ajoutent les accidents industriels et les incendies qui ravagent la Californie, conséquences du réchauffement climatique. Le modèle américain est donc ambivalent car il repose sur l'exploitation d'une nature dont les ressources sont perçues comme illimitées. Mais cette nature se dégrade, et les autorités locales peinent à y remédier.

Cite des chiffres qui montrent le mode de vie consumériste des États-Unis.

SUJET 33

3e partie

La politique environnementale des États-Unis est sujette à de multiples contradictions, à diverses échelles.

Elle oppose différents acteurs, aux intérêts antagonistes. Le puissant lobby pétrolier influe sur une partie du personnel politique américain, en finançant des campagnes électorales (les présidents Bush, issus du Texas ou D. Trump). Entre 2015 et 2018, 1 milliard de dollars ont été dépensés en lobbying contre la législation environnementale, par exemple sur le pétrole de schiste : interdite par B. Obama en raison de son extrême pollution environnementale, son exploitation a été autorisée par D. Trump en 2017. D'autre part, certains sites naturels protégés font l'objet de conflits d'usage : ainsi, le Grand Canyon est partagé entre la pression touristique (5,3 millions de visiteurs par an, ce qui conduit à des projets comme celui d'une télécabine pour aller au fond du canyon), la pression industrielle (présence d'uranium) et la défense de l'environnement portée par des associations écologistes et les nations indiennes locales.

À l'échelle internationale, la politique environnementale américaine est le reflet de ces contradictions. Jusqu'en 1989, le pays était au cœur des négociations onusiennes sur la question climatique. Mais le lobby pétrolier convainc GHW Bush de se retirer du plan climat international de Noordwijk. Les thèses climatosceptiques et complotistes se développent alors, dénigrant les travaux scientifiques américains, pourtant mondialement reconnus. C'est ce contexte, associé à une farouche volonté souverainiste, qui conduit les États-Unis à refuser de s'engager dans les accords multilatéraux : protocole de Kyoto (1997) puis Accord de Paris (signé par B. Obama en 2015) dont D. Trump annonce le retrait en 2017. Même si son successeur Joe Biden s'engage à y revenir, les États-Unis ont perdu des points en termes de *soft power*.

Les ambivalences américaines face à la question environnementale se retrouvent également à l'échelle locale : si l'État fédéral a reculé sous D. Trump, qui a nommé à l'EPA un membre actif du lobby pétrolier, nombre d'acteurs locaux ont résisté à ce recul. Ainsi, 25 États se sont engagés dans l'Alliance des États fédérés pour le climat ; plusieurs métropoles ont rejoint le mouvement *We are still in*. L'opinion publique est de plus en plus sensible à la question, particulièrement dans des États comme la Californie.

Conclusion

Le rapport paradoxal des États-Unis à la nature tient sans doute au *wilderness*, qui est conçu à la fois comme une source d'épanouissement et de ressourcement, et comme un moyen de construire une puissance sans limite. Les États-Unis ont bien atteint leur objectif de puissance, au prix d'une surexploitation de leur environnement. Les difficultés à faire évoluer le modèle entachent l'image du pays, qui prend du retard en matière de transition environnementale, au risque de perdre finalement un élément fondamental de sa puissance.

SUJET CORRIGÉ

Étude critique de documents

SUJET 34

La question environnementale aux États-Unis

Consigne : Vous montrerez en quoi les documents sont révélateurs des paradoxes du rapport des États-Unis à la question environnementale.

Comprendre le sujet

– L'environnement est abordé ici comme un sujet politique et très clivant aux États-Unis.

– Le sujet invite à traiter les politiques environnementales à plusieurs échelles du territoire américain (local, fédéré, fédéral) et chez divers acteurs : citoyens, ONG, pouvoirs locaux, pouvoir fédéral.

Document 1 > Une marche pour la science aux États-Unis le 19 février 2017

De nombreux scientifiques appellent à s'opposer aux contre-vérités énoncées par Donald Trump durant sa campagne électorale sur la question climatique.

Document 2 > L'offensive anti-environnementale contre-productive de Donald Trump

Donald Trump est souvent moqué pour son incapacité à tenir ses engagements extrêmement ambitieux. [...] Mais dans le domaine de l'environnement, il peut certainement se targuer d'avoir réussi à inverser la ten- dance [...]. L'offensive anti-environnementale menée par Donald Trump a en effet généré une large résistance, non dénuée d'efficacité. Les gouvernements et assemblées locales ont adopté de nombreuses mesures destinées à endiguer, voire à bloquer de multiples initiatives prises par son administration dans ce domaine. [...] Les sondages l'attestent clairement : moins de 5 % des électeurs démocrates revendiqués pensent que les experts exagèrent la menace, tandis que 70 % des républicains pensent que c'est fort probable. En revanche, une large majorité des électeurs « indépendants » partagent l'opinion des démocrates. La plupart des Américains adhèrent donc à l'idée d'un dérèglement climatique causé par l'homme, et les jeunes le perçoivent comme une forte menace qui requiert un net changement de politique. [...] De ces presque deux années de pouvoir de Trump, on peut tirer un enseignement très important : la résistance aux décisions de son administration a été mise en œuvre sur un plan à la fois local, horizontal et transnational. De nombreux villes et États ont poursuivi leur action, voire l'ont même intensifiée, renouvelant leur engagement à respecter les objectifs de la COP21, tout en lançant de nouvelles initiatives. [...] Les États-Unis demeurent le principal acteur dans le système international. Leurs actes et leurs choix ont un poids fondamental dans la montée en puissance ou l'affaiblissement d'une gouvernance mondiale encore en gestation. [...] Mais le scrutin des *midterms* montre bien que des actions politiques sont menées à différents niveaux du pays.

Mario Del Pero, « Contre la politique de Trump, les défenseurs de l'environnement s'organisent », *La Tribune*, 8 novembre 2018.

SUJET 34

La très bonne copie

Introduction

Les États-Unis sont la patrie de précurseurs de la pensée environnementale, parmi lesquels on peut compter Henry Thoreau ou John Muir. C'est pourtant ce même pays qui a élu en 2016 un président ouvertement climato-sceptique. Donald Trump a commencé son mandat en retirant son pays de l'Accord de Paris sur le climat, et en réaffirmant sa vision de l'environnement comme une ressource à exploiter plus qu'à protéger.

Deux documents nous sont proposés pour réfléchir à la relation qu'entretient la première puissance mondiale avec l'environnement. Le document 1 est une photographie montrant une marche pour la science en février 2017, en réaction aux déclarations du président remettant en cause la réalité scientifique du changement climatique. Le second document est une tribune rédigée par Mario Del Pero, professeur d'histoire internationale à Sciences Po, dans le journal économique *La Tribune*, toujours pendant la présidence Trump.

En quoi les documents sont-ils révélateurs des paradoxes du rapport des États-Unis à la question environnementale ? Nous verrons qu'au niveau national, le président Donald Trump a impulsé une politique anti-environnementaliste, au sein d'un pays divisé. À toutes les échelles cependant, cette politique est l'objet de contestations et a fait émerger de nouveaux acteurs qui portent des actions en faveur d'une compréhension scientifique des changements environnementaux.

> Relie les paradoxes actuels de la question climatique aux États-Unis à ceux du passé.

1re partie

Au niveau national, le président Trump a porté de 2016 à 2020 une politique anti-environnementaliste et climatosceptique. Mario Del Pero, professeur d'histoire internationale, parle ainsi dans le document 2 d'une « offensive anti-environnementale menée par Donald Trump », sans cacher sa désapprobation.

> Résume les positions très tranchées du président Trump sur l'environnement.

Cette offensive s'illustre au niveau national, avec une défiance à l'égard des experts scientifiques qui est devenue un argument électoral, même si l'auteur du document 2 précise que l'opinion états-unienne est divisée sur ces questions climatiques. Donald Trump avait l'habitude d'opposer l'argument de « fake news » (contrevérités) à ses opposants. Un an après son élection à la Maison Blanche, les manifestants photographiés sur le document 1 lui répliquent au contraire sur leurs pancartes que « la science est réelle ». On peut lire également sur les pancartes un détournement du slogan électoral de Donald Trump « Make America great again » en « Make America smart again » (c'est-à-dire intelligente). C'est bien la science qui est placée au-dessus des croyances sur le climat par ces opposants au président.

D'autre part, l'offensive anti-environnementaliste s'illustre également au niveau international avec la suspicion de l'administration Trump à l'égard de la gouvernance mondiale de l'environnement et un climato scepticisme à l'égard notamment des experts scientifiques. Les États-Unis ont une longue histoire de défiance à l'égard des institutions multilatérales : ils n'ont par exemple pas ratifié le protocole de Kyoto visant à réduire les gaz à effet de serre. La présidence Trump a accentué ce désengagement avec le retrait de retrait unilatéral de l'Accord de Paris sur le climat en 2017. Or, comme le pointe l'auteur du document 2, le désengagement de la première puissance mondiale a un poids important dans l'affaiblissement de la gouvernance mondiale de l'environnement.

2e partie

Cependant, les États-Unis sont un État fédéral, et l'action dans le domaine de l'environnement ne se limite pas au niveau étatique. Sous la présidence Trump, d'autres acteurs ont mis en place des stratégies de contestation et de résistance, à toutes les échelles.

L'auteur du document 2 prend parti lorsqu'il qualifie la politique de Donald Trump à l'égard de la science de « contreproductive ». La question environnementale est en effet bien prise en main sur le plan législatif, comme Mario Del Pero l'explique : « Les gouvernements et assemblées locales ont adopté de nombreuses mesures destinées à endiguer, voire à bloquer de multiples initiatives prises par son administration [...]. » Parlant de « résistance » aux décisions de l'administration Trump, il fait certainement références aux acteurs d'autres échelles du pouvoir, fédérale et urbaine en particulier : c'est en effet le cas de l'État de Californie, ou de la ville de Pittsburgh. Présentes à la COP21, certaines villes organisées en United States Climate Alliance jouent un rôle important dans la gouvernance mondiale de l'environnement. Ainsi, comme le note Mario Del Pero avec une certaine ironie, qu'il y a bien eu des avancées en faveur du climat et de la protection de l'environnement sous le mandat de Donald Trump, mais qui ne sont pas à mettre au crédit du président.

> Montre que le fédéralisme organise différents niveaux de pouvoirs aux États-Unis.

Au-delà du rôle des villes ou des États, celui de la société civile est très important dans cette « résistance » au scepticisme envers la science. Comme l'explique l'auteur dans le document 2, « La plupart des Américains adhèrent donc à l'idée d'un dérèglement climatique causé par l'homme, et les jeunes le perçoivent comme une forte menace qui requiert un net changement de politique. [...] ». Cette pression de la jeunesse s'est illustrée en particulier dans de nouveaux modes d'action politique, et les manifestations en faveur de la protection de l'environnement comme les « grèves pour le climat » lancées par la jeune activiste suédoise Greta Thunberg en 2018. Le document 1 nous donne en effet à voir une marche pour le climat, donc une manifestation de citoyens états-uniens qui affirment leur engagement en faveur de la science dans la lutte contre le changement climatique.

Conclusion

Cette étude documentaire nous a permis de mettre en avant les paradoxes du rapport des États-Unis à la question environnementale. Au niveau national, l'administration du président Trump a porté pendant quatre ans une politique climatosceptique, et sceptique à l'égard de la science. Cependant, la posture et les actions états-unienne envers l'environnement ne se résument pas à ce niveau : États fédérés, villes, société civile sont autant d'acteurs qui proposent de nouvelles formes d'action en faveur de l'environnement fondées sur la science. Un des premiers actes du président Joe Biden nouvellement élu a été de réintégrer l'Accord de Paris pour le Climat, preuve qu'en plus d'être un enjeu majeur à tous les niveaux politiques, la question environnementale est aussi un symbole des dissensions qui traversent les États-Unis.

> Tu peux actualiser les documents par un fait plus récent concernant le même sujet.

SUJET CORRIGÉ

Étude critique de document

SUJET 35

L'environnement entre exploitation et protection : un enjeu planétaire

Consigne : Montrez pourquoi et comment le changement climatique devient un enjeu des relations internationales.

Comprendre le sujet

– Le texte témoigne des débuts de la gouvernance mondiale du climat et de la prise de conscience environnementale, il faut le comprendre dans son contexte, les années 1970.

– L'extrait pose les bases de la connaissance sur les effets du dérèglement climatique, il montre donc une certaine impuissance de la gouvernance mondiale.

Document

Du 12 au 23 février 1979, la Conférence mondiale sur le climat a réuni à Genève un groupe d'experts et de scientifiques issus de 50 pays, sous le patronage de l'Organisation météorologique mondiale et avec la collaboration de plusieurs organismes internationaux.

Considérant l'influence prédominante que le climat exerce sur la société humaine et compte tenu de l'importance croissante que les facteurs climatiques revêtent pour de nombreux aspects des activités et des entreprises humaines, la conférence estime qu'il est devenu indispensable et urgent que les pays du monde entier :

a) tirent pleinement parti des connaissances actuelles sur le climat ;

b) prennent des mesures pour approfondir sensiblement ces connaissances ;

c) prévoient et préviennent celles des conséquences possibles de l'action de l'homme sur le climat qui pourraient nuire au bien-être de l'humanité.

Le climat mondial a lentement évolué au cours des millénaires, des siècles et des décennies écoulés et il continuera de se modifier à l'avenir. Or, si l'homme peut tirer profit de conditions climatiques favorables, il est aussi vulnérable aux changements et aux variations du climat comme aux manifestations de conditions extrêmes telles que les sécheresses et les inondations. L'alimentation, l'eau, l'énergie, l'habitat et la santé sont autant d'aspects de la vie humaine qui dépendent fortement du climat. Les mauvaises récoltes céréalières et le déclin marqué de certains types de pêches qui se sont produits récemment mettent l'accent sur cette vulnérabilité.

Or, même des variations normales et de faibles changements par rapport aux conditions climatiques normales peuvent exercer une influence importante sur les activités de l'homme.

Si tous les pays sont vulnérables aux variations climatiques, les pays en développement, surtout ceux qui sont situés dans des zones arides et semi-arides ou au contraire très pluvieuses, le sont plus particulièrement. Il est toutefois possible d'atténuer les répercussions néfastes de ces variations et même d'en tirer parti en mettant à profit les connaissances climatologiques disponibles. Les climats des différents pays du globe sont interdépendants. C'est pour cette raison, et aussi à cause de la demande croissante de ressources émanant d'une population mondiale en expansion et qui lutte pour améliorer ses conditions de vie, qu'il est urgent d'élaborer une stratégie globale commune visant à mieux comprendre le climat et à l'utiliser de façon plus rationnelle.

Or, sans le vouloir, l'homme moderne modifie le climat à l'échelon local et aussi, dans une moindre mesure, à l'échelle régionale. On peut donc sérieusement craindre qu'en intensifiant sans cesse ses activités l'homme ne provoque des changements climatiques dont l'effet se ferait sentir dans toute une région, voire dans le monde entier. Cette éventualité ne fait qu'accentuer le caractère urgent d'une action mondiale concertée visant à étudier l'évolution possible du climat mondial et à utiliser les nouvelles connaissances ainsi acquises pour organiser le développement futur de notre société.

La Déclaration finale de la conférence mondiale sur le climat tenue à Genève du 12 au 23 février 1979, *Organisation météorologique mondiale.*

La très bonne copie

Introduction

L'environnement est au cœur de débats politiques, scientifiques et sociaux de plus en plus vifs. La pluralité des significations données à ce terme le place au centre des conflits, selon qu'on le définit du point de vue des sociétés humaines ou du milieu naturel. Cet intérêt pour l'environnement et la conscience de son importance pour les civilisations humaines date des années 1970-1980. On constate, déjà à l'époque, que l'humain n'est plus complètement passif face aux forces géologiques, et qu'il peut être la cause de changements dans l'environnement.

Le document qui nous est proposé est un extrait de la Déclaration finale de la conférence mondiale sur le climat, tenue à Genève du 12 au 23 février 1979. Elle réunissait un groupe d'experts et de scientifiques issus de 50 pays, présidé par l'Organisation météorologique mondiale, tirait une première sonnette d'alarme sur l'importance du climat et les effets néfastes qu'il a sur la société humaine. Ce document politique appelle donc au changement. Ainsi, il est légitime de se demander en quoi le changement climatique devient un enjeu des relations internationales. Nous verrons ce qui a mené à cette prise de conscience puis l'appel à l'action.

> Attention à bien se placer dans le contexte du document, pour voir ce qu'il a de nouveau à l'époque.

1re partie

En effet, c'est à la fin du XXe siècle que l'on prend conscience de « l'influence prédominante que le climat exerce sur la société humaine ». Le climat mondial a évidemment « évolué ». L'historien Emmanuel Leroy Ladurie constate d'ailleurs dans son étude trois grandes phases climatiques : l'optimum médiéval de 900 à 1300, qui se caractérise par un climat doux ; le petit âge glaciaire de 1300 à 1860, se caractérisant par son climat froid ; et enfin le réchauffement climatique depuis. Et bien que l'homme puisse tirer profit de conditions climatiques nouvelles, et s'adapter, par exemple dans l'agriculture en plantant des espèces de son choix, ces modifications peuvent lui être défavorables, comme des « sécheresses ou des inondations » qui compromettent son alimentation. De plus, le document nous informe qu'en 1879, il y a eu « des mauvaises récoltes céréalières et le déclin marqué de certains types de pêches », les ressources sont donc limitées comme le suggère le rapport Meadows (1972), titré *Les limites de la croissance*. On comprend alors que « la vie humaine dépend fortement du climat », et que l'alimentation, premier besoin vital avec l'eau, a un lien direct avec l'environnement.

Considérer que la nature est une ressource illimitée n'est plus possible aujourd'hui. Un consensus scientifique semble se dégager sur ce point. La dégradation de l'environnement est source de catastrophes naturelles, d'épuisement des sols, et cela exerce une « influence importante sur la vie de l'homme, si bien qu'il semble à la fois victime et cause de ce changement. Nous sommes entrés dans l'anthropocène : c'est l'homme et ses actions qui sont la cause du changement à toutes les échelles, locale, régionale et mondiale. C'est pourquoi il est important que les États le prennent en compte.

> Éclaire des passages du texte avec tes connaissances sur l'histoire du climat.

SUJET 35

2e partie

En effet, les variations climatiques sont un risque global, qui touche tous les territoires et populations. Mais l'impact n'est pas le même partout, tous ne sont pas « vulnérables » à égalité. Selon la déclaration, ce sont d'abord « les pays en développement », ils n'ont pas les capacités ni les moyens nécessaires pour faire face aux déséquilibres, et « les zones arides ou semi arides ou au contraire très pluvieuses » sont beaucoup plus exposées à des effets néfastes.

Les plus gros pollueurs sont actuellement les États-Unis et la Chine, deux puissances majeures, bien qu'ayant une histoire très différente. Leur croissance repose en partie sur des productions polluantes, mais la prise de conscience est en route en Chine en raison de l'air irrespirable des métropoles, et aux États-Unis en raison des côtes du sud-est très exposées aux inondations. Toutefois, le monde entier est concerné, et il faut agir ensemble pour « atténuer les répercussions néfastes ». C'est pourquoi il est proposé de « mieux comprendre le climat et de l'utiliser de façon plus rationnelle », idée que le philosophe français Bruno Latour développe aujourd'hui dans ses ouvrages. Dans *Où atterrir ?*, en 2018, il explique que la mondialisation a échoué et que l'homme doit se développer avec la nature, et non pas à ses dépens.

On voit que le texte trouvait déjà urgent de prévoir « une action mondiale concertée visant à étudier l'évolution du climat », et ce avec des acteurs variés, l'ONU, les ONG, les États… Depuis 1972 et le premier sommet de la Terre à Stockholm, l'ONU poursuit l'organisation de rencontres décennales (à Rio en 1992 est adoptée la Convention sur les changements climatiques). Créé dans le cadre de l'ONU en 1988, le GIEC (groupe d'experts sur l'évolution du climat) est devenu un acteur important aussi, qui fixe des objectifs. Cependant, bien que la déclaration emploie par trois fois le mot « urgence », les objectifs de la gouvernance mondiale ne sont que partiellement atteints (réduction des gaz à effet de serre). Déjà au temps de la « révolution industrielle », les sociétés avaient conscience des pollutions, y compris sur la santé, et pourtant le phénomène a continué.

Montre que la réflexion de l'époque s'est poursuivie depuis.

Conclusion

Pour conclure, dans les années 1970-1980, une conscience de l'environnement et de ses dégradations accélérées se développe. D'abord marginale, elle reste peu efficace car trop isolée et reléguée au rang de sujet mineur dans les gouvernances à toutes les échelles. Il faut attendre le rapport Brundtland au titre révélateur « Notre avenir à tous » en 1987, pour voir l'ONU formuler une proposition globale, un mode de développement respectueux, dit durable.

POUR TRAVAILLER EN AUTONOMIE

→ Aborder le thème dans sa globalité

Atlas et ouvrages généraux

- François Gemenne, Aleksandar Rankovic, *Atlas de l'anthropocène*, Presses de Sciences-Po, 2019
- *Atlas mondial*, Presses de Sciences-Po, 2019
- *Grand Atlas 2019*, Autrement, 2018
- Yvette Veyret et Paul Arnould, *Atlas du développement durable*, Autrement, 2019
- *Hypergéo*, Encyclopédie en ligne
- Ariane Debourdeau, *Les grands textes fondateurs de l'écologie*, Pluriel, 2013

→ Approfondir et préciser tes connaissances

Ouvrages spécialisés

- *Un sol commun*, collectif (Bruno Latour, Baptiste Morizot, Jean-Baptiste Fressoz...), Wildproject, 2019
- Martine Chalvet, *Une histoire de la forêt*, Seuil, 2011
- Paul Arnould et Éric Glon, *La nature a-t-elle encore une place dans les milieux géographiques ?* Éditions de la Sorbonne, 2005
- Valérie Masson-Delmotte, *Le climat : le vrai et le faux*, Le pommier, 2011
- Jean-Baptiste Fressoz, *L'Apocalypse joyeuse, une histoire du risque technologique*, 2012
- Emmanuel Le Roy Ladurie, *Trente-trois questions sur l'histoire du climat*, 2010
- Bruno Latour (dir.), *Face à Gaïa. Huit conférences sur le nouveau régime climatique*, La Découverte, 2015
- Jean Jouzel, *Climats passés, climats futurs*, CNRS Éditions
- Jean Baptiste Fressoz (et alii), *Introduction à l'histoire environnementale*, La Découverte, 2014
- Jeremy Rifkin, *Le New Deal vert mondial*, 2019

Articles

- Audrey Garric, « Le « green deal » européen, entre ambition et « opération de greenwashing », *Le Monde*, 12 décembre 2019
- Baptiste Morizot, « Le loup remet en question notre modèle de souveraineté humaine », *Le Monde*, 20 juin 2016
- Jean-Paul Demoule, « La révolution néolithique », *Sciences Humaines*, juin 2011
- Jean-François Jarrige, « Révolutions industrielles : histoire d'un mythe », *Revue Projet*, 2015/6

→ Visualiser, réviser, apprendre autrement

Vidéos et podcast

- « Histoire des forêts : la France », *Le Dessous des cartes*, Arte, 2012, 20 min
- *Éthiques de la protection de la nature*, canal UVED, 2015, 10 min
- « Les États-Unis, quelle politique environnementale et climatique ? », Festival de géopolitique de Grenoble, 2018, 1 h 13
- « Les parcs nationaux aux États-Unis », *La Marche de l'Histoire*, 2015, France Inter, 29 min

Une BD

Sophie Tardy-Joubert et Pablo Fajardo, *Texaco, et pourtant nous vaincrons*, Les Arènes, 2019

Thème 5

L'environnement, entre exploitation et protection

Tu viens de voir le thème sur l'environnement. Pour t'aider à retenir l'essentiel et t'entraîner pour le Bac, voici ton kit de révision clé en mains conçu par SchoolMouv !

Vidéo

Pour mieux comprendre et t'en souvenir à coup sûr, regarde la vidéo, c'est parfois plus clair en images.

Vidéo **Qu'est-ce que l'environnement ?**
https://flashbelin.fr/focusbacschoolmouv/hggsp/4

Contenus additionnels

Voici quelques bonus sur le thème 5. Il te suffit de créer ton compte pour avoir accès à plein de contenus supplémentaires.

Les États-Unis et la question environnementale

Quiz
https://www.schoolmouv.fr/eleves/cours/les-etats-unis-et-la-question-environnementale/qcm

Fiche
https://www.schoolmouv.fr/eleves/cours/les-etats-unis-et-la-question-environnementale/fiche-de-revision

Tchat avec un prof

Pour poser toutes tes questions à un prof particulier, découvre l'abonnement tchat. Tu peux le tester gratuitement pendant 7 jours : fini les questions sans réponses, tu vas devenir incollable.
https://focusbac.schoolmouv.fr/offre

Le Focus de SchoolMouv

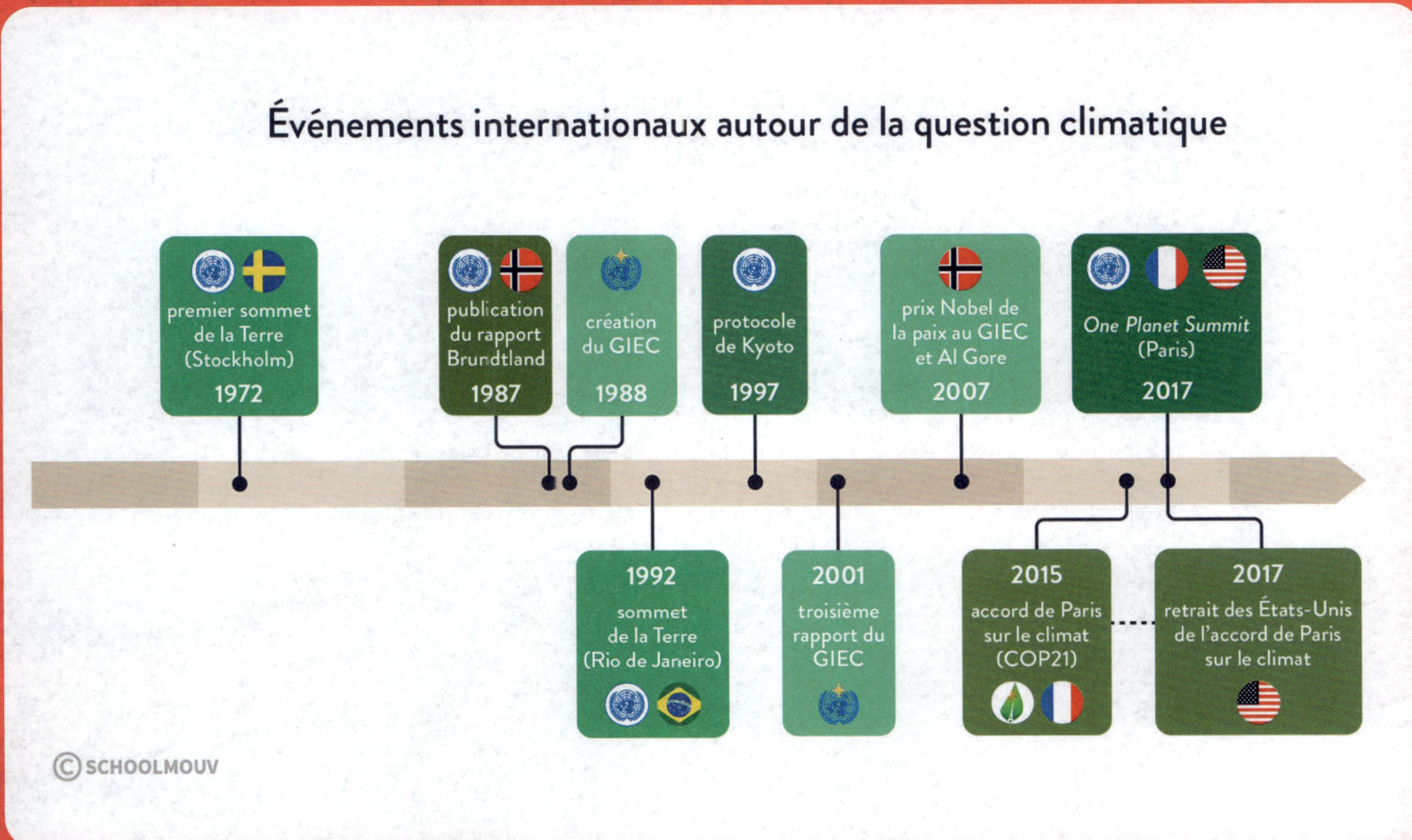

Thème 6

BAC
ANNÉE IMPAIRE

L'enjeu de la connaissance

Salle de lecture de la bibliothèque du Congrès, à Washington, États-Unis. Instituée en 1800, c'est la plus grand bibliothèque au monde en nombre de livres et de références.

Thème 6

L'enjeu de la connaissance

Sommaire

Mots clés

→ **Société savante :** Association d'experts et d'amateurs éclairés qui échangent sur des connaissances.

→ **Communauté savante :** Ensemble de scientifiques ou d'intellectuels qui se dotent de normes et d'institutions.

→ **Communauté scientifique :** Ensemble plus ou moins large de chercheurs qui sont reliés par des outils de communication spécialisés (revues, congrès…).

→ **Intelligence collective :** Capacité pour les membres d'une communauté de faire converger leurs compétences et leurs connaissances.

→ **Vulgarisation** : Processus d'adaptation d'un ensemble de connaissances à destination d'un public de non-initiés.

→ **Cyberespace :** Vaste réseau de communications qui résulte de l'interconnexion des ordinateurs, il est constitué d'éléments multiples, matériels (infrastructures physiques) et immatériels. Il met en jeu des contenus et acteurs et fait l'objet de nombreuses rivalités.

Dates clés

Vers 1450 En Allemagne, mise au point par Gutenberg de la technique de **l'imprimerie**

XVe-XVIe s. En Europe, **l'Humanisme** valorise la connaissance dans tous les domaines

1633 **Procès de Galilée**, accusé d'hérésie par l'Église pour avoir découvert que la Terre tourne autour du soleil

XVIIIe s. **Époque des Lumières** en Europe, salons et sociétés savantes se multiplient.

1987 Création du programme d'échanges universitaires **Erasmus**

2000 Le Conseil européen soutient une « Europe de l'innovation et de la connaissance »

2001 Création de **Wikipédia**

Chiffres clés

En 1850, **44 % de l'humanité** dont **80 %** de la population indienne sont **analphabètes**.

En 2016, **14 % de l'humanité est analphabète**, dont **deux tiers de femmes**. 12 des 13 pays dont le taux d'alphabétisation est **inférieur à 50 % sont en Afrique subsaharienne**.

La contribution du secteur des **services à la croissance du PIB indien** n'a cessé d'augmenter : déjà autour de 50 % dans les années 1980, elle est de **près de 70 % en 2015**.

Comprendre les enjeux

1 La notion de « société de la connaissance »

→ **La connaissance se décline en différents savoirs : outre des informations et des faits, elle désigne des savoir-faire et des savoir-être (qualités sociales).** Elle occupe une place croissante dans les sociétés contemporaines, d'où la notion de **société de la connaissance élaborée par Peter Drucker, prolongée par celle d'économie de la connaissance**. Il s'agit d'un modèle de société dans lequel **la connaissance est considérée comme une ressource**, au même titre que la main-d'œuvre ou le capital, pour produire de la richesse.

→ À Lisbonne, en 2000, le Conseil européen a annoncé qu'il souhaitait une « **Europe de l'innovation et de la connaissance** », en associant « croissance économique durable » et « cohésion sociale ».

→ La société de la connaissance est parfois associée à **une idéologie favorisant le partage des innovations**. Dans certains secteurs, la connaissance peut toutefois être exploitée à des fins de compétitivité : c'est le cas dans les industries comme celle de la recherche dans les laboratoires pharmaceutiques. L'accès au soin peut ainsi être freiné par des considérations économiques. **Des réflexions éthiques** suggèrent que les États régulent le marché des savoirs de santé (vaccins).

2 Des sociétés savantes à la communauté scientifique

→ À partir du XVIIIe siècle, **les sociétés savantes** connaissent un essor particulier : ce sont des groupes d'intellectuels organisés : ils se dotent de lieux, de normes, d'organes de légitimation. Aujourd'hui, les contours de **la « communauté scientifique »** ne sont pas clairement définis : le terme désigne aussi bien des groupes d'individus, des institutions (laboratoires, académies, universités) à l'échelle d'un pays, d'un continent ou du monde.

→ Certains projets trop longs ou trop coûteux pour être menés par quelques chercheurs privilégient **la collaboration** : c'est le cas par exemple dans les domaines de l'astrophysique ou du climat, mais aussi dans l'information avec des enquêtes d'un ensemble de journalistes internationaux. Sur Internet, certains tentent de proposer **un modèle horizontal de légitimation des connaissances** : on peut citer l'exemple des plateformes collaboratives comme Wikipédia.

3 Les acteurs et les modalités de la circulation de la connaissance

→ **L'école et les médias sont deux acteurs majeurs dans la diffusion des savoirs.** Les circuits de circulation de la connaissance sont complexes à cartographier, d'autant qu'Internet a accéléré leur multiplication. Les citoyens peuvent désormais avoir **accès à des connaissances grâce à Internet**, en tant qu'apprenants ou « producteurs ». Amateurs et professionnels y livrent **des milliards d'informations**, sous forme de vidéos, de textes ou d'images...

→ **L'intelligence collective** peut aussi toujours se déployer, mais la qualité variable des contenus nécessite d'exercer son **esprit critique** pour évaluer la véracité des savoirs délivrés.

→ **Si le numérique permet une vulgarisation des savoirs scientifiques, il ne constitue pas un moyen de démocratiser la connaissance** : les conditions d'accès restent dépendantes **des inégalités entre populations**. La compétitivité industrielle, les conflits géopolitiques, la distance culturelle et linguistique peuvent constituer des freins à la libre circulation de la connaissance.

MÉMO VISUEL De la connaissance à la société de la connaissance

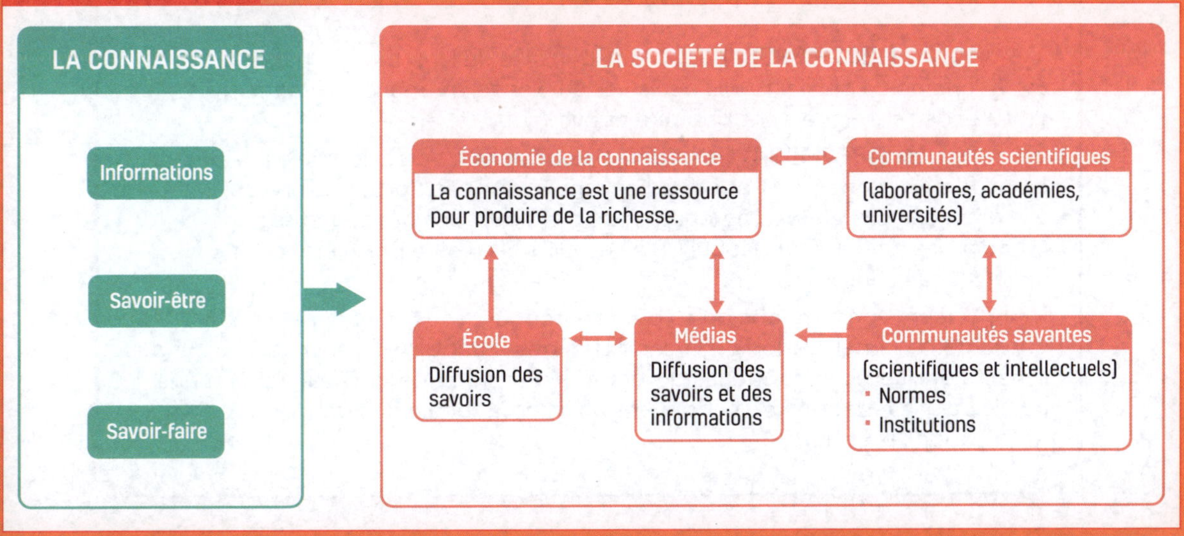

Produire et diffuser des connaissances

Lexique

- **Alphabétisation** : Enseignement de la lecture et de l'écriture
- **Analphabétisme** : Fait de ne savoir ni lire ni écrire parce qu'on ne l'a jamais appris
- **Illettrisme** : Situation de ceux à qui l'on a appris la lecture et l'écriture, mais qui n'en maîtrisent plus l'usage
- **Littéracie** : Aptitude à comprendre et à utiliser l'information écrite dans la vie courante, au travail et dans la collectivité afin d'étendre ses connaissances et ses capacités
- **Taux d'alphabétisation :** Pourcentage des personnes adultes qui savent lire et écrire dans une population (c'est l'une des composantes de l'IDH, l'indicateur de développement humain)
- **Radioactivité** : Phénomène naturel, certains atomes ayant la propriété de se désintégrer en émettant des particules ou des rayonnements. Ils sont alors radioactifs. La radioactivité peut également être artificielle, produite (pour examen médical, traitement, industrie).

Acteurs

Jules Ferry (1832-1893) Républicain, ministre de l'Instruction publique, il est à l'origine de plusieurs lois décisives sur l'enseignement en France (1981 : gratuité de l'enseignement primaire public.

Marie Curie (1867-1934) Née Maria Sklodowska à Varsovie, elle est issue d'une famille modeste. Venue étudier la physique à la Sorbonne en 1891, elle est reçue première à l'agrégation de physique. Ses découvertes sont couronnées de deux prix Nobel (1903 et 1911). Elle est la première femme à enseigner à la Sorbonne.

Unicef Fonds des Nations unies pour l'enfance, c'est une agence de l'ONU consacrée à l'amélioration de la condition des enfants. Elle œuvre en faveur de l'égalité des sexes et contre les différentes discriminations. Elle a activement participé à la rédaction de la Convention internationale des droits de l'enfant (CIDE) adoptée en 1989.

Dates clés

1833 La loi Guizot impose à chaque commune d'avoir une école publique.

1850 La loi Falloux crée des écoles de filles dans les communes de plus de 800 habitants.

1882 La loi Jules Ferry instaure l'enseignement primaire laïc, gratuit et obligatoire pour les filles et les garçons de 6 à 13 ans.

1898 Marie et Pierre Curie découvrent le polonium et le radium. Marie Curie crée le terme de radioactivité.

1938 Otto Hahn, Fritz Strassmann et Lise Meitner mettent en évidence la **fission nucléaire de l'uranium**, principe de base de la bombe atomique.

MÉMO VISUEL Le taux d'alphabétisation des femmes par pays

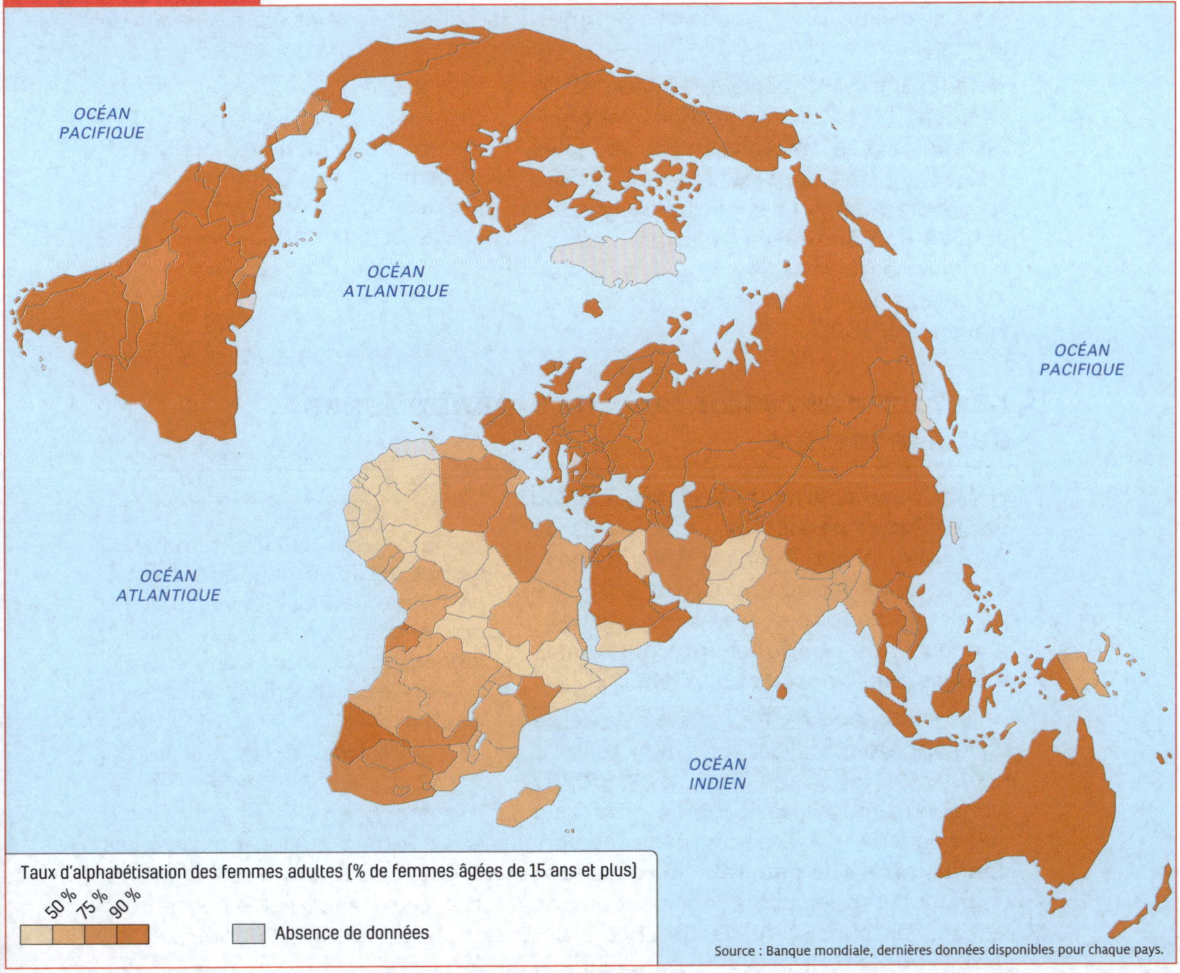

Source : Banque mondiale, dernières données disponibles pour chaque pays.

1 Accéder à la connaissance : l'alphabétisation des femmes du XVIe siècle à nos jours

A. Les progrès de l'alphabétisation

→ Une mutation sans précédent se déroule à partir du XIXe siècle, alors que seulement 10 % des adultes dans le monde savent lire et écrire : l'expansion de la scolarité entraîne **la progression de l'alphabétisation et la transmission accélérée des connaissances**.

→ Si la proportion de personnes analphabètes a été divisée par trois depuis 1950, **deux tiers des analphabètes sont des femmes**.

→ C'est en Europe et en Amérique du Nord que les femmes sont majoritairement alphabétisées. La Réforme protestante dans les pays du Nord de l'Europe (XVIe siècle) amorce l'accès des femmes à la culture : il s'agit alors surtout de leur apprendre à lire la Bible.

→ Puis l'Église catholique prend à son tour en charge l'enseignement féminin et **organise des écoles gratuites** pour les filles pauvres et des pensions payantes pour les plus fortunées. **La scolarité obligatoire achève de généraliser** l'alphabétisation féminine dans les pays industrialisés au XIXe siècle (lois scolaires de Jules Ferry en France, 1881-82).

> Celui qui ne sait pas écrire, et qui ignore l'arithmétique, dépend réellement de l'homme plus instruit.
>
> **Condorcet** (1743-1794), mathématicien et philosophe des Lumières, auteur de *Cinq mémoires sur l'instruction publique* (1791)

B. Les femmes restent moins alphabétisées dans le monde

→ Mais **des disparités nationales, sociales et ethniques persistent**. Les progrès de l'alphabétisation féminine dans les pays en voie de développement sont le fruit de politiques nationales après les indépendances, et de **politiques internationales menées par l'Unesco et les ONG**.

→ Dans de nombreux pays en voie de développement, les femmes restent encore aujourd'hui largement moins alphabétisées que les hommes (en Afrique subsaharienne, 74 % d'hommes sont alphabétisés contre 51 % des femmes). **Les conflits armés, la pauvreté, les usages sociaux entraînent une discrimination**, les parents privilégiant la scolarisation des garçons. Dans les sociétés hautement scolarisées, subsistent des poches d'illettrisme, touchant spécifiquement les femmes adultes immigrées, handicapées ou démunies.

> Du moment où les femmes auront droit à une éducation complète, semblable à celle des hommes, leurs facultés se développeront, et l'on s'apercevra qu'elles les ont égales à celles des hommes.
>
> **Jules Ferry**, *Discours sur l'égalité d'éducation*, 1870.

C. Éducation et développement

→ Pour favoriser le développement, les objectifs adoptés en 2015 par 193 États prévoient en **2030 l'alphabétisation fonctionnelle complète** (capacité à réaliser des activités pour lesquelles l'alphabétisation est nécessaire) dans le monde.

→ Mais les problèmes de parité et de pauvreté font que **72 millions d'enfants ne sont toujours pas scolarisés**. Or le faible niveau d'alphabétisation est un frein à la croissance économique et il prédomine dans les pays à faible revenu, démontrant comme l'affirme Kofi Annan (secrétaire général de l'ONU, 1997-2006) que **l'éducation est une clé du développement**.

→ Aujourd'hui, la généralisation de l'écrit par différents supports comme **la presse ou les nouvelles technologies permet une accessibilité plus directe et plus universelle à l'information et aux connaissances**.

Fait d'actualité

→ **En 2021, au Burkina Faso, des internats sont destinés aux filles** pour leur permettre d'accéder à l'école primaire. Le plan « Allez les filles ! » a permis depuis 10 ans à la quasi-totalité des fillettes d'être scolarisées. Mais au-delà, seulement 40 % d'entre elles poursuivent dans le secondaire et 4 % dans le supérieur.

L'alphabétisation, vecteurs et freins

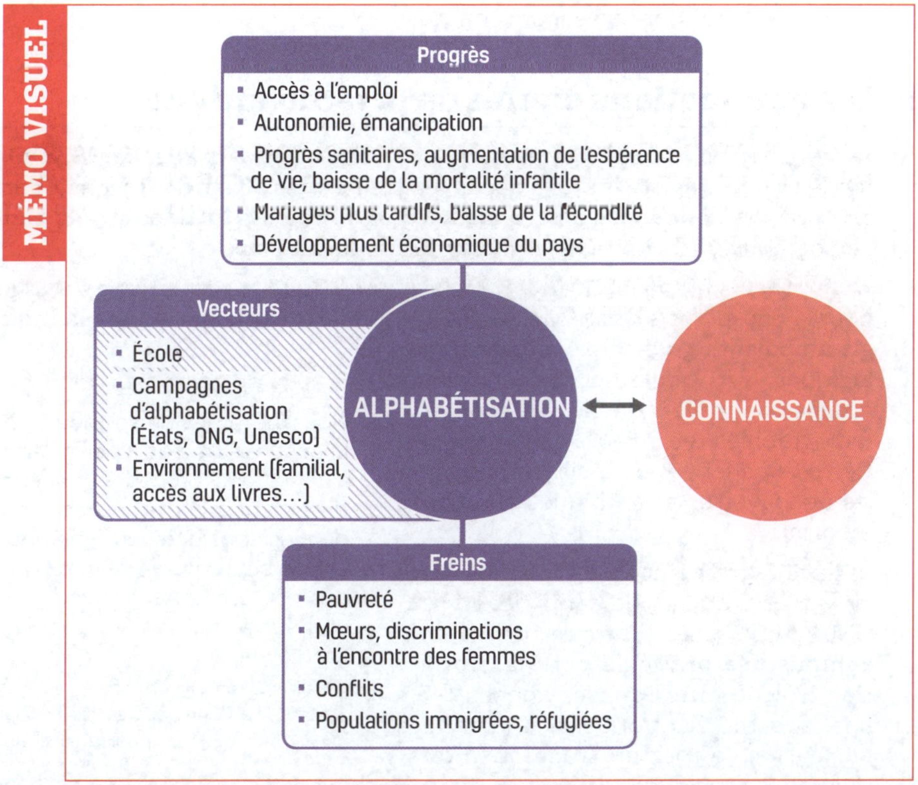

2 Produire de la connaissance : la recherche sur la radioactivité (1896-années 1950)

A. Les pionniers de l'atome

→ L'aventure de la radioactivité commence à la fin du XIXe siècle. **Ce phénomène naturel est découvert en 1896 par Henri Becquerel.** Dans les décennies suivantes, d'autres scientifiques consacrent leurs travaux à ce phénomène, notamment **Marie et Pierre Curie** qui isolent le polonium et le radium. Les trois chercheurs reçoivent le prix Nobel de physique en 1903, **la coopération devient une méthode de travail**.

→ En 1911 commencent les Congrès Solvay, réunion tous les trois ans des meilleurs physiciens et chimistes, qui depuis échangent ainsi sur leurs travaux. À la suite de ces pionniers, un grand nombre de scientifiques européens apportent leur contribution à la connaissance de l'atome. **Le radium devient, dans l'entre-deux-guerres, symbole de modernité**, alors que ses dangers ne sont pas encore connus.

> « Je suis de ceux qui pensent que l'humanité tirera plus de bien que de mal des découvertes nouvelles.
>
> **Pierre Curie**, Conférence de réception du prix Nobel, 1903

B. Les applications civiles de la radioactivité

→ Ses principales applications sont médicales : Claudius Regaud (1870-1940), médecin et biologiste français découvre, en 1906, **les effets des rayons X contre les tumeurs cancéreuses et lance un programme de lutte contre le cancer** (radiographie, radiothérapie), encore utilisés aujourd'hui.

→ Pendant la Première Guerre mondiale, Marie Curie et sa fille Irène s'engagent pour la cause des soldats blessés au front. **Marie Curie développe la radiologie ambulante grâce aux voitures radiologiques**, les « petites curies ». Plusieurs dizaines de milliers de blessés sont ainsi radiographiés et mieux diagnostiqués. Cette expérience les incite à appliquer les découvertes scientifiques au champ médical.

→ En 1934, Irène et Frédéric Joliot-Curie créent les premiers éléments de radioactivité artificielle. **L'atome devient le combustible privilégié pour la production d'électricité**. Dans les années 1950, une industrie électronucléaire (centrales nucléaires) se met en place aux États-Unis, en Europe et en URSS.

> « Nous, hommes de science, dont la destinée tragique a été d'aider à créer des procédés d'anéantissement plus efficaces, nous devons considérer comme notre devoir suprême de faire tout ce qui est en notre pouvoir pour empêcher que ces armes soient employées.
>
> **Albert Einstein**, physicien, message adressé au Congrès des intellectuels pour la paix, 1952

C. De la recherche à l'arme absolue

→ La première expérience de fission de l'atome est réalisée en 1938 par la physicienne Lise Meitner en Allemagne. **Une course contre la montre** s'engage dans la communauté scientifique qui comprend le potentiel stratégique de cette découverte, à l'aube de la Seconde Guerre mondiale. Lancé **en 1942, le projet Manhattan**, dirigé par le physicien Robert Oppenheimer aboutit à **la mise au point de la bombe atomique**.

→ Le 16 juillet 1945 a lieu la première explosion atomique de l'histoire, suivie **des bombardements les 2 et 6 août 1945 sur Hiroshima et Nagasaki**. Dès lors, **l'humanité a les moyens de sa propre destruction**. Après la guerre, certains physiciens participent à des mouvements de paix et plaident pour un contrôle international du nucléaire. **Force de dissuasion pendant la guerre froide, il devient un élément majeur des relations internationales**. Les grandes puissances se dotent de cette arme : URSS (1949), Royaume-Uni (1952), France (1960), Chine (1964).

Fait d'actualité

→ **La coopération scientifique aujourd'hui :** Le laboratoire pharmaceutique britannique GSK et son concurrent allemand CureVac ont annoncé, en février 2021, s'unir pour **développer un vaccin à ARN messager contre les nouveaux variants du coronavirus**. Les travaux vont commencer immédiatement avec l'espoir d'aboutir en 2022.

MÉMO VISUEL

Les conditions de production de la connaissance

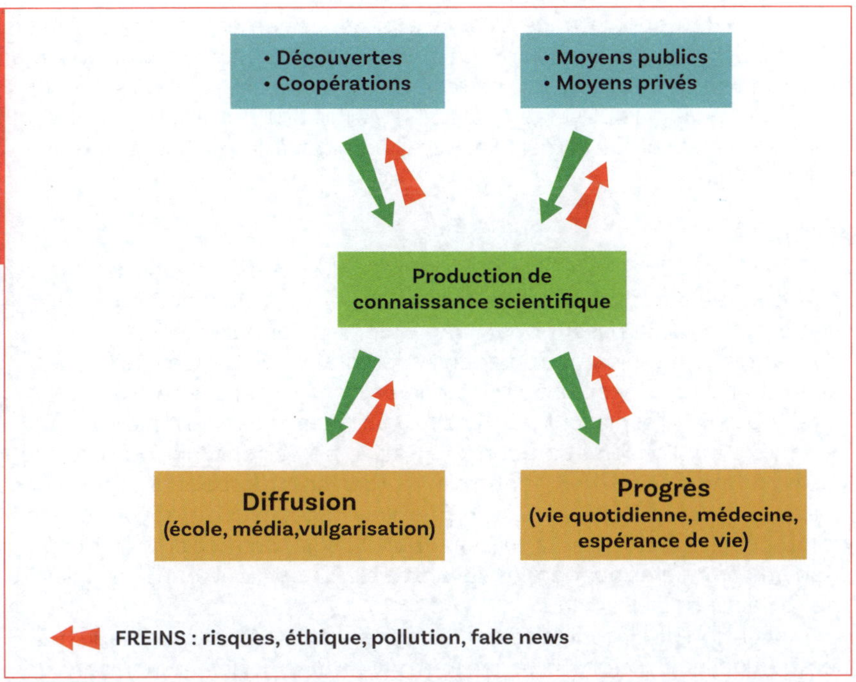

SUJET CORRIGÉ

Dissertation

SUJET 36

Produire et diffuser de la connaissance dans le monde depuis le XVIe siècle

Vous nourrirez votre devoir d'exemples variés.

Comprendre le sujet

– Les deux verbes d'action « Produire et diffuser » demandent de traiter dans le devoir à la fois le groupe des savants, et la société tout entière.

– La longue période (XVIe-XXIe siècles) oriente vers un plan chronologique.

La très bonne copie

Introduction

La connaissance s'entend comme l'ensemble des savoirs et savoir-faire, depuis l'étude savante jusqu'à toutes les applications possibles. Selon le philosophe Patrick Juignet, « la connaissance est un rapport actif au monde qui vise à s'en faire une représentation et à l'expliquer ». Le XVIe siècle est un tournant dans le rapport des individus, des sociétés et des États à la connaissance. En Europe, le développement du savoir, par le biais de recherches et d'échanges, et sa transmission s'intensifient. Toutefois, si l'accès à la connaissance s'est élargi et démocratisé, de nombreuses inégalités persistent encore aujourd'hui à l'échelle mondiale.

Définis la connaissance dès l'introduction et n'hésite pas à citer une référence théorique.

En quoi la connaissance s'est-elle progressivement enrichie et élargie depuis le XVIe siècle à travers le monde ? La quête d'une connaissance scientifique de l'Humanisme au siècle des Lumières reste réservée à une élite (I) ; mais à partir du XIXe siècle, le savoir se politise et se généralise (II) ; enfin une communauté scientifique universelle se constitue au XXe siècle, parallèlement à la diffusion massive des connaissances (III).

1re partie

De l'Humanisme aux Lumières, la connaissance scientifique est réservée à des élites religieuses et politiques. Mais de nouveaux outils apparaissent pour « fabriquer » la connaissance. Au XVIe siècle, l'Humanisme rompt avec les pratiques médiévales, en exaltant les capacités de l'Homme à connaître, apprendre et à faire preuve d'esprit critique. Les humanistes expliquent alors le monde par l'observation comme Galilée en astronomie, ou par l'expérimentation, comme André Vésale en anatomie. Ils font sortir la connaissance du seul domaine religieux. Nicolas Copernic est le premier à théoriser un nouveau système astronomique, l'héliocentrisme. La naissance de la science moderne correspond à la fondation des premières académies savantes en Europe, qui réunissent des intellectuels et des scientifiques.

Montre que tu suis dans l'ordre les périodes marquantes de l'histoire.

L'invention de l'imprimerie par Gutenberg en 1450 est une étape majeure de l'accélération de la diffusion du savoir. Partout en Europe, les humanistes, comme Erasme, entretiennent des relations étroites et les échanges entre savants se multiplient. Au siècle des Lumières, des académies des sciences sont créées. *L'Encyclopédie*, dirigée par Diderot et D'Alembert, présente tous les savoirs de l'époque. Dans les salons et les cours princières, les élites se passionnent pour les sciences. Mais les exclus de la connaissance sont nombreux.

L'accès et le partage de la connaissance constituent des enjeux majeurs pour les États tant dans la maîtrise de leur territoire que dans l'affirmation de leur puissance économique et géopolitique. Les États organisent des structures d'encadrement comme l'Académie des sciences sous Louis XIV en 1666. Le roi attire des inventeurs comme l'ingénieur Cassini qui persuade Louis XV de cartographier l'intégralité du royaume. L'alliance entre le pouvoir et la science est aussi un atout pour contrer les menaces extérieures et développer des armements. Mais parfois, la science entre en contradiction avec la Bible et les croyances. C'est pourquoi l'Église censure les écrits de Copernic en 1616, puis condamne Galilée en 1633.

→ 2e partie

Cite des exemples précis et datés.

Le XIXe siècle marque le passage à une connaissance généralisée, d'abord dans le domaine des sciences. En effet, les progrès scientifiques permettent la mise au point de nombreuses inventions qui participent à l'avènement de l'âge industriel. Dans le domaine de la santé, les innovations transforment la vie des hommes. La découverte de la radioactivité par Pierre et Marie Curie (1898) permet le traitement de certains cancers par la radiothérapie. Les universités des pays industrialisés s'équipent de laboratoires modernes où les professeurs disposent d'un matériel de qualité pour faire de la recherche fondamentale, comme le laboratoire Baeyer à l'université de Munich.

À la même époque, on constate la progression de la scolarisation et de l'alphabétisation. Jusqu'au XVIIIe siècle, la lecture et l'écriture étaient réservées à une élite sociale masculine, et enseignées par les institutions religieuses. Au XIXe siècle, l'État intervient et se préoccupe de plus en plus de l'accès au savoir. En France, la IIIème République, sous l'impulsion de Jules Ferry, organise un enseignement public, obligatoire et gratuit dans les années 1880, pour filles et garçons. Ainsi, l'alphabétisation de tous progresse.

Il apparaît alors que la démocratisation des savoirs est au cœur de la formation citoyenne. L'instruction des enfants doit permettre, dans le contexte d'instauration de régimes démocratiques dans les pays industrialisés, de former les futurs citoyens capables de voter avec discernement et d'aimer la République. Victor Hugo, par exemple, défend l'idée du citoyen éclairé. La biopolitique constitue un autre enjeu : elle vise à contrôler et à améliorer l'état sanitaire des populations, par des campagnes d'initiation à l'hygiène, au XIXe siècle. Enfin, la science offre des solutions techniques aux industries.

→ 3e partie

Indique clairement ce qui a changé au XXe siècle.

À partir du XXe siècle, la communauté scientifique universelle de constitue et la démocratisation du savoir se poursuit. Les échanges entre scientifiques s'effectuent désormais à l'échelle mondiale. Le statut du chercheur apparaît, il remplace le savant.
La notion de communauté scientifique souligne le fait que le chercheur fait partie d'un réseau. Certains projets coûteux n'existent que par la coopération. Au XXe siècle, ce processus se systématise. Les premiers congrès scientifiques internationaux organisés au début du XXe siècle, comme le congrès Solvay de physique et de chimie

(depuis 1911), stimulent les échanges des chercheurs. Aujourd'hui, les États coopèrent dans de grands projets comme la conquête spatiale.

En outre, la connaissance est plus largement diffusée. Depuis 1950, la proportion de personnes analphabètes dans le monde a été divisée par trois. Les médias tels la presse, la télévision, la vulgarisation scientifique constituent également des acteurs de la circulation de la connaissance. Enfin, l'avènement d'Internet a ouvert de nouvelles possibilités. Les hommes peuvent désormais avoir accès à des connaissances en tant qu'apprenants ou producteurs de connaissances. Dans Wikipédia, experts et amateurs mettent en partage leurs compétences.

Mais il existe un revers à la course au progrès. Si les progrès de la connaissance apportent de nombreux bienfaits à l'humanité, des dérives scientifiques existent. La connaissance peut être exploitée à des fins de compétitivité, comme c'est le cas dans l'industrie pharmaceutique, ou à des fins belliqueuses. Le projet Manhattan (1942) permet de justesse de doubler l'Allemagne nazie pour la découverte de l'arme atomique. Après Hiroshima et Nagazaki, des scientifiques du monde entier se mobilisent pour alerter sur les dangers que court l'humanité à l'ère atomique (Appel de Stockholm, 1950). Par ailleurs, les problèmes de parité et de pauvreté font que 72 millions d'enfants ne sont toujours pas scolarisés, majoritairement des filles. La censure des gouvernements, comme en Chine où la circulation des connaissances est contrôlée, est aussi un frein. Enfin, la qualité variable des contenus circulant sur Internet nécessite d'exercer son esprit critique pour discerner les informations fondées sur des savoirs des « fake-news ».

Conclusion

Depuis le XVIe siècle, l'accès et la diffusion des connaissances se développent grâce à la constitution de communautés savantes et à la généralisation de l'instruction. Ce sont des enjeux majeurs pour les États dans l'affirmation de leur puissance, et l'inégal accès au savoir dans le monde ainsi reflète aujourd'hui encore les inégalités de développement. Le XXIe siècle connaît une accélération du progrès (réalité augmentée, intelligence artificielle, biotechnologies...). On sait que l'innovation numérique représente un nouvel outil de puissance qui peut être instrumentalisé par les États. Reste pour l'humanité à innover aussi dans des moyens de régulation et de contrôle de ces découvertes.

Pense à répondre en conclusion à la problématique posée en introduction. Tu peux finir sur l'actualité du sujet.

SUJET CORRIGÉ

Étude critique de documents

SUJET 37

Produire et diffuser de la connaissance depuis le XVIe siècle

Consigne : Montrez en quoi ces documents révèlent que les connaissances scientifiques sont contrôlées et utilisées par les États pour asseoir leur puissance.

Comprendre le sujet

- L'écart chronologique entre les deux documents indique qu'il faut analyser la continuité dans le rapport de l'État à la connaissance.
- Chaque document doit cependant être remis et compris dans son contexte.

Document 1 > Louis XIV et les sciences

Henri Testelin, *Colbert présente à Louis XIV les membres de l'Académie royale des sciences*, 1667, huile sur toile, 348 × 590 cm, Musée national du Château de Versailles.

Document 2 > Harry Truman justifie l'utilisation de la bombe atomique

Le monde entier remarquera que la première bombe atomique a été lâchée sur Hiroshima, une base militaire, afin d'éviter, dans la mesure du possible, la mort de civils. Toutefois, cette attaque ne constitue qu'un avertissement. Si le Japon ne capitule pas, il faudra lâcher des bombes sur les industries de guerre, ce qui entraîne, malheureuse- ment, la perte de milliers de vies civiles. J'implore les civils japonais de quitter les villes industrielles immédiatement et de se soustraire à la destruction. Je réalise l'impact tragique de la bombe atomique. [...] Toutefois, nous savions que nos ennemis faisaient des recherches. [...] Nous savions quelle serait l'ampleur du désastre dans notre pays, dans tous les pays pacifiques, pour toute la civilisation, s'ils l'avaient découverte en premier. C'est pourquoi nous nous sommes sentis obligés d'entreprendre les longs travaux de recherches et de production, incertains et coûteux. Nous avons gagné la course à la découverte contre les Allemands. [...] Nous l'avons utilisée contre ceux qui nous ont attaqués sans prévenir à Pearl Harbor, contre ceux qui ont affamé, battu à mort et exécuté des prisonniers de guerre américains [...]. Nous l'avons utilisée pour écourter l'agonie de la guerre, pour sauver les vies de plusieurs milliers de jeunes Américains. Seule une capitulation nous arrêtera. La bombe atomique est trop dangereuse pour être lâchée dans un monde sans lois. C'est pourquoi le Royaume-Uni et les États-Unis, seuls détenteurs de son secret de fabrication, n'ont aucune intention d'en révéler le secret jusqu'à ce que l'on trouve des moyens de maîtriser la bombe afin de protéger le reste du monde du risque de destruction totale. [...] Nous sommes convaincus qu'au sortir de cette guerre, notre nation est la plus puissante au monde. [...] Utilisons maintenant cette force, toutes nos ressources et tout notre savoir-faire pour la grande cause d'une paix juste et durable !

Discours radiodiffusé du président américain Harry Truman le 9 août 1945, émis depuis la Maison-Blanche à 22 heures.

SUJET 37

La très bonne copie

Introduction

Avec le développement des États-nations depuis l'époque moderne, la science devient source de pouvoirs militaires, économiques et sociaux. La connaissance est un outil de développement et de domination pour les pays. Le premier document est un tableau d'Henri Testelin datant de 1667, commandée par Louis XIV, montrant la présentation au roi par Colbert des membres de l'Académie royale des sciences qui vient d'être fondée. Ce document iconographique illustre le projet de la monarchie absolue de placer les sciences sous sa protection. Le second document est un extrait du discours radiodiffusé du président américain Harry Truman le 9 août 1945, trois jours après le lancement de la bombe atomique sur Hiroshima, rappelant les enjeux de la course à la recherche scientifique. C'est donc un texte politique.

> Pense à qualifier la nature des documents...

En quoi, au fil des siècles, la science est-elle contrôlée et utilisée par les États pour affirmer leur puissance ? Le savoir scientifique est encadré et contrôlé par les États (I), qui l'utilisent pour gérer et maîtriser leur territoire (II), mais aussi pour asseoir leur domination sur les autres pays (III).

1re partie

Conscients de l'importance du savoir pour le pouvoir, les États organisent des structures d'encadrement. La création de l'Académie des sciences sous Louis XIV en 1666 (doc. 1) montre la volonté royale, suggérée dans le tableau par la posture du roi, de se doter d'un corps d'experts et d'attirer en France des inventeurs (par exemple l'astronome et géographe Cassini). Les scientifiques sont recrutés par les États dans un contexte de concurrence. C'est ainsi que plus tard, au XXe siècle, Harry Truman, vice-président sous le mandat Roosevelt, puis président des États-Unis (1945-1953) justifie le projet Manhattan et la mise au point de la bombe atomique. Avertis par plusieurs scientifiques, notamment Albert Einstein, des recherches des Nazis sur la fabrication d'une bombe nucléaire, les Américains ont mobilisé des savants pour devancer ce danger mortel (« nous savions que nos ennemis faisaient des recherches »). Truman souligne que cette politique représente des coûts importants : « les longs travaux de recherches et de production, incertains et coûteux ». À l'époque moderne, les rois versaient des pensions aux scientifiques qu'ils accueillaient. Ainsi, Louis XIV a pensionné des artistes, mais aussi des botanistes (La Quintinie), chimistes ou astronomes. Plus tard, Louis XV crée en 1731 de l'Académie royale de Chirurgie.

> Cite les documents et analyse les passages ou éléments les plus significatifs.

Parallèlement, l'activité scientifique se professionnalise, et le rôle politique des savants grandit. Le physicien Oppenheimer est nommé président de la Commission de l'énergie atomique des États-Unis (1947) et il dirige le projet Manhattan, dans le contexte de la course à l'arme atomique lors de la Seconde Guerre mondiale.

2e partie

Le savoir scientifique est une source de prestige pour les États. Colbert comprend que les progrès scientifiques favoriseront la gloire du roi et la puissance de la France. Détenant le secret de la bombe atomique, Truman clame : « Notre nation est la plus puissante au monde. » La mise en place des académies au XVIe siècle contribue à la consolidation des États. L'absolutisme

> Montre l'intérêt que trouve le pouvoir à promouvoir les sciences et la connaissance.

se fonde sur une politique des frontières qui s'appuie sur la cartographie précise du territoire, qui permet ensuite le bornage et le tracé des frontières. Or rien n'est plus géopolitique qu'une frontière. Les grands ouvrages techniques (comme le canal du Midi, représenté sur le tableau) sont, dès le XVIe siècle, contrôlés par l'État qui montre ainsi sa capacité à aménager le territoire, dans l'intérêt de ses habitants. La connaissance du territoire et sa délimitation sont à mettre en relation avec la formation de l'État français, l'exercice de la souveraineté (Cassini persuade Louis XV de cartographier l'intégralité du royaume afin de connaître ses richesses), mais aussi le prélèvement de l'impôt.

À partir de la fin du XVIIIe siècle, la biopolitique vise à maîtriser et à contrôler les populations et leur état sanitaire par des politiques d'hygiène et de santé publiques (la vaccination au XIXe siècle). La question de la sécurité nationale est aussi abordée par Harry Truman qui justifie l'usage de la bombe atomique pour « sauver les vies de plusieurs milliers de jeunes Américains ».

3e partie

Choisis des exemples en liens avec les deux documents.

Enfin, détenir le savoir scientifique permet à un État d'asseoir sa domination sur les autres États. Sous Louis XIV, à la rencontre entre les sciences et les arts, Colbert favorise le développement des miroirs français de la manufacture de Saint-Gobain (Aisne), qui ornent la galerie des glaces du château de Versailles. L'alliance entre le pouvoir et la science est un atout pour contrer les menaces extérieures et développer des armements. Durant la Seconde Guerre mondiale, les sciences physiques deviennent le domaine privilégié de l'innovation militaire. La mise au point de la bombe atomique par le groupe des scientifiques de Los Alamos, dans le cadre du projet Manhattan, en est l'aboutissement. Les découvertes scientifiques deviennent des secrets d'État, comme le montre Truman, ce qui entraîne le rôle grandissant des espions.

Les avancées scientifiques sont aussi un moyen de dissuasion. Truman affirme que le lancement de la bombe atomique sur Hiroshima est un moyen de faire capituler au plus vite le Japon ; l'allocution sonne comme une menace, « un avertissement », et assume les conséquences : « ce qui entraîne [...] vies civiles ». L'utilisation de la bombe atomique est présentée comme le résultat d'une indifférence irresponsable et, au-delà, la domination américaine en matière scientifique comme un moyen de préserver la paix mondiale. Les États-Unis démocratiques en font un moyen de véhiculer leurs valeurs « dans tous les pays pacifiques, pour toute la civilisation ».

Conclusion

Montre l'actualité du sujet par une anecdote ou un fait récent.

Ainsi, depuis le XVIe siècle et la naissance des États modernes, la recherche scientifique s'institutionnalise. Organisée et financée par les États, elle s'affirme comme source de pouvoir militaire et économique. Le secteur privé s'est développé au XXe siècle avec la mondialisation libérale, et pose la question, par exemple en temps de pandémie, du rapport des États à la connaissance et à la recherche, quand elles sont vitales. Le 5 mai 2021, Joe Biden, président des États-Unis se déclarait favorable à la suspension des brevets sur les vaccins anti-Covid 19. Un épidémiologiste analysait ainsi la portée politique de cette décision : « Il n'y aura plus d'apartheid du vaccin. »

La connaissance, enjeu politique et géopolitique

Lexique

- **Endiguement :** En 1947, le président américain Harry Truman définit la stratégie de l'endiguement (*containment*) : empêcher la diffusion du communisme dans le monde.
- **Maccarthysme** : Entre 1950 et 1954, les sympathisants communistes aux États-Unis, victimes de dénonciations publiques, sont visés par des enquêtes judiciaires. Le sénateur Mac Carthy mène cette « chasse aux sorcières » justifiée par la peur des agents de l'URSS.
- **Délocalisation** : Déplacement d'un lieu de production, généralement dans un pays où les coûts de main-d'œuvre sont plus bas
- **Intelligence économique :** Ensemble des activités de collecte et d'exploitation des informations de nature économique
- **Économie de la connaissance :** Phase du système capitaliste où la valeur ajoutée des prestations intellectuelles dépasse celle de la production de biens industriels

Acteurs

CIA (Central Intelligence Agency) **(créée en 1947)** Agence américaine chargée de l'activité de renseignement **hors du territoire national** (le **Federal Bureau of Investigation** ou FBI, est responsable du renseignement interne aux États-Unis). Après la guerre froide, la CIA se reconvertit dans l'**antiterrorisme**, par exemple en traquant le chef d'Al-Qaïda, Oussama Ben Laden.

KGB (Comité pour la sécurité de l'État) **(créé en 1954)** Il regroupe les **services d'espionnage et de contre-espionnage soviétiques**. Successeur des polices secrètes soviétiques, ce n'est pas seulement une agence d'espionnage, mais aussi une police politique au service des dirigeants du Parti communiste d'Union soviétique, comme l'indique sa devise « Loyauté au Parti, loyauté à la Patrie ». C'est en son sein qu'a été formé le **président Poutine**. Il est dissout en 1991 et **remplacé par le FSB**.

Dates clés

1947 Début de la **guerre froide** et création de la **CIA**

1955 **Conférence de Bandung**

1962 Crise des missiles de **Cuba**

1974 **L'Inde** devient la **6e puissance nucléaire** mondiale.

1989-91 Chute des régimes communistes en Europe et fin de la guerre froide

1947 Indépendance de l'Inde, qui devient la plus grande démocratie du monde

2019 Livraison du premier avion de combat français **Rafale** à l'Inde

MÉMO VISUEL Les deux blocs antagonistes de la guerre froide

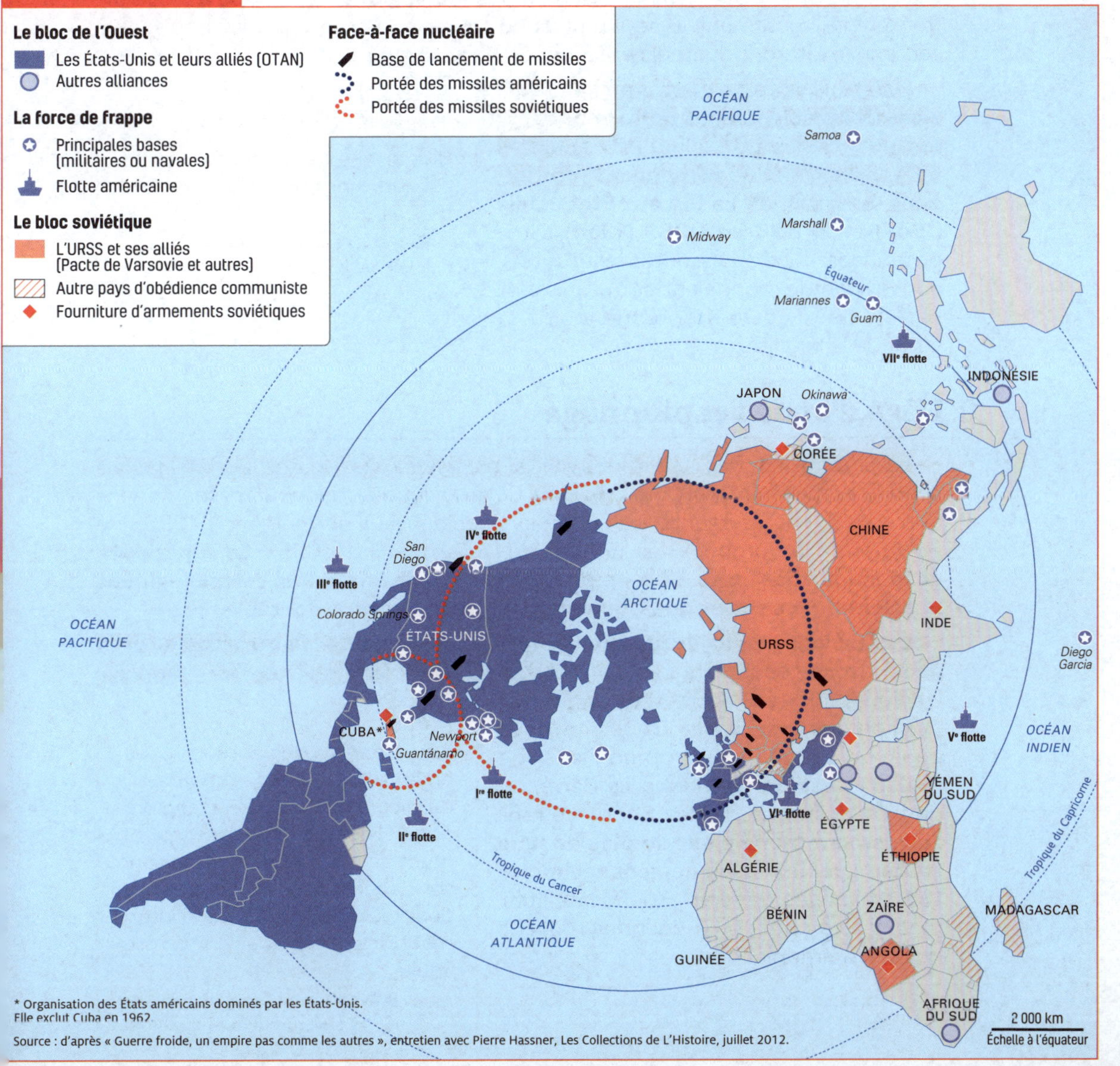

* Organisation des États américains dominés par les États-Unis. Elle exclut Cuba en 1962.

Source : d'après « Guerre froide, un empire pas comme les autres », entretien avec Pierre Hassner, Les Collections de L'Histoire, juillet 2012.

3 Le renseignement au service des États : services secrets américains et soviétiques pendant la guerre froide

A. Le contexte du monde bipolaire

→ Pour prendre le dessus sur leurs rivaux, les États développent leurs capacités techniques, scientifiques et militaires. Pendant la guerre froide (1947-91), les États-Unis et l'URSS dominent **deux blocs idéologiquement opposés** et s'affrontent indirectement. Ils se livrent à une course à l'armement qui stimule leurs secteurs militaro-industriels et la recherche scientifique.

→ Dans ce contexte **sont créés des services de renseignement performants** qui ont pour mission d'évaluer les capacités de l'adversaire et de s'emparer d'informations stratégiques. **La CIA aux États-Unis (1947) et le KGB en URSS (1954)** s'imposent comme de puissantes institutions, actives dans le monde entier, qui agissent parfois de manière autonome, quitte à sortir de la légalité.

> Une armée sans agents secrets est un homme sans yeux ni oreilles.
>
> **Sun Tzu**, général et stratège chinois, *L'Art de la guerre*, VIe siècle av. J.-C.

B. L'âge d'or de l'espionnage

→ La CIA soutient des opérations militaires extérieures (Guatemala, Chili), mais échoue à renverser Fidel Castro à Cuba. Côté soviétique, des sources (personnes qui renseignent les agents) dans les pays occidentaux permettent à l'URSS de se doter de la bombe A dès 1949 et de la bombe H dès 1953. **La supériorité économique des États-Unis** ne peut empêcher **des réussites technologiques et scientifiques soviétiques**, qui font de l'URSS un rival redoutable.

→ **Les espions employés par ces agences constituent des figures phares de la guerre froide**, perçus tour à tour comme des héros, des traîtres, des « taupes » (espions infiltrés dans une organisation) ou des aventuriers. On les retrouve dans la culture, en protagonistes de romans d'espionnage (John Le Carré) ou de films à succès (James Bond). **Le renseignement humain est de plus en plus soutenu par le renseignement technologique** : images aériennes puis satellites, machines à coder ou à décoder, moyens de télécommunication...

> Il faut parfois des années à une organisation pour s'apercevoir qu'elle a été victime d'espionnage, l'objectif de l'attaquant étant de maintenir discrètement son accès le plus longtemps possible afin de capter l'information stratégique en temps voulu.
>
> **Prévention de l'espionnage**, site gouvernement.fr, avril 2021

C. Le renseignement évolue

→ Après la guerre froide, les agences de renseignement perdurent mais évoluent. **« Nous n'avons pas d'amis », rappelait Churchill**. En effet, la cyberguerre permet aux États de combattre des ennemis, mais aussi d'espionner des pays alliés en exploitant les failles de sécurité, les limites humaines et techniques. Elles s'orientent dans **la lutte contre le terrorisme**, mais aussi dans l'intelligence économique, afin de défendre les entreprises nationales contre **le risque de pillage technologique**, ou à l'inverse pour obtenir de précieuses données scientifiques et industrielles.

→ **Les outils numériques ont décuplé les moyens de ces agences**, capables de trouver des individus ou des informations grâce à la vidéo-surveillance, les flux bancaires, les échanges téléphoniques ou encore sur Internet.

Fait d'actualité

→ **La République tchèque a annoncé, le 15 avril 2021, l'expulsion de 18 diplomates russes** identifiés comme membres des services de renseignement de Moscou. Ces agents seraient impliqués dans l'explosion d'un dépôt de munitions en 2014, selon Prague.

Le cycle du renseignement (espionnage)

MÉMO VISUEL

4 La connaissance au service du développement, l'exemple de l'Inde

A. La connaissance soutient le développement

→ En temps de paix, **le passage à une économie de la connaissance alimente la compétition entre les États**. La formation des étudiants, des techniciens et des chercheurs prend une importance accrue pour soutenir le progrès et la croissance économique, c'est-à-dire l'augmentation de la production de richesses. **La connaissance fait progresser tous les secteurs de l'économie : primaire, secondaire, tertiaire.**

→ La formation des étudiants devient alors un enjeu crucial, qui implique de **développer un système universitaire de qualité**. En Inde, avec l'accession à l'indépendance en 1947, la formation **d'une main-d'œuvre technique qualifiée devient un enjeu majeur**. Les autorités décident de faire porter l'effort sur la création, par le gouvernement central, d'institutions d'élite, les Indian Institutes of Technology (IIT), sur le modèle du Massachusetts Institute of Technology (MIT) aux États-Unis.

> « Miser sur l'éducation, voilà la solution. Je veux voir des jeunes créatifs, et qui prennent des risques.
>
> **Sunder Pichai**, PDG d'Alphabet, l'entreprise-mère de Google

B. Les échanges internationaux

→ **Les États en développement comme l'Inde encouragent aussi leurs étudiants à parfaire leur formation dans les pays développés.** Cette pratique est à double tranchant car les États d'accueil s'efforcent de retenir sur leur sol les « cerveaux » qui détiennent des compétences enviées (*brain drain*).

→ Mais **les diasporas ainsi créées, et leur réussite, servent le *soft power* de leur État d'origine, comme pour Sunder Pichai, modèle de réussite d'un étudiant indien** dans la Silicon Valley. Ancien étudiant boursier à Stanford (Californie), il devient en 2015 PDG d'Alphabet, l'entreprise-mère de Google. La même année, 280 000 étudiants indiens, soit deux fois plus qu'en 2005, étaient admis pour leurs études dans les principaux pays destinataires (États-Unis : 135 000, puis Canada, Australie, Royaume-Uni, ...).

→ **Ceux d'entre eux qui reviennent exercer en Inde leurs compétences contribuent au développement du pays (*brain gain*).**

Fait d'actualité

→ **Les expatriés indiens envoient des sommes colossales à leur famille restée au pays.** Leur montant est passé de 12 milliards de dollars en 1999-2000 à 21,6 milliards en 2003-2004 et à 63 milliards en 2017 (c'est le record mondial).

C. Les transferts de technologies

→ Parallèlement à la formation d'étudiants, l'Inde, terre de délocalisation d'activités à faible valeur ajoutée, poursuit la montée en gamme de son système productif. Elle passe par **des transferts de technologie**, souvent prévus dans des contrats *via* des offsets (compensations industrielles garantissant à un acheteur de participer à la production du bien échangé). C'est le cas avec Dassault pour les avions français rafale achetés par l'Inde.

→ Ces transferts sont strictement encadrés : les brevets accordés aux inventeurs **garantissent la propriété intellectuelle** pour que la recherche demeure rémunératrice. Ainsi, l'Inde a acquis des équipements de défense sophistiqués et bénéficie de transferts de technologies sensibles (électronique, aéronautique, sous-marins...) **de la part de la France, d'Israël, de la Russie, et des États-Unis**. La lutte contre le terrorisme et la coopération entre services de renseignements la rapprochent des grands pays occidentaux. Afin de conserver des avantages industriels et commerciaux, certaines technologies sensibles sont particulièrement surveillées (aviation, nucléaire).

Fait d'actualité

→ **Les trois millions d'Indiens – ou personnes d'origine indienne – qui vivent aux États-Unis et au Canada** forment un lobby propre à influencer la politique étrangère américaine. Il est vrai qu'ils ont remarquablement réussi, puisque leur niveau de revenu par tête est le plus élevé de toutes les communautés ethniques.

MÉMO VISUEL Les enjeux de la connaissance

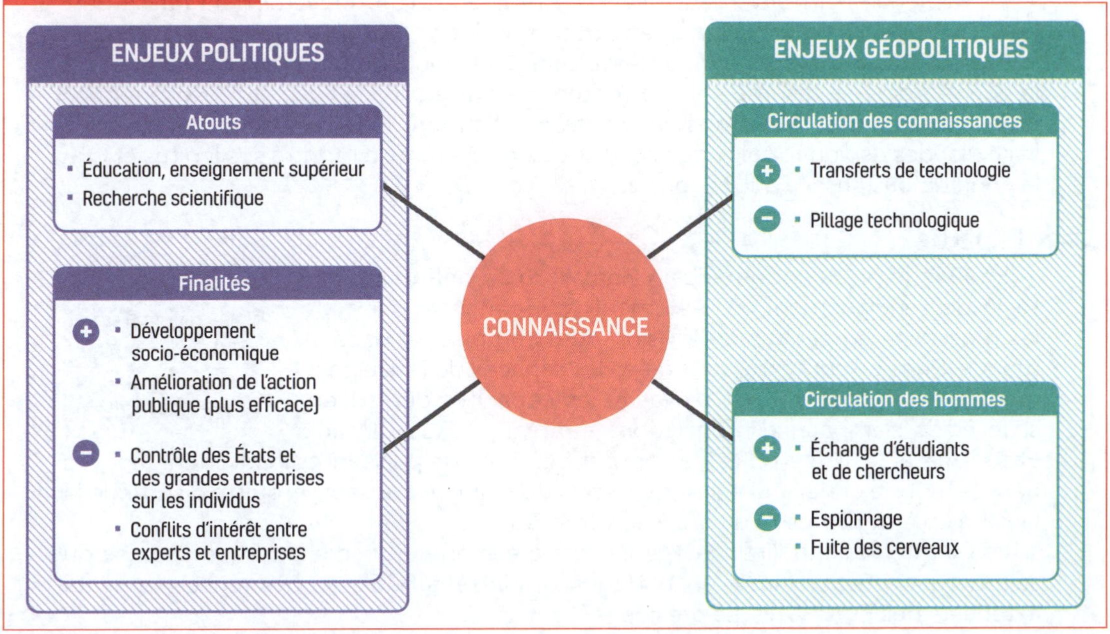

SUJET CORRIGÉ

Dissertation

SUJET 38

La guerre froide, un conflit entre services de renseignements ?

Comprendre le sujet

– La formulation interrogative du sujet demande une réponse argumentée
– Le sujet ne précise pas de quels États il est question : essentiellement des États-Unis et de l'URSS mais d'autres États sont impliqués dans la guerre froide.
– Il faut montrer ce qui est spécifique à ce conflit, et qui donne un poids particulier à l'espionnage : l'absence de conflit direct. L'affrontement passe par le renseignement.

La très bonne copie

Introduction

Entre 1947 et 1991, les États-Unis et l'URSS, ex-Alliés et vainqueurs de la Seconde Guerre mondiale, dominent deux blocs idéologiquement opposés et s'affrontent indirectement lors de la guerre froide. Ce conflit latent crée un monde bipolaire où chacun compte ses alliés, et conduit les deux superpuissances à développer leurs services de renseignements. Malgré la supériorité économique des États-Unis les réussites technologiques et scientifiques soviétiques font de l'URSS un rival redoutable.

Décris le contexte : présente la période de la guerre froide.

En l'absence d'affrontement direct, cette guerre d'un nouveau type fait la part belle aux agents du renseignement des deux blocs, qui s'illustrent aussi dans la culture populaire, via le cinéma ou les romans d'espionnage. Peut-on en conclure que la guerre froide se résume à un affrontement entre services secrets ? Nous répondrons dans un premier temps en montrant comment la guerre froide fut en effet l'âge d'or des espions ; puis nous verrons que ce système a montré ses limites et que le conflit a pris aussi d'autres formes.

1re partie

En 1947, le président américain Harry Truman définit la stratégie de l'endiguement (containment) qui consiste, par tous les moyens, à empêcher la diffusion du communisme dans le monde. Dans ce contexte, sont créés les services de renseignement qui ont pour mission d'évaluer les capacités de l'adversaire et de s'emparer d'informations stratégiques. La CIA aux États-Unis et le KGB en URSS, s'imposent comme de puissantes institutions, actives dans le monde entier, qui agissent parfois de manière autonome, quitte à sortir de la légalité ou à transmettre de fausses informations.

Montre comment les superpuissances se dotent de puissants services de renseignements.

La CIA (Central Intelligence Agency) est créée en réaction à l'attaque surprise du Japon contre Pearl Harbor en 1941, qui a montré la faiblesse des renseignements extérieurs des États-Unis. Le président

Truman fonde donc en 1947 une nouvelle agence, chargée de parer les manœuvres soviétiques. La CIA se voit confier l'activité de renseignement hors du territoire national, tandis que le FBI (Federal Bureau of Investigation) continue d'opérer aux États-Unis. En 1949 le vote d'une loi (Central Intelligence Agency Act) dispense l'agence de renseignements de quasiment tout contrôle budgétaire, ce qui lui permet de mettre en œuvre en toute impunité autant d'actions spéciales qu'elle le souhaite.

De son côté, le KGB (Comité pour la sécurité de l'État) regroupe les services d'espionnage et de contre- espionnage soviétiques. L'institution créée en 1954 s'inscrit en fait dans la continuité des polices secrètes soviétiques successives : la Tchéka (1917), le Guépéou (1922), le NKVD (1934). Ce n'est pas seulement une agence d'espionnage, mais aussi une police politique au service des dirigeants du Parti communiste d'Union soviétique, comme l'indique sa devise « Loyauté au Parti, loyauté à la Patrie ». Ses « sources » (contacts des agents de renseignement) dans les pays occidentaux permettent à l'URSS de se doter de la bombe A dès 1949 et de la bombe H dès 1953.

Bras actifs de ces deux grandes agences, les espions utilisés par ces agences constituent des figures phares de la guerre froide, perçus tour à tour comme des héros, des traîtres, des « taupes » (espions infiltrés) ou des aventuriers. Le renseignement humain est de plus en plus soutenu par le renseignement technologique : images aériennes puis satellites, machines à coder ou à décoder, moyens de télécommunication... Certains accessoires qui facilitent le travail des agents de terrain ont été popularisés par les célèbres « gadgets » de James Bond. Au-delà, le renseignement technique (images, sons, télécommunications) est un complément essentiel au renseignement humain, dans le cadre de la recherche d'informations stratégiques.

En 1998, on estime que les autorités judiciaires américaines ont condamné pas moins de 139 personnes pour des activités d'espionnage ayant eu lieu entre 1940 et 1994. Ce chiffre ne rend que partiellement compte cependant de l'ampleur quantitative de l'espionnage au profit de l'URSS car, bien entendu, tous les espions ne furent pas démasqués et parce qu'à plusieurs occasions, afin de préserver ses secrets, le gouvernement américain préféra ne pas instruire de procès contre des espions avérés. Même sous-estimés, ces chiffres montrent bien que la guerre froide, en particulier ses deux premières décennies, fut un âge d'or des espions.

→ 2e partie

Bien que supposées secrètes, les activités d'espionnages créent une paranoïa dans les deux camps. La période du Maccarthysme en est l'illustration : entre 1950 et 1954, les sympathisants communistes aux États-Unis, victimes de dénonciations publiques, sont visés par des enquêtes judiciaires. Le sénateur Mac Carthy mène cette « chasse aux sorcières » justifiée par la peur des agents de l'URSS. C'est dans ce contexte qu'en 1953, Julius et Ethel Rosenberg meurent sur la chaise électrique, citoyens américains déclarés coupables d'espionnage au profit de l'URSS. Leur condamnation à mort suscite de nombreuses protestations dans le monde, souvent à l'initiative des partis communistes ; pour certains, ils sont victimes d'antisémitisme. Aujourd'hui, selon de nouvelles archives, la culpabilité des époux Rosenberg ne fait plus vraiment de doute ; ils furent sans doute des acteurs de cette guerre du renseignement.

Apporte des nuances à la première partie : l'espionnage a ses limites, ses échecs.

Et les faits divers se succèdent, les médias et le public sont très friands de ces « figures de l'ombre » exposées à la lumière : en 1960 est capturé l'aviateur de la CIA Gary Powers, qui effectuait des vols secrets de reconnaissance au-dessus de l'Union soviétique dans un avion U-2. Son avion, repéré, a été abattu, et il est capturé, avant d'être échangé en 1962 contre un espion soviétique. Khrouchtchev se fait photographier devant l'épave de l'avion pour montrer au monde ce succès et la perfidie des Américains. Mais personne n'est dupe, l'Urss en fait exactement autant. En octobre 1962, c'est ce même type d'avion espion U-2, capable de voler à très haute altitude, ce qui le rend beaucoup moins détectable, qui repère à Cuba un site de lancement de missiles capables de frapper le territoire des États-Unis. John F. Kennedy déploie la marine de guerre autour de l'île pour empêcher la livraison des missiles soviétiques. Après deux semaines de tension maximale où le monde craint une guerre nucléaire, l'URSS renonce à ce projet. Mis en service en 1957, le U-2 est un avion de reconnaissance typique de ces « outils » de la guerre froide.

Mais les revers de l'espionnage et ses échecs se multiplient, montrant les limites du système. Au cours des années 1970, des révélations concernant les tentatives d'assassinat de dirigeants étrangers par la CIA ou la surveillance d'opposants politiques par le KGB placent le renseignement au cœur du débat public. La divulgation de ces activités jugées immorales, voire illégales, a alimenté le besoin de transparence aux États-Unis, dans un pays ébranlé par la guerre du Vietnam et le Watergate. Cette crise se solde par la création de deux commissions de contrôle permanentes au Congrès, en 1976 et 1977.

Le KGB pour sa part, est touché par un double problème : le nombre de bons espions ayant trahi l'ouest se réduit, alors que, dans le même temps, les défections à l'est se multiplient. En 1977 éclate la révélation de la trahison des « Cinq de Cambridge », hauts fonctionnaires britanniques devenus espions au service de l'URSS. Kim Philby, l'un d'entre eux, recruté pendant la Seconde Guerre mondiale par les renseignements du Royaume-Uni, a transmis de nombreuses informations à l'URSS. Accusé d'espionnage en 1954, il s'enfuit à Moscou en 1962, où il finit sa vie, honoré par le régime soviétique. Dans cette guerre des espions, il apparaît que chacun peut être pris à son propre jeu. Le renseignement humain montre ses limites alors que les moyens technologiques ouvrent de nouvelles possibilités. Finalement, la guerre froide a eu aussi ses combats bien réels, en Corée, au Vietnam, ou en Afghanistan. Les espions n'en sont donc pas les seuls acteurs.

→ Conclusion

Avec les aventures de James Bond, ou *Le pont des espions* de Steven Spielberg (2015), qui met en scène un échange d'agents américains et soviétiques à Berlin sur le fameux pont Glienicke qui reliait l'Est (Potsdam, en RDA) et l'Ouest (Berlin-Ouest), on observe combien l'âge d'or des espions que fut la guerre froide a fasciné le public et inspiré la culture populaire. Si on ne peut limiter la guerre froide à un affrontement entre espions, il reste que, surtout dans les années 1950 et 1960, le renseignement a été au centre des relations internationales.

> Cite une influence de cette période sur la culture populaire.

SUJET CORRIGÉ

Étude critique de documents

SUJET 39

La connaissance, entre coopérations et rivalités

Comprendre le sujet

- La confrontation des deux documents vise à opposer des chercheurs désintéressés et apolitiques, à un organisme de renseignement qui au contraire manipule la culture.
- Ces deux approches de la connaissance permettent de montrer qu'elle porte des enjeux multiples et parfois opposés (intérêts privés, publics ; engagement politique ou neutralité).

Document 1 > La CIA et le monde de la culture

En 1950, en pleine guerre froide, à Berlin, fut créé le Congrès pour la liberté de la culture qui visait à réunir intellectuels et artistes européens, plutôt de gauche mais non communistes. Il s'agissait notamment d'essayer d'endiguer la très forte mobilisation des mêmes milieux par les partis communistes d'Europe occidentale, sous la férule de l'Union soviétique.

Le Congrès devint rapidement très actif en Allemagne (de l'Ouest), l'écrivain Heinrich Böll, futur Prix Nobel de littérature, en étant la vedette. Mais cette organisation internationale avait son siège à Paris, avenue de l'Opéra. En France, Raymond Aron, grand rival de Jean-Paul Sartre (compagnon de route du PCF), et les principaux collaborateurs de la revue *Preuves* en étaient les figures de proue. La rumeur courut assez vite que le Congrès et ses membres, qui défendaient souvent les idées américaines, étaient soutenus par les États-Unis. Mais ce n'est qu'en 1966, au moment où les activités du Congrès commençaient à pâtir de la dénonciation de la guerre du Vietnam, que le scandale arriva, après des révélations du *New York Times* : par le biais de fondations (telle la fondation Ford), la CIA finançait abondamment le Congrès, ainsi que les maisons d'édition ou revues qui lui étaient liées. En Allemagne, la revue *Der Monat* fut vendue et, en France, *Preuves* se saborda.

« Quand la CIA infiltrait la culture », *Le Monde*, 24 novembre 2006.

Document 2 > Le premier congrès Solvay à Bruxelles en 1911

Automne 1911, Bruxelles, hôtel Métropole. Au premier Congrès Solvay, près de la moitié des participants ont, ou auront, un prix Nobel (Langevin, Einstein, Planck, ...). Depuis, ces congrès de physique ou de chimie se poursuivent régulièrement tous les trois ans. Marie Curie est assise, à droite, la tête posée sur la main.

SUJET 39

La très bonne copie

Introduction

Dans la seconde partie du XXe siècle, Peter Drucker définit la « société de la connaissance », par le rapport actif au savoir, par le fait que la connaissance soit devenue une ressource à exploiter, au cœur des échanges mondiaux. Intellectuel, spécialiste des systèmes d'organisation, Drucker a vu ses thèses se confirmer, le XXIe siècle montrant la valeur toujours plus grande accordée, à l'innovation, à la recherche, à la culture. La connaissance concerne les domaines politique et géopolitique, elle dépend de décisions étatiques, et alimente des coopérations comme des rivalités internationales.

> Aborde le sujet en évoquant les travaux d'un spécialiste de ces questions.

Les documents soumis à l'étude évoquent deux congrès, moments emblématiques des échanges de connaissances. Le premier porte sur le « Congrès de la culture et de la liberté » à Berlin, dans les années 1950. Il s'agit d'un document journalistique, extrait du quotidien *Le Monde*, en 2006. Il montre comment les services secrets américains manipulaient les milieux culturels pendant la guerre froide (1947-1991). Le second document, photographique, immortalise le premier congrès Solvay à Bruxelles en 1911 et les scientifiques qui y ont participé. Quels sont les enjeux de la connaissance d'après ces documents ? Nous verrons d'abord ce qui relève de la coopération entre chercheurs et États, pour étudier ensuite les rivalités liées à la connaissance.

1re partie

L'exemple de la radioactivité est un des plus parlant en matière d'avancées importantes de la connaissance scientifique obtenues par la coopération internationale. En effet, si les Français Pierre et Marie Curie jouent un rôle déterminant dans sa découverte en 1898, ils sont entourés et stimulés par les recherches d'autres physiciens français (Becquerel), mais aussi allemands (Röntgen, Meitner) et autres. Formant une véritable communauté scientifique, liée par une correspondance active et des publications, les physiciens et chimistes fascinent leur époque. C'est pourquoi le mécène Solvay décide de fonder en 1911 un congrès à Bruxelles, qui rassemblera régulièrement les meilleurs chercheurs de tous pays.

> Montre la constitution d'une communauté scientifique autour de la radioactivité.

Le document 2 témoigne du premier de ces congrès, novateur car très international. Sont présents, entre autres, sur la photographie, Marie Curie, Albert Einstein ou Max Planck. Les coopérations sur la radioactivité permettent, dès le début du XXe siècle, son application à la médecine avec la radiothérapie, et lors de la Première Guerre mondiale avec la radiologie. Plus tard, lors de la crise géopolitique des années 1930, qui aboutit à la Seconde Guerre mondiale, plusieurs physiciens, Einstein en tête, s'inquiètent des applications guerrières de l'atome, et avertissent le gouvernement des États-Unis que les Allemands fabriquent une bombe. La coopération scientifique est donc aussi à l'origine du projet Manhattan (1942), dirigé par Oppenheimer, et qui permet la mise au point de la bombe américaine, employée à Hiroshima en 1945.

Pressentant une future prolifération à l'échelle mondiale, d'autres physiciens dont Frédéric Joliot-Curie lancent en 1950 l'appel de Stockholm, pétition d'inspiration communiste contre les armes atomiques. L'intervention des scientifiques se politise et devient un engagement. En effet, dans le contexte de la guerre froide, les acteurs de la connaissance contribuent parfois aux rivalités entre États dans le monde bipolaire. La coopération au sens pacifique et apolitique du terme n'est pas toujours la priorité, des enjeux géopolitiques plus forts s'expriment aussi.

2e partie

En effet, le document 2 évoque un autre type de Congrès, le « Congrès pour la liberté de la culture » rassemblant cette fois des écrivains et intellectuels dans les années 1950, c'est-à-dire « en pleine guerre froide » comme le rappelle l'auteur. Cette initiative s'inspire clairement de la doctrine d'endiguement (*containment*) du président Truman : (l. 4 à 8). Siégeant à Berlin, le congrès est donc au premier rang du « rideau de fer » qui selon Churchill s'est abattu sur l'Europe.

> Décris précisément le contexte du document, et apporte lui des précisions (CIA, endiguement...).

Dans ce contexte, les deux superpuissances qui sortent d'un long conflit et ne souhaitent pas s'affronter directement, créent ou réforment leurs services de renseignements qui deviennent surpuissants, sortes d'États dans l'État. Lorsqu'en 1966, le scandale éclate, la presse ayant révélé que « la CIA finançait abondamment le Congrès, ainsi que les maisons d'édition ou revues qui lui étaient liée », il ne fait que confirmer et dévoiler (en partie) toute une politique d'influence menée secrètement, en plus des activités d'espionnages proprement dites, par les services secrets. Créée en 1947, toujours par Truman, la CIA (Central Intelligence Agency), naît en réaction à l'attaque surprise du Japon contre Pearl Harbor en 1941, qui avait montré la faiblesse des renseignements extérieurs des États-Unis. Elle est chargée de parer les manœuvres soviétiques hors du territoire national. En 1949 le vote d'une loi (Central Intelligence Agency Act) dispense l'agence de quasiment tout contrôle budgétaire, ce qui lui permet de mettre en œuvre en toute impunité autant d'actions spéciales qu'elle le souhaite.

De son côté, le KGB (Comité pour la sécurité de l'État) regroupant les services d'espionnage et de contre- espionnage soviétiques est créé en 1954 dans la continuité des polices secrètes soviétiques antérieures. Cette guerre des espions passe aussi, on le voit, par l'influence culturelle, d'autant que les Américains redoutent la séduction exercée par l'Est sur les intellectuels et artistes (plusieurs espions trahissent d'ailleurs l'ouest à cette époque). Le fait que l'affaire soit révélée par un grand journal, le New-York Times, montre le rôle de la presse en démocratie, et témoigne des courants contradictoires dans l'opinion américaine (« les activités du Congrès commençaient à pâtir de la dénonciation de la guerre du Vietnam »). Enfin, après avoir été un sujet de coopérations, le nucléaire nourrit les rivalités internationales depuis 1945 jusqu'à nos jours. Les « sources » (contacts des agents de renseignement) dans les pays occidentaux permettent à l'URSS de se doter de la bombe A dès 1949 et de la bombe H dès 1953. La course aux armements, malgré des traités de non-prolifération, a permis que désormais neuf États détiennent l'arme atomique, et que d'autres la préparent. La dissuasion est devenue un levier majeur de la géopolitique mondiale.

Conclusion

Marie Curie avait écrit à propos de sa découverte « Le radium ne doit enrichir personne. C'est un élément ; c'est pour tout le monde », montrant ainsi une posture de savante, désintéressée et apolitique. On sait qu'après un demi-siècle de découvertes des propriétés extraordinaires et des applications possibles de ce nouvel élément chimique, le sujet s'est rapidement politisé. Les enjeux de la connaissance, savante ou plus accessible, sont donc multiples et parfois contradictoires. La connaissance est finalement politique, elle s'oppose à l'ignorance mais aussi au secret, elle contribue à la démocratie, c'est pourquoi les mensonges d'État, de Tchernobyl à la guerre d'Irak, sont la cible des sociétés démocratiques.

> Propose une citation en relation avec le sujet ou les documents.

Le cyberespace : conflictualité et coopération entre les acteurs

Lexique

- **Cyberespace** : Vaste réseau de communications qui résulte de l'interconnexion des ordinateurs. Il est constitué d'éléments multiples, matériels (infrastructures physiques) et immatériels. Il met en jeu des acteurs divers et fait l'objet de nombreuses rivalités.
- **Cybercriminalité** : Actes délictueux ou criminels effectués dans le cyberespace
- **Ver informatique :** Logiciel malveillant qui se propage plus vite qu'un virus
- **Ransomware** : Logiciel qui bloque les fichiers et demande une rançon
- **Cyberdéfense** : Ensemble des dispositifs mis en place par un État afin de défendre dans le cyberespace les systèmes d'information jugés essentiels
- **Cyberattaque** : Attaque menée au travers du cyberespace ciblant les infrastructures, les logiciels ou les contenus échangés
- **Cybersécurité** : Protection des systèmes d'information face aux diverses menaces issues du cyberespace qui compromettent notamment la disponibilité ou la confidentialité des données

Acteurs

UIT (Union internationale des télécommunications) **(fondée en 1885)** Organisation spécialisée des Nations unies dédiée aux technologies de l'information et de la communication (TIC). Elle se donne pour but de favoriser la coopération pour le développement des réseaux de communication et l'accès aux TIC dans le monde.

ANSSI (Agence nationale de la sécurité des systèmes d'information) **(créée en 2009)** Agence française rattachée au Secrétaire général de la défense et de la sécurité, chargée d'assurer la sécurité des systèmes d'information. Elle mène différentes actions (prévention, alerte, conseil etc.) auprès des administrations, des entreprises et des particuliers.

Dates clés

1952 Premier ordinateur scientifique créé par IBM pour la défense américaine

1982 Naissance d'**Internet**

2007 Première cyberattaque de grande ampleur

2008 La protection des systèmes d'information entre dans la politique de défense et de sécurité.

2017 Création du commandement de cyberdéfense **(Comcyber)**

MÉMO VISUEL La cybercriminalité dans le monde

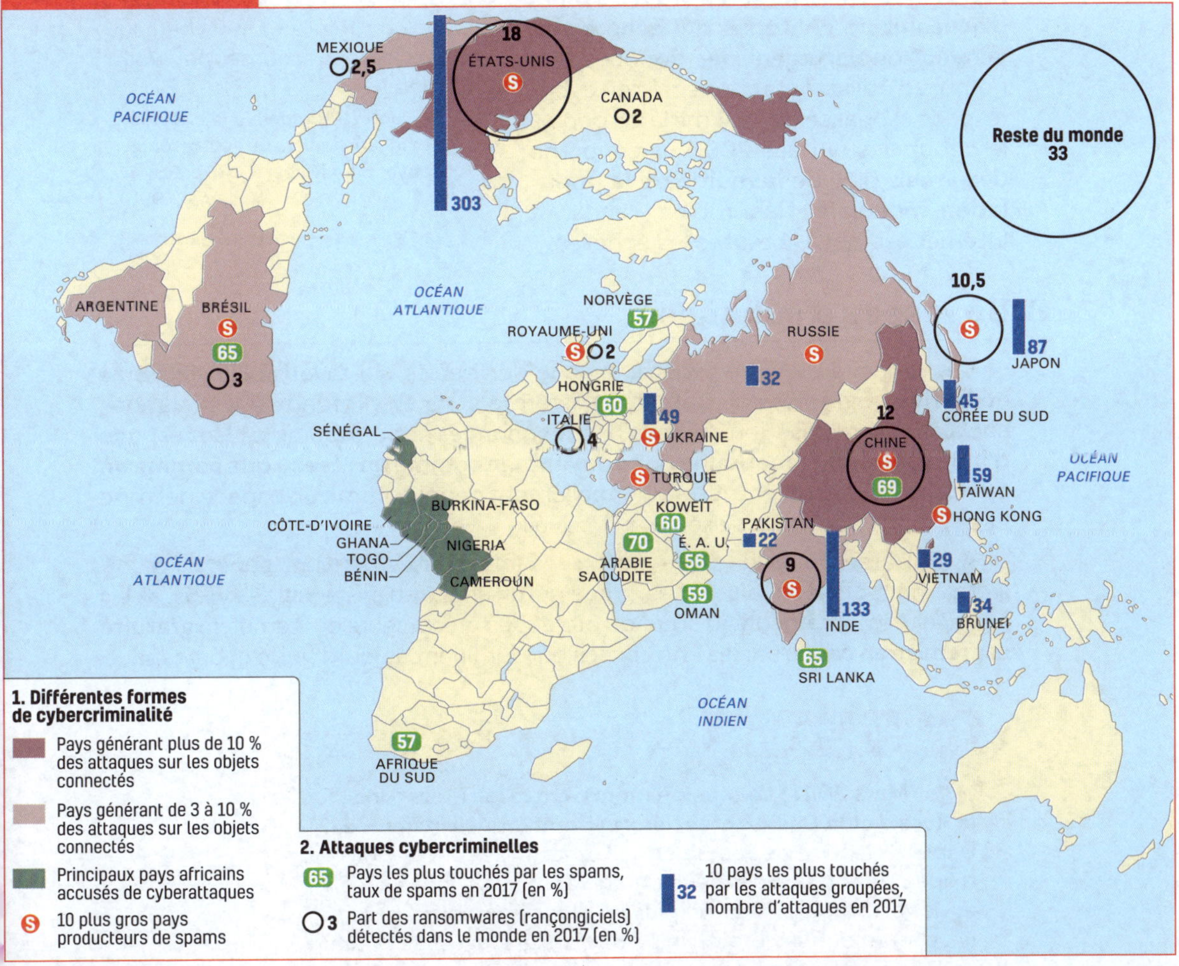

5 Le cyberespace entre réseaux et territoires

A. Un réseau transnational

→ **Vaste réseau de communications qui s'étend dans le monde entier, le cyberespace dépasse le cadre national.** Il met en lien des informations, des savoirs, des individus ou encore des produits à travers le monde. Conçu comme **un espace de liberté** échappant à toute souveraineté, le cyberespace fait pourtant l'objet de politiques : de la construction d'infrastructures au contrôle de l'information, le rôle des États est multiforme.

→ **De plus, de nombreux acteurs interagissent : internautes, fournisseurs d'accès et de contenus qui échangent, vendent ou partagent des données...** Le nombre d'utilisateurs connectés au cyberespace est passé de 1 à 4 milliards depuis le début des années 2000 et concerne désormais plus de **la moitié de la population mondiale**. Néanmoins, l'accès à Internet est inégal à toutes les échelles.

> « Vous n'avez pas le droit moral de nous donner des ordres et vous ne disposez d'aucun moyen de nous contrainte. Le cyberespace n'est pas borné par vos frontières.
>
> **John P. Barlow**, *La déclaration d'indépendance du cyberespace*, plaidoyer pour la liberté d'expression sur le net, 1996

B. Un réseau d'échanges

→ L'émergence du cyberespace, espace de libertés qui favorise **l'intelligence collective** et la mise en contact, transforme alors en profondeur les relations sociales et l'organisation du travail des économies contemporaines. **Cet espace d'interconnexion fonctionne donc davantage comme un réseau que comme un territoire**, ce dernier étant traditionnellement défini comme un espace délimité et approprié sur lequel s'exerce un pouvoir.

→ Avec l'interconnexion des réseaux, les internautes peuvent construire collectivement des connaissances, grâce notamment au système des wikis, et les partager très largement. Au cœur du projet des précurseurs d'Internet, **la gratuité est remise en cause** par les entreprises qui dominent aujourd'hui le cyberespace.

Fait d'actualité

→ **Mars 2021 : La tension monte entre les États-Unis, la Russie et la Chine après deux cyberattaques majeures**.
Depuis l'élection de Joe Biden, les États-Unis sont la cible d'opérations d'une ampleur inédite, dont le rythme s'accélère et dont l'attribution est de plus en plus décomplexée. Dans le cyberespace, les États-Unis avaient signé avec la Chine un pacte de non-agression en 2015. Mais celui-ci a fait long feu, selon de nombreux observateurs.

C. L'enjeu géopolitique de la souveraineté

→ **Pourtant, le cyberespace a une dimension territoriale.** Les infrastructures physiques (câbles sous-marins, serveurs, satellites, points d'échanges Internet, appareils connectés etc.), dont dépend l'interconnexion des réseaux, sont le fruit de politiques nationales d'aménagement.

→ De plus, en dépit du caractère *a priori* transnational du cyberespace, **les États y exercent un contrôle plus ou moins étroit**, de la régulation de pratiques illicites à la censure la plus totale comme en Chine. En outre, depuis 2007, **les cyberattaques politiques se multiplient** : virus Stuxnet en Iran en 2010, ingérence russe dans les élections américaines de 2016, cyberattaques étrangères d'hôpitaux français en 2021…

→ Ainsi, pour les États, **le cyberespace est bien un territoire à maîtriser** sur lequel ils tentent de conserver et d'exercer leur souveraineté, grâce à des organismes de défense et de régulation (UIT ; Agence de l'Union européenne pour la cybersécurité…).

> Le cyberespace est devenu à la fois un enjeu de rivalités de pouvoir entre acteurs, un théâtre d'affrontement et une arme redoutable dans les conflits géopolitiques.
>
> **Frédérick Douzet**, géopolitiste, 2014

Acteurs et enjeux du cyberespace

MÉMO VISUEL

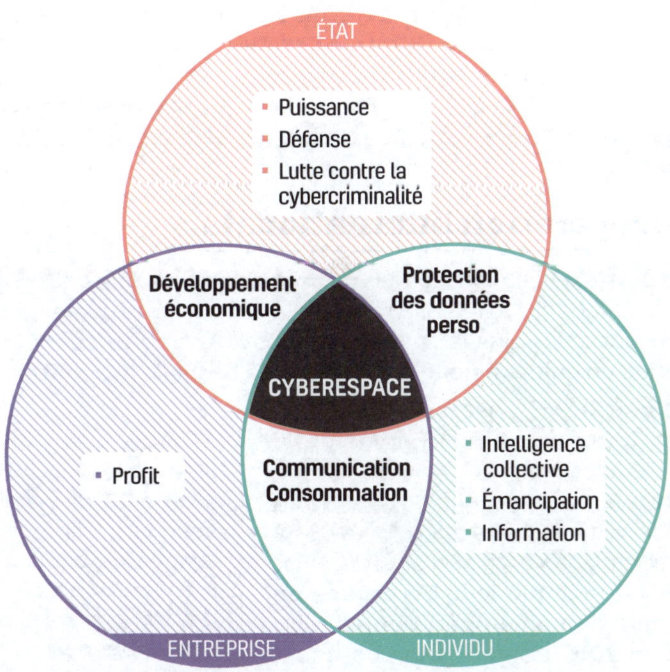

6 La cyberdéfense française, entre coopération européenne et souveraineté nationale

A. La France élabore une politique de cyberdéfense

→ Prenant acte du fait que **le cyberespace est aussi un espace conflictuel** (cyberterrorisme, sabotages, espionnage, virus, ransomware, fraudes à la carte bancaire y sont fréquents) qui ignore les frontières, la France et les États européens tentent de coopérer pour protéger le cyberespace et ses utilisateurs. Afin de répondre à ces défis, **l'Agence nationale de la sécurité des systèmes d'information**, l'Anssi, a été créée en 2009.

→ Depuis 2012, le pays peut également s'appuyer sur la réserve citoyenne cyberdéfense, qui mène des actions de sensibilisation. **La cyberdéfense a été érigée au rang de priorité nationale** par le Livre blanc de 2013 et constitue un enjeu de souveraineté majeur, comme en témoigne la mise en place d'un commandement spécial en 2017 (Comcyber).

> La cybersécurité, c'est un sport collectif. La faille peut venir de partout. Les hackers sont pleins d'inventivité. En 2017, les réseaux de la défense ont subi 700 événements de sécurité dont 100 cyberattaques.
>
> **Florence Parly**, ministre des Armées, 2019

B. La coopération internationale

→ Depuis 2019, le ministère des Armées développe **une doctrine cyberoffensive**. Pour la France, il s'agit ainsi d'assurer la sécurité du cyberespace et d'exercer sa souveraineté. De plus, la capacité d'un pays à s'imposer dans le cyberespace est devenue **un enjeu majeur de puissance à l'échelle internationale**.

→ Si la cyberdéfense est avant tout une question de souveraineté, le caractère transnational des menaces, comme la cyberattaque Wannacry en 2017, rend nécessaire la coopération à l'échelle régionale, voire mondiale. Ainsi, **l'OTAN a reconnu le cyberespace en tant que domaine opérationnel militaire en 2016**. L'organisation collabore avec l'Union européenne en matière de formation et d'échange d'informations.

> Si une attaque cyber s'apparente à un acte de guerre, une riposte adéquate s'imposera, dans une logique de conflit ouvert, conformément à l'article 51 de la Charte des Nations unies pour les conflits conventionnels.
>
> **Jean-Yves Le Drian**, ministre des Affaires étrangères, 2018

C. Le rôle de l'Union européenne et ses limites

→ Par ailleurs, **l'Agence européenne chargée de la sécurité des réseaux et de l'information (ENISA)**, créée en 2004, fournit des conseils aux acteurs publics et privés des États membres et aux institutions de l'UE (exercices de cybersécurité, élaboration de stratégies nationales, publication de rapports et d'études). Elle siège à Héraklion (Grèce). Elle est renforcée par le **CybersecurityAct de 2019**, accompagne les États européens dans la lutte contre la cybercriminalité. La coopération avec les acteurs privés est également un enjeu majeur.

→ Néanmoins, elle se heurte à la volonté des États de préserver leur souveraineté dans ce domaine hautement stratégique. Malgré l'Appel de Paris pour la sécurité du cyberespace, lancé par le président français Emmanuel Macron en 2018, **il n'existe aucune organisation consacrée à la cybersécurité à l'échelle mondiale.**

Fait d'actualité

→ **Après les cyberattaques qui ont ramené deux hôpitaux au « tout papier » en France** ces derniers jours, Emmanuel Macron a confirmé, jeudi 18 février 2021, un plan de 1 milliard d'euros pour **renforcer la cybersécurité des systèmes sensibles**. Les réseaux qui lancent des attaques par rançongiciels ne sont qu'une dizaine dans le monde.

Les acteurs de la stratégie nationale de la sécurité numérique en France

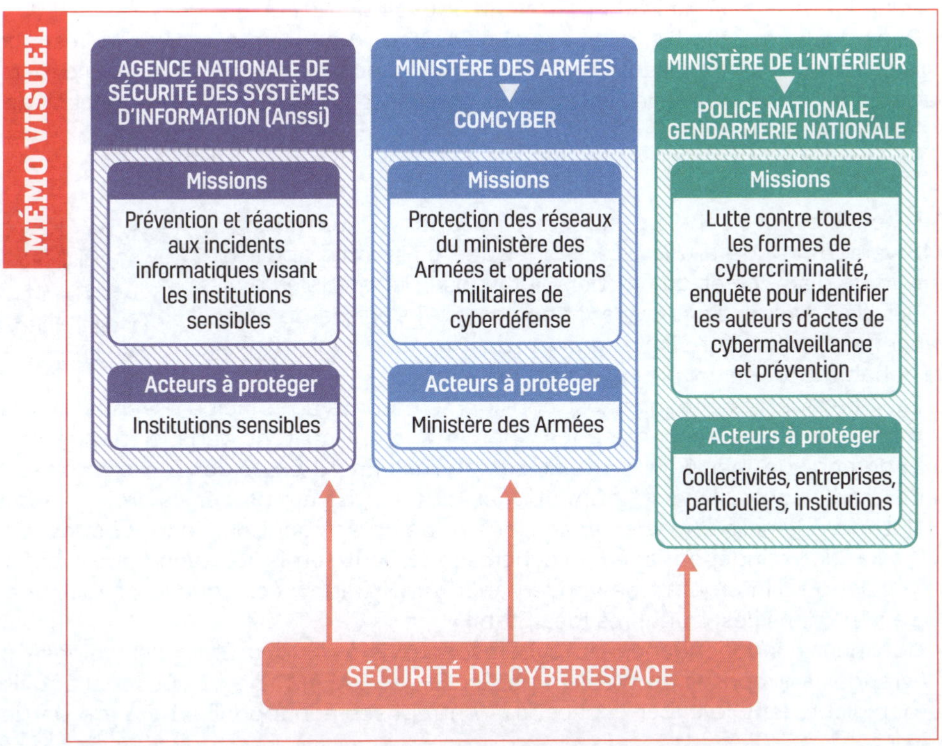

SUJET CORRIGÉ

Dissertation

SUJET 40

Le cyberespace : un espace sans frontières ?

Vous nourrirez votre argumentation d'exemples variés.

Comprendre le sujet

– Du fait de sa nature même, dématérialisée, le cyberespace apparaît comme un espace de libre circulation et d'échanges sans entraves.

– En fait, il existe des limites techniques à la circulation dans le cyberespace ; de plus, les États en défendant leur souveraineté numérique, créent des règles qui s'apparentent à des frontières.

La très bonne copie

Introduction

Le cyberespace peut se définir comme un réseau de communications, constitué d'éléments physiques et immatériels, qui résulte de l'interconnexion des ordinateurs. Apparu aux États-Unis pendant la guerre froide, il s'est largement développé et étendu au monde entier depuis les années 1990.

Les frontières sont des limites qui séparent deux territoires contigus, en particulier les États. Elles sont plus ou moins contrôlées par ces derniers. Un espace sans frontières renvoie donc à l'absence de délimitation, mais aussi de souveraineté, et désignerait un espace qui échapperait au pouvoir des États.

Dans quelle mesure les États exercent-ils leur souveraineté sur le cyberespace ? Espace commun qui présente une dimension transnationale indéniable, le cyberespace a pourtant un ancrage territorial et représente pour les États de nouveaux défis en termes de souveraineté.

1re partie

Présente d'abord les débuts du cyberespace et l'idéal de liberté qu'il portait.

Le cyberespace rend possible la circulation d'informations à travers le monde à une vitesse inégalée et semble abolir la notion de distance et de frontière. Il favorise de multiples pratiques de collaborations transnationales, qu'il s'agisse de cofinancement (crowdfunding), de coproduction de savoirs (wiki), de cohabitation, de covoiturage, etc.

La liberté de ces échanges est considérée comme un principe essentiel pour de nombreux internautes, comme les Anonymous qui militent dans le monde entier pour défendre la liberté d'expression sur internet. En 2012, ces derniers se mobilisent par exemple contre l'accord international Acta qui vise à protéger les droits d'auteur.

L'utopie originelle du cyberespace, défendue notamment par John P. Barlow dans la Déclaration d'indépendance du cyberespace, écrite en 1996, revendique l'absence de régulation d'Internet et de gouvernance. Ainsi, Barlow écrit que le « cyberespace ne se situe dans [les] frontières [des États] ».

Cet idéal d'indépendance du cyberespace vis-à-vis des États est valorisé par les grandes entreprises du Web, en particulier les GAFAM : parce que leurs activités se déploient dans le cyber-espace, ces entreprises échappent en grande partie à l'impôt. Or, bien que les services proposés par ces entreprises soient le plus souvent gratuits, les profits tirés de l'utilisation des données personnelles sont considérables. Ainsi, les bénéfices de Google sont estimés à 27,8 milliards d'euros en 2018.

Les États exercent néanmoins une influence sur le cyberespace, qui n'est pas un réseau totalement virtuel et déconnecté des territoires.

→ 2e partie

Pour fonctionner, le cyberespace nécessite des infrastructures matérielles (câbles, routeurs, points d'échanges) qui se situent pour une large partie sur le territoire d'États souverains, à l'exception de la majeure partie des câbles posés sur les fonds marins. Ces infrastructures physiques sont liées à des politiques d'aménagement du territoire et relèvent de juridictions déterminées, ce qui joue un rôle notamment en cas de litige.

> Montre que des législations apparaissent peu à peu.

De plus, le cyberespace n'échappe pas totalement aux frontières des États qui cherchent à réguler son fonctionnement de différentes manières : interdiction de certaines pratiques, mise en place d'une fiscalité adaptée, lutte contre la cybercriminalité, etc.

La capacité d'un États à défendre son cyberespace face aux nombreuses cyberattaques qui menacent les systèmes d'information est devenue un enjeu majeur de sécurité et de puissance. En France, le Livre blanc de la défense nationale de 2008 affirme que la protection des systèmes d'information constitue une composante à part entière de la politique de défense et de sécurité. Le pays s'est doté en 2009 d'une Agence nationale de sécurité des systèmes d'information (Anssi) ainsi que d'un commandement dédié à la cyberdéfense, le Comcyber, créé en 2017.

Le contrôle est plus ou moins fort selon les États. En Chine, le cyberespace fonctionne comme un réseau national limité par des frontières, parfois qualifiées de « grande muraille numérique ». Ce réseau est relié au cyberespace mondial mais les échanges sont contrôlés. La censure, opérée par des milliers d'agents qui observent l'activité des internautes, est très présente.

Les spécificités du cyberespace nécessitent de repenser la souveraineté étatique telle qu'elle s'exerce traditionnellement sur un territoire.

→ 3e partie

Le cyberespace est le terrain de nombreuses pratiques illicites, comme la pédopornographie ou la propagande djihadiste, qui traversent les frontières. Elles sont difficiles à contrôler pour les États : entreprises juridiquement basées à l'étranger, sites hébergés par des plateformes étrangères, cryptage des informations, anonymat des acteurs sont autant d'obstacles pour assurer la cybersécurité. Le darknet, réseau parallèle du cyberespace auquel les acteurs étatiques n'ont pas accès, constitue un véritable défi de souveraineté.

> Présente les contradictions entre liberté de circulation et défense contre la cybercriminalité.

Si la plupart des États font de la protection du cyberespace un enjeu national de souveraineté, des tentatives de coopération entre États permettent de mutualiser les moyens de lutte contre les cybermenaces.

Il n'existe cependant pas de réelle gouvernance mondiale du cyberespace. De nombreux États et de plus en plus de citoyens critiquent le rôle prééminent de l'Icann, organisme de droit américain, et surtout des GAFAM, dans le fonctionnement d'Internet.

SUJET 40

La surveillance de masse, révélée notamment par Edward Snowden, la marchandisation des données personnelles ou encore les campagnes de « fake news » sont autant d'enjeux auxquels les citoyens se montrent sensibles. De nombreux États se saisissent donc de ces questions et tentent de renforcer leur souveraineté sur leur cyberespace. Cela peut se traduire par une maîtrise des infrastructures permettant de verrouiller les accès du réseau national au cyber- espace mondial. Cela peut aussi passer par une législation contraignante qui interdit certaines pratiques. En Europe, plusieurs États tentent d'imposer des règles concernant l'utilisation des données et de taxer les profits des grandes entreprises du Web. En Russie, les entreprises étrangères ont l'obligation de stocker les données concernant les ressortissants russes sur le territoire russe. De plus, en cas de cyberattaque, une loi de 2019 permet d'isoler le cyberespace russe, appelé Runet, du reste du monde.

Le terme de balkanisation renvoie à l'idée de fragmentation du cyberespace par les frontières nationales. Cette représentation géopolitique, qui porte une connotation négative, ne s'applique cependant qu'en partie au cyberespace, qui reste un réseau global d'interconnexions.

Conclusion

Le cyberespace n'est donc pas un espace sans frontières : les États y exercent leur souveraineté de différentes manières.

Les frontières du cyberespace sont néanmoins différentes des frontières étatiques « traditionnelles » et impliquent de repenser la souveraineté et les modes de gouvernance.

Réponds à la problématique annoncée en introduction.

SUJET CORRIGÉ

Étude critique de document

SUJET 41

Les rançongiciels : un risque cybermondial

Consigne : Vous montrerez en quoi les cyberattaques constituent des risques majeurs, concernant des acteurs, des échelles et des enjeux variés.

Comprendre le sujet

– Il s'agit d'analyser un type particulier de cyberattaque, le rançongiciel, et d'en montrer l'actualité.

– Le document journalistique décrit des faits, qu'il faut enrichir avec des connaissances : autres cyberattaques, États concernés, auteurs des attaques, type de défenses mises en œuvre contre ces attaques…

Document > La cyberattaque du rançongiciel Wannacry en mai 2017

Royaume-Uni, Russie, Espagne, Portugal, France, Mexique… Vendredi 12 mai, des dizaines de milliers d'ordinateurs, dans au moins 99 pays, ont été infectés par un logiciel malveillant bloquant leur utilisation. […] Outre-Manche, c'est le système de santé qui a été largement perturbé par ce virus informatique. Examens médicaux annulés ou perturbés, communications téléphoniques affectées, accès aux données bloqués… le Service national de santé (NHS) britannique […] a été largement déstabilisé vendredi après-midi par ce logiciel qui prend en otage les usagers des ordinateurs en bloquant l'accès à leurs fichiers. […] L'attaque aurait été renforcée par l'utilisation d'Eternal Blue, un outil de piratage mis au point par les services de renseignement américains et qui aurait été volé à l'Agence nationale de sécurité (NSA). […] Le NHS n'a pas été la seule cible touchée par les pirates. […] Ainsi, Telefonica, le géant espagnol des télécommunications, et plusieurs autres entreprises du pays ont été victimes d'un virus similaire. […] Des opérateurs téléphoniques portugais et l'entreprise américaine de livraison FedEx ont également été touchés, de même que le ministère de l'intérieur russe […].

L'attaque, à ce stade, semble d'ampleur limitée en France, mais le secrétariat général pour la défense et la sécurité nationale estime qu'il n'y a aucune raison que le pays soit épargné. […] L'Agence nationale de sécurité des systèmes d'information diffuse des messages de bonnes pratiques. […] Selon la police française, plus de 75 000 ordinateurs ont été infectés dans le monde et ce nombre « devrait très vraisemblablement s'alourdir dans les jours qui viennent ». […] Les rançongiciels ont connu un développement exponentiel ces trois dernières années. Ils sont généralement conçus par des groupes criminels, et touchent le plus souvent les petites et moyennes entreprises, auxquelles ils extorquent des sommes, variant entre quelques dizaines et quelques centaines d'euros par machine infectée – le paiement s'effectue en bitcoins, une monnaie virtuelle anonyme.

Philippe Bernard, Damien Leloup et Nathalie Guibert, « Une cyberattaque massive bloque des ordinateurs dans des dizaines de pays », *Le Monde*, 13 mai 2017.

SUJET 41

La très bonne copie

Introduction

Le document, de nature journalistique, décrit un fait d'actualité intervenu en 2017 : une cyberattaque d'ampleur mondiale. La première cyberattaque de grande ampleur remontait à 2007, il s'agit donc d'un nouveau type de conflictualité, typique du XXIe siècle et de l'essor du monde numérique. Le cyberespace, espace virtuel d'échange de données numériques dans lequel naviguent les internautes, est ainsi touché par une criminalité spécifique, et des politiques de défense, qui prolongent et amplifient les tensions géopolitiques traditionnelles. En quoi cette attaque de Wannacry est-elle emblématique de la cyber-conflictualité ? Nous étudierons dans un premier temps l'événement en lui- même et son contexte. Puis nous présenterons les politiques mises en place pour organiser, à différentes échelles, la défense contre ce type d'attaque.

Pense à préciser la nature du document proposé.

1re partie

Wannacry est le nom d'un « logiciel malveillant » de type rançongiciel auto-répliquant, c'est-à-dire qui produit le blocage des ordinateurs infectés et une demande de rançon : « ils extorquent des sommes ». Comme le décrit l'article, il a été utilisé lors d'une cyberattaque mondiale massive, considérée comme le plus grand piratage à rançon de l'histoire d'Internet. Le texte précise que « au moins 99 pays, ont été infectés », mais les chiffres connus depuis sont plus élevés encore : 300 000 ordinateurs, dans plus de 150 pays, principalement en Inde, aux États-Unis et en Russie ont été infectés. Dans un contexte de recrudescence de ce type d'attaques, « les rançongiciels ont connu un développement exponentiel ces trois dernières années », Wannacry a surpris et choqué le monde entier par sa virulence. D'autant plus qu'une de ces principales cibles, symbolique, touchait à la santé publique, puisque « Outre-Manche, c'est le système de santé qui a été largement perturbé par ce virus informatique. Examens médicaux annulés ou perturbés, communications téléphoniques affectées, accès aux données bloqués... le Service national de santé (NHS) britannique [...] a été largement déstabilisé ». On estime que 20 % des ordinateurs du NHS furent touchés.

Analyse en détail cette attaque, son contexte, et ce que l'on sait à son sujet.

De manière commune à tous les « ransomwares », une fois la contamination effectuée, le virus a chiffré tous les fichiers des ordinateurs concernés, les rendant inutilisables, et affiché une demande de rançon en bitcoin, plus discret que les monnaies réelles. Il s'est ensuite propagé en se connectant à d'autres ordinateurs vulnérables, de manière totalement autonome. Si l'historique du virus est bien compris dès l'attaque, comme l'expliquent les auteurs : « L'attaque aurait été renforcée par l'utilisation d'Eternal Blue, un outil de piratage mis au point par les services de renseignement américains et qui aurait été volé à l'Agence nationale de sécurité (NSA) », la surprise a été totale et aucune protection n'a pu fonctionner. La vulnérabilité des réseaux est donc démontrée, même lorsqu'il s'agit de réseaux étatiques et sensibles, comme ceux des hôpitaux. Il n'est pas anodin que les attaques les plus récentes en France, de ce type rançongiciel, aient frappé aussi des hôpitaux début 2021, à Tarbes par exemple. Dans le cas de Wannacry, les auteurs des attaques restent mystérieux, même si une origine nord-coréenne ou chinoise est jugée probable.

Ainsi, des formes d'offensives hybrides, entre criminalité et conflictualité, caractérisent le début du XXIe siècle ; elles provoquent la mise en œuvre de système de défense, eux aussi nouveaux.

2e partie

Montre que les États et organisations internationales réagissent à cette nouvelle forme de conflit.

Au Royaume-Uni, l'affaire Wannacry a pris rapidement une coloration politique, dans un contexte où le manque de financements du NHS était critiqué par l'opposition britannique. L'épidémie s'est cependant terminée au bout de quatre jours grâce aux efforts de la cyberdéfense. Face à la multiplication des attaques à motivation politique (virus Stuxnet en Iran en 2010, ingérence russe dans les élections américaines de 2016...), le cyberespace apparaît désormais comme un territoire sur lequel il faut faire respecter ses frontières, sa souveraineté et ses lois. Depuis quelques années, l'enjeu géopolitique du cyberespace engendre une course aux cyberarmes. Vingt-six États possèdent une force de frappe cybernétique, les États-Unis, la Chine et la Russie en tête. Le cyberespace accroît, en les renouvelant, les menaces et modes d'actions hostiles. La capacité à participer à cette cyberguerre et à s'en prémunir est aujourd'hui une composante géopolitique majeure d'une stratégie de sécurité et de puissance pour un État. Créée en 2004, l'Enisa (Agence de l'Union européenne pour la cybersécurité) fournit des conseils aux acteurs publics et privés des États membres et aux institutions de l'UE (organisation d'exercices de cybersécurité, aide à l'élaboration de stratégies nationales en matière de cybersécurité, publication de rapports et d'études). Mais en raison du caractère particulièrement sensible de ces questions, les États opposent la notion de souveraineté à toute velléité d'extension ou de mise en commun des capacités.

En 2008, la France intégrait la protection des systèmes d'information dans sa politique de défense et de sécurité. L'Anssi (Agence nationale de la sécurité des systèmes d'information, citée dans le texte) créée en 2009, mène depuis différentes actions (prévention, alerte, conseil etc.) auprès des administrations, des entreprises et des particuliers. Lors de l'attaque de Wannacry, elle a « diffusé des messages de bonnes pratiques » et les auteurs mentionnent que le secrétariat d'État suivait de près la propagation du virus. Lors du sommet de Varsovie en 2016, L'OTAN reconnaît le cyberespace comme domaine d'opération et décide de renforcer ses moyens de cyberdéfense. L'article 5 du traité de l'Atlantique Nord, qui prévoit que l'ensemble des Alliés apportent leur aide en cas d'attaque contre l'un des membres, peut ainsi être déclenché en cas de cyberattaque. La France poursuit la construction de sa défense avec le Comcyber en 2017 : cette unité opérationnelle commande l'ensemble des forces de cyberdéfense des armées françaises sous l'autorité du chef d'État-major des armées. Il comptait 3 400 cyber-combattants en 2018. En 2019 Florence Parly, ministre des Armées, déclarait « J'ai annoncé devant le Commandement cyber [...] que la France revendiquait d'utiliser l'arme cyber au même titre que toutes les armes conventionnelles. »

Conclusion

Porte un regard critique sur le document.

Les analyses proposées par le document sont limitées par sa nature elle-même : travail de journalisme et d'actualité, il est uniquement descriptif. Néanmoins, il a été possible, par son contexte et les politiques provoquées par cette attaque, d'en montrer les prolongements.

La géopolitologue Frédérick Douzet écrivait en 2014 : « Le cyberespace est devenu à la fois un enjeu de rivalités de pouvoir entre acteurs, un théâtre d'affrontement, et une arme redoutable dans les conflits géopolitiques. ». Il apparaît donc que ce nouveau terrain des relations internationales connaît, avec des armes différentes, des enjeux comparables à ceux des conflits traditionnels : enjeux de puissance, d'intérêts, de rivalités.

SUJET CORRIGÉ

Dissertation

SUJET 42

Les États et l'enjeu de la connaissance

Vous veillerez à illustre votre argumentation d'exemples variés dans le temps et dans l'espace.

Comprendre le sujet

- Le sujet, sans précision de périmètre géographique, permet de mobiliser des exemples au choix.
- En l'absence de bornes chronologiques, il faut les choisir et les justifier dans le devoir.

La très bonne copie

Introduction

Selon le philosophe Patrick Juignet, « la connaissance est un rapport actif au monde qui vise à s'en faire une représentation et à l'expliquer ». La maîtrise du savoir est un critère de puissance pour les États et un enjeu majeur des relations avec les autres pays sur les plans économiques et géopolitiques. L'accès à la connaissance apparaît aussi comme un des indicateurs fondamentaux de la mesure du développement des pays. Mais il reste l'objet de profondes inégalités à travers le monde.

Ton accroche peut être une citation en rapport direct avec le sujet.

En quoi la production et la diffusion de la connaissance représentent-elles de nombreux enjeux pour les États ? En raison des bouleversements qu'a connu le sujet au XIXe siècle, nous choisirons nos exemples dans la période des XIXe, XXe et XXIe siècles. Les États, malgré la concurrence de nombreux acteurs, restent les moteurs de la production et de la diffusion des connaissances (I) ; celles-ci représentent des enjeux majeurs qui engendrent des rivalités fortes entre États (II) ; enfin, les États sont confrontés aujourd'hui aux défis du cyberespace, entre liberté et contrôle de la circulation des connaissances (III).

1re partie

Les États sont des acteurs majeurs de la production et de la diffusion de la connaissance par leur politique de scolarisation. L'alphabétisation revêt une importance capitale pour augmenter le nombre de personnes susceptibles de produire, recevoir et diffuser la connaissance. La scolarisation obligatoire financée par les États généralise l'alphabétisation des populations dans les pays industrialisés depuis le XIXe siècle. L'objectif est de former des fonctionnaires, les techniciens d'une économie qui s'industrialise. Les progrès de l'alphabétisation dans les pays en voie de développement sont le fruit de politiques nationales après les indépendances.

Montre le tournant du xixe siècle sur ce sujet.

En outre, les États soutiennent la communauté scientifique. Depuis le XIXe siècle, en Europe, de nombreux États décident d'investir pour orienter une part majeure de leur économie vers les activités de recherche et la conception de productions de haute technologie. Ils cherchent aussi à attirer les chercheurs en leur proposant de solides conditions de travail, des équipements de qualités. La part de diplômés du supérieur et le nombre de dépôts de brevets révèlent la puissance scientifique des États. Mais la communauté scientifique s'autonomise de plus en plus de leur tutelle. Les entreprises privées exercent leur influence grandissante dans la diffusion des connaissances. Toutefois, les États jouent une influence indirecte en leur offrant une situation politique stable ou une main-d'œuvre bien formée.

Pendant la guerre froide (1947-91), les États-Unis et l'URSS se livrent à une course à l'armement. Dans ce contexte, sont créés les services de renseignement qui ont pour mission d'évaluer les capacités de l'adversaire et de s'emparer d'informations stratégiques. Aujourd'hui, les agences de renseignement s'orientent dans l'intelligence économique afin de défendre les entreprises nationales contre le risque de pillage technologique ou pour obtenir des données scientifiques et industrielles. L'acquisition des connaissances peut se faire de façon illégale. En 2013, E. Snowden montre que la NSA espionne Airbus grâce à la surveillance des moyens de communication modernes.

2e partie

Décris l'arrivée, à la fin du xxe siècle, de la « société de la connaissance ».

La maîtrise de la connaissance est un enjeu majeur de l'affirmation de la puissance des États, dans le domaine de la compétitivité économique. La « société de la connaissance », notion proposée par P. Drucker en 1969, désigne une société dans laquelle la connaissance est produite, diffusée et utilisée comme une ressource au cœur de l'économie. La connaissance est donc une source d'enrichissement pour les États et les entreprises qui investissent de plus en plus en Recherche et développement. Souvent, la connaissance est exploitée à des fins de compétitivité comme c'est le cas dans les laboratoires pharmaceutiques. Toutefois, la société de la connaissance laisse des territoires et des individus en marge, exclus de l'accès au savoir, ceux des pays en voie de développement.

Pour prendre le dessus sur leurs rivaux, les États développent leurs capacités techniques, scientifiques et militaires. Les deux guerres mondiales sont des périodes de progrès technologiques majeurs dans le domaine de l'armement, comme la mise au point de la bombe atomique par les États-Unis. Après la Seconde Guerre mondiale, il ne s'agit plus de coopérer, chaque État cherche à se doter de la bombe atomique et ceux qui la possèdent protègent leur technologie. Les brevets permettent aux États de garder leur avance en limitant la diffusion de certaines découvertes. La circulation des connaissances est donc un enjeu géopolitique, comme le confirme la crise du Covid 19 et la question des vaccins en 2021.

L'alphabétisation est un levier du développement. Celles des femmes en particulier contribue au recul du taux de pauvreté, accélère la transition démographique, le recul de la mortalité infantile et améliore l'état sanitaire de la population. Par ailleurs, de nombreux pays en voie de développement encouragent aujourd'hui la circulation étudiante vers les universités des économies développées. Les étudiants chinois ou indiens, partis étudiés à l'étranger, entretiennent des liens forts avec leur pays d'origine, contribuant par leurs transferts financiers au développement économique du pays, et aux transferts de technologie. Mais en Afrique, la fuite des cerveaux continue à fragiliser les efforts fournis par la formation de leurs élites. Par exemple, le quart des médecins nés en Afrique n'y exercent pas.

SUJET 42

3e partie

Actualise le sujet en abordant le cyberespace, nouveau terrain de la connaissance.

Les États sont confrontés aux nouveaux réseaux et territoires du cyberespace.

Les citoyens peuvent, désormais, avoir accès à des connaissances grâce à Internet en tant qu'apprenants ou producteurs. La liberté des échanges sur Internet est au cœur de son fonctionnement. Comme le dit J. Barlow, « le cyberspace ne se situe pas dans les frontières d'un État ». Pourtant les États exercent une influence sur le cyberspace qui n'est pas totalement déconnecté des territoires. Pour fonctionner, le cyberspace a besoin d'infrastructures matérielles comme les câbles qui se situent sur des territoires d'États souverains et financés par celui-ci. Il fait donc l'objet de politiques nationales, notamment dans le contrôle de l'information.

Défendre le cyberspace est un enjeu de souveraineté nationale. La capacité des États à défendre leur cyberespace, face aux nombreuses cyberattaques et à la circulation des « fake-news », est devenue un enjeu majeur de sécurité et de puissance. Cela peut se traduire par un verrouillage de l'accès national au cyberespace mondial. La France s'est dotée en 2009 d'une Agence nationale de sécurité des systèmes d'information ainsi que d'un commandement dédié à la cyberdéfense, le Comcyber en 2017. Le contrôle est plus ou moins fort selon les États. La censure est très présente en Chine grâce à des agents qui observent l'activité des internautes, on parle de « grande muraille numérique ». Le cyberspace n'est donc sans frontières, les États y exercent leur souveraineté de différentes manières.

Mais si la plupart des États font de la protection du cyberespace un enjeu national de souveraineté, des tentatives de coopération entre États permettent de mutualiser les moyens de lutte contre les cybermenaces et assurer la sécurité des réseaux. Il n'existe aucune gouvernance mondiale pour gérer le cyberspace. Face à des menaces qui ignorent les frontières, en Europe, plusieurs États tentent d'imposer des règles concernant l'utilisation des données. Ils appellent à développer la régulation par le droit international.

Conclusion

Réponds à la problématique sur tu as posée en introduction.

La production et la diffusion des connaissances impliquent de nombreux mécanismes qui mobilisent divers acteurs, et parmi eux, les États occupent une place majeure. Les moyens déployés par certains États pour obtenir de meilleures connaissances technologiques en dit long sur l'importance de la maîtrise technologique comme levier de puissance économique et géopolitique. La maîtrise du savoir est un instrument de pouvoir. Si la connaissance échappe de plus en plus au contrôle des États dans le cadre du cyberspace, ces derniers trouvent de nouveaux moyens pour le contrôler.

POUR TRAVAILLER EN AUTONOMIE

→ Aborder le thème dans sa globalité

Atlas et ouvrages généraux

- Alexis Bautzmann (dir.), *Atlas géopolitique mondial 2020*, Éditions du Rocher, 2019
- Collectif, *Dictionnaire du renseignement*, Perrin, 2018

→ Approfondir et préciser tes connaissances

Ouvrages spécialisés

- Pascal Boniface, *Le monde nucléaire. Arme nucléaire et relations internationales depuis 1945*, Odile Jacob, 2016
- Jean-Christophe Notin, *Les guerriers de l'ombre*, Tallandier, 2017
- Rémi Kauffer, *Histoire mondiale des services secrets*, Perrin, 2017

Articles

- Frédérick Douzet « La géopolitique pour comprendre le cyberespace », *Hérodote*, 2014, 1-2 (n° 152-153), pp. 3-21
- Gadrey, Nicole. « Société de la connaissance et qualifications des femmes », *Éducation et sociétés*, vol. n° 15, n° 1, 2005, pp. 105-117
- Séne, Mame Fatou. « Scolarisation des filles et (re)configuration des rapports de genre au Sénégal », *Afrique contemporaine*, vol. 257, n° 1, 2016, p. 41-55
- Philippe Humbert, « La diplomatie de l'Inde de Narendra Modi », Fondation Jean Jaurès, 6 mars 2018
- Christophe Jaffrelot, « L'Inde en quête de puissance… mais quelle puissance et à quelle fin ? », Ceriscope *Puissance*, 2013
- Jacques Follorou, « Paris assume les transferts de technologie en Inde », *Le Monde*, 16 février 2013
- Soline Toussaint, « Le cyberespace : champ de bataille du XXIe siècle », *Diplomates*, 19 décembre 2017
- Kévin Limonier, « Internet russe, l'exception qui vient de loin », *Le Monde diplomatique*, août 2017
- « Le cyberespace, un enjeu majeur de géopolitique », Frédérick Douzet, *INA, La revue des médias*, 27 août 2019

→ Visualiser, réviser, apprendre autrement

- Sur l'alphabétisation, 3 sites Internet de référence : Unesco.org, undp.org, unicef.org

Vidéos

- « Rendez-vous avec X », *Les espions de la guerre froide*, chaîne YouTube Histoire et espionnage, 2018, 1 h 05.
- « Inde : les défis de l'éducation », France 24, 2010, 3 min 03
- « Le cyber, nouvel espace géopolitique », *Le Dessous des Cartes*, Arte, 28 octobre 2018, 12 min

Podcasts

- « À la découverte de la radioactivité », *Sur les épaules de Darwin*, France Inter, 26 mars 2016, 53 min
- « Les enjeux contemporains du renseignement ; Le gouvernement secret » (série de 5 épisodes), *France Culture*, 19 août 2019, 44 min
- « Le droit international dans le cyberespace nous ramène en 1648 », *La vie numérique*, France Culture, 24 mai 2017, 4 min
- « La cyberguerre est-elle une nouvelle guerre froide ? » France Inter, 25 août 2018, 48 min
- « Premier Rafale livré à l'Inde : comment sont fabriqués les appareils ? », Reportage RTL, 2019, 4 min 22

Sommaire

TESTS DES CONNAISSANCES

POUR VÉRIFIER TES CONNAISSANCES

Choisis la bonne réponse.

1. La doctrine de libre utilisation de la mer a été imposée par les États-Unis.
☐ V ☐ F

2. La Russie n'est pas une puissance maritime car elle n'a pas de littoraux.
☐ V ☐ F

3. L'Union européenne dispose d'un système de navigation par satellite propre.
☐ V ☐ F

4. La CNUDM interdit aux acteurs privés d'exploiter le fond des océans.
☐ V ☐ F

5. Le traité de l'espace interdit l'utilisation des armes de destruction massive dans l'espace.
☐ V ☐ F

6. La mission Apollo VIII a permis aux États-Unis de poser le premier homme de l'histoire sur la Lune.
☐ V ☐ F

7. Les grandes puissances spatiales montrent leur force en détruisant leurs propres satellites dans l'espace.
☐ V ☐ F

8. Un thalassokrator est une puissance construite sur la mer.
☐ V ☐ F

9. Selon le théorème de Castex, il faut privilégier la marine pour devenir une grande puissance.
☐ V ☐ F

10. Les États-Unis disposent d'une flotte de porte-avions cinq fois supérieure à celle de la Chine.
☐ V ☐ F

11. La politique des quatre modernisations marque le point de départ de l'ouverture de la Chine.
☐ V ☐ F

12. La Chine est la troisième puissance spatiale à envoyer un homme sur la Lune.
☐ V ☐ F

13. La *21st Century Maritime Silk Road* est la version chinoise de la *Fashion Week*.
☐ V ☐ F

14. La Chinafrique est un accord de partenariat pour promouvoir le développement du continent africain.
☐ V ☐ F

15. Le piège de Thucydide est une théorie qui voit dans une guerre sino-américaine la seule issue de l'affirmation chinoise.
☐ V ☐ F

Réponds aux questions suivantes.

16. Quelles sont les deux puissances à l'origine du projet ISS, en dans quel contexte ?
17. Quel est l'intérêt scientifique de l'ISS ?
18. Quel est l'intérêt diplomatique de l'ISS ?

19 Pourquoi l'ISS est-elle régulièrement critiquée ?

20 Pourquoi peut-on parler d'un affaiblissement de la coopération spatiale depuis les années 2010 ?

21 Pourquoi l'intérêt des États pour les espaces maritimes se renforce-t-il ?

22 Quelle activité maritime contribue actuellement le plus à la richesse des États ?

23 Quel acteur majeur contribue à une meilleure régulation et protection des espaces maritimes, à différentes échelles ?

24 Quel est l'outil principal de protection des espaces maritimes dont disposent les États ?

25 Comment expliquer l'organisation de la Conférence internationale sur la biodiversité maritime ?

Réponses :

1. Faux, c'est le Royaume-Uni qui en est à l'origine avec Sir Walter Raleigh.
2. Faux, la Russie dispose de littoraux étendus mais qui sont englacés une bonne partie de l'année.
3. Vrai, Galileo.
4. Faux, elle l'encadre. L'Autorité internationale des fonds marins délivre les autorisations.
5. Vrai
6. Faux, c'est la mission Apollo XI (L'homme a cependant bien marché sur la Lune !).
7. Vrai, c'est pour eux un moyen de tester leurs armes anti-satellites.
8. Faux, c'est le sens du mot thalassocratie. Un thalassokrator désigne une puissance qui domine les mers.
9. Faux, il prône la complémentarité entre les forces.
10. Vrai, avec 10 porte-avions contre 2 pour la Chine.
11. Vrai
12. Faux, la Chine est la troisième puissance spatiale à envoyer un homme dans l'espace.
13. Faux, c'est le volet maritime de l'initiative des routes de la soie.
14. Faux, la Chinafrique est une relation asymétrique souvent apparentée à une forme d'impérialisme chinois sur le continent.
15. Vrai, en s'appuyant sur le scenario similaire de l'affirmation d'Athènes face à Sparte dans l'Antiquité.
16. Les États-Unis et la Russie, alors que la guerre froide a pris fin quelques années auparavant.
17. L'ISS est un outil mis au service de la recherche scientifique, en profitant des conditions offertes par la microgravité. Il permet aussi de mesurer les effets d'un long séjour dans l'espace, dans la perspective d'un vol de longue durée, vers Mars en particulier.
18. L'ISS oblige des puissances, entre lesquelles des tensions surviennent parfois, à s'entendre pour que les opérations conduites par leurs astronautes se déroulent de façon satisfaisante.
19. En comparaison de son coût financier, les résultats des travaux de l'ISS pour la recherche scientifique sont qualifiés de décevants par les experts. Les sommes d'argent dépensées pourraient être investies afin de retourner sur la Lune, ou d'envisager un vol habité vers Mars.
20. Alors qu'il lui a été proposé de participer à l'ISS, la Chine a préféré s'engager dans la construction de sa propre station. En 2018, les États-Unis avaient envisagé d'anticiper la fin du fonctionnement de l'ISS.
21. Les espaces maritimes constituent des réserves de croissance pour les États, alors que certaines des ressources terrestres se raréfient.
22. Il s'agit de la pêche, qui représente actuellement environ 1/3 de la richesse produite par « l'économie bleue ».
23. L'ONU est l'acteur le plus influent dans ce domaine. Les conventions qu'elle élabore (CNDUM) ont une valeur contraignante pour les signataires.
24. Les aires marines protégées permettent aux États de sanctuariser certains espaces maritimes. Mais seule une très faible surface de celles-ci dispose d'une protection renforcée.
25. L'objectif de l'ONU en organisant cette conférence est de renforcer et d'étendre la protection des espaces maritimes, en créant notamment une nouvelle catégorie d'aire marine protégée, en haute-mer.

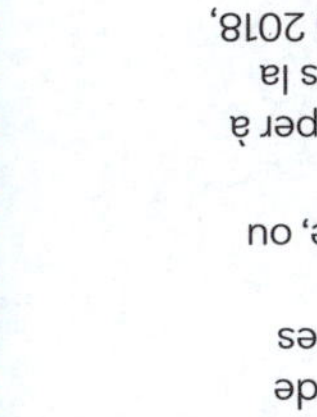

POUR VÉRIFIER TES CONNAISSANCES

Choisis la (ou les) bonne(s) réponse(s).

1 Tous les conflits sont des guerres.
☐ **V** ☐ **F**

2 La conflictualité a fortement augmenté depuis la fin de la guerre froide.
☐ **V** ☐ **F**

3 L'État ne mène que des guerres régulières.
☐ **V** ☐ **F**

4 La sécurité collective est totalement compatible avec l'unilatéralisme.
☐ **V** ☐ **F**

5 Il existe un Kurdistan autonome :
☐ **a.** dans l'Est de la Turquie.
☐ **b.** en Iran.
☐ **c.** dans le Nord de l'Irak.

6 Une guerre d'intervention est une guerre :
☐ **a.** dans laquelle interviennent des acteurs étatiques et non étatiques.
☐ **b.** dans laquelle les interventions des armées régulières sont nombreuses.
☐ **c.** dans laquelle un des intervenants vient d'un pays éloigné, pour respecter un engagement ou défendre ses intérêts.

7 La privatisation de la guerre est :
☐ **a.** l'interdiction de la guerre.
☐ **b.** l'irruption d'acteurs privés parmi les belligérants.
☐ **c.** une délégation de certaines fonctions à des entreprises privées pendant les guerres.

8 Clausewitz a écrit :
☐ **a.** *Le Mémorial de Sainte-Hélène.*
☐ **b.** *Le prince.*
☐ **c.** *De la guerre.*

9 L'islamisme est :
☐ **a.** une religion.
☐ **b.** un mouvement politique.
☐ **c.** une forme du sunnisme.

10 La conscription est mise en place en France en :
☐ **a.** 1798. ☐ **b.** 1805. ☐ **c.** 1815.

11 Clausewitz a vécu :
☐ **a.** la guerre de Sept Ans.
☐ **b.** la guerre d'indépendance des États-Unis.
☐ **c.** les guerres de la Révolution et de l'Empire.

12 Les traités de Westphalie sont signés :
☐ **a.** dans la même ville.
☐ **b.** dans plusieurs villes des Provinces-Unies.
☐ **c.** dans deux villes du Saint-Empire germanique.

13 Les traités de Westphalie mettent fin à la guerre entre :
☐ **a.** la France et l'Espagne.
☐ **b.** la France et l'Angleterre.
☐ **c.** la France et le Saint-Empire.

14 Le Conseil de sécurité de l'ONU est composé de :
☐ **a.** 15 membres. ☐ **b.** 5 membres. ☐ **c.** 20 membres.

15 Kofi Annan a occupé à l'ONU :
- ☐ **a.** un mandat de secrétaire général.
- ☐ **b.** deux mandats de secrétaire général.
- ☐ **c.** trois mandats de secrétaire général.

16 Le conflit israélo-arabe était :
☐ **a.** asymétrique. ☐ **b.** interétatique. ☐ **c.** les deux à la fois.

17 Le conflit israélo-palestinien est :
☐ **a.** asymétrique. ☐ **b.** interétatique. ☐ **c.** les deux à la fois.

18 La Cisjordanie est :
- ☐ **a.** intégralement sous contrôle israélien.
- ☐ **b.** devenue l'État palestinien.
- ☐ **c.** divisée en trois zones au statut différent.

19 Jérusalem est :
- ☐ **a.** sous contrôle international.
- ☐ **b.** la capitale de l'État palestinien.
- ☐ **c.** la capitale revendiquée de l'État israélien.

20 Les accords d'Oslo ont été signés :
- ☐ **a.** par le Hamas, le président des États-Unis Clinton et le président égyptien Sadate.
- ☐ **b.** par le premier ministre d'Israël Rabin, le président des États-Unis Clinton, et le président de l'OLP Arafat.
- ☐ **c.** par Saddam Hussein, George Bush et Dominique de Villepin.

21 Le Kurdistan, État indépendant :
- ☐ **a.** existe depuis le traité de Sèvres.
- ☐ **b.** a été créé à la fin de la première guerre du Golfe.
- ☐ **c.** n'a jamais été créé.

22 La première guerre du Golfe est la conséquence :
- ☐ **a.** de l'invasion du Koweit par l'Irak.
- ☐ **b.** du second choc pétrolier.
- ☐ **c.** des attentats du 11 septembre.

23 La première guerre du Golfe est une guerre :
☐ **a.** asymétrique. ☐ **b.** interétatique. ☐ **c.** les deux à la fois.

24 La seconde guerre du Golfe est provoquée par :
- ☐ **a.** une attaque de l'Irak par l'Iran.
- ☐ **b.** l'invasion de l'Irak par les États-Unis.
- ☐ **c.** l'attaque de l'Arabie Saoudite par l'Irak.

25 La seconde guerre du Golfe est une guerre :
- ☐ **a.** asymétrique. ☐ **b.** interétatique.
- ☐ **c.** d'abord interétatique puis asymétrique.

26 La seconde guerre du Golfe :
- ☐ **a.** provoque la chute de Saddam Hussein et la naissance d'un Irak pacifié qui se reconstruit.
- ☐ **b.** la chute de Saddam Hussein, la désorganisation du pays et l'entrée dans la guerre civile.
- ☐ **c.** le maintien de Saddam Hussein qui devient l'allié des États-Unis.

Réponses :
1. Faux ; **2.** Faux ; **3.** Faux ; **4.** Faux ; **5.** c ; **6.** c ; **7.** b et c ; **8.** c ; **9.** b ; **10.** a ; **11.** c ; **12.** c ; **13.** c ; **14.** a ; **15.** b ; **16.** b ; **17.** a ; **18.** c ; **19.** c ; **20.** b ; **21.** c ; **22.** a ; **23.** b ; **24.** b ; **25.** b ; **26.** b

POUR VÉRIFIER TES CONNAISSANCES

Choisis la (ou les) bonne(s) réponse(s).

1. L'histoire et la mémoire d'un événement sont des regards opposés sur le passé.
☐ V ☐ F

2. Les principaux auteurs du massacre des Herero et Nama sont jugés par les Britanniques après la Première Guerre mondiale.
☐ V ☐ F

3. La notion de crime contre l'humanité apparait dans le traité de Versailles.
☐ V ☐ F

4. En forgeant le nouveau terme de « génocide », Raphaël Lemkin fait référence au massacre des Arméniens et des Juifs d'Europe.
☐ V ☐ F

5. La notion de crime contre l'humanité est reconnue par l'ensemble des systèmes judiciaires du monde.
☐ V ☐ F

6. Le premier des lieux de mémoire du génocide des Juifs de France est institué à l'initiative de l'État au lendemain de la guerre.
☐ V ☐ F

7. En Europe de l'Est, les musées ouverts sur les sites des principaux lieux de la Shoah reconnaissent la mémoire des victimes juives dès la fin de la guerre.
☐ V ☐ F

8. Adolf Eichmann est le premier criminel nazi jugé en dehors d'Europe.
☐ V ☐ F

9. Primo Levi obtient une reconnaissance internationale dès la publication de son ouvrage intitulé *Si c'est un homme*.
☐ V ☐ F

10. Les criminels nazis responsables du génocide des Tsiganes sont jugés lors du procès de Nuremberg.
☐ V ☐ F

11. Qui est le premier historien français à avoir travaillé sur les causes de la Première Guerre mondiale ?
☐ **a.** Benjamin Stora **b.** Fritz Fischer **c.** Pierre Renouvin

12. L'écrivain allemand Fritz Fischer, en 1961, est le premier à parler de :
☐ **a.** la continuité historique de la Prusse au IIIe Reich.
☐ **b.** l'amitié franco-allemande nécessaire pour l'avenir.
☐ **c.** la responsabilité de l'Autriche-Hongrie dans le déclenchement de la Première Guerre mondiale.

13. Pour une formulation nuancée, tu dirais à propos du déclenchement de la guerre de 1914-18, que :
☐ **a.** L'Allemagne n'est pas la seule responsable ; il faut aussi parler de l'Autriche-Hongrie.
☐ **b.** L'Allemagne a été un acteur déclencheur mais les nationalismes européens ont permis le consentement à la guerre des populations.
☐ **c.** L'Allemagne n'est en rien responsable. La faute revient uniquement à la rivalité entre nations.

14. À propos de la guerre d'Algérie, on observe :
☐ **a.** une seule mémoire. **b.** des mémoires multiples.
☐ **c.** deux mémoires clivées, celle des Français et celle des Algériens.

15 Il existe un mémorial national de la guerre d'Algérie.
- ☐ **a.** Oui, à Alger   **b.** Oui, à Alger et à Paris
- ☐ **c.** À Alger mais pas à Paris

16 Qu'est-ce que la *gacaca* au Rwanda ?
- ☐ **a.** Une personne choisie, pour sa bonne réputation, afin de faire partie d'un tribunal populaire dans le cadre de la justice post-génocide au Rwanda.
- ☐ **b.** Un tribunal villageois présidé par un jury populaire, ancienne forme de juridiction au Rwanda recréée en 2001 pour juger les auteurs présumés du génocide de 1994.
- ☐ **c.** Un groupe ethnique très présent au Rwanda et au Burundi.
- ☐ **d.** Une herbe médicinale.

17 Le Tribunal pénal international pour le Rwanda a été créé :
- ☐ **a.** par les autorités rwandaises.
- ☐ **b.** sur une initiative populaire rwandaise.
- ☐ **c.** par le Conseil de sécurité de l'ONU.
- ☐ **d.** à la demande d'un groupe d'ONG.

18 Le crime dont la qualification fait principalement débat au sein de la communauté internationale concernant les violences commises à l'encontre des musulmans de Bosnie est :
- ☐ **a.** le génocide.   **b.** le crime de guerre.
- ☐ **c.** le crime contre l'humanité.
- ☐ **d.** le nettoyage ethnique.

19 La prise d'assaut de Srebrenica par les forces serbes a eu lieu :
- ☐ **a.** en juillet 1993.   **b.** en juillet 1994.   **c.** en juillet 1995.

20 Le régime des Khmers rouges a été à l'origine de l'extermination :
- ☐ **a.** d'un groupe ethnique présent principalement au Cambodge.
- ☐ **b.** des personnes soupçonnées d'être des opposants au régime.
- ☐ **c.** d'un groupe ethnique présent principalement au Viet Nam.
- ☐ **d.** d'une minorité religieuse.

Réponses :

1. Faux. Ce sont deux rapports différents et complémentaires au passé.
2. Faux. Un officier britannique est envoyé pour enquêter et relever des preuves sans que cela ne soit suivi de conséquences judiciaires.
3. Faux. Toutefois, les Alliés évoquent un « crime de la Turquie contre l'humanité » dans une déclaration publiée en mai 1915.
4. Vrai. Il s'agit du prolongement d'un travail entamé durant l'entre-deux-guerres pour que soit reconnus les crimes de barbarie.
5. Faux. Le statut de Rome de la Cour pénale internationale n'a été ratifié que par 139 États.
6. Faux. Fondé par Isaac Schneersohn, le CDJC est issue d'une démarche qui ne bénéficie pas du soutien de l'État.
7. Faux. Il faut attendre les années 1990 pour que l'État polonais reconnaisse que la majorité des victimes d'Auschwitz-Birkenau étaient des Juifs déportés de toute l'Europe.
8. a. Le procès Eichmann organisé à Jérusalem est parfois considéré comme le « Nuremberg du peuple Juif ».
9. b. Le manuscrit est au départ refusé par plusieurs maisons d'édition italiennes et il faudra attendre de nombreuses années avant sa traduction dans plusieurs langues.
10. Faux. La référence au génocide des Tsiganes ne figure pas parmi les chefs d'accusation du tribunal de Nuremberg.
11. c   **12.** a
13. b. L'Allemagne a été un acteur déclencheur mais les nationalismes européens ont permis le consentement à la guerre des populations.
14. b   **16.** b   **18.** a   **20.** a
15. b   **17.** c   **19.** c

POUR VÉRIFIER TES CONNAISSANCES

Choisis la (ou les) bonne(s) réponse(s).

1 Aujourd'hui en France, le patrimoine familial ne peut se transmettre que de père en fils.
☐ **V** ☐ **F**

2 Patrimonialiser un bien garantit sa protection et son authenticité.
☐ **V** ☐ **F**

3 L'art du pizzaïolo napolitain est un bien immatériel classé au patrimoine de l'Unesco.
☐ **V** ☐ **F**

4 Pourquoi la liste du patrimoine mondial a-t-elle été créée ?
☐ **a.** Pour protéger des sites exceptionnels et construire la paix.
☐ **b.** Pour favoriser la compétition entre États.
☐ **c.** Pour développer le tourisme dans le monde.

5 Le patrimoine mondial de l'Unesco est présent :
☐ **a.** uniformément dans le monde.
☐ **b.** uniquement en Occident (Europe et Amérique du Nord).
☐ **c.** dans le monde entier mais inégalement réparti.

6 Un bien immatériel est :
☐ **a.** un paysage ou un monument naturel.
☐ **b.** une pratique, une représentation, une connaissance ou un savoir-faire transmis de génération en génération.
☐ **c.** une construction réalisée par l'homme.

7 Quelle fonction le château de Versailles a-t-il toujours exercée ?
☐ **a.** château royal **b.** musée d'histoire
☐ **c.** Aucune, ses fonctions ont varié.

8 C'est au château de Versailles qu'a été proclamé(e) :
☐ **a.** le second empire allemand
☐ **b.** le second empire français
☐ **c.** la troisième république

9 Actuellement, le château de Versailles garde une fonction politique
☐ **a.** lors des réunions du Congrès
☐ **b.** lors des déclarations des présidents de la République
☐ **c.** lors de ces deux occasions

10 Les marbres du Parthénon, dits d'Elgin, représentent
☐ **a.** la naissance mythique d'Athéna, fille de Zeus.
☐ **b.** la procession de la fête des Panathénées.
☐ **c.** les récits mythologiques sur les dieux de l'Olympe.

11 Le recours de la Grèce devant l'UE pour récupérer les marbres d'Elgin
☐ **a.** est en cours. **b.** a abouti à un succès.
☐ **c.** a été rejeté.

12 Patrimonialiser revient à :
☐ **a.** reconnaître un capital symbolique et culturel à un lieu qui devient patrimoine.
☐ **b.** valoriser un lieu patrimonialisé en lui reconnaissant un capital économique.
☐ **c.** garder la même fonction du lieu mis en valeur par la patrimonialisation.

13 Folkloriser un patrimoine, c'est :
- ☐ **a.** le rendre accessible au plus grand nombre.
- ☐ **b.** le valoriser.
- ☐ **c.** insister particulièrement sur certains de ses éléments (traditions et coutumes).

14 Quels sont les acteurs du patrimoine en France aujourd'hui ?
- ☐ **a.** les citoyens
- ☐ **b.** les entreprises privées
- ☐ **c.** l'État et les collectivités territoriales
- ☐ **d.** l'Abbé Grégoire

15 Le patrimoine mondial de l'humanité de l'Unesco reconnaît en France :
- ☐ **a.** le repas gastronomique des français.
- ☐ **b.** la corrida et les traditions taurines.
- ☐ **c.** les biens en péril identifiés par la mission Bern.

16 Parmi les éléments suivants, lesquels relèvent du *soft power* français ?
- ☐ **a.** tous les éléments culturels, scientifiques et idéologiques français qui montrent l'influence de la France
- ☐ **b.** la fabrication d'Airbus et des voitures Renault
- ☐ **c.** la langue française

17 L'omnipatrimonialisation peut se définir comme
- ☐ **a.** faire un patrimoine de tout ce qui est ancien
- ☐ **b.** faire un patrimoine de tout ce qui peut intéresser des visiteurs
- ☐ **c.** élargir la notion de patrimoine à des biens et pratiques variés

18 En 2021, la politique française en matière de restitutions des biens issus de la colonisation est :
- ☐ **a.** à l'arrêt faute d'un consensus politique sur ce sujet
- ☐ **b.** en cours, des restitutions ponctuelles ont été décidées.
- ☐ **c.** très avancée car l'Assemblée nationale a voté une loi en ce sens.

19 La labellisation des sites patrimoniaux consiste à
- ☐ **a.** reconnaître l'intérêt d'un bien par différents organismes qui accordent leur label.
- ☐ **b.** attribuer le label le plus prestigieux, qui supprime les autres.
- ☐ **c.** accorder la gratuité aux touristes sur les sites concernés.

20 Unesco signifie :
- ☐ **a.** Organisation des Nations unies pour l'éducation, la société et la culture
- ☐ **b.** Organisation des Nations unies pour l'enfance, la société et la culture
- ☐ **c.** Organisation des Nations unies pour l'éducation, la science et la culture

Réponses :
1. Faux ; **2.** Faux ; **3.** Vrai ; **4.** a ; **5.** c ; **6.** b ; **7.** c ; **8.** a ; **9.** c ; **10.** b ; **11.** c ; **12.** a et b ; **13.** b et c ;
14. a, b, et c ; **15.** a ; **16.** a et c ; **17.** c ; **18.** b ; **19.** a ; **20.** c

POUR VÉRIFIER TES CONNAISSANCES

Choisis la bonne réponse.

1. L'environnement est synonyme de nature.
☐ **V** ☐ **F**

2. La conception actuelle de l'environnement repose souvent sur un rapport de domination de l'homme sur le milieu naturel.
☐ **V** ☐ **F**

3. L'anthropocène est la nouvelle ère dans laquelle nous sommes entrés, où l'Homme est la principale force géologique à l'œuvre.
☐ **V** ☐ **F**

4. L'histoire de l'environnement est un sous-champ de l'histoire du climat.
☐ **V** ☐ **F**

5. Les États sont égaux face aux conséquences du changement climatique.
☐ **V** ☐ **F**

6. Les sociétés anciennes étaient totalement démunies face aux catastrophes climatiques.
☐ **V** ☐ **F**

7. Le réchauffement climatique actuel est une variation climatique aux fortes causalités anthropiques.
☐ **V** ☐ **F**

8. La résilience des sociétés consiste à réparer les dégâts causés par une catastrophe.
☐ **V** ☐ **F**

9. Les notions de « préservation de la nature » et de « conservation de la nature » sont synonymes pour les environnementalistes.
☐ **V** ☐ **F**

10. La sortie de l'Accord de Paris par les États-Unis a pour conséquence l'arrêt total de la lutte contre le réchauffement climatique dans le pays.
☐ **V** ☐ **F**

11. La tragédie des biens communs résulte d'une surexploitation des ressources, d'autant plus que leur accès est facile et gratuit.
☐ **V** ☐ **F**

12. Les GIEC sont des gaz dont la toxicité est amplifiée par le réchauffement climatique.
☐ **V** ☐ **F**

13. Les accords internationaux sur le climat remplacent les accords européens en la matière.
☐ **V** ☐ **F**

14. Le réchauffement climatique actuel :
☐ **a.** ne touche que les littoraux.
☐ **b.** fragilise les pays et populations les plus pauvres.
☐ **c.** ne touche que les pays à climat chaud.

15 La gouvernance climatique mondiale :
- ☐ **a.** ne repose que sur les accords signés entre les États.
- ☐ **b.** ne repose que sur les États les plus puissants.
- ☐ **c.** implique des acteurs institutionnels diversifiés, à plusieurs échelles.

16 La création des premiers parcs naturels nationaux américains avait pour premier objectif :
- ☐ **a.** d'organiser des zones de chasse.
- ☐ **b.** de protéger la nature.
- ☐ **c.** de créer de nouvelles activités économiques.

17 Les États-Unis sont sortis de l'Accord de Paris en 2017
- ☐ **a.** pour des raisons économiques.
- ☐ **b.** pour préserver leur indépendance.
- ☐ **c.** parce que les citoyens américains sont climatosceptiques.

18 La première candidature écologiste aux élections présidentielles en France a eu lieu en
- ☐ **a.** 1981.
- ☐ **b.** 1972.
- ☐ **c.** 1974.

19 Le premier protocole international de réduction des gaz à effet de serre a été signé
- ☐ **a.** à Tokyo en 1997.
- ☐ **b.** à Kyoto en 1992.
- ☐ **c.** à Kyoto en 1997.

20 Le président Biden a annoncé dès son élection :
- ☐ **a.** le retour des États-Unis dans le protocole de Tokyo.
- ☐ **b.** le retour des États-Unis dans les accords de Paris.
- ☐ **c.** que les États-Unis prenaient désormais la tête de la lutte mondiale contre le réchauffement climatique.

Réponses :
1. Faux ; **2.** Faux ; **3.** Vrai ; **4.** Faux ; **5.** Faux ; **6.** Faux ; **7.** Vrai ; **8.** Faux ; **9.** Faux ; **10.** Faux ; **11.** Vrai ; **12.** Faux ; **13.** Faux ; **14.** b ; **15.** c ; **16.** b ; **17.** a ;**18.** c ; **19.** c ; **20.** b

POUR VÉRIFIER TES CONNAISSANCES

Choisis la bonne réponse.

1. « Société de la connaissance » et « économie de la connaissance » sont synonymes.
☐ V ☐ F

2. L'école et Internet constituent les principaux circuits de la connaissance.
☐ V ☐ F

3. Au sein de Wikipédia, le processus de légitimation se fait de manière horizontale.
☐ V ☐ F

4. Pour Peter Drucker, la connaissance est une ressource non essentielle par rapport au capital et au travail pour créer de la richesse.
☐ V ☐ F

5. Un des enjeux de la société de la connaissance est la mutualisation des savoirs.
☐ V ☐ F

6. La CIA est une agence d'espionnage et de contre-espionnage.
☐ V ☐ F

7. Les époux Rosenberg ont été exécutés pour espionnage.
☐ V ☐ F

8. L'Inde envoie ses étudiants dans des pays développés et forme des étudiants de pays en développement.
☐ V ☐ F

9. Le cyberespace est un espace totalement virtuel
☐ V ☐ F

10. Le Runet est un levier d'influence de la Russie dans l'espace post-soviétique.
☐ V ☐ F

11. L'ICANN est :
☐ **a.** une organisation des Nations unies qui agit pour la coopération dans le cyberespace.
☐ **b.** une entreprise américaine chargée d'assurer la sécurité des réseaux.
☐ **c.** une organisation internationale qui gère le système d'attribution des adresses Internet.

12. Quel est le point commun entre John P. Barlow et le mouvement des Anonymous ?
☐ **a.** Ils critiquent le manque de fiabilité des wikis.
☐ **b.** Ils défendent la liberté d'expression sur Internet.
☐ **c.** Ils luttent contre le commerce des données personnelles.

13. Le Comcyber est :
☐ **a.** une institution dépendant du ministère de l'Intérieur en charge de la lettre contre la cybercriminalié.
☐ **b.** une unité opérationnelle en charge de la sécurité des systèmes d'information du ministère des Armées.
☐ **c.** une agence européenne en charge de la coordination des politiques de sécurité à l'échelle européenne.

Réponds aux questions suivantes.

14. Quelles lois ont permis de généraliser l'alphabétisation des filles en France ?
15. Que signifie taux d'alphabétisation ?
16. Combien de personnes sont, aujourd'hui, touchées dans le monde par l'analphabétisme ? Quelle est la proportion des femmes ?
17. Quel continent est la plus touchée par l'analphabétisme des femmes ?
18. Cite les trois obstacles majeurs à l'alphabétisation des femmes dans le monde.
19. Quelle jeune-femme, victime des Talibans, se bat aujourd'hui pour l'éducation des femmes dans le monde ?
20. Qui a découvert le phénomène de la radioactivité ?
21. Quelles découvertes doit-on à Pierre et Marie Curie ?
22. Quelles applications découlent des découvertes sur la radioactivité dans l'entre-deux-guerres ?
23. Quel congrès célèbre a inauguré les rencontres internationales entre grands scientifiques ?
24. Quelle invention doit-on à Lise Meitner ? Quelle application en a découlé ?
25. Qu'est-ce que le projet Manhattan ?
26. Qu'est-ce que l'Appel de Stockholm ?
27. Qu'appelle-t-on la dissuasion nucléaire ?
28. Qu'est-ce que le scientisme ?

Réponses :

1. Faux	**6.** Faux	**11.** c
2. Vrai	**7.** Vrai	**12.** b
3. Vrai	**8.** Vrai	**13.** b
4. Faux	**9.** Faux	
5. Vrai	**10.** a	

14. Ce sont les lois Jules Ferry qui rendent l'école gratuite en 1881, laïque et obligatoire en 1882.

15. Pourcentage des personnes adultes qui savent lire et écrire dans une population.

16. 750 millions de personnes dans le monde sont analphabètes, 2/3 sont des femmes.

17. Il s'agit de l'Afrique subsaharienne.

18. La pauvreté, le poids des traditions dans certains pays et les conflits.

19. Malala Yousazai se bat aujourd'hui pour l'éducation des femmes dans le monde.

20. Henri Becquerel a découvert la radioactivité en 1896.

21. Pierre et Marie Curie découvrent le polonium et le radium. Marie Curie invente le terme de radioactivité pour décrire les rayons émis par l'uranium, le thorium, le polonium, le radium.

22. Les principales applications sont médicales, notamment la radiographie et la radiothérapie.

23. Le congrès Solvay.

24. Lise Meitner met au point la première expérience de fission de l'atome en 1938 qui aboutit à la mise au point de la première bombe atomique.

25. Projet de recherche dirigé par les États-Unis qui produisit la première bombe atomique pendant la Seconde Guerre mondiale.

26. L'Appel de Stockholm est lancé en 1950 par le mouvement mondial des artisans de la paix, d'inspiration communiste, réunissant des intellectuels face à l'armement atomique.

27. Dans le contexte de la guerre froide, la dissuasion nucléaire se fonde sur la peur dans les deux camps, du recours par l'autre à l'arme nucléaire.

28. C'est l'opinion philosophique de la fin du XIXe siècle qui affirme que la science constitue la totalité de la connaissance et suffit à satisfaire toutes les aspirations humaines.

Sommaire

COACHING BAC

GRAND ORAL

CRÉER UN ENVIRONNEMENT DE TRAVAIL

propice à la concentration et à la réussite

À LA RENTRÉE

OBJECTIFS

- → Installer son espace de travail.
- → Prévoir son matériel.
- → Acheter ou emprunter les documents utiles.
- → Prendre les bonnes habitudes.

1 Installe ton espace de travail

> **Prévois le matériel nécessaire.**
Rassemble tes manuels, tes cahiers et classeurs et une trousse (des stylos de plusieurs couleurs, un crayon à papier, une gomme et des surligneurs) ainsi qu'un ordinateur si possible.

> **Regroupe tes affaires par discipline.**
Crée **un espace pour chaque matière** : tu peux ainsi y rassembler tes manuels, tes fiches de révisions et tes cahiers d'exercices. De même, organise des dossiers par matière sur ta tablette ou ton ordinateur et **enregistre** tous tes documents pour ne rien perdre !

> **Organise un espace d'affichage.**
Dispose sur un tableau magnétique ou des feuilles blanches ton **planning** de révisions, tes **pense-bêtes**, les **dates clés** de ton année !

> **Soigne ton espace.**
Dans l'idéal, ton lieu de travail doit être rangé, au calme, bien éclairé et confortable (privilégie une assise avec un dossier). **Évite de travailler ailleurs que sur ton bureau** (sur ton lit par exemple), c'est contre-productif !

> **Informe ton entourage.**
Préviens ta famille quand tu es en train de travailler et communique tes **dates d'examens**. C'est plus facile si tous tes proches sont au courant, ils seront d'autant plus attentifs à toi.

« Si la vue d'un bureau encombré évoque un esprit encombré alors que penser de celle d'un bureau vide ? »

Albert Einstein

2 Choisis les bons outils qui vont t'accompagner toute l'année

> **Choisis les bons outils numériques.**
Sur Internet, veille au choix des plateformes numériques que tu utilises ! Pour éviter les pièges, privilégie les liens Internet indiqués dans tes **manuels scolaires**, les **sites de référence** proposés par le ministère de l'Éducation nationale et ceux qui te sont **recommandés** par tes enseignants. Certaines plateformes, comme SchoolMouv, proposent des **contenus rédigés par des enseignants de l'Éducation nationale**.

LE SAVAIS-TU ?

Si tu n'as pas d'ordinateur ou que tu cherches un endroit calme pour travailler, tu peux aller au **CDI** de ton lycée ou à la **médiathèque** de ton quartier !

L'INFO À RETENIR

N'hésite pas à solliciter le professeur-documentaliste de ton lycée, il t'aidera à créer ta session sur ordinateur, à faire le tri parmi les ressources disponibles et te proposera d'emprunter des documents.

> **N'oublie pas certains incontournables documents papier.**
Les **dictionnaires** et **mémentos** sont fiables et ils ont l'avantage de limiter le temps que tu passes devant les écrans.

> **Achète le bon matériel.**
Privilégie les cahiers à spirales qui restent ouverts et les fiches de révisions cartonnées (elles résisteront mieux toute l'année).

3 Assure-toi d'avoir une bonne hygiène de vie

> **Veille à ton équilibre alimentaire.**
Varie tes menus et évite les sucreries, les sodas et les excès de thé ou de café. Néanmoins, accorde-toi quelques **petits plaisirs** pour tenir le coup ! Certains aliments sont recommandés lors des périodes intenses de révisions : poissons gras, avocat, huile d'olive, fruits rouges contenant de nombreux antioxydants.

> **Prévois de bonnes nuits de sommeil.**
Quand on dort, le cerveau s'active ! Il faut **proscrire les nuits blanches**, totalement contre-productives. Si tu as du mal à t'endormir, vérifie que ta chambre soit bien aérée, que la température ambiante te convienne (19 °C dans l'idéal) et mets-toi dans l'obscurité. Une heure avant l'endormissement, bannis les écrans et privilégie par exemple l'écoute de musique douce.

> **Planifie des temps de pause.**
Inutile de réviser jour et nuit. Prévois de t'aérer l'esprit plusieurs heures chaque week-end !

> **N'oublie pas l'activité physique.**
Il n'est pas sain de rester assis toute la journée et, qui plus est, devant un ordinateur. Si tu aimes le sport, **continue de pratiquer** ton activité favorite, sinon garde à l'idée de **bouger un peu tous les jours**, en sortant marcher avec des amis par exemple !

L'ASTUCE À CONNAÎTRE

Si tu ne parviens pas à te passer de musique pour travailler, privilégie des **playlists instrumentales** pour ne pas laisser les paroles te déconcentrer.

FICHE 2

COMPRENDRE
ce qu'on attend de moi pour progresser

EN DÉBUT D'ANNÉE

OBJECTIFS
- → Connaître son niveau de départ.
- → Optimiser le temps de classe.
- → Mettre en place une bonne organisation pour les révisions.

1 Définis ton niveau dans chaque discipline

> **Fais une évaluation diagnostique dans chaque matière.**

Pour cela, tu peux t'aider de plusieurs éléments : les résultats des tests de positionnement en classe de Seconde, tes précédents bulletins, tes premières évaluations de l'année… Regarde tes **notes** mais aussi les **commentaires** des professeurs, ces annotations sont très utiles pour repérer tes points forts et les pistes pour t'améliorer ! Fais également confiance à ton **ressenti** : quelle est ta matière préférée ? Dans quelle discipline te sens-tu le plus à l'aise ?

> **Précise ton niveau.**

Pour chaque matière, entoure les cases qui correspondent à ton expérience dans le tableau suivant. Une fois tes niveaux définis, tu peux établir des **paliers de niveaux** à atteindre en y associant des **dates** (par exemple : niveau 2 à atteindre en décembre, niveau 3 à atteindre en février, et ainsi de suite).

niveau 1 Insuffisant	niveau 2 Fragile	niveau 3 Satisfaisant	niveau 4 Très bonne maîtrise
J'ai des lacunes importantes.	Je fais des erreurs majeures.	Je fais des erreurs mineures.	Je respecte tous les attendus. Je peux même parfois aller plus loin.
J'ai besoin d'aides répétées.	J'ai besoin d'aides ponctuelles.	J'ai rarement besoin d'aide.	Je n'ai pas besoin d'aide.
Réussite rare.	Quelques réussites.	Réussite fréquente.	Réussite systématique.
Je ne sais pas mobiliser mes acquis de manière adéquate à la situation.	Je mobilise mes acquis, mais rarement de manière adéquate.	Je mobilise mes acquis de manière adéquate, même s'il y a des imperfections dans la réalisation de la tâche.	Je mobilise mes acquis de manière adéquate et la réalisation de la tâche est parfaite.

2 Sois efficace en cours

> **Relis ton cours précédent** avant chaque séance. L'idéal est de relire tes notes **la veille au soir**, sinon tu peux profiter d'une heure d'intercours. Tu gagneras en efficacité dès le début du temps de classe.

> **Reste concentré(e).** Évite tout ce qui peut nuire à ton attention (parasites visuels ou auditifs) et positionne-toi correctement. Es-tu bien installé(e) ? As-tu le dos droit, les jambes tendues, le buste en avant ? Sois **à l'écoute de ton corps** !

> **Prends des notes efficaces.** L'objectif n'est pas d'écrire tout ce que dit le professeur, mais de **dégager l'articulation du cours**. Note bien les noms des parties principales et secondaires, les connecteurs logiques et mets en valeur les informations stratégiques du cours. Structure tes notes toujours de la même façon, de sorte que tu puisses te repérer d'**un seul coup d'œil** : utilise les mêmes couleurs pour les titres, les sous-titres, les exemples, etc. Choisis quelques **abréviations**, cela te permettra d'écrire plus rapidement.

> **Reste en action. Participe** dès que tu le peux ! Lis les textes à voix haute, va au tableau lorsque c'est proposé, pose des questions si tu n'as pas bien compris ou si tu souhaites approfondir certains points. D'une part, le cours te paraîtra **plus vivant**, moins ennuyeux, et d'autre part, le professeur notera ta bonne volonté.

QUELQUES RÈGLES POUR ASSIMILER TON COURS PROGRESSIVEMENT

Jour J : Relis tes notes, complète-les et mets-les en forme.

J+1 : Apprends ton cours une première fois et profites-en pour approfondir ou pour vérifier ce qui te pose des difficultés.

J+3 : Relis ton cours et fais des exercices associés.

J+15 : Révise pour t'assurer de n'avoir rien oublié.

3 Hiérarchise et priorise le travail à fournir

> **Chaque week-end, liste les tâches** que tu dois réaliser pour la semaine suivante et répartis-les selon le principe de la matrice d'Eisenhower (voir ci-contre).

Ajoute ensuite les devoirs à rendre ultérieurement (fiches de lecture, devoirs maison, rapports de stage, etc.).

N'oublie pas les objectifs de niveaux que tu te seras fixés (voir tableau plus haut).

La matrice Eisenhower

	URGENT	PAS URGENT
IMPORTANT	• QUADRANT 1 Tâches importantes et urgentes → À traiter en priorité	• QUADRANT 2 Tâches importantes mais non urgentes → À traiter rapidement
PAS IMPORTANT	• QUADRANT 3 Tâches urgentes mais non importantes → Peuvent attendre	• QUADRANT 4 Tâches inutiles → À identifier et limiter au maximum

> Cette matrice met en évidence que notre cerveau obéit plus naturellement à **l'urgence** qu'à **l'importance** ! Tu éviteras ainsi de passer tes journées à courir après les urgences au détriment de ce qui est vraiment important.

FICHE 3

RÉVISER efficacement

TOUT AU LONG DE L'ANNÉE

OBJECTIFS

→ Construire son planning de révisions.
→ Varier les activités pour tenir le rythme.
→ Faire un point régulier pour vérifier sa progression.

1 Établis un planning de révisions

Crée un tableau par semaine ou par mois, sur Excel ou sur une feuille :

- Commence par **barrer les créneaux où tu n'es pas disponible** (temps de classe, activité extrascolaire, week-end en famille).
- Prévois des **créneaux de 1h30** pour chaque temps de travail.
- Privilégie des **horaires fixes** (heure de début et de fin, heures de repas, pauses) car la régularité est un gage de réussite.
- Fixe **un à deux temps de loisir** chaque semaine pour t'aérer l'esprit.
- Attribue des **couleurs** à tes différentes activités.

Élabore ton planning selon des règles simples :

- Inscris **en priorité le matin** les matières qui te posent problème, les tâches difficiles et les disciplines à gros coefficient.

L'ASTUCE À CONNAÎTRE

Des plannings de révisions vierges sont disponibles gratuitement sur Internet (par exemple sur **www.canva.com**) : semaine, mois ou année !

LE SAVAIS-TU ?

Le sketchnoting est une technique de prise de notes **visuelle**, **créative** et **graphique** qui permet de noter ses pensées en les organisant à l'aide d'illustrations, de symboles et de textes. Tu peux justement t'y entrainer en faisant ton emploi du temps.

Scanne-moi !

- N'oublie pas les travaux que tu as listés à partir de la **matrice Eisenhower** (voir p. 333).
- **Après le déjeuner**, privilégie les tâches créatives qui te plaisent : schémas à construire, diaporamas à illustrer, lecture.
- **En fin d'après-midi**, prévois des temps de révisions pour reprendre ce que tu as déjà vu précédemment.

Fais évoluer ton planning :

Si parfois tu ne respectes pas ton planning, pas de panique ! **Reste flexible** en laissant deux blocs de 1h30 libres chaque semaine, tu pourras ainsi parer à tout imprévu. L'essentiel est de reprogrammer au plus vite le temps de travail manqué.

2 Alterne les modalités de travail

> **Le secret pour tenir le rythme, c'est de varier.**
Alterne les types de révisions, les exercices et les matières à travailler. Le cerveau aime la régularité mais pas la routine. Ne pas se lasser est important pour **garder le moral** et une **bonne dynamique de travail**.

> **Tu as du mal à te concentrer ?**
Essaie la **méthode Pomodoro**. L'objectif est de rester **concentré(e) à 100 %** sur une seule et unique tâche pendant plusieurs sessions de 25 min. Une courte pause sépare chaque session, puis un temps de pause plus long intervient après plusieurs sessions

La méthode Pomodoro

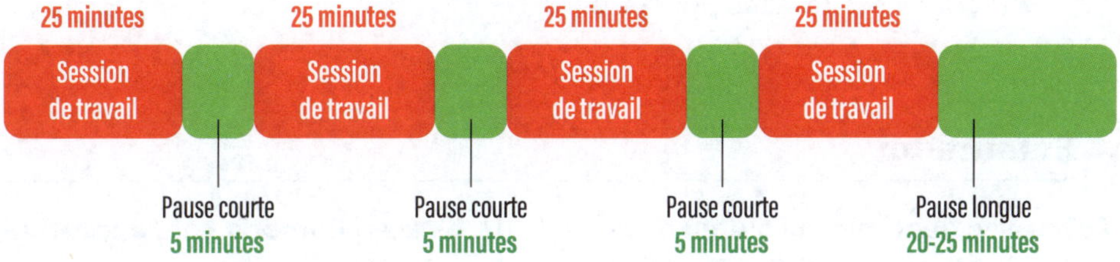

3 Fais une auto-évaluation régulièrement

Fais un **point régulier** pour vérifier la bonne avancée de tes révisions et l'efficacité de tes méthodes de travail.

> **Si tu as atteint tes objectifs.**
Tu peux considérer que **les compétences sont acquises**, il te suffira de réviser régulièrement.

> **Si tu n'as pas atteint tes objectifs.**
Prévois dans ton planning des temps de travail supplémentaires pour **reprendre le cours** et **faire des exercices associés**.

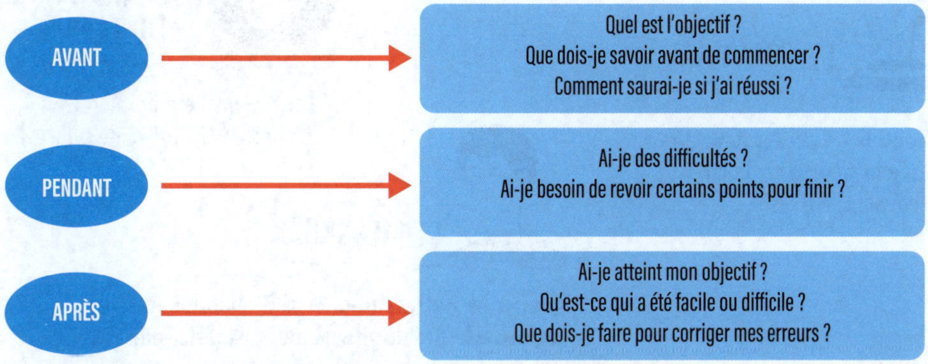

GÉRER
mon stress

DE J-15 À J-1

OBJECTIFS

→ Réviser entre amis.
→ Être en forme et maîtriser son niveau de stress.
→ Préparer ses affaires pour le jour J.

1 Entoure-toi

> **Révise avec des amis qui ont envie de réussir.** Travailler en groupe peut être très stimulant, à condition que tout le monde ait le **même objectif**.

> **Choisis le bon endroit.** Évite le café du quartier ou la chambre d'un ami chez qui l'ambiance est très bruyante.

> **Échange avec tes amis sur tes cours.** Discute avec eux de ce sur quoi vous travaillez, ça te permet de **vérifier que tu as bien compris** et d'**approfondir** les choses.

> **Partage tes productions avec le groupe.** Fais un maximum d'exercices, donne-les à tes amis pour qu'ils les corrigent et **mets-toi à la place du jury** en retour ! C'est une méthode très efficace pour progresser.

> **Challenge-toi.** Toujours dans un esprit bienveillant, organise des sessions de tests pour **t'entraîner** aux épreuves.

Il est aussi possible d'**attribuer un rôle** à chaque membre du groupe, en changeant chaque jour :

LE CONVIVIAL

Apporte les petites douceurs du jour pour tenir le coup (boissons, en-cas).

LA GARDIENNE DU TEMPS

Est responsable des horaires (temps de travail et de pauses).

LE MESSAGER

Informe les autres du matériel à apporter, est responsable des documents de travail du jour.

Soutien émotionnel, ambiance dé-stressante, motivation et rigueur, il y a de nombreux avantages à travailler entre amis. Mais **tu peux aussi demander de l'aide à tes parents, tes frères et sœurs** qui sont déjà passés par là, et **tes enseignants** !

QUELQUES RÈGLES POUR BIEN TRAVAILLER EN GROUPE

- Le groupe peut être constitué de **3 ou 4 personnes** maximum.
- Tout le monde doit être au clair sur les **objectifs du jour**.
- **Chacun respecte** les séquences de travail et les pauses.
- Un temps de débriefing et de convivialité est essentiel pour **décompresser** !

2 Sois prêt physiquement et mentalement

Face au stress, plusieurs solutions existent : yoga, sophrologie, relaxation, méditation…

Si tu ne sais pas comment t'y prendre, **tu peux essayer de simples exercices de respiration**. Commence par **t'isoler** et **assieds-toi**. Inspire profondément pendant 3 secondes et expire doucement pendant 5 secondes, tout cela sur 1 à 2 minutes. Une fois le rythme installé, **associe une image à ta respiration**, par exemple la mer qui monte quand tu inspires et qui se retire quand tu expires.

Quelques jours avant ta première épreuve, repère et calcule ton trajet jusqu'au centre d'examens, avec **plusieurs modes de transport** possibles.

> **Détends-toi, aère-toi.** Marche un peu, lis un magazine, mais évite les réseaux sociaux !

> **Couche-toi tôt.** Sans réviser jusqu'au bout de la nuit ! Pour y arriver plus facilement, force-toi à **te lever tôt la semaine** précédant la période des examens, comme ça tu seras déjà dans le rythme.

L'ASTUCE À CONNAÎTRE

Programme **plusieurs sonneries** sur ton réveil et demande à un proche de s'assurer que tu seras debout à l'heure !

3 Prépare-toi et prépare tes affaires

Ton sac et ta tenue doivent être **prêts la veille de chaque épreuve**. Il est indispensable de prévoir une tenue adaptée selon la nature de l'épreuve :

> **Pour les épreuves écrites, privilégie des vêtements confortables** dans lesquels tu seras **à l'aise** pour travailler. Emmène aussi un pull ou un gilet, facile à retirer si tu as trop chaud ou à mettre si tu grelottes de froid !

> **Pour les épreuves orales, prévois une tenue simple mais correcte**, même s'il fait chaud. L'apparence joue un **rôle important** lorsqu'on s'exprime devant un jury.

Prépare ton sac :

- ☐ Pièce d'identité et convocation (avec l'adresse du centre d'examen)
- ☐ 2 stylos
- ☐ 2 surligneurs
- ☐ 1 correcteur
- ☐ 1 crayon à papier et 1 gomme
- ☐ Crayons de couleurs et règle pour les schémas
- ☐ Calculatrice (vérifier les piles avant)
- ☐ Mouchoirs
- ☐ Gourde d'eau et en-cas
- ☐ Montre

LES FAUX-PAS À ÉVITER

- Couleurs trop flashy
- Accumulation d'accessoires
- Vêtements troués, usés ou froissés

Durant la période d'examens, mets en place ce rituel le matin et le soir pour te mettre en confiance et t'assurer une certaine **sérénité** !

FICHE 5

ASSURER le Jour J

JOUR J

OBJECTIFS

→ Bien aborder l'épreuve.
→ Éviter les pièges.
→ Rendre une bonne copie.

1 Démarre correctement ton épreuve

> **Analyse le sujet** (10 min).

En premier lieu, **assure-toi que toutes les pages sont bien présentes**, ainsi que les annexes. Prends ensuite le temps de **bien lire le sujet**. Il vaut mieux prendre quelques minutes supplémentaires pour choisir lorsque deux sujets sont proposés.

> **Prépare un brouillon** (entre 45 min et 1h).

Il ne s'agit pas de tout écrire au brouillon, cela te ferait perdre trop de temps. **Écris ton plan** pour garder un fil conducteur et utilise des **surligneurs** de différentes couleurs pour te repérer dans tes parties. Il est également conseillé de **rédiger entièrement ton introduction et ta conclusion** au brouillon pour te démarquer des autres copies.

> **Gère ton temps dès le début de l'épreuve.**

Définis le temps que tu accordes à chaque partie du sujet. Commence par les exercices avec lesquels tu te sens le plus à l'aise. **Ne reste pas bloqué(e)** si un exercice ou une formulation te manque, passe à autre chose : tu y reviendras plus tard. Pour les épreuves longues, **fais une pause de 5 minutes au milieu du temps imparti**.

L'ASTUCE À CONNAÎTRE

Au **brouillon**, n'écris que sur le **recto** de chaque feuille. Cela te permet de garder une vue d'ensemble.

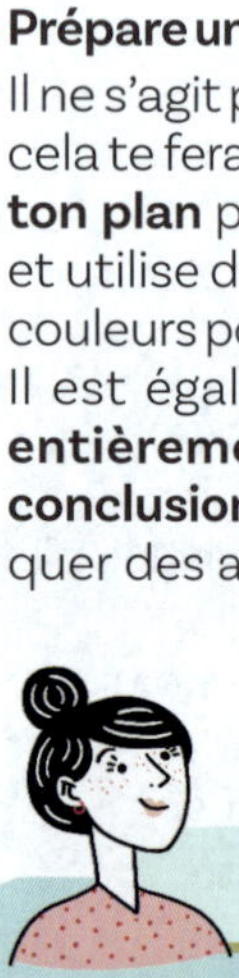

L'INFO À RETENIR

Accorde une grande importance à l'introduction et à la conclusion :
Un bon début donne le ton d'une bonne copie. À l'inverse, une mauvaise introduction laissera une mauvaise impression dont le correcteur aura du mal à se défaire. Il est aussi courant que les correcteurs lisent la conclusion juste après l'introduction.

- Soigne la phrase d'accroche de ton introduction et évite les formulations stéréotypées.
- Vérifie que ta conclusion réponde bien à ta problématique.

2 Évite les erreurs et le hors-sujet

Avant de démarrer, il faut lire attentivement l'énoncé pour comprendre les consignes :

> Repère les **mots-clés** et définis-les.

> Note au brouillon **toutes les connaissances** que tu as sur ces notions.

> Mets-les en relation grâce à la **méthode QQOQCCP** (Qui ? Quoi ? Où ? Quand ? Comment ? Combien ? Pourquoi ?) pour baliser les limites du sujet (voir p. 342).

> Organise ensuite ton **plan.**

MÉTHODE

Vérifie la cohérence de ton plan.
Le plan est le squelette de ton argumentation, il doit être structuré pour tenir debout !

- Assure-toi que les parties et les sous-parties sont équilibrées.
- Vérifie qu'au moins un exemple illustre ton propos dans chaque sous-partie.
- Rédige des transitions pour montrer la logique de ton raisonnement.

3 Démarque-toi des autres copies

> **Soigne ta copie.**
Efforce-toi de rendre une **copie propre et lisible**. Les correcteurs en ont beaucoup à corriger et ne feront pas toujours d'efforts s'ils n'arrivent pas à te lire !

- Choisis une **encre foncée** (les copies sont numérisées avant d'être envoyées aux correcteurs).
- **Aère** ta copie : saute des lignes et n'écris pas dans les marges.
- Soigne ta **graphie** tout au long de l'épreuve.

> **Sois clair(e) et concis(e).**
La formulation la plus simple est souvent la meilleure. Privilégie les **phrases courtes**. Cela t'évitera de faire des erreurs dues à des tournures complexes (concordance des temps, propositions multiples dans la même phrase…).

- Utilise le **vocabulaire précis** vu en classe.
- **Évite les tournures familières**.
- N'oublie pas de **ponctuer** tes phrases.

> **Cite des références qui font la différence.**
Pour illustrer des idées, il est important d'avoir une copie riche en **exemples**. Varie les sources bibliographiques (auteurs, siècles, genres littéraires).

L'ASTUCE À CONNAÎTRE

Tu n'aimes pas lire ? Tu peux compléter tes références grâce à d'autres domaines : la **musique**, le **cinéma**, la **danse**, l'**architecture**, la **gastronomie**, la **sculpture**, le **cirque** ou la **photographie**.

> **Relis-toi.**
Il est important de garder **10 minutes en fin d'épreuve** pour porter une attention toute particulière à l'orthographe. Certaines erreurs ne sont pas pardonnables !

- Vérifie tous les **accords**.
- Fais attention à la **terminaison** de tes verbes.

LE PETIT +

→ **Pour mieux comprendre les exigences des correcteurs :**

- Lis les **rapports du jury** des années précédentes (disponibles sur www.eduscol.education.fr).
- Relis les **annotations de tes professeurs**.
- Lis les **bonnes copies** de tes camarades et les **sujets corrigés** de ton livre *FOCUS BAC*.

FICHE 1

COMPRENDRE
L'épreuve du Grand Oral

OBJECTIFS

→ Comprendre les finalités de l'épreuve.
→ Connaître les attentes du jury.

Une épreuve pour te préparer à l'entrée dans l'enseignement supérieur	Une épreuve pour t'amener à « savoir parler en public »
> L'épreuve du Grand Oral te permet de **travailler sur ton projet d'orientation**, en t'amenant à formaliser tes choix pour ta poursuite d'études. > Elle t'invite également à **te préparer pour réussir dans l'enseignement supérieur** : s'exprimer en public, collaborer, mener à bien une présentation et exercer son esprit critique sont en effet des compétences attendues d'un étudiant dans l'enseignement supérieur. > La **forme de l'exposé oral** est une **modalité d'évaluation** qui jalonnera l'ensemble de ton parcours d'études supérieures. Le Grand Oral est une **véritable opportunité de te préparer à devenir étudiant** en adoptant dès maintenant les bons réflexes et en te projetant vers l'avenir.	Une prise de parole efficace implique **d'être convaincant(e) et de savoir capter son auditoire**, ce qui nécessite les compétences suivantes : > mobiliser ses connaissances ; > structurer son propos ; > développer son esprit critique ; > élaborer une présentation structurée et argumentée ; > être en mesure d'expliciter ses choix et les positions défendues ; > maîtriser son trac ; > poser sa voix et adopter le bon rythme de parole ; > gérer sa communication non verbale.

Les points à maîtriser pour réussir son Grand Oral

1. Je choisis des sujets en lien avec mon programme de spécialité et mon projet d'orientation.
2. Je développe mes compétences oratoires et je maîtrise mon trac pour être capable de m'exprimer clairement.
3. Je suis en mesure de développer une argumentation.
4. Je respecte le délai imparti à chaque étape de l'épreuve.
5. J'exécute ma présentation sans notes et debout.
6. Je présente mon projet d'orientation et le cheminement mené pour le construire en vue d'expliquer mes choix de poursuite d'études.

Connaître les attentes du jury

Le jury se compose de deux enseignant(e)s de disciplines différentes, dont l'un(e) au moins enseigne l'une des spécialités choisies par le (la) candidat(e). Il valorise **« la solidité des connaissances du candidat, sa capacité à argumenter et à relier les savoirs, son esprit critique, la précision de son expression, la clarté de son propos, son engagement dans sa parole, sa force de conviction »** selon les critères suivants :

	Qualité orale de l'épreuve	Qualité de la prise de parole en continu
	La voix soutient efficacement le discours. Qualités prosodiques marquées (débit, fluidité, variations et nuances pertinentes, etc.). Le candidat est pleinement engagé dans sa parole. Il utilise un vocabulaire riche et précis.	Discours fluide, efficace, tirant pleinement profit du temps et développant ses propositions.
	Quelques variations dans l'utilisation de la voix ; prise de parole affirmée. Il utilise un lexique adapté. Le candidat parvient à susciter l'intérêt.	Discours articulé et pertinent, énoncés bien construits.
	La voix devient plus audible et intelligible au fil de l'épreuve mais demeure monocorde. Vocabulaire limité ou approximatif.	Discours assez clair mais vocabulaire limité et énoncés schématiques.
	Difficilement audible sur l'ensemble de la prestation. Le candidat ne parvient pas à capter l'attention.	Énoncés courts, ponctués de pauses et de faux démarrages ou énoncés longs à la syntaxe mal maîtrisée.

	Qualité des connaissances	Qualité de l'interaction	Qualité et construction de l'argumentation
	Connaissances maîtrisées, les réponses aux questions du jury témoignent d'une capacité à mobiliser ces connaissances à bon escient et à les exposer clairement.	S'engage dans sa parole, réagit de façon pertinente. Prend l'initiative dans l'échange. Exploite judicieusement les éléments fournis par la situation d'interaction.	Maîtrise des enjeux du sujet, capacité à conduire et exprimer une argumentation personnelle, bien construite et raisonnée.
	Connaissances précises, capacité à les mobiliser en réponse aux questions du jury avec éventuellement quelques relances.	Répond, contribue, réagit. Se reprend, reformule en s'aidant des propositions du jury.	Démonstration construite et appuyée sur des arguments précis et pertinents.
	Connaissances réelles, mais difficulté à les mobiliser en situation à l'occasion des questions du jury.	L'entretien permet une amorce d'échange. L'interaction reste limitée.	Début de démonstration mais raisonnement lacunaire. Discours insuffisamment structuré.
	Connaissances imprécises, incapacité à répondre aux questions, même avec une aide et des relances.	Réponses courtes ou rares. La communication repose principalement sur l'évaluateur.	Pas de compréhension du sujet, discours non argumenté et décousu.

Grille d'évaluation officielle de l'épreuve orale terminale
(https://www.education.gouv.fr/bo/20/Special2/MENE2002780N.htm?cid_bo=149115).

FICHE 2

EXPLORER
les thèmes sélectionnés

OBJECTIFS

→ Explorer tous les aspects d'un sujet pour arrêter son choix.
→ Réaliser des cartes mentales pour s'approprier les thématiques.

Comment explorer un sujet ?

Pour amorcer la réflexion, il est nécessaire de se poser un certain nombre de questions. Tu peux pour cela appliquer la méthode QQOQCCP.

> **Qui ?** Qui est concerné par le sujet (acteurs économiques, individus, groupes sociaux...) ?

> **Quoi ?** Quels sont les faits ou éléments caractérisant le sujet (phénomènes, événements, processus...) ?

> **Où ?** Quels sont les lieux concernés par le sujet ?

> **Quand ?** Quelle est la période concernée par le sujet ?

> **Comment ?** De quelle manière le sujet s'exprime-t-il ou se manifeste-t-il ?

> **Combien ?** Combien de personnes ou quelle quantité d'éléments sont concerné(e)s par le sujet ?

> **Pourquoi ?** Quels sont les causes et les enjeux du sujet (naturel[le]s, intellectuel[le]s, économiques, politiques...) ?

La carte mentale : un outil idéal pour matérialiser ton exploration

Une carte mentale est une représentation de concepts, d'idées et d'informations sous forme d'arborescence.

Avec ses **différents embranchements**, ta carte mentale te permettra de **visualiser clairement** tous les aspects du sujet envisagé.

1. **Positionne la notion ou la thématique abordée au centre de ta carte mentale.**
2. **Intègre tes idées :** en partant du centre, dessine une branche par idée avec un mot-clé pour exprimer chaque notion ou concept identifié(e).
3. **Enrichis ta carte mentale :** utilise des icônes et des couleurs différentes pour chaque branche afin de caractériser tes axes.

Tu peux opter pour une **version manuscrite** en utilisant comme support :

> une feuille de papier en **format paysage** ;

> un ***paper board*** ;

> des **post-it** de différentes couleurs en fonction des branches de ta carte mentale.

Tu peux aussi opter pour une **version numérique** en t'aidant :

> de **logiciels spécialisés** tels que : xmind.net, lucidchart.com, gitmind.com, qui permettent aussi de mettre en place des cartes mentales collaboratives.

> de **logiciels de traitement de texte**, en utilisant la fonctionnalité Smart Art.

FICHE
3

STRUCTURER
son sujet

OBJECTIFS

- → Apprendre à organiser ses idées pour construire son argumentaire.
- → Construire une présentation structurée de sa question.

Comment structurer tes idées ?

1. **Regroupe toutes les informations recueillies** dans un même document (papier ou numérique) et **construis une bibliographie** pour avoir une vision globale de tes sources d'information.
2. **Classe ces informations par thème** puis analyse les liens entre les différentes idées pour dégager les éventuelles associations et contradictions.
3. **Hiérarchise tes idées** en distinguant au sein de chaque thématique les points clés des éléments plus secondaires.
4. **Produis une synthèse** de l'ensemble de tes idées pour en mémoriser les points clés et amorcer la construction de ton plan.

Comment structurer la présentation de ta question ?

1. **Le premier temps de ta présentation** consiste à :
   - > énoncer ton sujet ;
   - > expliciter les raisons de ton choix ;
   - > présenter ta problématique et annoncer ton plan.
2. **La partie centrale de ta présentation est le développement de ta question**, qui te permet d'exposer tes arguments selon le plan annoncé lors de ton introduction en veillant à soigner les transitions entre tes parties et tes idées.
3. **Ta présentation s'achève par une conclusion courte et efficace** qui résume ton propos tout en apportant une ouverture.

Des exemples de plans possibles

- > **Le plan dialectique** invite à la discussion en défendant un point de vue sur une question (la thèse), puis en apportant des arguments qui, selon une autre perspective, nuancent ce point de vue (l'antithèse) pour obtenir une vision approfondie de la question (la synthèse, qui peut être exprimée en conclusion).
- > **Le plan thématique** présente dans chaque partie différentes facettes d'un sujet pour en offrir une vue la plus complète possible.
- > **Le plan chronologique** met en avant les phases successives d'un sujet en analysant en détail chaque étape.
- > **Le plan analytique** présente un fait ou un problème avant d'en aborder les causes puis les perspectives de résolution.
- > **Le plan comparatif** met en évidence des ressemblances et des différences permettant d'alimenter la comparaison de différents éléments (idées, événements, œuvres, stratégies...).

FICHE
4

TRAVAILLER
sa voix et sa diction

OBJECTIFS

→ Apprendre à utiliser toutes les ressources de sa voix (volume, intonation, diction) pour capter son auditoire.
→ Veiller à bien utiliser l'ensemble de ces outils lors de ses prises de parole.

Pourquoi adapter le volume de ta voix ?	Pourquoi moduler les inflexions de ta voix ?	Pourquoi faut-il bien articuler ?
> **Pour dynamiser ton discours :** cela permet de rendre ton propos vivant et de lui donner ainsi plus de force. > **Pour maintenir l'attention de ton auditoire :** tes interlocuteurs n'auront pas de difficultés à t'entendre et pourront ainsi se concentrer sur ton propos. > **Pour donner une impression de confiance en toi et d'assurance.**	> **Pour éviter de lasser ton auditoire :** une voix monocorde est susceptible de te faire perdre l'attention de l'auditoire. > **Pour rendre ton discours plus vivant.** > **Pour transmettre des émotions :** capter l'attention de l'auditoire implique nécessairement d'agir sur un plan émotionnel, et les intonations de voix constituent un très bon vecteur en la matière.	> **Pour être mieux et plus vite compris par tes interlocuteurs :** l'auditoire n'aura pas de difficultés à t'entendre, et donc à comprendre ton discours. > **Pour rendre son propos plus fluide :** l'auditoire aura le temps d'apprécier la résonance des mots. > **Pour donner plus d'impact et de force à ton discours :** une bonne articulation repose en partie sur un usage approprié des silences.

Adapte le volume de ta voix	Module l'intonation de ta voix	Travaille ton articulation
> **Observe l'environnement dans lequel aura lieu ta prise de parole :** le niveau sonore ambiant, la taille de la salle… > **Adapte ton volume sonore à la situation de prise de parole :** cela permettra à ton auditoire d'avoir une écoute agréable et confortable. Il ne doit pas avoir à faire d'efforts pour t'entendre et te comprendre.	> **Utilise toute la tessiture de ta voix :** il ne faut pas avoir peur d'utiliser les graves, les aiguës et toutes les autres nuances de ta voix. > **Adapte ton intonation de voix aux messages que tu veux transmettre et aux émotions que tu souhaites véhiculer.** Cela implique d'avoir une intonation en adéquation avec ton sujet (interpeller, rassurer, émouvoir ou encore convaincre).	> **Pratique régulièrement** des exercices de diction et de prise de parole. > **Apprends à peser tous tes mots :** pour prendre le temps d'investir ton discours. > **Ralentis ton rythme** et ton débit de parole.

FICHE 5

DÉVELOPPER sa répartie

OBJECTIFS

- → Comprendre les points à maîtriser pour répondre au jury de manière satisfaisante.
- → S'entraîner à interagir avec le jury.

Quels sont les points clés pour bien gérer ta manière de répondre au jury ?

Ce temps d'échange a pour finalité d'évaluer la solidité de tes connaissances et ta capacité à raisonner. Voici les points clés à travailler pour aborder sereinement cette partie de l'épreuve.

1. **Apprends à gérer tes émotions**, et plus particulièrement ton trac, pour adopter une posture d'écoute active et être en mesure de réagir de manière appropriée aux questions posées.
2. **Prends le temps de réfléchir avant de répondre.** La formulation d'une réponse pertinente est indissociable de ta capacité à comprendre les attentes du jury. Prends le temps d'écouter la question jusqu'au bout et laisse-toi quelques secondes pour y réfléchir avant de répondre.
3. **Assure-toi d'avoir bien compris le sens de la question posée.** Tu peux reformuler le point soulevé avec tes propres mots ou demander des précisions au jury.
4. **Apprends à gérer ta voix et ta diction.** Parle d'une voix posée, avec conviction et engagement. Prends le temps d'énoncer tes réponses et n'hésite pas à faire des pauses pour rythmer ton discours. Veille également à ta communication non verbale.
5. **Soigne ton vocabulaire et ton niveau de langue.**

Comment développer ton sens de la répartie ?

Entraîne-toi à développer ton sens de la répartie, c'est-à-dire ta capacité à répondre avec pertinence à toute remarque que l'on pourrait te faire.

> **Applique la règle des « quatre C »** pour formuler des réponses **claires**, **courtes**, **concises** et **concrètes**. Sois vigilant(e) à bien structurer tes réponses pour que ton propos soit le plus compréhensible possible.

> **Mets en évidence ta capacité à raisonner** en faisant des **connexions** entre les notions abordées et tes connaissances sans oublier de mettre ces éléments **en perspective** avec des faits d'actualité.

> L'art de la répartie n'est pas inné, entraîne-toi régulièrement, notamment en pratiquant des **matchs d'improvisation** pour développer ta **confiance en toi**, ta capacité à **lâcher prise**, ton sens de l'**écoute** et ta **réactivité**.

A

Accord de Nauru (1982) : Accord visant à réguler la pêche au thon dans le Pacifique afin de protéger et de pérenniser la ressource.

***Acqua alta* :** Phénomène de marée qui, à Venise, provoque des inondations plus ou moins fortes, du fait du niveau de la ville situé au-dessous du niveau de la mer.

Agence spatiale : Organisme chargé de coordonner l'activité spatiale à l'échelle d'un pays ou d'un groupe de pays (NASA aux États-Unis, Roscomos en Russie, ESA en Europe...).

Alphabétisation fonctionnelle : Capacité à réaliser des activités dans lesquelles l'alphabétisation est nécessaire (à titre personnel et pour le développement de sa communauté).

Amnistie : Décision de justice qui annule des actes réprimés par la loi.

Anthropisation : Transformation d'un milieu sous l'action directe ou indirecte de l'homme.

Anthropocène : Nouvelle ère géologique, caractérisée par le fait que le principal facteur de changement est l'action des hommes et non plus de la Terre (le terme émerge dans les années 1990).

Archives publiques : Documents conservés et classés par un État, soumis à des délais de consultation.

B

Balkanisation : Processus de fragmentation et de division d'une région ou d'un État.

Banque asiatique d'investissement pour les infrastructures (BAII) : Banque internationale alternative aux institutions onusiennes, créée par la Chine en 2015 et basée à Beijing. Elle est un outil de soutien financier aux « routes de la soie » orienté sur l'Asie.

Belligérant/belliciste : Qui participe à une guerre/qui recherche la guerre.

Bien immatériel : Pratique, représentation, connaissance ou savoir-faire transmis de génération en génération.

C

Capacité de projection : Ensemble des moyens qui permettent d'acheminer rapidement une force militaire loin de ses bases pour exécuter une mission.

Capacité de seconde frappe : Capacité d'un pays à lancer des missiles nucléaires même après avoir été détruit par une attaque.

Chinafrique : Système de relations politiques, diplomatiques, économiques et sociales entretenues par la Chine avec l'Afrique.

Circumnavigation : Navigation autour d'un lieu, couramment une île, un continent ou la Terre entière.

Communauté savante : Ensemble de scientifiques ou d'intellectuels qui se dotent de normes et d'institutions.

Communauté scientifique : Ensemble plus ou moins large de chercheurs.

Congrès du Parlement : Séances exceptionnelles qui réunissent les deux assemblées pour des occasions spécifiques : révisions constitutionnelles ou déclaration du président de la République.

Conservation : Défense de l'environnement qui cherche à protéger la nature dans le but d'en préserver les ressources, donc en l'exploitant raisonnablement. C'est une vision anthropocentrique de l'environnement.

Coopération : Dans les relations internationales, politique d'entente et d'accords entre États sur des projets communs, permettant le partage des compétences et des coûts.

Course à l'armement : Développement accéléré des capacités militaires dans le cadre d'une rivalité entre États.

Crime contre l'humanité : Assassinat, extermination, réduction en esclavage, la déportation, et tout autre acte inhumain commis contre toutes populations civiles, ou bien les persécutions pour des motifs politiques, raciaux ou religieux, ayant un caractère systématique et planifié.

Crime de génocide : « Acte commis dans l'intention de détruire, ou tout ou en partie, un groupe national, ethnique, racial ou religieux » (*Convention pour la prévention et la répression du crime de génocide* de 1948).

Crime de guerre : Assassinat, mauvais traitements ou déportation de populations civiles ou de prisonniers de guerre, pillages de biens publics ou privés et dévastations que ne justifient pas les exigences militaires.

Crise frumentaire : Crise économique et sociale due aux mauvaises récoltes.

Cyberattaque : Attaque menée au travers du cyberespace ciblant les infrastructures, les logiciels ou les contenus échangés.

Cybercriminalité : Actes délictueux ou criminels effectués dans le cyberespace.

Cyberdéfense : Ensemble des dispositifs mis en place par un État afin de défendre dans le cyberespace les systèmes d'information jugés essentiels.

Cyberespace : Espace virtuel d'échange de données numériques dans lequel naviguent les internautes.

Cybersécurité : Protection des systèmes d'information face aux diverses menaces issues du cyberespace qui compromettent notamment la disponibilité ou la confidentialité des données.

D

Débaasification : Dissolution du parti Baas, socialiste, panarabe et laïque, au pouvoir en Irak de 1963 à 2003, et démantèlement de l'armée et des administrations irakiennes en place.

Déclaration du président de la République devant le Congrès : Séance exceptionnelle qui se tient à Versailles, lors de laquelle le Président s'adresse aux élus des deux assemblées. Le discours peut être suivi d'un débat, hors présence du Président, non d'un vote.

Démocratisation du patrimoine : Le patrimoine est rendu plus facilement accessible au plus grand nombre.

Développement durable : Mode de développement qui répond aux besoins du présent sans compromettre ceux des générations futures. Il repose sur trois piliers : environnemental (protection des écosystèmes, de la biodiversité…), social (lutte contre les inégalités, pour les emplois décents…) et économique (rentabilité *via* une croissance raisonnable).

Devoir de mémoire : Obligation morale de se souvenir d'un événement historique et de ses victimes, afin d'empêcher qu'il ne se reproduise.

Diplomatie culinaire : Elle désigne l'utilisation des repas pour influencer les relations intergouvernementales.

Disette : Malnutrition et sous-nutrition d'une population par manque de réserves suffisantes de nourriture. En cas de mortalité directement causée par le manque de nourriture, on parle de famine.

Dissuasion : Stratégie qui consiste, par la seule crainte de représailles, à décourager l'ennemi de toute agression.

Djihadisme : Idéologie politique et religieuse islamiste qui prône l'usage de la violence afin d'instaurer un État islamique.

Dumping environnemental : Action d'une institution ou d'une entreprise visant à alléger ou à contourner la législation en faveur de l'environnement, afin de poursuivre des objectifs de compétitivité économique.

E

Écologisme : Souci de protéger la nature contre les destructions causées par les sociétés industrielles.

Économie de la connaissance : Phase du système capitaliste où la valeur ajoutée des prestations intellectuelles dépasse celle de la production de biens industriels.

Empreinte écologique : Mesure de l'impact des activités humaines sur le milieu naturel.

Épisode méditerranéen : Violent système orageux apportant des précipitations intenses (plus de 200 mm en 24 heures).

Équilibre des puissances : Situation géopolitique dans laquelle les relations internationales visent à contenir les puissances qui pourraient remettre en cause l'ordre géopolitique établi.

Espace extra-atmosphérique : Étendue qui sépare les astres entre eux et se situe, du point de vue terrestre, au-delà de notre atmosphère.

F

Fission de l'atome (ou nucléaire) : Éclatement d'un noyau instable en deux noyaux plus légers, qui s'accompagne d'un dégagement d'énergie.

Fusée V2 : Destinée à frapper à distance les territoires ennemis, elle annonce les missiles balistiques intercontinentaux et les lanceurs d'engins spatiaux.

G

Gastro-diplomatie : Stratégie d'un État qui utilise ses traditions culinaires comme vecteur de puissance.

Génocide : Acte commis dans l'intention de détruire, ou tout ou en partie, un groupe national, ethnique, racial ou religieux.

Gouvernance climatique : Ensemble des institutions et des décisions qui visent à agir de façon multilatérale contre le réchauffement climatique.

Guérilla : Terme emprunté à l'espagnol utilisé pour décrire des combats d'unités mobiles et flexibles pratiquant une guerre de harcèlement et d'embuscades sans ligne de front.

Guerre asymétrique : Guerre qui oppose des États ou des armées régulières à des groupes insurrectionnels ou à des organisations terroristes.

Guerre d'intervention : Guerre menée sur un théâtre éloigné du territoire d'un des belligérants qui intervient pour respecter un engagement prévu par une alliance ou pour défendre ses intérêts géopolitiques.

Guerre industrielle : Guerre privilégiant la puissance de feu et visant l'usure de l'ennemi.

Guerre interétatique : Guerre qui oppose au moins deux États.

Guerre irrégulière : Guerre qui implique un acteur non étatique, des armes non conventionnelles ou des cibles civiles.

Guerre régulière : Guerre opposant des États qui utilisent des troupes et des moyens réguliers (armées nationales et armes conventionnelles).

H

Haute mer : En droit, désigne les eaux internationales qui ne sont sous l'autorité d'aucun État (par opposition aux eaux sous juridiction d'un État côtier).

Héritage : Ensemble des biens laissés par une personne décédée et transmis à ses successeurs.

Histoire : Récit des événements passés, fondé sur des sources vérifiées et des méthodes critiques recherchant l'objectivité.

Historiographie : Ensemble des travaux historiques produits sur un sujet ; histoire des conceptions et méthodes de l'histoire.

Hyperpuissance : État dont la puissance est sans égale à l'échelle mondiale.

I

Illimitation patrimoniale/omnipatrimonialisation : Extension croissante du patrimoine du fait d'une forte demande patrimoniale par des acteurs de plus en plus nombreux et de son utilisation à des fins utilitaristes, notamment touristiques.

Imprescriptibilité : Fait, pour un crime, de rester passible d'une action en justice sans limite de temps.

Institutionnalisation : Processus par lequel une discipline se structure et se dote d'un système de fonctionnement.

Intelligence collective : Capacité pour les membres d'une communauté de faire converger leurs compétences et leurs connaissances.

Intelligence économique : Ensemble des activités de collecte et d'exploitation des informations de nature économique.

Islamisme : Courant politique qui vise à imposer une islamisation de la société.

J

***Jus ad bellum* (« droit de la guerre »)** : Ensemble des conditions qui justifient le déclenchement d'une guerre.

***Jus in bello* (« droit dans la guerre »)** : Ensemble des limitations à respecter dans la conduite de la guerre.

L

Légitimation : Processus qui permet de reconnaître un certain nombre de qualités et de compétences à un individu. Les diplômes, les comités de lecture, les prix, les médias constituent différents outils de légitimation.

Lieu de mémoire : Lieu, objet ou symbole participant à la construction d'une mémoire collective du passé.

M

Martialisation : Utilisation de l'espace au profit des actions militaires en plaçant dans l'espace des objets inoffensifs pris isolément, mais constitutifs d'un système de combat.

Mémoire : Souvenirs d'événements vécus ou racontés par des individus ou des groupes, dont la transmission est subjective, partielle et évolutive.

Mémorial : Lieu ou écrit dédié à la mémoire d'un groupe ou d'un événement.

Mémoriel : Qui se rapporte à la mémoire collective des événements.

Milieu naturel : Ensemble des conditions naturelles (atmosphère, biosphère, hydrosphère, lithosphère).

Module : Élément de la station. L'existence de l'ISS résulte de l'assemblage de ces modules, dont les fonctions complémentaires rendent possible la bonne marche de la station.

Muséification : Évolution d'espaces patrimonialisés qui se spécialisent dans des fonctions touristiques au détriment des autres fonctions urbaines avec un processus de gentrification, voire d'une certaine « fossilisation ».

N

Nettoyage ethnique : Politique et pratique visant à faire disparaître d'un territoire un groupe en raison de son identité ethnique.

***New Space* :** Par opposition au *Old Space* qui désigne la période de la guerre froide, désigne le nouvel âge spatial caractérisé par la multiplication des acteurs, notamment privés, et la redéfinition des objectifs de la conquête spatiale.

Nodule polymétallique : Concrétion sous-marine contenant du fer et du manganèse, à valeur économique forte.

O

Optimum médiéval (ou anomalie climatique médiévale) : Période de douceur des températures en Europe, entre 900 et 1 300 environ.

Ordre géopolitique westphalien : Idée de hiérarchie entre les puissances et de stabilité qui s'impose en Europe au lendemain des traités de Westphalie. Cet ordre repose sur la reconnaissance de la souveraineté des États et la recherche d'un équilibre des puissances.

P

Parc national : Territoire dont l'État cherche, gère et protège le patrimoine naturel et culturel, et qui se divise en deux zones : un cœur de parc complètement préservé, et une aire d'adhésion dans laquelle il est possible de développer des activités en lien avec le parc.

Patrimoine : Dans un cadre familial, il désigne l'ensemble des biens hérités de ses ancêtres. À une échelle nationale ou internationale, il désigne l'ensemble des biens ayant une valeur singulière et qui doivent être transmis aux générations futures.

Patrimoine culturel immatériel : Il comprend les pratiques ou les expressions vivantes héritées du passé : traditions orales, arts du spectacle, savoir-faire, rituels et événements festifs...

Patrimoine mondial de l'Unesco : Liste de biens culturels et naturels créée par l'Unesco à partir de 1972. Elle a été augmentée à partir de 2003 par la liste de biens immatériels.

Patrimonialisation : Processus collectif de reconnaissance et de mise en valeur d'édifices, d'espaces, d'objets ou de pratiques hérités du passé.

PEID : Petits États insulaires en développement, reconnus pour leurs caractères communs face aux défis du développement.

Petit Âge glaciaire (PAG) : Période de températures basses en Europe, entre 1300 et 1860 environ.

Pillage technologique : Vol de connaissances scientifiques et techniques afin d'alimenter ses propres activités économiques.

Politique des quatre modernisations : Politique lancée par Deng Xiaoping en 1978 visant à faire de la Chine une grande puissance économique à l'orée du XXIe siècle (agriculture, industrie, science et technologies, défense nationale).

Porajmos : Dérivé du verbe « dévorer » en romani, langue tsigane. Introduit par le linguiste britannique Ian Hancock dans les années 1990 pour désigner le génocide des Tsiganes.

Préservation : Défense de l'environnement qui cherche à protéger la nature de toute action de l'homme, dans une optique biocentrique.

Puissance hégémonique : Puissance sans rivale.

R

Radiothérapie : Méthode de traitement des cancers utilisant des radiations pour détruire les cellules cancéreuses.

***Ransomware* :** Logiciel qui bloque les fichiers et demande une rançon.

Régime de mémorialité : Politique mémorielle adoptée par un État.

Remeublement : Terme de conservation patrimoniale, désignant la recherche dans les collections nationales et privées des éléments de mobiliers dispersés, afin de reconstituer l'état du château voulu par ses concepteurs.

Résilience : Capacité d'adaptation (d'une société, d'un organisme) à la suite d'une catastrophe.

Ressource : Richesse potentielle exploitée ou non par l'homme.

Risque : Danger potentiel pouvant affecter une population. Le risque est la conséquence de la combinaison d'un aléa et de la vulnérabilité d'une société.

S

Samudaripen : « Meurtre de masse », terme romani désignant les persécutions et le génocide des Tsiganes, forgé par le linguiste français Marcel Courthiade.

Sanctuarisation : Cadre légal par lequel un espace est protégé des activités humaines afin d'en préserver les caractéristiques naturelles.

Satellite (artificiel) : Objet d'origine humaine placé en orbite autour de la Terre, à des fins de recherche scientifique, de télécommunications ou d'espionnage.

Secteur militaro-industriel : Secteur regroupant les entreprises de production de matériel militaire, étroitement mêlées à d'autres activités industrielles.

Sécurité collective : Système interétatique visant à garantir la paix en son sein. Il dépend d'organisations internationales.

Shoah : Terme hébreux, non religieux, qui signifie la « catastrophe ». Il s'impose au sein de la communauté juive d'Israël, dès les années 1940, pour désigner les génocides des Juifs.

Sionisme : Projet de création d'un État d'Israël, puis, depuis 1948, opinion qui défend les intérêts d'Israël.

SNLE : Sous-marin nucléaire lanceur d'engins. Pièce maîtresse du système de dissuasion d'un pays.

Société civile : Ensemble des acteurs qui agissent comme groupes de pression pour influencer les politiques gouvernementales.

Société de la connaissance : Société dans laquelle la connaissance est produite, diffusée et utilisée comme une ressource au cœur de l'économie.

Société savante : Association d'experts et d'amateurs éclairés qui échangent sur des connaissances.

Sommets de la Terre : Conférences organisées par l'ONU rassemblant les dirigeants des États et différents acteurs pour réfléchir et agir sur les questions environnementales. Elles ont lieu tous les dix ans depuis 1972.

Souveraineté des États : Principe selon lequel un État est reconnu par la communauté internationale comme l'autorité unique et légitime pouvant s'exercer sur son territoire et sa population.

Stratégie du déni d'accès : Stratégie qui consiste à contraindre la projection de forces appartenant à un pays tiers sur un théâtre d'opérations. Utilisée par la marine chinoise dans sa « défense active des mers proches ».

T

Terrorisme : Acte politique dont les motivations sont de nature criminelle et non économique, qui se manifeste par des actes violents et vise de façon indéterminée les civils et les armées. L'objectif est de toucher l'opinion publique pour faire pression sur le pouvoir politique.

Traité de paix : Accord reconnu par la communauté internationale, conclu entre plusieurs États, mettant fin à une guerre. À ne pas confondre avec un armistice, un cessez-le-feu ou une capitulation qui ne sont qu'un arrêt des combats.

Tribunal gacaca : Tribunal local créé au Rwanda sur le modèle d'anciens tribunaux villageois, pour juger certains crimes commis lors du génocide de 1994. Ces tribunaux ont été actifs de 2005 à 2012.

Tribunal pénal international : Juridiction internationale créée par l'ONU avec mandat limité dans le temps et dans l'espace (exemples : TPIR et TPIY).

U

Urbanisme : Aménagement et organisation de l'espace de la ville.

V

Ver informatique : Logiciel malveillant qui se propage plus vite qu'un virus.

Vue (Valeur universelle exceptionnelle) : Statut particulier de biens classés sur la liste du patrimoine mondial de l'humanité par l'Unesco, et sur lesquels elle exerce une vigilance particulière.

Vulgarisation : Processus d'adaptation d'un ensemble de connaissances à destination d'un public de non-initiés.

Anne Doustaly remercie Gaëlle Bailly-Maître Léonardon, Pierre Burgaud, Fabienne Diana-Perrel, Claire Dunyach, Camille Escudé-Joffres, Stéphanie Fraisse-D'Olimpio, Simon Hecht, Christelle Lamote, Marion Legal, Camille Pereira, Clémence Roger et Charlotte Rousset.

Crédits iconographiques

pp. 18-19 : AFP/J. Guerrero ; 33hd : DR ; **p. 57 :** Chappatte, The New York Times. **www.chappatte.com** ; **p. 65 :** SchoolMouv ; **pp. 66-67 :** AFP/A. Huguet ; **p. 79 :** Akg-Images/Coll. Liszt ; **p. 92b :** Chappatte, Le Temps, Suisse ; **p. 109g :** Plantu, dessin paru dans *Le Monde* du 18 janvier 1991 ; **p. 117 :** SchoolMouv ; **pp. 118-119 :** AFP/Y. Chiba ; **p. 156b :** Akg-images/Ullstein Bild ; **pp. 170-171 :** AFP/Éric Feferberg ; **p. 185hg :** Anteale-photographe ; **p. 213hg :** Getty Images/P. Aventurier ; **pp. 220-221 :** AFP/L. Marin ; **p. 247hg :** Musée d'art et d'histoire de Fribourg ; **p. 259 :** Sipa/AP/Steven Senne ; **pp. 268-269 :** Photo12/Alamy/Sean Pavone ; **p. 276 :** SchoolMouv ; **p. 283 :** Bridgeman Images/Leemage ; p. **295bd :** Science Photo Library/Prof. P. Fowler.

Responsable éditoriale : Audrey Gérard.
Suivi éditorial : Isabelle Louviot.
Assistante d'édition : Léa Souquet-Basiège.
Conception couverture et direction artistique : Studio Humensis, Audrey Hette.
Maquette intérieure : Studio Humensis, Audrey Hette
avec la participation de Charlotte Thomas, Marse et STDI.
Mise en pages : STDI.
Iconographie : Dagmara Bojenko.
Cartographie et schémas : Edicarto (Jean-François Ségard et Nicolas Poussin).
Infographies : Mathilde Boucher.
Photogravure et prépresse : Arthur Caillard, Marine Garguy.
Fabrication : Zoé Farré-Vilalta.

La pâte à papier utilisée pour la fabrication du papier de cet ouvrage
provient de forêts certifiées et gérées durablement.

Imprimé GraphyCems

N° d'édition : 03581944- 01 - Dépôt légal : août 2021.

PEFC
PEFC/14-38-00143
Certifié PEFC
Ce produit est issu de forêts gérées durablement et de sources contrôlées
www.pefc-france.org